品花寶鑑（上）

陳　森　著
徐德明　校注

三民書局

國家圖書館出版品預行編目資料

品花寶鑑／陳森著;徐德明校注.——二版三刷.——
臺北市：三民，2020
面；　公分.——(中國古典名著)

ISBN 978-957-14-2817-8（平裝）

857.44

中國古典名著

品花寶鑑(上)

作　者　陳　森
校注者　徐德明

發行人　劉振強
出版者　三民書局股份有限公司
地　址　臺北市復興北路386號(復北門市)
　　　　臺北市重慶南路一段61號(重南門市)
電　話　(02)25006600
網　址　三民網路書店 https://www.sanmin.com.tw

出版日期　初版一刷 1998年4月
　　　　　二版一刷 2010年1月
　　　　　二版三刷 2020年1月
書籍編號　S854110
ISBN　978-957-14-2817-8

三民書局

品花寶鑑總目

引言

徐德明

品花寶鑑寫的是清代乾隆、嘉慶年間北京城中一批名伶與公子名士的生活。當時「京師狎優之風冠絕天下，朝貴名公，不相避忌，互成慣俗。其優伶之善修容飾貌，眉聽目語者，亦非外省所能學步」（菽園贅談）。以至「執役無俊僕，皆以為不韻；侑酒無歌童，便為不歡」（京師偶記）。官員公子頻頻出入，八旗子弟前往戲樂的也不少，因此朝廷下令禁止旗人出入戲園酒館，「嚴行稽察，指名糾參，以示懲儆」。但此風愈演愈烈，至嘉慶中，「城內戲館，日漸增多。八旗子弟，征逐歌場，消耗囊橐，習俗日流於浮蕩」。本書反映的正是那一時代的現實。

陳森同古代有些落魄文人困極逛梨園一樣，始而是借他人之酒杯，澆自己之塊壘，繼而因為同是天涯淪落人，便同病相憐，逐漸與被侮辱被損害的藝人產生了相通的思想感情。正因為如此，他才能寫出這樣一部實為梨園痛史的品花寶鑑。

品花寶鑑中所寫的事是直接提煉於現實生活，歷來被認為是有所影射的。如清代野記云：「華公子者，崇華岩，父名玉某，兩任戶部銀庫郎中，集資百餘萬，有園林在平則門外。華公子死，貧無以殮。徐子雲者，名錫某，六枝指，其園即在南下窪，名怡園也。田春航者，畢秋帆制府也。侯石翁者，袁子才太史也。史南湘，蔣苕生也。屈道翁，張船山也。孫亮功者，穆揚阿，慈安后之父。嗣徽、嗣元即其二子四山、五山也。魏聘才者，常州朱宣初，即江浙時文八名家中朱雪滕之父也。蕭靜宜者，或曰江慎修也。梅學士，或曰鐵保也。奚十一者，孫爾准之子。爾准時為兩廣總督也。潘其觀者，內城內興隆靴肆主人姓蘇也。梅子玉、杜琴言，皆無其人，隱「寓言」二字之義。高品者，名陳森書，即著書之人也。伶人袁寶珠，則仍其姓名，雲南甘太史為之自盡者也。其餘諸伶，皆原姓名未改也。宏濟寺，即興勝寺。金粟者，即桂竹蓀，曾權常州知府，遭吏議者也。其餘如王恂、顏仲清，皆隱當時名人，不可縷紀也。」

這段話將書中人物，一一對號入座，固然不免失之過鑿，但亦不無道理。如畢沅與優伶李桂官事，當時傳為美談，郙羅延室筆記、趙翼檐曝雜記等均有記載。侯石翁為袁枚，亦斗筍合轍。袁枚居江寧小倉山，倡導性靈說的詩論，造立花園，廣收女弟子，縱情聲色，也是實有其事。這種寫作手法，對後世孽海花一類世情小說有很大的影響。

對於品花寶鑑的評價，一向是毀多於譽。又由於書寫男色，頗多淫穢之筆，又以酒樓戲館為背景，顯為當道者所不容，所以長期來被列入禁毀書目。但客觀地評價，本書的許多優點是不容抹殺的。

作者寫杜琴言不願做受侮辱的藝人。當其被嬸嬸賣入梨園時，「已投繯數次，皆不得死」。失足梨園後，「身有傲骨，斷不能與時俯仰」，「任憑黃金滿斗，也買不動他一笑」，念念不忘要跳出火坑。他寧死也不向色狼奚十一、魏聘才的威脅利誘低頭，也不為企圖玩弄他的侯石翁的盛名厚利所動心，甚至當面斥責侯石翁的厚顏無恥。

唯能痛恨邪惡者也最能熱愛美好，杜琴言對敬重仰慕他，無絲毫邪意的梅子玉，就愛得非常純潔而深摯。為了睹物思人，他以梅子玉的梅為象徵，處處以梅為點綴，念茲在茲。同樣，梅子玉因為琴言名字有琴，所用之物，也無一不是琴的樣式。他倆的相思相愛是全書的一條主線，雖然是變態心理的反映，卻蘊含著梅子玉支持和鼓勵杜琴言擺脫痛苦命運的積極因素。

各名伶亦各有不同，或風流倜儻，或妍靜婉委，或靈慧柔婉，或氣體高華，均如鼎鑄形，入木三分。他們含辛茹苦，忍辱負重，維護了做人的尊嚴，保持了獨立的人格。

書中描寫名士，繪聲繪色，各得其妙。如招賢愛能的徐子雲，頤指氣使的華公子，多才多情的梅子玉，瀟灑詼諧的高卓然，都能因人而異，妙相關合。即使是那些幫閒篾片，也都寫得栩栩如生。如魏聘才靠鑽營起家，忘恩負義，書中將其墮落過程，層層展開，而又不全盤否定，沒有一般小說臉譜化的俗套。如第十八回借張仲雨的口講幫閒行徑，云上等的陳眉公、李笠翁，人難做到，二等的有十樣要訣：「一團和氣要不變，二等才情要不露，三斤酒量要不醉，四季衣服要不當，五聲音律要不錯，六品官銜要不做，七言詩句要不荒，八面張羅要不斷，九流通透要不短，十分應酬要不俗。」妙含諷刺，隨意而發。通過這樣的點睛，社會上師爺的行徑即一覽無遺了。

本書在頌讚傑出戲曲演員的同時，還著重揭露了殘害梨園子弟的狎客們的罪惡，其中以奚十一最為典型。他仗恃有財有勢，無法無天，窮凶極惡，其手段之狠毒，令人髮指。至於潘其觀和魏聘才也是一丘之貉。他們精於逢迎，拉大旗當虎皮，招搖撞騙，以種種卑劣的手段淩辱優童和婦女。作者對這些淫棍，加以無情的揭露和鞭撻。

然而本書「又寫妖魔又寫仙」，與梨園子弟有交往的人，並非都是狎客。在當時狎優風氣中卻派生出一種好男色而不淫的怪現象。徐子雲「視這些好相公與那奇珍異寶、好鳥名花一樣，只有愛惜之心，卻無褻狎之念」，又說：「這些相公的好處，好在面有女容，身無女體，可以娛目，又可以制心，使人有歡樂而無欲念。」書中被稱為得情之正的田春航還說，慕相公正是遵從孟子「知好色則慕少艾」的教訓，得出真好色者應好男優而不好女色，否則就是好淫的謬論。尤其是梅子玉與杜琴言相愛，較一般的兒女之情有過之而無不及。很明顯，這種畸形的同性戀，是封建社會發展到極端腐朽時的產物。

當然，一部品花寶鑑，不僅將當時一些名旦的酸甜苦辣寫深寫透，它對乾嘉時代的梨園掌故，詩曲雜藝，詞章考據，崑腔衰微，亂彈興起，戲曲演出盛況，以及官場賄賂公行，捐納制度實施，吸食鴉片成風等等，均作了翔實的記載，具有很高的史料價值。

品花寶鑑也有「獺祭填寫」的地方，雖然還不是十分使人昏昏欲睡，卻也不見得津津有味。例如第二回王桂保席上亂飛花，第四回三名士雪窗分詠，第七回顏仲清最工一字對，史南湘獨出五言詩，第十一回三佳人妙語翻新，第十四回字搜四子酒令新翻，第二十回悶酒令鴛侶傳觴，第三十七回行小令一字化為三，對戲名二言增至四，第四十六回眾英才分題聯集錦，第五十七回袁綺香酒令戲群芳，王瓊華詩牌作盟主，這對寫作酒令或謎史或許是有用的，但是似乎不必要寫在小說裡，因為這足以阻止故事的進行，寫得鬆散而不緊湊了。

陳森精於詩詞曲賦，曉暢音律，熟諳掌故，書中眾人談詩鬥牌，喝酒行令，弈棋繪畫，名人軼事，比比皆是，這就給注釋工作帶來很大的難度，加上本人才疏學淺，錯誤在所難免，懇請讀者批評指正。

品花寶鑑考證

徐德明

品花寶鑑是一部狹邪小說，以清代中葉的優伶像姑和士大夫們的交往生活為題材，雖說魚龍混雜，泥沙俱下，在今日看來，仍不失為是一種有價值的社會史料。

此書成書在道光年間，距今不過一百五十年，但作者、成書時間、版本情況卻一直眾說紛紜，莫衷一是，今試考之：

是書的作者當為江南名宿陳森。陳森，字少逸，號采玉山人，又號石函氏，毗陵（今江蘇常州）人。據他自撰的梅花夢事說，以及劉承寵於道光四年（一八二四）六月為梅花夢傳奇寫的序，可以知道陳森遊京師，館於同里汪氏宅，在道光三年八月十二日「作梅花夢傳奇一部」。再據陳森自序（即石函氏序），知他約在道光五年「秋試下第」，「塊然塊壘於胸中而無以自消，日排遣於歌樓舞榭間」，略識聲容伎藝之妙，熟諳了梨園生活。約在道光六年，在居停主人（即同里某比部）的勸督下，開始撰寫品花寶鑑。

然而長年來，有不少人認為作者是陳森書，如魯迅先生中國小說史略（頁二七二）說作者為陳森書，常州人，號少逸。後來他改變這一說法，認為應該是陳森（見一九三二年八月十五日寄臺靜農書）。趙景深亦認為作者是陳森書，並否定了魯迅改正為陳森的說法，還認為梅花夢亦為陳森書所撰（見品花寶鑑考證，載逸經第十七期）。武作成編清史稿藝文志補編子部小說類：「陳森書撰。」集部詞曲類：「梅花夢傳奇二卷，陳森撰。」又楊廷福、楊同甫編清人室名別稱字號索引作：陳森書，常州人，字少逸，號采玉山人。其實魯迅的糾謬是正確的，「書」字並非人名，而是撰寫的意思。

還有稱張星之者，販書偶記卷十二作：品花寶鑑「石函氏撰……石函氏者，江寧張星之別號也。著有玉燕堂傳奇六種。」名字籍貫均不同，誤。

品花寶鑑的寫作開始於道光六年（一八二六），成十五回後停筆。翌年，陳森入粵西某太守幕。八年後返京，途中續作此書，「舟行凡七十日，白晝人聲喧雜，不能構思；夜闌人靜，秉燭疾書，共得十五卷（回）」。是年秋試又未中，年逾四十，在「農部某君」的勸囑下，又續寫三十卷（回），統編為六十卷（回），自謂「曠廢十年，而功成半載」。全書的創作時間，前後長達十年。

而柳存仁道光己酉本品花寶鑑提要（倫敦所見中國小說書目提要，柳氏編著，書目文獻出版社一九八二年版）則以為道光十七年「秋試下第。試寫品花寶鑑，得十五卷。」道光二十七年（一八四七），由廣西至武昌，舟行七十日，撰成續稿又十五卷。臘底又續寫，五閱月而得三十卷。又改易舊稿，共成六十卷，二十八年冬十月，品花寶鑑開雕。

柳氏的推論有一重大錯誤，他沒注意幻中了幻居士說，陳書完成後，經過一段相當長的手抄本流傳時間，所以品花寶鑑最後完成不可能是道光二十八年，而應該在道光十八年（一八三八）以前。

成書以後，始以手抄本流傳。陳森為其小說的出版而到處奔走（詳見郙羅延室筆記）。幻中了幻居士序云，迨至道光二十八年（一八四八）春，一出版商與居士相商，將已開雕的品花寶鑑轉請居士出資繼續刻完。居士再三校閱刪訂，於同年十月開雕，「七越月而刻成」，翌年六月印竣，這就是道光二十九年己酉（一八四九）初刻本。柳先生在英國博物院所見的本子就是品花寶鑑的最早面目。白紙封面書題「品花寶鑑」四字兩行，其背葉則記作「戊申年十月幻中了幻齋開雕己酉四（當為六）月工竣」三行十八字。

道光初刻本面世以後，又有多種翻刻本、石印本、鉛印本和手抄本，如光緒年間翻刻本、民國廿年上海受古書屋鉛印本和又一無刊出年月的鉛印本以及清華大學館藏朱絲闌抄本等。其中一九一三年石印本，六卷，改題燕京評花錄。又一石印本改題怡情佚史。而世人所傳咸豐二年刊本，則純屬子虛烏有。其始作俑者是清楊掌生夢華瑣語，丁酉年（道光十三年）記事下注云：「余壬子（按：咸豐二年，一八五二）乃見其刊本。」孫楷第先生的通俗小說書目舊版，誤解了「余壬子乃見其刊本」一句，相信品花寶鑑於咸豐二年才刻成，不知道咸豐本是沒有的。所以他說：「咸豐間刊本未見，光緒己酉刊本半葉八行，行二十二字。」查光緒並沒有己酉，道光二十九年的下一個花甲是宣統元年（一九〇九）。後來孫先生也看出自己的錯誤了，一九五七年和一九八二年版均已改為「存，道光己酉本」，但下面仍云「清咸豐間刊本，未見」，沿襲了這個錯誤。而後生者又仍然沿襲孫先生的錯誤，近年出版的多種點校本也還人云亦云地說有咸豐本，不亦悲乎。

今以道光初刻本（藏復旦圖書館）為底本，校以上海古籍出版社藏翻刻本，新式標點並加上注釋，以嶄新的面貌敬獻給讀者。

品花寶鑑道光初刻本封面

道光初刻本封面背葉

品花寶鑑題詞

一字褒譏寓勸懲，賢愚從古不相能。
情如騷雅文如史，怪底傳鈔紙價增。
罵盡人間讒諂輩，渾如禹鼎鑄神奸。
怪他一隻空靈筆，又寫妖魔又寫仙。
閨閣風流迥出群，美人名士鬥詩文。
從前爭說紅樓艷，更比紅樓艷十分。

臥雲軒老人題

序

余謂遊戲筆墨之妙，必須繪形繪聲，傳真者能繪形而不能繪聲，傳奇者能繪聲而不能繪形，每為憾焉。若夫形聲兼繪者，余於諸才子書，並聊齋、紅樓夢外，則首推石函氏之品花寶鑑矣。

傳聞石函氏本江南名宿，半生潦倒，一第蹉跎，足跡半天下。所歷名山大川，聚為胸中丘壑，發為文章，故邪邪正正，悉能如見其人，真說部中之另具一格者。余從友人處多方借抄，其中錯落，不一而足。正訂未半，而借者踵至，雖欲卒讀，幾不可得。後聞外間已有刻傳之舉，又復各處探聽，始知刻未數卷，主人他出，已將其板付之梓人。梓人知余處有抄本，是以商之於余，欲卒成之。即將所刻者呈余披閱。非特魯魚亥豕，且與前所借抄之本少有不同。今年春，愁病交集，恨無可遣，終日在藥爐茗碗間消磨歲月，頗覺自苦，聊借此以遣病魔。再三校閱，刪訂畫一，七越月而刻成。若非余舊有抄本，則此數卷之板，竟為爨下物矣。

至於石函氏，與余未經謀面，是書竟賴余以傳，事有因緣，殆可深信。嘗讀韓文云：大凡物不得其平則鳴。又云：擇其善鳴者而假之鳴。余但取其鳴之善，而欲使天下之人皆聞其鳴，借紙上之形聲，供目前之嘯傲。鏡花水月，過眼皆空；海市蜃樓，到頭是幻。又何論夫形為誰之形，聲為誰之聲，更何論夫繪形繪聲者之為何如人耶！世多達者，當不河漢余言。是為序。

幻中了幻居士

品花寶鑑序

余前客都中，館於同里某比部宅，曾為梅花夢傳奇一部，雖留意於詞藻，而未諧於聲律，故未嘗以之示人。比部賞余文曲而能達，正而能雅，而又戲而善謔，遂囑余為說部，可以暢所欲言，隨筆抒寫，不愈於倚聲按律之必落人窠臼乎？

時余好學古文、詩賦、歌行等類，而稗官一書心厭薄之。及秋試下第，境益窮，志益悲，塊然塊壘於胸中而無以自消，日排遣於歌樓舞榭間，三月而忘倦，略識聲容伎藝之妙，與夫性情之貞淫，語言之雅俗，情文之真偽。間與比部品題梨園，雌黃人物，比部曰：「余囑君之所為小說者，其命意即在乎此，何不即以此輩為之？如得成書，則道人所未道也。」余亦心好之，遂竊擬之。始得一卷，僅五千餘言，而比部以為可，並為之點竄斟酌。繼復得二三卷，筆稍暢，兩月間得卷十五。借閱者已接踵而至，繕本者不復返，嘩然謂此超群矣。繼以羈愁潦倒，思窒不通，遂置之不復作。

明年有粵西太守聘余為書記，偕之粵，歷遊數郡間，山水奇絕，覺生平所習之學皆稍進。亦嘗遊覽青樓戲館間，而殊方異俗鮮稱人意；一二同遊者亦木訥士，少宏通風雅。主人從政無暇，此書置之敝簏中八年之久，蟫蝕過半，余亦幾忘之矣。

及居停回都，又攜余行，勸余再應京兆試。粵境皆山溪幽阻，水道如蛇盤蚓曲，風雪阻舟，迍邅沙石間，日行一二里、二三里不等。居停遂督余續此書甚急，幾欲刻期而待。自粵興安縣境至楚武昌府境，舟行凡七十日，白晝人聲喧雜，不能構思；夜闌人靜，秉燭疾書，共得十五卷。及入長江，風帆便利，過九江，抵金陵，鄉心縈夢，不復能作矣。

至都已七月中旬，檢出時文試帖等略略翻閱。試事畢，康了如故，年且四十餘矣，豈猶能如青青子衿日事呫嗶耶？固知科名之與我風馬牛也。貧乏不能自歸，仍依居停而客焉。有農部某君，十年前即見余始作之十五卷，今又見近續之十五卷，甚嗜之，以為功已得半，棄之可惜，囑予成之，且日來嘵嘵，竟如師之督課。余喜且憚，於臘底擁爐挑燈，發憤自勉，五閱月而得三十卷，因以告竣。

又閱前作之十五卷，前後舛錯，復另易之，首尾共六十卷。皆海市蜃樓，羌無故實。所言之色，皆吾目中未見之色；所言之情，皆吾意中欲發之情；所寫之聲音笑貌，妍媸邪正，以至狹邪、淫蕩、穢褻諸瑣屑事，皆吾私揣世間所必有之事。而筆之所至，如水之過峽、舟之下灘、驥之奔泉，聽其所止而休焉，非好為刻薄語也。至於為公卿，為名士，為俊優、佳人、才婢、狂夫、俗子，則如干寶之搜神，任昉之述異，渺茫而已。噫，此書也，固知離經叛道，為著述家所鄙，然其中亦有可取，是在閱者矣。

曠廢十年，而功成半載，固知精於勤而荒於嬉，遊戲且然，況正學乎！某比部啟余於始，某太守勖余於中，某農部成余於終，此三君者，於此書實大有功焉。倘使三君子皆不好此書，則至今猶如天之無雲，水之無波，樹之無風，而紙之無字，亦安望有此洒洒洋洋奇奇怪怪五十餘萬言耶？脫稿後為敘其顛末如此。天上瓊樓，泥犁地獄，隨所位置矣。

石函氏書

回目

上冊

第一回　史南湘制譜選名花　梅子玉聞香驚絕艷

京師演戲之盛，甲於天下。地當尺五天邊❶，處處歌臺舞榭；人在大千❷隊裡，時時醉月評花。真乃說不盡的繁華，描不盡的情態。一時聞聞見見，怪怪奇奇，事不出於理之所無，人盡入於情之所有，遂以遊戲之筆，摹寫遊戲之人。而遊戲之中最難得者：幾個用情守禮之君子，與幾個潔身自好的優伶，真合著國風好色不淫❸一句。先將搢紳❹中子弟分作十種，皆是一個「情」字：

一曰情中正，一曰情中上，一曰情中高，一曰情中逸，一曰情中華，一曰情中豪，一曰情中狂，一曰情中趣，一曰情中和，一曰情中樂。

再將梨園❺中名旦分作十種，也是一個「情」字：

❶ 尺五天邊：尺五即一尺一寸。天邊，借指朝廷。形容近在朝廷之旁。

❷ 大千：即大千世界。佛教語。指廣大無邊的世界。

❸ 國風好色不淫：言國風雖寫男女之情，但不過分放蕩，語出史記屈原賈生列傳。國風，詩經一部分，採自各國民間歌謠。

❹ 搢紳：插笏於帶間。紳，大帶。古時仕宦者垂紳搢笏，因稱士大夫為搢紳。

❺ 梨園：唐玄宗選樂工三百人，宮女數百人，教授樂曲於梨園。後世因稱戲班為梨園，戲曲演員為梨園子弟。

一曰情中至，一曰情中慧，一曰情中韻，一曰情中醇，一曰情中淑，一曰情中烈，一曰情中直，一曰情中酣，一曰情中艷，一曰情中媚。

這都是上等人物。還有那些下等人物，這個「情」字便加不上，也指出幾種來：

一曰淫，一曰邪，一曰黠，一曰蕩，一曰貪，一曰魔，一曰祟，一曰蠹。

大概自古及今，用情於歡樂場中的人，均不外乎邪正兩途，耳目所及，筆之於書，共成六十卷，名曰品花寶鑑，又曰怡情佚史。書中有賓有主，不即不離，藕斷絲連，花濃雪聚。陳言務去，不知費作者幾許苦心；生面別開，遂能令讀者一時快意。正是：「鴛鴦繡了從教看，莫把金針暗度人。」❻

此書不著姓名，究不知何代何年何地何人所作。書中開首說一極忘情之人，生一極鍾情之子。這人姓梅，名士夔，號鐵庵，江南金陵❼人氏。是個閥閱世家❽，現任翰林院❾侍讀學士，寓居城南鳴珂里。其祖名鼎，曾任吏部❿尚書；其父名羹調，曾任文華殿⓫大學士，三代單傳。士夔於十七歲中了進士⓬，

---

❻ 鴛鴦繡了從教看二句：語出金元好問論詩。後稱授人某種技術的訣竅為金針度人。

❼ 金陵：今南京。

❽ 閥閱世家：功績和經歷。也以指世家門第。

❾ 翰林院：官署名。唐初置翰林，為內廷供奉之官。明成外朝官署。清沿明制，掌編修國史及草擬制誥等，其長官為掌院學士，滿漢各一人，由大學士、中書中特派，屬官有侍讀、侍講、修撰、編修、檢討和庶吉士等，無定員。

入了翰林，迄今已二十九年，行年四十六歲了。家世本是金、張⑬，經術復師馬、鄭⑭；貴冑偏崇儒素，詞臣竟屏紛華。藹藹乎心似春和，凜凜乎卻貌如秋肅。人比他為司馬君實⑮、趙清獻⑯一流人物。夫人顏氏，也是金陵大家，為左都御史⑰顏堯臣之女，翰林院編修顏莊之妹，父兄皆已物故。這顏夫人今年四十四歲，真是德容兼備，賢淑無雙，與梅學士唱隨已二十餘年。二十九歲上夢神人授玉，遂生了一個玉郎，取名子玉，號庾香。

這梅子玉今年已十七歲了，生得貌如良玉，質比精金，寶貴如明珠在胎，光彩如華月升岫⑱；而且

⑩ 吏部：舊官制六部之一。主管官吏的選任銓敘勛階等事，置尚書等官。

⑪ 文華殿：明清宮殿名。在北京舊紫禁城東華門內，極精工。皇帝在此聽講官講解經史。內閣設大學士，為文職之高級官員。

⑫ 進士：隋大業中始以進士為取士科目，唐宋因之。明清時，舉人會試中式，殿試一甲三名，賜進士及第，二甲賜進士出身，三甲賜同進士出身，通稱進士。

⑬ 金張：即金日磾、張湯。漢金日磾一門，自武帝至平帝，七世為內侍。張湯後世，自宣帝以來為侍中、中常侍者十餘人。後世以金、張為功臣世族的代稱。

⑭ 馬鄭：即馬融、鄭玄，俱為東漢經學家。

⑮ 司馬君實：即司馬光，字君實，北宋大臣。

⑯ 趙清獻：即趙抃，北宋大臣，卒謚清獻。

⑰ 左都御史：秦漢以來即置御史臺，專司彈劾。明洪武十五年改都察院，清因之。其長官為左都御史，滿漢各一人，屬官有監察御史，分道進行糾察。

⑱ 岫：峰巒；山谷。

天授神奇，胸羅斗宿⑲，雖只十年誦讀，已是萬卷貫通。士燮前年告假回鄉掃墓，子玉隨了回去，即入了泮⑳，在本省過了一回鄉試㉑未中，仍隨任進京，因回南不便，遂以上舍生㉒肄業成均㉓，現從了浙江一個名宿㉔李性全讀書。這性全係士燮鄉榜門生，是個言方行矩的道學先生。顏夫人將此子愛如珍寶，讀書之外時不離身。宅中丫鬟僕婦甚多，僕婦三十歲以下，丫鬟十五歲以上者，皆不令其服侍子玉，恐為引誘。而子玉亦能守身如玉，雖在羅綺叢中，卻無紈袴習氣，不佩羅囊而自麗，不傅香粉而自華。惟取友尊師，功能刻苦，論今討古，志在雲霄，目下已有景星慶雲㉕之譽，人以一睹為快。

一日，先生有事放學，子玉正在獨坐，卻有兩個好友來看他：一個姓顏名仲清，號劍潭，現年二十三歲，即係已故編修顏莊之子，為顏夫人之侄。這顏莊在日，與士燮既係郎舅至親，又有雷陳至契㉖，不料於三十歲即召赴玉樓㉗，他夫人鄭氏絕食殉節。那時仲清年甫三齡，士燮撫養在家，又與鄭氏夫人

---

⑲ 斗宿：南斗六星，總稱斗宿。

⑳ 泮：春秋魯之水名，作宮其上，故稱泮宮。後說經者皆以泮宮為學宮，科舉時代稱生員入學為入泮。

㉑ 鄉試：明、清兩代每三年一次，在各省省城舉行的考試，中式者稱舉人。

㉒ 上舍生：清代稱監生為上舍生。

㉓ 成均：古之大學。後為官設學校的泛稱。

㉔ 名宿：素來有名望的人。

㉕ 景星慶雲：景星，雜星名，也稱瑞星、德星。慶雲，五色雲，也作景雲、卿雲，古以為祥瑞之氣。

㉖ 雷陳至契：東漢雷義與陳重同郡為友，俱學魯詩、顏氏春秋。交情莫逆，鄉人為之語曰：「膠漆自謂堅，不如雷與陳。」後因以雷陳至契比喻友好情篤。

請旌表烈。仲清在士燮處，到十九歲上中了個副車㉘。是年士燮與其作伐㉙，贅於同鄉同年㉚現任通政司㉛王文輝家為婿。這王文輝是顏夫人的表兄，與仲清親上加親，翁婿甚為相得。那一位姓史名南湘，號竹君，是湖廣漢陽㉜人，現年二十四歲，已中了本省解元㉝。父親史曾望現為吏科給事中㉞。這兩人同是才高八斗，學富五車，但兩人的情性卻又各不相同。仲清是孤高自潔，坦白為懷。將他的學問與子玉比較起來，子玉是純粹一路，仲清是曠達一路。一切人情物理，仲清不過略觀大概，不求甚解。子玉則鉤深索隱，精益求精。往往有仲清鄙夷不屑之學，經子玉精心講貫，便覺妙義環生。亦有子玉所索解不得之理，經仲清一言點悟，頓覺白地光明。這兩人相聚十餘年，其結契之厚，比同胞手足更加親密。那南湘是嘯傲忘形，清狂絕俗，目空一世，倚馬萬言㉟，就只賞識子玉、仲清二人。

㉗ 召赴玉樓：唐李商隱作李賀小傳，說李賀將死，看到一個穿紅衣的人對他說：「天帝建成一座白玉樓，召喚你去寫一篇記。」此指死亡。

㉘ 副車：科舉時代鄉試的副榜貢生。

㉙ 作伐：古稱為人作媒曰執柯，又變為作伐。

㉚ 同年：科舉制度同榜的人稱同年。

㉛ 通政司：官署名。明洪武十年始置，有通政使、副使、參議、經歷知事等官。清承明制，權力較小，職掌收受各省題本，送內閣辦理。

㉜ 漢陽：今湖北武漢。

㉝ 解元：鄉試第一名，也稱解首。

㉞ 給事中：官名。清代隸屬都察院，與御史同為諫官，故又稱給諫。

㉟ 倚馬萬言：唐李白與韓荊州書：「請日試萬言，倚馬可得。」

這日同來看子玉，門上見是來慣的，是少爺至好，便一直引到書房與子玉見了。仲清又同子玉進內見了姑母，然後出來與南湘坐下。三人講了些話，書僮送上香茗。南湘見這室中清雅絕塵，一切陳設甚精且古，久知其胸次不凡，又見那清華尊貴的儀表，就是近日所選那曲臺花譜中數人，雖然有此姿容，到底無此神骨。但見其謙謙自退，訥訥若虛，究不知他何所嗜好，若有些拘執鮮通、膠滯不化，也算不得全才了。便想來試他一試，即問道：「庾香，我問你，世間能使人娛耳悅目、動心蕩魄的，以何物為最？」子玉驀然被他這一問，便看著南湘，心裡想道：他是個清狂瀟洒人，決不與世俗之見相同，必有個道理在內。便答道：「這句話卻問得太泛，人生耳目雖同，性情各異。有好繁華的，即有厭繁華的。有好冷淡的，也有嫌冷淡的。譬如東山以絲竹為陶情㊱，而陋室又以絲竹為亂耳㊲。有屏蛾眉而弗御，有擕姬妾以自隨。則娛耳悅目之樂既有不同，而蕩心動魄之處更自難合，安能以一人之耳目性情，概人人之耳目性情？」南湘道：「不是這麼說，我是指一種人而言。現在這京城裡人山人海，譬如見位尊望重者，與之講官話㊳，說官箴㊴，自頂至踵，一一要合官體，則可畏；見酸腐措大㊵，拘手攣足，曲背聳肩而呻吟作推敲之勢，則可笑；見市井逐臭㊶之夫，評黃白，論市價，俗氣熏人，則可惡；見俗優濫

㊱ 東山以絲竹為陶情：東山，山名，在浙江上虞西南。晉謝安早年隱居於此。又臨安、金陵均有東山，也是謝安遊憩之地。後因以東山指隱居。此借指謝安。

㊲ 陋室又以絲竹為亂耳：唐劉禹錫陋室銘：「無絲竹之亂耳，無案牘之勞形。」陋室，此借指劉禹錫。

㊳ 官話：舊指以北京話為基礎的標準話。因在官場中通用，故稱。

㊴ 官箴：一謂百官對帝王進行勸戒。一謂百官應守的禮法。

㊵ 措大：舊指貧寒失意的讀書人。

妓，油頭粉面，無恥之極，則可恨。你想，凡目中所見的，去了這些，還有那一種人？」子玉正猜不著他所說什麼，只得說道：「既然娛悅不在聲色，其唯二三知己朝夕素心㊷乎？」仲清大笑。南湘道：「豈有此理，朋友豈可云娛耳悅目的？庾香設心不良。」說罷哈哈大笑。子玉被他們這一笑，笑得不好意思起來，臉已微紅，便說道：「你們休要取笑，我是這個意思：揮麈清談㊸，烏衣美秀，難道不可娛耳，不可悅目？醇醪醉心，古劍照膽，交友中難道無動心蕩魄處麼？」南湘笑道：「你總是這一間屋子裡的說話，所見不廣，所游未化。」即從靴靿裡取出一本書來，送與子玉道：「這是我近刻的，大約可以娛耳悅目、動心蕩魄者，要在此數君。」仲清笑道：「你將此書呈政㊹於庾香，真似蘇秦始見秦王㊺，可保的你書十上而說不行。他非但沒有領略此中情味，且未見過這些人，如何能教他一時索解出來？」子玉見他們說得鄭重，不知是什麼好書，便揭開一看，書目是曲臺花選，有好幾篇序，無非駢四儷六之文。南湘叫他不要看序，且看所選的人。子玉見第一個題的是：

瓊樓珠樹袁寶珠

㊶ 逐臭：追逐臭味。喻怪異的癖好。

㊷ 素心：本心；素願。

㊸ 揮麈清談：晉人清談時，每執麈尾（拂塵）揮動，以為談助。

㊹ 呈政：拿作品請人指教，也作「呈正」。

㊺ 蘇秦始見秦王：蘇秦，戰國時東周洛陽人。初說秦惠王吞併天下，不用。乃遊說燕、趙、韓、魏、齊、楚六國合縱抗秦，佩六國相印，為縱約長。後被刺死。

寶珠姓袁氏，字瑤卿，年十六歲，姑蘇[46]人，隸聯錦部。善丹青，嫻吟詠。其演鵲橋、密誓、驚夢、尋夢[47]等齣，艷奪明霞，朗涵仙露。正使玉環[48]失寵，杜女[49]無華。纖音遏雲，柔情如水。霓裳[50]一曲，描來天寶[51]風流；春夢重尋，譜出香閨思怨。平時則清光奕奕[52]，軟語喁喁[53]，勵志冰清，守身玉潔。此當於郁金堂後築翡翠樓居之。因贈以詩：

舞袖輕盈弱不勝，難將水月比清澄。自從珠字名卿後，能使珠光百倍增。瘦沈腰肢[54]絕可憐，一生愛好自天然。風流別有消魂處，始信人間有謫仙[55]。

子玉笑道：「這不是說戲班裡的小旦[56]麼，這是那裡的小旦，你贊得這樣好？」仲清道：「現在這

[46] 姑蘇：山名。在江蘇吳縣西南。後也稱吳縣治所曰姑蘇。
[47] 鵲橋密誓驚夢尋夢：鵲橋、密誓，長生殿中二折。驚夢、尋夢，牡丹亭中二折。
[48] 玉環：即唐楊玉環。
[49] 杜女：唐金陵女子杜秋娘，善歌金縷舞曲。
[50] 霓裳：霓裳羽衣曲的省稱。傳自西涼，名婆羅門，天寶十三年，經玄宗潤色，定為今名。楊貴妃善為霓裳羽衣舞。安史亂後，譜調不全。
[51] 天寶：唐玄宗年號（七四二－七五五）。
[52] 清光奕奕：風采美好，神采煥發。
[53] 軟語喁喁：溫和委婉，低聲細語。
[54] 瘦沈腰肢：簡稱沈腰，以多病而腰圍減損，出梁書沈約傳。
[55] 謫仙：謫居世間的仙人。古人往往稱才行高邁的人為謫仙。

裡的，你不見說在聯錦班麼？」子玉道：「我不信，這是竹君撒謊。我今年也看過一天的戲，幾曾見小旦中有這樣好人？」南湘道：「你那天看的不知是什麼班子，自然沒有好的了。」子玉再看第二題的是：

瑤臺璧月蘇蕙芳

蕙芳姓蘇氏，字媚香，年十七歲，姑蘇人。本官家子，因飄泊入梨園，隸聯錦部。秋水為神，瓊花作骨。工吟詠，尚氣節，善權變，慧心獨造，巧奪天工，色藝冠一時。其演瑤臺、盤秋、亭會(57)諸戲，真見香心如訴，嬌韻欲流。吳絳仙(58)秀色可餐，趙合德(59)寒泉浸玉，蘇郎兼而有之。嘗語人曰：「余不幸墜落梨園，但既為此業，則當安之。誰謂此中不可守貞抱潔，而必隨波逐流以自苦者？」其志如此。而遙情勝概，罕見其匹焉。為之詩曰：

風流林下久傳揚，蘇小生來獨擅長。一曲清歌繞梁韻，天花亂落舞衣香。簫管當場猶自羞，暫將仙骨換嬌柔。一團絳雪隨風散，散作千秋兒女愁。

再看第三題的是：

碧海珊枝陸素蘭

---

(56) 小旦：舊時戲曲腳色名，扮演少女。

(57) 瑤臺盤秋亭會：瑤臺，邯鄲夢中一折。盤秋、亭會，紅梨記中二折。

(58) 吳絳仙：煬帝殿腳女，嫁為玉工萬群妻。有寵於煬帝，工詩。帝曰：「絳仙才調，女相如也。」

(59) 趙合德：漢成帝后趙飛燕妹，為成帝所寵，封昭儀，膚色潔白如玉。成帝薨，自殺。

素蘭姓陸氏，字香畹，年十六歲，姑蘇人，隸聯錦部。玉骨冰肌，錦心繡口。工書法，雖片紙尺絹，士大夫爭寶之如拱璧。善心為窈，骨逾沉水之香[60]；令德是嫻，色奪瑤林之月。常演制譜、舞盤、小宴、絮閣[61]諸戲，儼然又一楊太真也。就使陳鴻[62]立傳，未能繪其聲容；香山[63]作歌，豈足形其彷彿。好義若渴，避惡如仇。真守白圭之潔，而凜素絲之貞者。豐致之嫣然，猶其餘韻耳。為之詩曰：

芙蓉出水露紅顏，肥瘦相宜合燕環[64]。若使今人行往事，斷無胡馬入潼關[65]。此曲只應天上有，不知何處落凡塵[66]。當年我作唐天寶，願把江山換美人。

再看第四題的是：

嗛山艷雪金漱芳

---

[60] 沉水之香：即沉香。香木。其黑色芳香，脂膏凝結為塊，入水能沉，故名沉香；其不沉不浮與水平者名棧香。

[61] 制譜舞盤小宴絮閣：長生殿中四折。

[62] 陳鴻：唐白居易友人。白居易作長恨歌詩，陳鴻為之作傳。

[63] 香山：唐白居易，字樂天，晚年居洛陽香山，號香山居士。

[64] 肥瘦相宜合燕環：唐玄宗貴妃楊玉環豐肥，漢成帝后趙飛燕清瘦，同稱美人，後世因謂「環肥燕瘦」，以言人體態不同，各有風致。

[65] 胡馬入潼關：唐天寶十四年，安史之亂爆發，叛軍攻克潼關，攻陷長安。

[66] 此曲只應天上有二句：唐杜甫贈花卿：「此曲只應天上有，人間能得幾回聞？」

潄芳姓金氏，字瘦香，年十五歲，姑蘇人，隸聯珠部。秀骨珊珊，柔情脈脈。工吟詠吹簫，善弈棋，楚楚有林下風致[67]。其演戲最多，而尤擅名者，為題曲[68]一齣。真檀口[69]生香，素腰如柳，比之海棠初開，素馨將放，其色香一界，幾欲使神仙墮劫[70]矣。其餘琴挑、秋江[71]諸戲，情韻如生，亦非他人所能。而香心婉婉，秀外慧中，是真嫏嬛掌書仙[72]，豈菊部[73]中所能覯耶？為之詩曰：

纖纖一片彩雲飛，流雪回風何處依。金縷[74]香多舞衣重，只應常著六銖衣[75]。芙蓉輸面柳輸腰，恰稱花梁金步搖[76]。就使無情更無語，當場窄步已魂消。

---

[67] 林下風致：林下，樹林之下。本指幽靜之地。形容閒雅、超脫。世說新語賢媛：「王夫人散朗，故有林下風骨。」後因稱婦女有超逸之致為林下風。

[68] 題曲：療妒羹中一折。

[69] 檀口：淺紅的嘴唇，形容女性嘴唇之美。

[70] 墮劫：墮落劫災。

[71] 琴挑秋江：玉簪記中二折。

[72] 嫏嬛掌書仙：嫏嬛，即嫏嬛福地，傳說中的神仙洞府。掌書仙即掌書記，唐節度使屬官，位在判官之下，相當於六朝時的記室參軍。

[73] 菊部：一作鞠部。宋周密齊東野語：宋高宗時，掖庭有菊夫人，善歌舞，妙音律，為仙韶院之冠，宮中號為菊部頭。後用作戲班的泛稱。

[74] 金縷：飾以金絲的舞衣。

[75] 六銖衣：佛經中稱忉利天衣重六銖，言其輕而薄。後泛指一般極輕極薄的衣服。

[76] 步搖：婦女首飾的一種，上有垂珠，步則搖動。

再看第五題的是：

玉樹臨風李玉林

玉林姓李氏，字佩仙，年十五歲，揚州(77)人，隸聯珠部。初日芙蕖，曉風楊柳。嫺吟詠，工絲竹，圍棋、馬弔(78)皆精絕一時。東坡海棠詩云：「嫣然一笑竹籬間，桃李漫山總粗俗。」溫柔旖旎中，自具不可奪之志，真殊艷也。其演折柳陽關(79)一齣，名噪京師。見其婉轉嬌柔，哀情艷思，如睹霍小玉(80)生平，不必再讀賣釵、分鞋(81)諸曲，已恨黃衫劍客，不能殺卻此負情郎也。再演藏舟、草地、寄扇(82)等戲，情思皆足動人。真瓊樹(83)朝朝，金蓮(84)步步，有臨春、結綺(85)之遺韻矣。為

---

(77) 揚州：江蘇揚州。

(78) 馬弔：即馬吊。紙牌名。共四十張，分四類，即萬貫、十萬貫、索子、文錢。四人入局，人各八張，以大繫小，變化甚多。始於明萬曆中，至崇禎時而大盛。

(79) 折柳陽關：紫釵記中一折。

(80) 霍小玉：唐傳奇中妓女。曾與隴西進士李益有盟約，後李負約不往。霍積思致疾。一日，有黃衫劍客挾李至。霍既見李，慟極而死。見唐蔣防霍小玉傳。

(81) 賣釵分鞋：紫釵記中二折。

(82) 藏舟草地寄扇：藏舟，漁家樂中一折。草地，紅梨記中一折。寄扇，桃花扇中一折。

(83) 瓊樹：比喻美好的人品。

(84) 金蓮：南史齊昏侯紀：「又鑿金為蓮花以帖地，令潘妃行其上，曰：『此步步生金蓮花也。』」後專以金蓮指女子纖足。

之詩曰：

舞袖長拖艷若霞，妝成鬌鬋髻雲斜。侍兒扶上臨春閣，要鬥南朝張麗華86。慧絕香心酒半酣，妙疑才過月初三。動人最是陽關曲87，聽得征夫恨不堪。

再看第六題的是：

火樹銀花王蘭保

蘭保姓王氏，字靜芳，年十七歲，揚州人，隸聯錦部。翩若驚鴻，婉若游龍88。通詞翰，善武技，性尤烈，不屈豪貴，真玉中之琤琤89有聲者。其演雙紅記盜令、青門90諸齣，梳烏蠻髻，貫金雀釵，衣銷金紫衣，繫紅繡襦，著小蠻錦靴，背負雙龍紋劍，如荼如火，如錦如雲，真紅線91後身

---

85 臨春結綺：南朝陳叔寶（後主）至德二年建臨春、結綺、望春三閣。後主自居臨春閣，張貴妃居結綺閣，龔、孔二貴妃居望春閣，皆有複道交相往來。隋兵入金陵，盡焚於火。

86 張麗華：南朝陳後主妃，以美色見寵。隋兵入陳，與後主自投入宮內景陽井中，為隋兵搜出，被殺。

87 陽關曲：詞調名。本名渭城曲，宋世又歌入小秦王，更為今名。單調二十八字，四句三平韻。

88 婉若游龍：委婉曲折，猶如遊動的龍。比喻姿態婀娜。

89 琤琤：象聲詞。玉石聲。

90 雙紅記盜令青門：雙紅記演紅線、紅綃事，故有攝盒、青門二折。盜令，疑誤。

91 紅線：我國古代文學作品中人名。唐潞州節度使薛嵩家青衣紅線，能文能武，號內記室。時魏博節度使田承嗣將併潞州，紅線夜奔魏博，入田寢所，取其床頭金盒歸，以示儆戒。田乃遣使謝薛。紅線後辭去，不知所終。

也。其刺虎、盜令、殺舟⑨②諸戲，俠情一往，如見巾幗身肩天下事，覺熏香傅粉，私語喁喁，真癡兒女矣。溫柔旖旎之中，綺麗風光之際，得此君一往，如聽李三郎擊羯鼓⑨③，作漁陽三撾⑨④，淵淵乎頃刻間見萬花齊放也。為之詩曰：

俠骨柔情世所難，肯隨紅袖倚闌杆。平生知己無須囑，請把龍紋⑨⑤仔細看。紛披五色起朝霞，鼙鼓聲聲氣倍加。戲罷卸妝垂手立，亭亭一樹碧桃⑨⑥花。

再看第七題的是：

秋水芙蓉王桂保

桂保即蘭保之弟，字蕊香，年十五歲，與兄同部。似蘭斯馨，如花解語。明眸善睞，皓齒流芳。嬉戲自出天真，嬌憨皆生風趣。能翰墨，工牙拍⑨⑦，喜行令諸局戲⑨⑧。善解人意，雖寂寥寡歡者，

---

⑨② 刺虎盜令殺舟：刺虎，鐵冠圖中一折。盜令、殺舟，翡翠園中二折。盜令，作盜牌。

⑨③ 李三郎擊羯鼓：李三郎，即李隆基，睿宗第三子。羯鼓，古羯族樂器。形如漆桶，下以小牙床承之。擊用二杖，音聲急促高烈。

⑨④ 漁陽三撾：鼓曲名，也作漁陽摻撾。

⑨⑤ 龍紋：即龍紋劍。

⑨⑥ 碧桃：薔薇科。桃的變種。春季開花，白色、粉紅色至深紅，或灑金。

⑨⑦ 牙拍：象牙製的拍板。

⑨⑧ 局戲：弈棋一類的遊戲。

見之亦為暢滿。意態姿媚，而自為範圍。其演喬醋[99]一齣，香嚲[100]紅酣，真令潘騎省[101]心醉欲死矣。又演相約、討釵、拷艷[102]諸小齣，如嬌鳥弄晴，橫波修黛，觀者堵立數重，使層樓無坐地。時人評論袁、蘇如霓裳羽衣，此則紫雲迴雪[103]，其趣不同，其妙一也。為之詩曰：

盈盈十五已風流，巧笑橫波未解羞。最愛嬌憨太無賴，到無人處學春愁。我欲當筵乞紫雲，一時聲價遍傳聞。紅牙[104]拍到消魂處，檀口清歌白練裙。

再看第八題的是：

天上玉麟林春喜

春喜姓林氏，字小梅，年十四歲，姑蘇人，隸聯錦部。好花含萼，明珠出胎。十二歲入班，迄今才二年，已精於聲律，兼通文墨，生[105]旦並作。所演寄子、儲諫、回獵、斷機、番兒、冥勘、女彈[106]等戲，長眉秀頰，如見烏衣子弟[107]，佩紫羅香囊，真香粉孩兒，令人有寧馨[108]之羨，其舖啜[109]

---

[99] 喬醋：金雀記中一折。

[100] 嚲：下垂的樣子。音ㄉㄨㄛˇ。

[101] 潘騎省：即潘岳，字安仁。岳美姿容，才名冠世，曾任散騎侍郎。八王之亂，被殺。

[102] 相約討釵拷艷：相約，釵釧記中一折。討釵，疑即釵釧記中賺釵一折。拷艷，疑即拷紅，西廂記中一折。

[103] 紫雲迴雪：紫雲，即紫雲曲，見唐張讀宣室志。迴雪，如雪因風而飛翔，用以形容舞蹈的姿態。

[104] 紅牙：調節樂曲節拍的拍板，多用檀木做成，色紅，故名。

[105] 生：戲劇腳色名。如正生、小生。元曲中稱末，如晚生稱晚末，眷生稱眷末。元明之際，二字通用。

皆可觀。數年後更當獨出頭地，價重連城也。為之詩曰：

　別有人間傳粉郎，銷金為飾玉為妝。石麟天上原無價，應捧爐香侍玉皇。才囀歌喉贊不休，黃金爭擲作纏頭[110]。玉郎偶駕羊車出[111]，十里珠帘盡上鉤[112]。

子玉看了只是笑，不置一詞。南湘問道：「你何以不加可否？」子玉道：「大凡論人，雖難免粉飾，也不可過於失實。若論此輩，真可惜了這副筆墨。我想此輩中人，斷無全璧，以色事人，不求其媚，必求其諂。況朝秦暮楚[113]，酒食自娛，強笑假歡，纏頭是愛。此身既難自潔，而此志亦為太卑。再兼之生

---

[106] 寄子儲諫回獵斷機番兒冥勘女彈：寄子、儲諫，浣紗記中二折。回獵，白兔記中一折。斷機，三元記中一折。番兒，邯鄲夢中一折。冥勘，牡丹亭中一折。女彈，貨郎旦中一折。

[107] 烏衣子弟：烏衣即烏衣巷，在今南京東面，東晉時王、謝諸望族居此。後因稱貴族子弟為烏衣子弟。

[108] 寧馨：如此；這樣。晉、宋時通行語。西晉王衍少時見山濤，山濤見了感嘆道：「何物老嫗，生寧馨兒！」

[109] 餔啜：即食與飲。

[110] 纏頭：古時歌舞的人把錦帛纏在頭上作飾，叫纏頭，也指贈送給歌舞者的錦帛或財物。後亦指贈送妓女的財物。

[111] 玉郎偶駕羊車出：玉郎即為清王稼，字紫稼，亦作子嘉，又作子介，蘇州人。妖豔絕世，善為新聲。順治間遊京師，諸貴人惑之，吳梅村為作玉郎曲。羊車，羊拉的車。在此之前，晉衛玠亦有駕車出遊之事。今按：「玉郎」，各本均作「王郎」，均誤。

[112] 十里珠帘盡上鉤：見杜牧寄揚州韓綽判官：「春風十里揚州路，卷上珠帘總不如。」此處指婦女卷起珠帘，以便觀望。

[113] 朝秦暮楚：戰國時蘇秦、張儀輩，或勸秦王連橫，或勸楚王合縱，當時山東諸國，時而事秦，時而事楚，變化無常。後因以朝秦暮楚比喻反復無常。

於貧賤，長在卑污，耳目既狹，胸次日小，所學者婢膝奴顏，所工者謔浪[114]笑傲。就使塗澤為工，描摹得態，也不過上臺時放個麒麟楦[115]，充個沒字碑[116]，豈有出污泥而不滓，隨狂流而不下者？且即有一容可取，一技所長，是猶拆錦襪之線，無補於縫裳；煉鉛水之刀[117]，不良於伐木。其臟腑穢濁，出言無章；其骨節少文，舉動皆俗。故色雖美而不華，肌雖白而不潔，神雖妍而不清，氣雖柔而不秀，有此數病，焉得為佳？若夫紅閨弱質，金屋麗姝，質秉純陰，體含至靜，故骨柔肌膩，膚潔血榮，神氣靜息，儀態婉嫻，眉目自見其清揚[118]，聲音自成其嬌細，姿致動作，妙出自然，鬢影衣香，無須造作，方可稱為美人，為佳人。今以紅氍毹[119]上演古之絕代傾城，真所謂刻畫無鹽[120]，唐突西子[121]。所以我不願看小旦戲，寧看淨、末、老、丑[122]，翻可舒蕩心胸，足助歡笑。吾兄不惜筆墨，竭力鋪張，為若輩增光，而使古人抱恨，竊為吾兄有所不取。」

---

[114] 謔浪：戲謔放蕩。

[115] 麒麟楦：喻虛有其表的人。

[116] 沒字碑：比喻有儀表而不通文墨的人。

[117] 煉鉛水之刀：煉鉛為刀，言其鈍。喻才力微薄。

[118] 清揚：指眉目清秀，猶言丰采。

[119] 紅氍毹：紅色毛織的地毯。

[120] 刻畫無鹽：刻畫，描摹。無鹽，古代傳說中的醜婦。

[121] 唐突西子：唐突，橫衝直撞，引申為冒犯、褻瀆。又作「搪突」。西子，春秋時越國西施的別稱。

[122] 淨末老丑：傳統戲劇腳色。淨，一般扮演性格剛烈或粗魯、奸險的人物。俗稱花臉。唐以前有參軍戲，一說，淨即參軍的促音。一說為諢名。末，一般扮演中年以上男子。老，老旦、老生。丑，丑角。

這一番話，把個史南湘說出氣來。仲清說道：「庾香之論未嘗不是，而竹君之選也甚平允。但庾香不知天地間有此數人，譬如讀搜神之記[123]，幽怪之書[124]，而必欲使人實信其有，又誰肯輕信？是非親見其人不可。我們明日同他出去，親指一二人與他看了，他才信你這個花選方選的不錯。我想庾香一見這些人，也必能賞識的。天地之靈秀，何所不鍾？若謂僅鍾於女而不鍾於男，也非通論。庾香方說男子穢濁，焉能如女子靈秀。所為美人、佳人者，我想古來男子中美的也就不少，稱美人、佳人者亦有數條可指。如毛詩『彼美人兮』[125]、杜詩『美人何為隔秋水？』[126]、赤壁賦[127]『望美人兮天一方』之類。男子稱佳人者，如楚詞[128]『惟佳人之永都[129]兮』，注云：『佳人，指懷王。』後漢書：尚書令陸閎，姿容如玉。光武嘆曰：南方多佳人。晉史陶侃擊杜弢，謂其部將王貢曰：卿本佳人，何為從賊？並有女子稱男子為佳人者，如苻秦時竇滔妻蘇蕙作璇璣圖[130]，讀者不能盡通。蘇氏嘆曰：『非我佳人，莫之能解。』可見

---

[123] 搜神之記：即搜神記，晉干寶撰，二十卷。今本係後人輯錄而成。記敘鬼神靈異、人物變化之事。

[124] 幽怪之書：即幽怪錄，亦稱玄怪錄，唐牛僧孺撰，十卷。原書久佚，後人輯成一卷。

[125] 如毛詩彼美人兮：見詩經邶風簡兮。

[126] 杜詩美人何為隔秋水：見杜甫寄韓諫議詩。

[127] 赤壁賦：此指蘇軾前赤壁賦。

[128] 楚詞：此指屈原九章悲回風。

[129] 都：優美的樣子。

[130] 蘇蕙作璇璣圖：蘇蕙創作的一種回文詩圖。蕙以夫竇滔被徙流沙，因織錦為璇璣圖寄滔，共八百四十字，宛轉循環皆可誦讀。見晉書竇滔妻蘇氏傳。

美色不專屬於女子。男子中未必無絕色，如漢沖帝時，李固[131]之搔頭弄姿；唐武后時，張易之[132]之施朱傅粉，不獨潘安仁、衛叔寶[133]之昭著一時也明矣。」子玉聽了，心稍感動。南湘道：「且不僅此。草木向陽者華茂，背陰者衰落。梅花南枝先，北枝後，還有鳳凰、鴛鴦、孔雀、野雉、家雞，有文彩的禽鳥都是雄的，可見造化之氣，先鍾於男，而後鍾於女。那女子固美，究不免些粉脂塗澤，豈及男子之不御鉛華，自然光彩。更有一句話最易明白的，我將你現身說法：你自己的容貌，難道還說不好？你如今叫你家裡那些丫頭們來，同在鏡裡一照，自然你也看得出好歹，斷不說他們生得好，自愧不如。只這一句你就可明白了。」子玉不覺臉紅，細想：此言也頗有理，難道小旦中真有這樣好的？既而又想：天地之大，何所不有，豈必斤斤擇人遂賦以美材。就是西子也曾貧賤浣紗，而楊太真且作女道士，甚至於美人中傳名者，一半出於青樓曲巷。或者天生這一種人，以快人間的心目，也未可知。但誇其守身自潔，立志不凡，惟擇所交，不為利誘，兼通文翰，鮮蹈淫靡，則未可信。便如有所思，默然不語。南湘狂笑了一會，說道：「庾香此時難算知音，我再去請教別人罷。」便拉了仲清去了。

子玉送客轉來，又將南湘的花選默默的一想，再想從前看過的戲與見過的小旦，一毫不對，猶以南湘為妄言，借此以自消遣的，便也不放在心上了。李先生回來，仍在書房念了一會書，顏夫人然後叫了進去。

過了兩日，子玉於早飯後告了半天假，去回看南湘、仲清，稟過萱堂[134]。顏夫人見今日天氣寒冷，

---

[131] 李固：字子堅，後漢時大臣。

[132] 張易之：頎皙美姿，通曉音技，與弟昌宗皆得幸於武后。後被張柬之所殺。

[133] 衛叔寶：名玠，字叔寶。風神秀異，見者皆以為玉人。仕晉為太子洗馬。年二十七卒，時人謂玠被人看殺。

起了朔風，且是冬月中旬，便叫家人媳婦取出副葡萄狄的猞猁[135]裘與他穿了，吩咐車裡也換了白狐狄暖圍。兩個小使：一個雲兒，一個俊兒，騎了馬。先到他表母舅王通政宅內，適值通政出門去了，通政的少君出來接進。這王通政的少君，名字單叫個「恂」字，號庸庵，年方二十二歲。生得一表非凡，豐華俊雅，文才既極精通，心地尤為渾厚。納了個上舍生，在北闈[136]鄉試。與子玉是表弟兄，為莫逆之交。接進了子玉，先同到內裡去見了表舅母陸氏夫人。這夫人已是文輝續娶的了，今年才四十歲。又見了王恂的妻室孫氏，那是表嫂；仲清的妻室蓉華，那是表姊。還有個瓊華小姐沒有出來，因聽得他父親前日說那子玉的好處，其口風似要與他聯姻的話，所以不肯出來見這表兄了。陸夫人見子玉，真是見一回愛一回，留他坐了，問了一會家常話，子玉告退。

然後同王恂到了書房，問起仲清，為高品、南湘請去。子玉說起前日所見南湘的花選過於失實，王恂道：「竹君的花選，據實而言，尚恐說不到，何以為失實？現在那些寶貝得了這番品題，又長了些聲價，你也應該見過這些人。」子玉聽了，知王恂也有旦癖，又是個好為附會的人，便不說了。王恂道：「你見竹君的花選怎樣，還是選得不公呢，還是太少，有遺珠之憾麼？好的呢也還有些，但總不及這八個，這是萬選青錢[137]。若要說盡他們的好處，除非與他們一人序一本年譜才能清楚，這幾句話還不過略

---

[134] 萱堂：詩衛風伯兮：「焉得諼（萱）草？言樹之背。」傳：「背，北堂也。」意謂於北堂種草。北堂，古為母親所居處，後因以萱堂為母親或母親居處的代稱。

[135] 猞猁：猞猁猻，獸名。狀像狸，體輕，能登樹木，皮毛很珍貴。

[136] 北闈：指清代順天鄉試。

述大概而已。」子玉心裡甚異：難道現在真有這些人？又想這三人也不是容易說人好的，何以說到這幾個小旦，都是心口如一。總要眼見了才信，不然總是他們的偏見。便說道：「我恰不常聽戲，是以疏於物色。你何不同我去聽兩齣戲，使我廣廣眼界？」王恂道：「很好。」即吩咐套了車，備了馬，就隨身便服。子玉也叫雲兒拿便帽來換了。王恂道：「那花選聯錦有六個，聯珠只有兩個，自然聽聯錦了。」即同子玉到了戲園。

子玉一進門，見人山人海，坐滿了一園，便有些懊悔，不願進去。王恂引他從人縫裡側著身子擠到了臺口，子玉見滿池子坐的，沒有一個好人，樓上樓下，略還有些像樣的。看座兒的見兩位闊少爺來，後頭跟班夾著狼皮褥子，便騰出了一張桌子，鋪上褥子，與他們坐了，送上茶、香火。此刻是唱的三國演義，鑼鼓盈天，好不熱鬧。王恂留心，非但那六旦之中不見一個，就有些中等的也不見，身邊走來走去的，都是些黑相公，川流不息四處去找吃飯的老斗。

子玉看了一會悶戲，只見那邊桌子上來了一人，招呼王恂，王恂便旋轉身子與那人講話。又見一個人走將過來，穿一件灰色老狐裘，一雙泥幫寬皂靴。看他的身材闊而且扁，有三十幾歲，歪著膀子，神氣昏迷，在他身邊擠了過去，停一會又擠了過來，一刻之間就走了三四回。每近身時，必看他一眼，又看看王恂，復停一停腳步，似有照應王恂之意。王恂與那人正講的熱鬧，就沒有留心這人，這人只得走過，又擠到別處去了。子玉好不心煩，如坐塗炭。

王恂說完了話坐正了，子玉想要回去，尚未說出，只見一人領著一個相公，笑嘻嘻的走近來，請了

---

137 萬選青錢：即青錢萬選。喻文才超眾，如青銅錢，萬選萬中。文中指百裡挑一。

兩個安，便擠在桌子中間坐了，王恂也不認的。子玉見那相公，約有十五六歲，生得蠢頭笨腦，臉上露著兩塊大孤骨，臉面雖白，手卻是黑的。他倒摸著子玉的手問起貴姓來，子玉頗不願答他。見王恂問那人道：「你這相公叫什麼名字？」那人道：「叫保珠。」子玉聽了，忍不住一笑。又見王恂問道：「你不在桂保處麼？」那人道：「桂保處人多，前日出來的。這保珠就住在桂保間壁，少爺今日叫保珠伺候？」王恂支吾，那保珠便拉了王恂的手問道：「到什麼地方去？也是時候了。」王恂道：「改日罷。」那相公便纏住了王恂，要帶他吃飯。子玉實在坐不住了，又恐王恂要拉他同去，不如先走為妙，便叫雲兒去看車。雲兒不一刻進來說：「都伺候了。」子玉即對王恂道：「我要回去了。」王恂知他坐不住，自己也覺得無趣，說道：「今日來遲了，歇一天早些來。」也就同了出來。王恂的家人付了戲錢，那相公還拉著王恂走了幾步，看不像帶他吃飯的光景，便自去了。子玉、王恂上了車，各自分路而回。

子玉心裡自笑不已，何以這些人為幾個小旦，顛倒得神昏目暗，皂白不分。設或如今有個真正絕色來，只怕他們倒說不好了。一路思想，忽到一處擠了車，子玉覺得鼻中一陣清香，非蘭非麝，便從帘子上玻璃窗內一望，見對面一輛車，車裡坐著一個老年的，外面坐了兩個妙童，都不過十四五歲。一個已似海棠花，嬌艷無比，眉目天然；一個真是天上神仙，人間絕色，以玉為骨，以月為魂，以花為情，以珠光寶氣為精神。子玉驚得呆了，不知不覺把帘子掀開，凝神而望。那兩個妙童也四目澄澄的看他。那個絕色的更覺凝眸佇望，對著子玉出神。子玉覺得心搖目眩。那個絕色的臉上，似有一層光彩照過來，散作滿鼻的異香。

正在好看，車已過去。後頭又有三四輛，也坐些小孩子，恰不甚佳。子玉心裡有些模模糊糊起來，似像見過這人的相貌，好像一個人，再想不起了。心裡想道：這些孩子是什麼人？也像戲班子一樣，但服飾又不華美。那一個真可稱古今少有，天下無雙。他既具此美貌，何以倒又服御不鮮，這般光景呢？真委屈了此人。當以廣寒宮[138]貯之，豈特郁金堂、翡翠樓，即稱其美。這麼看來，有目共賞的一句，竟是妄言了。把方才這個保珠比他，做他的輿儓[139]，也還不配。子玉一路想到了家。不知後事如何，且聽下回分解。

---

[138] 廣寒宮：傳說唐玄宗於八月望日遊月中，見一大官府，榜曰「廣寒清虛之府」。見龍城錄。後人因稱月宮為廣寒宮。

[139] 輿儓：指地位低微的人。古代分人為十等，輿為第六等，臺為第十等。儓，通「臺」。古時對下層奴僕的稱呼。

第二回 魏聘才途中誇遇美 王桂保席上亂飛花

話說子玉在車裡，一路想那所見的絕色美童。到了家，見門口一車三馬，認得王通政的家人，知道通政在此。便進來到書房，見他父親陪著王文輝在那裡說話，上前見了，說道：「方才到舅舅處請安。」文輝笑容可掬的道：「我一早出來，還未到家。」子玉站在一旁，見文輝說：「開春同年團拜，已定了聯錦班，在姑蘇會館❶唱戲。這回只怕人不多，現在放外任與出差的不少，大約不過三四桌人。」梅學士道：「袁海樓巡撫❷雲南，蘇列侯奉命山右❸，其餘學差❹者有二人，司道❺出京者三人，餘下不過此眼前數人，大約還不滿四席了。」王文輝又到裡頭去見了顏夫人，彼此道了些家常閑話，即提起他次女瓊華十六歲了，尚未字人❻，托士燮留心物色。士燮答應，隨又說道：「擇女婿也是一件難事，盡有

❶ 會館：同籍貫或同行業的人在京城及各大城市所設立的機構，建有館所，供同鄉同行集會、寄寓之用。
❷ 巡撫：官名。清以巡撫為省級地方政府的長官，總攬一省的軍事、吏治、刑獄、民政等。因兼兵部侍郎銜，也稱撫軍。又因明清兩代巡撫例兼都御史或副都御史銜，故也稱撫院。
❸ 山右：因在太行山之右，舊稱山西省為山右。
❹ 學差：清代提督學政簡稱學政。又稱學臺。人選由翰林官及進士出身的部院官中選派，三年一任，掌管各省學校生員考課升降之事。入選者俗稱學差。
❺ 司道：司即監司，指監察地方屬吏之官。道即道臺，清時省以下、府以上一級的官員，也稱觀察。

外貌甚好，內裡平常；也有小時聰明，大來變壞的。」顏夫人接口說道：「這總是各人的姻緣。非但揀女婿難，就是要替你外甥定一頭親事也是不容易的。」文輝道：「要像外甥這樣好的，那裡去選呢？」

正說著，只見一個僕婦，手裡拿著兩個紅帖走進二門。士夔問道：「有誰來了？」僕婦將帖呈上，說道：「門上說是家鄉來的，現在二門外等回話。」士夔看時，一個全帖上寫著「世愚侄魏聘才」，一個寫著「門下晚學生李元茂」。士夔道：「這稱呼是小門生，不知那裡來的？這魏聘才又是誰呢？」王文輝道：「世愚侄，不要是魏老仁的兒子麼？」士夔道：「只怕是的，今年夏間接著老仁的信，說要打發他兒子進京弄一小功名，托我收留照應的話。若論老魏人品，實在下作，惟在你我面上，還算有點真情。」文輝道：「若論老魏，原是個上等聰明人，要發科甲也很可發的，就是陰騭❼損多了，成了個潑皮秀才❽。既是他兒子遠來投奔，老弟也是義無所辭的。」士夔叫梅進進來問了，果然是他。一個是西席❾李先生之子。吩咐梅進：「請他們在花廳上坐，說我就出來。」文輝也就起身告辭，士夔送到門口，轉身到花廳垂花門首，即叫跟班的到書房去請少爺出來，遂即踱進花廳。

只見上首站的一個少年，身材瘦小，面目伶俐；下首一個身材笨濁，面色微黃，濃眉近視，俱約有二十幾歲光景。那上首的蹌步上前，滿面笑容，口稱「老伯」，就跪下叩頭。士夔還禮不迭，起來看道：

---

❻ 字人：舊稱女子許嫁為字。

❼ 陰騭：本為默定之意，後衍為陰德之義。

❽ 潑皮秀才：潑皮，指流氓、無賴。秀才，意謂才能優秀。明清專以稱入縣學之生員。

❾ 西席：古代賓主相見，以西為尊，主東而賓西。後來家塾延師或官府幕職亦稱西席。

「老世臺的尊範⑩，與令尊竟是一模一樣。」聘才正要答應，李元茂已高高的作了一個揖，然後徐徐跪下，如拜神的拜了四拜。士燮兩手扶起，說道：「你令尊正盼望你來，一路辛苦了。」那李元茂掀唇動齒的咕嚕了一句，也聽不明白。士燮讓他們坐了，聘才道：「家父深感老伯厚恩，銘刻五內⑪，特叫小侄進京來，給老伯與老伯母請安，還要懇求栽培。」士燮問了他父母好。子玉出來，見過了禮，士燮即叫子玉引元茂去見他父親，子玉即同了元茂、聘才到書房去了。士燮吩咐家人許順收拾書房後身另院的兩間屋子，給他們暫且住下。又吩咐同了他們的來人去搬取行李，才到上房去了。

這邊子玉引李、魏二人到了書房，性全已知道他兒子來了，等他叩見過了，然後與魏聘才見禮，問了姓名，性全讓他上坐，聘才只是不肯。子玉想了一想：先生父子乍見，定然有些說話，就引聘才到對面船房內坐下，雲兒與俊兒送了茶。聘才笑道：「世兄可還認得小弟麼？」子玉道：「面善的很，實在想不起了。」聘才笑道：「從來說貴人多忘事，是不差的。那一年，世兄同著老伯母進京，小弟送到船上。世兄雙手拉住了腰帶，定要叫小弟同伴進京，老伯母好容易哄騙，方才放手，難道竟不記得了？」子玉笑道：「題起來卻也有些記得。那時弟只得五歲，似乎仁兄名字有個『珍』字。」聘才道：「正是。我原說像吾兄這樣天聰天明的人，既蒙見愛，定是忘不了的。」子玉問道：「仁兄同李世兄來，還是水路來的，還是起旱來的？」聘才道：「雖是坐船，還算水陸並行。說也話長，既在這裡叨擾，容小弟慢慢的細講。」正說著，見雲兒走來請吃飯，遂一同到書房來。性全忙讓聘才首坐，聘才如何肯僭⑫，仍

⑩ 尊範：對別人容貌的稱呼。

⑪ 五內：即五臟。

讓先生坐了，次聘才，元茂與子玉坐在下面。席間性全問起一路來的光景，又謝聘才照應。聘才謙讓未遑⑬，又贊了元茂許多好處。性全也覺喜歡，道是兒子或者長進了些。那李元茂悶著頭不敢言語。用完了晚飯，那時行李已取到，房間亦已打掃。喝了一會茶，說了些南邊年歲光景，聘才知道元茂不能熬夜，起身告辭。性全也體諒他們路上辛苦，就叫元茂跟了過去，子玉送他們進屋，見已鋪設好了，說聲：「早些安歇罷！」也就叫俊兒提燈，照進上房去了。

次日，聘才、元茂到上屋去拜見了顏夫人，又將南邊帶來的土儀⑭與他父親的書信一併呈上，書中無非懇切求照應的話。另有致王文輝一信，士燮叫他遲日親自送去。這聘才本是個聰明人，又經乃父陶鎔⑮，這一張嘴，真個千伶百俐，善于哄騙，所以在梅宅不到十天，滿宅的人都說他好。子玉雖與其兩道，然覺此人也無可厭處，尚可借以盤桓，遣此岑寂。

一日晚上，元茂睡了，子玉與聘才閑談。聘才問道：「京裡的戲是甲于天下的。我聽得說那些小旦稱呼相公，好不揚氣，就是王公大人，也與他們並起並坐。至于那中等官宦，倒還有些去巴結他的，像要借他的聲氣，在些闊老面前吹噓吹噓。叫他陪一天酒要給他幾十兩銀子，那小旦謝也不謝一聲，是有的麼？」子玉笑道：「或者有之，但我不出門，所以也不大知道外面的事。」聘才道：「戲是總聽過的，

---

⑫ 僭：指超越身分，冒用在上者的職權行事。

⑬ 未遑：來不及。

⑭ 土儀：作為饋贈的土產品。

⑮ 陶鎔：燒製陶器與冶煉金屬。

那些小旦到底生得怎樣好呢？」子玉道：「我就沒有見過好的。這京裡的風氣，只要是個小旦，那些人嘴裡講講都是快活，因此相習成風，不可挽回。」聘才道：「我也是這麼說，南京的戲子本來不好，小旦也有三四十歲了，從沒有見過叫這些人陪酒。但如今現在出了兩個小旦，竟是神仙落劫，與我一路同來，且在一個船裡，直到了張家灣起旱。也是同一天到京的。」子玉笑道：「怎麼叫做神仙落劫？」聘才道：「這神仙裡頭，只怕還要選一選呢。若是下八洞⑯的神仙，恐還變不出這個模樣。京裡有個什麼四大名班，請了一個教師到蘇州買了十個孩子，都不過十四五歲，還有十二三歲的，用兩個太平船，由水路進京。我從家鄉起身時，先搭了個客貨船，到了揚州，在一個店裡，遇見了這位李世兄，說起來也是到這裡來的，就結了伴同走。本來要起旱，因車價過貴，想趁個便船從水路來，遂遇見了這兩個戲子船在揚州。那個教師姓葉叫茂林，是蘇州人，從前在過秦淮河⑰卞家河房裡，教過曲子，我認得他。承他好意，就叫我們搭他的船進京。在運河裡糧船擁擠，就走了四個多月。見他們天天的學戲，倒也聽會了許多。我們這個船上，有五個孩子，頂好的有兩個：一個小旦叫琪官，年十四歲。他的顏色就像花粉和了胭脂水，勻勻的搓成，一彈就破的。另有一股清氣，暈在眉梢眼角裡頭。唱起戲來，比那畫眉、黃鸝的聲音還要清脆幾分。這已經算個絕色了。更有一個唱閨門旦的叫琴官，十五歲了。他的好處，真教我說不出來。要將世間的顏色比他，也沒有這個顏色；要將古時候的美人比他，我又沒有見過古時候的

⑯ 下八洞：道家認為神仙所居住的洞府，有上八洞、下八洞之稱。後因以八洞泛稱神仙或修道者的住所。

⑰ 秦淮河：水名。在今南京。有二源，會合於方山，西經金陵（今南京）城中，北入長江。相傳秦始皇於方山掘流，西入江，亦曰淮，因稱秦淮。歷代為遊覽的勝地。

美人。世間的活美人，是再沒有這樣好的。就是畫師畫的美人，也畫不到這樣的神情眉目。他姓杜，或者就是杜麗娘⑱還魂；不然，就是杜蘭香⑲下嫁。除了這兩個姓杜的，也就沒有第三個了。」

子玉不覺笑起來，心裡想道：他這般稱贊是不可信的，但他形容這兩個人，倒可以移到我前日車裡所見的那兩個身上，倒是一毫不錯的。世間既生了這兩個，怎麼還能再生兩個出來，斷無是理，不必信他。即說道：「吾兄說得這樣好，天下只怕真沒這個人。」聘才道：「這是你可以見得著的，他們與我同一天到京，此時自然已經進了班子，難道將來不上臺唱戲的？那時吾兄見了，才信小弟這對眼睛，是個識寶回回，不是輕易贊好的。就是一樣，這兩個相貌好了，脾氣恰不好。憑你怎樣巴結他，要他一句好言好語也不能。那一個更古怪，他索性不理人，若多問了他幾句話，他就氣得要哭出來。只怕這種性情到京裡來，也沒人喜歡。若論相貌，就算京城裡有好相公，也總壓不下他，恐還要比不上他呢。」

子玉心裡想道：他說這兩個人，與他同一天進京。我那日看見那兩人之後，他就到了，不要他說的就是我見的，那一班人卻像從南邊來的模樣。便又問道：「你說那個頂好的叫什麼名字？」聘才道：「叫琴官。那個叫琪官。」子玉道：「琴官進城那一天穿的什麼衣裳？」聘才道：「都是藍綢皮襖，醬色呢得勝褂⑳。」子玉見衣服已經對了，又問：「他一人一個車呢，還與人同坐一個車？」聘才道：「他

⑱ 杜麗娘：明湯顯祖牡丹亭中女主角。

⑲ 杜蘭香：神話中的仙女名。晉干寶搜神記中有杜蘭香別傳。

⑳ 得勝褂：馬褂。對襟方袖，出門時穿。清傅恆喜其便捷，軍中或平時經常穿著，名得勝褂。後來成為上層人士的常服。

與琪官、葉茂林同坐一個車，那車圍是藍布的，騾子是白的。」子玉又道：「那葉茂林有多少歲數了？」聘才道：「五十以外。」子玉不禁拍手笑道：「我已見過這兩人，你果然贊得不錯，真要算絕色了。」聘才大樂道：「何如，你幾時見過的？」子玉就將那日擠了路，見四輛車都是些小孩子，頭一輛就是這三個人，那琪官已經好了，那琴官真可說天下無雙。聘才樂得受不得，便又問道：「比京裡那些紅相公怎樣？」子玉笑道：「前日車裡那兩個，我皆目所未見，那個琴官更為難得，但不知此時在什麼班裡？」聘才道：「明日我出去打聽，打聽著了，我們去聽他的戲。」子玉點頭，再要問時，忽見燈光一亮，一個小丫頭在門外說道：「太太叫請少爺早些睡罷。」子玉只得起身進去。這一宿就把聘才的話想了又想，又將車中所見模樣神情，細細追摹一回，然後睡著。自此子玉待聘才更加親厚。

次早聘才帶了他的小子四兒，將王文輝的信送去，適文輝一早出門未回，王恂也不在家，只得請仲清會了。聘才見仲清一表非凡，敘了一番寒溫，知是文輝之婿，又是士燮的內侄，免不得恭惟一番。正要告辭，只見一個跟班捧著一包衣服進來說：「老爺回來了。」聘才只得坐下。停了一會，聽得外面有說話的聲音，像是定班子唱戲的話。然後靴聲禿禿，見一個大方臉，花白長鬚，三品服飾，儀容甚偉，貂裘耀目，粉底皂靴，走將進來。聘才知是主人，連忙上前作揖拜見，文輝雙手拉住道：「豈敢，豈敢！作什麼行這樣大禮。那一天你們到京，我就知道了，可是在舍親梅鐵庵處住的？」聘才答應了「是」。文輝讓聘才坐下，自己就盤起腿來，仲清坐在靠窗凳上。聘才見這大模廝樣的架子，心裡籌畫了一籌畫，便站起來道：「小侄在諸位老伯蔭庇之下，一切全仗栽培。家父曾吩咐過小侄，說大人的尊範，必要位至極品。趁如今拜識拜識，將來可以提拔寒畯㉑。」說罷取出書子來雙手呈上，文輝一手接著，看看信面就放下，哈哈大笑道：「你令尊怎麼這樣疏遠我，寫起大人安啟來。」又嘆口氣道：「可惜了令尊這一手好八股㉒，那一年與我同案進學，我中那一科，你令尊本要中解元的。已經定了元，主考忽看見那本卷面上，畫了一把刀，一枝筆，筆底下一團墨浸直印到卷底。揭開看時，像一個人頭，越揭下去越清楚，連眉目都有了。因此，知他損了陰隙，便換了人。也不曉得令尊何意，這一管好筆，不做文章去做狀子，至今還是個窮秀才，也沒見他發過財。每逢學臺出京，我總重托的，不然，訪聞了這隻刀筆㉓，還了得。」說得聘才跼促不安。文輝又手理長鬚說道：「前年魏府尊選了江寧，出京時問我要個朋友，我就荐了令尊，他一口答應說要請的。後來不見你令尊的信來，我甚疑心。及魏府尊的稟帖㉔來說，上司荐的人多，不能不請。又說侯石翁又硬荐了兩個親戚。只好代為設法，或轉荐別處。後來到底轉荐沒有呢？」聘才茫然，並不曾見有此事，只得恭身道謝。又說：「也沒有轉荐。」文輝道：「想必他又聽了什麼閑話了。但此時令尊還是外館，還仍舊做那勾當？」聘才道：「此刻家父在一個鹽務里司事，比處館㉕略寬展些。」文輝道：「這倒好，一年有多少修金㉖呢？」聘才道：「也有三百金。」文輝道：

㉑ 寒畯：生活困苦。也作「寒酸」。

㉒ 八股：明清科舉考試的文體之一。以四書內容為題目，文章的發端為破題、承題、起講。起講後分起股、中股、後股和末股四個段落發議論。每個段落都有兩段相比偶的文字，合共八股，故稱八股文。

㉓ 刀筆：原指主辦文案的官吏。後世稱訟師為刀筆，是說這種人筆利如刀，能殺傷人。

㉔ 稟帖：明清州縣地方官對上司有所報告請示的文書名詳文。有時不便或不必見於詳文者用稟帖。

㉕ 處館：做幕僚。

㉖ 修金：也作束金、束修。十條乾肉，古代上下親友之間互贈的一種禮物。後多指致送老師的酬金。這裡指收入。

「也夠澆裹了。論起來我做了三品京堂㉗，一年的俸銀，也不過如此。」說罷又仰面而笑。聘才也無話可說，正想告辭，忽見一個俊俏跟班，打扮得十分華麗，湊著文輝耳邊說了一句話。聘才是乖覺人，知道有事，便起身告辭。文輝要送出去，聘才道：「還同顏大哥有話講，大人請便。」文輝便住了腳，彎一彎腰，大搖大擺的進去了。仲清送出了門，聘才想道：這個老頭兒好大架子，不及梅老伯遠甚。便自回梅宅不題。

且說仲清到自己房中吃了飯，與其妻室蓉華講了些話，來到王恂書齋，恰值王恂才回。剛說得一兩句話，有王恂兩個內舅前來看望，一個叫孫嗣徽，一個叫孫嗣元，本是王文輝同鄉同年孫亮功部郎之子。這嗣徽、嗣元兩個，真所謂難兄難弟。將他們的外貌內才比起王恂來，真有天淵之隔。這嗣徽生得縮頸堆腮，臉色倒還白淨，就是肺火太重，一年四季總是滿臉的紅疙瘩，已堆得面無餘地，而鼻上更多，已變了一個紅鼻子。年紀倒有二十六歲，五經㉘還不曾念完，文理實在欠通，卻又酷好掉文，滿口「之乎者也」，腐氣可掬。有個蘇州拔貢生㉙高品，與他相熟，送他兩個諢名：一個是「蟲蛀千字文」；又因他那個紅鼻子，有時擦得放光透亮，又叫做「起陽狗腎」。乃弟嗣元，生得鼻昏露齒，又是個吊眼皮，右邊

㉗ 三品京堂：清代對某些高級官員的稱呼，一般是三品或四品官。如都察院、通政司的長官等都稱為京堂。中葉以後成為一種虛銜。

㉘ 五經：儒家的五部經典，即詩、書、易、禮、春秋。

㉙ 拔貢生：清制，自乾隆七年定每十二年（逢酉年）由學臣於府、州、縣廩生中，選拔文行優秀者，與督撫匯考核定，貢入京師，稱為拔貢生。

一隻眼睛高高吊起，像是朱筆圈了半圈。文理與乃兄不相上下，卻喜批評乃兄的不通。又犯了口吃的毛病，有時議論起來，期期艾艾㉚，愈著急愈說不清楚。高品也送他一個混號，叫做「疊韻雙聲譜」，這兩個廢物真是一對。

是日來到王宅，適文輝請客，客將到了。王恂即同他到書房內來。仲清躲避不及，只得見了，同王恂陪著坐下。嗣徽先對仲清說道：「今日天朗氣清，所以愚兄弟正其衣冠，翩然而來奉看的。」王恂、仲清忍不住要笑。嗣徽又對王恂說道：「適值尊駕出門，不知去向，若不是『鳥倦飛而知還』，則雖引弓而射之，亦徒興弋人之慕㉛矣。」仲清正要回言，那嗣元道：「哥、哥、哥，你這句話說、說錯了，怎麼把鳥來比起人來，你、你、你還要將箭射、射、射他，那就更豈有此理了。」嗣徽道：「老二，你到底腹中空空如也，不知運化書卷之妙。這是我腹笥便便㉜，不啻若自其口出。這句『鳥倦飛而知還』，是出在古文觀止㉝上的。若說鳥不可以比人，那大學上為什麼說『可以人而不如鳥乎』呢？」仲清暗笑道：天下也有這樣蠢材，便道：「大哥的鳥論極通，豈特大哥如鳥，只怕鳥還不如大哥。要曉得靖節先生㉞此言，原是引以自喻的。」嗣徽側耳而聽，又說道：「老兄所看的古文觀止，只怕是翻板的。小弟記得

㉚ 期期艾艾：西漢周昌口吃，往往重說「期期」；三國鄧艾也口吃，也重言「艾艾」。後因以期期艾艾形容口吃。

㉛ 興弋人之慕：鴻飛入於遠空，弓箭不及，獵手望空興嘆。

㉜ 腹笥便便：笥，藏書之器，以腹比之，言學識豐富。後漢書邊韶傳：『腹便便，五經笥。』

㉝ 古文觀止：總集名。清康熙間吳楚材、吳調侯選編。

㉞ 靖節先生：晉陶淵明私謚靖節，世稱靖節先生。

逼真，做這篇古文是個姓陶的，並不是姓秦。」王恂忍不住，裝作解手出去，抿著嘴笑了一會。仲清笑道：「大哥實在淵博之至，連那做古文的姓都知道。」嗣徽只道仲清果真佩服他，便意氣揚揚，臉上的紅疙瘩，如出花灌了漿一樣，一顆顆的亮澄澄起來，便對嗣元道：「老二，但凡我們讀書人，天分記性是並行不悖，缺一不可的。」嗣元道：「敢、敢、敢……子若不是記性好，也不、不、不把狗來對人了；若不是天分好，也不把牛來對先生了。」說著大笑，那隻吊眼皮的眼睛已淌下淚來。那嗣徽便生了氣，兩腮鼓起就像癩蝦蟆一樣。仲清故意問道：「想必令兄又是引經據典，倒要請教請教。」嗣元道：「論、論、論文理呢，家兄到底多讀兩年書，小、小、小弟原趕、趕、趕不上，但是錯的地方極多。有一天先生出、出、出了一個對，是叫將書對書的。上對是：『人能弘道。』家、家、家兄卻對得快，寫了出來是：『狗、狗、狗無恒心。』先生道：『這不是書。』家、家、家兄道：『是孟子上的。』先生道：『豈、豈、豈有此理！』家兄只當先生忘了，便樂、樂、樂得了不得，連忙翻、翻、翻出來看，原來是草字頭的『苟』字，不是反犬旁的『狗』字。」仲清笑了一笑道：「若不是狗記錯了，倒是一副好對子。」嗣元道：「又一日，先生出了一個做起講的題、題、題目，是：『先生將何之。』家兄就、就、就將『牛何之』做了起頭。先、先生拿筆叉、叉、叉了幾叉，痛罵了一頓。」這一番說得嗣徽羞忿難耐，便在屋子裡亂蹾起來，說道：「屁話，屁話！」便起身告辭。王恂也恐他們弟兄鬥氣，不便挽留，同仲清送了出來。

剛到二門口，可巧碰見孫亮功進來，孫氏弟兄站在一邊。王恂、仲清上前見了禮，亮功問道：「客到齊了麼？」王恂道：「沒有。」仲清看亮功雖是個紫糖色扁臉，蹋鼻子，但五官端正，又有了幾根鬍鬚，比兩位賢郎好看多了。亮功正要與他兒子說話，適值王桂保進來，見了亮功並王恂、仲清，也站在一邊。亮功看看桂保，對他兒子說道：「你們回去，不要說什麼。」嗣徽兄弟會意答應，于是亮功即拉了桂保進去。

仲清、王恂送了他弟兄出門進來，大家換了衣裳，在書房內晚飯，對酌閑談。王恂道：「我們這兩位舅兄，真可入得無雙譜㉟的。」仲清道：「為什麼同胞兄妹絲毫不像？假使尊夫人生了這樣嘴臉，那就夠你受罪了。」王恂笑道：「幸虧內人是如今這位岳母生的。你不曉得我們還有個大姨子在家，是個天老㊱，一頭的白髮，那是不能嫁人的，差不多有三十歲了。」仲清問道：「聽得令岳母潑妒異常，未知果否？」王恂道：「這個醋勁兒卻也少有的。」且按下這邊。

卻說孫亮功同了桂保進來，見過主人。不多一刻，客已全到，便安起席來。這些客都是文輝同年，論年紀孫亮功最長，因係姻親，便讓兵部員外㊲楊方猷坐了首席。對面是光祿寺少卿㊳周錫爵，監察御史㊴陸宗沅坐了第三席，孫亮功坐了第四席，文輝坐了主席。桂保斟了一巡酒，楊方猷命他入席，對著

㉟ 無雙譜：清金史繪，朱圭刻，始漢張良，迄宋文天祥，共四十人，為之畫像，並各附詩一首。這裡諷刺孫氏兄弟。

㊱ 天老：天生全身白毛髮。

㊲ 員外：即員外郎，官名。本指正員以外之官。唐以後，直至明清，各部均有員外郎，位郎中之次。

㊳ 光祿寺少卿：官名。唐以後成為專管皇室祭品、膳食及招待酒宴之官。

㊴ 監察御史：官名。唐制監察御史十五人，掌分察百官、巡撫州縣獄訟、祭祀及監諸軍出使等。宋、元、明、清因之。

王文輝坐了。文輝問他哥哥蘭保為什麼不來，桂保道：「今日本都在怡園逛了一天，徐老爺知道這裡請客，才打發我來的。蘭保、寶珠、蕙芳、漱芳、玉林都還沒有散，只怕總要到四五更天才散呢。」文輝道：「這徐度香也算人間第一個快樂人了。」陸宗沅道：「聽說他這個怡園共花了五十多萬銀子才造成。」楊方猷道：「本來地方也大，也造得過于精致。」文輝道：「我前月逛了一天，還沒有逛到一半。」桂保說：「我們今日逛了梅嶺與東風昨夜樓兩處，這兩處就有正百間屋子。實在造得也奇極了，幾幾乎進去了出不來。」孫亮功道：「你應該打個地洞，藏在裡頭。」說得大家都笑。桂保道：「你會罵人。」便斟了一大杯酒來罰他，亮功始不肯喝，桂保要灌，便也喝了。

上了幾樣菜，文輝道：「這樣清飲無趣，蕊香你出個令罷。」桂保道：「打播㊵最好，什麼都放得進去。」孫亮功道：「完了，把個令祖宗請了來了。」文輝命人取了六個錢來。周錫爵道：「這杯分個大小才好。」楊方猷道：「我們兩個一杯三開罷。」陸宗沅道：「未免太少些，你們一杯兩開，我們都是一杯一開何如？」俱各依允。桂保伸出一個拳來，問文輝吃多少杯？文輝道：「不必累贅，我們六個人竟以六杯為率，不必增減，准他一杯化作幾杯就是了。也沒有悶雷霹雷，那個猜著，就依令而行，最為剪截。」桂保便問楊方猷道：「第一杯怎樣喝？」楊方猷道：「一杯化作三杯，找人豁拳。」又問孫亮功：「第二、三杯怎樣喝？」亮功道：「兩杯都裝作小旦敬人。」周錫爵道：「我們這樣的鬍子，倒有些難裝。」亮功道：「只要做作得好，便有鬍子也不妨。」桂保又問陸宗沅道：「第四杯呢？」陸宗沅道：「把瓜子抓一把，數到誰就是誰。」桂保道：「這杯便宜了。」又問周錫爵道：「五、六兩杯行

㊵ 打播：較量手段。

什麼令？」周錫爵道：「兩杯化作六杯，『花』字飛觴❹❶。」桂保先問文輝道：「幾個？」文輝道：「一個。」順手便問亮功道：「幾個？」亮功伸著兩指道：「就是兩個。」桂保笑道：「好猜手，一猜就著。」放開手看時，正是兩個。遂取了三個杯子，斟滿了酒，放在亮功面前。亮功道：「這是楊四兄的令，就和你豁。」楊方猷道：「我是半杯，說過的。」亮功道：「豁起來再講。」可可響了三響，亮功輸了三拳，便道：「今日拳運不佳，讓了你罷。」第二、三杯即係亮功自己的令，便道：「這裝小旦倒是作法自弊了。也罷，讓我來敬兩個人。」隨站起來，左手拿了杯酒，右手捋了鬍子，把頭扭了兩扭，笑迷迷軟腰細步的走到楊方猷面前，請了一個安，嬌聲嬌氣的道：「敬楊老爺一杯酒，務必賞個臉兒。」說著，把眼睛四下裡飛了一轉，宛然聯錦班內京丑譚八的醜態，引得合席大笑，桂保笑得如花枝亂顫，楊方猷只得飲了一杯。孫亮功掐了一枝梅花，插在帽邊，又取了一個大杯，捻手躡腳❹❷的走到陸宗沅面前，斟了酒道：「陸都老爺是向來疼我的，敬你這一杯。」陸宗沅道：「這大杯如何使得？」孫亮功道：「想來都老爺是要吃皮杯❹❸的。」說罷呷了一口，送到宗沅嘴邊。宗沅站起來，笑道：「這個免勞照顧。」大家狂笑起來，亮功忍不住要笑，酒咽不及，噴了陸宗沅一臉；眾人一發哄堂大笑。陸宗沅忙要水淨了臉。第四杯是數瓜子令。亮功抓了一把，數一數是二十五粒，恰好數到自己，陸宗沅道：「這個極該。」第五、六杯是飛花令，孫亮功看著桂保道：「豈宜重問後庭花❹❹。」數一數又是自飲。亮功道：「晦氣，

❹❶ 觴：盛有酒的杯。

❹❷ 捻手躡腳：形容走路時腳步放得很輕。

❹❸ 皮杯：口對口的敬酒。

我改一句罷。」眾人道：「這個斷使不得，改一句罰十杯。」桂保斟了一杯酒，道：「請孫老爺後庭花飲酒。」眾人重新又笑。亮功把桂保擰了一把，也喝了。下手是王文輝飛觴，桂保把嘴向孫亮功一呶，文輝會意，便道：「桃花細逐楊花落。」輪應陸宗沅、孫亮功各一杯。陸宗沅因亮功噴了他酒，便道：「無可奈何花落去。」接著楊方猷便道：「索性一總喝兩杯罷。」亮功道：「很好，你說罷。」楊方猷道：「笑隔荷花共人語。」桂保斟了兩杯，孫亮功喝了。輪著桂保飛花，想了一想，說道：「好將花下承金粉。」數到又是亮功，眾人說：「好。」亮功道：「不好，不好。這句是杜撰的，不是古人詩。」桂保道：「怎麼是杜撰？現在是陸龜蒙㊺的詩。」周錫爵道：「不錯的，你不能不喝這杯。」亮功道：「他想了半天，有心飛到我的。他若能隨口說兩句飛著我，我就喝。」桂保道：「真麼？你不要賴。」亮功道：「不賴，不賴。」桂保一連說了三句道：「『月滿花香記得無』，『漱齒花前酒半酣』，『樓上花枝笑獨眠』。」眾人拍手稱妙，亮功無法，倒飲了三個半杯。末一杯是周錫爵，便道：「飛花寂寂燕雙雙。」亮功道：「你們好麼，大家齊心都叫我一個人喝酒。」要周錫爵代喝，周錫爵不肯，亮功道：「我再裝作小旦奉敬何如？」周錫爵笑道：「饒了我罷，我代喝就是了。」說得大家又笑。桂保笑道：「這個飛花不公，我有一個飛花最公道。」便將幾朵梅花揉碎了，放在掌中，說道：「我一吹，落到人身上，都要喝的。」亮功嘻著嘴，望著桂保道：「很好，你且試吹一次，不知落到誰。」桂保故意往外一望，說

㊹ 後庭花：唐教坊曲名。南朝陳後主與幸臣按曲造詞，輕蕩而其音甚哀。唐杜牧泊秦淮詩：「商女不知亡國恨，隔江猶唱後庭花。」即此。

㊺ 陸龜蒙：唐長洲人。不喜與人交。撰有笠澤叢書等。

道：「孫老爺家裡打發人來了。」亮功扭轉臉去望時，桂保對著他臉一吹，將些花瓣貼得他一臉。亮功酒多了出汗，因此花瓣粘住了，一瓣還吹進了鼻孔，打了一個噴嚏，惹得眾人大笑。陸宗沅道：「這個花臉好，不用上粉。」孫亮功連忙抹下，這邊桂保猶飛了一句道：「自有閑花一面春。」眾人又笑了又贊，亮功要走過來不依，桂保恰好真見一個跟班進來，湊了亮功耳邊說了兩句。亮功登時失色，便道：「你先回去，我即刻就回。」便向王文輝道：「酒已多了，快吃飯罷。」文輝與座客均各會意，點頭微笑。桂保道：「准是太太打發人來叫，回去遲了是要頂燈㊻的。」眾人又笑了一陣，文輝道：「好麼，連眾人一齊打趣在內。」亮功罰了桂保一杯，屁滾尿流的催飯。大家吃完，洗嗽畢，就隨著亮功同散。文輝賞了桂保二十兩銀子，桂保謝了，走到書房來找王恂、仲清，談了一會，說道：「我們班裡新來了兩個，一個叫琴官，一個叫琪官，生得色藝俱佳，只怕史竹君的花選又要翻刻了。」又坐了一會也自回去。不知後事如何，且聽下回分解。

㊻ 頂燈：頂油燈。

第三回 賣煙壺老王索詐 砸菜碗小旦撒嬌

話說魏聘才回來，書房中已吃過飯了，正在躊躇，想到外面館子上去吃點心。走到賬房門口，忽見一個小廝❶，托著一個大方盤，內放一隻火鍋，兩盤菜，熱氣騰騰的送進去了。隨後見有管事的許順跟著進去，見了聘才，便問：「大爺用過飯沒有？」聘才道：「才從外頭送信回來的。」許順道：「既沒用飯，何不就請在賬房吃罷。」這許順夫婦是顏夫人賠房過來的，一切銀錢賬目皆其經手。聘才進了賬房，許順要讓聘才先吃，聘才不肯，拉他同坐了。吃過了飯，許順泡了一碗釅茶❷遞給聘才，說了一會閑話。看壁上的掛鐘已到未❸初，偶然看見一個紫竹書架上有幾本殘書，順手取了兩本看時，卻是抄寫的曲本，無非是牡丹亭❹、長生殿❺上的幾支曲子。又取一本薄薄的二三十頁，卻是刻板的，題著曲臺

---

❶ 小廝：舊時稱年輕僮僕。也叫「小么」、「小么兒」。

❷ 釅茶：濃茶。釅，濃。

❸ 未：下午一時至三時。

❹ 牡丹亭：傳奇名。明湯顯祖撰。全稱牡丹亭還魂記。本事記南安太守杜寶的女兒杜麗娘，夢見書生柳夢梅，醒來相思致死，後杜麗娘復生，終與夢梅結為夫妻的愛情故事。

❺ 長生殿：傳奇名。清洪昇撰。演唐明皇與楊貴妃故事。本名沉香亭。後去李白，入李泌輔肅宗事，更名舞霓裳，乃合用唐人小說王妃歸蓬萊，明皇遊月宮諸事，專寫釵盒情緣，名曰長生殿。

花選。略翻一翻，像品題小旦的。再拿幾本看時，是不全的綴白裘❻。聘才道：「這兩本書是自己的麼？想來音律是講究的。」許順道：「那裡懂什麼音律，不知是那個爺們擱在這裡的。」聘才要借去看看，許順道：「只管拿去。」

聘才袖了出來，到自己房裡，歪在炕上，取那本花選看了一會，記清了八個名氏。一面想道：原來京裡有這樣好小旦，怪不得外省人說：「要看戲，京裡去。」相公非但好，個個有絕技，且能精通文墨，真是名不虛傳。這樣看起來，那琴官雖然生得天仙似的，只怕未必比得上這一班。忽又轉念道：這書上說的，也怕有些言過其實。若論相貌，我看世界上未必賽得過琴官。重新又將這八個人的光景逐一摹擬一番，又牢牢的記了一記。只見四兒跑進來說道：「同路來的葉先生找少爺說話，現在賬房裡。」聘才說：「這也奇了，他怎的到這裡來。」就將花選擱在枕頭底下，帶上房門出來。

到了賬房，見葉茂林同著個白胖面生的人在那裡坐著，見聘才進來，都站起了，上前拉手問好。聘才道：「葉先生到此有何貴幹？」葉茂林笑嘻嘻的道：「曉得尊駕在此，特來請安的。」聘才知道他是順口的話，便道：「我還沒有來奉拜，倒先勞你的駕過來。」又問：「那位貴姓？」葉茂林道：「這是我們大掌班金二爺，來請梅大人定戲的。」聘才待再問時，只見許順從上頭下來說道：「大人吩咐，既是正月初五以前都有人定下，初六、七也使得，就是不許分包。」那金二道：「不分包這句話，卻不敢答應。正月裡的戲，不要說我們聯錦班，就是差不多的班子，那一天不分三包兩包。許二爺勞你駕，再

❻ 綴白裘：題鬱岡樵隱輯，古積金山人採新，搜集元以來雜劇傳奇共四十種。輯者自以為所搜皆為精華所在，故取「綴白狐之腋以為裘」之意為書名。

回一聲罷。」許順道：「已經回過了，是這麼吩咐下來，再去回時，也是白碰釘子。要不然，到王大人那裡去商量罷。」金二道：「這日子呢？」許順道：「一發和王大人商量，不拘初六、初七，定一天就是了。」葉茂林道：「到王大人宅子去回來，還要在此地經過。不如我在此等一等，你同許二爺去說結了，回來同走罷。」金二道：「也好。」便同許順去了。

葉茂林即問聘才：「可曾看過京裡的戲？」聘才回說：「沒有。」茂林就說行頭❼怎樣新鮮，腳色怎樣齊全，小旦怎樣裝束好看，園子裡怎樣熱鬧，堂會戲❽怎樣排場，說得聘才十分高興。問起同船的人來，知琴官在曹長慶處，現今患了幾天病，也漸漸好了。琪官定于臘月初十日上臺，其餘各自跟他師傅，也有在聯錦班的，也有過別班裡去的。聘才又問他的寓處，說在楊柳巷聯錦班總寓內。聘才道：「改日過來奉看。」茂林道：「這如何敢當，只好順便去逛逛。」說著，許順已同了金二回來，已經說妥：定于正月初六日在姑蘇會館，不論分包不分包，只要點誰的戲，不短腳色就是了。許順上去回明，付了定銀各散。是晚子玉課期❾，未得與聘才閑談。

次日，聘才記著葉茂林的話，吃了早飯想去聽戲，叫四兒帶了錢，換了衣裳。因元茂在書房讀書，不好約他，獨自步行出門，不多路就到了戲園地方。這條街共有五個園子，一路車馬擠滿，甚是難走。遍看聯錦班的報子，今日沒有戲，遇著傳差，聘才心上不樂，只得再找別的班子。耳邊聽得一陣鑼鼓響，

❼ 行頭：演戲用的道具、衣服。

❽ 堂會戲：舊時私家有喜慶等事，招延藝人在家裡唱戲娛賓，叫堂會戲。

❾ 課期：考查、考核的日子。

走過了幾家鋪面，見一個戲園寫著三樂園，是聯珠班。進去看時，見兩旁樓上樓下及中間池子裡，人都坐滿了，臺上也將近開戲。就有看座兒的上來招呼，引聘才到了上場門，靠牆一張桌子邊。聘才卻沒有帶著墊子，看座兒的拿了個墊子與他鋪了，送上茶壺、香火。不多一會，開了戲。沖場戲⑩是沒有什麼好看的。望著那邊樓上，有一班像些京官模樣，背後站著許多跟班。又見戲房門口帘子裡，有幾個小旦，露著雪白的半個臉兒，望著那一起人笑，不一會，就攢三聚五的上去請安。遠遠看那些小旦時，也有斯文的，也有伶俐的，也有淘氣的。身上的衣裳卻極華美，有海龍，有狐腿，有水獺，有染貂，都是玉琢粉妝的腦袋，花嫣柳媚的神情，一會兒靠在人身邊，一會兒坐在人身旁，一會兒扶在人肩上，這些人說說笑笑，像是應接不暇光景。聘才已經看出了神。

又見一個閑空雅座內，來了一個人。這個人好個高大身材，一個青黑的臉，穿著銀針海龍裘，氣概軒昂，威風凜烈，年紀也不過三十來歲。跟著三四個家人，都也穿得體面。自備了大錫茶壺、蓋碗、水煙袋等物，擺了一桌子，那人方才坐下。只見一群小旦蜂擁而至，把這一個大官座也擠得滿滿的了。見那人的神氣好不飛揚跋扈，顧盼自豪，叫家人買這樣，買那樣，茶果點心擺了無數，不好的摔得一地，還把那家人大罵。聘才聽得怪聲怪氣的，也不曉得他是那一處人。

正在看他們時，覺得自己身旁，又來了兩個人。回頭一看，一個是胖子，一個生得黑瘦，有了微鬚，身上也穿得華麗，都是三十來歲年紀，也有兩個小旦跟著說閑話。小廝鋪上坐褥，一齊擠著坐下。聘才

⑩ 沖場戲：首先出場的腳色，以沖末為最普遍，術語叫做沖場。沖末多半不是劇中主要人物。也有以其他腳色首先出場的。這首場戲即為沖場戲。

聽他們說話，又看看那兩個相公，也覺得平常，不算什麼上好的。忽見那個熱鬧官座裡，有一個相公，望著這邊，少頃走了過來，對胖子與那一位都請了安。這張桌子連聘才已經是五個人，況兼那人生得肥胖，又占了好多地方，那相公來時已擠不進去。因見聘才同桌，只道是一起的人，便向聘才彎了彎腰。聘才是個知趣的人，忙把身子一挪，空出個坐兒。這相公便坐下了，即問了聘才的姓，聘才連忙答應，也要問他名氏，忽見那胖子扭轉手來，在那相公膀子上一把抓住。那相公道：「你做什麼使這樣勁兒？」便側轉身向胖子坐了，一隻手搭在胖子肩上。那先坐的兩個相公，便跳將下去，捽著袖子走了。

只聽得那胖子說道：「蓉官，怎麼兩三月不見你的影兒？你也總不進城來瞧我，好個紅相公！我前日在四香堂等你半天，你竟不來，是什麼緣故呢？」那蓉官臉上一紅，即一手拉著那胖子的手道：「三老爺今日有氣。前日四香堂叫我，我本要來的，實在騰不出這個空兒。天也遲了，一進城就出不得城，在你書房裡住，原很好，三奶奶也很疼我，就聽不得青姨奶奶罵小子，打丫頭，捽這樣，砸那樣，再和白姨奶奶打起架來，教你兩邊張羅不開。明兒早上，好晒我在書房裡，你躲著不出來了。」蓉官沒有說完，把那胖子笑得眼皮裹著眼睛，沒了縫，把蓉官嘴上一擰，罵道：「好個貧嘴的小么兒！這是偶然的事情，那裡是常打架嗎？」聘才聽得這話，說得尖酸有趣，一面細看他的相貌，也十分可愛，年紀不過十五六歲，一個瓜子臉兒，秀眉橫黛⑪，美目流波，兩腮露著酒凹，耳上穿著一隻小金環，衣裳華美，香氣襲人。這蓉官瞅著那胖子說道：「三老爺你好冤，人說你常在全福班聽戲，花了三千吊錢，替小福出師⑫。你瞧瞧小福在對面樓上，他竟不過來呢。」那胖子道：「那裡來這些話，小福我才見過一兩面，

⑪ 秀眉橫黛：謂秀美之眉畫上青黑色的顏料。

誰說替他出師？你盡造謠言。」蓉官道：「倒不是我造謠言，有人說的。」蓉官又對那人道：「大老爺是不愛聽崑腔⑬的，愛聽高腔⑭雜耍兒。」那人道：「不是我不愛聽，我實在不懂，不曉得唱些什麼。高腔倒有滋味兒，不然倒是梆子腔⑮，還聽得清楚。」

聘才一面聽著，一面看戲。第三齣是南浦⑯，很熟的曲文，用腳在板凳上踏了兩板，就倒了一杯茶，一手擎著慢慢的喝。可巧那胖子要下來走動，把手向蓉官肩上一扶，蓉官身子一幌，碰著了聘才的膀子，茶碗一側，淋淋漓漓把聘才的袍子潑濕了一大塊。那胖子同蓉官著實過意不去，陪了不是，聘才倒不好意思，笑道：「這有什麼要緊，乾一乾就好了。」說著自己將手巾拭了。

又聽了一回戲，只見一個老頭子彎著腰，頸脖上長著灰包似的一個大氣瘤，手內托著一個小黃漆木

---

⑫ 出師：即滿師。學徒從師學藝期滿，稱滿師。學藝期一般為三年。

⑬ 崑腔：也叫「崑山腔」。戲曲聲腔、劇種。清代大多稱「崑曲」，後稱「崑劇」。原為元崑山（今屬江蘇）一帶流行的民間戲曲腔調，經顧堅等人整理加工，明初已有「崑山腔」之名。至嘉靖年間，又經魏良輔等吸收海鹽腔、弋陽腔和當地民間曲調，更加豐富。伴奏樂器兼用笛、簫、笙、琵琶以及鼓、板、鑼等。以演唱傳奇劇本為主。表演上注重動作優美，舞蹈性強，形成了特有的風格。隆慶、萬曆以後，逐漸流傳各地，對許多地方戲曲劇種產生深遠影響。但自清中葉以後，由於藝術上日趨僵化，逐漸衰落。

⑭ 高腔：戲曲聲腔。江西弋陽腔、安徽青陽腔自明代流傳各地，或同地方語言、曲調結合，演變為新的劇種。這些劇種都具有聲調高亢、後臺幫腔以及只用打擊樂，不用管弦樂伴奏的特點，因而形成一種聲腔系統，統稱為高腔。如安徽的岳西高腔、浙江的調腔、湖北的清戲、山西的青陽腔戲等均屬於高腔。

⑮ 梆子腔：戲曲聲腔，以用梆子伴奏得名。如秦腔（陝西梆子）、晉劇（山西梆子）、豫劇（河南梆子）等。

⑯ 南浦：琵琶記中一折。

盤，盤內盛著那許多玉器，還有些各樣顏色的東西，口裡輕輕的道：「買點玉器兒，瞧瞧玉器兒。」從人叢裡走近聘才身邊，一手捏著一個黃色鼻煙壺⑰，對著聘才道：「買鼻煙壺兒。」聘才見這壺顏色甚好，接過來看了一看，問要多少錢。那賣玉器的道：「這琥珀壺兒是舊的，老爺要使，拿去就結了。人家要，是十二兩銀，一厘不能少的。你能⑱算十兩銀就是了。」聘才只道這壺兒不過數百文，今聽他討價，連忙送還。那賣玉器的便不肯接，道：「老爺既問價，必得還個價兒，你能瞧這壺兒又舊，膛兒又大，拿在手裡又暖又不沉，很配你能使。你能總得還個價兒。」聘才沒法，只得隨口說道：「給你二兩銀子。」賣玉器的便把壺接了過去，說太少，買假的還不能。停一會又說：「罷了，今日第一回開張，老爺成心買，算六兩銀。」聘才搖著頭說：「不要。」那賣玉器的嘆口氣道：「如今買賣也難做，南邊老爺們也精明，你瞧這個琥珀壺兒賣二兩銀。算了，底下你能常照顧我就有了。」說著，又把壺兒送過來。聘才身邊沒有帶銀子，因他討價是十兩，故意只還二兩，是打算他必不肯賣的，誰知還價便賣，一時又縮不轉來，只得呆呆的看戲，不理他，然臉已紅了。

那賣玉器的本是個老奸巨猾，知是南邊人初進京的光景，便索性放起刁來，道：「我賣了四十多年的玉器，走了幾十個戲園子，從沒有見還了價，重說不要的。老爺那裡不多使二兩銀，別這麼著。」靠緊了聘才，把壺兒捏著。聘才沒奈何，只得直說道：「今日實在沒有帶銀子，明日帶了銀子來取你的罷。」

⑰ 鼻煙壺：拌和藥材碾成粉末由鼻孔吸入的一種煙。相傳明萬曆時耶穌教會利瑪竇傳入我國。盛煙之瓶謂之鼻煙壺，舊以五色玻璃為之，其後改用套料，有兼套至四五彩者，雕鏤極精。

⑱ 你能：客氣的稱呼，相當於「您」。

那賣玉器的那裡肯信，道：「老爺沒有銀子，就使票子。」聘才道：「連票子也沒有。」賣玉器的道：「我跟老爺府上去領。」聘才道：「我住得遠。」賣玉器的只當不聽見，仍揑著壺兒緊靠著聘才。

那時臺上換了二簧戲⑲，一個小旦才出場，尚未開口，就有一個人喊起「好」來，于是樓上樓下，幾十個人同聲一喊，倒像救火似的。聘才嚇了一跳，身子一動，碰了那賣玉器的手，只聽得「撲托」一響，把個松香煙壺砸了好幾塊。聘才吃了一驚，發怔起來，那賣玉器的倒不慌不忙，慢慢的將碎壺兒撿起，擱在聘才身邊，道：「這位爺鬧脾氣，整的不要要碎的。如今索性拉交情，整的是六兩銀，碎的算六吊大錢⑳，十二吊京錢㉑。」聘才便生起氣來道：「你這人好不講理，方才說二兩，怎麼如今又要六兩，你不是訛我麼？」旁邊那些聽戲的，都替聘才不平。

聘才待要發作，只見那個胖子伸過手來，將那賣玉器的一扯，就指著他說道：「老王，你別要這麼著。」聘才連忙招呼，那胖子倒真動了氣，又道：「老王，你別要混憎㉒。怎麼拿個松香壺兒不值一百

⑲ 二簧戲：亦稱雙簧，曲藝的一種。由兩人表演，一人藏在後面，有說有唱，但不露面。一人坐在前面，不說不唱，只按後面一人的說唱內容表演各種動作，使觀眾看來好像是他自己說唱的一樣。有時也露出些破綻，以逗引觀眾。

⑳ 六吊大錢：舊時稱一千錢為一吊。這裡一吊大錢換一兩銀子。大錢，錢幣名。多指面值大的貨幣。

㉑ 京錢：明制錢有京省之別。京錢稱黃錢，每文約重一錢六分，七十文值銀一錢。外省錢稱皮錢，每文約重一錢，百文值銀一錢。均十錢為一兩。崇禎朝鑄的錢幣，清朝仍沿用之。同時，亦另鑄新錢。這裡兩文京錢換一文大錢。

㉒ 混憎：無知貌。這裡指胡鬧。

錢，賺人二兩銀，砸碎了就要六兩？你瞧他南邊人老實，不懂你那懵勁兒，你就懵開了。我姓富的在這裡，你不能。」那賣玉器的見了他，就不敢強，道：「三爺，你能怎麼說，怎麼好。」那胖子就叫跟班的給他四百錢，賣玉器的尚要爭論，那一位也說道：「富三爺那裡不照應你，這點事你就這麼著。況且富三爺是為朋友的，下次瞧瞧有好玉器，他們多照顧你一點就夠了。」蓉官接口道：「這老頭子好討人嫌，彎著腰，托著那浪盤子，天天在人空裡擠來擠去，一點好東西都沒有。誰要買，德古齋還少嗎？」賣玉器的只得忍氣吞聲，拿了碎煙壺走了出去，嘴裡咕嚕道：「鬧揚氣，充朋友，照顧我也配？有錢盡鬧相公。」又擠到別處去了。

聘才心裡甚是感激，連忙拉著富三的手，道：「小弟粗鹵，倒累三爺生氣。」又向那人也拉了拉手，就叫四兒拿出二百大錢來，雙手送上。富三笑道：「這算什麼。」接過來，遞與聘才的四兒，道：「算我收了，給你罷。」四兒不敢接，聘才又笑道：「斷不敢要三爺破鈔，還請收了。」又將錢交與富三的家人。富三接過來，望桌上一扔，道：「你太酸了！幾個錢什麼要緊，推來推去的推不了。」聘才只得叫四兒收了，叫他請了安，謝了賞。聘才已聽得人叫他富三爺，自然姓富了，便問那一位的姓，是姓貴，名字叫芬，現在部裡做個七品小京官。這富三爺叫富倫，是二品蔭生㉓，現做戶部主事㉔。一一領教過了。富、貴二人也問了聘才的姓，又問了他是那一處人，現在當什麼差。聘才道：「小弟是江寧府人，

㉓ 二品蔭生：即廕生。清制，因祖先的官職、功勞而得進國子監的叫廕生。有恩廕、難廕兩種。凡官遇慶典，文職在京四品以上，在外三品以上，武職三品以上，送一子進國子監讀書三年，期滿錄用，叫恩廕。

㉔ 戶部主事：官名。明廢中書省，六部各設主事，職位次於員外郎。清沿置。正六品。

才到京，尚未謀幹什麼。此時寓在鳴珂坊梅世伯梅大人處。」富三道：「江寧是個好地方，我小時候跟著我們老爺子到過江寧。那時我們老爺子做江寧藩司㉕，我才十二歲，後來升了廣東巡撫。你方才說鳴珂坊的梅大人，他也在廣東做過學差，與我們老爺子很相好。以後大家都回了京，我們老爺子做了侍郎，不上一年，就不在了。我是沒有念過書，不配同這些老先生們往來，所以這好幾年不走動了。聞得他家玉哥兒很聰明，人也生得好，年紀也有十六七歲了，不知娶過媳婦兒沒有？」聘才一一回答了，又與貴大爺寒喧一番。聘才已知富三是個熱心腸、多情多義的人，那個貴大爺卻是個謹慎小心、安分守己的一路。當下三人，倒閑談了好一會。蓉官又到對面樓上去了，聘才望著他，又去與那黑臉大漢講話。

又見那個賣玉器的擠上樓去，揑著些零碎玉件，到那些相公身邊，混了一陣，只管兜搭，總要賣成一樣才去的光景。那個黑大漢好不厭他，便吆喝了一聲。那賣玉器的尚不肯走，嘴裡倒還講了一句什麼。那個黑大漢聽了大怒，便命家人扠他出去。眾家人聽不得一聲，將他亂推亂攆，那個老頭子見勢頭不好，便也不敢撒賴，腰駝背曲的，一步步走出來。又要照應了盤內東西，瑲瑲瑯瑯的把些料壺兒、料嘴子砸了好些，彎了腰撿了一樣，盤裡倒又落下兩樣，心裡想拚著這條老命訛他一訛，看看那位老爺的相貌，先就害怕，更非富三爺可比，只得含著眼淚一步步的走下樓來。下了樓，才一路罵出戲園，看得那些相公個個大笑，都探出身子看他出了戲園，才住了笑。這邊富三看了，也拍手稱快，聘才更樂得了不得。但不知這個人是個什麼闊人，少頃等蓉官來問他。只見那黑大漢已起身，帶了四個相公，昂昂然大踏步的出去了。那些沒有帶去的相公，又分頭各去找人。

㉕ 藩司：南北朝時以宗室諸侯為州刺史，因稱藩司。明清時為布政使的別稱，或稱藩臺，主管一省人事與財務。

不一刻，蓉官又過來坐下，富三笑道：「空巴結他，也不帶你去，磨了半天，一頓飯都磨不出來。」蓉官點著頭道：「不錯，我磨他，他叫我，我也不去。這位老爺不是好相交的。」富三道：「這人是那裡人，姓什麼？」蓉官道：「是廣東人，我只聽得人都稱他奚大老爺，我也是才認識他。且他也到京未久，他就待春蘭待得好。今日春蘭身上穿那件玄狐腿子的，是奚大老爺身上脫下來，現叫毛毛匠㉖改小的。」說罷，即湊著富三耳邊問了一句。富三道：「怎麼你今日又有空兒？」蓉官笑嘻嘻的兩手搭著富三的肩，把他揉了幾揉。富三見聘才人品活動，又係梅氏世誼，便道：「魏大哥，今日這戲沒有聽頭，咱們找個地方喝一鍾去罷？」聘才見富三是個慷慨爽快的人，便有心要拉攏他，說道：「今日幸會，但先要說明賞兄弟的臉作個東。」富三笑道：「使得。」就在靴勒裡拿出個靴頁子來，取一張錢票㉗，交與他跟班給看座兒的，連這位老爺的戲錢也在裡頭。聘才又再三謝了。于是帶了蓉官，一同出來。

他們是有車來的，聘才搭了蓉官的車，四兒也跨了車沿，跟兔坐了車尾。聘才在車裡隨口的說笑，哄得蓉官十分歡喜，又贊他的相貌，要算京城第一。說說笑笑已到了一個館子，一同進去，揀了雅座坐了。走堂的上來，張羅點了菜，蓉官斟了酒。只聽得隔壁燕語鶯聲㉘，甚為熱鬧。蓉官從板縫裡望時，就是那個奚大老爺帶了春蘭，還有三個相公在那裡。聘才問富三道：「老太爺的諱，上下是那兩個字？」

㉖ 毛毛匠：專門縫製皮毛衣物的匠人。

㉗ 錢票：宋以後代替錢幣的紙幣。以「文」或「貫」為單位。清末，官銀錢號局、錢莊，甚至有些商店也發錢票，在當地流通。銀行也間有發行的。

㉘ 燕語鶯聲：燕語，燕子鳴聲。鶯聲，猶鶯鳴、鶯語。以喻春光物候。這裡指嬌聲嬌氣。

富三不解所問，倒是貴大爺明白，即對富三說道：「他問大叔官名是叫什麼？」富三道：「你問我們老爺的名字麼，我們老爺叫富安世。」聘才即站起身來道：「怪不得了，三爺是個大賢人之後。你們老大人在我們南京地方已成了神。三年前，地方上百姓共捐了幾千銀子，造了一個名宦祠，供了老大人的牌位。還有一位是江寧府某大老爺。這老大人生前愛民是不用說了，到歸天之後，還戀著南京百姓，遇著瘟疫、蝗蟲、水、旱等災，常常的顯聖，有求必應，靈驗得很，只怕督撫就要奏請加封的。那些百姓感戴到一萬分，願老大人的世世子孫，位極人臣，封侯拜相，這也是一定的理。今看三爺這般心地，那樣品貌，將來也必要做到一品的。」幾句話把富三恭惟得十分快樂，倒回答不上來。貴大爺道：「這個話倒也可信。大叔在江南年數本久，自知府升到藩司，也有十幾年，自然戀著那地方上了。」富三道：「我們老爺在江寧十六年，自知府到藩司，沒有出過省，真與南京人有緣。我是生在江寧府衙門裡的，所以我會說幾句南京話。」聘才又將貴大爺恭惟一番。貴大爺道：「我這個功名是看得見的，要升官也難得個揀選，不是同知㉙，就是通判㉚，並無他途。」聘才道：「將來總不止於『同』、『通』的。」蓉官笑道：「你瞧我將來怎樣？」聘才笑道：「你將來是要到月宮裡去，會成仙呢。」富三、貴大皆笑，蓉官罰了聘才一杯酒，道：「你此時倒會說話，為什麼見了那個賣玉器的，就說不出來？」聘才笑道：「今

㉙ 同知：宋時始置同知，以為副貳。元明沿之。清代府、州以及鹽運使設同知，府同知即以同知為官稱，州同知稱州同，鹽同知稱運同。

㉚ 通判：官名。宋初鑑於五代藩鎮權力太大，威脅朝廷，用文臣知州，並置州、府通判，與知府、知州共理政事。清於府設，稱通判，州稱州判，皆為輔佐之官。

日幸遇見了三爺、大爺，不然我真被他纏不清了。」富三道：「這種人是怕硬欺軟，你越與他說好話，他越不依的。你不見樓上那個人將他轟出來，砸掉了許多東西，他何曾敢說一聲。不過，咱們不肯做這樣霸道事，叫苦人吃虧。其實，四百錢還是多給的。他那個料壺兒，准不值一百錢。」聘才又贊了幾聲「仁厚待人，必有厚福」。蓉官道：「那奚老爺的爺們好不利害，將這老王推推搡搡的，我怕跌了他，把他那浪盤子的臭雜碎全砸了，不絕了他的命？倒幸虧沒有砸掉多少，只砸了兩個料嘴子，一個料煙壺。有一個爺們更惡，在他脖子那個灰包上一扠，那老王噎了一口氣，兩個白眼珠一翻，好不怕人。這個奚大老爺的性子也太暴，適或扠死了他，也要償命的。」

蓉官說到此，只聽得隔壁雅座裡鬧起來，聽得一人罵道：「雞巴攮的，又裝腔做作了。」蓉官低低的說道：「不好了，那位奚大老爺又翻了，不知罵誰？」便到板壁縫裡去望他們。這邊聘才與富三、貴大都靜悄悄的聽，聽得一個相公說道：「你倒開口就罵人。好便宜的雞巴，做起菜來，你口裡還吃不盡呢。」聽得那人又罵道：「我最恨那裝腔做作的，一天一個樣子。」又聽得那相公說道：「就算我裝腔做作了，你也不能打死了我。」又聽得那人罵道：「我倒不打死你，我想攮死你。」聽得「噹啷」一聲，砸了一個酒杯。那人又說道：「這聲音響得小，要砸砸大的。」聽得那相公說道：「你愛聽響的。」便又一聲響，砸破了一個大碗。那人道：「你會砸，我不會砸？」也砸了一個。那相公道：「你愛砸，誰又攔你不砸。」便接連叮叮噹噹砸了好幾個。那人怒極了，說道：「你真砸得好。」便索性把桌子一掀，這一響更響得有趣。那三個相公一個已唬跑了，兩個死命的解勸，口中不住的大老爺、乾爹、乾爸爸的求他不要生氣。那個砸碗的相公也跑到院子裡，嗚嗚咽咽的哭起來了。掌櫃的、走堂的一齊進來勸解，都不敢說一句話，盡陪著笑臉，大老爺長，大老爺短。那掌櫃的又去安慰那相公，嘻嘻的笑說道：「春蘭，做什麼與大老爺這麼慪氣？你瞧嶄新的玄狐腿子濺了油了，快拿燒酒來擦。」就有伙計們拿了燒酒，掌櫃的替他抹乾淨了。一面把那位奚老爺請了出來，另到一間屋子坐了，拉了那相公上前，勸他陪個不是。那相公只管哭，不肯陪禮，那姓奚的，見掌櫃的如此張羅，也有些過意不去，說道：「倒吵鬧了你們。這孩子一天強似一天，令人生氣。」那掌櫃的倒代這相公請安作揖的在那裡做花臉，那姓奚的氣也平了，那相公也住了哭。掌櫃的又將那三個相公也找了進來，吩咐伙計們照樣辦菜，拿上好的碗盞，與大老爺消氣和事。掌櫃的又說那走堂的道：「老三，你不會伺候。這砸碗的聲音是最好聽的。你應該拿頂細料的磁碗出來，那就砸得又清又脆，也叫大老爺樂一樂。這半粗半細的磁器，砸起來聲音也帶些笨濁。你瞧，大老爺當賞你五十吊，也只賞你四十吊了。」說得眾伙計哈哈大笑，一面去掃地抹桌子。這一地的菜，已經有四條大狗進去吃得差不多了。大家搶吃，便在屋裡亂咬起來，四條大狗打在一處。眾伙計七手八腳，拿了棍子、掃笤趕開了狗，然後收拾。

你道這掌櫃的為什麼巴結這個姓奚的？他知道這個姓奚的是廣東大富翁，又是闊少爺，現帶了十幾萬銀子進京，要捐個大官。已到了一月有餘，差不多天天上他的館子，已賺了他正千吊錢了。這一桌菜連碗開起賬來，總要虛開五六倍。應五十吊，大約總開三百吊。那位姓奚的最喜喝這杯快樂酒，你再開多些，他也照數全給，斷不肯短少。這是海南大紈袴，到京裡來想鬧點聲名，做個冤桶的。此時只曉得他排行是十一，就稱呼他為奚十一。那個砸碗的相公，就是蓉官說的春蘭了。

富三與聘才、貴大都在門口看了一會進來。蓉官吐了吐舌，說道：「好不怕人！這才算個標子㉛。」

富三笑道：「這種標也標得無趣，但不知為什麼事鬧起來？」蓉官道：「這位奚大老爺的下作脾氣，是講不出來的。」於是富三與聘才、貴大豁了一會拳，此時天氣尚短，他們也要進城。貴大爺先搶會賬，聘才又要作東，富三爺道：「都不要搶，這一點小東，讓我富老三做了罷。明日就吃你，後日再吃他。」大家只得讓富三爺會了賬。富三、貴大得了聘才一番恭惟，心裡著實喜歡。聘才又問了兩人的住處，說明日要來請安。富三道：「我住在東城金牌樓路西茶葉鋪對門。」指著貴大爺道：「他就在茶葉鋪間壁，門上都是戶部封條。明日如果來，我們就在家裡等候。」聘才說：「一定來的，咱們從此訂交。只是我是個白身人㉜，仰扳不上。」富三、貴大同說：「罰你！咱們哥兒們論什麼，你不嫌我們粗鹵就是了。」富三賞了蓉官八吊錢、跟兔兩吊錢。蓉官謝了賞，辭了貴大爺與聘才先去了。

此時日已西沉，富、貴兩人急急的趕城，聘才送了他們上車，同著四兒慢慢步行而歸。到家時點了燈了，子玉、元茂都在書房夜課。聘才換了衣裳，趿著鞋，喝了幾杯茶，坐了一回。少停，子玉、元茂出來，同到聘才房裡。只見聘才解下腰間的褡包，一隻手揣在懷裡，剩著一隻空袖子悠悠蕩蕩的，在房裡走來走去轉圈兒。見了子玉、元茂進來，便嘻嘻的笑。元茂道：「今日什麼事，到此刻才回？」又湊到他臉上一看，道：「酒氣醺醺，一定是葉茂林請你的，可曾見那些小孩子麼？」聘才道：「我沒有去找葉茂林，我倒聽了聯珠班的戲。那班裡的相公足有五六十個，都是生得很好的。遇見一個相好，是從前南京藩臺的少爺，與我們也有世誼。他請我吃飯，叫了個相公，也是上等的。」子玉道：「大哥，你

㉛ 標子：狂徒。

㉜ 白身人：指沒有官職出身的人。唐時節度幕職，多由長官辟署，歷久始奏朝廷授官。授官而未通籍者亦稱白身。

前日說那琴官脾氣不好，又愛哭，是怎樣脾氣？」聘才道：「那琴官的脾氣是少有的，大約托生時，閻羅王把塊水晶放在他心裡，又硬又冷，絕沒有一點憐憫人的心腸。這個人與他講『情』字，是不必題了。我因為他腦袋生得好，生了一片憐香惜玉㉝之心，奴才似的巴結他，非但不能引他笑一笑，倒幾次惹得他哭起來，這個脾氣教人怎樣說得出來？總而言之，他眼睛裡沒有瞧得起的人就是了。」子玉想道：「果然有這樣脾氣，這人就是上上人物，是十全的了。」便呆呆思想起來。便又轉念道：人海中庸耳俗目，都喜諂媚逢迎，只怕這清高自愛的佳人，必遭白眼。除非有幾個正人君子，同心協力提拔他，使奸邪輩不得覬覦㉞，然後可以成就他這錚錚有聲，皎皎自潔，使若輩中出個奇人，倒也是古今少有的。子玉想到此，這條心有些像柳花㉟將落，隨風脫去，搖曳到琴官身上了。忽見李元茂把風門一開，說道：「了不得了！」不知後事如何，且聽下回分解。

㉝ 憐香惜玉：唐徐夤釣磯文集蝴蝶詩、金元好問元遺山集荊棘中杏花詩原以香、玉可供玩賞，使人起憐愛之心。後在詩詞、戲曲、小說中，常以此喻男子對情人的憐愛。

㉞ 覬覦：非分的冀望或希圖。

㉟ 柳花：鵝黃色。成子後，上有白色絨毛，隨風飄落為柳絮。

第四回 三名士雪窗分詠 一少年粉壁題詞

卻說子玉正在體貼琴官心事，只聽元茂開著風門說道：「了不得了！」倒把子玉等唬了一跳，問道：「為什麼大驚小怪？」元茂道：「你看地下已鋪了一層，這棉花大的朵子下起來，一夜就有一尺多了。」子玉同聘才到門口看時，果然飄飄洒洒，下起雪來。子玉道：「這臘雪是最好的。今年一冬風燥，現在求雪，幸虧我們說著琴官，所以感召天和，祥霙❶獻瑞。」聘才道：「今晚若下得一宿，明日我們就可以賞雪了。」雲兒已拿了斗篷、風帽來，請子玉穿戴了進去。

這一夜足足下了有五寸多雪，直到天明，一陣陣的朔風吹來，寒冷異常，雪才止了。真個瓊裝世界，玉琢乾坤，一派好景。那李性全先生，清早起來冒了寒，頭暈咳嗽，仍上床躺了，覺得心裡煩悶，不令子玉等讀書。性全自己精于藥理，便叫書僮去抓了幾味發散藥吃了，蒙頭安睡。子玉命兩個書僮，在書房外好好伺候，自己到了一個小三間書屋，名為「二十四琴齋」。這塊匾額，還是其祖文穆公手筆。子玉無聊，翻出謝惠連的雪賦❷閱看。至「皓鶴奪鮮，白鷴失素❸」句，嘆賞古人工于摹繪。忽見天又陰得

❶ 霙：古書上指雪花。

❷ 謝惠連的雪賦：謝惠連，南朝宋陽夏人。作雪賦，以高麗見奇，文章並傳於世。

❸ 白鷴失素：使白鷴失卻白色的光彩。白鷴，鳥，雄的背部白色，有黑色條紋，腹部黑藍色，是一種觀賞鳥。

沉了，又悠悠揚揚的起來，那房上樹上的雪，被風刮得如梨花亂舞。即吩咐雲兒，叫廚房多備幾樣菜，請魏、李兩位少爺賞雪。少頃，送過一桌佳肴，請了聘才、元茂過來一同賞玩。子玉是不能飲酒的，勉強相陪。又將琴官的光景來問聘才，聘才見他心甚注意，便改了口風，索性將琴官的身分、性氣一贊，贊得子玉更為傾慕。又想這個雪天，若見瓊枝玉立，何異瑤島看花，真笑黨家錦帳❹中，醇酒羔羊，終不脫武夫氣象矣。吃完之後，煮雪煎茶，閑談一會，聘才、元茂各自回房去了。

忽見俊兒拿了一封書信來，簽子上寫著「梅少爺手展」，旁有一行小字；內信箋一紙，詩箋四紙。認得仲清筆跡，便問俊兒是誰送來的。俊兒道：「是顏少爺的健兒。」子玉道：「叫他等一等。」拆開看時，信箋上寫著是：

昨與庸庵同居虛室。玉杯寒重，始知六出❺花飛；銀燭光殘，才見十分雪艷。冰山疊疊，圍成雲母屏風；寶塔層層，照見琉璃燈火。美人裝罷，玉戲貓兒；羅漢堆來，球拋獅子。黃昏選韻，白戰分題❻；愧乏瓊詞，聊為磚引。謹呈冰鑒，乞報瑤章。庚香仁弟文几：庸庵囑候，仲清手肅。

子玉看了，道：「好工致的尺牘❼！」再看詩箋上，寫著雪窗八詠：

---

❹ 黨家錦帳：宋陶穀有妾，本太尉黨進家姬。一日雪，穀取雪水烹團茶，顧妾曰：「黨家有此景否？」曰：「彼粗人，安識此景？但能於銷金帳中低斟淺唱，飲羊羔酒耳。」穀大慚。

❺ 六出：雪花的結晶呈六角形，稱為六出。

❻ 分題：舊時詩人聚會分探題目而賦詩，叫分題，也叫探題。

雪山

此峰真個是飛來，白玉芙蓉一朵開。著屐好吟亭畔絮，騎驢⑧難覓嶺頭梅。幾看如滴非蒼翠，便使多殘豈劫灰⑨。雲雨夜深寒凍合，那堪神女⑩下陽臺。

雪塔

散花人到梵王宮⑪，多寶莊嚴盡化工。四角有時還礙日，七層無處不驚風。月中舍利⑫光何燦，水面浮圖⑬色更空。乘興若容登絕頂，願題名字問蒼穹。

雪屏

梁園⑭昨夜報陽春，玉案珠帘門嶄新。雲母好遮花御史，水晶應賜虢夫人⑮。不搖銀燭光偏冷，

---

⑦尺牘：漢代詔書寫在一尺一寸長的書牘上，後省稱尺牘，用為書信的通稱。

⑧騎驢：唐孟浩然愛雪，曾說詩思在霸橋風雪中的驢子背上。

⑨劫灰：佛教所謂「劫火」之餘灰。

⑩神女：宋玉神女賦序：「楚襄王與宋玉遊於雲夢之浦，使玉賦高唐之事，其夜王寢，夢與神女遇。」事本假托。

⑪梵王宮：即梵宇。本指梵天的宮殿。後泛指佛寺。

⑫舍利：佛骨。梵語設利羅，亦稱舍利子。

⑬浮圖：塔。魏書釋老志：「凡宮塔制度，猶依天竺舊狀而重構之……世人相承謂之浮圖，或云佛圖。」

⑭梁園：即梁苑。園囿名。在今河南開封南。漢梁孝王（劉武）築。為遊賞與延賓之所，當時名士司馬相如、枚乘、鄒陽等皆為座上客。

⑮雲母好遮花御史兩句：借用唐沈佺期古歌：「水晶帘外金波下，雲母窗前銀漢回。」唐李商隱有「雲母屏風竹影深」之句。虢夫人，唐楊貴妃姐。行三。嫁裴氏。玄宗天寶七年，封虢國夫人。

便畫金鵝夢未真。怪殺妓圍俱編素，近前丞相合生嗔⑯。

雪燈

挑檠⑰幾度詠尖叉⑱，此夜焚膏賽九華⑲。織素有光寧向壁⑳，讀書無火是誰家㉑。清寒已盡三條燭，照睡還看六出花。記取元宵佳節近，鬧蛾殘柳莫爭誇。

庸庵王恂初稿

子玉看了，道：「好詩！這四首之中，自然以雪堵為第一，雪屏第二，雪山次之，雪燈又次之。」

再看仲清的詩是：

雪獅

居然幻相長毛蟲，白澤㉒呼名偶擅雄。秉氣豈能騰海外，因風只合吼河東㉓。黃金高座非難爍，

⑯ 近前丞相合生嗔：杜甫麗人行：「炙手可熱勢絕倫，慎莫近前丞相嗔。」丞相指楊國忠。

⑰ 挑檠：挑燈。

⑱ 尖叉：宋蘇軾東坡集有雪後書北臺壁與謝人見和前篇詩，都用「尖」、「叉」字為韻，是用險韻的著例。故以「尖叉」為險韻之代稱。

⑲ 九華：形容色彩絢麗。

⑳ 織素有光寧向壁：先秦時，有貧人女與富人女會績，貧人女曰：「我無以買燭，而子之燭光有餘，子可分我餘光，無損子明而得一斯便矣。」這裡指雪光比燭光還要亮。

㉑ 讀書無火是誰家：晉孫康，京兆人。性敏好學，家貧無油，於冬月嘗映雪讀書。後官至御史大夫。

紅樹新妝愧未工。若使龍丘居士㉔見，定拋拄杖又談空。

子玉想道：雪獅此題卻不好做，看他用典舉重若輕，雅與題稱，非名手不辦。再看是：

雪貓

漫賭圍棋枕兩奩，狸奴㉕如玉傍雕檐。聘求那得魚穿柳，引去還宜飯裹鹽。比似虎頭原有樣，奈他鼠輩只趨炎。牡丹此日飛紅盡，冷眼無須一線添。

子玉道：「這首做得更好，第三聯調侃不少。」再看下去，題目是雪羅漢、雪美人。子玉想了一想，題目比前六個更加枯寂，卻難著筆。只見是：

雪羅漢

朝來誰為啟禪關㉖，面壁瞿曇㉗杖錫還。解脫有心如止水，游行無意定寒山。經翻貝葉㉘空濛裡，

㉒ 白澤：傳說中神獸名。相傳黃帝巡狩東至海，登桓山，於海濱得白澤神獸，能言，達於萬物之情。帝令以圖寫之，以示天下。後因以為章服圖案。

㉓ 吼河東：宋陳慥，妻柳氏，悍妒。蘇軾嘗以詩戲慥：「忽聞河東獅子吼，拄杖落手心茫然。」河東為柳姓郡望；獅子吼，佛家以喻威嚴。陳好談佛，故軾借佛家語為戲。後遂泛稱悍婦為河東獅；婦吼為河東獅吼。

㉔ 龍丘居士：宋陳慥號。

㉕ 狸奴：貓的別稱。

㉖ 禪關：禪門，也用以比喻悟徹佛教教義必須越過的關口。

社結蓮花㉙頃刻間。自是此身同幻影，點頭莫嘆石多頑㉚。

雪美人

玉骨珊珊未有瑕，是耶畢竟又非耶。春心已似沾泥絮，妾貌應同著雨花。後夜思量成逝水，前身風味記煎茶。賣珠侍婢今何在㉛，倚竹無言日又斜。

劍潭仲清脫稿

子玉看畢，又輕輕的吟哦了幾遍，覺得仲清這幾首，雪獅鏤金錯采，雪貓琢玉雕瓊，雪羅漢吐屬清芬，蓮花滿庭，雪美人雙管齊下，玉茗風流，卻在王恂之上。因想依韻再和八首，未必能如原唱渾成。不如另擬四題，不落窠臼。他這八個題目，都是從後著想，以虛作實，借賓定主。我卻從未下雪以前著想，竟用四個虛字，連著「雪」字作題。我想未下雪之前，彤雲密布，空空濛濛，先有了下雪的意思。把雪意做了第一個題目。到了雪花飄了，模模糊糊，就有雪影子。初下雪的時候，那雪珠淅淅瀝瀝，就

㉗ 瞿曇：梵語音譯。也作喬達摩。佛教創始人釋迦牟尼，本迦毗羅城淨飯王子，姓瞿曇，字悉達多。

㉘ 貝葉：即貝葉書，佛經的泛稱。

㉙ 社結蓮花：即蓮社。東晉僧慧遠居廬山東林寺，同慧永、慧持和劉遺民、雷次宗等一百廿三人，專念佛法門，誓願往西方淨土，因掘地植白蓮，號蓮社，亦曰白蓮社。

㉚ 點頭莫嘆石多頑：晉缺名蓮社高賢傳道生法師：「入虎丘山，聚石為徒，講涅槃經……群石皆為點頭。」後因用以形容道理講得透徹，能使不易感化的人信服。

㉛ 賣珠侍婢今何在：出杜甫佳人詩：「侍婢賣珠回，牽蘿補茅屋……天寒翠袖薄，日暮倚修竹。」

有了雪的聲兒。把雪影做了第二，雪聲做了第三。已經下了雪，那白皓皓一片，自然就有雪色，做了第四題。倒也新鮮別致，就構思起來。才做了兩首，卻被元茂、聘才進來看見，子玉遂叫他們也做幾首。元茂道：「『雪』字下連了一個虛字眼兒，我是做不來的。我只好詠詠雪罷了。」聘才道：「就是詠雪，要對卻費力。我只好做首絕句。」元茂道：「七個字一句的累贅，我只會做五言律詩。」子玉道：「都使得。」他們各自搜索枯腸去了。

不多一會，子玉四首都已作成，用一張冷金箋㉜寫了；又寫了一封回書，正要緘封。聘才卻笑吟吟的拿了一張詩稿來，道：「做得不好，你替我改改。」子玉接來看時，題目是詠雪，詩是：

舞向梅梢片片斜，蛾兒粉蝶滿天涯。分明仙品瑤臺上，獨占人間第一花。

子玉詫異道：「我倒不曉得你有這樣本領，你在詩上頭，想是很用過工夫的。」聘才道：「我那裡有什麼工夫，就是記得幾枝曲子，隨便湊上的。」子玉道：「什麼曲子？」聘才道：「那舞向梅梢片片，及蛾兒粉蝶，是江天雪㉝的走雪上的。」子玉道：「下兩句呢？」聘才道：「第三句是空的，末了一句，用占花魁㉞上獨占這一齣戲，我就拉他來用做古典。」子玉道：「倒難為你湊得不著痕跡。」說著，元茂卻也做完，端端正正寫了來。子玉看了，卻甚費解，只得贊道：「工穩得很，何不都寫

㉜ 冷金箋：紙面塗上金粉的詩箋。
㉝ 江天雪：戲曲名。
㉞ 占花魁：清李玉撰，二卷。

起來，送去與他們看看。」元茂見子玉稱贊，必定是好極的了，便道：「請教請教他們也好。」倒是聘才自知分量，忙道：「我的不必拿去獻醜罷。」子玉道：「這又何妨？我替你們寫。」另用一張紙寫了。又在回書後面，添了兩句。封好了，打發雲兒與健兒同去。

那邊仲清接著回禮，與王恂同看。只見上寫著：

書奉朵雲，詞霏香雪。芙蓉燈灺，嵌空佛塔玲瓏；翡翠屏寒，指點仙山飄渺。白地現金身㉟羅漢，獅馴拄杖之旁；縞衣來玉骨美人，狸睡棋枰之側。新露盥手，古雪浣腸；明月自來，陽春寡和㊱。賦詩七字，慚珠玉之在前；俚語四章，愧瓊瑤之莫報。手疏覆此，目笑存之。劍潭、庸庵兩兄同覽。子玉拜手。外附拙作四首，又七絕、五律各一首，即乞郢正。

仲清等再看子玉的詩題是：雪意、雪影、雪聲、雪色。仲清向王恂道：「這四個題目太空，比我們更難著筆，庾香必有佳制。」說著看詩，只見上寫著：

雪意

三千世界㊲望盈盈，知有瑤花醞釀成。未作花時先剪水，已同雲上欲飛霙。

㉟ 金身：佛教謂佛身如紫金光聚，世人因以金飾佛像，稱為金身。

㊱ 陽春寡和：陽春白雪是古代楚國的一種藝術性較高難度較大的歌曲，「國中屬而和者不過數十人」。

㊲ 三千世界：即三千大千世界。佛教語。謂以須彌山為中心，以鐵圍山為外郭，是一小世界；一千小世界合起來就是小千世界；一千個小千世界合起來就是中千世界；一千個中千世界合起來就是大千世界。總稱三千大千世界。

仲清道：「起句題前著勢得好，第二聯刻劃『意』字，真是神化之筆。」再看下去是：

人間待種無瑕璧，天外將開不夜城。凍合玉樓何處是，群仙想像列蓬瀛。

雪影

六出霏微點綴工，玉闌杆外寫玲瓏。低迷照水搖虛白㊳，依約棲塵漾軟紅㊴。飛入梅花痕始淡，舞回柳絮色都空。清寒合稱瑤池夢，琪樹分明映月中。

王恂一句一擊節。仲清道：「這首把題的魂都勾出來了。」再看下去是：

雪聲

寒空匼匝散瓊瑤，入夜焚香慰寂寥。糝徑㊵珊珊先集霰，洒窗瑟瑟趁回飆。穿松靜覺珠跳碎，篩竹輕宜玉屑飄。待到曉來開霽景，滴殘寒漏㊶一痕消。

雪色

誰從銀海眩瑤光，群玉山㊷頭獨眺望。蕉葉無心會著綠，梨雲有夢㊸竟堆黃。濃浮珠露三分艷，

㊳ 虛白：空無所有。
㊴ 軟紅：都市繁華。
㊵ 糝徑：散狀的小路。
㊶ 漏：漏壺，古代計時器。

淡借冰梅一縷香。照眼空明難細認，白沙淡月兩茫茫。

當下看完，仲清拍案叫絕，同王恂朗吟了幾遍。仲清道：「這幾首詩，把我們的都壓下去了。」再看聘才的那首絕句，王恂道：「這首亦甚好，只不知庾香又做這一首做什麼？」仲清道：「這首也還下得去，然斷不是庾香所作。」再看元茂的五律，起二句寫著是：

天上彤雲布，來思雨雪盈。

王恂道：「這『來思』兩字怎麼講？」仲清忽然大笑道：「你往下看。」王恂再看第二聯是：

白人雙目近，長馬四蹄輕。

沉吟道：「馬蹄輕，想是用『雪盡馬蹄輕』了。為什麼加上個『長』字呢？上句實在奧妙得很，我竟解不出來。」再看下聯是：

掘閱蜉蝣㊹似，挖空獅子成。

㊷ 群玉山：傳說中的仙山，西王母所居。
㊸ 梨雲有夢：唐王適作夢看梨雲歌，寫夢中恍惚若見如雲似雪的繽紛梨，後以梨雲夢指夢境。
㊹ 蜉蝣：昆蟲的一種。成蟲常在水面飛行，壽命很短。

王恂道：「這兩句就奇怪得很，怎麼用得上來？上句想是用詩經㊺上的因為『麻衣如雪』這個『雪』字，遂把『蜉蝣掘閱』用上來了。這個『挖空獅子』又有什麼典故在裡頭？」仲清道：「也不過說堆的雪獅子就是了。」再看結句是：

出時獻世寶，六瑞太階平。

王恂道：「這還用得著頌揚麼？這首詩准是那個老魏做的。看他有些油腔滑調，自然就有這笑話出來。」仲清道：「不然，我看老魏，雖不是正路人，但看他像個聰明人，笨不至此。只怕那首七絕是他的，這首必是那個李世兄的佳章，有些詩如其人。」王恂道：「李世兄不應如此，看他斯斯文文，卻還有些書氣。」仲清道：「惟其有了書氣，所以沒有詩氣。」王恂道：「庾香叫我們批，我們還是批不批？」仲清道：「你就何妨批他一批。」王恂道：「我為什麼得罪人呢？」仲清道：「我來先把聘才這首全圈了。」批了一個批語是：「得天公玉戲之神。」元茂的詩第一二聯單圈，下四句全圈。批語云：「裁對工穩，用古入化，足可嗣響元、徽。」王恂把子玉的詩，用針在碧紗櫥內戳了，來看批語，笑道：「卻批得好，就是太挖苦些。」仲清道：「可惜天不早了，這雪也下不住，不然，倒可以去與庾香談談。」王恂道：「明日去罷，此刻去也談不久了。」

是日又下了一天一夜，積得有一尺厚了。次早晴了，朔風一吹，將一個世界，竟凍成了一個玉盒子，耀眼鮮明。仲清、王恂早飯後，兩人同坐一車，兩個跟班騎了馬，來訪子玉。到了半路，碰著一輛車來，

㊺ 詩經：我國最早的詩歌總集。先秦稱為詩，漢尊為經典，始稱詩經。

兩家跟班都下了馬。王恂看是孫嗣徽，兩車相對，王恂問道：「你往那裡去？」嗣徽道：「只因家父夫妻反目，噬膚滅鼻，幾幾乎血流漂杵。有一王大夫，以人治人，有以去其舊染之污，睍而視之，曰無傷也。今病小愈，不能不綴之斯來耳。」王恂笑了一笑，道：「我回來就來的。」嗣徽應了，匆匆而去。

仲清道：「此君無所不用其文，真荒唐可笑。這『蟲蛀千字文』，真生可為名，死可為謚，世間想無第二人似他的了。」王恂笑道：「我看此君，只怕到敦倫時還要用兩句文。倒可惜了我們那個舅嫂，雖不生得十分怎樣，但端莊貞靜，不言不笑。嫁了這種人，真抱恨終身的了。」仲清笑道：「或者他倒有一長可取，也未可知的。」一路說說笑笑，已到了梅宅。

門上通報了，子玉出來，迎了進去，便道：「兩兄做得好詩，佩服之至。拙作草草塗鴉[46]，未免小巫見大巫。」仲清道：「兄等所作，粗枝大葉，那裡及得老弟的佳章，恬吟密詠，風雅宜人。」王恂道：「我最愛雪意、雪色這兩首，清新俊逸，庾、鮑[47]兼長。」子玉道：「吾兄這四首，冰雪為懷，珠璣在手。那雪山、雪塔兩首，起句破空而來，尤為超脫。至劍潭的詩中名句，如『奈他鼠輩只趨炎』，及『後夜思量成逝水』一聯，寓意措詞，情深一往，東坡所謂『不食人間煙火食』，自是必傳之作。」仲清道：「偶爾借景陶情，這『傳』字談何容易。」王恂道：「那一首七絕，一首五律，是何人手筆？」子玉笑

[46] 草草塗鴉：隨便書寫，字跡拙劣。唐盧仝玉川子集示添丁：「忽來案上翻墨汁，塗抹詩書如老鴉。」後因以比喻書法幼稚或胡亂寫作。這裡用作謙詞。

[47] 庾鮑：即庾信、鮑照。庾信，字子山，小字蘭成，北周南陽新野人。善宮體詩。晚年風格趨沉鬱，以哀江南賦為最著。鮑照，字明遠，南朝宋東海人。世號鮑參軍。詩文辭贍逸遒麗，以七言歌行為長。

道：「你們沒有猜一猜麼？」王恂就將昨日話說了，子玉道：「劍兄眼力，到底不錯。你們批了來沒有呢？」王恂從袖內取出，子玉看了那首五律的批語，不解其意，何為元、徽？王恂又將孫氏昆仲與他說了，子玉也笑，就叫人請了聘才、元茂出來，大家見了。子玉把各人的詩交給了，說道：「這都是顏大兄評定的，稱贊得了不得。」聘才看了批語，暗想道：「顏仲清這人，真可謂博古通今，我用的戲曲，都被他看出來了。」當向仲清道了謝。仲清道：「魏兄詩筆甚俊，聲律兼優，想是常做，倒像曲不離口的。」聘才道：「小弟本來沒有底子，又拋荒了這幾年，那裡還成什麼詩？不失粘就罷了。」子玉向仲清道：「聘兄的詩，卻還不很離譜。」仲清點了點頭。那元茂把仲清圈的這幾句及批語湊在臉上，看了又看，有好一會工夫，始將這詩箋放在茶几上，用雙手折疊了，解開皮褂鈕扣，揣在懷裡。王恂道：「李大哥，大著諒來多的。」李元茂只道說他皮褂蛀多了，冒冒失失的答道：「蛀得還好。因水路來，悶在艙底下，受了水氣，因此蛀了些。穿過這一冬，明年也要收拾了。」大家聽了，不曉他說些什麼。聘才曉得他聽錯了，說道：「王大哥是說你的詩做得多，不是說你的皮褂子。」大家方才省悟，見他臉上脹得通紅，一言不發，只得忍住了笑。仲清問道：「尊作『長馬』『白人』，想是用的孟子，這『雙目近』三字有所本麼？」元茂把仲清瞅了兩眼道：「我是從來沒有所本的。我看古人詩裡也有把自己寫在裡面，就是這個意思。」王恂方才恍然。又說了一會閑話，仲清等告辭，子玉等送到門口，仲清道：「何不同出去看看雪景？」元茂聽了，就高興願去。子玉道：「先生今日尚未全好，我們須在家伺候，改日再奉陪罷。」元茂撅了嘴不言語。

仲清等告辭而去，子玉送出大門，進來與聘才、元茂又談了一會詩，忽又問起琴官來。聘才見他有點意思，便輕輕的挑他一句道：「改日何不偷個空兒，同去認認那個琴官。」元茂道：「明日就去，我只說去看路上同來的朋友。」指著子玉道：「你說到王家去回拜他們。只要出了這兩扇牢門，還怕什麼人？」子玉笑道：「過幾日再看。」且按下這邊。

再說仲清、王恂由南小街走到下洼子眺望，只見白茫茫一片，也辨不出田原路徑，遠遠望見徐子雲的怡園，琪樹參差，煙嵐回合，重重的層樓耀目，隱隱的高閣凌雲。望了一會，只見對面一輛車來，車沿上坐的看見了，先跳了下來，隨後看是一個相公，也要下車。仲清等連忙止住，那相公便挪出身子，生得香雕粉捏，玉裹金妝，原來是花選上最小的那個林春喜。王恂問道：「你從那裡來？」春喜道：「我從怡園回來，你們也到怡園去麼？」仲清道：「我們是看雪景的，也就轉去了。」王恂道：「我們何不就上小街那個酒樓坐坐，也可望望野景。」春喜道：「如果你們高興，我也奉陪。」仲清說：「很好。」就轉回車來，到了小街，有個館子，內有兩座樓，係東西對面。仲清等上了東樓，今日天雖寒冷，樓上卻沒有風。仲清索性叫把窗子開了，也望得好遠地方。點了菜，三人閑談了一會。春喜道：「這月裡我們八個人，在怡園三日一聚，作消寒會㊽，今日是第五會了。每一會必有一樣頑意兒，或是行令，或是局戲。今日度香要叫我們做詩，出了個冰床題目，各人做七律一首，教蘇媚香考了第一。」仲清道：「你記得他的詩麼？」春喜道：「我只記得他中間四句。」即念道：「舟楫竟成床第穩，風波得與坦途同。誰言青海填難滿，不信蓬山㊾路未通。都說他運用靈妙，不著一死句，所以勝于他人。」王恂道：「你

㊽ 消寒會：舊俗冬至後，邀集朋友，輪流作東的宴會。自唐末已行此俗。
㊾ 蓬山：即蓬萊仙山。

的呢？」春喜道：「我的不好，也記不得了。」仲清道：「只怕你是第八了。」春喜嘻嘻的笑道：「被你一猜就猜著。」王恂道：「這難怪他，他方十四歲，若教他學上兩年，怕趕不上他們？」春喜道：「我原不肯做的，他們定要我做。今日大家的詩，都也沒有什麼好，但就蕊香與我倒了平仄，因此蕊香定了第七，我定了第八，我以後再不做這不通詩了。等我學了一年，再與他們來。」又說道：「我們班裡來了兩個新腳色，一個叫琴官，一個叫琪官，你們見過沒有？」仲清道：「前日蕊香說起兩人來，剛說時就有人來打斷了，沒有說下去。」王恂問道：「這兩人怎樣？」春喜道：「好極了，那個琴官，與瑤卿不相上下。那個琪官，與蕊香難定高低。此刻都還沒有上臺，但一天已有三五處叫他。前日度香見了，也大加賞贊，即賞了好些東西，把他們的衣服通身重做了幾套。這兩人是要大出名的。就是琴官脾氣冷些，不大好說話。」

這邊正在談心，忽聽對面樓上窗子一響，也開了。仲清等舉目看時，見一個美少年，服飾甚都，身穿鷫鸘裘，頭戴紫貂冠，面如冠玉，唇若塗硃，目光眉彩覺有凌雲之氣，舉止大雅，氣象不凡。看他年紀，不過二十餘歲的光景，帶了四個相公，倚著樓窗而望。仲清、王恂暗暗吃驚，看他這品貌，足可與庾香匹敵，真是人中鸞鳳。聽他口音，也像江寧人，卻又有些揚州話在裡頭。再看那四個相公，卻非名下青錢，不過花中凡艷。王恂認得一個是蓉官，那三個都不認得，因問春喜。春喜道：「穿染貂的是玉美，穿倭刀的是四喜，穿水獺的是全福。都是登春班的。」

只見那位少年，將這邊樓上望了一望，也就背轉身子坐了。聽得那些相公，莺語鶯聲，觥籌交錯㊿，

㊿ 觥籌交錯：形容許多人相聚飲酒的熱鬧情形。

好不熱鬧。這邊三個人相形之下，頗自覺有些郊寒島瘦[51]起來。聽得那美少年說道：「我聽人說，戲班以聯錦、聯珠為最。但我聽這兩班，盡是些老腳色，唱崑腔旦一個好相公也沒有。在園子裡串來串去的，都是那殘兵敗卒，我真不解人何以說好？」蓉官道：「我們這二聯班，是堂會戲多，幾個唱崑腔的好相公總在堂會裡，園子裡是不大來的。你這麼一個雅人，倒怎麼不愛聽崑腔，倒愛聽亂彈[52]？」那少年笑道：「我是講究人，不講究戲，與其戲雅而人俗，不如人雅而戲俗。」又聽得那玉美講道：「都是唱戲，分什麼崑腔、亂彈。就算崑腔曲文好些，也是古人做的，又不是你們自己編的。亂彈戲不過粗些，於神情總是一理。最可笑那些人，只講崑腔不愛二簧。你們二聯班內，將來那幾個出了班子，不唱戲時，班裡就沒有支得住的人，只怕聽的人就少。這班子還要散呢。」四喜道：「依我說，總是一樣，二簧也是戲，崑腔也是戲，學了什麼就唱什麼。」蓉官笑道：「是了，不必論戲，咱們喝酒。」又聽得他們猜拳行令的喝了一會酒。那少年又說道：「我聽戲卻不聽曲文，盡聽音調。非不知崑腔之志和音雅，但如讀宋人詩，聲調和平，而情少激越。聽箏琶弦索之聲，繁音促節，綽有餘情，能使人慷慨激昂，四肢蹈厲，七情發揚。即如那梆子腔固非正聲，倒覺有些抑揚頓挫之致，俯仰流連，思今懷古，如馬周之過新豐[53]，

---

[51] 郊寒島瘦：唐孟郊、賈島之詩，清峭瘦硬，好作苦語，故有此稱。

[52] 亂彈：清李斗揚州畫舫錄新城北錄：「花部為京腔、秦腔、弋陽腔、羅羅腔、二簧調，統謂之亂彈。」浙江紹興等地，別有亂彈戲，與京腔不同。綴白裘中所收亂彈，亦別於高腔、弋陽腔而言。這裡指崑腔、高腔以外各劇種的統稱。

[53] 馬周之過新豐：馬周，唐太宗時大臣。年輕時去長安，途中在新豐投宿，店主待他比商販還不如。

衛玠之渡江表⑭，一腔惋憤，感慨纏綿，尤足動騷客羈人之感。人說那胡琴之聲，是極淫蕩的。我聽了淒楚萬狀，每為落淚，若東坡之賦洞簫說，如怨如慕，如泣如訴，似逐臣萬里之悲，嫠婦⑮孤舟之泣，聲聲聽入心坎。我不解人何以說是淫聲？抑豈我之耳異於人耳，我之情不合人情？若弦索鼓板之聲，聽得心平氣和，全無感觸。我聽是這樣，不知你們聽了也是這樣不是？」那四個相公皆不能答。

仲清低低對王恂說道：「此人議論雖偏，但他別有會心，不肯隨人俯仰之意已見。且其胸中必多積忿，故不喜和平而喜激越。絲聲本哀，說胡琴非淫聲，此卻破俗之論，從沒有人聽得出來的。我看此人恰是我輩，決非庸庸碌碌的人，幾時倒要訪他一訪。」王恂道：「聽其語言，觀其氣度，已可得其大概了。」

只見那少年問店家要了筆硯，在粉牆之上寫了幾句，便帶著四個相公下樓去了。仲清等也不喝了，吩咐跟班的去算了賬，帶了春喜走到西樓來，只見墨沉淋漓，字體豐勁，一筆好草書，寫了一首浪淘沙，其詞曰：

紅日已西斜，笑看雲霞。玉龍鱗散滿天涯。我盼春風來萬里，吹盡瑤花。世事莫爭誇，無念非差。蓬萊仙子挽雲車。醉問大羅天⑯上客，彩鳳誰家？

---

⑭ 衛玠之渡江表：晉衛玠避亂南渡，形神憔悴，嘆道：「見此茫茫，不覺百感交集。」

⑮ 嫠婦：寡婦。嫠，音ㄌㄧˊ。

⑯ 大羅天：道家諸天之名。唐段成式謂道家列三界諸天數與釋氏同，但名異。三界外曰四人天，四人天外曰三清，三清上曰大羅。

仲清、王恂看了，都點頭稱贊。春喜道：「這首詞倒像神仙做的，有些仙氣。」仲清道：「此人是個清狂絕俗、瀟洒不羈的人，為何賞識的又是那一班相公，真令人不解。」再看落款是：「湘帆醉筆。」也不知其姓名，因叫店家上來，問他可認得這人。店家答道：「這位老爺是頭一回來，方才算賬，他們二爺交了現錢去的，倒沒有問他姓名住處。」仲清道：「這首詞好得很，是個才子之筆，使你蓬蓽生輝，你千萬留了他，不要塗刮了。」店家答應了下去。春喜道：「這人來歷，蓉官總應曉得，待我見他時一問，便知此人是何等樣人了。」三人說著，亦即下樓各散。未知後事如何，且聽下回分解。

第五回　袁寶珠引進杜琴言　富三爺細述華公子

前回說林春喜與仲清等，講起在怡園作消寒賦詩之會。我今要將怡園之事序起來：有個公子班頭，文人領袖，姓徐名子雲，號度香，是浙江山陰縣❶人。說他家世，真是當今數一數二的，七世簪纓❷之內，是祖孫宰相，父子尚書，兄弟督撫。單講這位徐子雲的本支，其父名震，由翰林出身，現做了大學士，總督❸兩廣。其兄名子容，也是翰林出身，由御史放了淮揚巡道。其太夫人隨任廣東去了，單是子雲在京。這子雲生得溫文俊雅，卓犖不群❹，度量過人，博通經史，現年二十五歲。由一品蔭生，得了員外郎在部行走。二十二歲，又中了一個舉人。夫人袁氏，年方二十三歲，是現任雲南巡撫袁浩之女。生得花容絕代，賢淑無雙，而且蕙質蘭心，頌椒詠絮，正與子雲是瑤琴玉瑟，才子佳人，夫妻相敬如賓，十分和愛，已生了一子一女。

❶ 山陰縣：浙江紹興。

❷ 簪纓：古代官吏的冠飾，因以喻顯貴。

❸ 總督：官名。明弘治時，部議三邊宜以重臣專任開府，總制軍務；嘉靖時，去制字改為總督。清沿之，為地方最高長官，綜管一省，或二、三省的軍事和政治，例兼兵部尚書銜。別稱制府、制軍、制臺。

❹ 卓犖不群：即卓爾不群，也作卓然不群，超出眾人。

這子雲雖在繁華富貴之中，卻無淫佚驕奢之事，厭冠裳之拘謹，願丘壑以自娛。雖二十幾歲人，已有謝東山絲竹之情，孔北海琴樽之樂❺。他住宅之前，有一塊大空地，周圍有五六里大，天然的崇丘洼澤，古樹虬松。原是當初人家的一個廢園。子雲買了這塊空地，擴充起來，將些附近民房盡用重價買了。他有個好友，是楚南湘潭縣❻人，姓蕭，名次賢，號靜宜，年方三十二歲，是個名士，以優貢❼入京考選。他卻厭棄微名，無心進取，天文地理之書，諸子百家之學，無不精通。與子雲八拜之交，費了三四年心血，替他監造了這個怡園。真有驅雲排岳之勢，崇樓疊閣之觀，窈窕嵚崎❽之勝。一時花木遊覽之盛，甲于京都。成了二十四處樓臺，四百餘間屋宇，其中大山連絡，曲水灣環，說不盡的妙處。子雲聲氣既廣，四方名士，星從雲集。但其秉性高華，用情懇摯，事無不應之求，心無不盡之力，最喜擇交取友，不在勢力之相併，而在道義之可交。雖然日日的座客常滿，樽酒不空，也不過幾個素心朝夕，其餘泛泛者，惟以禮相待，如願相償而已。史南湘花選中的八個名旦日夕來遊，子雲盡皆珍愛，而尤寵異者惟袁寶珠。這一片鍾情愛色之心，卻與別人不同，視這些好相公與那奇珍異寶、好鳥名花一樣，只有愛惜之心，卻無褻狎之念，所以這些名旦，個個與他忘形略跡，視他為慈父恩母，甘雨祥雲，無話不可盡

❺ 孔北海琴樽之樂：孔融，字文舉，東漢末魯人。獻帝時為北海相，故人稱孔北海。喜彈琴喝酒。

❻ 湘潭縣：湖南湘潭。

❼ 優貢：清制，各省學政三年任滿，根據府、州、縣教官上報，會同總督巡撫，從在學生員中選取文行俱優的人，由學政考定保送，大省六人，中省四人，小省二人。叫優貢。

❽ 窈窕嵚崎：深奧、高峻貌。

言，無情不可徑遂，那個蕭次賢更是清高恬淡，玩意不留，故此兩人，不獨以道義文章交相砥礪，而且性情肝膽，無隔形骸。

一日，子雲在堂會中，見了新來的琴官、琪官兩個，十分贊賞，嘆為創見，正與那八個名旦一氣相孚❾，才生了物色的念頭。叫袁寶珠改日同他們到園來。又見他們的服飾未美，即連夜制造了幾套，賞給了他們，這兩個相公自然感激的了。但那個琴官卻又不然。且先將他的出身略敘一敘。

這個琴官姓杜，父親叫做杜琴師，以製琴彈琴為業，江蘇搢紳子弟爭相延請教琴，因此都稱他為杜琴師。生了這個兒子就以「琴」字為名，叫為琴官。琴官手掌有文，幼而即慧，父母愛如珍寶。到了十歲上，杜琴師忽為豪貴毆辱，氣忿碎琴而卒。其母一年之後，亦悲痛成病而死。遺下這個琴官無依無靠，賴其族叔收養。十三歲上，叔叔又死，其嬸不能守節，即行改嫁，遂以琴官賣入梨園。適葉茂林見了，又從戲班中買出，同了進京。這琴官六歲上，即認字讀書，聰慧異常，過目成誦。到十三歲，也讀了好些書，以及詩詞雜覽、小說稗官❿，都能了了。心既好高，性復愛潔，有山雞舞鏡、丹鳳棲梧之志⓫。當其失足梨園時，已投繯數次，皆不得死，所以班中厭棄已久，琴官借以自完。及葉茂林帶了來京，頓

❾ 一氣相孚：一氣相通。

❿ 小說稗官：小說一詞，最早見於莊子外物。至演述故事本屬小說的一種體裁，起源於先秦的神話、傳說、寓言等。魏晉的志怪、唐代的傳奇，均屬此體。到了宋代出現平話，才以小說作為故事性文體的專稱。元明以來盛行章回體小說。稗官，古時候採訪民間傳說的小官，此處指小說。

⓫ 山雞舞鏡丹鳳棲梧之志：高傲獨尊。山雞舞鏡，南朝宋劉敬叔異苑：「山雞愛其毛羽，映水則舞……公子蒼舒（曹沖）令置大鏡其前，雞鑑形而舞不知止，遂之死。」後以喻顧影自憐。

為薰沐，視如奇珍，在人豈不安心？他卻又添了一件心事：以謂出了井底，又入海底。猶慮珊網難逢，明珠投暗，卞珍莫識，按劍徒遭⑫，因此常自鬱鬱。到京前一夕夜間，做了一夢：夢見一處地方，萬樹梅花，香雪如海，正在遊玩，忽然自己的身子，陷入一個坑內，將已及頂，萬分危急。忽見一個美少年，玉貌如神，一手將他提了出來，琴官感激不盡，將要拜謝，那個少年翩翩的走入梅花林內不見了。琴官進去找時，見梅樹之上結了一個大梅子，細看是玉的，便也醒了。明日進城，在路上擠了車，見了子玉，就是夢中救他之人，心裡十分詫異，所以呆呆看了他一回。但陌路相逢，也不知他姓名、居處，又無從訪問。如逢堂會、園子裡，四下留心，也沒見他。後來見了徐子雲，十分賞識他，賞了他許多衣裳什物，心裡倒又疑疑惑惑。又知道是個貴公子，必有那富貴驕人之態，十分不願去親近他。無奈迫于師傅之命，只得要去謝一聲。

是日琪官感冒，不能起來，袁寶珠先到琴官寓裡。這個寶珠的容貌，花選中已經說過了，性格溫柔，貌如處女。他也愛這琴官的相貌與已彷彿，雖是初交，倒與夙好一般。兩人已談心過幾回，琴官也重寶珠的人品，是個潔身自愛的人。寶珠又將子雲的好處，細細說給他聽，琴官便也放了好些心。二人同上了車，琴官在前，寶珠在後，正是天賜奇緣，到了南小街口，恰值子玉從史南湘處轉來，一車兩馬，劈面相逢，子玉恰不掛帘子，琴官卻掛了帘子，已從玻璃窗內，望得清清楚楚，不覺把帘子一掀，露出一個絕代花容來。子玉瞥見，是前日所遇、聘才所說、朝思夕想的那個琴官，便覺喜動顏開，笑了一笑。見琴官也覺美目清揚，朱唇微綻，又把帘子放下，一轉瞬間，各自風馳電掣的離遠了。子玉見他今日車

⑫ 珊網難逢四句：均喻懷才不遇。

裘華美，已與前日不同，心裡暗暗讚嘆：果信夜光難揜，明月自華，自然遇了賞鑑家，但不知所遇為何等人。又想聘才說他脾氣古怪，十分高傲，想必能擇所從，斷不至隨流揚波，以求一日之遇。這邊琴官心裡想道：看這公子其秀在骨，其美在神，其溫柔敦厚之情，粹然畢露，必是個有情有義的正人，絕無一點私心邪念的神色。我夢中承他提我出了泥塗⓭，將來想是要賴借著他提拔我，不然，何以夢見之後就遇見了他。但那日夢中，見他走到梅花之下就不見了，倒見了一個玉梅子，這又是何故呢？只管在車裡思來想去，想得出神。

不多一刻，進了怡園，寶珠詢知子雲今日在海棠春圃。這海棠春圃，平臺曲榭，密室洞房，接接連連共有三十餘間。寶珠引了進去，到了三間套房之內，子雲正與次賢在那裡圍爐鬥酒，見了這二人進來，都喜孜孜的笑面相迎。琴官羞羞澀澀的上前請了兩個安，道了謝，俯首而立。子雲、次賢見他今日容貌，華裝艷服，更加妍麗了些。但見他那生生怯怯、畏畏縮縮的神情，教人憐惜之心隨感而發，便命他坐下。琴官挨著寶珠坐了，子雲笑盈盈的問道：「前日我們乍見，未能深談，你將你的出身家業，怎樣入班的緣故，細細講給我聽。」

琴官見問他的出身，便提動他的積恨，不知不覺的面泛桃花，眼含珠淚，定了一定神，但又不好不對，只得學著官話，撇去蘇音⓮，把他的家世敘了一番。說到他父母雙亡，叔父收養，叔父又沒，嬸母再醮等事，便如微風振簫，幽嗚欲泣。聽得子雲、次賢，頗為傷感，便著實安慰了幾句。又問了他所學

⓭ 泥塗：比喻卑下的地位。引申為污濁。

⓮ 蘇音：江蘇蘇州地方方言。

的戲，是那幾齣，琴官也回答了。次賢道：「我看他那裡像什麼唱戲的？可惜天地間有這一種靈秀，不鍾于香閨秀閣，而鍾于舞榭歌樓，不釵而冠，不裙而履，真是恨事。」子雲道：「他與瑤卿，真可謂雲趲雪，方駕千里，使易冠履而裙釵，恐江東二喬⑮猶難比數。想是造物之心，欲使此輩中出幾個傳人，一洗向來凡陋之習，也未可知。」即對琴官道：「我們這裡是比不得別處，你不必怕生，你各樣都照著瑤卿，他怎樣你也怎樣。要知我們的為人，你細細問他就知道了。瑤卿在這裡，並不當他相公看待，一切稱呼，都不照外頭一樣，可以大家稱號，請安也可不用。你若高興，空閑時可以常到這裡來，倒不必要存什麼規矩，存了規矩，就生疏了。」琴官也只得答應了，再將他們二人看看，都是骨格不凡，清和可近，已知不是尋常人了。次賢對子雲道：「你這話說得最是，他此時還不曉得我們脾氣怎樣，當是富貴場中必有驕奢之氣，誰知我們最厭的是那樣。你這個人材，是不用說了。但人之丰韻雅秀，皆從書本中來，若不認字讀書，粗通文理，一切語言舉止未免欠雅。你可曾念過書麼？」琴官尚未回答，寶珠笑道：「他肚子裡比我們強得多呢！我們如今考起來，只怕媚香還考不過他。」子雲聽了，更加歡喜，便問琴官道：「你到底念過書沒有？」琴官道：「也念過五六年的書。」次賢道：「念過些什麼書呢？」琴官道：「四書之外，念了一部事類賦⑯、兩本唐詩。」子雲道：「也夠了，你可會做詩？」琴官道：「不會做。」寶珠道：「那是他沒有學過，將來一學就會的。前日他與我講那些戲曲，那種好，那種不

⑮ 二喬：三國時喬公的兩個女兒，皆有國色。孫策娶大喬，周瑜娶小喬。

⑯ 事類賦：宋吳淑著，並自注釋。三十卷。書以一題（如天、地、山、水等）為一賦來概括相關的史實典故，共一百題。

好，講得一點不錯。有這樣天分，豈有學不來的？」琴官低頭不語。子雲道：「他這個名字不好，靜宜你與他改一個字，將這『官』字換了罷，再與他起個號。」次賢想了一回道：「改為琴言，號玉儂，可好麼？」子雲道：「很好，這『琴言』二字，又新又雅；玉儂之號，雅稱其人。」寶珠叫琴官道謝，琴官又起身請了兩個安。次賢道：「方才已說過的了，怎麼又請起安來？」子雲道：「我們立下章程，凡遇年節慶賀大事，准你們請安，其餘常見一概不用；『老爺』二字，永遠不許出口。稱我竟是度香，稱他竟是靜宜。」琴言站起身來說道：「這個怎麼敢？」子雲道：「你既不肯，便當我們也與俗人一樣，倒不是尊敬我們，倒是疏遠我們。且『老爺』二字何足為重。外面不論什麼人，無不稱為老爺，你稱呼他人，自然原要照樣，就是到這裡來，不必這樣稱呼。」琴官尚不敢答應，寶珠笑道：「既是度香這樣吩咐，你就叫他度香就是了。」琴言見寶珠竟稱他的號，但自己到底初見，不好意思，便笑了一笑。子雲見這一笑，唇似含櫻，齒如編貝，妍生香輔，秀活清波，真足眩目動情，驚心蕩魄，不覺心花大開，便命家人擺上酒來，四人坐了。席間，寶珠又將各樣教導他一番。琴言見蕭、徐二公並無戲謔之言、調笑之意，語言風雅，神色正派，真是可親可近之人，也漸漸的心安膽放，神定氣舒。寶珠又行了些小令與他看了，還與他講了好些當今名下士，將來見了，應該怎樣的。琴言一一聽教，心裡又想起車內那位公子，不知寶珠認得不認得，度香往來不往來，又不知道他的姓名，也難訪問。是日在怡園耽擱了半日，酒畢之後，子雲、次賢領著他到園內逛了一逛。這些房屋與那些鋪設古玩等物，都是生平創見，倒細細的遊玩了一會。子雲又賞了好些東西，又囑將來如有心愛的玩好，只管問我要就是了，琴言道謝而去。自此以後，便同了寶珠等那一班名旦，常在怡園，幾回之後也就熟了，且按下不題。

再說子玉今日又遇見了琴官，十分快意，回家之後，急急的找了聘才，與他說知。聘才也有些喜歡，因將路上的光景，細說與子玉。原來聘才與葉茂林同行到濟寧州⑰時，那一班相公上岸去了，獨見琴官在船中垂淚，便問了他好些心事，終不答應。及說到敢是不願唱戲，恐辱沒了父母的話，他方把聘才看了一眼。聘才從此便想進一步，竟不打量打量自己，把塊帕子要替他拭淚，剛要拭時，被他一手搶去，扔在河裡，即掩面哭起來，聘才因此恨了他。今見子玉喜歡，遂無心說了這一節事出來。子玉心裡更加欽敬，敬他這個貞潔自守，凜乎難犯。便敬中生愛，愛中生慕，這兩個念頭，在心裡轆轤似的轉旋起來。所以天下的至寶，惟有美色為第一，如果真美色，天下人沒有不愛的。子玉前日在戲園的光景，倒像那個保珠沾染了他什麼，那片心應該永遠不動才是。誰知一個琴官，見了兩次，還如電光石火，一過不留，心裡就時時的思念。何況他人，其自守本不如子玉，又能與美人朝夕相見，自然愛慕更切，把個百煉鋼化為繞指柔了。聘才自知與琴官無緣，巴結不上，雖也愛其容貌，其實恨其性情。如今見子玉愛他，以局外人想局中事，不過說些慫恿之言，生些逢迎之意，自己倒也不十分留意。當下子玉出去，亦就將此事擱開了。

一日，天氣晴和，雪也化了，聘才想起富三爺來，要進城去看他，便叫四兒去雇了一輛車坐了，望東城來。對面遇著一群車馬，潑風似的衝將過來，先是一個頂馬，又一對引馬，接著一輛綠圍車，旁邊開著門。聘才探出身子一看，只覺電光似的，一閃就過去了。就這一閃之中，見是個美少年，英眉秀目，

⑰濟寧州：山東濟寧。

丰采如神，若朝陽之麗雲霞，若丹鳳之翔蓬島，正好二十來歲年紀。看他穿著繡蟒貂裘，華冠朝履，後面二三十匹跟班馬，馬上的人，都是簇新一樣顏色的衣服。接著又有十幾輛泥圍的熱車，車裡坐著些粉裝玉琢的孩子，也像小旦模樣。後面又有四五輛大車，車上裝些箱子、衣包，還有些茶爐、酒盒、行廚等物。那些趕車的，都是短襖綢褲，綾襪緞鞋，雄糾糾的好不威風。倒過了好一會。聘才想道：這是什麼人，這樣的排場？忽聽得他趕車的說道：「老爺可知道這個人？」聘才答道：「不知道是什麼人，這等闊。」趕車的道：「這是錦春園的闊大公子，這京城裡有四句口號，人人常說的。道：『城裡一個星，城外一朵雲。兩個大公子，闊過天下人。』這公子的家世，我也不知細底，只曉得他家老爺子是個公爺，現做鎮西將軍。他那所房子，周圍就有三四里。他們有個管牲口的爺們盧大爺，我曾聽他說有一百幾十匹馬、七八十個大騾子，你說這人家闊不闊？」聘才道：「他姓什麼？」趕車的道：「他姓華，人家都叫他華公子。」聘才道：「馬上那些人，自然是家人了；車裡頭那些孩子，倒像相公模樣的，又是什麼人呢？」趕車的道：「就是相公。他家裡有班子，每逢外面請他喝酒看戲，他必要帶著自己的班子唱兩齣。就是外頭的相公，只要他看得中，也就不惜重價買了回去。聽說他現在一個跟班也是相公，他去年花八千兩銀子買的。你想這個手段，誰趕得上他？」聘才道：「真闊。但他家父母由他這樣，不管他的麼？」趕車的道：「他家老爺子、老太太在萬里之外呢！再說他府裡的銀子本多，就多使些，什麼要緊？今日想必出去赴席，所以帶著班子。」

一面說著，已進了東城，到了金牌樓，找著茶葉鋪對門一個大門口住了車。聘才命四兒投了片子，自己在車裡等著，看牆上有兩張封條，一張是原任兵部右堂，一張是戶部江南清吏司。門房內有人拿了片子，往裡頭去了，不多一會，出來說：「請。」聘才下車，同著管門的進去，進了二門，是一個院子，上面是穿堂。進了穿堂，便是正廳，兩邊有六間廂房。富三早已站在正房檐下，迎將出來。聘才搶步上前，拉了手。富三即引到正廳後，另有兩間小書房內坐了，問了幾句寒溫。聘才道：「這幾天下雪耽擱了，不然，前日就要過來奉拜的，在家好不納悶，惟有刻刻的想念三爺。」富三道：「彼此、彼此。」此處是富三的書房，離內屋已近，只隔一個院子。聘才略觀屋中鋪設，中間用個楠木冰紋落地罩間開。上手一間，鋪了一個木炕，四幅山水小屏，炕几上一個自鳴鐘⑱。那邊放著一張方桌、幾張椅子，中間放了一個大銅煤爐，上面牆上一幅絹箋對子，旁邊壁上一幅細巧洋畫。炕上是寶藍緞子的鋪墊。只見一個跟班的走來，穿件素綢皮襖，一個皮帽子克著眉毛，後頭露著半個大髮頂，托著茶盤，先將茶遞與聘才。聘才道：「奶奶前替我請安。」跟班的尚未回答，富三道：「今日你嫂子不在家，回娘家去了，你今日就在這裡吃飯，咱們說說話兒。」聘才連忙答應，又問：「貴大爺今日可來？」富三道：「不定。昨日聽他說有事，要到錦春園求華公子說情，諒來此刻去了。」

聘才聽說錦春園的華公子，便問道：「我正要問那個華公子。」就將那路上看見的光景、車夫口內說的話述了一遍。富三道：「趕車的知道什麼。這華公子名光宿，號星北。他的老爺子是世襲一等公，現做鎮西將軍。因祖上功勞很大，他從十八歲上當差，就賞了二品閑散大臣。今年二十一歲，練得好馬步箭，文墨上也很好，腦袋是不用說，就是那些小旦也趕不上他。只是太愛花錢，其實他倒不驕不傲，人家看著他那樣氣焰排場，便不敢近他。他家財本沒有數兒，那年娶了靖邊侯蘇兵部的姑娘，這妝奩就

⑱ 自鳴鐘：時鐘，亦名候鐘。明萬曆時耶穌會士義大利人始傳入我國。

有百萬。他夫人真生得天仙似的，這相貌只怕要算天下第一了，而且賢淑無雙，琴棋書畫，件件皆精。還有十個丫頭，叫做十珠婢，名字都有個『珠』字，都也生得如花似玉，通文識字，會唱會彈。這華公子在府裡，真是一天樂到晚。這是城裡頭第一個貴公子，第一個闊主兒。我與他關一點親，是你嫂子的舅太爺。我今年請他吃一頓飯，就花了一千多吊。酒樓戲館是不去的，到人家來，這一群二三十匹馬、二三十個人，房屋小就沒處安頓他們。況且他那脾氣，既要好，又要多，吃量雖有限，但請他時總得要另外想法，多做些新樣的菜出來，須得三四十樣好菜，二三十樣果品，十幾樣的好酒。喝動了興，一天不夠，還要到半夜。叫班子唱戲是不用說了，他還自己帶了班子來。叫幾個陪酒的相公也難，一會兒想著這個，一會兒想著那個，必得把幾個有名的全數兒叫來伺候著。有了相公也就罷了，還有那些檔子班、八角鼓、變戲法，雞零狗碎的頑意兒，也要叫來預備著，湊他的高興。高興了便是幾個元寶的賞。有一點錯了，與那腦袋生得可厭的，他卻也一樣賞，賞了之後，便要打他幾十鞭子，轟了出去。你想這個標勁兒，他也不管人的臉上下得來下不來，就是隨他性兒。那一日我原冒失些，我愛聽十不閑⑲，有個小順兒是十不閑中的狀元了，我想他必定也喜歡他。那個小順兒上了妝，剛走上來，他見了就登時的怒容滿面，冷笑了一聲，他跟班的連忙把這小順兒轟了下去，叫我臉上好下不來。看他以後便話也不說，笑也不笑，才上了十幾樣菜，他就急于要走，再留不住，只得讓他去了。還算賞我臉，沒有動著鞭子。他這坐一坐，我算起來，上席、中席、下席，各色賞耗共二千多吊，不但沒有討好，他倒說我俗惡不堪，以後我就再不敢請他的了。他有一個親隨林珊枝，真花八千兩銀子買的。」聘才聽了，點頭微笑，說道：

⑲十不閑：由一人同時演奏多種樂器的雜伎。

「這個闊公子，與他拉交情，是不容易的。」富三道：「難、難，除非真有本領，教他佩服了，不然就是巴結到二十四分，這個人是最喜奉承的。」

說到此，便已擺上飯來，一壺酒，四碟菜，一隻火鍋。富三道：「今日卻是便飯，沒有什麼吃的。」二人對酌閑談，聘才聽得裡頭有些娘兒們說話，說得甚熱鬧，不一刻就像兩人口角，有些嘈雜起來，還夾些丫頭、老婆子解勸之聲，又有些笑聲。富三欲待不管，因聘才在此，聽得不好意思，便走了進去。聘才靜聽，只聽得出富三聲口，說「有客，有客」的兩句。那些女人說話就略低了些，疏疏落落的猶有些牽藤蔓葛。富三走了出來，與聘才喝了一杯酒，裡頭又鬧起來。富三坐不住，又跑了進去，這一回鬧得很熱鬧，就富三進去，也彈壓不下，倒越鬧得更甚。又聽得富三嚷道：「你們也替我做點臉兒，不是這樣的。」又聽得一個娘兒們，帶著哭帶著嚷的，就是說話太急些，外邊聽得不甚清楚。聘才無心喝酒，也不便問，先要飯吃了。富三又出來，聘才看他心神不定，便告辭了，又謝了飯。富三見聘才已經吃飯，裡頭又鬧得這樣，便也不好留他，只得說道：「今日簡慢極了，別要笑話，內人一出門，這些人就沒有了拘束，亂吵起來。」聘才也不好答應，一徑出來，富三送出大門，看上了車方回。

聘才又到貴大爺處，沒有在家，投刺而去。聘才在車裡想道：前日戲園裡，蓉官說他青姨奶奶、白姨奶奶打架起來，摔這樣，砸那樣，我當是頑話，今日看來是真的了。回去尚早，出了城，打發了車，又從戲園門口，各處逛了一逛而回。

日子甚快，過了幾日，不覺到了年底，梅宅自有一番熱鬧。李先生也散了學，時常出去，找些同鄉同年聚談消遣。到了除夕這一天，聘才、元茂在書房悶坐，大有作客淒涼之感。少頃，子玉出來對他二人說道：「昨日聽得王母舅於團拜那一日，格外備兩桌酒請我們，還有孫氏弟兄。」元茂道：「我是不去的，我又不是同鄉。」子玉道：「那不要緊，一來是王母舅單請我們的，又不與他們坐在一處；二來也是庸庵的意思，你若不去，就大家無趣了。」聘才笑道：「若果如此，那一天可以見著琴官的戲了。」子玉一笑，道：「我還有一點事。」說罷，進去了。

晚間李性全回來，進門時已見滿堂燈彩，照耀輝煌。望見大廳上，梅學士與夫人及子玉，圍著一群僕婦，在神像前上供。急忙來到書房，見書房中也點著兩對紅燭，四盞素玻璃燈，元茂上前叩了頭。聘才也來辭歲，性全連忙還禮，即同了他們到老師、師母跟前辭歲，士燮擋住了。顏夫人即吩咐子玉出去叩賀先生，梅學士即領了子玉，來到書房，彼此賀畢，便擺上酒肴。梅學士恭恭敬敬與性全斟了酒，性全連稱「不敢」；又要與聘才、元茂斟酒，聘才連忙接過酒杯，自己放好了，依次坐下。士燮是個言方行矩的人，更配上那個李性全，席間無非講些修身立行、勉勵子玉的話。李元茂拘拘束束，菜也不敢吃，坐著好不難受。倒是聘才還能假充老實，學些迂腐的話，與他們談談。不多一會，也就散了席。梅學士又在外坐了一會，講了好些話，然後同了子玉進去。性全、元茂等亦各安寢。且待下回分解。

第六回　顏夫人快訂良姻　梅公子初觀色界

話說年年交代，只在除夕，明日又是元旦，未免有些慶賀之事。忙了兩天，至初三日，王文輝處就有知單並三副帖子來，知單上開的是：戶部侍郎劉、內閣❶學士吳、翰林院侍讀學士梅、詹事府❷正詹事莊、左庶子鄭、通政司王、光祿寺少卿周、國子監❸司業張、吏科給事中史、掌山西道陸、兵部員外郎楊、工部郎中孫，共十二位。士燮看了比去年人更少了，叫小廝拿兩副帖，到書房裡去與魏、李兩位少爺。

到了初五日，顏夫人也要請客，請了他表嫂王文輝的陸氏夫人，並他家孫氏少奶奶與兩位表侄女；又請了孫亮功的陸氏夫人，與其大姑娘並兩位少奶奶，就是孫大姑娘辭了不來。這王、孫兩家的陸氏夫

❶ 內閣：明清兩代政務機構。清初以國史院、秘書院、弘文院內三院為內閣，設大學士，參與軍政機密。雍正時設軍機處，掌軍政要務，後來內閣便徒有虛名。

❷ 詹事府：詹事為古官名，秦漢以來皆為宮官，後獨為東宮官屬之長。清代不立太子，本應裁撤，但留作翰林官遷轉之地。翰林院實官最高為四品，而詹事府詹事為三品。屬官有少詹事、左右春坊庶子、左右中允、左右贊善等。

❸ 國子監：我國古代的教育管理機構和最高學府。明自景泰以後，以國用不足，許生員納粟入監。清光緒三十一年設學部，國子監遂廢。

人，是嫡堂姊妹，王家的陸氏夫人，是陸御史宗沅的堂妹，他親哥哥叫陸宗淮，現任四川臬司❹；孫家的陸氏夫人，是陸宗沅的胞妹。王家的陸夫人年四十一歲，孫家的陸夫人年三十九歲。這兩位夫人都是續娶的，雖在中年，卻還生得少艾❺，不過像三十來歲的人，而且性愛穠華，其服飾與少年人一樣。王文輝的夫人生得風流窈窕，是個直性爽快人，與文輝琴瑟和諧。這孫家的陸夫人，容貌也與乃姊彷彿，但性情悍妒，本將亮功有些看不起，又為他前妻遺下來三個寶貝，都是絕世無雙，心頭眼底刻刻生煩，閑來只好將亮功解個悶兒。這亮功從前的前妻，是極醜陋的，也接接連連生了一女兩男，後娶了這位美貌佳人，便當著菩薩供養。這個陸夫人，也是自小嬌憨慣的，到了如今二十餘年，已是四十來歲人，性氣倒好了些，也把亮功看待比從前好得多了。無奈亮功已中心誠服在前，目下夫人雖能格外施恩，他卻是一樣鞠躬盡瘁。陸夫人就生了王恂的少奶奶一個，名叫佩秋，生得德容兼備，愛若掌珠，十八歲嫁與王家去了。還有個白頭的大姑娘，是不能嫁人的，新年已二十九歲。嗣徽二十六，嗣元二十四，這兩個廢物，都已娶了親。

嗣徽娶的沈氏，是國子監司業沈恭之女，名字叫做芸姑。生得齊齊整整，伶俐聰明，嫁了過來，見了那樣丈夫，便想自尋短見，被他的丫鬟苦勸，只得自己怨命。後來回了娘家，不肯過來。那位司業公，是個古板道學人，將女兒教訓了一頓，送了過來。這沈姑娘實在無法，又遇嗣徽淫欲無度，那個紅鼻子常在他臉上擦來擦去，鬧得沈姑娘肉麻難忍，後來只得將一個陪房的大丫頭，叫嗣徽收了。這丫頭名叫

❹ 臬司：元時已設肅政廉訪司，主管一路司法刑獄和官吏考核，已稱臬司。清代俗稱臬臺，又稱廉訪。

❺ 少艾：美貌的女子。

松兒，生得板門似的一扇八寸長的腳，人倒極風騷的，嗣徽本先偷上了幾次，試用過他那件器物，倒是個好材料，便愛如珍寶，竟有專房之寵。這沈姑娘如何還有妒心，恨不得他們如蛤蚧❻一般，常常的連在一處，也脫了他的罪孽。外面侍奉翁姑，頗為承順，背地卻時時垂淚。

這嗣元娶的是巴氏，名字叫做來鳳。父親巴天寵，是上江鳳陽❼人，清白出身。自小當兵，生得一表人材，精于弓馬，又得了軍功，年才四十餘歲，已升到總兵❽之職，現在天津鎮守海口。聽了媒人謊話，將個愛女嫁了嗣元。這位巴姑娘生得十分俊俏，桃腮杏臉，腰細身長，柳眉暈殺而帶媚，鳳眼含威而有情，性氣爆烈異常，少小嬌痴已慣，可憐十七歲就嫁了過來。他只道文官之子是個風流佳婿，蘊藉才郎，一見嗣元那個猴頭狗腦的嘴臉，又是期期艾艾，一口結巴，就在帳裡哭了半日。到晚嗣元上床，要與他脫衣，就被他打個嘴巴。嗣元半邊臉，已打得似個向陽桃子，使嚷將起來，似狗狺的一般，揎拳擄臂，也想來打巴姑娘。巴姑娘趁他走近身時，便站將起來，索性的劈胸一拳，把嗣元打了一交，嗣元爬起來往外就跑，伴送婆、家人媳婦、陪房的丫頭一齊拖住，再三的勸他，又將巴姑娘也勸了一會。這巴姑娘原也一時使氣，仔細一想，原悔自己太冒失了，鬧起來不好看，且兼娘家又遠，照應不來，只得忍耐不語。嗣元嘴裡亂說，被伴送婆搶了他的口，與他們卸了妝，脫了衣，再三的和解，服侍他們睡下，

❻ 蛤蚧：壁虎的一種，也叫大壁虎。為藥能治肺疾。
❼ 上江鳳陽：安徽鳳陽。
❽ 總兵：官名。明代遣將出征，始立總兵官、副總兵官之名。後軍務日繁，遂成一方武官之重職。清因之，各省設提督，為地方最高武官。下設總兵、副將等官。

方才出去。嗣元經了這兩下，心已悔了，再不敢尋他，只得避在腳頭，睡了一夜。過了幾天，巴姑娘的乳母苦苦的喻以大義，說官家之女怎好打起丈夫來，就是丈夫生得不好，也是各人前定的姻緣。巴姑娘原是個聰明人，也知木已成舟，不能怎樣，只好獨自洒淚。這嗣元過了幾天，見他和平些了，便想也行個周公❾之禮。等他睡著了，便解開了他的衣褲。巴姑娘本要不依，一想吵鬧起來便不好聽，且看看這呆子怎樣。誰想這個孫嗣元，樣樣鄙夷乃兄，獨這件事卻沒有乃兄在行，始而不得其門，及得了門時，已是涕淚濟濟，柔如繞指了。孫嗣元又急又愧，巴姑娘又恨又氣，以後非高興時，便輕易不許嗣元近身，所以巴姑娘做了五六年媳婦，尚未得人倫之妙，這也不必敘他。

那一日，文輝的夫人帶了二女一媳，香車繡幰❿的到了梅宅。顏夫人領著一群僕婦丫鬟迎將出來，引進了內堂。這顏夫人雖四十外的人，尚覺丰采如仙，其面貌與子玉彷彿。顏夫人見瓊華小姐更覺生得好了，清如浣雪，秀若餐霞，疑不食人間煙火食者；而蓉華小姐朗潤清華，外妍內秀。那個孫氏少奶奶佩秋，媚妍婉妙，和順如春。兩夫人見過了禮，然後兩位少奶奶、一位姑娘，齊齊的拜見了顏夫人，各敘了些寒溫。陸夫人問起子玉來，顏夫人說他父親帶他出門去了，瓊華小姐心裡始覺安穩。忽見僕婦報道：「孫家太太與少奶奶到。」顏夫人也降階迎接，陸氏夫人是常見的，那兩位少奶奶雖見過兩次，看今日裝飾起來愈覺嬌艷，顏夫人也深知其所適非夫，便心裡十分疼愛起來。

---

❾ 周公：姬旦。周文王子，輔助武王滅紂，建周王朝。武王死，成王年幼，周公攝政。相傳周代的禮樂制度都是周公所制定的。

❿ 繡幰：設有障幔的車子。幰，車前的帷幔。與車頂平而稍仰。

當下各人見禮已畢，談起家常來，文輝的夫人總稱贊子玉，似有欣羨之意。亮功的夫人笑道：「姐姐，你的外甥固好，就我的外甥女也不錯。你既然這樣心愛，你何不將我的外甥女，配了你的外甥，也如我將我的外甥，配了你的外甥女一樣。你們親上加親，教我也沾個四門親的光兒不好嗎？」顏夫人初聽，竟摸不清楚，後來想著了，就笑道：「姊姊好口齒，這麼一繞，叫我竟想不出誰來？我們是久有此心，恐怕自己的孩子頑劣，不敢啟齒，怕碰起釘子來。我想表嫂未必肯答應的。」文輝的夫人道：「姑太太是什麼話，咱們至親，那裡還有這些客話。倒是我的孩子配不上外甥是真的。姑太太想必不肯作主，還要讓姑老爺得知，姑老爺心裡怎樣？」顏夫人道：「我們老爺也久有此心，在家也常說起來。去年表兄來托我們做媒，我就要說出來，剛剛有件什麼事情來，就打斷了，沒有能說，至今還耿耿在心的。」亮功的夫人冒冒失失道：「就這樣罷，兒女之事，娘也可以作得主的，定要父親嗎？」顏夫人道：「若別家呢，我就不敢做主，自然要等他父親答應。若說這外甥女，是我們二人商量過許多回了，都是一心一意的，只要表嫂肯賞臉就是了。」文輝的夫人道：「我們也是這樣。」亮功的夫人道：「既如此，你們兩親家見一個禮，一言為定罷。」顏夫人就對文輝的夫人拜了一拜，文輝的夫人也拜了。亮功的夫人實在爽快，將顏夫人頭上仔細一看，拔下一枝玉燕釵，就走到瓊華面前與他戴上，瓊華兩頰發赬，用手微攔。亮功的夫人笑道：「這是終身大事，不要害臊。」羞得瓊華小姐置身無地，說又不好，避又不好，除下釵子又不好，低了頭，雙波溶溶，幾乎要羞得哭出來。他的母親與顏夫人看了，皆微微的含笑，眾少奶奶也都笑盈盈的。蓉華見妹子著實為難，便拉著他到欄杆外看花，又到別處屋子裡去逛，眾少奶奶一齊跟著去了。

亮功的夫人道：「我這個媒做得好麼？你們兩親家都應感激我，真個是郎才女貌，分毫不差。比不得我們那三個廢物：兩個廢男，已經害了兩位姑娘；還有個廢女在家，難道也能害人麼？這也就可以不必了。」文輝的夫人道：「你們兩位少奶奶倒和氣麼？」亮功夫人冷笑道：「怎麼能和氣？人心總是一樣，難道我還能幫著兒子說媳婦不好？我自己看看也過意不去。大房呢，他外面還能忍耐，不過悶在心裡，閑時取笑取笑他；二房的性子比我還燥。我們那老二更不如老大，嘴裡勒、勒、勒、勒的勒不清，毛手毛腳不安靜，我聽得常挨他媳婦打，打得滿屋子嚷，滿屋子跑，我也只好裝聽不見。花枝兒般的一個媳婦，難道還說他不好？叫他天天與個猴兒做伴，自然氣苦交加。我是最明白的，不比人家護短，說自己兒子好。也只有你妹夫才生得出這樣好兒女來。」說得兩位夫人皆笑。

且說眾少奶奶同著瓊華小姐逛到一處，是個三小間的套房，甚是精致。名書古畫，周鼎商彝⑪，羅列滿前。內裡有兩個小丫頭，送上茶來。沈氏少奶奶問道：「這間屋子是誰住的？」小丫頭道：「是少爺住的。」沈氏少奶奶道：「少爺不在屋裡麼？」小丫頭道：「不在屋裡。」眾少奶奶便放了心逛起來。到了裡間，見小小的一張楠木床，錦帳銀鉤⑫，十分華艷，似蘭似麝，香氣襲人。眾少奶奶見這屋子精雅，便都坐下。巴氏少奶奶是沒有見過子玉的，見鏡屏裡畫著一個美少年，面粉唇朱，秀氣成采，光華耀目，覺眼中從未見過這樣美貌人，便拉孫氏少奶奶同看道：「姑奶奶，你看這畫，畫得好麼？」孫氏

---

⑪ 商彝：商代青銅器。

⑫ 錦帳銀鉤：錦帳，錦製之帳。舊題漢伶玄飛燕外傳：「詔益州留三年輸，為婕妤作七成錦帳，以沉水香飾。」銀鉤，銀製之鉤。此指帳鉤。

少奶奶一笑，道：「這個就是我們將來的二姑爺，真畫得像。」蓉華與沈氏少奶奶都來看子玉的小照，惟有瓊華不來，獨自走到書桌邊，隨手將書一翻，見有一張花箋，寫著幾首七言絕句，題是車中人，像是見美人而有所思。看到第三首末句，是押的「瓊」字韻，用的是仙女許飛瓊⑬；第四首末句是押的「華」字韻，用的是仙女阮淩華⑭。瓊華看了心裡一驚，想道：這位表兄原來這般輕薄，他倒將我的名字拆開了押在韻裡，適或被人見了怎好？遂趁他們在那裡看畫，即用指甲挖去了那兩個字，臉上紅紅的，獨自走了出去。那邊眾少奶奶也出來，巴氏少奶奶還將子玉的小照看個不已，出來時還回頭了兩次，不覺失口贊道：「這才是個佳公子呢。」眾佳人微笑。

顏夫人著丫鬟來請坐席，眾佳人方才出來。這席分了兩桌：三位夫人一桌，五位佳人一桌。席間，兩位陸夫人好不會講，這邊那幾位少奶奶也各興致勃勃，唯有瓊華小姐今日心神不安，坐在席間話也不說，心裡恨他的姨母將顏夫人的釵子戴在他頭上，便覺得這個頭就有千斤之重，抬不起來。眾少奶奶知他的心事，雖尋些閑話來排解他，他卻總是低頭不語，懊悔今日真來錯了。這兩位夫人與眾佳人敘了一日，直到晚飯後定了更才散。

次日，要說姑蘇會館團拜的事了，一早梅學士先去了。聘才于隔宿已向子玉借了一副衣裳，長短稱身。只有元茂嫌自己的衣服不好，悶悶的不高興，見了子玉華冠麗服的出來，相形之下頗不相稱，便賭

⑬ 許飛瓊：仙女名。舊題漢班固漢武帝內傳：「(王母) 命侍女董雙成吹雲和之笙，石公子擊昆庭之金，許飛瓊鼓震靈之簧，婉 (阮) 淩華拊五靈之石，范成君擊湘陰之磬，段安香作九天之鈞。於是，眾聲澈朗，靈音駭空。」

⑭ 阮淩華：仙女名。

氣脫下衣裳，仍穿了便服，說道：「我不去了。」子玉就命雲兒進去：「稟知太太，將我的衣服拿一副出來，說李少爺要穿。」雲兒隨即捧了一包出來。誰知子玉雖與元茂差不多高，而身材大小卻差得遠甚。元茂項粗腰大，不說別的，這領子就扣不上，束起腰來，短了三寸。子玉道：「不好，我的衣服你穿不得，不如穿我們老爺的罷。」又叫雲兒進去換了，拿了梅學士的衣服出來。這梅學士生得很高，兼之是兩件大毛衣服，又長又寬。元茂穿了，在地下亂掃。聘才替他提起了兩三寸，束緊了腰，前後抹了幾抹，倒成了個前雞胸後駝背。再穿了外面的猞猁裘，子玉又將個大毛貂冠給他戴了，覺得毛茸茸的一大團，車裡都要坐不下去，惹得子玉、聘才皆笑。帶了四個書僮出來，外面已套了兩輛車、四匹馬。子玉獨坐一車，聘才、元茂同坐一車，一徑來到姑蘇會館，車已歇滿了。

三人進內，梅宅的家人見了，迎上前來，道：「王少爺、顏少爺來了多時了，諸位老爺早已到齊。」遂一直引至正座，見已開了戲。座中諸老輩，子玉尚有幾位不認識，士燮指點他一一見了禮，這些老前輩個個稱贊不休。隨後聘才、元茂上來與王文輝見禮。聘才還生得伶俐，這元茂又係近視眼，再加上那套衣服，轉動不便，一個揖作完，站起來，不料把文輝的帽子碰歪在一邊。文輝連忙整好，元茂也脹紅了臉，就想走開。偏有那司業沈公年老健談，拉住了子玉，見他這樣丰神秀澈，如神仙中人，想起他那位嬌客來，真覺人道中，有天仙化人、魑魅魍魎兩途。便問了目下所讀何書、所習何文的話，子玉一一答了。子玉尚是年輕，被這些老前輩你一句、我一句的贊，倒贊得他很不好意思。沈大人放了手，子玉等告退，來至東邊樓上，王恂、顏仲清便迎上來，都作揖道：「我們已等久了，怎麼這時候才來？」子玉道：「今日起遲了些。那孫大哥、孫二哥還沒有來麼？」王恂道：「也該快來了。」王、顏二人又與聘才、元茂款接了一番。

只見對面樓上來了幾個，先是右侍郎的少君劉文澤做主，請了史給事的少君史南湘、吳閣學的外甥張仲雨、姑蘇名士高品、國子監司業沈公之子沈伯才、天津鎮守海口巴總兵之子巴霖，這兩位就是孫氏弟兄的妻舅。還有一個本京人，原任江蘇知縣之子馮子佩，尚未到來。這一班人，子玉除了南湘、文澤之外，恰不認識。這劉文澤字前舟，係中州世家，已得了二品蔭生。為人最是和氣，性情闊大，藹然可親，尤好結交，與徐子雲、華星北均稱莫逆。那個張仲雨是揚州人，生得俊秀靈警，是進京來趕異路功名的，就住在他舅舅吳閣學家。一切手談博弈，吹竹彈絲，各色在行，捐了個九品前程⑮，是個熱鬧場中的趣人。這高品是蘇州人，號卓然，是個拔貢生。聰明絕世，博覽群書，善于詼諧，每出一語，往往顛倒四座。與沈司業有親，因此認得孫氏弟兄，時相戲侮。這沈伯才是個舉人，年已三十餘歲，近選了知縣，將要赴任去了，是個精明強幹的人。這巴霖卻從他父親任上來看他姐姐的。他的相貌與他姐姐一樣俊俏，年才二十歲，文武皆能。因與孫氏昆仲不對，情願住在店裡，與劉文澤倒是相好。

當下王恂、仲清引了子玉過去，與他們一一見了，彼此都是年誼世交，各敘了些仰慕之意。劉文澤道：「庸庵，你請客怎麼不通知我一聲？就是你請這二位生客，我們在一處也很好，何必又要另坐在那邊。」王恂笑道：「不是我定要與你們分開，庾香是不用說的，就是這李、魏二位長兄，也是最有趣的人。我今日還請了孫氏昆仲，這兩位與眾不同的，沈大哥雖不浹洽，還不要緊，想能容得他。我實在怕巴老三一見他們，就要鬧起來。」眾人皆笑。巴霖道：「王大哥，這就是你不該。你既然有三位尊客，

⑮ 捐了個九品前程：古時政府准許士民捐資納粟以得官。九品，最末等的官職。

就不應請那兩個惡客，教人食不下咽，不過看著裙帶上的情分罷了。」說得眾人大笑。高品道：「最好，最好，我們今日就併在一處，為什麼食不下咽？有了『蟲蛀千字文』，『疊韻雙聲譜』，還勝如漢書⑯下酒呢。」史南湘道：「怕什麼？搬過來，搬過來！正席上有許多老前輩在那裡，巴老三想必也不動手的。」王恂只得叫將那邊兩桌，就搬過這邊，一同坐下。南湘道：「庾香，你今日就看見好戲好人了，你才信我不是言過其實呢。」子玉笑道：「你定的第一，我已經請教過了。」南湘道：「何如，可賞識得不錯？」子玉笑而不言。王恂道：「你幾時見過的？」子玉道：「你好記性，那天還問你要飯吃，拉住了你，你倒忘了？」南湘側耳而聽，聽這說話詫異，將要問時，王恂笑道：「冤哉！冤哉！那個那裡是袁寶珠，那是頂黑的黑相公，偏偏他的名字也叫保珠，庾香一聽就當是你定的第一名。我也想著要分辯，就被那保珠纏住，沒有這個空兒。」南湘大笑。子玉才知道另是個保珠，不是花選上的寶珠。

只見王家的家人報道：「孫少爺到。」嗣徽昆仲先到正席上見了禮，然後上樓，眾人都笑面相迎。嗣徽舉眼一望，見了許多人，便作了一個公揖；見了高品、沈伯才，心中甚是吃驚，暗道：「偏偏今日運氣不佳，遇見了這兩個冤家。」嗣元見了巴霖，也覺心跳，也與眾人見了禮，巴霖勉勉強強作了半個揖。樓上分了四桌。劉文澤道：「都是相好，也不必推讓，隨意坐最好。」大家都要遠著孫氏弟兄，便亂坐起來。劉文澤、沈伯才、巴霖、張仲雨坐了一席；史南湘、顏仲清、高品拉了子玉過來，坐了一席；聘才、元茂坐了一席；嗣徽、嗣元坐了一席，王恂只好兩席輪流作陪。孫嗣徽又「之乎者也」的鬧了一

⑯ 漢書：東漢班固撰。全書分十二紀、八表、十志、七十傳共百篇，後人分為一百二十卷。為我國第一部紀傳體斷代史。

會，問了魏、李二位姓名、籍貫。一面就擺上菜喝酒。

高品見嗣徽的臉上疙瘩更多了好些，喝了幾杯酒，那個紅鼻子如經霜辣子，通紅光亮。高品對著沈伯才笑道：「天下又紅又光的，是什麼東西，不准說好的，要說頂髒的東西。」伯才已明白是說嗣徽的鼻子，便笑道：「你且說一個樣子來。」高品道：「我說：紅而光，臘盡春回狗起陽。」眾人忍不住一笑。嗣徽明白，瞪了高品一眼，道：「惡用是鶂鶂者為哉[17]？雞鳴狗吠相聞，而達乎四境。」眾人又笑。沈伯才笑道：「我也有一句：紅而光，屎急肛門脫痔瘡。」眾人恐正席上聽見，不敢放聲，然已忍不住笑聲滿座。巴霖道：「我也有一句，比你們的說得略要乾淨些。」即說道：「紅而光，酒糟鼻子懸中央。」高品笑道：「不好了，教你說穿了題，以後就沒有文章了。」嗣徽道：「好不通，這些東西，有什麼紅，有什麼光？」即說道：「紅而光……」便頓住了，再說不出來。眾人看了他那神色，又各大笑。嗣元呵呵的笑起來，那隻吊眼睛索落落的滴淚，說道：「我、我、我有一句：紅、紅、紅、紅而光，一、一、一、一團火球飛上床。」

眾人笑得難忍，將要高聲笑起來。顏仲清道：「這一燒真燒得個紅而光了。」高品道：「這一燒倒燒成了孫老二的『三字經』。」眾人不解其說。高品道：「那救火的時候，自然說來、來、來！快、快、快！救、救、救！搬什物的搶、搶、搶！逃命的跑、跑、跑！風是呼、呼、呼！火是烘、烘、烘！燒著東西，爆起來咇、咇、咇！剝、剝、剝！人聲嘈雜，嘻、嘻、嘻！出、出、出！不是一部三字經[18]麼。」巴霖道：「孫老二還有兩門專經，你們知道沒有？」高品笑道：「我倒不曉得他還有專經。」巴霖道：

[17] 惡用是鶂鶂者為哉：出自孟子滕文公下。鶂鶂，鵝鳴聲。亦借指鵝。鶂，音ㄧˋ。

「打手銃⑲，倒溺壺，這兩門是他的專經。」眾人聽他罵得太惡，倒不曉得他有何寓意，便再問他。巴霖道：「也是個三字經，打手銃是捋、捋、捋，倒溺壺是別、別、別。」眾人大笑。子玉贊道：「這兩經尤妙，實在說得自然得很。」從此嗣元又添了一個「硃批三字經」的諢名。嗣元將要翻臉，又因他父親在上，且從前被巴霖打過幾回，吃了痛苦，因此不敢與較，只好忍氣結舌。唯把那隻眼睛睜大了，狠狠的瞪著他滴淚。

停了一會，見聘才的跟班走到聘才身邊道：「葉先生送來的戲單。」子玉過來，與聘才同看，見頭幾齣是掃花、三醉、議劍、謁師、賞荷⑳，都已唱過，以下是功宴、瑤臺、舞盤、偷詩、題曲、山門、出獵、回獵、遊園㉑、驚夢，末後是明珠記㉒上的俠隱，子玉悄悄的向聘才道：「戲倒罷了，只不曉得有琴官的戲沒有？」一語未了，只聽得樓下有人嚷道：「沒有袁寶珠的戲，是斷不依的。」子玉等往下看時，卻是王文輝在那裡發氣，見一個人只管陪著笑，又向文輝請安。又聽文輝說道：「就是在徐老爺

---

⑱ 三字經：相傳為南宋王應麟編。又說為宋末區適撰、明人黎貞撰。明清以來續有增補。全書用三字一句的韻文寫成，讀起來很順口。與千字文並行，為舊時較流行的啟蒙讀物。

⑲ 手銃：舊時一種火器。

⑳ 掃花三醉議劍謁師賞荷：掃花、三醉，邯鄲夢中二折。議劍，連環記中一折。謁師，釵釧記中一折。賞荷，琵琶記中一折。

㉑ 功宴偷詩山門出獵遊園：功宴，宵光劍中一折。偷詩，長生殿中一折。山門，虎囊彈中一折。出獵，白兔記中一折。遊園，牡丹亭中一折。

㉒ 明珠記：明陸采撰，二卷。

那裡，唱一齣再去何妨！況且定戲時，怎樣交代你的？」那人道：「這齣驚夢，有個新來的琴官，比寶珠還好。大人不信，叫他先唱一齣瞧瞧，如果不中大人的意，再趕著去叫寶珠來，包管不誤。」劉侍郎道：「也罷，唱了瑤臺之後，就唱驚夢也使得。」那人答應幾個「是！」看著文輝不言語，也就進戲房去了。聘才向子玉道：「你聽見沒有？」子玉點頭，心上很感激文輝。

功宴唱完了，是瑤臺出場。子玉一見，吃了一驚，心上迷迷糊糊，倒先當他是琴官，又看不大像，比琴官略大些。只見得這人，如寶月祥雲，明霞仙露，香觸觸，春靄靄，花開到八分，色豔到十足。已看得出神，便問南湘道：「這是誰？有此秀骨。」南湘道：「這個算好嗎，只怕也難入品題。」子玉知南湘故意譏誚他，便問仲清，仲清道：「這就是花選上第二的瑤臺璧月蘇蕙芳。」子玉嘆道：「天地鍾靈盡于此矣，我竟如夏蟲不可語冰㉓，難怪竹君怪我。」南湘哈哈大笑道：「我也不怪的，幸你自行檢舉。」文澤道：「怎麼，庾香連蘇媚香也不認識？」南湘道：「他是秀才不出門，焉知天下事。」少頃瑤臺唱完，便是驚夢。

子玉倒有些不放心，恐琴官也未必壓得下這蘇蕙芳，且先聚精會神等著。上場門口，簾子一掀，琴官已經見過二次，這面目記得逼真的了。手鑼響處，蓮步移時，香風已到，正如八月十五月圓夜，龍宮賽寶，寶氣上騰，月光下接，似雲非雲的，結成了一個五彩祥雲華蓋㉔，其光華色豔非世間之物可比。這一道光射將過來，把子玉的眼光分作幾處，在他遍身旋繞，幾至聚不攏來，愈看愈不分明。幸虧聽得

㉓ 夏蟲不可語冰：無法與只在夏天生活的蟲子談論冬天的冰。比喻見聞淺薄，不通時務。

㉔ 華蓋：雲層上緊貼日、月邊緣，輪廓不甚規則，內呈淡青色，外呈淺棕色的光環。

他唱起來，就從「夢回鶯囀」，一字字聽去，聽到「一生愛好是天然」、「良辰美景奈何天」等處，覺得一縷幽香從琴官口中搖漾出來，幽怨分明，心情畢露，真有天仙化人之妙。再聽下去，到「一例、一例裡神仙眷，甚良緣，把青春抛的遠」，便字字打入子玉心坎，幾乎流下淚來，只得勉強忍住。再看那柳夢梅㉕出場，唱到「忍耐溫存一晌眠」，聘才問道：「何如？」子玉並未聽見，魂靈兒倒像附在小生身上，同了琴官進去了。偏有那李元茂冒冒失失走過來，把子玉一拍，道：「這就是琴官，你說好不好？」倒把子玉唬了一跳。眾人都也看得出神。

原來琴官一出場，早已看見子玉，他是夢中多見了一回，今日已是第四回了，心裡暗暗歡喜道：「難得今日這位公子也在這裡。」到第二次出場，唱那雨香雲片這支曲子，一面唱，那眼波只望著子玉溜來，子玉心裡十分暢滿。文澤低低的對南湘道：「這個新來的相公，倒與庾香很熟，你瞧這一片神情，盡注意著他。」南湘向子玉道：「這個相公叫什麼名字？」子玉道：「他叫琴官。」南湘道：「你們盤桓過幾回了？」子玉答道：「我尚不認識他。」文澤笑道：「庾香叫相公，是要瞞著人的。這樣四目相窺、兩心相照的光景，還說不認得，要怎樣才算認得呢？」大家都微笑看著子玉，子玉有口難辯，不覺臉紅起來。這齣唱過，又看了陸素蘭的舞盤、金漱芳的題曲、李玉林的偷詩，都是無上上品，香艷絕倫，子玉唯有向南湘認錯而已。

席間，那個張仲雨與聘才敘起來是親戚，講得很投機。聘才又把合席的人都恭維拉攏了一會。子玉又見那些相公，到正席上去勸酒的勸酒，講話的講話，頗覺有趣。又見他的舅舅王文輝，分外比人高興，

㉕ 柳夢梅：牡丹亭中男主角。

後又看了一齣戲。正席上劉侍郎、梅學士、吳閣學、沈司業先散。子玉見他父親走了，天也不早，也要回去。剛起身時，忽見一個美少年上樓來。文澤的家人說道：「馮少爺來了！」馮子佩上前與眾人見禮，子玉見他還不過十八九歲，生得貌如美女，十分嫵媚。劉文澤道：「人家都要散了，怎麼這時候才來？」馮子佩道：「我早上進城到錦春園華府去拜年，原打算不耽擱的。華星北定要拉住吃了飯，又聽了他們幾齣戲，才放我走，還是急急的趕出來的。」子玉同了元茂、聘才告辭，諸人都送到樓門口，文澤、王恂、仲清送下樓來。文澤對子玉道：「初九日弟備小酌，屈吾兄一敘，作個清談雅集。人不多，就是竹君、劍潭、庸庵、卓然幾位，吾兄斷不可推辭。」子玉應允，又謝了。王恂、聘才、元茂也同道了謝，一徑先回。那些人又談了一會，也各散去。不知後事如何，且聽下回分解。

第七回　顏仲清最工一字對　史南湘獨出五言詩

話說子玉從會館回來，將琴官的戲足足想了兩日，以為天下之美莫過于此。又將蘇蕙芳、陸素蘭、金漱芳、李玉林的色藝品評，都為絕頂。細細核來：蕙芳的神色尤勝于諸人，次則素蘭可以匹敵。然較比琴官起來，毫厘之間終覺稍遜。又想：琴官這個美貌，若不唱戲，天下人也不能瞻仰他、品題他，他也埋沒了，所以使其墮劫梨園，以顯造化遊戲鍾靈之意也未可知，故生了這個花王，又生得許多花相，如百花之輔牡丹。但好花供人賞玩不過一季，而人之顏色可以十年。惟人勝於花，則愛人之心，自然比愛花更當勝些。誰想天下人的眼界，竟能相同。我意史竹君、王庸庵等必有言過其實之處，如今看來，真還刻劃不到，想必那些能詩能畫之說，也是的確無疑了。便又想：今日雖然見了琴官的戲，也未能稍通款曲❶，此後相逢，不知又在何日？但看他今日雙波頻注，似乎倒有繾綣之意，前此在車內掀帘凝望，又似非以陌上相逢看待，這也不知何故。便愈想愈不明白起來。

想把前日所詠的車中人翻出看看，再添兩首，便取了出來。忽見三四兩首，挖去了兩個字，心甚詫異，即問小丫鬟道：「這兩日誰到這裡來看我的書？」小丫鬟道：「前日太太請客，有一班少奶奶，還有王家的二姑娘，都進來閒逛。那些少奶奶，將少爺的行樂圖看了半天，那二姑娘看少爺的書，其餘沒

❶ 款曲：衷情委曲。

有人進來。我見二姑娘看書的時候，翻出一張紙來看了看，用指甲掐破一處，仍舊夾在書裡。」又笑道：「前日我聽得二姑娘雪兒說，孫家太太做媒，將二姑娘配了少爺了，二姑娘還戴了太太一根簪子回去。」子玉似信不信的問道：「我不信，你敢是撒謊的？」小丫鬟道：「我敢撒謊？我那天看著房沒有敢走開，這是雪兒說的。只怕咱們家裡人都也知道。」子玉聽了心內甚喜，猛想起這二表妹的容貌，也有些像琴官的模樣，便將他們比較起來，不知誰好。又把掐去的字一想，恍然大悟，誰知竟犯了他的諱，無意之間天然湊合，這也奇極了。他看了，當我必是有心想念他，心裡定然怪我，這便怎樣？我又無從與他分辯，這竟是個不白之冤。繼又想道：既訂了姻，就怪我也不妨。子玉復因「瓊華」兩個字，觸動琴官，一意纏綿，憐香慕色之心，從此而起。

到了初九日，劉文澤又著人來邀了。子玉告稟萱堂，更衣乘輿而去。且說文澤所請的客顏仲清、王恂、史南湘已經到了，隨後梅子玉、高品一同到門。家人引著走過大廳，到了花廳之旁垂花門進去，係石子砌成的一條甬道❷，兩邊都是太湖石❸疊成高高低低的假山，襯著參參差差的寒樹，遠遠望去，卻也有臺有亭，布置得十分幽雅。轉了兩三個彎，過了一座石橋，甬路旁是一色的，都是綠竹，繞著一帶紅闌，迎面便是五間卷棚。顏仲清等都在廊下等候，劉文澤早已降階迎接，高品、子玉上前，先與主人見了禮，然後大家見了。敘齒❹史南湘、高品是二十五歲，高品二月生日，月分長于南湘。顏仲清二十

❷ 甬道：院中小路。

❸ 太湖石：堆假山的石頭，窟窿玲瓏，因產在太湖而得名。

❹ 敘齒：按年齡大小為序。

四，王恂二十三，子玉十八。文澤雖二十四歲，卻是主人。大家依次入座，免不得敘幾句寒溫。內中惟子玉初次登堂，留心看時，只見正中懸著一塊楠木刻的藍字橫額，上面刻著「倚劍眠琴之室」，兩旁楹帖❺是桄榔木的，刻著：「茶煙乍起，鶴夢未醒，此中得少佳趣；松風徐來，山泉清聽，何處更著點塵。」署款是「道生屈本立書」，書法古拙異常。下面一張大案，案上羅列著許多書籍。旁邊擺著十二盆唐花❻，香氣襲人，令人心醉。子玉看了，又想起琴言那日作戲光景，真是寶光奪人，香氣沁骨，不覺有些模糊起來。忽聽文澤道：「這屋子太敞，我們裡面坐罷。」隨同到東邊，有書僮揭起帘子，進去卻是三間書房，中間玻璃窗隔作兩層。從旁繞進，玻璃窗內又是兩間套房。朝南窗內，即看得見外面。上懸著董香光❼寫的「虛白」二字，一幅倪雲林❽的枯木竹石，兩旁對聯是：「名教中有樂地❾，風月外無多談❿。」

❺ 楹帖：也叫楹聯、對聯、對子。懸掛或粘貼壁間、柱上的聯語。要求對偶工整，平仄協調，是詩詞形式的演變。

❻ 唐花：又名堂花，在暖房裡培養的花。

❼ 董香光：董其昌，明書畫家。字玄宰，號思白、香光居士，華亭（今上海松江）人。擅畫山水。畫風和畫論對晚明以後的畫壇影響深遠。

❽ 倪雲林：倪瓚。元畫家。字元鎮，號雲林、幻霞子、荊蠻民等，江蘇無錫人。擅畫山水，多為水墨之作。存世畫跡有六君子、雨後空林、江岸望山等圖。

❾ 名教中有樂地：晉王澄、胡輔之等人，都十分放任，甚至有人裸體。樂廣看了說：「名教中自有樂地，何必這樣呢？」

❿ 風月外無多談：南朝梁徐勉一天晚上和門人聚集在一起，有求詹事五官者，勉說：「今夕只可談風月，不宜及公事。」

款署金粟。屋內擺著個漢白玉的長方盆，盆上刻著許多首詩，盆中滿滿的養著一盆水仙，此時花已半開。旁邊盆內一大株綠萼白梅，有五尺餘高，老榦著花，尚皆未放；向窗一面，才有一兩枝開的。

文澤因此屋中有地炕和暖，酒席即擺設在內。主人送了酒，大家坐下。南湘道：「可惜今日沒有叫幾個人來。」文澤道：「我也打算叫的，因打聽他們今日都在怡園送九作消寒會，連堂會裡都沒有一個去的，所以沒有去叫，怕倒叫他們為難。」南湘又道：「今日我們可為軟紅塵中，一時雅集。」仲清坐在高品肩下，高品即湊著仲清耳邊輕輕的說了一句，仲清啞然失笑。眾人問仲清道：「他說什麼？」仲清向高品道：「我說罷。」高品搖了搖頭。仲清道：「那第七字對得尤妙。」說著，兩人相視而笑。南湘最是性急，便道：「你們說了，我情願吃一杯。」高品道：「喝十杯再說。」文澤曉得南湘酒德平常，道：「我來講和，三杯罷。」高品道：「竹君三杯，諸公各飲一杯，賞識這句話。」仲清道：「我是請教過的了，免飲。」高品笑道：「幾時？」仲清道：「真正你這張嘴，狗口裡生不出象牙來。」南湘道：「快拿酒來喝了，等他說。」真個喝了三杯，其餘也都喝了。高品笑向仲清道：「你是請教過的，你說罷。」仲清笑著罰了高品一杯酒，道：「他說『虛白室裡，三對雞巴』。」眾人都不解。文澤道：「這有何可笑？」南湘忽然想著，撫掌大笑道：「這促狹鬼⓫實在可惡，難為他實在對得敏捷。」子玉等悟著也都笑了，道：「雅字竟當他實字，真對得工穩。」文澤道：「卓兄，我出一對你對，卻不許思索。如對得好，我吃三杯；對不出，罰十杯；不好，罰五杯。」高品道：「從來說出對容易，對對難。對不出三杯，對不好一杯，如何？」南湘道：「也要看上對出得難不難，你且說來。」文澤向子玉道：「要借

⓫ 促狹鬼：刻薄；愛捉弄人。

重大名，就是『子玉人如玉』。」仲清道：「這倒不容易呢。」一語未了，高品道：「我已對著了，你喝三杯。」文澤道：「你說。」南湘道：「如果對得好，我們還要公賀一杯。」高品笑道：「『卯金面是金』，何如？」王恂道：「『卯金』對『子玉』卻是絕對。」南湘道：「就是『面是金』欠典切些。」高品道：「典雖不典，切卻甚切。你沒有見過中秋節，攤子擺的兔兒爺臉上，都是金的麼？」說得哄堂大笑起來，文澤道：「你這刻薄鬼，連盟弟都罵起來了。」高品道：「箭在弦上，不得不發⓬。」主人只得照數領了，合席也各飲了一杯。

南湘道：「如此飲酒，罰來罰去，也覺無味。前日我們打了一天詩牌，卻極有趣。瑤卿打成兩首絕好的，可惜他們今日又在怡園。咱們何不再想一個新鮮酒令。」劉文澤道：「今日我們將那對詩的令，行一行罷。」子玉問道：「怎樣對詩？」仲清道：「這是極容易的，出令的把一句詩拆開了，一個個的說給人對，湊起來文義通的免飲，一字不連，罰一杯。往往鬧出笑話來，最有趣的。」高品道：「就是對詩，主人先飲令杯。」

文澤飲畢，命人取了一塊粉板，順著衣衿開了姓，便道：「我先出對了。」寫了個「中」字。眾人想了一想：顏對了「外」，高對了「後」，梅對了「上」，史也對「上」，王對「裡」。文澤又出了一個「鳳」字，顏對「鴻」，高對「雞」，梅對「鸞」，史對「鴉」，玉對「烏」。文澤又出一個「下」字，南湘道：「有卷先交，我對『歸』字。」高品接著對「前」字，仲清、子玉同聲對「來」字，王恂對「回」字，文澤一一寫了。又道「扶」字，高搶對了「靠」字，史對了「送」字，顏對「寄」字，王對「馭」字，梅對

⓬ 箭在弦上二句：比喻為形勢所迫，事情不得不做，或話不得不講。

「聽」字。文澤道「雙」字，仲清對「孤」字，高品對「八」字，子玉對「九」字，王恂道：「不好了，順著數兒就是『十』罷。」南湘道：「是了，我這個字倒有些難下，也罷，對『三』字罷。」文澤道「輦」字。南湘道：「我曉得一定是這句詩。」子玉搶對了一個「琴」字，王恂對了「車」字，南湘對了「船」字，只有高品未對。文澤催道：「再遲要罰酒了。」高品笑了一笑，道「舟」字。令官重新寫起來，出的是「雙鳳雲中扶輦下」。仲清對的是「孤鴻天外寄書來」。大家贊好。高品對的是「八雞露後靠舟前」。大家一看忍不住都笑起來。文澤道：「這個實在不通得離奇了，沒有一個字連的，也有難倒他的時候。大家公議該喝幾杯？」南湘道：「就只『舟前』二字算連，其餘實在不貫，五杯是斷不能少的。」高品只管笑，也不辯，也不飲。主人道：「你到底怎樣？」高品隨湊著仲清耳邊說了一句話，把仲清笑得出了席，走到外間屋內放聲大笑。南湘不解，連忙出席來問仲清，仲清向他說了，那史南湘更拍著桌子狂笑。子玉等向高品問時，高品只是笑，說道：「你們且看完了大家的，再說不遲。」文澤道：「這罰酒是要喝的。」高品道：「自然。」仲清拉著南湘進來，文澤道：「不曉得他又在那裡搗些什麼鬼。」南湘、仲清聽了這句話，復又大笑，笑得眼淚直流。經小廝擰了手巾擦了，方才笑聲稍住。

再看子玉對的是「九鸞天上聽琴來」。大家贊道：「這句真對得字字穩愜，又在劍潭之上。」于是公賀了一杯。南湘對的是「三鴉水上送船歸」。文澤道：「竹君此對，未免雜湊。」南湘道：「你這試官，少所見而多所怪，要挖眼睛了。這才對得工呢。」子玉道：「真對得好。」文澤道：「這個我倒要請教請教。」子玉道：「『三鴉水上一歸人』，是韓翃的詩。」文澤恍然道：「可是送襄垣王君歸別墅的詩？我記性真壞極了，該打，該打！」南湘道：「幸虧你還記得娘家，不然總要罰十杯酒的。」再看王恂對的是「十烏日裡馭車回」。王恂道：「我的對壞了。」文澤道：「就是『十烏』二字不連。」高品道：「前舟又錯了，日中有烏，堯時十日並出，難道不是『十烏』麼？」文澤道：「這卻強詞奪理，到底勉強些。」於是公論推子玉第一、南湘第二、仲清第三、王恂第四、高品居末，就依名次輪作考官。

文澤道：「還有卓然的罰酒未飲，剛才到底說什麼，笑得這樣？如果實在說得好，免罰何妨。」南湘道：「若說了，非但不能免罰，還要倍罰。」文澤道：「莫非又是糟蹋我麼？」仲清道：「然也。」文澤道：「只要糟蹋得有理，罰酒也可以少減。」高品道：「想來五杯是不能免的。若要再加，萬萬來不得了，只好不說罷。」文澤道：「不加就是了。」高品道：「把我的對句，倒轉來念，你說好不好？」子玉同王恂、文澤暗暗的念了一遍，都不覺鼓掌大笑起來，子玉笑得伏在桌上，王恂笑得靠著南湘，引得南湘、仲清又笑了一陣。文澤道：「卓然將來死了，定坐拔舌地獄⓭。」小廝斟了酒。高品道：「五杯一口氣喝，定要醉倒。還是與各人豁一拳，或者可以希冀。」隨順手一個個豁完，卻也有輸有贏。

各飲畢，子玉作令官，一個個出了四字，是「費影收陽」。南湘對的是「鷩聲放膽」，王恂是「融香浣乳」，文澤是「含么小舌」，仲清是「多仙散髮」，獨高品對得別致，是「除伊放糞」，大家看了已經發笑。子玉又出了一個「臺」字，南湘道：「這句好生。」沉吟了一會，對了「館」字，王恂對「屋」，文澤對「榭」，仲清對「島」，高品道：「我住在宏濟寺⓮裡，就對『寺』。」子玉又出了一個「鸞」字，南

⓭ 拔舌地獄：佛教名詞。分等活、黑繩、眾合、號叫、大叫、炎熱、大熱、阿尊八大地獄。另外，還有種種名目不同的地獄。

⓮ 宏濟寺：即興勝寺。

湘道：「這字更奇。」王恂先搶了一個「燕」字，仲清對了「鶴」字，南湘道：「不好。搶不過你們，我偏不用飛禽一門，對「鼠」字罷。」文澤道：「難道是『影鷺』不成。我這『么』字下，連個什麼字好，也罷，『么鳥』二字是連的。」高品道：「你對『鳥』，我也對『鳥』。」子玉道「舞」字。南湘道：「一定是『舞鸞』，只好對『射』字。」文澤搶對了「歌」字，王恂對了「華」字，仲清對了「瑤」字。高品道：「『巴』字好對麼？」眾人一齊笑道：「你只要肯吃酒，有什麼對不得？」子玉寫出來，出的是「舞臺收影費鸞腸」。南湘道：「哦，極眼前的詩句，都想不著了。」仲清道：「試官猶有所思乎？」子玉正寫著南湘的對子，笑了一笑，沒有答應。大家看南湘對的是「射館放聲驚鼠膽」。眾人道：「對得很好。」高品道：「他是想天鵝肉吃，不要嚇壞了。」南湘道：「擱著你這貧嘴，回來和你算帳。」再看王恂的是「華屋浣香融燕乳」。子玉已經連圈了。眾人道：「這句融洽得很。」共賀了一杯。文澤道：「我是落第了。」眾人看他對的是「歌館小么含鳥舌」。南湘道：「也講得下去。」高品道：「歌館內有小么是極連貫的，就是那小么兒太苦些。」南湘道：「為什麼？」高品道：「又是鳥，又是舌頭，分不清楚，那裡舍得了這些。想來對對的人，是含慣的。」文澤道：「狗屁，胡說！你的糞對諒來也不見得高。」仲清對的是「瑤島散仙多鶴髮」。子玉已經夾圈了，眾人同聲稱贊。南湘對王恂道：「只怕他搶了第一去了。」子玉道：「文如其人，這兩副對子，卻很配他們兩人。」高品道：「我的抹了罷，不必獻醜了。」南湘道：「我記得他的是『巴寺放伊除鳥糞』。該死，該死，不曉得放些什麼屁。」文澤道：「阿彌陀佛⑮，

⑮ 阿彌陀佛：梵文阿彌陀婆佛陀、阿彌陀庚斯佛陀音譯的略稱，又略稱「彌陀」，意譯「無量光」、「無量壽」。大乘教的神名。他是西方「極樂世界」的教主，為淨土宗的主要信仰對象。阿彌陀經說：念此佛名號，深信

你會挖苦人，也有今日，你且講講，有一個字連的麼？」子玉從新一看，道：「兩兄且不要糟蹋他，卓兄此對，也有道理在內。」南湘看一看，點點頭道：「不差，這人實在壞極了。」文澤道：「難道還有點通氣麼？」南湘道：「可惡在不很不通。」高品只是笑著，一言不發。王恂走過仲清這邊來，問道：「那『巴寺』二字，出在那裡？」仲清道：「我記得戴叔倫⑯詩有『望刹經巴寺』一句。」王恂道：「只要現成就可以。」文澤道：「下五字呢？」仲清道：「這裡有傳燈錄⑰麼？」文澤令那識字的書僮，從外間書架上取了書來。仲清翻出，只見上寫著：崔相公入寺，見鳥雀于佛頭上放糞，乃問師曰：「鳥雀還有佛性也無？」師曰：「有。」崔云：「為什麼向佛頭上放糞？」師曰：「是伊為什麼不向鷂子頭上放？」仲清道：「據此看來，這句還說得過去。」文澤道：「究竟『放伊』兩字難解，『鳥』字若換了『雀』字就好了。」高品道：「我的『鳥』與『雀』，總是一樣，你的『鳥』字若換了『雀』字不好麼？」文澤想了一想，卻也有理。子玉就只取了仲清、王恂兩副對句，其餘文澤、高品罰了酒。

以下輪著南湘出令，出了一個「春」字，文澤對「夏」字，高品對「正」字。王恂道：「平對平使得麼？」眾人道：「使得，已經對過了。」王恂道「晨」字，仲清是「秋」字，子玉是「冬」字。南湘

無疑，即能往生他的淨土。後世所謂「念佛」，多指念阿彌陀佛名號。在寺院的佛殿中，此佛塑像常與釋迦、藥師二佛並坐，成為三佛。

⑯ 戴叔倫：唐潤州金壇人。字幼公。貞元進士。曾任撫州刺史、容管經略使。有詩二卷。原詩集已散佚，明人輯有戴叔倫集。

⑰ 傳燈錄：景德傳燈錄的省稱，佛教書名。宋道原編。三十卷。成書於宋真宗景德年間。敘述禪宗師徒相承的語錄和事蹟，凡一千七百零一人。道原宣稱，燈能照暗，祖祖相授，以法傳人，譬猶傳燈，故以之名書。

又出「月」字，高品道：「竹君的心思與眾不同，這兩字必定不連的，我對『陽』字。」王恂對「霜」，子玉對「雪」，仲清對「空」。文澤道：「管他連不連，我們只管對我們的。」對了「雲」字。南湘出了一個「三」字，高品道：「何如，不是三月，就是三春，我們都對『二』字，總連得上的。」俱各依允。就是文澤道：「我偏不和你一樣，對『半』字。」南湘又道「改」字，子玉道：「這字很奇，我對『敲』字。」文澤道：「我對『堆』字。」王恂是「丰」字，仲清是「盤」字，高品信口對了一個「伏」字。南湘道：「『兔』字，你們對罷。」王恂道「貂」字，仲清道：「鷹能制兔，我對『鷹』字。」子玉道：「騎著驢子放鷹，想來是沒有的，且借他來對對，就是『驢』字。」文澤道：「我對『烏』字。」高品道：「我就是『龜』字。」文澤道：「原來如此，失敬，失敬。」眾人嘩然大笑。南湘道：「這是你自畫供招，以後尊名竟改作『高龜』何如？」高品自知失口，縮不轉來，便道：「這兩字杜撰，不如轉贈吾兄。『史龜』二字，本是古人名，最典雅的。」文澤道：「你聽卓然這張嘴，自己落了便宜，又移到別人身上去了。」大家笑了一回，靜聽南湘出對。

南湘只管吃菜，總不出聲。文澤道：「你怎麼不出對了？」南湘笑道：「卷子已經交完了，還要題目麼？我是一順出的『春月三改兔』五字，內中前舟的『夏雲半堆烏』，『烏』字原也借對得好。然憑文取之，究不若劍潭的『秋空一盤鷹』渾脫，還該讓他第一。庾香的『冬雪一敲驢』，庸庵的『晨霜一丰貂』，都對得很工。最不好的是卓然的『正陽一伏龜』，這『正陽』二字如何加得上？」高品笑問文澤道：「貴處是那裡？」文澤道：「你這狗頭，實在恨不死人，你還想翻供麼？」大家想想高品的話，又笑得了不得。原來文澤正是河南正陽縣[18]人，剛剛合著這句對，你道巧不巧。文澤又灌了他一大杯酒，方出了氣。

以下仲清做令官，一個個字出的對是「絲髮白日如新」六字，高品屬的是「笠毛朱天入長」，子玉對的是「鏡顏華年對好」，南湘是「竹唇朱聲吹慢」，王恂是「剪衣烏時試拂」，文澤是「草麻黃朝起視」。仲清寫出上聯是「白髮如絲日日新」，把文澤的「黃麻起草⑲朝朝視」取了第一，子玉的「華顏對鏡年年好」取了第二，南湘的「朱唇吹竹聲聲慢」夾圈了，取了第三。大家都道：「這兩副對都好，似乎竹君的較勝。令官甲乙，似不甚公。」仲清道：「這兩本卷子都好，是不用說的。面子上看去竹君的『竹』對『絲』，『朱唇』對『白髮』，工巧極矣，『聲聲慢』又暗藏曲牌名，似乎在庾香之上，我所以把他夾圈了。但上對即是一字字拆開，必得一字字恰對方好。庾香以『年』對『日』最妥，竹君以『聲』對『日』，就不很對。假使『日』字不是疊用，或者竟是『白日』，那『朱聲』就講不去了，到底不及庾香的穩當，而且句子大方，不落纖巧，諸公以為然否？」幾句話說得眾人很服。南湘向來不肯讓人，此時亦甚首肯。高品道：「然則我以『天』對『日』，比庾香的更好，為什麼又不取我的呢？」仲清道：「等我寫出來，你講給我聽。」先寫王恂的是「烏衣試剪時時拂」。眾人道：「這句也自然得很。」仲清道：「這回考試，除了卓然，原是一榜盡賜及第的。」高品笑道：「留心眼睛，我這本卷子是打不得的。」仲清寫出看時，是「朱毛入笠天天長」。仲清用筆叉了幾叉，大家看了笑得不亦樂乎。南湘忍著笑道：「他這用的古典我曉得了。當初紅毛國王把大人國伐滅，占了他的江山。那大人國中有座笠城，就是國王建都之所。紅毛國王進了這城，住了兩日覺得渾身腫脹，一天長似一天起來。想來用的這個古典了。」說著放聲大笑。

---

⑱ 正陽縣：河南正陽。

⑲ 黃麻起草：用黃麻紙謄寫的詔書。

王恂似信不信的問道：「後來呢？」南湘笑道：「這古典甚長，只說夠他對的就是了。」文澤問道：「在什麼書上？」仲清道：「史氏外編。」王恂、文澤才明白過來，復又笑聲大作。高品道：「你們混說亂道，難道四子書都記不得？這就是孟子所說一毛不拔，追豚入笠之揚朱，所以謂之朱毛入笠。這才算得用古入化呢。」仲清道：「那『天天長』三字怎講？」高品道：「你這試官真是糊塗，他既是一毛不拔，自然天天長了。」眾人聽了，這一陣笑，若不是房屋深邃，只怕街上行路的也聽見。主人罰了高品三杯酒。

然後王恂作令官，出的是「香盡南人消國美」，文澤對的是「曲多東妓譜山名」，仲清對的是「賦難東士煉都學」，高品對的是「斗長西聖駕方齊」。眾人留心高品對的，一個個都是平正通達的字。文澤道：「此番卓然大概要取第一了，字字對得很穩。」子玉對的是「情深西旦感昆名」，南湘的是「圖多西士畫名園」。一一對畢，王恂寫出出句，是「香銷南國美人盡」，文澤對的是「曲譜東山名妓多」，仲清是「賦煉東都學士難」，高品是「斗駕西方齊聖長」，子玉是「情感西昆名旦深」，南湘是「圖畫西園⑳名士多」。王恂道：「這第一不消說是竹君了。庾香『名旦』二字不典，不及劍潭的渾成，只怕第二是他。前舟次之。卓兄這句，我實在不懂，若有典故在內，不妨說明，不要批屈了你的。」高品道：「我沒有見過主考閱文，要請教士子。典故卻有，若告訴了你，只說我通關節中的了。」仲清道：「他這典故出在東土大唐。」高品道：「劍潭是主考至親，倒應回避，不許亂說。」原來王恂卻沒有看過西遊記，只管呆呆的看著粉板。南湘正在喝酒，忽見高品用手搭著涼篷，向王恂一望，忍不住笑將出來，酒咽不及噴了出

---

⑳西園：江蘇蘇州名園之一。在閶門外。明代始建。東部有戒幢律寺，西部為放生池。戒幢律寺中羅漢堂內有五百羅漢像，姿態各殊，為清代有名的泥塑傑作。

來，還咳嗽不已，引得合席都笑。南湘向王恂道：「等我笑完了，說西遊記給你聽。」文澤接著說道：「就是齊天大聖，送唐僧往西天取經的典故。」王恂恍然大悟道：「豈有此理，就是如此，那『斗駕』及『長』字總連不上。」南湘笑道：「你不曉得，孫行者駕起觔斗雲，就是十萬八千里，這路還不長麼？」主人要罰高品的酒，高品再三央求，喝了一杯。

末了是高品出令，高品一口氣說了六個字，是「千里言召禾口」。仲清想道：通共只有七個字，他一說就是六個，難道不怕人想著麼，必是用拆字法來混人，便道：「你這六個字可是『重詔和』三字麼？若不說明，我們就罷考了。」高品被他猜著，只得笑嘻嘻的點點頭。子玉對了「卓言貫」三字，南湘對了「品陽長」三字，王恂對了「一齡慶」三字，文澤對了「品奸動」三字，仲清對了「管毫定」三字。高品又一連出了四字是「九喜氣鳳」。仲清道：「這倒不是拆字的，我就對『一高標兔』。」文澤道：「我就對『一歡心雞』。」王恂道：「我對『第長年龜』。」子玉對了「超元精人」，南湘對了「一精神龍」。高品背著人寫了上聯，擱著筆，把大眾的看了一回，鼻子裡笑了一笑，就用紙蘸著酒，把粉板上的字一齊擦了。眾人都詫異道：「這又奇了，難道一卷都沒有好的麼？」南湘道：「不是，不是，如果不好，他必定寫出來把人取笑了。我想想他出的那幾個字，湊起來看是一句什麼。」仲清道：「他寫的時候，我瞧見起頭是『鳳詔』兩個字。」子玉想了想道：「莫非『鳳詔九重和喜氣』這句詩？」南湘道：「一點不錯。」高品道：「不是，不是。」仲清道：「我們且各自記出對句來，就明白了。」子玉道：「我的『人言超卓貫元精』這句卻不見好，也沒有什麼不通。」南湘道：「他是因他號卓然，這『卓貫元精』，因他受不住的原故。」仲清道：「我的是『兔毫一管定高標』，必定因『兔高』二字，犯了他的諱。」王恂道：「我記得是『龜齡第一慶長年』。」南湘道：「好對，好對，第一定了，這又為什麼？」文澤道：「你不見他巍然首座麼。」南湘點點頭，道：「我的對更明明指著他了。」眾人問是什麼，南湘道：「龍陽一品長精神。」文澤道：「我的更說穿了，是『雞奸一品動歡心』。這也奇怪，為什麼牽名道姓，都罵起他來？」南湘道：「這也是天理昭彰，嘴頭刻薄的報應。」高品道：「你們瞎猜些什麼，我的上對並不是這樣，因為你們對的都不通，不出你們的醜就罷了，難道一定要獻醜麼？」眾人道：「我們下場的人，是不怕醜的，只管說。」高品手指著鐘上道：「你們看什麼時候了，還不吃飯麼？」眾人看時，已是亥正二刻㉑多了。文澤道：「到底是不是？你說了我們吃飯。」高品道：「就算是的，我落點便宜何如。」於是大家吃飯，洗漱畢，因夜色已深，告辭出來。

子玉一面走著，向主人道：「這園子點綴得很幽雅。」文澤道：「這算什麼園子，不及徐度香怡園十分之一，幾時我同你去逛逛。」這裡賓主二人講著，那高品對仲清道：「你可曉得京裡又來了一個精品麼？」仲清笑道：「想是高品的弟兄。」高品道：「這人卻也可以做得我的弟兄，聞他也是南京人，現寓在宏濟寺內，卻沒有與他往來。看他人甚風雅，而光景很闊。你可曉得是什麼人？」仲清道：「這又奇了，你們同在廟裡倒不認得，來問我？」說著已到門口，各人上車分路而回。

此一番諸名士雅集，卻有兩個俗子苦中作樂，要窮有趣，卻討沒趣的事，且聽下回分解。

㉑ 亥正二刻：亥，夜九時至十一時。刻，計時單位。古代以銅漏計時，一晝夜分為一百刻。按節令，晝夜刻數不同。至清代始用時鐘，以十五分鐘為一刻，四刻為一小時。

第八回　偷復偷戲園失銀兩　樂中樂酒館鬧皮杯

話說子玉從劉文澤家飲酒回來，已是二更多天，先見過父母，換了衣裳，來尋聘才、元茂說話，卻見靜悄悄的，掩了房門。那邊虎兒走來道：「少爺出去後，師爺就有人請出去了，今日不回來。李少爺、魏少爺吃了早飯出去的。」子玉道：「他們往那裡去了？這時候還不回家。」說罷就往裡頭去了。

卻說聘才、元茂因子玉出了門，便覺納悶。元茂自初六那一天，見了些標致相公，心上很想作樂，一來為他父親拘管，二來手內無錢，不能隨心所欲，即對聘才道：「今日你也該請我看本戲。」聘才道：「我若有錢，怕不請你，還等你說？」元茂便皺著眉，攏著袖子閒踱，踱了一會道：「我們兩人聽戲，三百大錢就夠了。」聘才道：「若論三百錢呢，我還打算得出來，就是冷清清的聽那幾齣戲，也無甚趣味。你不見人家帶著墊子坐官座，一群相公圍著，嘻嘻笑笑的，好不有趣。聽了幾齣，便帶了他們上館子飲酒。那陪酒的光景，你自沒有見過，覺得口脂面粉，酒氣花香，燕語鶯聲，偽嗔佯笑，那些妙處，無不令人醉心蕩魄。其實所花也有限，不過七八吊京錢，核起銀子來三兩幾錢，在南邊擺一臺花酒❶，也還不夠。我就沒有這幾吊錢，作不起這個東道。」元茂聽了，心癢難撓，便道：「我是沒有衣服可當，你還有幾件，何不當票當請我？」聘才道：「當了就沒有穿的。」元茂道：「到帳房去借，你與那管帳

❶ 花酒：舊時在妓院中飲酒作樂，叫「吃花酒」。花，指妓女。

的倒很相好。」聘才道：「好意思？才來了幾天，為著聽戲去借錢，也叫人瞧不起。」元茂道：「那就難了，當又不當，借又不借，只好拉倒，我是沒有方法想。」聘才道：「你倒有方法，你有銀子不肯使。」元茂道：「我有銀子？在路上就短了，到京後又沒有人給我，那裡來的銀子？」聘才道：「你尊翁箱裡總有銀子，何不暫借幾兩出來用用，將來我打算到了，照數還你，你也不必告訴他。」元茂道：「這恐怕使不得，倘或查問起來，怎樣回答？」聘才道：「如果不查更好，若一查起來，只說我們路上借了葉茂林的盤纏，他今日來討，一時不好意思，所以還他的。」元茂道：「說倒也說得像，但舊年沒有題過，恐怕不信。」聘才道：「這有什麼不信？你只說向來只道我已還了，所以沒有題起。」元茂又想了一想，徑到他父親房中，開了箱子，伸手在箱裡摸索，摸著了一大包，有好幾十兩。打開看了，內中碎的很多，便揀了五六塊。元茂住手要包。聘才道：「花、酒兩樣，大約要二十吊錢，你索性再揀兩塊出來。」元茂又揀了兩塊，約有八九兩了，一總放在褡褳❷裡，掖在腰間，把銀子仍舊包了放好，鎖了箱子。吃了飯，帶了四兒，拿了馬褂子，雇了車，急急往戲園來。

將到戲園，元茂道：「我們聽什麼班子呢？」聘才道：「自然聯錦班了。」到牆上去看報子，聯錦班在太和園，聘才是去年閑逛熟的了，一徑同元茂進了戲園。聘才走的快，元茂見那戲園門口，擺著些五花雲彩，又有老虎，又有些花架子，花花綠綠的。只管往前觀看，信著腳步走，不防總徑路口，橫著一張矮長板凳，絆了一跤，作了個倒栽蔥。四兒正要來扶，旁邊有一人走過來，雙手將元茂拉起，替他拍去了身上灰土，笑嘻嘻的道：「瞧著路走，這跤栽的不輕，幸虧我拉的快。倘或摔壞膀子，碰傷了腦

❷ 褡褳：又稱褡膊。布製長帶，中有口為袋，可放置錢物，平時束腰間，亦可肩負或手提。

袋，便怎樣？不是圖歡樂，倒是尋煩惱了。」元茂不好意思，謝了一聲，進去覓著聘才，在樓上坐了一張小桌子。已開過臺，做了兩齣，此刻唱的是拾金❸。元茂見不是小旦戲，便不看，他左顧右盼，四下裡閑望，非但琴官等不見，連葉茂林也不在臺上。

正無精打彩的坐著，忽見一人走來，對著他點點頭，元茂頗覺面善，一時想不起來。那人便走到聘才背後拍一拍肩，說聲「高興！」聘才回頭見是張仲雨，便滿面堆下笑來，連忙讓坐，問道：「二哥獨自一人來，還有人同來的？」仲雨道：「我那裡有工夫聽戲？清早到錦春園華公府走了一走，出來又到怡園徐二爺處商量件事，遂同起盛銀號潘老三在天香樓吃了飯。昨日宏濟寺的唐和尚，有件事約我在這裡等他。」說罷拿出了玉煙壺，遞與聘才，聘才接了過來。

元茂此時方想起是初六那一天見過的，重敘了幾句寒溫。仲雨又將煙壺遞與元茂，元茂不知好歹，當著聞痧藥的，一聞即連打了七八個嚏噴，眼淚鼻涕一齊出來，惹得仲雨、聘才都笑。仲雨問聘才在梅宅光景，聘才隨口答應了幾句。仲雨道：「老弟，以後如有緩急，可到愚兄處商量。」聘才謝了一聲，仲雨也不看戲，只與聘才說話。聘才說起琴官，仲雨道：「我也見過這人，相貌倒好，就是人冷些。如今是天天在怡園徐度香處。還有個琪官，略比他和氣些。」聘才道：「這個琴官，是我們梅庾香最得意的。」仲雨道：「他也喜歡琴官嗎？我倒不大見他出來。」

元茂卻呆呆聽著，見有一個相公走來，到張仲雨面前請了安，又照應了聘才，對著元茂也彎了彎腰。元茂擦擦眼睛，聚起了眼光，把那相公一看，原來是前日在會館裡唱戲的，孫嗣徽極口稱贊他。那相公

❸拾金：疑即一文錢中拾財一折。

便靠著張仲雨坐了，仲雨卻冷冷的。聘才問仲雨道：「他叫什麼？」仲雨未及回答，那相公急應道：「我叫二喜。」就問：「你能貴姓？」聘才與他說了。又問元茂道：「前日你在蘇州會館聽戲，你和孫大少爺說話，你們相好有交情麼？」元茂想道：這個相公很多情，見了我他就記在心裡，這也難得的。便含著兩個黃眼珠，細細的瞚著他。二喜索性過來，與他一凳坐了，問道：「你能常聽戲，你喜歡那一家的戲？」元茂便支吾了兩句。二喜把元茂的短煙袋裝好了煙，吸著了送過來，元茂甚是得意，那兩隻眼，愈覺水汪汪的含著露水一般，心裡喜歡極了，倒突突的跳，喉嚨裡癢癢的說不出話來。那相公便坐著不動。換了一齣嫖院❹，便又一個相公到張仲雨身邊，也坐著不走。聘才問他的名字，叫保珠。臺上又換了一齣女彈詞，一出場，聘才認得是琪官。看他打扮得十分香艷，頗有花含曉露、月印暗川之致，兩邊樓上喝彩不迭。仲雨道：「這個就是琪官。」聘才點頭含笑道：「這琪官比去年更覺好了。」元茂也認不清楚，只與二喜說話，又看看保珠，卻沒有餘情照應到臺上。那保珠見元茂喜歡他，也挨了過來。二喜便攔著他，不叫他過來。保珠便繞到那邊坐了。兩個黑相公，夾著個怯老斗，把個李元茂左顧右盼，應接不暇。保珠、二喜搶裝煙，搶倒茶，一個挨緊了膀子，一個擠緊了腿。李元茂得意洋洋，樂得心花大放。

琪官唱完，進了場，卸了妝，在帘子邊站了一站，望見了聘才，即微微的一笑。聘才對他點點頭。又見他衣裘華美，靴帽時新，迥非從前模樣，意謂其必過來招呼。果見他進了戲房，候了一會，猛一抬頭，只見他已坐在對面樓上，同著前日唱題曲的那個小旦，陪著兩個華冠麗服的人。不多一會，那兩人

---

❹ 嫖院：四節記中一折。

帶著他們走了，聘才好不掃興。

只聽得二喜問元茂道：「今日在什麼地方？」元茂不懂，只把頭點。又聽得保珠問道：「今日咱們上那個館子？我伺候你罷。」元茂支吾，說不出來。二喜又道：「今天才開了兩三家，若去遲了，恐怕沒有坐兒。」元茂心裡想道：這兩個卻都好，看這光景，兩個都要去的，但恐所帶的銀子不夠。又想道：兩人給他十二吊錢，吃五六吊錢的酒菜，也夠了。便問聘才道：「我們走罷。」保珠便拉了元茂的手，道：「到那個館子？」聘才看這兩個相公，心裡不大喜歡，因是元茂花錢，與他無干，樂得熱鬧熱鬧，便對仲雨道：「二哥同走罷，我們去飲一杯。」仲雨道：「你們先請，我還要候一候。」聘才道：「同走罷，這時候不來是未必來的了。」便拉了仲雨同下樓來，卻忘還了戲錢。看坐的上來拉住四兒，道：「慢些走，你們沒有給戲錢。」聘才聽了，住了步，問元茂，仲雨道：「是我的，交代掌櫃的就是了。」看坐的答應。

才出了戲園，兩個跟兔的跟著。聘才問仲雨道：「那個館子好？」仲雨道：「前面的春陽館就很好。」不多幾步，走進了館子，掌櫃的都站了起來，叫聲「張老爺，新年好！升官發財。」又作了個揖，仲雨也應酬了幾句。揀了個雅座，仲雨首坐，元茂第二，聘才第三，二喜、保珠一凳坐了。走堂的送了茶，便請點菜。仲雨讓元茂、聘才，二人又推仲雨先點，仲雨要的是瓦塊魚、燴鴨腰，聘才要的是炸肫、火腿；保珠要的是白蛤、豆腐、炒蝦仁，二喜要的是炒魚片、滷牡口、黃燜肉。元茂道：「我喜歡吃雞，我就是雞罷。」走堂的及二喜都笑，拿了兩壺酒、幾碟水果、幾樣小菜來，各人飲了幾鍾酒。先拿上炸肫、鴨腰、火腿、魚片四樣菜來。

聘才便要豁拳。仲雨對二喜道：「你出個令罷。」二喜道：「樂中樂，苦中苦。第一杯輸了，要唱個小曲兒；第二杯輸了，要說個笑話；三杯輸了，敬人皮杯。」元茂道：「這三樣我都不來。」聘才道：「那不能。既這麼著，頭一個就是你來。」二喜便斟了三滿杯，放在面前，道：「李老爺來罷！」元茂便眯齊了眼道：「你們替我看著，我眼睛不仔細，恐怕要錯。」便伸出手來，與二喜豁一拳就輸了。仲雨笑道：「請唱。」元茂道：「唱是再不會的，我情願多吃一杯。」保珠道：「說唱就要唱的。」元茂飲了一杯酒，求保珠代唱。二喜道：「代唱了罰十杯酒。」保珠便不敢代，元茂對他作了一個揖，道：「好人，你代我唱一唱罷。這些東西，我是一句不會的。」眾人見他果是不會，保珠便代唱了一枝銀鈕絲。

再豁第二杯，二喜輸了。二喜道：「有一人請客，沒有錢買酒，拿一隻空杯子放在客人面前。主人說請，客人不動手；主人又說請，客人道：『酒還沒有來，請什麼？』主人家就走過來，拿著杯子一瞧，道：『原來這杯酒是乾巴巴的，你就這麼飲了罷。』」二喜就拿杯子送到元茂嘴邊，元茂樂極，一飲就乾。仲雨、聘才齊聲說「好」！保珠道：「這個笑話實在說得有趣。」便也斟了一杯酒，送到聘才嘴邊，叫道：「乾爸爸飲這杯。」聘才也喜歡，乾了。保珠又斟了一杯，送到仲雨面前，也叫了一聲「乾爸爸」，仲雨也乾了。

豁第三杯又是元茂贏了。二喜便含著一口酒，雙手捧了元茂的臉，口對口的灌下。元茂心裡快活，臉上害臊，已咽了半口，忽低著頭一笑，這口酒就從鼻孔裡倒沖出來，絕像撒出兩條黃溺，淋淋漓漓，標了一桌。李元茂的腦門子，又癢又辣，便伏在二喜肩上抬不起頭。保珠笑得坐不牢，已塌下凳子，坐在地上。仲雨笑的翻了一身酒。聘才笑的腹痛，捧住了肚子。二喜帶笑拍著元茂的胸，元茂才抬起了頭，閉了眼，張開口，鼻孔裡還覺癢憾憾的，打了幾個噓噴，停了多時，方才說道：「有什麼好笑？」眾人見他這光景，又笑了一會，吃了幾樣菜。

二喜便鬬了酒，與張仲雨豁了一拳。仲雨輸了，元茂便催仲雨唱。仲雨道：「這不難。」飲了一杯酒，唱了個馬頭調，大家卻贊聲「好」。第二杯又係仲雨輸了，要說笑話。仲雨抬頭，見屋子裡釘著一個小神龕，供一張趙玄壇❺騎個黑虎，即對二喜道：「你們見了有錢的老斗，便喜歡道：『財神爺到了，肯花錢。』窮老斗見了黑相公，便害怕道：『老虎來了，逢人就要吃的。』你瞧上頭到底是財神爺騎黑老虎，還是窮老斗跨黑相公？」聘才拍案叫絕，元茂掩著鼻孔要笑，保珠卻仰面看那龕。二喜便鬬了一杯酒，送到仲雨面前，道：「該罰，你挖苦得利害。」仲雨接過來飲了，道：「這裡卻沒有怕相公的窮老斗。」又與二喜豁第三杯，二喜輸了，要敬仲雨皮杯。仲雨道：「咱們倒不用這麼著，方才李老爺那杯沒有吃得好，這杯我煩你轉敬他。」二喜便拿著杯子，呷了一口，又送到元茂嘴邊，元茂搖著頭，閉緊了嘴不受。二喜便跨在元茂身上，端端正正的，將元茂的頭捧正，往上一抬，元茂便仰著臉。二喜卻把那一點珠唇，緊貼那一張闊嘴，慢慢的沁將出來，一連敬了三口。元茂便如醍醐灌頂❻，樂不可言。大家聽他喉嚨裡頭咕咯咕咯的咽了三咽。

二喜又鬬了酒，輪到聘才了。第一拳是二喜輸了，唱了一枝九連環。第二拳是聘才輸了，聘才先笑

---

❺趙玄壇：亦稱「趙公元帥」。道教所奉行的財神。相傳姓趙，名公明，秦時得道於終南山。據說能驅雷役電，除瘟去災，買賣求財，使之宜利。其像黑面濃鬚，頭戴鐵冠，手執鐵鞭，身跨黑虎，故又稱「黑虎玄壇」。

❻醍醐灌頂：佛家以醍醐灌人之頂，喻輸入人以智。

了一笑，道：「人家姑嫂兩個，哥哥不在家，姑娘就和嫂子一床睡覺。嫂子想起他丈夫，便睡不著，叫這姑娘學著他哥哥的樣兒，伏了一會。那嫂子樂得了不得，道：『好雖好，只是不大在行，淌出水來。』姑娘道：『這是頭一回，二次就在行了，咱們起他個名兒才好。』嫂子道：『本來有個名兒，叫磨鏡子。』姑娘道：『不像，鏡子是圓的，還是叫他敬皮杯罷。』」這一陣笑，元茂笑出眼淚來，罵道：「你這個惡人，明日就要變啞叭子。」笑得保珠滾在聘才懷裡，二喜便過來，把聘才打了一下，道：「那裡有這樣壞人，罵人罵入骨的。」第三杯偏偏又是二喜輸了，二喜拿著酒道：「怎樣唱？你吩咐。」聘才即板起臉來道：「你聽了張老爺的話，不聽我的話，你就瞧不起我，我今兒不依你。」二喜吃驚道：「我沒有得罪你。」聘才道：「你雖然沒有得罪我，總得聽我的話。」二喜道：「你且說。」聘才道：「我說這皮杯，還去敬李老爺。」二喜又拿著酒對了元茂，元茂道：「好嗎，你們今日拿我開心當頑兒，我今番再不上當了。」仲雨道：「李老大，你不吃這一杯，我再編個笑話來罵你。」聘才道：「呸！原來是銀樣蠟槍頭，這麼不中用，一說就不敢了。」元茂想道：說是說不過他們的，管他，天下無難事，只要老面皮，占便宜的，總是好的。便道：「我倒不像你們這些人，怕害臊，來，來，來！你看我再飲。」倒捧著二喜的臉，吃了這一杯，人倒不能笑他。二喜的令完，保珠照樣與元茂豁了一拳，保珠唱了個滿江紅。

聘才忽見一個和尚走進來，口中說道：「我的二老爺！你在這裡，我走了七八個戲園子，那一處不尋到？」二喜、保珠見了和尚都請了安，聘才、元茂也站起來招呼。和尚都作了揖，與仲雨一凳坐了。聘才看那和尚相貌，是個紫糖色方臉，兩撇濃鬚，有四十來歲，戴個絨僧帽，穿件寶藍綢狐皮僧袍，腰拴黃絲絛，足下挖雲青緞毛兒窩，也沒有出家人的光景，定是酒肉和尚。但看他倒也和顏悅色，很會張羅。當下即問了聘才、元茂姓名寓處，便對仲雨道：「二老爺，明日事完了，不是姑蘇會館，就是天慶堂，再約上你這兩位令友與這兩位相公，咱們高高興興樂一天。今日實在不好耽擱，那邊人已到齊了，就候你去成事。」仲雨道：「不用忙，你也吃一鍾，咱們就走。」那和尚將鬍子抹了一抹，嘻著嘴吃了一鍾酒，吃了一片火腿。保珠笑嘻嘻的道：「唐老爺，你那位少爺倒沒有帶出來？」唐和尚笑道：「豈有此理！和尚連奶奶都沒有，那裡來的少爺？」二喜道：「你那位少爺，也與奶奶一樣。」唐和尚一手就伸到二喜臉上來。二喜笑道：「我說和奶奶的模樣長得一樣，沒有說錯呀。」唐和尚見有聘才、元茂在坐，便也假裝斯文，縮回手來，說道：「你們糟蹋佛門弟子，是有罪過的。」仲雨、聘才大笑。唐和尚又催仲雨起身，仲雨道：「再略坐片時也不妨。」二喜見壁上掛著一個葫蘆，指著問唐和尚道：「這個像什麼？」唐和尚笑道：「這個像你的嘴。」二喜道：「不通，不通！怎麼說像我的嘴，分明像你的腦袋，光光兒的，一根毛沒有。」和尚笑道：「原是光的。你不聽見說天上有三光，人間倒有四光：是和尚腦袋、媳婦腿、老斗銀包、相公嘴。和尚腦袋是剃光的，媳婦腿是磨光的，老斗銀包是花光的，相公嘴是吃光的。」說著，哈哈大笑，拉了仲雨就走，又對聘才彎了彎腰，笑道：「我是亂道，二位不要見笑。」仲雨道：「待我去算了帳好走。」聘才道：「二哥既有事，請便罷，東是兄弟的。」仲雨道：「二位請多飲幾杯，我走一走就來。」說罷辭了二人，同了和尚出去了。

聘才、元茂又與保珠豁了一輪拳，保珠也敬了兩次皮杯。二喜又要了幾樣菜，重又鬧了好一回，已點了半枝蠟燭，約有定更後了。兩個相公都也困乏，兩個跟兔在風門口站著。李元茂不知顛倒，飲湯飲酒，除下帽子，頭上熱氣騰騰，如蒸籠一般。聘才道：「咱們也好散了。」輕輕的湊著元茂耳邊道：「你拿那東西出來，交給櫃上算錢罷。」元茂便向腰間摸了兩摸，失張失致的道：「奇怪！」站起來，把衣裳後衿揭起，對聘才道：「你看可有？」聘才道：「有什麼？」元茂道：「褡褳袋兒。」聘才道：「沒有。」元茂臉上登時發怔，道：「這又奇了，那裡去了？」保珠道：「丟了什麼？」元茂不答應，又從懷裡亂摸一陣，也沒有，那臉上就一陣陣白起來。解了腰帶，抖一抖不見有。聘才著急起來，道：「不要忘了。」元茂道：「什麼話？你也看見帶著的。」又將袍子揭起來，在褲帶上摸了一轉沒有。聘才即拉了元茂到窗外，又有兩個跟兔站著，只得到院子裡低低的道：「這怎麼好！你想想到底在那裡丟的？」一語提醒了元茂，道：「哦！我知道了。我進戲園時候，跌了一跤，有人拉我起來，替我拍一拍灰兒，準是被這人偷去了。」聘才道：「我沒見你跌，幾時跌的？」元茂道：「那牢門口橫著一張板凳，我那裡留心？一進門時就跌了一跤。」聘才雖是靈變，卻也沒法。

二喜走出來道：「你們在院子裡商量些什麼？」二人重又進屋，坐下。二喜便說：「天不早了。」又到元茂耳邊一湊道：「你到我家裡去，我伺候你。」元茂聽了這句，心裡又喜又急，臉上發起燒來，只顧看著聘才發怔。保珠、二喜猜不出什麼意思。聘才只得對元茂道：「丟了這包銀子，如今怎樣呢？」元茂道：「原是還有些東西在內，一齊偷去了。」保珠道：「什麼？」元茂道：「銀子，在戲園門口，叫小利割去了。」二喜道：「我同你出來，沒有見小利。」元茂道：「進門時丟的。」二喜道：「進門時就丟的？怎麼你看了半天的戲，吃了半天的酒，還不知道，直到要走才說呢？不是你忘記帶出來，還在家裡？」元茂發急道：「豈有此理！難道我耍賴。」二喜冷笑一聲。聘才道：「不是這麼說，我們並不是沒有帶錢，想漂你的開發。李老爺自不小心，丟了原不好對你說。你放心，明日我們聽戲連保珠的一總送來。」即問保珠道：「你相信不相信？」保珠道：「我倒沒有什麼不相信。況且二位老爺都是頭一回的交情，決沒有安心漂我們的。但我們回去，是要交帳的；再是新年上，更難空手回去。非但難見師傅，也對不住跟的人。求你能那裡轉一轉手，省得我們為難。」即對二喜道：「喜哥，可不是這樣麼？」元茂道：「與你們說，你們不信。我今日是帶著八塊銀子，足有十兩多，也沒有包，裝在一個褡褳袋裡，他倒連袋子都拿去了。此時要我們別處去借，那裡去借？不是個難題目難人。」二喜鼻子裡「哼」了一聲，道：「此時尚早，你何不叫你們二爺回去取了來，咱們在這裡坐一坐就得了。」說罷，又推著元茂坐了。元茂搖頭道：「這斷斷不可。」二喜道：「不可那就是安心了。咱們陌陌生生的陪了一天酒，李老爺你能想，想到敬皮杯的交情，也就夠了。我們也叫出于無奈，要討老爺們喜歡，多賞幾吊錢，在師傅跟前掙個臉。若總照今日的樣兒，我們這碗飯就吃不成了。李老爺，你既然不肯打發人回去，如今這麼著，勞你能駕送我回去，對我師傅說一聲，你賞不賞都不要緊。」保珠道：「你這話說的很是，只要咱們師傅知道了，就好了，咱們要什麼錢。」把個李元茂急得無法，臉上脹的通紅，一句話也說不出來。聘才只得說道：「咱們認識了，難道就這一回，沒有後來的交情了？你要他同去，對你師傅說，也不怕你師傅不依，但我倒沒有見過，相公要請出師傅來對帳的。」保珠道：「這原是不認識的才這樣，若伺候過三年兩載，相熟了，原不用這樣。」

二人正在為難，只見四兒進來，道：「孫大少爺也在這裡，方才走出去。」聘才一想，知他認得這些相公，便說道：「你去請孫大少爺進來。」四兒忙趕出去，嗣徽尚在櫃上說話，也帶著一個相公，那相公先上車走了。嗣徽也認不清四兒，聽得有人請他，便又進來，方知是元茂、聘才，見了二喜、保珠，笑道：「今日二公何其樂也。」元茂、聘才作了揖，二喜、保珠請了安，復又坐將下來。聘才就將元茂今日丟了銀子，此時沒有開發，許明日給他們，他們不肯的話，說了一遍。嗣徽把帽子一掀，又把紅鼻子摸了一摸，指著李元茂說道：「李大哥，我知道了。你一包的『金生麗水❼』，竟成了『落葉飄搖』，倒不去『誅斬賊盜』，反在這裡『散慮逍遙』。你當我是個『親戚故舊』，所以把我急急的『戚謝歡招』。我見他們這樣『渠荷的歷』，我底下已突然的『圓莽抽條』。你差不多要對我『稽顙❽再拜』，我心裡也有些『悚懼恐惶』。我見你們這頓『具膳餐飯』，算起帳來，就嚇得你『駭躍超驤』。他兩個只管的『箋牒簡要』，全不顧你當完了『乃服衣裳』。你且叫他去『骸垢想浴』，然後同他上了『籃筍象床』。拿出你那個『驢騾犢特』，索性與他個『適口充腸』。頑得他『矯手頓足』，你自然『悅豫且康』。」孫嗣徽隨口胡嘲，把魏聘才、李元茂早已笑倒，兩個相公也聽不明白，不知他說些什麼，好像串戲一樣，也笑得了不得。元茂支支吾吾說不出，聘才無奈，只得說要他擔一肩，明日給他們。嗣徽聽了，心裡一驚，便道：「余力不能舉百鈞，任重而道遠，恐難擔也。」聘才只得又再三央求，嗣徽勉強答應，說道：「明日可以與則與之，人而無信，不知其可也。」即對二喜、保珠道：「來，余與爾言，盍去諸？明日親送之門，毋逼人太甚也。」兩個相公不能明白，嗣徽只得說了幾句平話。保珠、二喜見嗣徽擔了，也就沒法，只得

❼ 金生麗水：荊南之地，麗水之中生金，人多竊採之。雖嚴禁採集，而人採金不止。見韓非子內儲上七術。這裡指銀子。

❽ 稽顙：即叩首。舊時所行跪拜禮。

勉勉強強，謝了一聲而去。孫嗣徽恐他們又要他擔起館子帳來，便急急的走了。

這邊走堂的進來，一樣樣的報了帳，連內外共五十六吊七百八十文。元茂一聽，伸了伸舌頭，道：「這個打幾折兒。」走堂的道：「實折不扣。」李元茂便掐著指頭一算道：「十折是五千六百七十八個京錢，二千八百三十九個老官板兒，公道得很，以後倒要常來照顧你家。」走堂的笑道：「我們的帳是不打折頭的，五十六吊七百八十個京錢。」元茂道：「怎麼就有這許多？」走堂的道：「不敢多開。」聘才對元茂道：「你醉了不要多話，咱們到櫃上去寫罷。」遂到櫃上，走堂的又交代了一遍，掌櫃的把算盤撥了一回，看著聘才、元茂道：「你們二位是同著張二老爺來的，怎麼張二老爺又先走了？你們二位同他是同鄉還是什麼？」聘才道：「我們是親戚，他有事先走了。」掌櫃的又問道：「你能二位貴姓？寓在什麼地方？到京來有什麼貴幹？」聘才答了幾句，問他要帳條子，掌櫃的遲遲疑疑的，又說道：「大新年上錢窄，今兒還是頭一天，向例這正月裡總叨光幾個現錢；況且今日咱們又是頭一回的交情。魏老爺既是張二老爺的親戚，我也不好意思不叫寫帳。但是記著，不要拖長下去。」便拿了一張條子遞與聘才，聘才心裡好不有氣，便照數寫了，又加了兩吊酒錢，注了「嗚珂坊梅宅魏字」。掌櫃看了一看，夾在帳裡。走堂的送上一個燈籠，四兒接了，出了館子，兩人各低了頭，一步步踱回。可謂乘興而來，掃興而返。未知後事如何，且聽下回分解。

第九回　月夕燈宵萬花齊放　珠情琴思一面緣慳

話說魏聘才、李元茂回家時已三更，梅宅關了門落了鎖，四兒敲了半天，才有人來開了。兩人走到房中，聘才免不得將不小心丟銀子的話，抱怨了元茂兩句。元茂無言可答，各自安睡。到了次日，只得央了許順，借了十吊錢的票子，分作兩張，寫了一封字，叫四兒送與葉茂林，分給二喜、保珠。後來子玉盤問，聘才、元茂只推張仲雨請去聽戲下館子，卻將實情瞞過了。

過了兩日，已是元宵佳節，李性全帶著元茂，到會館中吃年酒去了，聘才出去逛燈未回。子玉一人正在無聊，恰好梅進進來說道：「劉少爺、顏少爺、王少爺，請少爺出去逛燈，都在門口等著。」子玉稟過父母，梅進即叫套了車，雲兒跟著出來。仲清等卻在車裡等著，見子玉出來便下了車。劉文澤道：「如此良宵，千金一刻，我們趁著燈月，倒是步行好些，把車跟在後頭，回來再坐罷。」子玉道：「甚好。」四人慢慢的走，一路閑談，不多時就到了燈市。

一進燈棚裡，便人山人海的擁擠起來，還夾著些車馬在裡頭。子玉等在那些店鋪廊下，慢慢的走。只見那些店鋪，都是懸燈結彩，有掛玻璃燈，有掛畫紗燈，有裡頭擺著燈屏，有門外搭著燈樓，還有那些賣燈的，密密層層的擺著。幸喜街道寬闊，不然也就一步不能行了。還有那些人在門口放泥筒，放花炮，流星趕月，九龍戲珠，火樹銀花，鑼鼓絲竹，真是太平景象，大有丰登，因此人人高興，慶賞元宵。

又見有一隊香車繡幰過來，也都開著帘子，丫鬟僕婦坐在車沿上，點著九合沉速香。那些奶奶們，在大玻璃窗內，左顧右盼。文澤、王恂等也各留神凝視，有好看的，有不好看的，但華妝艷服，燈光之下，也總加了幾個成色。四人走路也不能齊集，有些參前落後起來。約過了七八輛後，又有了幾輛接上前隊，便擠住了開不開。

此時子玉在前，剛剛被那車軸攔住，過不去。文澤見車裡一個少婦，生得頗好，打扮也十分華美。見那少婦一子玉恰恰的擠在車前，文澤見那少婦目不轉睛的看著子玉，見子玉倒低了頭，卻無路可走。見那少婦一手把著車門，將身子一鬆，伸出一隻腳來，正是三寸蓮鉤，纖不盈握。見他先盤了那邊的腿，然後將蓮鉤縮進，盤好坐了，那隻纖手也就放下。見他對著子玉嫣然微笑。文澤扯扯王恂的衣服，低低的說道：「你看似為著庾香，要顯顯他的蓮瓣。」王恂點頭。仲清又在文澤後面說道：「焉知他不是為著你？」文澤笑道：「不像。」又低低的叫道：「庾香，那施公案❶有什麼好看，你盡望著那幾對燈。」子玉回轉臉來，卻與那少婦相對，見那少婦還在玻璃窗內看他，頗覺不好意思。一會兒車才開動，文澤見那車沿下，掛了一個小洋燈，畫著兩個如意，一面寫著四個小字是：起盛號潘。後頭又是一輛，也是一個少婦，卻生得奇醜，堆滿了一臉黑肉，塗起粉來，雖然晚上，也看得是紫油油的，打扮倒各樣的講究，還在裡頭抹巾障袖的做作。文澤看他燈籠上貼著一個「花」字，開動車，接著過去了。四人又逛了幾處，街道又窄小起來。文澤對子玉道：「方才這個少婦，那樣顧盼你，你也不回個情兒，倒只管看那舊紗燈，什麼意思？難道那樣少婦，還不足以當一盼麼？」子玉笑道：「我沒留心他，他也不曾看我，是物色你

❶ 施公案：清人長篇公案小說，作者不詳。

們的。」四人說說笑笑，又看了幾處燈。

只見一群婦女，也是步行，結著隊亂撞過來。四人看這婦女們有十幾個，有綢衣的，有布服的，油頭粉面，嘻嘻笑笑，兩袖如狂蝶穿花，一身如驚蛇出草。他也不顧人好讓不好讓，直擁過來。內中一個想是大腳的，一腳踏來，踏著了王恂靴頭。王恂一隻新皂靴黑了半邊，被他踏得很疼，說不出來，覺得這一腳就有三十多斤氣力。王恂急忙讓開。又見一個三十幾歲一個婦人，身量生得很高，穿著雙高底鞋，眼望著燈，腳下踏著了一塊磚，身子一歪，幾乎栽倒，恰恰碰著子玉，他就把子玉的胸前一把揪牢，才站穩了。子玉倒幾乎跌下，唬得心中亂跳，正不知他是何緣故。那人放了手嗤嗤的笑，一齊擠了過去。聽得有個婦人說道：「這些爺們實在可恨，睜著大眼睛瞧人，難道他家裡沒有娘兒們的，故意擋了路不放人走。」仲清等聽了大笑。王恂道：「真晦氣，被他這一腳，踏得我很痛，他還說我們擋了路看他。」子玉方定了神，說道：「我方才被他這一揪，真唬殺我。我當他認錯了人，不要動手打起來，這不是晦氣？不料婦女中，竟有這樣蠢材。較起才見的車中人，真又有天壤之隔了。」文澤哈哈大笑道：「不上高山，不見平地。你原來是皮裡陽秋❷，暗中摸索。那個車中少婦，得你這一贊，也不枉他顧盼多時了。」子玉也覺微笑，又道：「這些燈也沒有什麼好逛，路又難走，不如坐車回去罷。」王恂道：「早得很，回去也無甚意思。」文澤道：「我們到怡園去看燈罷，還聽得有好燈謎，去猜幾個頑頑也好。」子玉道：「我不認得主人，既是晚上，又是便服，如何去得？」仲清道：「這倒不妨。徐度香這個人，卻是我輩，

❷ 皮裡陽秋：言人表面不作評論，內心有所褒貶。原作皮裡春秋，因晉簡文帝鄭太后名「春」，晉人避諱，以「陽」代「春」。

全不在形跡上講究的。況且他園中，還有蕭靜宜，更是個清高瀟洒的人，就去逛逛，倒也不妨。」三人都要去，子玉也只得同去。于是各上了車，書僮跨了車沿，望怡園來。

約有二里路，過了南橫街，到怡園門口下了車。只見一帶都是碎黃石砌成的虎皮園牆，園門口是綢子扎成的五彩牌坊，只空出見方五尺「怡園」兩個大字，下掛著四盞一串八行五色畫花琉璃燈。進了園門，屋內八扇油綠洒金的屏門。靠門一張桌子，圍著六七個人，在那裡寫燈虎字條。旁邊一張春凳，擺著些荷包、花炮，及文房四寶，預備送打著的彩。正中間頂篷上，懸著個五色彩綢百襬香雲蓋，下掛一盞葫蘆式樣玻璃燈。再進裡邊，卻是三面欄杆，靠牆一個方亭子，牆上一盞扁方玻璃燈，上貼著許多字條，底下圍著一簇，約有二十來人。走上亭子臺階，卻已看見迎面寫著八個燈謎。仲清將要看時，只見怡園的家人上來請安，說：「少爺們何不到裡邊逛逛？」文澤即問他主人，那人說道：「我們老爺在外赴席未回，蕭老爺在家。」王恂道：「我們猜了幾個燈謎，再進去不遲。」

于是同看第一個是：「雙棲穩宿無煩惱，認得盧家玳瑁樑❸。」下注「禮記❹一句」。子玉正在思索，只聽得王恂問仲清道：「這可是『知其能安，甚而不亂也？』」仲清道：「只怕是的。」再看第二個是：「任他萬水千山遠，雁帛魚書❺總得來。」下注「易經❻一句」。仲清道：「這個真是『行險而不失其信』。」

❸ 雙棲穩宿無煩惱二句：玳瑁樑，畫有玳瑁斑紋的屋梁。全唐詩沈佺期古意呈補闕喬知之：「盧家少婦鬱金堂，海燕雙棲玳瑁樑。」

❹ 禮記：書名。為西漢人戴聖編定，共四十九篇，採自先秦舊籍。亦稱小戴記。

❺ 雁帛魚書：古人以雁與魚能傳送書信。元柳貫柳待制文集舟中睡起詩：「江驛比來無雁帛，水鄉隨處有魚罾。」玉臺新詠漢蔡邕飲馬長城窟行：「呼兒烹鯉魚，是有尺素來。」

子玉道：「那第四個『落花人獨立，微雨燕雙飛。』打一字的準是『倆』字。」文澤道：「這第七個『荒村雨露眠宜早，野店風霜起要遲。』兩句打古人名的，想是息夫躬❼。」子玉道：「不錯。」王恂道：「我們去報罷。」仲清道：「我們索性把那四個也打完了，再報不遲。那第二個『鴉背夕陽明』，打禮記一句必是『日在翼』。」子玉道：「那首七律打古樂府八題的，第一聯『記得兒家朝復暮，秦淮幾折繞香津。』準是子夜與金陵曲❽。」仲清道：「第二聯下句『月影偏嫌暗麯塵』是夜黃❾，那上句『雨絲莫遣催花片』不知是什麼？」文澤道：「或者是休洗紅❿。那第三聯是『長夜迢遙聞斷漏，中年陶寫漫勞神。』必是五更鐘、莫愁樂⓫。」王恂道：「第七句『鴉兒卅六雙飛穩』不消說是烏生八九子⓬了。」仲清道：「末句『應向章臺⓭送遠人』，大約是折楊柳⓮。就是第五條『降生辰巳之年』，打詩經一句，

❻易經：古卜筮之書。有連山、歸藏、周易三種，合稱三易。今僅存周易，即易經。
❼息夫躬：字子微，漢河陽人。少為博士弟子，受春秋。哀帝時封宜陵侯。論無所避，眾皆側目。後逮繫詔獄，欲掠問，躬仰天大呼，血從鼻耳出死。
❽子夜與金陵曲：均為樂府曲名。
❾夜黃：樂府曲名。
❿休洗紅：樂府曲名。
⓫五更鐘莫愁樂：均為樂府曲名。
⓬烏生八九子：樂府曲名。
⓭章臺：宮名。戰國時建，以宮內有章臺而名。在陝西長安故城西南隅。臺下有街名章臺街。
⓮折楊柳：樂府曲名。

及第八條「不著一字盡得風流」打唐詩一句，猜不著。」正說著，只聽得有人問道：「降生辰巳之年，可是『維虺維蛇』？」園門口的人回說不是。文澤道：「不要給人搶去了，我們去報罷。」大家走下亭子。子玉道：「那首詩經的，我已想著了，必是『不屬于毛』。」仲清道：「很是。這句實在虧你想。」王恂道：「那打唐詩一句的，不要是『殷子正書空⑮』？」文澤道：「且報一報試試。」

大家到園門口，一個個報去，裡頭都答應了「是」，就是末後一個沒有猜著。王恂道：「白也詩無敵⑯。」裡頭也答應了「是」。只見一人又拿了一盞燈出來，將先掛的那盞燈換下。見屏門後頭走了出一個人來，子玉見他有三十來歲，生得眉清目秀，氣體高華，穿得一身雅淡衣服，閑閑雅雅的過來。見文澤、仲清、王恂三人一齊迎上前來，稱呼他為靜宜先生。那人與三人見了禮，又向子玉作了個揖，子玉連忙還禮。文澤即對蕭次賢說道：「這位是梅庚香，是當今無雙士。靜宜先生沒有會過麼？」次賢道：「今日識荊⑰，實為萬幸。」便請四人進內，子玉道：「今晚便服，未免不恭，容另日專誠晉謁罷！」次賢笑道：「庚香先生，當今名士，不應瑣瑣及此。況主人也不在家，我輩聊以聚談，切勿拘以禮節。」子玉難以固辭，只得同著走出亭子，兩旁卻是十步一盞的地燈，照見一塊平坦空地，迎面不遠，就

⑮ 殷子正書空：殷浩，晉陳郡長平人。簡文帝永和九年，率師北伐，戰敗，廢為庶人。廢黜後，但終日書空，作「咄咄怪事」四字。

⑯ 白也詩無敵：杜甫春日憶李白詩句。

⑰ 識荊：唐李白李太白文與韓荊州書：「生不用封萬戶侯，但願一識韓荊州。」韓朝宗曾為荊州長史，喜識拔後進，為時人所重。後用作久聞其名而初次見面的敬詞。

是很高的峭壁了。峭壁之下，一帶雕窗細格的五間卷棚，檐下掛著一色的二十多盞西番蓮洋琉璃燈。次賢讓進屋內，分賓主坐下，與文澤、王恂、仲清都是認識的，單與子玉敘了些傾心仰慕的話。子玉見他出言有體，舉止不凡，也知道是個名士，便也頗為浹洽。談了一會，用過了茶，有書僮從裡間出來，送出一分一分的燈謎彩來，擺在桌上，是些湖筆、徽墨、端硯、雅扇之類，惟有子玉所猜的「落花人獨立，微雨燕雙飛」的彩最重，是古錦囊裡的瑤琴一張。子玉見琴忽忽如有所思，因見彩禮過重，與仲清等再三推卻。次賢問道：「這琴是庾香先生猜著的麼？」子玉道：「是小弟胡猜的，斷不敢當此厚贈。」次賢道：「這是園主人為杜玉儂而設，另有深意，幸勿見卻。琴後尚須鐫銘，俟鐫好再行送上。」說畢，便令小廝仍將瑤琴抱了進去。其餘彩禮，交給各跟隨收存。

原來琴言因制燈謎時，喜誦「落花人獨立」這一聯，度香隨囑次賢，以詞意為琴言寫圖，所以這燈謎即以琴作彩，原是於遊戲之中，寓作合之意。非但子玉不知杜玉儂為何人，就是仲清、文澤等也未能悉。大家問時，次賢不即說明，答以久後必知。

閑談了一回，仲清說起都中值此試燈時節，可惜無南來巧燈，殊為減色。次賢道：「諸兄要看燈麼？也容易，雖非來自南邊，卻還不俗。」便令小廝引道，沿著峭壁，走有一箭多遠，卻是一層層的石磴，上了三十餘級，轉了峭壁，後面就是一個白石平臺。中間團團的一個亭子，那窗子都是用內凹外凸的整玻璃鑲成。走進亭內，地下鋪著栽絨毯子，中間一張大圓桌，周圍都是扇面式凳子，拼起來，剛剛扣著桌子一個圈兒。仲清等因是夜天氣不寒，就在外面回闌上坐著，小廝們抬了些圓茶几來，每人面前一張，送了茶。仰觀淡月朦朧，疏星布列；俯視流煙淡沱，空水澄鮮，頗覺心曠神怡。遠遠望去，只見回巒疊嶂，飛閣層樓，隱隱約約，看視不明，尚未見一盞燈火。忽見亭子前面太湖石山洞，一對明燈照出一雙玉人來。走到面前看時，一個是袁寶珠，一個是金漱芳。仲清問道：「你們藏在那裡？」寶珠道：「我們在前面小船室下棋。」文澤道：「相公阿曾點個隻眼？」寶珠、漱芳都笑了一笑。座中就是子玉不認得，那日雖見漱芳的題曲，也是上妝容貌。此時看他骨香肉膩，玉潔晶瑩；寶珠亭亭玉立，弱不勝衣，便想道：這兩個姿色似可與琴官相並，但不知性情何如。

正想著，猛聽得臺下雲鑼一響，對面很遠的樹林裡，放起幾枝流星趕月來，便接著一個個的泥筒，接接連連，遠遠近近，放了一二百筒。那蘭花竹箭射得滿園，映得那些綠竹寒林，如畫在火光中一般。泥筒放了一回，聽得接連放了幾個大炮，各處樹林裡放出黃煙來，隨有千百爆竹聲齊響，已掛出無數的煙火：一邊是九連燈，一邊是萬年歡；一邊是炮打襄陽城，一邊是火燒紅蓮寺；一邊是阿房一炬⑱，一邊是赤壁燒兵⑲。遠遠的金闐鼓驟，作萬馬奔騰之勢，那些火鳥火鼠，如百道電光，穿繞滿園，看得子玉等目眩神駭。文澤想道：可惜無酒，負此花燈。聽得次賢說道：「如此良夜，諸兄何不小飲幾杯？」即吩咐取酒來。不一會，小廝們取了四壺酒交給寶珠、漱芳，走到各人面前，將茶碗撤去，把茶几揭起了一層蓋子，便是一個鑲成的攢盒⑳，共有十二碟果菜，銀杯象箸都鑲在裡面，十分精巧。寶珠、漱芳

---

⑱ 阿房一炬：阿房，秦宮殿名。故址在今陝西長安西。項羽入長安，付之一炬。

⑲ 赤壁燒兵：赤壁，在湖北蒲圻，長江南岸，北岸為烏林。石山高聳入如長垣，凸入江濱。漢末曹操追劉備至巴丘（巴陵），遂至赤壁，為周瑜火攻所破。

⑳ 攢盒：果盤。

都斟了酒，次賢說：「請！」大家淺斟細酌起來。

酒過數巡，臺下雲鑼一響，四處的煙火放完，只見各處樹梢上顫巍巍的掛起無數彩燈來，有飛禽，有花朵，錯錯落落，越添越多，不一時，周圍四面約有數千。樹上的燈都點齊了，地上又舞出幾百片彩雲燈來，五色迷離，盤折回繞。鑼聲響處，舞出一條金龍，有十數丈長，飛舞如真龍一般。少頃，神仙洞裡舞出一條青龍，接著又是一條白龍，那樹林裡舞出一條烏龍，煙火光中，又舞出一條火龍，都是十餘丈長，滾成一處，數十面鑼聲，鬧得像驚濤駭浪，變幻煙雲，甚是好看。又滾出幾十個大大小小毬燈㉑，在那雲龍中間滾旋，引得那五條龍張牙舞爪，夭矯攫拿，看得眾人個個出神。

忽見怡園家人上前說道：「史少爺來了！」大家起身看時，只見兩人扶著史南湘，踉踉蹌蹌，一步步的踩著石磴上來。將到臺前，便霍然的大吐起來。吐了一會，搖著頭，喘吁吁的在臺前站住，指著眾人道：「你們好，你們好！」便說不出來。小廝先拿了一碗溫水與他漱了口，又說道：「你們好樂！」仲清道：「你且坐下，歇歇再說。」扶上亭子，他就坐在地下，寶珠等上去見他，他把頭點點。文澤道：「你在那裡喝得這樣？」南湘又搖搖頭。寶珠到次賢耳邊說了幾句話，次賢命小廝去拿了一個小小的金盒子，取出一丸藥來，放在碗內，用開水化了，遞給寶珠，捧到南湘身邊，彎了腰給他喝，南湘搖頭不要。寶珠道：「這是醒酒湯，喝了就好了。」南湘心裡明白，把湯喝完，閉著眼道：「我醉欲眠君且去。」便放身欲睡。次賢恐著了涼，便命家人扶他到後面小座落裡炕上去睡，扶了南湘進去，把門帶上。子玉問次賢這是什麼丸，次賢道：「這是度香自製的，任憑喝得爛醉，只須一丸下去，宿酒盡消，且補元氣，

㉑ 毬燈：即球形燈。

名為仙桃益壽丸。」

不多一會，只見南湘已開了門走將出來，說道：「有趣，有趣！幾作了劉玄石一醉三年㉒，險些兒被人埋在地下。」仲清道：「你酒已醒了，還說醉話。」漱芳已擰了一塊濕手巾來，南湘擦了臉道：「這是什麼地方？」眾人皆笑，次賢笑道：「竹君，這是黃鶴樓㉓，你怎麼認不清了？」南湘近前一看，狂笑起來，說道：「原來靜宜也在這裡，你們到底幾時來的？」眾人聽了又笑，寶珠、漱芳拉他到亭外看了一會，南湘方知道是怡園，細細一想，便又大笑。將要問時，忽然滿園的金鼓盈天，爆聲大發，風馳火驟，聲勢駭人，四面八方，百獸齊集，盡是五色綢紗糊的，彩畫得毛片逼真，一邊馳出一隊象燈，一邊馳出一隊虎燈，一邊馳出一隊犀牛，一邊馳出一隊獅子，還有黑熊、白兕㉔、赤豹、黃羆，奇奇怪怪，約有數百，足下都有四個小輪，用人拉著飛跑，鼻裡生煙，口中吐火，覺得如雷轟電掣，地塌山崩，看得子玉等神驚膚栗。這邊百獸，那邊群龍，合將攏來，黑霧沖天，火光遍地，大有赤壁鏖兵之勢。鬧了好一會，猛聽得一聲響，半天裡放起一個九子炮來，只見地下火光一散，如穿梭一般，霎時滿園寂寂，不見一燈。眾名士齊聲喝采道：「真有天地化工，孫吳兵法㉕之妙，我們皆目所未見。」仲清道：「今日舞這一會燈，我算起來，至少也有一千餘人，這園裡那裡來這許多人？」次賢道：「若盡用人，自然

㉒ 劉玄石一醉三年：劉玄石，當指劉白墮。晉河東人。善釀酒，曝日中味不變。飲之不醒，可遠致千里。

㉓ 黃鶴樓：故址在湖北武漢蛇山的黃鵠磯，臨長江。古代傳說，有仙人子安嘗乘黃鶴過此，故名。

㉔ 兕：古代犀牛一類的獸名。皮厚，可以製甲。

㉕ 孫吳兵法：孫武和吳起，戰國時都以善用兵知名，後世多以孫吳並稱。

就多了。這五條龍燈是盡用人為，那些百獸與彩雲都用輪子展動，一人能頑得好幾個。以獸牽獸，就要明白進退疾徐之節，也是預先操演的。今日所用大約還不滿二百人。」眾名士盡皆嘆服。

次賢讓客下山，到個寬大地方小憩，大家未便就散，只得隨著他下了山。穿過幾處神仙洞，依著樹屏竹徑，走到一處是梨花園，次賢讓客進內。也過了好幾重門戶，進了朝東五間三明兩暗的西洋房。此中點綴得甚佳，琴床畫桌，金鼎銅壺，斑然可愛。正中懸著一額，是屈本立寫的「宜春閣」三字，一邊是陸素蘭寫的幾幅小楷，一邊是袁寶珠畫的幾幅墨蘭，中間地上點著一盞仿古雞足銀燈，有四尺高，上面托著個九瓣蓮花燈盞，點著九穗，照得滿屋通明。一一坐了，次賢道：「我們何不再飲幾杯？」眾人道：「我們在亭子上已飲多了，可以不必酒了，倒是清談罷。」南湘道：「我今日的酒不曉得怎樣醒的？」寶珠道：「我們今日醒眼觀醉眼，倒也有趣。」南湘道：「瑤卿，我記得你還灌我一大碗酒。」眾人笑道：「這人醉糊塗了，到底飲了多少酒來？」南湘道：「今日我同高卓然、張仲雨，帶了王靜芳、李佩仙在酒樓上飲了一天，也不曉得有多少，他們都醉得先走了。我送靜芳回去，順路到庸庵家，問知出外逛燈，我也去逛燈。也不知趕車的什麼意思，就拉我到這裡，園門口的人說你們在裡面賞燈，就扶了我進來。」一面說，就懷裡掏出一團燈謎字條。大家看時，一個是「春風一曲費纏頭」，一個是「馬兒快快隨」，都打戲名，一個是賞秋[26]，一個是趕車[27]。寶珠對漱芳笑道：「你的一個，我的一個，都被他猜著了。」南湘笑道：「原來是你們做的。」即對子玉道：「庾香，此二君何如？你看他們的相貌、才藝，

---

[26] 賞秋：琵琶記中一折。

[27] 趕車：紅梨記中一折。

你評評，還是我說謊的麼？」又指著兩邊的書畫道：「你再看看，這是瑤卿畫的，那是香畹寫的，你看外邊那班假名士，能夠如這班真相公嗎？」子玉笑道：「小弟早已認過，吾兄尚還刻刻在心。」南湘道：「以後你們這一班，見我們不許請安，只許稱號，如違了要罰的。」寶珠道：「這倒與度香、靜宜一樣脾氣，就是這樣便了。」王恂道：「庾香，你看這瑤卿，與你去年戲園所見的怎樣？這真偽可能相混麼？」子玉笑道：「瓦礫豈可僭稱珠玉？那個名字，叫他改了才好。」寶珠不解，便問王恂，王恂就將去年所見保珠，子玉聽錯的話說了，寶珠嫣然而笑。

於是漱芳拉了王恂下棋，文澤觀局。子玉同寶珠看那墨蘭，贊不絕口。南湘、仲清、次賢同坐在醉翁床閑話。南湘道：「靜宜兄，還記得『只有酒狂名下士，醉吟許上岳陽樓㉘』佳句否？」次賢道：「那裡及得『只恨仙人丹藥少，不教酒滿洞庭湖㉙』名句足傳。」仲清道：「若教酒滿洞庭湖，只怕史竹君早已醉死了。靜宜先生，明日可與他寫個竹醉圖。」次賢點頭微笑。

子玉乘他們說話時，悄悄的問寶珠道：「這兩天可曾見你們同班的琴官？」寶珠聽了，把子玉打量了一番，問道：「你同琴官相好麼？」倒把子玉問住了，很不好意思，只得答道：「向未交接，不過聞名思慕。」寶珠道：「他如今不叫琴官，改名為琴言，今日可惜遲來一步，度香帶他赴席去了。」子玉心裡想道：我與他直如此緣慳，要接談的福分都沒有。一面想，怔怔的看著寶珠，寶珠也怔怔的看著子玉，四目勾留，都出了神。劉文澤一回頭看見這光景，輕輕的向子玉肩上一拍道：「瑤卿好不好？」子

㉘ 岳陽樓：在湖南岳陽城西門上，三層，始建於唐，下瞰洞庭湖，為著名風景地。

㉙ 洞庭湖：在湖南北部，長江南岸。湘、資、沅、澧四水均匯流於此，在岳陽城陵磯入長江。

玉當是問琴言，便道：「他的驚夢這一齣，直是天上神仙。」寶珠囅然一笑。子玉回想過來，自知所問非所答，幸而話未說錯，隨同文澤走到南湘這邊來。仲清問次賢，可有好燈謎被人打去？次賢道：「就是昨日有兩封情書，被一個少年猜去，適值我有事走開，沒有問得這人姓名住址。」仲清向次賢要出那兩封情書底稿來，同著眾人看時，一封是藥名，一封是花名，只見上寫著：

小憶去年，細辛。金閶[30]款聚。蘇合。黃姑[31]笑指，牽牛。油壁[32]香迎。車前。猥以量斗之才，百合。得逐薰衣之隊。香附。前程萬里，悔覓封侯。遠志。瘦影孤棲，猶思續命。獨活。問草心誰而主，王孫。怕花信[33]之頻催。防風。雖傅粉郎君[34]，青絲未老，何首烏。而侍香小史，玉骨先寒。腐婢。惟有申禮自持，防己。殘年獨守。忍冬。屈指瓜期[35]之將及，當歸。此心荼苦之全消。甘遂。書到君前，白及。即希裁答。旋覆。五月望日，半夏。玉蟾肅衽。白斂。

子玉道：「好個春燈謎面子。」寶珠道：「我最愛『傅粉郎君』一聯。」南湘道：「我們這裡只有庾香算得傅粉郎君，你愛他麼？」寶珠笑了一笑，子玉倒臊得臉都紅了。再看那封回書是：

---

[30] 金閶：江蘇吳縣閶門內，古有金閶亭，以位在西而與閶門近，故名。

[31] 黃姑：星名。即河鼓。

[32] 油壁：即油壁車。婦女所乘之車。因車壁以油塗飾而名。

[33] 花信：花開的消息。

[34] 傅粉郎君：亦作傅粉何郎。魏何晏故事，後用來稱美男子。

[35] 瓜期：謂任滿更代之期，猶瓜代。

尺縑傳馥，素馨。芳東流丹。剌紅。腸宛轉以如回，百結。歲循環而既改。四季。憶前宵之歡會，夜合。悵祖道㊱之分飛。將離。玉女投壺㊲，微開香輔；合笑。金蓮貼地，小步軟塵。紅躑躅。一自遠索長安，空憐羞澀；米囊。遲回洛浦，乍合神光。水仙。在卿則脂盈粉奩，華容自好；扶麗。在我已雪絲霜鬢，結習都忘。老少年。過九十之春光，落英幾點；百日紅。祝大千之法界，並蒂三生。西番蓮。計玉杓㊳值寅卯之間，指甲。庶鈿盒卜星辰之會。牽牛。裁成霜素，剪秋羅。欲發偏遲。徘徊。二月十六日，長春。寅刻名另肅。虎刺。

仲清道：「這兩封情書，就不是燈謎，也香艷極了。況且隱藏藥名、花名，恰切不移。這猜著的人，真是個絕世聰明人了，可惜不知是誰？」文澤道：「這兩封書，都是靜宜先生的手筆麼？」次賢道：「那封原書，是度香的手筆。」說著，王恂已經下完了棋，倒輸了漱芳三子。子玉因夜色已深，隨同南湘等告辭，子玉並說度香來園，先為致意，改日專誠再來的話，次賢答應著，送出各人上車而散。再聽下回分解。

㊱ 祖道：古人於出行前祭祀路神稱祖道。後因稱餞行為祖道。

㊲ 投壺：古人宴會時的遊戲。設特製之壺，賓主以次投矢其中，中多者為勝，負者飲。

㊳ 玉杓：北斗第五、六、七顆星的名稱。

第十回　春夢婆娑情長情短　花枝約略疑假疑真

話說子玉等散後，徐子雲才回，因夜色已深，時交子❶末，便一徑回宅。琴言自去年謁見子雲之後，也隨著一班名花天天常到怡園，子雲愛之不亞於寶珠。但琴言生性高傲，冷冷落落，不善應酬，任憑黃金滿斗，也買不動他一笑。一切古玩、飲食、衣服，只要他心愛，徐子雲無不供給，也算相待十分，琴言未嘗不知感恩，卻只算得半個知己。自那進京這一天路上見了子玉，便認得是夢中救他出陷坑的人，時時刻刻放在心上。又姑蘇會館唱戲那一日，見他同了一班公子，還有魏聘才、李元茂在座，問起葉茂林，始知這位公子就姓梅，已應了梅花樹下之兆。從此，一縷幽情如沾泥柳絮，已被纏住。這幾日晚間，夢見子玉好幾次，恍恍惚惚的，不是對著同笑，就是對著同哭。又像自己遠行，子玉送他，牽衣執手；又像遠行了，重又回來，兩人促膝談心。模模糊糊，醒來也記不真切。雖知道是個世家公子，卻不知道他的性情嗜好，與庾香何如，又恐他是個青年輕薄、寡情短行之人；又恐他豪貴驕奢要人趨奉的人。但細看他溫存骨格，像個厚道正人，斷不至此。一日，又夢見寶珠變了他的模樣，與自己唱了一齣驚夢，又想不出這個理來。

次日子雲到園來，次賢講起昨晚諸人來園看燈，並子玉打著了琴言的燈謎，即將子玉的才貌痛贊了

❶ 子：夜十一時至次晨一時。

子雲沒有出門。

一番。子雲聽了，心裡頗為喜歡，即道：「這個梅庾香，他雖不認得我，我去年恰見過他。我們也有世誼，他令祖相國，與先叔祖總憲公❷是同年至好。這梅庾香的外貌卻沒有說的，不知品行如何？」次賢道：「持重如金，溫潤如玉，絕無矜才使氣的模樣。雖然片時相晤，我已知其不凡。」二人談了半天，子雲沒有出門。

到酉❸刻，寶珠同了琴言到園。子雲見了，笑道：「玉儂此番好了，我替你覓著了配對，你卻不要忘了我。」倒把琴言嚇了一跳，登時發起急來，止不住眼淚直流，道：「度香，我承你盛情，不把我當下流人看待，我深感你的厚恩。即使我有伺候不到處，你惱我、恨我、罵我、攆我，我也不敢怨你。只不犯著勾引人來糟蹋我。請問：什麼叫配對不配對，倒要還我一個明白。」子雲自知出言孟浪❹，覺得無趣，只得叫寶珠陪著他，用好言勸慰，自去便借看畫為名，到次賢房中去了。

這裡袁寶珠用手帕替他擦了淚痕，就將史南湘的醉態及妝點情形，說得琴言歡喜了，便同在一張床榻上坐著，道：「看昨日這幾個打燈謎的人，內中一個叫梅庾香的，年紀不過十七八歲，相貌生得最好。」琴言道：「這人也姓梅麼？」寶珠道：「他曾問起你來。」琴言沉吟道：「姓梅的他說會過我麼？」寶珠道：「便是奇怪得很，我因他就只問你一個，只道你們自然在一處飲過酒。問他可與你相好，他支吾了一句，說什麼『向未交接，不過聞聲思慕』，似乎不像見過的。又說看見你驚夢這齣戲唱得很好。」

---

❷ 總憲公：明清都察院左都御史的別稱。御史臺古稱憲臺，故有此稱。
❸ 酉：下午五時至七時。
❹ 孟浪：鹵莽；輕率。

琴言想道：不要這姓梅的，就是那天看戲的梅公子，因問寶珠道：「這梅公子，可是初六那天，在姑蘇會館東邊樓上看戲的？」寶珠笑道：「那天我又沒有唱戲，那裡知道是他不是他？」琴言呆呆的想了半晌，又問寶珠道：「他的相貌可同我們班裡陸香畹差不多？就只眼睛長些，覺得光彩照人；鼻子直些，覺得滿面秀氣，是不是呢？」寶珠道：「這麼說，你們很熟的了，為什麼要瞞著人呢？」琴言無言可答，想起那天的夢來，便道：「你同這姓梅的相好幾年了？」寶珠道：「昨日才見面的。」琴言道：「我不信。若是昨日才見，怎麼前日晚上，倒會變了他的樣兒呢？」琴言說了這句話，用袖子掩著嘴笑。倒將寶珠懵住了，道：「玉儂你說些什麼鬼話？」琴言道：「不是鬼話，你變了他模樣，還唱柳夢梅呢。」寶珠益發摸不著頭腦道：「你到底還是裝瘋，還是做夢？」琴言嫣然的一笑，就把那天梅公子看戲，以及夢見變了他唱戲的話，細細說了一遍。寶珠道：「這人原也生得好，若真個的同你配著唱這齣驚夢，倒是一對。就可惜我不會變。」琴言默然良久，道：「咳，可惜昨日出去了，沒有見他一面。」寶珠試出琴言屬意子玉，便道：「你可曉得今日錯怪了度香麼？」琴言道：「怎麼？」寶珠道：「他所說替你覓著的配對，你道是那個？」琴言悄悄的道：「難道就是梅公子不成？」寶珠道：「不是他是誰？」琴言道：「我當是度香有心糟蹋我，卻不曉得他所說打燈謎的人就是他。」寶珠道：「據我看來，你同這梅公子大有緣法。我去叫度香明日請他來，與你會一會面，你說好不好？」說著，站起身來要走。琴言一把拉住寶珠衣服，道：「你又胡鬧了，一來我從未與梅公子會過，知道是他不是他，萬一不是他，便怎樣？就算是他，也不曉得他心性何如。二來剛才我沖撞了度香幾句，怎麼轉得過臉來？」

這裡說得熱鬧，那曉得徐子雲同蕭次賢早已轉到隔壁套間內，竊聽得逼真，把門一推，子雲、次賢走將出來，琴言一見，羞得紅了臉，就背轉身坐了。子雲道：「玉儂還怪我不怪我？」琴言低頭不語。子雲道：「就算我錯了一句話，也是無心之言。況且你又不是女孩子，怕什麼配對不配對，難道真把你配了梅庾香不成？」說得次賢、寶珠都笑起來。寶珠道：「不要說了，他已經明白過來了。我們何不去請了庾香來與他見一見？」子雲道：「知道是他不是他，我自有道理。」寶珠、琴言即在怡園吃了晚飯，坐到二更而回。

次日，子雲即去拜望子玉，彼此道了些景仰渴想的話，就約定于十九日晚間一敘。出來順道到王恂、劉文澤、史南湘等處看望，俱未晤見。回來想道：這梅庾香果然名不虛傳，玉儂又屬意於他，將來見了面，不消說是他的人了。又想道：玉儂的脾氣，差不多的人都猜摸不著，倘或一言不合，就可以決絕的。即使梅庾香是個多情人，也未必能像我這樣體貼。據瑤卿說來，與玉儂改了名字，他全然不知，可見素未浹洽。就看過一齣戲，想來也不過賞識他的相貌，未必心上只有這個琴言，我倒要試他一試。又想道：若是十九那一天，竟叫玉儂陪酒，他初次見面，就是彼此有心也難剖說，旁人也看不出來。我如今用個移花接木❺之計，先把玉儂藏了，另覓一個像玉儂的人，用言打動他，看他如何，自然就試出來了。主意已定，即向次賢、寶珠說知。

到了十九日這一日，一切安排停當。申❻刻時候，梅子玉到了怡園，主人迎接，進了梅崦。這梅崦是園中名勝，且值梅花盛開，在大山之下，梅林叢中，有數十間分作五處，屋圍著花，花圍著屋，層層

❺ 移花接木：栽植花木，有移栽、插壓、貼接等法。後喻巧用手段互易以處理人事。

❻ 申：下午三時至五時。

疊疊，望之林屋不分。內中陳設古玩，不能細說。只覺人在花中，不數羅浮❼仙境，真人間香雪海❽也。居中一所是個梅花心，以五間併作一間，復間作五處，上懸一塊匾額，就是「梅嶺」二字。兩旁一副對聯是：「梅花萬樹鼻功德，古屋一山心太平。」中懸著林和靖❾的小像，迎面擺一張雕梅花的紫檀木榻，榻上陳著一張古錦囊的瑤琴。子雲讓子玉進內坐了，子玉道：「前日斗膽在此試燈，已成不速之客，今日又蒙寵召，坐我瑤齋，主人情重，何以克當？」子雲道：「庾香先生，景星卿雲，相見恨晚，前日失迓❿為罪。今蒙不棄，惠然肯來，私心實深欣幸。」子玉問道：「今日坐間尚有何客，靜宜先生何以不見？」子雲道：「靜宜現有小事，少刻奉陪。」即指著榻上的琴道：「今日此酌，專為玉儂贈琴而設，未便另邀他客，致撓情話。」子玉道：「弟正要動問，前日因何為打一燈謎，有此厚贈？這玉儂究係何人，吾兄如此鄭重？」子雲便令小廝將琴囊解開，雙手送交子玉，道：「琴後鐫有銘款，請試一觀。」子玉接過琴來看時，玉軫珠徽，梅紋蛇斷，絕好一張焦尾古琴⓫，後面鐫著兩行漢篆，其文曰：「琴心沉沉，琴德愔愔。其人如玉，相與賞音。」四句琴銘下，又鐫著一行行書小字，是：「山陰徐子雲為玉

❼ 羅浮：山名。在廣東省。相傳羅山之西有浮山，為蓬萊之一阜，浮海而至，與羅山併體，故曰羅浮。

❽ 香雪海：江蘇吳縣鄧尉山多梅，花時一望如雪，香聞數十里。清康熙時江蘇巡撫宋犖題「香雪海」三字，刻於山上，遂為鄧尉別名。

❾ 林和靖：宋錢塘人。少孤力學，恬淡好古。年六十一卒，仁宗賜謚和靖先生。善行書，喜為詩。

❿ 失迓：失於迎候。對來訪者表示歉意的客氣話。

⓫ 焦尾古琴：東漢蔡邕聽到有人燒桐木的聲音，知道這是好木料，於是討了桐木製作琴，果然是好琴，但末端已燒焦，故稱作焦尾琴。

儂杜琴言移贈庾香名士清賞。」下刻圖章兩方：陰文是「次賢撰句」四字，陽文是「靜宜手鐫」四字。子玉想起寶珠改名之言，知道玉儂就是琴官，卻喜出望外，便深深一揖，道了謝，仍令小廝囊好。

子雲試他道：「聞說吾兄與玉儂相與最深，可是真的麼？」子玉道：「弟因家君管教極嚴，平素足不出戶，就只開春初六那日，在姑蘇會館看見他一齣驚夢的戲，有人說起他的名字叫琴官，覺得色藝俱佳。直到前日在此，於無意中詢知閣下替他改名為琴言，卻從未與他會過，相與之說，恐是訛傳。吾兄將來晤見琴言，尚可詢問。」子雲道：「吾兄賞識不錯，可曉得琴言頗有情於吾兄麼？」子玉笑道：「『情』之一字，談何容易？就是我輩文字之交，或臭味相投，一見如故；或道義結契，千里神交。亦必兩意眷注，始可言情，斷無用情于陌路人之理。琴言之於弟，猶陌路人也。弟已忘情于彼，彼又安能用情於弟乎？」子雲道：「據吾兄品評琴言，比前日所見寶珠何如？」子玉因想琴言、寶珠都是子雲寵愛，未便軒輊⑫，便道：「大凡品花，必須於既上妝之後，觀其體態；又必於已卸妝之後，視其姿容；且必平素熟悉其意趣，熟聞其語言，方能識其情性之真。弟于寶珠、琴言均止一見，一係上妝，一係卸妝，正如走馬看花，難分深淺。」子雲道：「假使有人以琴言奉贈，吾兄將何以處之？」子玉道：「憐香惜玉，人孰無情。就使弟無金屋可藏⑬，有我度香先生作風月主人，正不愁名花狼藉也。」

正說著，只見寶珠同著花枝招展的一個人來，子玉一看不是別人，就是朝思暮想的琴言，心裡暗暗

---

⑫ 軒輊：車輿前高後低（前輕後重）稱軒，前低後高（前重後輕）稱輊。引申為輕重、高低。這裡指評論。

⑬ 金屋可藏：漢武帝為太子時，長公主欲以女配帝，問曰：「阿嬌好否？」帝曰：「好！若得阿嬌為婦，當作金屋貯之。」見班固漢武故事。後來稱男子有外寵曰金屋藏嬌，出此。

吃驚。又聽得子雲道：「玉儂，你的意中人在此，過來見了。」琴言嫣然一笑，走上來請了一個安，倒弄得子玉坐不是、站不是，呆呆的只管看那琴言。那琴言又對子雲也請了安。寶珠道：「庾香，我竟遵竹君的教不為禮了。」子玉道：「是這樣脫俗最好，玉儂何不也是這樣？」琴言微微的一笑，不言語。子玉看看琴言，又看看寶珠，覺寶珠比琴言，面目清艷了好些，吐屬輕倩了好些，舉止閑雅了好些。心裡尋思道：原來琴言不過如此，何以那兩回車中瞥見如此之好，而唱起戲來又有那樣丰神態度呢？而且魏聘才贊不絕口，徐子雲又鍾情到這樣，真令人不解。一面想，那神色之間，微露出不然之意來。子雲卻早窺出，頗得意用計之妙。寶珠道：「你們彼此相思已久，今日初次見面，也該說兩句知心話，親熱親熱，為什麼大家冷冰冰的，都不言語？」說著，就拉著琴言的手，送到子玉手內。子雲道：「可不是，不要因我們在這裡礙眼，不好意思。」說得子玉更覺接不是，不接又不是的，只得裝作解手出來，又在窗外看了一回梅花。經子雲再三相讓，然後遲遲疑疑的進屋。子雲道：「這裡太敞，我們到裡間去坐。」寶珠走近鏡屏一摸，那鏡屏就像門似的旋了一個轉身，子玉等走了進去，那鏡屏依舊關好。子玉看套間屋子，也像五瓣梅花，卻不甚大。正留心看那室中，只見玻璃窗外一個人拿著個紅帖，回話說：「賈老爺要見。」子雲道：「我在這裡陪客，回他去罷。」那人道：「這位老爺說，有要緊話，已經進來了。」寶珠道：「不是賈仁賈老爺麼？」子雲道：「可不就是他？」寶珠道：「我正要去尋他，我們何不同去見他一見。」子雲道：「尊客在此，怎好失陪。」子玉道：「我們既是相好，何必拘此形跡。」子雲告了罪，寶珠又囑咐琴言好生陪著，遂一同出去。

那鏡屏仍復掩上，屋內止剩子玉、琴言兩人，琴言讓子玉榻上坐了，他卻站在子玉身旁，目不轉瞬的看著子玉，倒將子玉看得害羞起來，低了頭。琴言把身子一歪，斜靠著炕几，一手托著香腮，嬌聲媚氣的道：「梅少爺，大年初六那天，你在樓上看我唱戲的不是？」子玉把頭點一點。又道：「你曉得我想念你的心事麼？」子玉把頭搖一搖。琴言道：「那瑤琴的燈謎，是你猜著的麼？」子玉又把頭點一點。又道：「好心思，你可曉得度香的主意麼？」子玉又把頭搖一搖。琴言用一個指頭，將子玉的額抬起來，道：「我聽得寶珠說，你背地裡很問我，我很感你的情。今日見了面，這裡又沒有第三個人，為什麼倒生分起來？」子玉被他盤問得沒法，只得勉強的道：「玉儂，我聽說你性氣甚是高傲；所以我敬你，為什麼到京幾天，就迷了本性呢？」琴言道：「原來你不理我，是看我不起，怪不得這樣不瞅不睬的，只是可惜我白費了一番心。」說著，臉上起了一層紅暈，眼波向子玉一轉，恰好眼光對著眼光，子玉把眼一低，臉上也紅紅的，心裡十分不快。琴言惺忪忪兩眼，乘勢把香肩一側，那臉直貼到子玉的臉上來，子玉將身一偏，琴言就靠在子玉懷裡，嗤嗤的笑。子玉已有了氣，把他推開，站了起來，只得說道：「人之相知，貴相知心。你這麼樣，竟把我當個狎邪人看待了。」琴言笑道：「你既然愛我，你今日卻又遠我。若彼此相愛，自然有情，怎麼又是這樣的？若要口不交談，身不相接，就算彼此有心，即想死了也不能明白。我道你是聰明人，原來還是糊糊塗塗的。」子玉氣得難忍，即說道：「聲色之奉，本非正人。但以之消遣閑情，尚不失為君子。若不爭上流，務求下品，鄉黨⑭自好者尚且不為。我素以此鄙人，且以自戒，豈肯忍心害理，蕩檢踰閑⑮。你雖身列優伶，尚可以色藝致名。何取於淫賤為樂，我真不識此

⑭ 鄉黨：猶鄉里。周禮，二十五家為閭，四閭為族，五族為黨，五黨為州，五州為鄉。

⑮ 蕩檢踰閑：即踰閑蕩檢。舊謂不守禮法，越出規矩。

心為何心。起初我以你為高情逸致，落落難合，頗有仰攀之意。今若此，不特你白費了心，我亦深悔用情之誤。魏聘才之贊揚，固不足信，只可惜徐度香愛博而情不專，惟以人之諂媚奉承為樂，未免紈褲習氣。其實焉能浼⑯我？」說著，氣忿忿的要開鏡屏出去，那曉得摸不著消息⑰，任你推送，只是不開。

正急的無可如何，只聽得鏡屏裡輕輕的一響，子雲、次賢、寶珠都在鏡屏之外，迎面笑盈盈的走進來，那琴言一影就不見了，把個子玉嚇得迷迷糊糊的。只聽得子雲笑道：「好個坐懷不亂的柳下惠⑱，失敬，失敬！就是罵我徐度香太挖苦些。」子玉一回轉頭來，那知眾人都在鏡屏對面套間之內。子玉與次賢見了禮，即向子雲告辭道：「今日出門忘了一件要事，只好改日再來奉擾。」子雲笑道：「庾香兄，必是因適才唐突，見怪小弟。裡間屋內酒席已經擺好，請用一杯，容小弟負荊請罪。」次賢道：「小弟才來，正擬暢談衷曲，足下拂然欲去，是怪我奉陪得遲了。」

寶珠一手拉著子玉進套間屋內，道：「你且再看看你的意中人，不要哭壞了他。」子玉見一人背坐著在那裡哭泣，只道就是剛才的那個琴言。因想他既知哭泣，尚能悔過，意欲於酒席中間，慢慢的用言語感化他。那曉得他倒轉過臉來，用手帕擦擦眼淚，看著子玉道：「庾香，你的心我知道了。」子玉聽

---

⑯ 浼：污染；玷污。

⑰ 消息：此處指機關上的樞鈕。

⑱ 坐懷不亂的柳下惠：春秋魯大夫柳下惠夜宿城門，遇一無法進城返家的年輕女子，柳下惠恐她受凍，就解開外衣把她裹在懷中，坐了一夜，並未發生非禮的行為。語出詩經小雅巷伯漢毛亨傳、荀子大略。後指雖有美女在懷抱中也不動心。形容男子品德高尚而不好女色。柳下惠，即春秋魯大夫展禽。因食邑柳下，謚惠，故稱柳下惠。

這聲音似乎不是琴言，仔細一看，只覺神采奕奕，麗若天仙，這才是那天車中所遇、戲上所見的這個人。子玉這一驚，倒像有暗昧之事被人撞見了似的，心裡突突的止不住亂跳，覺得有萬種柔情、一腔心事，卻一字也說不出來。發怔了半晌，猛聽得有人說道：「主人在那裡送酒了。」子玉如醉方醒的走上去還了禮，卻忘了回敬。寶珠遞了一杯酒來，方才想起把酒送在自己坐的對面。次賢道：「足下是客，那有代主人送酒之理。」子玉始知錯了坐位，只好將錯就錯的送了一杯，定了神，又替主人把盞。子雲再三謙讓，便道：「這杯酒我代庾香兄轉敬一人。」就擺在子玉肩下，道：「玉儂，你坐到這裡來。」琴言只得依了，斟了一杯酒，送在子雲面前。又與寶珠斟了酒，然後入席。天色已暮，點上燈來。子玉道：「今日之事甚奇，方才難道是夢境迷離？」說得合席都笑。琴言向來不肯輕易一笑，聽了這句話，也不覺齒粲起來。那美目流波光景，令人真個消魂，不要說子玉從沒有見過，就是子雲與他盤桓了將及一月，也是破題兒第一回。知他巧笑是為著子玉，未免愛極生妒；所喜寶珠的丰姿意態，也趕得上琴言。更見子玉溫文爾雅，與琴言並坐，卻是一對玉人，轉又羨而忘妒。

這裡子玉重把琴言細看，覺日間所見的琴言，眉雖修而不嫵，目雖美而不秀，色雖潔而不清，面貌雖有些像，而神色體態迥然不同。猜不透是一是二，遂越想越成疑團，卻又不便問他們。

酒過數巡，次賢道：「庾香兄，今日可曾見那瑤琴上鐫的字麼？」子玉道：「我倒忘了道謝，鐵筆古心，的是名手。但此燈謎也還易打，度香先生所說為玉儂而設，究竟不知其故？」子雲指著琴言道：「弟是為他看我制燈謎時，喜誦『落花』、『微雨』兩句；又因他名字是琴，所以借此為彩，原是要替他卜個生平知己。可巧是吾兄猜著，不枉弟一番作合之心。」子玉道：「卻之不恭，受之有愧，當為玉儂珍重藏之。」琴言面有豫色，寶珠見了，將唐詩改了一字，念道：「尋常一樣琴前月，才有梅花便不同。」子雲、次賢同聲贊道：「『琴』字改得好。」子玉看琴言顏色微慍，知是寶珠以他名字為戲，便道：「若非瑤卿胸有智珠，不能改得如此敏妙。」子雲等還道是尋常贊語，惟有琴言深感子玉之情，替他報復了這個「琴」字。次賢道：「今日玉儂，何以一言不發？」子雲道：「他本來像息夫人⑲似的，將來靜宜可將那『花如解語還多事，石不能言最可人』，替他寫一副對子。」子玉只管點頭，寶珠道：「他是只會作夢，那裡會說話？」琴言瞅了寶珠一眼。

子玉想道：這分明與前見的一些不同，難道竟是兩個人？子雲見子玉、琴言兩意相投的光景，便道：「庾香兄不是有事麼？為什麼不打發人回去，我們可以暢飲？」子玉支吾道：「雖有小事，遲到明日尚卻不妨。足下好客，可惜前日同來的一班好友都不在此。」子雲道：「他們是常來的，不妨另日再敘。」子玉道：「此外尚有個卓然高品。」子雲道：「我也認識。」琴言道：「這個名字倒起得別致。」子雲舉杯照子玉道：「難得玉儂開了金口，我們當浮一大白⑳。」子玉飲畢，又照了次賢，也飲乾了。

寶珠道：「我們今日何不以玉儂說話為令，他說一句話，我們合席飲一杯。」子雲笑道：「這令很新，就是這樣。」子玉道：「說一句話，合席飲一杯酒，這個令未免酒太多。他和誰說，誰飲一杯不好麼？」琴言點頭。寶珠道：「這個恐怕有弊。」子雲道：「不妨，就吃醉了，我有醒酒丸。」於是大家依允。琴言問子雲道：「是什麼醒酒丸？這丸叫什麼名字？」子雲一一說了，共是兩杯。琴言問次賢道：

⑲ 息夫人：息嬀，春秋時息侯的夫人。嬀姓。漢劉向列女傳謂楚王滅息，虜獲息君夫婦，兩人皆自殺。

⑳ 浮一大白：罰飲一酒杯酒。

「今日為什麼回來得這樣遲？」次賢道：「替人做媒，回來遲了。」也飲一杯。琴言把子玉看了一看，都不言語，回轉頭來問子雲道：「這園梅花共有多少株？」寶珠咳嗽一聲，子雲道：「約有二千株。」該是一杯。寶珠過來，替子雲斟了，就便向子雲耳邊說了一句。琴言道：「你們改令，是要罰十杯。」子玉道：「沒有人改的。」寶珠過來要與子玉斟酒，琴言把子玉的杯子拿了道：「我又沒有和他說話，為什麼要給他酒吃呢？」寶珠道：「他和你說話也是一樣。」琴言道：「這個我不依。」子玉倒不好意思，道：「我原是想酒吃罷了，吃一杯罷。」琴言道：「你要吃，用他的杯子。」寶珠要來取琴言的酒杯，琴言早已搶在手內藏了，寶珠沒法，只得另取一隻酒杯斟了酒，送到子玉面前。子玉正要伸手去取，琴言用左手蓋著酒，只不許飲。大家看這隻手，丰若有餘，柔若無骨，宛然玉筍一般。任你鐵石心腸，也怦怦欲動。子雲雖曾經握過，此時也只能艷羨而已。子玉憶起日間那個琴言的手，又粗又黑，始知必非一人。寶珠心生一計，便道：「你們大家看他的纖纖㉑女手作什麼？」琴言把手一縮，寶珠隨即取了這杯酒，送在子玉手內。琴言向子玉道：「這杯酒你偏不要吃。」子玉答應。子雲道：「玉儂，你該替我作主人，敬客一杯才是。」寶珠接口道：「況這個令，那頭一句話，就不算向庾香說的，難道這句話也是和別人說的不成？」琴言想了一想，這話有理，只得一笑。

子玉飲完酒，便問寶珠道：「方才這個玉儂，到底是誰？」寶珠笑道：「這個要問你的玉儂。」子雲笑著喚道：「玉齡！你再來給梅少爺瞧瞧。」只見裡面套間內走出一個人來，卻是頭裡那個假琴言，垂手正色，侍立在子雲身旁。這假琴言是華公子家八齡班內的一個，名字叫玉齡，本是子雲家人，送給

㉑纖纖：手美好貌。

華公子。因其面貌有些相像，所以叫回應用。這就是子雲移花接木之計。子玉一見，頗難為情，始恍然知初見那個琴言，實在是假的，疑團盡釋。子雲道：「我是要試試庾香的眼力，所以刻畫無鹽，唐突西子。今果被識透，足見高明。」就令玉齡取了兩個大玉杯來道：「你代我敬梅少爺一杯。」玉齡斟了，送與子玉。子玉接著道：「酒已多了，天也不早了，我們用飯罷。」子雲道：「吾兄若不飲這杯酒，是真怪小弟了。玉齡，你替我喝一杯，代我陪罪。」玉齡果將那一杯也斟了，大大的飲了一口。寶珠給他幾片春橘過酒，又飲了兩口方才飲完。子玉沒法，只得一口氣飲了一半，吃了些水果；琴言又擠了些春橘水在酒內，然後慢慢的飲乾。

子玉今日初會琴言，天姿國色，已經心醉。又飲這一大杯，雖說酒落歡腸，究竟飲已過量，覺得眼前花花綠綠的，支持不住。子雲不敢再敬。大家吃飯，洗漱畢，子玉便要告辭。倒是琴言恐怕他醉了不受用，向子雲要了一服仙桃益壽丸，泡製好了，吹得不甚熱，給子玉服了。不多一會，子玉心裡十分清爽，又把琴言飽看了一番，雖彼此衷曲不能在人前細剖，卻已心許目成㉒，意在不言之表了。子玉令雲兒抱了瑤琴，向子雲、次賢道了謝出來。琴言悄悄的問後會之期，子玉心裡覺得十分難受，勉強的道：「稍有空閑，即當相聚。」大家送到上車地方，大有依依不捨之意，一直望他車子出了園門，寶珠、琴言也各上車回去。欲知後事，再聽下回分解。

㉒ 心許目成：默許感情，以目通意。

第十一回　三佳人妙語翻新　六婢女戲言受責

話說徐子雲送子玉出園之後，與蕭次賢談了一會，即便回宅。子雲的住宅也離園不遠，就在對面，還是他曾祖老太爺住的相府，府中極其寬大。現在父母、兄嫂都不在京住，此宅內僅子雲夫婦二人，其餘都是家人。子雲與他夫人講起琴言、子玉的事來，又羨慕他們繾綣的情致。袁氏夫人微笑，即問道：「這些相公對了你們怎樣的光景，到底有甚好處？」子雲笑道：「這些人你都見過，也聽過他們的戲，難道還說不好？」袁夫人道：「我見他們唱戲時，也不過摹擬那閨閣的模樣。至于下妝時，也還生得清清秀秀。若要說他是無價的至寶，我就不知。據我看來，似乎還不及我這幾個丫頭。」子雲道：「你們眼裡看著，自然是女孩子好。但我們在外邊酒席上，斷不能帶著女孩子，便有傷雅道。這些相公的好處，好在面有女容，身無女體，可以娛目，又可以制心，使人有歡樂而無欲念。這不是兩全其美麼？」袁夫人笑道：「說卻說得冠冕❶。」子雲也笑道：「我是心口如一的，生平總沒有說過違心話。」袁夫人道：「就算你如此，難道你那些朋友也是這樣麼？」子雲道：「他們若不是這樣，就與我冰炭不入了。方才我不是說那梅庾香，教玉齡略說了兩句戲話，他就氣得什麼似的，連我都罵起來，這不是可以相信的麼？況那幾個孩子也不喜人與他戲謔的。」

❶ 冠冕：古代帝王、官吏的禮帽，引申為體面。這裡比喻外表很體面，實際並不如此。

說了一會閑話，袁夫人說起明日是華夫人生日，且係二十歲正壽，是必要去走一走的。子雲道：「自然該去，且你去年生日他也過來，還送了好些東西，我們也備幾樣玩好送他。」一宵無話。

次早，袁夫人檢出了十樣玩好，都是重價之珍，開了一個單子是：

瓊瑤玉連環　七寶釵　翠羽扇　珊瑚搔頭　鏤金博山爐　青瑤玉琴軫　沉水香瑟柱　奇楠香串
瑪瑙印章

先著人送去。遂于十二紅丫鬟中帶了紅雪、紅霙、紅香、紅玉、紅薇、紅雯六個，都是盈盈十五，窈窕多姿，識字能書，工詩善繡。伺候夫人曉妝已畢，紅雪道：「今日天氣寒冷，似有雪意，須多帶幾件衣服。」便向大毛衣服內，檢出一件天藍緞繡金紫貂鼠披風，紅緞繡金天馬皮蟒裙，玉珮叮噹，珠瓔珞索。格外又帶了一個大紅綿包袱，包了兩三件衣裳。一切花鈿珍飾，用個錦匣裝了。六紅也打扮停當，上了香車，外面家人騎上了馬，往華府來。

且說那華公子年方二十一歲，其容貌雖見于魏聘才之目，性情述于富三之口，究未得其詳。這華公子氣焰雖豪，性情卻極純粹。不過在那起居服食上，享用些富貴豪華之福。養尊處優，不喜酬應。騎射既精，詞賦更妙。也曾千卷羅胸，不難七步隨口❷。這華夫人母家姓蘇，父名臣泰，也是功臣之後，世襲列侯，現任兵部尚書。並無嗣子，只生二女，長名浣香，次名浣蘭，皆生得華容絕代，每于花下閑行，有百蝶隨舞。精于詩詞音律，書畫琴棋各臻微妙。外間有兩句口號說道：「不願得龍宮十斛珠，只願一見侯門大小

❷ 七步隨口：魏文帝曹丕素忌弟曹植之才，欲害之，令作詩，限七步。植應聲作七步詩。後以喻文思敏捷。

蘇。」這浣香十八歲上嫁了華光宿，真是瑤琴玉瑟，魚水和諧，說不盡詠月吟風，閨房瀟洒。又有十個美婢，名字都有一個「珠」字：寶珠、明珠、愛珠、花珠、荷珠、蕊珠、掌珠、珍珠、畫珠、贈珠。這十珠都有十分姿色，年皆十五六歲，真像十樣鮮花，一群粉蝶，個個慧心香口，蓮步柳腰，針黹巧奪天工，詞令皆成妙品。比鄭康成之詩婢❸，少道學之風規；較郭令公❹之家姬，得風流之香主。華公子夫婦二人這樣的妙才濃福，也就人間少有的了。兼之高堂未老，雄鎮西夷，恩承七葉之榮，爵列三公之首。

這日是華夫人生日，外邊恰一概不知。昨日公子與夫人家宴了一日，命八齡班唱了一天戲。這八齡名字都有一個「齡」字，無非金齡、玉齡、蘭齡、桂齡之類。有幾個是家僮教的，有幾個是各班選的。雖不能如花選中之名旦，卻也勝于尋常戲旦，閑時原叫其伺候書房。

這日華夫人知其胞妹浣蘭小姐要來，復又見徐府中送了十樣珍玩，知袁夫人也要來，與華公子清早拜過了家廟，供過了佛。公子本要再與夫人家宴一天，因他姨妹與盟嫂來，只好回避。不一會蘇小姐已到，香車到了穿堂，用軟肩輿❺一直抬進了內堂院子裡，四個丫鬟扶了小姐下轎，華夫人出接，姐妹二人見了禮，華公子也進來見過了。公子問過他岳父岳母的安，將要坐下，家人報道：「徐府夫人已到。」華公子回避出去，華夫人姐妹出堂迎接。見轎帘啟處，六個美貌丫鬟擁著一個天仙出來。金蓮細步，進

---

❸ 鄭康成之詩婢：鄭康成，即漢鄭玄。家有婢女，能詩。

❹ 郭令公：即唐郭子儀。平安史之亂，功第一。累官至太尉、中書令，封汾陽郡王，世稱郭汾陽，亦稱郭令公。

❺ 肩輿：用人力抬扛的代步工具。晉南北朝時盛行，其制為二長竿，中設軟椅以坐人。初無覆蓋，後加覆蓋遮蔽物，成為轎輿。唐宋大臣乘馬，老病者得乘肩輿。

了中堂，挽了華夫人的手，笑盈盈的對拜了。蘇小姐又與袁夫人拜年，說道：「明日就打算到姐姐處來，家母與姨娘們都要來的。」袁夫人道：「我這兩天本要請年伯母與妹妹們過來坐坐，若承下顧，那就妙極了。」華夫人道：「賤齒之辰❻，上承眷注，寵賜多珍，教我不敢不拜領。」袁夫人笑道：「些須微物，聊以將意，何足尚邀齒及。我想昨日就要過來，偏偏有事耽擱了。」蘇小姐道：「十一那一天，家母遣人來問候姐姐。來人回來說，姐姐花園裡請些太太們賞燈。他把那些燈，足足就講了半天，說試一回要用幾千人，說得天花亂墜❼，教我晚間做夢竟到姐姐園裡來看燈，又並沒有看見。」說著，自己先笑了。袁夫人也笑道：「燈卻可以看得，幾千人是用不著，二三百人是要呢。我搶先同了姐妹們於十一日試了一天，後來就有些官客們，接接連連鬧到十八日，也沒有空得一日。又因你們都在城裡，只得日間來看，不能晚上賞玩，所以沒有來請。」華夫人也甚為羨慕。袁夫人又對蘇小姐道：「承年伯母惦記，又賞東西。」蘇小姐道：「家母那日因姐姐回去時，說有些不快，心上常惦記著呢。」袁夫人又欠身謝了。十珠婢與蘇小姐的丫鬟，都向袁夫人請了安；袁夫人的六紅婢，也向華夫人、蘇小姐請了安。大家談了些閑話，敘了些家常，華夫人便要唱戲。袁夫人道：「我們姐妹談心甚是有趣，倒不必要他們來嘈雜。」即略逛了幾處屋子，走進華夫人臥房來。

華夫人的臥房是五大間，三間套房，外面兩間做了書室，圖書滿架，彝鼎紛陳。袁夫人略略賞玩了

---

❻ 賤齒之辰：謙稱自己的生日。

❼ 天花亂墜：佛教傳說，佛祖說法，感動天神，諸天雨各色香花，於虛空中繽紛亂墜。後以喻說話浮誇動聽，或以甘言騙人。

一番，只見群珠上來請示擺席。華夫人道：「就擺在這裡罷。」一面就擺起席來，華夫人送了酒，坐定了。說不盡玉液金波，山珍海錯。

三人談談笑笑，飲了一會，袁夫人道：「我新見人行一個酒令，倒也有趣：用五句成語湊成一串，但嫌其沒有韻，而且第四五句，還添兩個虛字在裡頭，略欠自然。他第一句用古文，第二句用唐詩，第三句用骨牌❽名，第四句用曲牌名，第五句用時憲❾書，憑人自己檢用，便容易了。我們如今六個骰子，隨手擲出什麼色樣，就從這個色樣起。第一句用骨牌名，第二句用五言唐詩，第三句用西廂❿曲文，第四句用曲牌名，第五句用毛詩。這五句須要有韻，念出來才覺得鏗鏘入調。」蘇小姐聽了，十分高興，便問他姐姐要骰子出來，試行這令。華夫人道：「好雖好，只是難些，又要自然，又要有韻，你不怕費心麼？」便命丫鬟取過骰盆，放了骰子，送與袁夫人道：「姐姐先行個樣兒出來。」袁夫人取過骰子，擲了幾擲，成了色樣，是個「群鴉噪鳳」。便望著骰盆想了一會，說道：「我獻醜了，說得不好，你們不要笑話。」即念道：「群鴉噪鳳，簫鳴鳳下空，分明伯勞飛燕各西東。五更轉，甘與子同夢⓫。」華夫

---

❽ 骨牌：牙牌，戲具。俗傳宋宣和二年設，高宗時詔頒行天下，謂之骨牌，如博塞格五之類。

❾ 時憲：書說命：「惟天聰明，惟聖時憲。」傳：「憲，法也。言聖王法天下以立教。」後以當時的教令為時憲。

❿ 西廂：元代雜劇名。全名崔鶯鶯待月西廂記。王實甫撰。共五本二十一折。寫書生張珙與崔相國之女鶯鶯的愛情故事。

⓫ 群鴉噪鳳五句：見骨牌名貫串令，注：「先將骨牌名寫成鬮，拈得者即說骨牌名，接五言唐詩一句，又接西廂曲文，又接曲牌名，末以詩經一句足之。須一氣貫串，兼叶韻，不加襯字。遲者誤者皆罰，不就者倍罰。」下十五個同。

人與蘇小姐大贊。華夫人道：「這五句實在說得好，三句至五句尤妙。香心旖旎，讀之令人心醉。這個恐我不能。」袁夫人笑道：「你凡事總有一番謙退。及至行出令來，必定又十分用心，不肯讓人一毫。」華夫人也笑了，即取過骰子，擲了幾擲，擲了個「鐵索纜孤舟」的色樣，便想了一想，即念道：「鐵索纜孤舟，滄江急夜流，他歸期約定九月九。夜行船，載沉載浮。」袁夫人道：「何如？我說你必有警人之句，這五句如一句，比我的好得多了。這句續西廂⑫更用得有趣。再要看蘭妹的，想必更好，定是後來居上。」華夫人猶謙了幾句。

蘇小姐性急，急于要擲，也無暇謙讓，把骰盆移過來，噹啷噹啷擲了好幾擲，才擲成了一個「將軍掛印」，好不喜歡。便把秋波凝注，想了一想，湊成了五句，即笑吟吟的念將出來，是：「將軍掛印，獨立三邊靜，總為君有胸中百萬兵。得勝令，公侯干城。」袁夫人贊道：「我說後來居上是不錯的，蘭妹這個令真教我五體投地，惟有賀一個滿杯罷。」蘇小姐頗自得意，喜孜孜的倒謙了一句。華夫人也贊道：「果然好。但也是擲著了那個好色樣，成全了他。」也賀了一杯，並命伺候丫鬟們，每人都飲一杯酒，作個大犒三軍，公賀將軍掛印。十珠、六紅等都飲畢，愛珠拉拉紅雪的袖子，低低說道：「你們奶奶的『五更轉，甘與子同夢』，說得有情；我們奶奶的『鐵索纜孤舟，搭著夜行船』，說得有理；二小姐的說得有聲有勢，三個各有好處。」紅雪點點頭道：「你說得一點不錯。」袁夫人等聽了，亦都微笑。

袁夫人再擲，擲了一個色樣，是「落紅滿地」。袁夫人要爭奇取勝，不肯就說，細細的想了一會，想成了一個也甚得意，便念道：「落紅滿地，拭翠斂蛾眉，只是昨宵今日清減了小腰圍。罵玉郎，不醉無

⑫續西廂：雜劇名。清查繼佐撰，計四折。

歸。」蘇小姐贊道：「姐姐這個實在好極，怎麼能說這般蘊藉風流。為什麼我說不到這樣，覺得有點粗氣。這個我們該賀。」各賀了一杯。袁夫人笑道：「你是李、杜⑬大家，我是溫、李⑭靡豔，如何比得上你來？」華夫人笑道：「這首絕妙，與題相稱。我想姐姐是罵二哥天天帶著相公，在園裡喝醉了回來，教姐姐腰圍都清減了。」袁夫人頗不好意思，說道：「你來取笑我，你留心了色樣，這是有還禮的。」華夫人、蘇小姐皆笑，那十珠、六紅等聽了，也各微微的笑，聽他們主人說笑，甚是有味。華夫人取過骰子，擲了一個「二十入桃源」。也構思了一會，想著了幾句妙語。但方才取笑了袁夫人，如今說出來，又恐他要報復，不覺遲遲的紅泛桃腮。若改換了，便覺可惜，只得念道：「二十入桃源，桃源路可尋，新婚燕爾天教定。傍妝臺，攜手同行。」蘇小姐聽了，對著華夫人微笑。袁夫人笑道：「你怎麼忽然想起初嫁的時候來？這幾句可謂風華旖旎已極。如見熏香對景，畫眉人偎倚妝臺，喃喃私語，索口脂香。我們今日在此，未免不情。」華夫人笑道：「我知道你必要還禮，我所以躊躇了一會，欲要改兩句，又不及這個好。原是我不是，招出姐姐這番話來。」說著大家都笑，群婢也都齒粲，又各賀了一杯。

又到了蘇小姐，擲了一個「梅梢月上」，想了一想，念道：「梅梢月上，花樹香玲瓏，人間玉容深鎖繡幃中。瑣窗寒，零露濃濃。」華夫人先贊了「好」。袁夫人道：「你這個可謂溫柔香艷之至矣，又恰是閨秀口氣。我略比你長了幾年，就說不到這樣秀韻，這真勉強不來的。」蘇小姐只是含笑，又賀了一杯。那邊紅香低低對寶珠說道：「你聽各人行的令，真像各人的語言情性，連相貌都像，這是什麼緣故？若

⑬ 李杜：唐詩人李白、杜甫。

⑭ 溫李：唐詩人溫庭筠、李商隱。

教彼此換一個過兒，就便都不像本人了。」寶珠等微笑。

袁夫人又取過骰子來，擲了一個「觀燈十五夜」。蘇小姐道：「這是姐姐的本地風光，可以把那些百鳥百獸，神龍獅象，火樹銀花，一齊說出來，做個熱鬧燈節了。」袁夫人笑道：「我也這麼想，但我未必有這力量。」想了一會，湊不上來，只得重換了，念道：「觀燈十五夜，未醉豈勞扶，一聲聲道不如歸去。步步嬌，謂行多露。」華夫人、蘇小姐大贊。華夫人道：「姐姐風流倜儻，情見乎詞。這幾句如見姐姐扶著婢女，一步步的走來；又像姐姐在園裡看燈的光景，令人羨慕。」于是各賀了一杯。

此時華夫人便叫寶珠等，同著兩家的丫鬟到後房去吃飯。這邊伺候的人，已少了好些。袁夫人聽得後房也在那裡噹啷噹啷的擲骰子，有些嗤嗤的笑，與互相褒貶譏誚之聲。蘇小姐道：「他們在那裡行令呢，不知行出來的怎樣？」華夫人笑道：「就算他們也能說兩句，未必有什麼好的出來，總不如我們的。」於是又移過骰盆，擲了一個「桃紅柳綠」，想了一會，念道：「桃紅柳綠，花與思俱新，隔花人遠天涯近。醉花陰，鼓瑟吹笙。」袁夫人道：「這個也把你的情韻都寫出來，我如見你在花陰之下，綠妥紅酣，芳情自遣，真是碧桃花下神仙侶。」華夫人道：「覺得我的出語總平些，沒有姐姐的靈警。今日終是姐姐考第一，一片的香膩光澤，都在字裡頭透出來，我只好甘拜下風。」袁夫人道：「那裡！清華明艷，都被你們姐妹二人占盡了。昔謝靈運說：天下之才共一石，曹子建⑮獨得了八斗。我看，如今你們二位共占了六斗，還有一個小才女，來搶了三斗，只剩一斗，天下閨秀分起來，到我分不到一合了。」說得華夫人、蘇小姐皆笑。蘇小姐道：「姐姐說那個小才女是誰家？」袁夫人道：「這人你們不認得麼？是王

⑮ 曹子建：即三國曹植。

質夫年伯的第二個女兒，名叫瓊華，我們都是世姐妹。」華夫人道：「是通政司卿那位王年伯麼？我們倒沒有往來過。」蘇小姐道：「這王瓊華怎樣好呢？」袁夫人道：「他今年十七歲，相貌是沒有比得上他的，與二位真可鼎足為三。我前日請他們姐妹來看燈，他在席上就成了一首燈月詞，頃刻之間洋洋洒洒七八百字。光怪陸離，駭人耳目，絕像太白⑯復生。此豈閨閣中所能的。」蘇小姐道：「這首詩姐姐可記得不記得？」袁夫人道：「不記得，改日我抄一篇出來送給你。」於是各人飲了一杯酒，又吃了些菜。聽後房那些婢女們好擲得高興，說笑的說笑，罰酒的罰酒。蘇小姐又擲了一個「格子眼」，笑道：「這個好無趣。」想了一會，念道：「格子眼，微風韻可聽，忒楞楞是紙條兒鳴。恨更長，東方未明。」袁夫人道：「你還說這『格子眼』無趣，倒成了這個好令，實在自然得很。」這一人三轉，也有好一會工夫了。華夫人道：「停一停再行罷，我們且吃些菜，不是這麼空費心的。」

且擱下外邊，說後房那些美婢，也在那裡行令。有說得好，有說得不好，也有自己說不出，要找人代說的。雖不敢十分嬉笑，但也交頭附耳，摩肩擦鬢的擠在一堆。這徐家的十二紅，與華家的十珠，正是年貌相當，才力相敵，應該彼此相敬相愛才好。他們卻不然，都懷著好勝脾氣，兩不相下。若不講這些斯文技藝，倒還和氣；若說起這些詩詞雜技，便定要你薄我，我薄你，彼此都想占點便宜。鬧到後來，必至鬥嘴鬥舌的面紅起來。這一回行令，內中有幾個說得不好，已受了多少刻薄。紅薇這一擲，擲了個「醉西施」，半天說不出來，急得兩頰通紅。愛珠想了一個，笑道：「我代你說，你要謝謝媒人才好。」即笑吟吟的對著紅薇，還把一個指頭指著他，念道：「醉西施，酒色上來遲，他昨日風清月朗夜深時。

⑯ 太白：即唐李白。

好姐姐，吉士誘之。」眾人贊「好」。紅薇道：「你真是個好姐姐，怪不得有人要誘你。」愛珠道：「我是說你的，你這好模樣，還不像個醉西施嗎？」眾人又笑。

蕊珠擲了個「鰍入菱窠」，嫌這名色不好，要不算。眾人不依。蕊珠只得細想，也想不出來，覺句句總連絡不上。紅雪笑道：「我也代你說，你也要謝謝媒。」蕊珠道：「若好的，你就說；若罵人的，就免勞照顧。」紅雪道：「不罵你，你還要感激我呢。」眾人道：「你且念出來。」紅雪笑道：「鰍入菱窠，翠羽戲蘭苕，侯門不許老僧敲。禿廝兒，與子偕老。」蕊珠伸過手來，一把擰住了紅雪的嘴。紅雪急忙用手解開，大家笑得彎了腰。明珠一笑，袖子帶著酒杯，砸了一個。外面夫人們也聽得明白，袁夫人笑道：「他們還比我們會樂。」

這邊紅玉擲了一個「八不就」，便道：「這個名色也難，湊不成的換了罷。」寶珠道：「怎麼湊不成，我替你湊，包你一湊就湊上，總不教你『八不就』。」紅玉道：「你說頑話呢，還是正經話？你若刻薄我，我就撕你的嘴。」寶珠道：「我是不喜歡刻薄人的。」便指著紅玉說道：「八不就，驚夢起鴛鴦，著甚支吾此夜長。脫布衫，中心養養。這個『養』字要作『癢』字解。」紅玉罵道：「你嘴裡倒有些癢呢，我替你殺殺癢罷。」夾了一條海參塞到寶珠嘴邊。寶珠一手把他的筯子打落在地，桌子下跑出個白貓兒，把地下的海參吃了。眾婢又笑得不可開交。

掌珠擲了個「踏梯望月」，說了一個只是平平，不見出色。紅雯道：「這個令題就好得很，你這麼說來，就辜負了題目了。我代你說。」即說道：「踏梯望月，宋玉在西鄰，隔牆兒酬和到天明。花心動，有女懷春。」掌珠笑罵紅雯道：「好個女孩兒家，踏著梯子去望人，還說自己花心動呢。臊也臊死人。」

紅雯笑道：「我是說你的，你悶在心裡，不要悶出病來，倒直說了罷。」掌珠把紅雯一推，紅雯沒有留心，往後一跌，靠在寶珠身上，踏了他的金蓮。寶珠皺著眉，一手扶在紅雯肩上，一手摸著自己的鞋尖，摸了一會，把紅雯背上打了兩下。眾人又笑。

紅香擲了一個「正雙飛」，偏也湊不上來；想著了幾句，又不是一韻。這邊荷珠道：「我代你說一個好的，叫你再不恨我。」紅香當他是好心，便道：「好姐姐，你代我說了罷。」荷珠笑道：「我雖代你說，這令是原算你的。」便念道：「正雙飛，有願幾時諧，捱一刻似一夏。並頭蓮，庶幾夙夜。」紅香紅著臉，要撕荷珠的嘴，經眾人勸住。

荷珠擲了一個「一枝花」，正要想幾句好句子，忽見紅霙對著他笑盈盈的說道：「我代你說。」荷珠料他沒有好話，便搖著頭道：「不稀罕。」紅霙道：「你雖不稀罕，我倒偏要說。」眾人要聽笑話，都要他說。紅霙念道：「一枝花，還憐合抱時，這叫做才子佳人信有之。一點紅，薄污我私。」眾人忍不住皆笑。荷珠氣極，走過來把紅霙攔腰抱住，使勁的把他按在炕上，壓住了他，說道：「我倒要請教請教你這『一點紅』呢。」紅霙力小，翻不轉來，裙子已兩邊分開。眾人見他兩隻金蓮，往外亂扠，眾人的腰都笑的支不起來。紅雪、紅香過去拉開了，紅霙頭上花朵也掉了，頭髮也弄得蓬蓬的，便把手掠了一會，罵荷珠道：「頑得這般粗鹵。說說罷了，就要認真。」

這一會鬧，鬧得華夫人、袁夫人都按捺不住了，便叫家人媳婦進來查問，不許他們頑笑。群婢才息聲靜氣的，趕緊的吃了一碗飯，都出來伺候。夫人們看這一班頑婢，有鬧得花朵歪斜的，鬢髮蓬鬆的，還有些背轉臉去要笑的，還有些氣忿忿以眉眼記恨的，不覺好笑，只得對著愛珠等說道：「你們這麼大了，怎麼還這樣頑皮？若不為著有客在此，我今日必要責罰你們。」袁夫人也說了六紅婢幾句，群婢低首侍立，面有愧色。蘇小姐問道：「你們行的什麼令？這般好笑。」群婢中又有些抿嘴笑起來，倒惹得兩位夫人也要笑了。華夫人笑道：「這些痴丫頭，令人可惱又可笑。」蘇小姐又問道：「你們如行著好令，不妨說出來，教我們也賞鑒賞鑒。如果真好，我還要賞你們。就是你們的奶奶也決不責備你們的。」愛珠的光景似將要說，紅香扯扯他的袖子，叫他不要說。愛珠道：「他們說的也多，也記不清了。」蘇小姐急于要聽，便對華夫人、袁夫人道：「他們是懼怕主人不敢說，你們叫他說他就說了。」華夫人也知道這些婢女有些小聰明，都也說得幾個好的出來，便對袁夫人微笑。袁夫人本是個風流跌宕的人，心上也要顯顯他的丫鬟的才學，便說道：「你們說的只要通，就說說也不妨；若說出來不通，便各人跪著罰一大杯酒。」紅薇與明珠的記性最好，況且沒有他們說的在裡面，便說道：「通倒也算通，恐怕說了出來，非但不能受賞，更要受罰。」華夫人笑道：「你們且一一的說來。」于是明珠把愛珠、寶珠、荷珠罵人的三個令全說了，紅薇也將紅雪、紅雯、紅霙罵人的三個令也說了，笑得兩位夫人頭上的珠鈿斜颭，欲要裝做正色責備他們，也裝不過來。蘇小姐雖嫌他們過于褻狎，然心裡也贊他們敏慧，不便大笑，只好微頷而已。

這兩夫人笑了一回，便同聲的將那六個罵人的三紅、三珠叫了過來，強住了笑，說道：「你們這般輕薄，還了得！傳了出去，叫你們有什麼顏面見人，還不跪下！」六婢含羞，只得當筵跪了。蘇小姐替他們討饒，道：「二位姐姐，看我面上，恕他們初次。雖是風流口過，也虧他們心靈口敏。將他們這個功，抵消這個過罷。」袁夫人道：「二妹說了，我也不敢不依，但也須警戒警戒他們。不然說慣了，一發肆無忌憚的。」便與華夫人評定這六個令，太惡者罰一大觴酒，打手掌三板，以示薄責；其次者罰酒免責。于是紅雪、紅霙、荷珠、寶珠受了責罰；愛珠、紅雯單罰了酒。群婢受罰起來好不羞愧，又喝了這些急酒，覺得有些晃蕩起來，勉強扎掙住了，深悔一時高興。

袁夫人見天色不早，也要散席，便笑對華夫人道：「你再擲一個色樣，好好的說幾句收令，也可解穢。」便叫一面拿飯。華夫人見天色也是時候，不好過遲，便命上菜吃飯。即取過骰子，擲了一個「金菊對芙蓉」，心裡暗喜，這個名色甚好，便細細的一想，成了一個，念道：「金菊對芙蓉，盤花卷燭紅，卻教我翠袖殷勤捧玉鍾。醉太平，萬福攸同。」袁夫人、蘇小姐稱贊不已。華夫人又勸他們二人喝了兩杯酒，然後吃飯。洗漱已畢，袁夫人見夕陽欲下，不可遲延，便道謝告辭。華夫人、蘇小姐帶著十珠群婢送上了轎。六紅扶著轎子，細行軟步，一直到了穿堂外才上了車，流水般的走了。這邊蘇小姐直到二更天才回去。不知後事如何，且聽下回分解。

第十二回　顏仲清婆心俠氣　田春航傲骨痴情

話說袁夫人自華府回來，到家已晚，換了衣服，卸了花鈿，便與子雲說起所行的令，並將婢女們的也說了，子雲連聲說「好」。後來瞞了他夫人，把這十六個令刻了出來，分作二等：夫人小姐行的十個為上令，婢女們的六個為下令，作了題，題了好些詩，不過沒有注出姓名來。因第一個令是「群鴉噪鳳」，後有這些婢女們攪鬧，就取名為「群鴉噪鳳」令。外人見了，都傳為美談。及至袁夫人知道，已經傳遍，也無可如何了。

光陰甚快，不覺已至仲春❶。如今要特說一個人的行事，也是此書中緊要人。你道是誰？前回書中蕭次賢說：有兩封情書的燈謎，被人打去了，可惜沒有問得這人姓名。原來這人姓田，名春航，號湘帆，年二十三歲。也是金陵人，卻寄居揚州。自幼失怙❷。母張氏，名門世族，淹通經史。二十五歲上生了春航，二十八歲上，春航之父田浩中了進士，即歿于京師。這田夫人苦節撫孤，教養兼任，幸藉其兄張桐孫太守不時周濟。這春航的學問，多半得于母教。幼有鳳毛之譽❸，長誇駿骨❹之奇。十三歲進了學，

---

❶ 仲春：陰曆二月。

❷ 失怙：詩小雅蓼莪：「無父何怙，無母何恃。」後因稱父死為失怙。

❸ 鳳毛之譽：喻珍貴稀見的人物。

十八歲中了副舉。生得一貌堂堂，朗如玉山，清如秋水。情性則蘊藉風流，胸襟則卓犖瀟洒。在庠序❺時，人就謂其雞群鶴立。但時運未來，三試不中。娶妻顏氏，德容兼備，是個廣文❻先生之女，與春航琴瑟和諧。去年正月內，田夫人見其子困守鄉園，終非長策；且當年其夫的同榜進士，如今置身青雲❼者也不少，遂令春航遊學京師，命一老家人田安隨了。襆被出門，先到杭州，後到蘇州，兩處的年誼故舊，幾個當道顯貴，共相幫扶。春航在那兩處，勾留了半年，詩文著作傳抄殆遍。時下謂其可與侯太史❽、屈大令❾爭名，因此囊橐充盈，黃白滿篋。不消說題花載酒，訪翠眠香，幾至樂而忘返。及接了他太夫人的手諭，催其速行進京，春航不得已，即擇日起身。先寄了千金回家，又收了兩個俊僕，裘馬輝煌，妓女餞行，狎客祖道。一路上風花詩酒，遊目騁懷，好不有興。

❹ 駿骨：文選孔文舉（融）論盛孝章書：「燕君市駿馬之骨，非欲以騁道里，乃當以招絕足也。」因以「駿骨」喻賢才。

❺ 庠序：古代的學校。禮記學記：「黨有學，術（述）有序。」後人通釋庠序為鄉學，亦以庠序概稱學校或教育事業。

❻ 廣文：唐玄宗時創設廣文館，設博士官，當時被看作清苦閒散的教職。明清兩代的儒學教官，處境與廣文館博士相似，因而亦被用作別稱。

❼ 青雲：喻官高爵顯。

❽ 侯太史：古代以史官和曆官之長為太史。職掌不分。至明清遂專以天文占候之事歸欽天監，史館事多以翰林任之，故也稱翰林為太史。這裡指侯石翁。

❾ 屈大令：古時縣官多稱令。後以大令為對縣官的敬稱。這裡指屈本立。

復繞道而行，東瞻泰岱⑩，西謁華山⑪，直到十一月底才到京，寓居城南宏濟寺，就與高品前後隔院住著。一切同鄉年誼，未暇探訪，獨自一人，日日在酒樓戲館作樂陶情。幸虧此地的妓女生得不好，扎著兩條褲腿，插著滿頭紙花，挺著胸脯，腸肥腦滿，粉面油頭；吃蔥蒜，喝燒刀⑫，熱炕暖似陽臺，秘戲夯于校獵，把春航女色之心，收拾得乾乾淨淨。見唱戲的相公，卻好似南邊，便專心致力的聽戲。又不聽崑腔，倒愛聽亂彈，因此被幾個下作的相公迷住。春航這片情真似個散錢滿地，毫無貫串。且係心慈面熱；只要人待得他好，他就將這人當作寶貝一樣，斷不肯割愛。到京數月，倒也沒有幹過一件正事，天天帶著幾個相公，吃喝之外，還要做衣服，買玩器，隨分子⑬。春航這點囊橐，那裡經得大鬧，過了年，竟花得乾淨了。後來就盡當衣服，衣服將要當完，這些相公有些看得出他的光景來，漸漸的與他疏遠。這春航是個胸襟闊大的人，卻也毫不介意。田安雖常苦諫，他那裡肯聽，還是一樣的苦中尋樂。他預先存著一個主意，是財盡而交絕的一句，若能樂得一天，算一天，實在到水盡山窮時，方肯歇手。此時高品與春航已經認識，日夕聚在一處，甚為莫逆。高品也常于謔浪之中，寓些規勸之意。春航口雖唯唯，而心實不以為然，倒反要拉了高品出去，高品也應酬了幾回。高品現在刑部候補七品小京官，一切車馬服飾，外面應酬也就不易，所以不能如春航這樣。而且他又不喜歡他那些相公，說他所愛的一班

⑩ 泰岱：即東嶽泰山。在山東泰安內。

⑪ 華山：五嶽之一，世稱西嶽。在陝西華陰南。

⑫ 喝燒刀：喝白酒。

⑬ 隨分子：隨眾人送份禮。

不好，春航不服。及見了李玉林來看高品，那一種娟媚韶秀的丰致，比蓉官等似要好些，便此心自訟了幾日。

一日，高品過來，適值春航吃飯，青蔬半碟，白飯一盂，蒼頭⑭小子，侍立兩旁。那一個俊俏大跟班早已走了。春航談笑從容，恬然自適。高品道：「自待如此之薄，而待人又如此之厚，我看你不及小旦多矣。」春航驟然聽了，當是高品奚落他，又知他是詼諧慣的，也不介意，問道：「何以見得呢？」高品道：「看你現在的服食起居，那一樣及得小旦，何於人有情，於己忘情若此？且吾兄景況，我已深知，也不過與我高卓然伯仲⑮之間。就算慷慨性成，揮霍慣了，然亦不犯著以有用之黃金，填無底之糞窖。請問吾兄進京來，是幹功名的，還是鬧小旦的？題花載酒，只可偶然，要像足下之忘身捨命，刻苦勞神，只怕黃龍洞未會歃血之盟，白兔園早受噬臍之害，此余所不解也。」春航啞然一笑，道：「我始以閣下為達人，今聽你這些話，你尚未達。你讀二十年書，連『性理』二字都不解，也來論白道黑，我替你說了。」高品道：「倒要請教。」春航道：「真實無妄便是誠，自誠而明便是性。有一分假處，有一分虛處，便不得謂誠了。」高品道：「自然。難道真實無妄，指鬧相公的麼？」春航道：「縱橫十萬里，上下五千年，那有比相公好的東西？不愛相公，這等人也不足比數了。若說愛相公有一分假處，此人便通身是假的；於此而不用吾真，惡乎用吾真？既愛相公有一分虛處，此人便通身是虛的；於此而不用吾實，惡乎用吾實？況性即理，理即天，不安其性，何處索理？不得其理，何處言天？造物⑯既費大

⑭ 蒼頭：指奴僕。漢時僕隸以深青色帽包頭，故稱。
⑮ 伯仲：原指兄弟的次序，這裡比喻事物不相上下。

氣力生了這些相公，是造物於相公不為不厚。造物尚於相公不辭勞苦，一一布置如此面貌，如此眉目，如此肌膚身體，如此巧笑工顰⑰，嬌柔宛轉，若不要人愛他，何不生於大荒之世、廣漠之間，與世隔絕，一任風煙磨滅，使人世不知有此等美人，不亦省了許多事麼？既不許他投閑置散，而必聚于京華冠蓋之地，是造物之心，必欲使縉紳先生及海內知名之士品題品題，賞識賞識，庶不埋沒這片苦心。譬如時花美女，皎月纖雲，奇書名畫，一切極美的玩好，是無人不好的，往往不能聚在一處，得了一樣已足快心。只有相公如時花，卻非草木；如美玉，不假鉛華；如皎月纖雲，卻又可接而可玩；如奇書名畫，卻又能語而能言；如極精極美的玩好，卻又有千嬌百媚的變態出來。失一相公，得古今之美物，不足為奇；得一相公，失古今之美物，不必介意。孟子云：『人少則慕父母，知好色則慕少艾，仕則慕君。』我輩一個青衿⑱，無從上聖主賢臣之頌；而吳天燕地，定省既虛；惟『少艾』二字，聖賢於數千載前已派定我們思慕的了。就是聖賢亦何常不是過來人，不然，那能說得如此精切？我最不解今人好女色則以為常，好男色則以為異，究竟色就是了，又何必分出男女來？好女而不好男，終是好淫，而非好色。彼既好淫，便不論色。若既重色，自不敢淫。又最不解的是『財色』二字並重。既愛人之色，而又吝己之財。以爛臭之糞土，換奇香之寶花，孰輕孰重？卓然當能辨之。」

高品聽了這一席話，卻也無處可駁，便道：「情之所鍾，正在我輩，難道我是不通人道的麼？所以

---

⑯ 造物：此處指創造萬物的神力。莊子大宗師：「偉哉夫造物者，將以予為此拘拘也。」拘拘，也作區區。

⑰ 巧笑工顰：美好的笑貌和皺眉的樣子。

⑱ 青衿：詩鄭風子衿：「青青子衿，悠悠我心。」後稱士子為青衿，本此。

勸你者，以君床頭金盡，我又無囊可解。足下將來，雖能封到滎陽郡公⑲，恐此輩中竟無汧國夫人⑳。烏巾少年，縱馳名于酒肆；而鶉衣小丐，恐忽餓于花街，竊恐為鄭元和㉑所笑耳。」春航笑道：「大丈夫豈與守錢虜同日語？自我得之，自我失之，亦復何憾？」

二人正講得熱鬧，忽見高品的下人來說：「顏少爺來拜老爺。」高品即出去，到了自己屋裡，見了仲清坐下，問有好幾日不見，仲清道：「自從燈節逛燈之後，便著了涼，病了好幾日，已有半個多月不曾出門，在家也悶。」就說起燈節晚上南湘的醉態來，高品笑道：「那一天我也在坐，也醉得了不得了。我是乘間脫逃，不然也要波及無辜，難道去向酒糟頭索命麼？」于是大家又講起怡園的燈與那些燈謎來。高品道：「有兩個好燈謎，是兩封情書，一封是花名，一封是藥名，都被我們同廟住的一位叫田湘帆打著了，真是好心思。」仲清聽得「湘帆」二字，便想起去年酒樓賞雪那個題詞少年，款是湘帆，便問高品道：「這湘帆怎樣的人？」高品道：「也是我輩。我去年對你說過的：樣樣精致，是個精品。如今是樣樣精光了。」仲清笑問：「怎樣？」高品便將他方才的議論與到京所為的事一一說了。又道：「此人卻真可惜，才貌雙全，胸襟闊大，就是愛鬧，太無收束。他也是你們金陵人，此時住家揚州。他說他的夫人母家姓顏，或者是你的本家，你何不會會他？」仲清道：「也好。你為我先容。」

高品即同了仲清進去，仲清先已望見一個少年，神光似玉，寶氣如珠，可不就是去年酒樓上所見的？

⑲ 滎陽郡公：李娃傳（亦作汧國夫人傳）中男主角之父，任常州刺史，封滎陽郡公。
⑳ 汧國夫人：即李娃。唐天寶中長安之娼。從良，嫁滎陽郡公之子。以孝行，封汧國夫人。
㉑ 鄭元和：李娃的丈夫。宋劉克莊後村詩話以為滎陽郡公及其子元和即唐鄭亞、鄭畋父子。

高品與他們介紹了。春航見了仲清，也覺面熟。仲清說起去年在酒樓見了那首詞，傾倒至今，真恨相見之晚。春航也想起那日相見，便彼此說些仰慕的話。仲清把他的家世細細問了一遍，始知春航的泰山，果是他的本家叔父。不過仲清在京久了，所以不知這門親戚。二人說的意氣相投，又係親戚，已十分相契，後來便談起胏腑來。仲清見春航去年服飾何等華美，如今已不似從前，再想高品的話說他精光，一無所有，也不知他所鬧的是些什麼人，便問道：「聞足下頗有狎優之癖，但不知賞識的那幾個？可能不負品題否？」高品接口道：「他的賞識，與人不同，我說給你聽：『咭咭咯咯梆子腔，呷呷啞啞唱二簧。褲花白似秋雲薄，上得巫山屁亦香。』」仲清大笑，春航漲紅了臉，說道：「放屁！你這個屁倒有些香。只可惜白香山那句好詩，夾在你那三個屁裡頭。」仲清笑道：「說正經話，吾兄賞識的到底是誰？」春航道：「各部名花，我未曾全覽，想亦妍媸㉒不等。我也不過逢場作戲，所謂未能免俗，聊復爾爾。大約諸名班中，要推登春的玉美、全福的翠寶，其餘聯珠的蓉官，也還可以，想都是有目共賞的。」仲清笑了一笑道：「葉公好龍㉓，未見真龍；鄭人夢鹿㉔，終是假鹿。湘帆可惜有鬧相公之名，無鬧相公之實。天下相公出在京城，京城相公聚在聯錦班。史竹君的曲臺花選，品題最允，如袁寶珠、蘇蕙芳等方配稱名花，而且詩詞書畫無一不佳，直可作我輩良友。若翠寶、玉美等，不過狐媚迎人，蛾眉善妒，視錢財為性命，以衣服作交情，今日迎新，明朝棄舊，湘帆何其孟浪用情若此？」春航聽了，半晌不語，

㉒ 妍媸：美和醜。
㉓ 葉公好龍：見劉向新序雜事。後以喻表面上的愛好而不是真的愛好。
㉔ 鄭人夢鹿：出列子周穆王。後以喻人世真假雜陳，得失無常。

俯首而思。仲清道：「足下莫非懊悔賞識錯了麼？」春航道：「這有什麼錯不錯，原是一時寄興，況且各人賞識不同。大凡『賞識』兩字，須要自己做出眼力來，不必隨聲附和。此輩中倒不必要他充斯文，一充斯文轉恐失之造作，倒不妨有相公習氣，方是天真爛漫。我如得志，便不惜黃金十萬，起金屋數重，輕裙長袖侍于前，粉白黛綠居于後，伺候我數年，然後將這班善男信女，配做了玉瑟瑤琴，還了普天下八萬三千大心願，成了個歡喜世界，我便如彌勒㉕一笑，永不合口，豈不快活？」高品道：「你那金屋中，我必要送你副對子。」即念道：「月明瑤島三千里，人在蓬萊第一峰。」春航道：「這副對子，也題得不切。」高品道：「切得很，上聯切你的『粉白黛綠』，下聯切你的『輕裙長袖』。」仲清、春航都不甚解。高品道：「有了這副對子，人才知道他這金屋中，前面要開棚子，後面要開窰子。」仲清大笑。春航道：「你擱起那貧嘴。」

三人談笑了半日，仲清回去，與王恂說起春航與他有親，就是去年酒樓題詞的少年，果然才貌雙全，但志願太奢，流而忘返。遲了幾日，又去看望春航，一連幾次，總未晤及。春航竟鬧得不堪回首。仲清憐其才，欲成全他，聞他窘得不堪，便張羅了二百兩銀子，寫了一封書，說聞其旅況不佳，少助買花之費，原是試他的心的。春航大喜，回書謝了，便又樂了十數天，依然空手。前日所贖的當，仍又當了。仲清聞知，甚為嘆息。

一日，春航又在戲園看戲，卻看的是聯珠班。一個人冷冷落落的，在下場門背暗的地方坐了。看見

㉕ 彌勒：梵文的音譯，意譯慈氏。佛教菩薩名。中國一些寺廟裡供奉的笑口常開的胖彌勒像，則為五代時名為契此的和尚，因傳說是彌勒的化身，故後人塑像作為彌勒供奉。

蓉官的戲，心上便又喜歡。正看到得意處，忽見前面一張桌子，來了一個三十來歲胖子，反穿著草上霜㉖，同著一個二十幾歲伶伶俐俐的人坐下，背後站著一個跟班。那胖子是一口京話，那一個是南邊人，原來就是富三與魏聘才。不多一刻，蓉官卸了妝，已坐在對面樓上，與一個少年說話。下來又在樓下坐了一會，即走到這邊來，一路路請安照應人。忽然看見前面桌上那兩個，便搶步上來，照應了，就坐在中間。春航如今的衣服，大非從前可比，不過剩了家常所穿的幾件舊衣，又坐在背暗處，越覺得顏色黯淡，並不見蓉官過來照應他。只聽得蓉官說道：「三老爺，昨日有人很感你的情。」那胖子道：「是誰？」蓉官道：「聯錦班的二喜，說你很疼他，給他好些東西，在你家住了一夜，有沒有？」那胖子道：「我倒不認識他。那日魏老爺同他進城喝了幾鍾酒，天晚了，出不了城，就留他住下。早上逛了廟，他要買了幾樣零碎東西，就出去的。這二喜倒罷了，肯巴結。」蓉官道：「此刻是盡講究巴結了。我們的師傅不好，當年教戲時，就沒有教會巴結。」那個後生，將手搭在蓉官肩上，道：「你也只要會巴結，富三老爺難道還不愛你麼？」蓉官道：「我說過不會巴結。要不然你教我，我就拜你做師傅；你怎樣教我，我就怎樣學你。」那後生一面笑，一面把他臉上擰了一把。蓉官一回頭，見了春航，卻把眼睛一低，又撲轉來一注，卻又別轉了頭；半晌又回轉來，上上下下，把春航一看，像要招呼又止住的光景。春航心裡頗疑，想道：難道他看不清？此時仲春，人還穿著小中毛㉗，春航已是一身棉衣；且這幾日陰雨連綿，

㉖ 草上霜：羊皮之一種，也叫青種羊。質類乳羔，以其毛附皮處純係灰黑色，其毫末獨白色，圓卷如珠，故名。以為裘，極貴重。

㉗ 小中毛：毛皮衣服，薄型。

地下難走，又坐不起車，靴子也沾了些泥，迥非從前的模樣。蓉官因此駭異，心裡也想道：這分明是田老爺，怎麼窮了？冷冷清清的一人坐著。意欲過去照應，又恐不是；及仔細看清了，才過去請了一個安，坐下，倒說了好一會話。富三卻不留心，聘才見了，便扯扯富三的衣裳，道：「你瞧，蓉官倒巴結那個人，難道這種人倒有什麼巴結處麼？」富三道：「那也難說的。」蓉官辭了春航，又到富三處來。聘才笑向蓉官道：「好闊老斗！」蓉官臉上一紅，道：「他真闊過來。他倒從沒有欠人的開發，要人替擔帳。」少停，富三等即帶了蓉官，又叫了一個相公出去了。

天又濛濛的下起細雨來，春航也無心再看，付了戲錢，出得門來，地下已滑得似油一樣。不多幾步，只見全福班的翠寶坐著車，劈面過來，見了他，扭轉了頭，竟過去了。春航心裡頗為不樂，只得低著頭，慢慢找那乾的地方。誰料這街道窄小，車馬又多，那裡還有乾土。前面又有一個大騾車，下了帘子，車沿上坐著個人，與一個趕車的如飛的衝過來。道路又窄，已到春航面前，那騾子把頭一昂，已碰著春航的肩，春航一閃踏了個滑，站立不牢，栽了一跤。這一跤倒也栽得湊巧，就沾了一身爛泥，臉上卻沒有沾著。車內人見了，唬了一大跳，忙把帘子掀起，探出身子來，鶯聲嚦嚦道：「快拉住了牲口，攙起那人來。」趕車的早已跳下來，把牲口勒住了，跟班的也下來，扶起春航。春航又羞又怒，將要罵那車夫，只見那坐車的，陪著滿面笑，從車中探出身子，說道：「受驚了！趕車的不好，照應不到，污了衣裳怎麼好？」即把趕車的罵了幾句。

春航一見，原來是個絕色的相公，就有一片靈光從車內飛出來，把自己眼光罩住，那一腔怒氣，不知消到何處去了。只見那相公生得如冰雪摶[28]成，瓊瑤琢就，韻中生韻，香外含香。正似明月梨花，一身縞素；恰稱蘭心蕙質，竟體清芬。春航看得呆了，安得有盧家鬱金堂，石家錦步幛㉙置此佳人，就把五百年的冤孽、三千劫的魔障㉚，盡跌了出來，也忘了自己辱在泥塗，即笑盈盈的把兩隻泥手扶著車沿，說道：「不妨，不妨，這是我自不小心，偶然失足，衣服都是舊的，污了不足惜，幸勿有擾尊意。」說罷，在旁連連拱手，道：「請罷，請罷。」那相公重又露出半個身子，陪了多少不是而去。春航只管立著，看這車去遠了，方轉過身來行路。人見了，掩口而笑。

春航拖泥帶水的，一步步走回廟中，恰懊悔不曾問得那一班的小旦。進了廟門，就把衣裳脫下，交田安收拾，換去泥靴，身上只穿了一件夾襖，來到高品屋裡坐下。高品見他身上不穿袍子，且下雨寒冷，便問他何以不多穿件衣服，春航答以被雨沾濕，叫田安烤去了。高品即于衣包內，取出一件袍子與他穿了。春航即坐下說道：「我今日雖然跌了一跤，沾了些泥，但這一跤實在跌得有趣：鬧了兩個多月的相公，不及這一跤受用。天假奇緣，得逢絕代，就跌死了也不作怨鬼。」高品笑道：「說些什麼鬼話？」春航就將看見的相公說了一遍，高品道：「我倒替你做章詩經念給你聽。」隨念道：「其雨其雨，梨園之東。有美一人，其車既攻。匪車之攻，胡為乎泥中？賦也。」

㉘ 摶：用手團東西，使成圓形。

㉙ 石家錦步幛：遮蔽風塵或視線的錦製行幕。晉書石苞傳附石崇：「與貴戚王愷、羊琇之徒以奢靡相尚……愷作紫絲布障四十里，崇作錦步障五十里以敵之。」

㉚ 三千劫的魔障：這裡指無窮的惡氣。劫，梵文的音譯，意為極為久遠的時節。源於印度婆羅門教，佛教雖沿之，但說法不同。魔障，佛教名詞。魔為「魔羅」之略，意譯「障礙」或「奪命」。指能奪人生命，障礙善事的惡鬼神。

春航笑著，又將那相公的相貌衣裳，連那騾子車圍的顏色都說了，問道：「你可識得是那一班的相公？」高品想了一會，道：「據你說來，不是陸素蘭，就是金漱芳，不然就是袁寶珠。」春航道：「金漱芳在聯珠班，我見過他的戲，生得瘦瘦兒的，不是。至於陸素蘭、袁寶珠我卻不認得，不知到底是誰？」高品道：「袁寶珠是不大穿素色衣裳的。你說這光景，也不大很像陸素蘭。要不然是蘇蕙芳，不錯的，定是蘇媚香，那真是冰壺秋月㉛，清絕無塵，生得不肥不瘦，一個雞子臉兒，常穿件素色衣裳，在聯錦班。史竹君定他是第二名。」春航道：「尚是第二名，第一名是誰？難道還有比他好的麼？」高品道：

「第一名是袁寶珠，過兩天開溝的時候，你就看見了。」春航道：「為什麼？」高品道：「見第二名相公，已經跌在車轍裡，見第一名相公，不要倒在溝裡麼？」春航只管的笑，猶細細的把那相公摹想，想了一會，那相貌聲音，丰神情韻，便宛然一輛大騾車，那相公坐在面前，便不言不語的傻笑。就在高品處吃了晚飯，直講到三更天，才各安寢。

次日天晴了，春航絕早起來，把衣裳晒晾乾了，刷淨了泥，換了一雙靴子，心裡想去聽戲，又苦于無資，竟無可典之物。想著田安尚有幾件衣服，便走到田安房裡，卻不見他，也等不及他來，打開了他的衣包，見有件繭綢皮袍包在裡面，便拿了出來，叫那小使張和去當了，倒有六吊錢，心中大喜。飯也不吃，一連看了五天聯錦班，才見著那個相公一面。看他唱了一齣獨占，訪問他的姓名，卻正是蘇蕙芳。蕙芳偶在春航身邊走過，認得是前日跌在泥裡那一位，又見他衣裳一身斑點，未免一笑，但不好意思來照應他。春航見蕙芳對他一笑，便如逢玉女投壺，天公開口，便喜歡得說不出來。千思萬想，可惜

㉛ 冰壺秋月：比喻潔白明淨。多指人的品格而言。

不能叫他一回。又看他這樣局面，似乎不肯輕易陪酒，斷非紙條飛去隨叫隨來的光景。不得主意，日間咨嗟太息，晚上夢魂顛倒，看看將要害相思病了。再經田安進來瑣碎，又說當了他的衣裳，他要留著做什麼的；又說煤米全無，鋪內因前帳未還，不肯再賒；和尚房錢催逼，明日準要。春航只當不聽見，在炕上和衣臥了，心裡只想著蕙芳。田安出去，嘴裡卻不住咕咕嚕嚕的抱怨。春航也有些躊躇，但生平沒有求人，今日去向誰借貸？且到京兩三月了，也沒有去拜望一個同鄉親友，此時怎樣去問人告借？忽又想起顏仲清，前日一面之交，居然就贈銀二百兩，況且並未向他商量，這人真是今人中之古人。想他也不是為那點葭孚㉜之誼，必定知我的肺腑，看來還可與他商量商量。

過了一夜，次早寫了一封書，也不明說，隱隱約約似要乞援的話，命張和送去。春航在家盼望佳音，少頃張和回來，卻是空手，連回書也沒有，說道：「他們門上說，顏少爺知道了，就送回信來。」春航想他必定打算銀子，吃了飯，候了一會。忽見顏仲清著人來，來人手裡拿上一軸畫，說：「我們少爺，給老爺請安。這軸畫請老爺題一題，叫小的候著帶了回去。」春航聽了，不知何意，又不見有回信，只得打開畫來一看，是唐六如㉝畫的鄭元和小像，鶉衣百結㉞，在風雪中乞食的模樣。春航知道奚落他，不覺大怒，兩頰通紅，然也不便對著來人發作，只得說道：「你在外邊候一候，我即刻就題。」來人出去，春航氣忿忿的把畫攤在桌上，見上面已題了兩首七言絕句，款是劍潭題。詩是：

㉜ 葭孚：蘆葦中的薄膜。比喻關係疏遠淡薄。

㉝ 唐六如：明吳縣人。名寅，字伯虎，一字子畏，號六如。有畫譜及集。

㉞ 鶉衣百結：謂弊衣襤褸。宋趙蕃章泉稿大雪：「鶉衣百結不蔽膝，戀戀誰憐范叔貧？」

王孫乞食淮陰日㉟，伍相奇窮瀨水時㊱。此是英雄千古厄，豈同飄泊狹邪兒？
鶉衣百結破羊裘，高唱蓮花未解羞。若使妖姬無烈性，此生終老不回頭。

春航心裡想道：他雖罵得刻毒，但理卻不錯，怎樣的來翻他？便略略構思，題起筆來，一揮而就，寫道：

欲使蛾眉成義俠，忍教駿骨暫支離。此中天早安排定，不是情人不易知。
蓋世才華信不虛，風流猶見敝衣餘。五陵㊲年少休相薄，後日功名若個如。

落了款，用了印章，卷好交與來人。春航氣悶，又獨自出外去了。

來人回去，將畫送上，仲清與王恂同看，見這兩首詩雖是強詞奪理，但其志可見，未免可惜了一番。仲清原想把這兩首詩去感化他，誰想倒激怒了他。又聽來人說，他光景更為狼狽。據他的跟班講，今日已斷了炊，不能舉火。仲清與王恂皆為嘆息，仲清道：「這樣看來，此人真是『我心匪石，不可轉矣㊳。』

㉟ 王孫乞食淮陰日：韓信，秦末淮陰人。少時貧困潦倒，至乞食為生。

㊱ 伍相奇窮瀨水時：相傳春秋楚伍子胥自楚流亡至吳，乞食於瀨水，有女子相助，以恐露蹤跡，投水而死。子胥既貴，訪女家不得，乃投百金於瀨水以示報。

㊲ 五陵：漢朝皇帝每立陵墓，都把四方富家豪族和外戚遷至陵墓附近居住。最著名的為五陵，即長陵、安陵、陽陵、茂陵、平陵。後來詩文中常以五陵為豪門貴族聚居之地。

㊳ 我心匪石二句：出詩邶風柏舟。疏：「言我心非如石然，石雖堅尚可轉，我心堅不可轉也。」

奈何！奈何！」王恂道：「你前日送他二百金，不上半月，竟已化為烏有。這人這樣行為，就再送給他二百金，也是無濟于事。除非要將徐度香的家私分一半與他，才夠他揮霍。但人到斷炊，也不成件事了。依我想，我們如今再幫他百金，存在卓然處，教他相機行事，慢慢點化他。或者憑卓然那張嘴，倒還勸得轉他也未可知。」仲清亦以為然。王恂即備了百金，交與仲清送至高品處。未知後事如何，且聽下回分解。

第十三回　兩心巧印巨眼深情　一味歪纏淫魔色鬼

話說仲清激怒春航之後，即將王恂所備之百金送至高品處，為春航薪水之費。春航悶坐了兩日，米煤催逼，告貸無門，經高品款留，只得暫時寄食。

一日用了飯，高品拜客去了，春航即到戲園來，一心想著蘇蕙芳，又沒有錢聽戲，只好站在戲園門口，候著那蕙芳出進。將到開戲時候，果然見蕙芳坐了車，到門口下來，偏偏有一群人進來看戲，一擠把春航擠在背後，卻彼此不能照面。春航心裡甚恨，急把身子擠出來，蕙芳已進去了，只得呆呆的不動，候他出來。卻又看見了許多上等相公，與蕙芳不分高下。春航想道：不料聯錦班內，有這些好相公，果然名不虛傳。足足候了三個多時辰❶，始見蕙芳低著頭出來，前面兩個美少年，服飾輝煌，兩個跟班夾著墊子，抱著衣包，同蕙芳上車去了。春航知蕙芳沒看見他，鬱鬱的走回來。

過了一宵，明日又到戲園門口候了一天，卻沒有會見，此日便為虛度，嗟嘆不已。蓋春航執迷已久，一時難悟，天天去尋聯錦班，候著蕙芳。一連十餘日，蕙芳卻也看見前次跌在泥裡的人，每逢上車下車之時，總站在戲園門口，如醉如痴，目不轉睛的看他，心裡十分詫異。因細看他的相貌，恰神清骨秀，風雅

❶ 時辰：古代計時單位。將一天分為十二個時段，每時段為兩小時，稱為時辰。十二時辰依序為子、丑、寅、卯、辰、巳、午、未、申、酉、戌、亥。第一個時辰為子時，自夜十一時至次晨一時，餘類推。

宜人，面目雖帶幾分憔悴，而珊珊玉骨，情韻盎然。蕙芳心上已明知此人為他而來，也未免有情，屢以秋波相贈，春航便喜得眉飛色舞，每日跟了蕙芳的車，直送到吉祥胡同蕙芳寓處門外，徘徊良久始去。

一日，春航好運到了，也是各人的緣分，正跟著蕙芳的車，蕙芳留神看見，便起了幾分憐念的心腸。一進了門，便叫跟班的請他進來。跟班的出去，瞧了春航兩眼，道：「老爺是尋我們相公的？我們相公叫請老爺裡面吃茶呢！」春航喜出望外，倒立定了，走不進去。跟班的又請了一遍，春航終是羞羞澀澀的不好意思。忽見裡面又有人出來說，請那一位跟著車走的老爺進去。春航只得整一整衣裳，隨了跟班的進了大門，便是一個院落，兩邊扎著兩重細巧籬笆。此時二月下旬，正值百花齊放，滿院的嫣紅姹紫，穠艷芬芳。上面小小三間客廳，也有鐘鼎琴書，十分精雅。不多一刻，蘇蕙芳出來，穿一副素色珍珠皮衣服，上前來請安。春航即一把拉住了手，卻是柔荑❷一握，春筍纖纖。二人併立了，差不多高。原來蕙芳也十七歲了，蕙芳對著春航笑道：「天天見面，尚未知貴籍大名。前日辱在泥塗，深感盛情原宥❸。至屢蒙青眼❹，實幸及三生❺。」春航心上十分詫異道：吐屬之雅，善於詞令。便道：「自睹芳容，便縈寤寐；鄙懷欽慕，只可盟心。乃不加訶譴，反蒙見招，正是巨眼深情，使我田湘帆沒齒不忘。」遂將

❷柔荑：始生的白茅嫩芽。形容女子手白嫩。

❸原宥：寬免；赦罪。

❹青眼：眼睛青色，其旁白色。正視則見青處，邪視則見白處。晉阮籍不拘禮教，能為青白眼。見凡俗之士，以白眼對之。後因謂對人重視曰青眼，對人輕視曰白眼。

❺幸及三生：三世都有幸運。形容極難得的好遭遇。三生，佛教指過去、現在、未來三世。

籍貫、姓氏一一說明，又道些思慕的話，便你看我，我看你，相對無言了一會。

蕙芳即讓春航進內，走出了客廳，從西邊籬笆內進去，一個小院子，是一併五間：東邊隔一間是客房，預備著不速之客的臥處，中間空著兩間作小書廳，西邊兩間套房，是蕙芳的臥榻。春航先在中間炕上坐下，見上面掛著八幅仇十洲工筆群仙高會圖❻，兩邊盡是楠木嵌玻璃窗，地下鋪著三藍絨毯子，卻是一塵不染的。略坐一坐，蕙芳即引進西邊套房，中間隔著一重紅木冰梅花樣的落地罩，外間擺著兩個小書架、一個多寶櫥，上面一張小木炕，米色小泥繡花的鋪墊，炕几上供著一個粉定窯❼長方磁盆，開著五六箭素心蘭。正面掛著六幅金箋的小楷，卻是一人一幅，寫得停勻娟秀。一幅是度香主人，一幅是靜宜逸士，一幅是竹君詞客，一幅是劍潭山人，一幅是前舟外史，一幅是庸庵居士。像是幾首和韻七律詩。再看上款，是「媚香囑和長河修褉❽七律六章原韻」，春航心裡更加起敬。想道：原來他會作詩。便問道：「這是和你的原韻，想必詩學是極淵深的。」蕙芳笑道：「草草塗鴉，不過湊幾句白話罷了，會作什麼詩？」春航道：「原唱呢，為何不寫出來？」蕙芳道：「去年袁寶珠替我寫了一幅，人家拿去看，遺失了。」

春航再將蕙芳細細的看了一看，又道：「我看你舉止清高，吐屬嫻雅，絕不類優伶中人。你是幾時

❻ 仇十洲工筆群仙高會圖：仇英，字實父，號十洲，明太倉人。善臨摹宋元名筆，尤工仕女。工筆，舊時畫法有工筆和寫意二種：用筆細密，渲染工致的叫工筆；著筆高簡，傳神而不求形似的叫寫意。群仙高會圖，意即朋友幸會圖。

❼ 粉定窯：位於江西景德鎮。粉定，仿造定窯之瓷器，用青田石粉為骨燒製。

❽ 修褉：古代民俗於農曆三月上旬的巳日（魏以後規定為三月初三），到水邊嬉遊採蘭，以驅除不祥。

到京來學戲的？」蕙芳臉上便有愧色，嘆了一口氣，道：「問我的出身，原也是清白人家。父親也曾作過官。」春航立起來道：「失敬了，我原說不像小家出身。但你為何要學這個行業呢？」蕙芳便眼圈紅起來，道：「請坐了，好說。」春航坐下，蕙芳道：「我小時隨宦雲南，八歲上母親死了，到十二歲父親被上司參劾，一氣成病，不到一月即故。本來兩袖清風，毫無私蓄，就有些須囊橐，都被幾個親戚長隨，豆分瓜剖的去了，單賸了一個老家人與我。在雲南住了一年多，可憐舉目無親，那些勢利場中，誰肯照拂，全仗老家人肩挑步擔過活。實在支持不下去了，只得同老家人回家。路上又吃盡了千辛萬苦，走了一年零兩月，才到蘇州。只落得蔓草荒煙，桑田滄海，親鄰冷眼，袖手旁觀，一枝之借，一飯之餐，竟不可得。在廟裡住了幾天，訪得一個親戚在直隸⑨作幕⑩，又費盡了九牛二虎之力，搭了糧船進來。先上了保定⑪，到那親戚的住處一詢，誰知他鬧了一件事，已經發配口外⑫去了，他的家眷也不知流落何處，你說這命運低不低？」春航道：「山窮水盡疑無路⑬，以後便怎樣呢？」蕙芳道：「我們在保定作什麼？便想到京來尋一條生路，可可走到前門外，即遇見一個好人，是同鄉又是我的蒙師顧先生。他

---

⑨ 直隸：舊省名，即今河北省。明成祖遷都，以南京為南直隸，北平為北直隸。清初置直隸省。一九二八年改為河北省。

⑩ 作幕：做師爺。

⑪ 保定：河北保定。

⑫ 發配口外：舊刑律；軍遣、流徙等罪，根據罪名的輕重，決定道里的遠近。起解時稱發配。口外，長城以外的我國地區。長城關隘多以口為名，如張家口、喜峰口等。

⑬ 山窮水盡疑無路：出宋陸游劍南詩稿遊山西村：「山重水複疑無路，柳暗花明又一村。」

是個秀才，見了我們這般狼狽的光景，他便拉了我們，到他寓處，前前後後問了一番。你說我這先生在京裡作什麼？」春航道：「自然處館了。」蕙芳道：「他卻不處館，他的行為倒有些像你，到今年也才二十七歲。他進京來便天天聽戲，錢都聽完了，戲卻聽會了，認識了許多的相公，遂作了教戲的師傅。遇著那年鄉試不中，他便燒了那些文章，入了聯錦班作了小生。」春航道：「這倒是達人所為，毫無拘疑。」蕙芳道：「他收留了我們，遇著空閑時，便教我讀書寫字，並講究些詩詞，我們安安穩穩的住了。只可憐我那老家人，路上受了風霜，心內又愁悶，進了京就病，病了兩月死了。那時我更覺形單影隻，進退維谷⑭，只好依著先生為命。直到前年春間，先生苦勸我學戲，我起初不願，後來思想也無路可走，只得依了先生，學了幾齣，漸漸的日積月累，久而自化。我那先生最好吟詩，每制一詩，必講給我聽，教我學作，不過不通就是了，自己卻也高興起來。誰知薄命不辰，深恩未報，先生去年夏間，又染時症⑮物故，煢煢獨立，顧影自憐。」說到此，便哽咽起來。

春航聽了，也著實傷心，便道：「五年中星移物換，倒嘗了多少世態。」又安慰了幾句。吃了兩杯茶，蕙芳便問春航道：「你既好聽戲，於各班中可曾賞識幾個腳色麼？」春航笑道：「我是重色而輕藝，於戲文全不講究，腳色高低，也不懂得，惟取其有姿色者，視為至寶。起初孟浪，眼界未清，一遇冶容，便為傾國。及瞻仰玉顏，才覺妙住菩薩現蓮花寶座內，非下界凡人所得彷彿。前此真如王右軍學衛夫人書⑯，徒費歲月耳，慚悔無盡。」

⑭ 進退維谷：進退兩難。谷，窮也。

⑮ 時症：時令病。因感四時六氣而成的季節性多發病。如冬傷於寒，春傷於風，夏傷於暑，秋傷於涼之類。

蕙芳聽了春航幾句話，已有一半傾心，目視春航，好一會不言語，便又笑道：「你說以有姿色的為至寶，但不知所寶在那一樣？」春航便站起來，高興得手舞足蹈，滿面添花的道：「媚香，你是解人，你試猜一猜？」蕙芳便紅著臉道：「我不會猜。」春航道：「我也不為別的。」蕙芳便正色問道：「你為什麼？」春航道：「只要姿色好，情性好，我就為他死也情願。」蕙芳道：「人家好，干你什麼事，要為他死？你且說那可寶處？」春航道：「你聽我說，我輩作客數千里外，除了二三知己外，尚有四等好友得之最難，即得了又常有美中不足的不好處，就說可寶，也不能說他是至寶。」蕙芳道：「奇談！什麼四等的好友，定要請教。」春航道：「第一，是好天：夕陽明月，微雨清風，輕煙晴雪，即一人獨坐，亦足心曠神怡。感春秋之佳日，對景物而留連，或曠野，或亭院，修竹疏花，桐蔭柳下，閑吟徐步，領略芳辰，令人忘俗。」蕙芳點頭道：「不錯，真是好的。第二，想必是好地了。」春航道：「是的。一丘一壑，山水清幽，卻好移步換形，引人入勝。第三，是好書，要不著一死句，不著一閑筆，便令人探索不盡。」蕙芳也點點頭。春航道：「第四，便是性靈中發出來的幾首好詩，也不必執定抱杜尊韓⑰，有一句兩句，能道人所不能道者，便可與古人爭勝。」蕙芳道：「是極，你真是個風雅通人。」春航道：「此四友是好的了，然也有不能全好處。好天，一月能有幾回？往往有上半天好，下半天變起來，便把上半天，也改壞了。到人意闌珊⑱，便怕風怕雨的，不敢久留。好地，一省能有幾處？有必須徒步始通

⑯ 王右軍學衛夫人書：衛夫人，衛鑠，字茂猗，衛恆的侄女，汝陰太守李矩之妻，世稱衛夫人。工書，隸書尤善。王羲之少時，曾從之學書。

⑰ 抱杜尊韓：崇尚杜甫，尊從韓愈。

的地方，或險仄，或幽阻，沙石荊棘，十里八里的遠，便令人困乏起來，往往知其好處而不願遊覽。即如書，除了家弦戶誦幾部外，雖浩如煙海，究竟災梨禍棗⑲的居多，就有翻陳出新處，又是各人的手筆，亦不能盡合人意。至于詩之一道，小而難工。也有初成時如煉金，再吟時同嚼蠟，反悔輕易落筆。此四友得之既難，得之而欲其全好則更難，所以說他是寶也，不能說他是至寶。只有你們貴行中人，便是四友外，一個盡美盡善的寶友。」蕙芳笑道：「『寶友』二字甚奇，我們並不知自己有可寶處。」春航道：「玉軟香溫，花濃雪艷，是為寶色；環肥燕瘦，肉膩骨香，是為寶體；明眸善睞，巧笑工顰，是為寶容；千嬌側聚，百媚橫生，是為寶態；憨啼吸露，嬌語嗔花，是為寶情；珠鈿刻翠，金珮飛霞，是為寶妝；再益以清歌妙舞，檀板金尊，宛轉關生，輕盈欲墮，則又謂之寶藝、寶人。」蕙芳道：「你這番議論原也極是，但有些太高太過處。」

蕙芳口裡雖如此說，心裡著實感激春航。不免流波低盼，粉靨嬌融，把春航細細的打量，越看越看出好處來，眼中把那些富貴王孫、風流公子盡壓下去了。春航道：「茶煙琴韻，風雨雞鳴，思我故人，寸心千里，若非素心晨夕，何以言歡？而蕭寺⑳生愁，殘燈寂寞，又安得有二三知己共耐淒涼？惟有你們這些好相公，一語半言，沁入心骨，遂令轉百煉鋼為繞指柔。再如你這樣天仙化人，就使可望而不可即，使我學善才之見觀音㉑，一步一拜，也都願意，何敢尚有他望？」

⑱ 闌珊：衰落；將盡。

⑲ 災梨禍棗：使梨木和棗木遭受災禍。舊時印書多用梨木或棗木雕版，所以用「災梨禍棗」形容濫刻無用的書。

⑳ 蕭寺：相傳梁武帝（蕭衍）造佛寺，命蕭子雲飛白大書「蕭寺」。後世因亦稱佛寺為蕭寺。

蕙芳聽了，便止不住流下淚來，便道：「你的心，我知道了，不用說了。你且把到京以來，近日的光景，說給我聽。」春航就細細把去冬至今說了一遍。蕙芳又笑起來，道：「你真是一片痴情，十分妄想，卻又難為你這兩條腿，天天的跑，又站在戲園門口不動。」春航道：「若不是你，便請我也請不來。」蕙芳一笑，出去隨叫人拿進幾樣水果、幾樣菜，兩壺酒，讓春航小酌。春航也不推辭，二人就在花梨四仙桌上對酌，各自吐了些肺腑。此時蕙芳心裡已是十分貼切，全沒有半點勢利心腸。當下吃畢了飯，又讓到裡邊屋裡坐了一坐，便吩咐跟班的叫外面套車，送田老爺回寓。蕙芳挽住了春航的手，道：「今日訂交，此生勿負。我蘇蕙芳如有虛言，有如皎日。你以後不必出來，我非早即晚，天天來看你一次。你須自己保重，努力前程，幸勿為我輩喪名，使外人物議。」春航聽了，轉愛為敬，直感入骨髓，已流下淚來。兩人相視嗚咽了一會，唯有那些跟班及使喚的人不解其意，以為怪事。一頭說，一頭走出來，送了春航上車，又叮囑了幾句，春航一直回寓不題。

這邊蕙芳也就睡了，卻細細把春航的說話記了一遍，又把他的光景想了多時。到睡了時，就見春航在面前，變了華冠麗服、儀容嚴肅的相貌，令人生畏；又變了一個中年的人，穿著一品服飾。恍恍惚惚作了一夜亂夢，到明日早上，就起得遲了。已是早飯時，才洗了臉，吃了點心。跟班的進來道：「外面有客。」蕙芳問道：「是誰？」跟班的道：「是伏虎橋張老爺，同著開起盛銀號的潘三爺。」蕙芳只得穿了衣服，出來見了。

原來這張老爺就是張仲雨。這潘老爺叫潘其觀，是本京富翁，有百萬家財，開了三個銀號、兩個當

㉑ 善才之見觀音：即善財童子見觀世音菩薩。

鋪，又開了一個香料鋪，也捐一個六品職銜。原籍山西，在京已住了兩代。為人鄙吝齷齪㉒，刻薄頑蠢，又是個色鬼，水陸並行，晝夜不倦。卻有一個好處，是個怕老婆的都元帥。此刻他續娶的媳婦倒有八九分姿色，就是性情悍妒異常。他雖不喜歡這潘三，但又不許他外邊胡鬧。如逢潘三一夜不歸，他便坐了車，領著人，各處窰子裡搜尋，搜著了，鬧個落花流水。潘三無計可施，近生了個收買孌童㉓之念，在各班中留心物色，看中了蘇蕙芳。今日拉了張仲雨來，要替他說合。仲雨想：這蕙芳人品高雅，未必肯跟潘其觀，就支支吾吾不願作成。經其觀再三懇求，許以金帛重謝，只得同來，見景生情罷了。來到蕙芳家內坐下，說了些閑話。

你看這潘其觀怎生模樣：五短身材，一個醬色圓臉，一嘴豬鬃似的黃騷毛，有四十多歲年紀。生得凸肚蹻臀，俗而且臭。穿了一身青綢綿衣，戴一頂鑲絨便帽，拖條小貂尾，腳下穿一雙青緞襪灰色鑲鞋，胸前衣衿上掛著一枝短煙袋，露出半個綠皮煙荷包。淡黃眼珠，紅絲纏滿，笑咪嘻的低聲下氣，裝出許多謙溫樣子。蕙芳無奈，只得坐下陪著。張仲雨看著蕙芳，卻像要說話又不說的光景。蕙芳低了頭，一回站起來，到窗前看那盆內種的蘭花，心上卻憶著田春航，又不好回他們出去，無精打彩的坐立不安。那潘其觀坐著不動，也不開口，眼睛只注著蕙芳。張仲雨道：「咱們也不必找地方，就在這裡擺個酒兒，隨便弄兩樣菜不好麼？」潘其觀道：「很好，家裡又清淨。」蕙芳道：「好是好，我今日不能久陪二位，就要走，姑蘇會館有戲，第二齣就是我的戲。」潘其觀道：「那不要緊，不去亦使得。」蕙芳道：「那

㉒ 鄙吝齷齪：淺俗、骯髒、計較得失之念。

㉓ 孌童：舊指被侮弄的美男。北齊書廢帝紀：「（許）散愁自少以來，不登孌童之床，不入季女之室。」

倒不能不去的。」潘其觀道：「你又沒有師傅，還怕什麼？這樣紅人兒怕得罪誰？」蕙芳不語，只得叫跟班的快備酒來。

不多一會，擺上了酒菜，蕙芳讓坐，潘其觀推仲雨坐了首席。先飲了幾杯酒，潘其觀便絮絮叨叨、肉肉麻麻的說不斷。蕙芳好不厭煩，便心生一計，假獻殷勤，站起來敬了幾杯酒，搳了幾回拳，心裡想灌醉了他，就好走路。那曉得潘其觀最會鬧酒，越喝越不醉，酒下了肚，嘴裡就沒有好話，便伸出那又短又肥挺硬的那隻手來，攙住了蕙芳的手，道：「好孩子，怎麼你總不去瞧瞧我？我很想你。每見了你的戲，晚上就做夢，倒親親熱熱的長在一塊兒頑，醒了便覺得困乏。你真害死我了！我又沒有兒子，要這一分大家財作什麼？你與我做個乾兒子，咱們爺兒倆天天的樂，不好嗎？」蕙芳聽了，幾乎氣得哭出來，眼睛一紅，心裡想道：這奴才也不想想自己身分，這等可惡！待我賺他賺。便忍住了氣，裝作笑容道：「三爺盡說瞎話，我這樣蠢孩子，那裡巴結得上。我見你天天聽戲，也不把眼睛梢瞧瞧我，也沒有喊過一聲『好』，今日在張老爺面前撒謊盡賺人。」幾句話說得潘其觀骨頭沒有四兩重了。

張仲雨心上詫異，暗想道：這也奇了，不料蘇蕙芳倒喜歡潘其觀，難道錢可通神？我的財運來了，好發他一注大財。即便湊趣道：「潘三爺真個逢人就說你好，贊你的相貌，贊你的性情才技，沒有一天不說兩回。常說道：只要你能有心向他，他就拿個銀號給你。」即向潘其觀道：「這話不是你親口說的麼？」其觀點點頭。蕙芳笑道：「你有幾個銀號？一個相公給一個，京城裡有幾百個相公，難道你有幾百個銀號不成？」潘其觀道：「別人要想我一個大錢也不能，只要你肯，我什麼都肯。」蕙芳心裡已有了主意，對著潘其觀把眼一睃㉔，把潘其觀的三魂七魄㉕都勾了出來。仲雨也得意洋洋，把指頭敲著桌子，不住的喊

「好」。蕙芳道：「潘三爺，你既心上有我，你今日必得暢飲一天，不可藏著量兒。」其觀道：「拿大杯來！」蕙芳便親手去拿了兩隻大杯，將酒斟滿了，一人敬了一杯；又斟了兩杯，道：「潘三爺，我今日本來要和你飲個成雙杯，實在酒量小，不能飲，你飲這雙杯。」潘其觀點頭播腦的飲了。又斟上兩杯，對著仲雨道：「張老爺，你也飲個成雙杯。」仲雨笑道：「你叫我和誰成雙？」蕙芳道：「你和我成雙好不好？今日請你先和潘三爺成雙。」仲雨把蕙芳額上彈了一彈，道：「我也配？」蕙芳逼著他乾，他也就乾了。

此時潘、張兩人的酒，已有了七分，才又吃了兩樣菜。蕙芳便到房中換了一身衣裳出來，益發出落得齊整。潘三便把手揑腕的肉麻起來，急的蕙芳了不得，又不好跑開，只得與他們搳拳，又唱了幾支小曲。張仲雨見壁上掛著一張琵琶，就取下來，撥動弦索相和，慢慢的說著話。

已到申末酉初時候，蕙芳見他們尚未沉醉，便試他一試，道：「潘三爺，有句話論理不當說，我們沒有什麼交情。但是，我急了，我欠人家一票銀子，約明日還他。今日我打算出去張羅，偏偏你這財神爺來了，可肯通融一肩？」潘其觀道：「要多少？」蕙芳道：「不多，二百兩。」潘三目視仲雨，仲雨道：「你瞧，這蕙芳難道只值二百銀子，你潘老三就支支吾吾起來？橫豎前後一樣。」其觀停了半晌，向套褲裡摸出一個皮帳夾，有一搭錢票，十吊八吊的湊起來，湊了二百吊京錢，遞與蕙芳道：「二百吊先拿去使罷。」蕙芳謝了一聲，便塞在靴掖㉖子裡，又道：「怎麼好受了你這重賞。」潘其觀道：「憑

㉔ 睃：斜著眼睛看。
㉕ 三魂七魄：道教用語。道教附會中醫肝藏魂、肺藏魄之說，稱人身有三魂七魄。
㉖ 靴掖：長筒靴的夾層。

你的良心罷。」蕙芳笑迷迷的，對潘三丟了個眼色，喜得潘三什麼似的，清涎直流出來。蕙芳即斟了一大杯酒，拿在手裡道：「看二百吊錢面上，今日破例敬潘三爺一個皮杯。」其觀一聽，已覺遍體酥麻，胸前發起喘來。蕙芳把酒含了一口，走到潘三身邊，笑迷迷的重又吐將出來，笑了一笑。潘三已張開口候著，蕙芳見了便將筯子夾了一塊魚，送到潘三嘴邊，潘三接了，蕙芳又夾起一塊自己吃下，便道：「呵唷，了不得了。」仲雨道：「不要鯁著了。」蕙芳道：「怕不是！」潘其觀道：「快拿飯來，一噎就好了。」值席的拿了半碗飯來，蕙芳吃了幾口，仰著頭靠在椅背上，只說不中用，疼得很。仲雨道：「吃青果㉗便可消得。」蕙芳又吃了幾個青果，仍說不好。潘三過來，把嘴湊近蕙芳臉上，想要個乖乖，說道：「你張開口待我望望。」蕙芳便把袖子掩了臉，道：「這如何望得見？總為著敬你的皮杯。只要你多吃幾鍾，我就不疼了。」潘三道：「真麼？」便飲了一大碗，問道：「可好些麼？」蕙芳點點頭，其觀又飲了兩杯，才住了手。蕙芳便又呼起疼來，其觀強仲雨也飲了一杯，蕙芳便又說好些，隨說道：「我見你們吃得爽快，便忘了痛。」

潘其觀此時迷了，酒已有了九分，那裡知是賺他，便拖住了仲雨，你一杯我一盞的起來。仲雨也醉了，便拿不定主意，痛喝了一陣。兩人酒已到十二分，一湧上來，潘其觀一個頭眩，往後一靠，便兩腳朝天，倒翻了一個斤斗，倒在地下。仲雨見潘三醉了，立起來哈哈的一笑，也就蹲了下去，倒在一邊。兩人在地上，像半死的光景，一動也不動。此時已是黃昏時候，蕙芳便叫把桌子撤了，笑道：「想吃天鵝肉，自作自受，叫你今日才曉得蘇媚香的利害。」隨吩咐跟班的，扶他們在客廳炕上睡了，替他們脫

㉗ 青果：橄欖。亦稱青子。此果雖熟，其色亦青，故俗稱青果。

了外面的衣服，拿一條大被蓋了，讓他二人同入巫山罷。

蕙芳安排已畢，一面叫套車，一面到自己房中開了箱子，揀出小毛棉夾單紗五套衣服，並潘三的二百吊錢票，帶了一副鋪蓋，一總交跟班的拿出來，放在車上。蕙芳上了車，跟班跨了沿，一齊向春航寓處來。才到了胡同口，月光下見一人站著，趕車的一看，卻認得就是田春航，便住了車，叫道：「田老爺，我們正到你那裡去。」蕙芳和跟班的聽見，一齊跳下車來，蕙芳拉住春航道：「你又在這裡做什麼？」春航道：「我候你一天不見來，我就不想活。我已在你門口立了多時，不好意思進來，所以就在這裡。」蕙芳嘆口氣道：「你這寃家，真令人奈何不得你。」便請春航車裡頭坐了，自己跨著車沿，一路說話，到了廟門下來。跟班的即拿了衣包，扛了鋪蓋，一同進來，打發車回去，明日來接。

高品已經睡了，春航不好去驚動他，一徑到自己房內。田安伏在桌上磕睡，春航剔亮了燈，叫醒了田安，說道：「快去泡茶。」田安擦擦眼睛，見一個美少年，只道是位公子，便急急的泡茶去了。蕙芳坐下，看他行李蕭條，心裡著實難過。便叫跟班的將衣裳、票子拿上來，道：「這五套衣服都是我平日穿過的，你不嫌舊，便收著。這票子送你作旅費。本來打算請你過去住，恐旁觀不雅。你若短少了東西，只管問我。」春航道：「這如何使得？我斷不好受。」蕙芳道：「你不受，便看輕我了。難道我拿了東西來賺你？你總不要存心。你存了心，便連你這情都假了。你只要依我一件，以後不許出來聽戲。」春航諾諾連聲，又講了些知心肺腑，彼此都有知遇之感，不禁慷慨欷歔起來。兩人對坐著，倒成了道義之交，絕無半點邪念，直談到雞鳴，方各和衣睡了。

且說潘、張兩人，醉到不醒人事。睡到四更，潘其觀翻一個身，即骨碌碌的滾下炕來，在地上坐著，想要小解，各處摸那夜壺。摸著了自己一隻鞋，拉下褲子，就在那鞋裡撒了一泡尿，大半撒在褲襠裡頭。模模糊糊的在地下亂摸，摸著了炕，重新爬上來。心裡細細的想，在那裡吃的酒。雖在醉中，還被他想著了蘇蕙芳，便又在炕上摸索，摸著了張仲雨，便當是蕙芳了，一把摟緊，口裡道「好兒子，好心肝」的叫不絕聲，便亂拉亂扯，把棉被早已撩下地了。又把仲雨的衣裳盡力的扯，扯破了一件夾襖，手也酸了；將自己的褲帶，用力扯斷，倒不將褲子往下脫，只管往上拉，那一條尿褲已是濕透，連褥子都浸濕了，卻拉不下來，只得貼緊了張仲雨的背亂動。仲雨醒來，像有人將他抱住搖動，心頭的酒便往喉嚨頭直沖上來，一回頭就吐。恰值潘其觀張開了口，倒敬了一個滿滿的七竅的皮杯。潘其觀臉上，厚厚的堆了一層，便大嚷起來，把頭亂擺，濺的各處都是。仲雨第二陣又來了，這一陣卻全是酒，一澆倒把其觀臉上澆淨，只覺得穢味難當。其觀急了坐起來，就把袖子在臉上亂擦，口裡「小東西、小妖精」的罵。仲雨聽了，便道：「你是誰？罵誰？」潘其觀罵道：「你這害人不淺的小兔子㉘，塗了你的爹一臉糞。」張仲雨大怒，罵道：「誰是你的爹？」雙手一推，潘其觀滾下地來。仲雨坐起又罵道：「那個忘八羔子，敢在老爺炕上罵老爺。」潘其觀道：「你這兔子該死了，公然罵起你爹來，這還了得？」爬起來到炕上要打，正值張仲雨下來，碰著了，趁手一個把掌，潘其觀又栽了一跤。仲雨道：「到底你是誰？」潘其觀放大了喉嚨，嚷道：「反了！反了！反了！你這賊兔子，竟打起你爹來了。你願意和你爹睡覺，倒裝糊塗不認得，難道我潘三爺來強奸你不成？」張仲雨想了一回道：「什麼潘三爺，難道你是潘老三，幾時跑到這裡來？」潘其觀又罵道：「不說你留我，倒說我跑來，你真是不死的惡兔子！你把張仲雨藏到那裡去了？」仲雨道：「呸！這麼糊糊塗

㉘ 小兔子：辱罵優伶或小隨從的話。

塗鬧不清，我就是張仲雨。」潘其觀道：「怎麼說，你冒充張仲雨來唬我？」

這一場鬧，鬧醒了一家人，那些打雜的、看門的，都點了燈進來，覺得酒氣直沖。上前一照，只見張仲雨站著，腳下踏了棉被；潘其觀坐在地上，滿面花花綠綠，光著一隻腳，將手指著張仲雨。眾人見了，忍不住大笑，扶了潘其觀起來。張仲雨走近把潘其觀一認，潘其觀也把張仲雨一認，各背轉了身子走開，惹得眾人又笑。把被拉起，只見被底下濕透的一隻鞋，一股尿騷臭。地下一大灘黑影，棉被也污了半條。再看炕上，便糟蹋如毛廁一般，可惜了這一床被褥。潘其觀道：「我的襪子那裡去了？」尋到中間地下，有一隻套褲、一隻襪子，皮帳夾內，帳底條子撒了一地。潘其觀也不理會，隨他們拾起來。有兩人送上兩大盆熱水，潘、張兩人淨淨臉。此時都已醒了酒。潘其觀覺得褲襠冰冷，用手一摸，卻全是濕的，穿不住，脫了，問打雜的借了一條單褲、一雙鞋穿上。張仲雨對著潘其觀道：「奇怪！」潘其觀道：「怪奇！」二人前前後後的一想，便拍手大笑了一會。

此時已經天明，太陽也出來了。潘其觀便問蕙芳藏在那裡，原來蕙芳交代了一番說話，方才出門。打雜的道：「昨夜你們兩位老爺睡了，不料華公子住在城外，打發人來把蕙芳叫去。這位老爺誰敢違拗他，只怕今日帶進了城，要住好幾天才回來。」張仲雨道：「這倒難怪他，華公子是惹不得的。」潘其觀無可奈何，只可惜了二百吊錢，倒買張仲雨吐了他一臉，打了他一個嘴巴，只好慢慢的日後商量，再作道理，同了張仲雨鬱鬱而去。

這邊蕙芳與春航早上起來，洗洗臉，吃了點心。蕙芳見壁上掛了張琴，即問春航道：「你會彈琴麼？」春航道：「略知一二。」蕙芳道：「何不彈一曲聽聽？」未知春航彈與不彈，且聽下回分解。

第十四回　古誦七言琴聲復奏　字搜四子酒令新翻

話說蕙芳要春航撫琴，春航道：「少坐一坐。」便目不轉睛的看著蕙芳。蕙芳笑道：「難道你還認不仔細，只管發呆作什麼？」春航笑道：「我看卿旁姸側媚，變態百出，如花光露氣，晚日迎風，眼光捉不住，倒越看越不能仔細。」蕙芳「啐」了一口，立起來把春航的鈕子解開，替他脫下衣裳。春航道：「待我自己來，你那裡慣，不要勞動了。」蕙芳即將衣包解開，取出一件小毛衣裳與他穿了，恰還合身。又叫他換了新靴新帽。蕙芳笑嘻嘻的拿了鏡子，倚著春航一照，映出兩個玉人。春航看鏡中的蕙芳，正如蓮花解語❶，秋水無塵❷，便略略點一點頭，回轉臉來，卻好碰著蕙芳的臉，蕙芳把臉一側，起了半邊紅暈。春航便覺心上一蕩，禁不得一陣異香，直透入鼻孔與心孔裡來。此心已不能自主，忽急急的轉念道：他是我患難中知己，豈可稍涉邪念。便斂了斂神。蕙芳一笑走開了。春航換了新衣，依然丰姿奕奕，神彩飛揚，與從前一樣。

蕙芳坐了，在書案上翻了一翻書，翻著一本詩稿，半真半行的字，有數十頁，面上題著燕臺旅稿。

---

❶ 蓮花解語：五代後周王仁裕開元天寶遺事解語花：「明皇秋八月，太液池有千葉白蓮數枝盛開，帝與貴戚宴賞焉……帝指貴妃於左右曰：『爭如我解語花？』」後因以喻美人。

❷ 秋水無塵：喻神色之清澈。

蕙芳隨手一揭，見是一首七言古詩，題是惱公詩，便低低的念起來道：「帘鉤戛玉聲玲瓏，櫻桃花映銀絲櫳。綠雲欹側燕釵墮，年年錦字春機紅。」蕙芳道：「好詩！這派詩是學溫、李的三十六體❸，纖穠之極。」春航道：「偶一為之，亦只能貌似耳。」蕙芳又念下去道：「遠山寸碧雙眉翠，鮫綃半染胭脂淚。玳瑁梁間燕子飛，鴛鴦瓦上狸奴睡。」蕙芳道：「好工致，韻亦轉得脆，『狸奴』句勝似燕子，再搭上『鴛鴦瓦』，更新。」再念道：「飄煙抱月一尺腰，星眸欲妒春雲嬌。」蕙芳叫一聲「好」又道：「『行近前來百媚生，兀得不引了人魂靈』，『臨去秋波』，猶未足喻其妙也。」春航道：「光景倒像你。」蕙芳道：「我也配？」又念下去是：「玉螭細細盤條脫，金雀雙雙飛步搖。多情郎似桐花鳳，日近雲鬟身不動❹。軟愛香羅霧縠❺輕，嬌嫌錦帳銀鉤重。」蕙芳道：「好濃艷工穩。我見猶憐，你是為誰而作？既『日近雲鬟身不動』了，又何必天天上戲園呢？」春航便走過來，輕輕的靠在蕙芳椅背上，道：「此人難道算不得戲園中人？從前思近芳澤而不能，如今倒也如願而償了。」蕙芳道：「是誰？是我們班裡的麼？」春航點頭說「是」。蕙芳道：「等我想一想像誰？上二句纖腰抱月、星眸妒雲，非袁瑤卿不足當此二語。下兩句軟愛羅輕、嬌嫌帳重，非金瘦香卻也不稱。是他二人麼？」春航搖搖頭。蕙芳道：「然則是誰呢？」春航道：「還有一人能兼二人之妙，你倒猜不著他。」蕙芳道：「我真猜不著，你老實說了

---

❸ 溫李的三十六體：唐溫庭筠、李商隱、段成式三人擅長作駢體文，因三人均排行第十六，時人稱三十六體。

❹ 多情郎似桐花鳳二句：雖日近女色，而不為所動。桐花鳳，鳥名。以暮春來集桐花而名。雲鬟，言婦人髮鬟如雲。

❺ 霧縠：如薄霧的輕紗。

罷。」春航笑道：「我老實說，是個寓言空空的，如果有人像他，就算那人罷了。」

蕙芳也不追求，又念道：「畫欄珠箔懸蜻蜓，碧桃一樹開娉婷。朝朝花下許郎看，只格一扇玻璃屏。」蕙芳便掩卷想了一想道：「好美人，花容月貌，好才子，繡口錦心。『懸蜻蜓』三字說什麼的，想有典故。」春航道：「李義山❻詩『曉帘串斷蜻蜓翼，羅屏但有空青色』。」蕙芳道：「這首我見過，偶然忘了，看你底下怎樣轉接呢。」又念道：「郎採桃花比儂面，桃花易見儂難見。妾貌常如月二分，郎心莫學文三變。」蕙芳道：「須得如此一開，底下便生出一番話來。『文三變』，可是說你變了心麼？」春航道：「是用藝文序❼上『唐文章無慮三變』的一句。」蕙芳便看著春航道：「這麼想來，你也算不得有良心的人。」春航道：「何出此言？」蕙芳道：「他的貌呢也不能常如『月二分』，你的心自必至『文三變』了。」春航笑道：「論詩那可以如此認真？便是十成死句了。」蕙芳一笑，又念道：「羅幃寂寞真珠房，麝臍龍髓憐餘香。錦鱗三十六難寄，碧簫吹斷雲天長。」蕙芳點頭嘆道：「人生世上，離合悲歡，是一定有的。」又念下去道：「綠繡笙囊掛東壁，無花無言春寂寂。怨女思彈桑婦箏，宮人愁倚楊妃笛。」蕙芳道：「好巧對。這『桑婦箏』、『楊妃笛』實在借對得工巧。上句自然是用的羅敷陌上桑❽了。這楊妃笛，我記得

❻ 李義山：李商隱，唐懷州河內人。字義山。工詩，律詩尤絕，為唐代一大家。

❼ 藝文序：新唐書藝文志序。

❽ 羅敷陌上桑：古樂府。一作出東南隅行，又作艷歌羅敷行。羅敷，晉崔豹古今注音樂：「秦氏，邯鄲人……王仁妻。仁後為趙王家令，羅敷出採桑於陌上，趙王登臺見而悅之，因飲酒欲奪焉。羅敷乃彈箏，作陌上歌以自明焉。」後作為貌美而有節操的婦女的通稱。

張祜❾詩『小窗靜院無人見，閑把寧王❿玉笛吹』；又曾看過貴妃外傳⓫：明皇與兄弟同處，妃子竊寧王玉笛吹之，因此忤旨。可是用這個典故麼？」春航道：「也可算得，但搭不上『宮人愁倚』四字。我是用集異記⓬上，帝至蜀，月夜登樓，故貴妃侍者紅桃，歌妃所制涼州曲⓭。上御貴妃玉笛倚之，吹罷相視掩泣的事。」蕙芳點頭，又念道：「海棠醉墮蝴蝶飛，柳綿無力情依依。井底水如妾心意，路旁塵惹君身衣。」蕙芳便覺淒然，作色道：「一往情深，纏綿悱惻，好個有情人。底下便是結語了。」念道：「翠毛么鳳拖紅尾」，蕙芳道：「此句劈空而來，筆勢奇崛，又推開了。鳳有紅尾的麼？」春航道：「溫飛卿⓮詩有『秦王女騎紅尾鳳』。」蕙芳又念道：「跨鳳隨郎三萬里。一日香心思百回，閑時又逐爐煙起。」

方才念完，只見高品進來道：「好詩！有如此嬌音，方配念這香艷的佳章。但詩中有一句，要改三個字，更覺貼切。」蕙芳走上一步見了，道：「昨夜要來請安，你已睡了。」高品笑道：「這麼說，你們已是睡過一夜的了。」蕙芳「啐」了一口，道：「我們昨夜直談到此刻。」高品道：「臉上氣色不像。」

---

❾ 張祜：唐清河人。字承吉。以宮詞得名。

❿ 寧王：唐睿宗李憲長子，封寧王。初立為太子，後因唐玄宗平韋氏亂有功，讓位。死後，冊封為讓皇帝。識曲辨聲，善吹笛。

⓫ 貴妃外傳：即楊太真外傳，二卷。宋樂史撰。又名太真外傳，楊妃外傳。

⓬ 集異記：書名。此指唐薛用弱所撰。一卷。所記凡十六條。世所傳狄仁傑集翠裘、王維郁輪袍諸事，皆出於此書，常被後代詞人援引，成為習見的典故。

⓭ 涼州曲：唐樂府名，屬近代曲辭。開元時西涼都督郭知運所進。

⓮ 溫飛卿：溫庭筠，唐太原人。原名岐，字飛卿。詩詞風格濃豔，多寫閨情。

春航道：「你說那一句詩要改？」高品道：「『井底水如妾心意』的對句。」蕙芳便又看著下句念道：「『路旁塵惹君身衣』，沒有什麼不好。」高品道：「好原好，太空些，不如改做『車前泥染君身衣』，便真切有味。」蕙芳嫣然一笑。春航道：「到你開口，就沒有一句好話。」高品又將春航身上，細細打量了一會，道：「我昨日卜了一卦，是：天風垢，變山風蠱，互水天需。其爻辭難解得很。」即念道：「田獲一兔，往遇雨，需于泥。見金夫，遇主于巷，繻有衣袽⑮，貞吉。詳不出來。」蕙芳卻呆呆的聽著，春航笑道：「你自會卜，倒不會詳。」高品也笑了。

蕙芳要問高品時，見窗外腳步響，有個人影來影去。春航問：「是誰？」聽得咳嗽一聲，應道：「是我，尋高老爺有句話說。」高品聽口聲便道：「蘀兮，蘀兮⑯。」出來一望，果然是廟裡的唐和尚，問道：「你有什麼話說？」唐和尚便笑嘻嘻的鑽將進來，與春航見了，看見了蕙芳，便合著掌道：「阿彌陀佛，原來菩薩降臨，小僧有失迎接，罪過，罪過。怪不得昨晚一夜的祥雲瑞雨，今早佛殿上觀世音旁邊，一尊龍女香菩薩不見了，原來在這裡。」蕙芳也認得這個唐和尚，聽了掩口而笑。去年春航初到京時，也曾眠香訪翠，唐和尚為其拉過皮條，所以也常到裡邊來走走。後來厭他惡俗，不大與他往來了。高品是與他常頑笑的，便把他的帽子揪下，在他頂上摩了一摩，對著蕙芳說道：「媚香，我出副對，給你對對。」即說道：「若錐處囊中，穎脫而出。」⑰蕙芳笑了一笑，唐和尚便奪了帽子戴上，便道：「高

⑮ 繻有衣袽：這裡指穿濕衣服。

⑯ 蘀兮二句：語出詩鄭風蘀兮。蘀，草木脫落下來的外皮或葉子。

⑰ 若錐處囊中二句：比喻人的才能顯示出來。

老爺，你、你、你……」又不說了，嘻著嘴笑。蕙芳道：「我已對了，」即念道：「如瓢浮水面，頂圓而光。」春航、高品都笑說道：「對得好，敏捷且好。」唐和尚笑道：「多謝、多謝，小僧有幸得逢菩薩贊揚，倒沒有說我的像雞巴。」便拉了高品出去，在院子裡講了幾句話，便自去了。

高品復又進來，三人同吃了飯。蕙芳要聽春航彈琴，便把琴取了，解了琴囊，放在桌上道：「彈罷！可要焚香？」春航道：「焚香倒是俗套。」高品道：「有了媚香，已經香得簇腦門的了，自然不要焚香。」蕙芳便把高品推過，自己坐在琴桌邊，細細看著春航和弦。高品道：「我是不懂，倒像彈棉匠彈棉花一樣，有甚好聽？」蕙芳道：「你不懂，今日便是對牛彈琴。」恰好遇著高品屬牛，高品一笑道：「請你就把這對牛彈琴對出來。」蕙芳也不去想他，隨口說道：「沒有對。」高品道：「見兔放箭。」蕙芳略停一停道：「你們那個李玉林倒屬兔，今年十六歲，你去叫了玉兔兒來吧。」春航也要高品去叫玉林，高品也高興，即打發人叫玉林去了。又吩咐備了幾樣菜。

春航和了一會琴，一三兩弦低些收不緊，只得和了個慢商⑱，把一弦三弦各慢一徽⑲，再將二四五六七諸弦，仍用五音調法調好。散挑五，名指按十勾三；散挑三，中指按十勾一。彈了幾個陳摶⑳得道仙翁，又點了些泛音，彈起結客少年場這套琴來。從四弦九徽上泛起，勾二挑六，勾四挑五，琮琮琤琤，

⑱ 商：古樂五聲音階的五個階名：宮、商、角、徵、羽。也稱五音。後分配五行，土為宮，金為商，木為角，火為徵，水為羽。

⑲ 徽：琴徽，擊弦的繩。後稱七弦琴琴面十三個指示音節的標誌。

⑳ 陳摶：宋真源人，字圖南。先後隱居武當山、華山，至今有祠廟。宋人象數之學始於摶。

彈了二十二聲，仍到九徽上泛止，彈的曲文是：「有田磽确，有馬嘯蹄，磽确之田菀其特㉑，嘯蹄之馬隔花嘶。」四句後，便散挑七弦、六弦，勾四弦，挑六弦，勾二弦。以下便是實音。見他左手大指在二弦九徽上揉了兩揉，以下連彈了五聲，作一個掐起又三聲，中食兩指撮動四六兩弦，左手大指在六弦九徽上吟著；又彈了五聲，撮動七五兩弦；又彈五聲，撮動五三兩弦；又彈五聲，撮動七五兩弦；又彈五聲，撮動五三兩弦；共聽得有三十四聲。曲文是：「隔花驕馬善識人，骯髒少年意氣真。軟細飛雲履㉒，光明一字巾㉓。綈袍季子劍㉔，風雨馮異㉕薪。」是第一段，卻是抑揚頓挫，餘韻悠然。便接彈第二段，是剔七弦托七弦，起頭吟揉綽注㉖，便多了來往牽帶，指法入細，有激昂慷慨之態出來。彈到第十聲一撮，十五聲又一撮，到二十三聲卻聽得「叮噹」的兩聲，作了一個背鎖，甚是好聽。以下又彈了六聲。

㉑ 磽确之田菀其特：瘠薄的田地卻長出茂盛的禾苗。參詩小雅正月。磽，音ㄑㄧㄠ。

㉒ 飛雲履：相傳白居易居廬山草堂作飛雲履，玄綾為質，四面以素綃作雲朵，染以四選香，行步振履，足下如生雲氣。

㉓ 一字巾：頭巾的一種。相傳起於宋韓世忠。傳統劇中丑角扮書僮常戴此。

㉔ 綈袍季子劍：喻故舊之情。綈袍，戰國時范睢事魏中大夫須賈，為賈毀謗，笞辱幾死。逃至秦國，更名張祿，仕秦為相。後須賈出使入秦，范睢故著敝衣往見，賈憐其寒，取一綈袍為贈，旋知睢為秦相，大驚請罪。睢以賈曾贈綈袍，有眷戀故人之意，故釋之。季子劍，吳季札，封於延陵，號延陵季子。出使齊國，經徐國，徐君愛其劍。季子允諾歸來贈送。及歸，徐君亡故。季子即將劍懸於徐君墓地樹上。

㉕ 馮異：西漢末潁川父城人。從光武進軍河北，天寒眾饑，異進豆粥麥飯。為人謙退，諸將論功，異獨屏樹下，軍中號為大樹將軍。

㉖ 吟揉綽注：彈琴的指法。左手按弦，往復移動，使聲微顫。小曰吟，大曰揉。

這段曲文是：「大哥輕死生，浩氣貫虹日；二哥輕錢財，恐鬼笑什一；小弟輕權勢，王侯不屈膝。」略頓一頓，再彈第三段，是勾一弦，左手中指注下十三徽起。以下便在十三徽上勾二、勾三、勾四，便覺聲音洪大，商中有宮。又彈了幾聲，忽聽得「啞啞啞」的三聲，在七六五三弦上彈出一個索鈴來，是最好聽的。以後又聽到第十三聲後，忽七弦上「喞鈴鈴」的四五聲，作一個短鎖；又將五七兩弦、四六兩弦，撮了四聲，又慢慢的彈了九聲住了。曲文是：「千秋今事業，意氣在少年。二十歲以下，當頭大哥前。三八多一齡，二哥我比肩。白日指天青，酹酒無丁寧㉗。」

春航要站起來，蕙芳把手按住春航的手，道：「正好聽，快彈下去。」春航道：「彈完了。」蕙芳道：「怎麼這麼快？」春航道：「這套琴就只三段。」蕙芳道：「太短，再彈長的。」高品笑道：「湘帆，媚香嫌你快，又嫌你短。你總得貼張千嬌百美膏才好。」春航道：「胡說！」蕙芳要去撕高品的嘴，高品便深深作揖道：「寬恕小生這一次罷。」惹得蕙芳倒笑了。蕙芳要春航彈胡笳十八拍㉘，又要彈洞天春曉，說道：「這兩套我聽蕭靜宜彈得最好，他並有琴簫合譜。他曾教過我吹簫。」春航道：「洞天春曉這套琴卻好，但太長。胡笳十八拍沒有什麼意思，於本意不大很合，不如彈一套水仙操罷。」又停了一會，再和好了弦，清清泠泠的彈起來。這套琴共十二段，指法最細，吟揉綽注，正是一分錯亂不得。彈到第四五段，恍如見湘靈㉙鼓瑟，馮夷㉚擊鼓；第六七段，恍如見湘娥㉛啼竹，列子㉜御風，嗚嗚咽

㉗ 丁寧：古器名。也叫鉦、鐲。似鐘而小，軍中用以節鼓。

㉘ 胡笳十八拍：古樂府琴曲歌辭。相傳漢末蔡邕女蔡琰（文姬）所作。一章為一拍。漢末琰沒於南匈奴，曹操遣使者贖歸，重嫁董祀，祀以琴寫胡笳聲為十八拍。

咽，如怨如慕，如泣如訴。真是拔劍斫地，搔首問天，清風瑟瑟，從窗隙中來。蕙芳與高品都正襟危坐，靜氣斂容的聽著。忽然七弦六徽二分上低了，五弦六徽上高了，四弦九徽上也差了幾分。春航道：「奇了，宮商為何忽亂起來？」高品、蕙芳卻聽不出。春航又把弦和了一和，和不準，即住手問高品：「廟裡有彈琴的人麼？」高品道：「胡琴或者和尚會拉，琴是沒有人會彈的。」春航道：「必有會彈琴的人在外聽著，所以琴聲變了。」春航說完，忽聽院子內狂笑起來，倒把高品等嚇了一跳。

高品急出來看時，不是別人，恰是史南湘左手挽著王蘭保，右手攜了李玉林，面上已有了幾分酒意。又見玉林手內拈了一枝杏花，後面又跟著三四個人。高品見自己的跟班也在院子裡，高品問道：「你從何處來？」南湘道：「你叫相公瞞著我，倒問我從何處來？我今日同了靜芳到怡園，他們都在家，留我吃了飯。佩仙也在座，還有瑤卿、瘦香兩個。吃完了飯，佩仙家內有人來叫他，度香問起來，方知道是你叫的，我就辭了度香同來。」即指玉林手內的花道：「今日就在那裡賞杏花。」又問高品道：「你又幾時會彈琴，你要學琴，須我教你。方才這水仙操倒也彈得好。」高品道：「我何嘗會彈？彈琴的就是田湘帆。」南湘已聽見仲清講過田湘帆的才學，便道：「既是田湘帆，何不出來會我史竹君？」高品道：「我為介紹。」說到此，蕙芳已出來見了，即便拉了南湘進去。南湘道：「咦，你也在這裡，不料今日

---

29 湘靈：湘水之神。

30 馮夷：河神名。

31 湘娥：舜妃娥皇、女英。

32 列子：即列禦寇。戰國時鄭人。被道家尊為前輩。

高卓然的齋堂倒成了石季倫的金谷㉝。」

那邊春航亦迎出來，彼此相見，未免道了些仰慕的話。玉林、蘭保也與春航見了，與蕙芳坐在一處。南湘對著高品道：「卓然既叫相公，自然有酒，不要裝呆，快拿出來罷。」高品道：「酒是有，只沒有仙桃益壽丸。」南湘道：「我縱醉了，也不至樓上滾下樓來。」便都笑了。高品的跟班同廚子把酒肴擺上來，大家在圓桌上坐了。南湘與春航又談了些琴譜文藝，彼此均各敬服。高品道：「當今史竹君，是梨園的狄梁公㉞；田湘帆，是戲班的李藥師㉟。」南湘道：「你又胡言亂道了。」春航道：「怎麼說？我倒不明白。」高品道：「竹君序那曲臺花選，這些小旦，便為公門桃李，兔絲馬勃㊱盡是藥籠中物，這不是狄梁公麼？湘帆弄到精光，昨夜有個夤夜私奔的紅拂㊲來，這不是李藥師麼？」大家都笑，唯蕙芳紅了臉，道：「前日既然樓上跌下來，倒不變成了鱉，或是跌折了腿也好。」高品笑道：「樓上跌下來，總還平常，只怕在戲園門口跌在車轍裡，被騾子踏殺了，那倒可怕。」南湘問起來，高品就一五一

㉝ 金谷：地名，也稱金谷澗。在河南洛陽西北。有水流經此，謂之金谷水。晉太康中，石崇築園於此，即世傳之金谷園。

㉞ 狄梁公：即狄仁傑。唐并州太原人。武后朝為相。力勸武后立唐嗣。卒贈文昌右相。睿宗時追封梁國公。

㉟ 李藥師：即唐李靖。三原人。字藥師。太宗時，封衛國公。

㊱ 兔絲馬勃：兔絲，即菟絲。藥草名。蔓生，莖細長，常纏繞於他植物上，以盤狀吸根吸取他植物養分而生。結實，其種子可入藥。馬勃，菌類植物，生濕地及腐木上。

㊲ 紅拂：相傳隋末李靖以布衣謁越國公楊素，楊侍婢羅列，中有一執紅拂者貌美，深情矚目李。李歸逆旅，夜五更，紅拂妓特來投，兩人相與奔太原。

十的說了，差得春航無地可容。南湘也大笑道：「湘帆真是韻人。絕代佳人以一跌感之，倒是從來未有之事。古聞孫壽墮妝，梁冀下馬㊳；今見蘇郎唱戲，田子跟車。一副好對，持贈媚香罷。」蕙芳睃著南湘道：「你何苦也學著那嚼舌頭的人挖苦我。」高品道：「這話是恨我已深，其實我與你無仇無怨，何必這樣惡狠狠的？」蕙芳道：「你再說，我就卸你的底了。」高品道：「盡管卸，我卻不怕。」蕙芳便念道：「請筵享官，賞戴貂翎，會館副總裁，戲園行走，書畫廠校對，兼管南城街道廳，各梨園樂部，稽察各處新聞事務，到一處祭酒，汗淋學士，總管外務府大臣，曲部尚書，世襲一等史國公，加一急，繼樂一次高。」聽罷，眾人大笑。

這官銜是劉文澤編成的，席中惟有南湘一人知道，春航尚是創聞。高品道：「還有一個官銜你沒有說。」蕙芳道：「好像沒有了。」高品道：「還有監造兔園冊子呢。」南湘又笑。蕙芳不曾理會，即與蘭保、玉林在各人面前敬了幾杯酒。春航前次已見過玉林，看他丰致嫣然，雖遜蕙芳一籌，然比起從前賞識的一班相公，卻高得多。見他桃腮粉膩，蓮臉香生，另有一種體態丰姿。見他對高品更覺綢繆，倒像各分出了疆界來。又看那王蘭保，卻是史南湘最得意的，春航倒有些怕他。柳眉貼翠，含嬌處亦復含嗔；鳳眼斜睃，似有情亦似有怒。徑行自遂，倜儻不羈。年紀十七歲，是個武旦，學得一手好拳腳。南湘是個放浪形骸之外的人，從前初識蘭保時，也曾大鬧過幾場，已後倒又相好起來。蘭保也知南湘的性情、脾氣，倒與他十分貼切。每到南湘醉後發狂，經蘭保當前，便已自醒。

㊳ 孫壽墮妝二句：孫壽，漢梁冀妻。色美而善為妖態，作墮馬髻、愁眉、折腰步等。梁冀繼父商為大將軍，專朝政，驕奢橫暴。桓帝延熹二年自殺。

今日席上唯春航不善飲酒，南湘那裡肯依，便猜拳行令的百般鬧起來。偏是春航輸得多了，以後便不肯飲。南湘命蘭保斟了一杯酒，去灌春航。蘭保即拿著酒來，走到春航面前，蕙芳知春航不能飲酒，便湊著蘭保的手飲了。蘭保笑道：「這干你什麼事？要你越俎而代？」蕙芳笑道：「這叫做借他人之杯酒，澆自己之壘塊㊴。」蘭保道：「既然如此，倒請多乾幾杯。」便斟了幾滿杯酒，要蕙芳飲。蕙芳道：「我不愛飲了，適可而止。」蘭保道：「那由不得你，你不聞『失意睚眦間，白刃相交加』麼？」南湘、春航看著他們，高品對著王蘭保作嘴作臉，要他罰蕙芳的酒。李玉林則斜嚲香肩，嫣然而笑。蘭保也笑道：「你真不喝？」蕙芳有些怕他，只得陪著笑道：「蘭哥饒了我罷。」玉林也再三替他討情，蘭保終是不肯，猶罰了蕙芳一杯，方才開交。

大家又飲過了一會，忽見蕙芳家內有人來叫蕙芳。蕙芳出去問道：「什麼事？那兩個醉漢怎樣了？」來人答道：「那兩個鬧了一夜，早上都回去了。方才來了一個面生人，說是廣東人，姓奚，叫奚十一老爺。慕你的名，在家候著。」蕙芳道：「什麼樣兒？不要又是潘其觀一類人。」來人道：「看他光景很闊，帶著四個跟班，三十來歲年紀。」蕙芳道：「回他去罷，說今日不回去呢。」來人去了。蕙芳進來，春航問起何事，蕙芳道：「家內有人尋我，我回他去了。」高品道：「是誰？」蕙芳道：「不認得。來人說叫什麼奚十一，是廣東人。」高品道：「好累贅姓，兜頭一撇，握頸三拳，中間便絲絲的攪不清，還要假充個大老官。東方之夷㊵有九種，不知他是那一種。」蕙芳道：「你倒好在廟門口，

㊴ 借他人之杯酒二句：借他人之酒，發洩自己心中的鬱結不快。
㊵ 東方之夷：古代華夏族對東方諸民族的稱呼。

擺個測字攤子。」說得大家笑了。高品道：「今日清飲無趣，何不拿奚十一來做個令？」南湘道：「奚十一怎麼好做令？」高品道：「我們三個人從四書上找那個『奚』字，要從第一個說到第十一個，說差了照字數罰酒。他們三個人替我們分消。」春航道：「四書上未必有這許多『奚』字。」南湘道：「就有也不能湊數。」高品道：「不過罰幾杯酒就是了，何妨試他一試，我先說。」即說道：「奚。」春航道：「那一句書的『奚』字，要說明白。」高品道：「『奚取于三家㊶』的『奚』。」南湘便道：「子奚……女奚。」高品道：「多說了一句，罰兩杯。」南湘道：「不興說兩句麼？」高品道：「不興。」南湘就飲了。春航接著道：「此物奚……」高品贊道：「說得好！」便道：「夫如是奚……」又道：「天子穆穆，奚……」南湘道：「罰人罰到自己了，誰叫你說兩句。況這個『奚』，就是你說的第一個『奚』字，要倍罰十杯。」高品道：「我是一句四字，一句五字，又不算雷同，怎麼要罰？」南湘道：「你說不興說兩句的，如何亂起令來？」高品被他們逼住了，只得罰了五杯，慢慢的飲了。輪到南湘，南湘便頓住了口，一時倒想不出來。高品道：「罰了五杯，我代你說。」南湘又想了一會沒有，只得飲了三杯，蘭保代了兩杯。高品說道：「是亦為政，奚……」南湘道：「怎麼我就想不著。」春航也想了一會，道：「虞不用百里奚㊷……」南湘拍著桌子道：「罰得冤！」「有庳㊸之人奚……」春航、高品都贊好，應輪到高品說第七個，春航便搶說，道：「則子事我者也，奚……」南湘便指著高品道：「如此則與禽獸奚

㊶ 三家：指春秋魯大夫孟孫氏、叔孫氏、季孫氏。

㊷ 百里奚：虞大夫，知其將亡，不諫而先去之，適秦。相秦繆公七年而霸。

㊸ 有庳：古地名。也作有鼻，又名鼻墟、鼻亭。相傳舜封其弟象於此。

……」大家都笑起來。高品道：「都要罰。第七個『奚』字輪到我說，為什麼要你們搶說？」李玉林便斟起罰酒來，南湘、春航只圖說得爽快，倒也意不在罰。南湘飲了五杯，蘭保代了兩杯。春航飲了三杯，蕙芳代了四杯。高品催南湘說第八個「奚」字，南湘道：「第七個你還沒有說，要罰。」因便叫蘭保斟酒。高品道：「豈有此理！你們都搶說了，叫我說出什麼來？還要罰我，天理良心何在？」李玉林也替高品說情，南湘只得依了，便道：「以粟易之。曰：許子㊹奚……」春航道：「第九個到少。」便想了一想，道：「與禮之輕者而比之奚，與禮之重者而比之奚。」蕙芳便頓足道：「你何必要說兩句？」高品道：「好呵，罰九杯。」蕙芳道：「這不能。」高品那裡肯依，先罰蕙芳五杯，再罰了春航四杯。南湘忽然想著了兩句，忍不住不說，也顧不成罰酒，便一氣說道：「南面而征北狄怨，曰：奚……以其小者，信其大者，奚……」蘭保便跳起來道：「祖宗，你就愛飲也不犯拖累人。輪不到你說，要你說這兩句做什麼？」南湘也有些懊悔，高品道：「沒得說，十八杯。」南湘道：「十八杯斷乎不能，那真要服仙桃益壽丸了。」春航、蕙芳、玉林也替南湘討情，罰了九杯。南湘賭氣，一人獨自飲了。高品道：「我這第七個『奚』字，亦想著了。」便道：「故誠信而喜之，奚……」又接口道：「不以四方之食，供簿正曰奚。」春航掐指一數道：「這可該罰了，要說第十個，你說了第十一個。」高品道：「我說錯了。此惟救死而恐不贍，奚……」南湘數一數，又是九個。蕙芳便立起來，執定要罰高品十九杯，高品不肯，蘭保也幫著蕙芳要罰，不肯減數。經高品苦求，只罰了十一杯，玉林代了三杯，高品一連飲了八杯。南湘想了一會，手在桌上畫了十畫，道：「勇士不忘喪其元，孔子奚……」底下是春航，也想了好一會，

㊹ 許子：即許行。戰國時楚人，嘗至滕見文公，為神農之言，主君民並耕，農家者流也。

道：「子路㊺宿于石門，晨門曰：奚……」高品道：「報應得快，罰十杯。你應該說十一了。」春航一想，果然錯了。蕙芳便欄住道：「你也看各人的酒量，不可一味的傻罰。」高品道：「酒令嚴如軍令，自然要執一的。」蕙芳道：「記著，明日飲罷。」高品道：「你們的開發倒可明日，酒可不能明日。」玉林道：「打個對折，喝五杯罷。」蕙芳又代了三杯，春航勉強飲了兩杯。底下是高品收令，想了一會道：「昔者趙簡子使王良與嬖奚㊻……」

說完，大家相視而笑。已有二更多天，吃了飯，各人要散。蕙芳的車已等了多時，隨即辭了眾人，先回去了。王蘭保是同了南湘出來，李玉林的車尚未來接，都搭了南湘的車回家。南湘先送了蘭保回去，又送李玉林到門口。玉林留他進去，南湘道：「天不早了，改日再見罷。」便一徑回家。經王恂門口走過，南湘忽然口渴，便叫跟班的進去一問王少爺可睡了沒有？跟班的走到門房說知，管門的到書房，探看王恂、顏仲清尚未安睡。門上回過，王恂等便叫請進，史南湘進來。未知後事如何，且聽下回分解。

㊺ 子路：即仲由，字子路，一字季路，春秋魯國人。孔子弟子。性好勇，喜聞過，事親孝。初事魯，後仕衛，為孔悝邑宰。衛亂，死之。

㊻ 趙簡子使王良與嬖奚：趙簡子，即春秋晉趙鞅，趙武孫。卒謚簡。王良，春秋晉人，善御。嬖奚，趙簡子之佞臣。

第十五回　老學士奉命出差　佳公子閑情訪素

話說史南湘進內與仲清、王恂見了，喝了幾杯茶。王恂問其所從來，南湘將日間的事，一一說了，又將春航、蕙芳的光景說了一會。王恂、仲清羨慕不已。仲清道：「不料蘇媚香竟能這樣，從此田湘帆倒可以收心改過了。」也將前日題畫規勸之事說了，又說春航且有微慍。南湘道：「改日我與你們和事如何？」又問起子玉來，仲清道：「庾香日間在此，他的李先生于月初選了安徽知縣，就要動身了。」南湘說了幾句，也就回去不題。

卻說子玉在王恂處談了半天回家。李先生已經解館❶，要張羅盤纏，魏聘才替他拉了一纖❷，托張仲雨問西客借了一票銀子，占了些空頭，有二百餘金，添補些衣服，也叫了幾天相公。李元茂要在京寄籍❸，性全也只得由他。

當晚，子玉與聘才在書房閒話。那日是忌辰❹，日間聘才獨自一人到櫻桃巷去，找著了葉茂林，兩

❶ 解館：此處指卸去塾師之聘。

❷ 拉了一纖：這裡指幫忙借錢。

❸ 寄籍：久離原籍而用旅居地的籍貫。清代京畿秀才、舉人錄取名額較多，所以有很多人投機取巧，以寄籍被錄取。

人談了半天。聘才拉他在扁食樓上吃了飯，即同到那些小旦寓處，打了幾家茶圍。末了到琴言處，琴言倒出來與聘才談了幾句，即問起子玉來。聘才就將子玉的心事，再裝點了些，說得琴言著實感激，並與琴言約定了，明日同子玉前來相會。回來與子玉說知，子玉便添了一件心事，一夜未曾睡著。是夕，士燮在尚書房值宿❺未回。

到了次日，子玉正要打算和聘才去看琴言，忽見門上梅進滿面笑容的進來，說道：「恭喜少爺，老爺放了江西學差，報喜的現在門口。」子玉聽了，也覺喜歡，便同著梅進到裡頭報與顏夫人知道，顏夫人欣喜更不必說。李性全就同元茂、聘才到上頭去道了喜。少頃，士燮回家，有些同僚親友陸續而來，一連忙了幾日。便接著李先生赴任日期，士燮又與先生餞行。到動身那一日，子玉同了元茂、聘才直送出城外三十五里，到宿店住下。性全囑咐一番，又教訓了元茂幾句，道：「庾香年紀雖小於你，學問卻做得你的先生，你以後須虛心問他。」元茂連聲答應。性全又對聘才道：「小兒本同吾兄出來，我看他將來是一事無成的，一切全仗照應。」聘才亦諾諾連聲。子玉是孝友性成，臨別依依，不忍分手，只得與元茂送了先生，同了聘才洒淚而別。

士燮也擇於三月初十日動身，今日已是初五了。顏夫人與士燮說道：「新年上，孫家太太為媒，與王表嫂面訂了二姑娘，將玉簪子為定。你如今又遠行了，也須過個禮，不是這樣就算的，別要教人怪起來。」士燮笑道：「你不說我竟想不起，這個是必要的，明日就請孫伯敬為媒就是了。」正說話間，孫

---

❹ 忌辰：猶忌日。

❺ 尚書房值宿：明洪武十三年廢中書省，以六部尚書分掌政務。屬官輪流值夜班。

亮功來拜，士燮出見，問了起程日子，便說起他的夫人的意思來，說：「新年與王家訂親，彼此是娘兒們行事，究竟也須行過禮，方才成個局面。況你此去也須三年才回，不應似這樣草草。」士燮道：「我們正商量到此，原打算來請吾兄。明日先過個帖，大禮俟將來再行罷。」亮功答應了。

次日，顏夫人備了彩盒禮帖，請亮功來，送了過去。文輝處回禮豐盛，有顏仲清幫同亮功押了回來，士燮備酒相待。是日不請外客，就請聘才、元茂相陪。這李元茂今日福至心靈，說話竟清楚起來。性全出京時留下二百兩銀子與他，元茂買了幾件衣裳，混身光亮。亮功眼力本是平常，今見了元茂團頭大臉，書氣滿容，便許為佳士，大有餘潤之意，便問起他的姻事來。仲清早已看明，便竭力贊揚。李元茂不知就裡，樂得了不得，心裡著實感激仲清。且按下這邊。

再說子玉在家無趣，趁他們吃酒時，便帶了雲兒去找劉文澤、史南湘。先到了文澤處，不在家，去找南湘，恰好文澤的車也到南湘門口。子玉道：「我方才找你。」文澤道：「失候。我去找馮子佩，適值他進城去了。」說著遂一同進去，到南湘書房坐了。伺候南湘的龍兒送了茶，道：「我們少爺，這時候還沒有起身呢！」說罷，進去了，一盞茶時候，見南湘科頭赤腳，披著件女棉襖出來，道：「你們來得好早。」子玉見了，便笑道：「我吃過了飯才來的。」文澤道：「好模樣，拿你們夫人的衣裳都穿出來，難道你們夫人也沒有起身麼？」南湘道：「他起身多時了。我方才睡醒，聽見你們二人來，我不及穿衣，隨手拉著一件就出來的。」就有龍兒拿上臉水，還有個虎兒送出衣裳靴帽。南湘洗了臉，慢慢的穿戴起來，便笑嘻嘻的向子玉作了一個揖，道：「恭喜，恭喜！你瞞著我們定得好情。」子玉只當說他定親，倒害臊起來。文澤道：「定得什麼情？」南湘道：「前日我在度香處，他說有個叫杜玉儂，是古往今來第一個名旦，被庚香獨占去了。他們還在怡園唱了一齣定情❻。」文澤道：「那個叫杜玉儂？我們怎麼也沒有見過。」南湘道：「好得很。據度香、靜宜品題，似乎在寶珠之上，我卻不認得。庚香今日怎不同我們去賞鑒賞鑒？」子玉聽了，才知不是問他定親，然卻是初出茅廬，不比他們舞席歌場鬧慣的了，卻臊得回答不出了。文澤再三盤問，只得答道：「這玉儂就是琴言，你們也都見過的。」文澤道：「真冤枉殺人，我們不要說沒有見過，連這名字都沒有聽見過。」子玉道：「怎麼冤枉你們？難道正月初六在姑蘇會館唱驚夢那個小旦，你們忘了不成？」文澤想了一會道：「是了，是了。這麼樣你更該罰。那一天你們四目相窺，兩心相照，人人都看得出來。我問你，你還抵賴說認都不認得，如此欺人。今日沒有別的，快同我們去，難道如今還能說不認得麼？」南湘大笑道：「認得個相公，也不算什麼對人不住的事情。庚香真有深閨處女屏角窺人之態。今日看你怎樣支吾，快去，快去！今日就在他那裡吃飯。」

子玉被他們這一頓說笑，就想剖白也剖白不來，只覺羞羞澀澀的說道：「憑你們怎樣說罷，我是沒有的，我也不知道他住在什麼地方。」南湘道：「你又撒謊。」文澤道：「若是那一個，我倒打聽了，只知道他叫琴官，是曹長慶新買的徒弟，住在櫻桃巷秋水堂。」南湘道：「走罷！」即向龍兒吩咐外面套車。子玉道：「我是不去。」南湘道：「好，好！有了心上人，連朋友都不要了，你是要一人獨樂的。」便拉了子玉上車，一徑往櫻桃巷琴言處來。文澤的跟班進去，一問琴言不在家，聽得裡頭說道，就是劉大人帶到春喜園去了。文澤一個沒趣，子玉倒覺喜歡。南湘道：「那裡去？我還沒有吃飯，對門不是妙香堂素蘭家麼，咱們就找香畹去。」文澤道：「只怕也未必在家，叫人去問一問。」

❻ 定情：長生殿中一折。

素蘭卻好在家，裡頭有人出來，請了進去，到客廳坐下，送了茶。文澤問子玉道：「香畹你見過沒有？」子玉道：「沒有。」南湘道：「此君丰韻，足並袁、蘇，為梨園三鼎足。」不多一會，素蘭出來，與南湘、文澤見了，又與子玉相見。素蘭把子玉細細打量了一番，問文澤道：「這位可姓梅？」文澤向子玉道：「又對出謊來了，你方才說不認識他，他怎麼又認識你呢？」子玉真不明白，恰難分辨，倒是素蘭道：「認是並不認得，被我一猜就猜著了。」南湘道：「我恰不信，那裡有猜得這麼準。你若是猜得著他的名字，就算你是神仙。」素蘭道：「他名字有個『玉』字，號叫庾香，可是不是的？」南湘、文澤大笑道：「這卻叫我們試出來了，還賴說不認識。我們當庾香是個至誠人，誰知他倒善於撒謊。」說得子玉兩頰微紅，這個委屈，無人可訴。細看素蘭的面貌，與自己覺有些相像，恐怕被南湘、文澤看出說笑，他便走開，去看旁邊字畫。南湘對文澤道：「你可看得出香畹像誰？」文澤道：「像庾香，我第一回見庾香，我就要說他，因為他面嫩，所以沒有說出來。」子玉權當不聽見，由他們議論。素蘭道：「你們不要糟蹋他，怎麼將我比他？」說罷拉了子玉過來，到這邊坐下。南湘道：「我們還沒有吃飯，你快拿飯來。」素蘭即吩咐廚房備飯。

子玉雖見過素蘭的舞盤，那日為了琴言，恰未留心。今見素蘭秀若芝蘭，穠如桃李，極清中恰生出極艷來。年紀是十七歲，穿一件蓮花色縐綢綿襖，星眸低纈❼，香輔微開，真令人消魂蕩魄。便暗暗十分贊嘆，也不在琴言、寶珠之下，只不知性情脾氣怎樣。外面已送進酒肴來，三人也不推讓，隨意坐了。素蘭斟酒，謂子玉道：「你是頭一回來，須先敬你。」子玉接了。隨又與南湘、文澤斟了，文澤問道：

❼ 星眸低纈：眼睛向下掃視。

「你今日倒不上戲園子去？」素蘭道：「今日沒有我的戲，可以不去。」子玉見了素蘭也是幽閑貞靜一派，心裡就契重他。素蘭一抬頭，見子玉只管偷看他，不覺一笑，便有一種幽情艷思搖漾出來，子玉把眼一低。文澤笑道：「同了庾香出來，我們有多少算不來處。」子玉不解。文澤笑道：「有了你，譬如逛燈那一天，車中的少婦只愛你不愛看我們了，不是算不來麼。」說得子玉脹紅了臉，道：「我倒不曉得愛什麼。」素蘭對著南湘道：「我最愛你題我的畫蘭那首木蘭花慢詞。」南湘道：「你填的詞，近來也好得多了。」素蘭忽然怔怔的看著子玉，如有所思，被文澤瞧破，便調素蘭道：「你愛他麼？」素蘭又一笑。子玉便不好意思，倒坐立不安起來。素蘭對子玉道：「你今日可曾看你的相好？」子玉摸不著是誰，便道：「你說那一個？」素蘭道：「我只知道你這一個，不知道還有幾個。」子玉益發不解。南湘、文澤也猜不出來，都問道：「你說他的相好是誰？」素蘭道：「他的相好，倒天天到我這裡來，就住在對門，你怎麼過門不入？快去請了他來。」子玉方悟出是琴言，心裡想道：怎麼他們都會知道了。文澤道：「何如？連庾香的相好他都知道，可見你們交情很深。」南湘道：「我們先到對門，琴言不在家，方到這裡來。」素蘭道：「原來因他不在家，你們才過來。」

子玉聽了，心上恰有些過意不去，正要開口，文澤接著道：「我們從那一頭來，先過他門口，自然要先問一聲再過來，也是由近而遠一定的道理。」素蘭道：「不怪你們，也不必圓轉。我告訴你們實話罷：我與庾香恰並無一面之識，都是玉儂告訴我的。這玉儂本來與我說得來，從正月初七日起，至今便天天過來與我長談，甚為莫逆。近來往往叫我的號便叫錯了，叫我庾香。」子玉一聽，已想著琴言的意思，便覺一陣心酸，凝神斂氣的等素蘭說下來。文澤指著子玉道：「他便叫庾香，怎麼琴言叫起你庾香來？」南湘道：「這還要問？這個緣故你還猜不出來？」文澤也不開口，再聽素蘭道：「我那裡曉得他叫庚香，起初也不在意，後來常聽他叫錯，便盤問他，他不肯說。有一日瑤卿在此，我與他說起來，瑤卿便把你們的情節說了一個透徹。玉儂已後自己也說出來道：我有些像你，見我如見你一樣，所以時常到我這裡來，並不是與我真心相好，不過借我作幅畫圖小影，你道這情深不深？人家費了這片心，難得你今日來，我所以替他明白明白，教你知道，不教他白費了這片心。」

子玉聽了，便如啞子吃黃連，說不出苦來，兩眼眶的酸眼淚，只好望肚子裡咽。文澤、南湘連連點頭道：「這真難得。」文澤又道：「玉儂於庚香的情，可為二十四分了，不知庚香與玉儂的情怎樣，你可知道？」素蘭道：「怎麼不知道？也是瑤卿說的。」又將徐子雲將假琴言試子玉的情節，說了一番，聽得南湘、文澤笑了又贊，贊了又笑。子玉十分難受，只得說道：「些須小事，一經人道，便添出無數枝葉來了。」

當下素蘭又遣人去問，琴言尚未回來。吃過飯，講了些閒話，子玉便要素蘭寫的字。素蘭道：「現成的卻沒有。」說罷，便往裡面去，不多一會，拿出一柄湘妃竹紙扇，雙手呈上，道：「這是方才寫的，權且奉贈，只是不好，看不得。」子玉看時，鐵畫銀鉤，珠圓玉潤❽，盎然古秀可愛，圖章亦古雅。子玉作了一揖謝了。談談講講，已是申末時候，子玉要回，南湘、文澤也就同了出來，素蘭送至大門，各人上車不題。

卻說孫亮功回去與陸夫人商量，要將大女兒許與元茂，陸夫人冷笑了幾聲，不發一言，亮功不敢再

---

❽ 鐵畫銀鉤二句：書法筆勢勁挺，像珠子那樣圓，像玉石那樣溫潤。

說。然主意已定，明日去托王文輝為媒，文輝躊躇了半天，心裡想道：這個白人兒，怎好嫁人？因又想道：那李元茂，也不是個佳婿，呆頭呆腦的，那一天作個揖，就將我的帽子碰歪，只好娶這樣媳婦，便應允了。為這件事，特到士燮處來，將亮功之意達之士燮。士燮大喜，就請了聘才、元茂出來，聘才自然一口贊成，元茂十分暢滿。士燮就與元茂代寫了求允帖，交與文輝，於初六日過了禮帖。這是千里姻緣，百年前定，李元茂這個呆子巴不得明日就贅了過去，才可免指頭兒告了消乏。

初十日，仲清、王恂絕早過來送行，梅學士行李一切，早已收拾停妥，已於初九日打發家人押了出城。是日親友擁擠不開，時候尚早，仲清、王恂先在書房，與子玉、元茂等等候。仲清便對元茂道了喜，道：「恭喜，恭喜！你今日真得了一個雪美人。你從前不是有句詩是『白人雙目近』麼？如今倒成了詩讖❾了。」元茂不解，頗自得意。

少頃，士燮送了客出去，便叫出子玉來，教訓了一番。又叮囑了元茂、聘才幾句。然後與夫人別了，即上車起程，顏仲清、王恂、魏聘才、李元茂一起隨後，顏夫人領著子玉，並有些僕婦丫鬟一群的車，也送出城來。城外是王文輝、孫亮功等十幾個同年至好，一齊在旗亭❿餞別。士燮盤桓了一會，文輝等進城。天色不早，顏夫人也只得帶了僕婦丫鬟洒淚先回。子玉、仲清、聘才、元茂與些家人們，隨到店中住了一夜，明日叩別。士燮又勉勵了子玉幾句，子玉也只得同仲清等哭泣而回，且按下不題。

那日徐子雲也在旗亭送行回來，且不進宅，一徑到園，即到次賢屋裡，始知次賢在桃花塢賞桃花，

❾ 詩讖：迷信者謂所賦詩無意中預示後事的朕兆。

❿ 旗亭：酒樓。

還有寶珠、漱芳兩個，子雲就到桃花塢來。雖是自己園中，也不能天天游覽，數日之間，已見桃花開滿，爛若晴霞，映著一水盈盈，草茵如繡，真覺春光已滿。走進了第三重，始見曲榭之中，次賢與寶珠、漱芳在那裡喝酒。見了子雲，寶珠、漱芳已迎上來，次賢也笑面相迎。子雲笑道：「靜宜，今日竟偏我獨樂了。」次賢道：「我知道你今日早回，先已虛左而待。」漱芳道：「你不見擺了四個坐兒麼！」子雲即在次賢對面坐了。次賢問道：「今日送行的人多麼？」子雲道：「人倒不少，庚香、劍潭送到前站宿店去了，要明日才回。」即指著寶珠笑道：「惟有他們同隊中，不見有一個人在那裡送行，只怕這位老先生，生平也沒有叫過他們。」寶珠笑道：「這位梅大人每逢戲酒，叫我們也伺候過幾回，人倒謙雅的，就總沒有賞過一句話兒。倒不料他生出那麼一個風流的公子。這梅庚香前日竟在香畹處吃飯，還到玉儂處，沒有遇見。據香畹說，他待玉儂的情分，竟是有一無二的。」子雲道：「你怎麼知道他去找玉儂？是他一人去的麼？」寶珠道：「是香畹對我講的，他恰與竹君、前舟二人同去，香畹還送了他一柄扇子，他們倒也合式了。」次賢道：「我看前日庚香、玉儂二人，真可謂用志不紛，乃凝於神⓫。這兩人既相得了，將來必要找出多少苦惱的事情來，你們慢慢的看著他們罷。」

當下這四人喝了一會酒，看了一會花，次賢對寶珠道：「度香所刻那十六個酒令，你們看見沒有？」寶珠道：「怎麼沒有看見？」子雲道：「你們今日何不也照這令行幾個出來，也見見你們的心思。」寶珠尚未回答，漱芳道：「這個我們只怕行不來，一來心思欠靈，二來這唐詩與詩經也不甚熟，那裡能說得這樣湊拍？除非在家裡把幾種書翻出來，揀對路的一個個湊，才湊得成呢。」寶珠道：「我們真自慚

⓫ 用志不紛二句：聚精會神。見莊子達生。

愧，這些姑娘們也與我們差不多年紀，怎麼他們就有這樣慧心香口，我們就這樣笨？」子雲道：「你們今日試行一行，包管你們行得好。」便叫拿副骰子來，家人便去取了副骰子放在盆裡，送到席上。子雲便叫寶珠先擲，寶珠尚推諉不肯，經子雲、次賢逼住了，只得說道：「何苦要我們做笑話？我非但別樣記不清，連這曲牌名也記得有限。或者瘦香還能，我是定說得不好的。」只得擲起來，擲了好幾擲，擲著了一個色樣，名為「綠暗紅稀」，便呆呆的想來，想了一會，不得主意，便道：「這不是尋煩惱麼？」漱芳道：「我且擲著色樣再想。」他也擲了好幾擲，擲著了「蘇秦背劍⑫」，便道：「這更難了。」忽見寶珠問次賢道：「詩經上有一句什麼永嘆？我記不真。」次賢道：「每有良朋，況也永嘆⑬。」寶珠道：「有是有了一個，只就是不甚好。」子雲道：「你且說來。」寶珠念道：「綠暗紅稀，夢好更尋難，你晚妝樓上杏花殘。懶畫眉，況也永嘆。」⑭次賢、子雲贊道：「說得很好，第一個就這麼通，真是難得。就這詩經一句稍差了些，然而也還說得過。」寶珠道：「這詩經實在難於湊拍，又要依這個韻，覺得更難了。」漱芳道：「我想的更不好。詩經上不是有一句『莫我肯顧』麼？」子雲道：「有。你快說。」漱芳要念時，重又頓住，覺有些羞澀，次賢又催，只得念道：「蘇秦背劍，北闕⑮休上書，誤你玉堂金馬⑯三學士。不是路，莫我肯顧。」子雲道：「這個說得甚好，竟句句湊拍。」次賢道：「倒實在難為

⑫ 蘇秦背劍：指蘇秦遊說六國事。見史記本傳。

⑬ 每有良朋二句：平時雖是好朋友，看你遭難只長嘆。出詩小雅常棣。

⑭ 綠暗紅稀五句：見骨牌名貫串令。下十五個同。

⑮ 北闕：漢書高帝紀注：「尚書奏事，謁見之徒，皆詣北闕。」闕，宮門前的望樓。

他。」寶珠道：「他的比我好，不比我的雜湊。」便覺兩頰微紅，大有愧色。子雲安慰道：「你的也好，不過你的題目寬泛些，難於貼切。他這『蘇秦背劍』的題目就好，所以比你的容易見長。」寶珠得了這一番寬慰，稍為意解，便又擲了一個「紫燕穿帘」，便道：「這個題目倒好。」便細細的想，想了好一會，問子雲道：「我記得有『繡窗愁未眠』這一句，是詩還是詞？」子雲道：「是韓偓[17]的詩。」寶珠道：「這個略好些兒。」便念道：「紫燕穿帘，繡窗愁未眠，慢俄延，投至到櫳門前面。四邊靜，愛而不見。」子雲等大贊。漱芳道：「你們知道他這『四邊靜，愛而不見』，是說得什麼？」次賢笑道：「大有春恨懷人之致。」子雲也笑。漱芳笑道：「不是。他昨日飛去一個秦吉了[18]。我昨日到他那裡去，正遇著他急急的跑出房來，四下張看。問我道：『你看見沒有？』他方才說的，倒像那昨日的神氣。」寶珠也笑道：「今日他又回來了。」

漱芳又擲，擲了一個「花開蝶滿枝」。漱芳想了一會，說道：「花開蝶滿枝，是妾斷腸時，我是散相思的五瘟使。蝶戀花，春日遲遲。」次賢等大贊道：「這個更好。」寶珠道：「他總比我的說得好，我今日的兩個都不及他。」便又擲了一個「打破錦屏風」，便道：「這個題目恰好，然難也難極了，須要在『打破』兩字上頭著想，若得湊成了，倒是個好令。」漱芳道：「這個難，教我就湊不成，只怕那句詩經就不容易。」寶珠怔怔的想，想著了唐詩，又湊不上西廂；想到了西廂，又湊不上詩經，好不著急。

[16] 玉堂金馬：謂漢代金馬門和玉堂殿，後亦以金馬玉堂稱翰林院。

[17] 韓偓：唐萬年人。字致堯，小字冬郎。為詩慷慨激昂。因唐藝文志著錄偓香奩集一卷，舊稱其善香奩體。

[18] 秦吉了：鳥名，亦稱了哥，又稱吉了，會學人語。

想了好一會，問道：「詩經上不是有一句『何以穿我墉』麼？」次賢道：「妙極了，這一句已經穩妥，中間湊得連絡就好了。」寶珠面有喜色，欣欣的念道：「打破錦屏風，暮色滿房櫳，吉丁當敲響簾櫳。月兒高，何以穿我墉。」子雲等大贊，子雲道：「這個實在妙極了，就在那十六令中也是上等，我們恭賀三杯。」寶珠始為解顏歡喜。

漱芳心裡又著急起來，恐怕再行，不能及他，便道：「算了罷！實在費心得很，我不擲了。」子雲道：「這令原也費心，但只五個，他得了三個，你才兩個，你再擲一個罷。」漱芳道：「適或色樣重了呢？」次賢道：「重了不算，須要不重的才有趣。」漱芳不得已，擲了好幾個重疊色樣，然後才擲出一個「楚漢爭鋒」，便道「擲了這個，就算完結了」。子雲應允。漱芳便構思起來，一人獨自走到桃花叢中去了。子雲等也到花叢中游玩。漱芳道：「我想倒想著了一個，就是唐詩這一句還有些牽強，若除了這一句，我又找不出第二句來，只好將就些罷。」便念道：「楚漢爭鋒，君王自神武，你助神威擂三通鼓。急三槍，百夫之御。」大家贊好。子雲道：「今日又得了六個，共有二十二個了，將來能湊成一百個就好了。」次賢道：「一百個是不能，況且骨牌名沒有這許多，曲牌名是盡夠，不如去了這骨牌名換個別樣，或者湊得成百數。若用骨牌名，可用的也不過五六十個，內中有幾個有趣的，偏擲不著，如『公領孫』、『鍾馗⑲抹額』、『貪花不滿』、『三十禿爪龍』等類，湊起來必有妙語。就是限定西廂也窄一點兒，

---

⑲ 鍾馗：傳說唐玄宗病瘧，晝夢一大鬼，破帽、藍袍、角帶、朝靴，捉小鬼啖之。自稱終南進士鍾馗，嘗應試不第，觸階而死。玄宗覺而瘳，詔吳道子畫其像。其說自唐已盛行，宋元亦然。後世以其辟邪，有取為人名者，後又附會為食鬼之神。

不如用曲文一句就寬了。惟有那『推倒油瓶蓋』一個難些。」子雲道：「詩經上『瓶之罄矣』好用，曲牌名用油葫蘆。」次賢道：「西廂呢，用那一句？」子雲想了一想，笑道：「西廂上可用的恰又不是這個韻。」

四人在花下坐了，子雲問起琴言今日何以不來，寶珠道：「今日他又替我到堂會裡去了。他就有一樣好處，他唱戲時並不很留心關目⑳，他那丰韻生得好，就將他自己的神情，行乎所當行，倒比那戲文上的老關目還好些。所以才有人說他生疏，也有人說他神妙。」子雲笑道：「以後梅庾香，大約非玉儂之戲不看，非玉儂之酒不喝的了。」漱芳笑道：「玉儂的行事還沒媚香的奇，近來聞他天天到宏濟寺去一回。有個什麼田湘帆，也是個風流名士，鬧到不堪。後來見了媚香的戲，便天天跟著他的車，他往東就往東，他往西就往西，跟了整個月。媚香憐念他，與他一談，倒談成了知己，如今是莫逆得很，不可一日不見。」次賢笑道：「有這等事！我看媚香真算個鶻伶淥老㉑不尋常，竟有人籠絡得住他麼？這人必是不凡。」

正說得高興時，忽子雲的家人上前說：「有客來拜。」子雲便冠服出去。不知後事如何，且聽下回分解。

---

⑳ 關目：元雜劇的套子。後指劇本的情節、結構。

㉑ 鶻伶淥老：優伶中出類拔萃的人物。淥老，眼睛。金董解元西廂牆頭花曲：「小顆顆的一點朱唇，溜汈汈的一雙淥老。」

第十六回　魏聘才初進華公府　梅子玉再訪杜琴言

話說前回書中梅士燮赴任之後，一切家事，內而顏夫人掌管，外而許順經理，井井有條。子玉仍係讀書，經籍之外研磨諸子百家。到花晨月夕，則有二三知己，明窗淨几，共事筆硯。或把酒清談，或題詩分韻。所來往者劉文澤、顏仲清等為最密。而怡園徐度香一月間亦過訪幾次，或遇，或不遇。蓋度香局面闊大，現處福地，為富貴神仙，所以干謁者紛紛而來，應酬甚繁。即遇無事清閒之日，又須為諸花物色，荼蘼❶石葉之香，鹿錦鳳綾之艷，雖傾倒一時，然較之小樓深處修竹一坪，紙帳開時梅花數點，反遜子玉、竹君等之清閒自在也。

卻說魏聘才其人在不粗不細之間，西流東列，風雅叢中，究非知己；繁華門下，盡可幫閒。目下與李元茂同住梅宅，一無所事，唯有出外閒游。而元茂又另是一種呆頭呆腦的脾氣，與之長處，實屬可厭。聘才思量道：我進京來本欲圖些名利，今在京數月，一事無成。且梅老伯又到江西去了，要兩三年才回，王老伯終是大模大樣，絕無一點關切心腸。長安雖好，非久戀之鄉，不如自己弄得一居停主人❷，或可

❶ 荼蘼：亦稱酴醾、佛見笑。薔薇科。初夏開花，花單生，大型，白色。

❷ 居停主人：房東。居停，棲止、歇足之處。唐盧仝玉川子集月蝕詩：「月蝕烏宮十三度，烏為主人不覺察。」後因稱租寓之所為居停。

附翼攀鱗，弄些好處出來，亦未可定。我想富三爺交游最闊，求他覓一機會，不甚為難。主意定了，就坐車進城，來到金牌樓富宅，先著小使到門上一問。聘才聽說三爺不在家，在對門貴大老爺處打牌，小使出來，聘才道：「貴大爺我去年卻拜過他，未曾見著，今日正好拜他。」即到對門來，傳進片子，聽得裡面叫：「請！」開了兩扇中門，聘才進去，卻是小小一個院落。只見貴大爺從正廳上出來，迎上前，與聘才拉了手，讓聘才進屋內炕上坐。聘才道：「兄弟來過幾次，總值大爺出門，偏偏遇不著。」貴大爺道：「兄弟差使忙，輕易不出城，倒常想同富三哥出城找吾兄逛一天，不是他沒有空，就是我有事，再停兩天就好了。」又講了些閒話。聘才留心屋內卻也收拾乾淨，一併是三間，東邊隔去了一間做書房。院子內東邊是粉牆，西邊一個月亮門，內有一扇屏風擋著，想必是內室了。只見炕上掛一幅藍地白字的回文詩句❸，一幅冷金箋對子，是戶部總理寫的。兩旁是八張方椅，東邊擺一書桌，一盆小小盆景，一面是幾張方杌❹。

聘才正要開口，貴大爺道：「富三哥在此打牌，就在那屋子裡，咱們那邊坐罷。」就讓聘才進去。走到書房門口，有一小廝揭起了一個香色布帘，聘才跨將進去，只見富三將牌望桌上一放，打了一個呵欠，伸了一伸腰，見了聘才便站起來，笑嘻嘻的道：「久不見了，好呵？」聘才拉個手，見屋裡尚有兩人，一人面南，一人面北，那面南的即起身照應，那面北的便似照應不照應的，略把身子鬆一鬆，就坐了，仍看著手中的牌。聘才看那上首一位的相貌，一臉酒肉氣，兩撇黃鬚，一雙蛇眼，衣帽雖新，不合

---

❸ 回文詩句：詩詞字句回旋往返，都能成義可誦的叫回文。

❹ 方杌：小凳子。

官樣，約有四十四五歲。下首一位，已有五十餘歲，是個近視眼，帶了眼鏡，身上也是一身新衣。聘才便問道：「這兩位沒有請教貴姓。」那上首的即答道：「姓楊，我是這裡的街坊。」又問那位老年的，老年的慢慢的答道：「我姓閻。」貴大爺道：「這位閻簡安先生，是華府中的師爺。那一位是精於地理的，又是富三哥的乾兄弟，就在東胡同那大宅子裡，號梅窗，行八。」說罷，小廝移了一張凳子，就放在富三上首，大家坐了。富三道：「你好阿！你在城外天天的樂，你也不來瞧瞧哥哥。你知道哥哥惦記你，你就不惦記我；我找你兩三回，你躲著不出來，你天天兒瞧戲，好樂阿！」聘才笑道：「那裡的話？那一天不想著三爺。因我老伯到江西去了，一切家事是托兄弟照應的，所以事情多一點兒。」那姓楊的便問聘才道：「足下在梅大人宅裡？」聘才道：「是。」因問道：「認得梅宅麼？」那人道：「怎麼不認得？他們墓地的樹，還是我種的呢。」貴大爺道：「這楊老八的風水是高明的，我們內城多半是請他瞧的。」聘才便又拉攏起來，只有那個閻簡安是冷冰冰的，只與富、貴兩人講話。富三爺道：「歇了罷，這牌打得悶人，就是我輸了，算帳罷。」閻簡安便道：「怎麼就歇？方才打了兩轉。」梅窗道：「算了，不用來了。」於是，大家起身散坐，點籌碼，是閻、富兩人輸了。聘才道：「倒是我吵散了。」富三一手捶著腰道：「我本來不喜歡這個，輸了錢還慪悶。」閻簡安道：「可不是。」楊梅窗笑道：「誰叫你們打得這麼燥頭❺？將牌都亂發的，不輸你輸誰？」閻簡安笑道：「你好，我瞧見你幾時又贏過錢？不過會訛人就是了，只好在我與富三哥面前混滂，在貴大哥跟前就不能了。」

大家說笑了一陣，貴大爺即命小廝拿出酒肴來，是四五樣葷素菜，一壺黃酒，賓主五人小酌了一回。

---

❺燥頭：蹩腳。

席中聘才對那閻簡安問起華府的光景，那老閻就覺得有些高興，便道：「敝東公子，是人間少有的。府裡的闊大是說不盡的。」聘才又問同事幾位，簡安道：「在府裡住的有十幾位，在老爺子任上的有十幾位，其餘來來去去走動的，不計其數。我是老爺子三十年的交情，同著出過兵，與那些個朋友是兩樣的光景，哥兒待我是父輩的禮數。其餘就難講了。」原來這個閻簡安，是個半生半熟的老篾片❻，卻與華公有舊，嫌其心窄嘴臭，脾氣古怪，所以叫他在府裡住著。華公子是更不對的。楊梅窗是個土篾片，但知勢利，毫無所能。又是個裡八府的人，怯頭怯腦。因與富三爺是乾兄弟，又拉攏了些半生半熟的闊老，仗著看風水為名，胡吹亂講的一味貪財，或與地主勾通，或與花兒匠工頭連手，賺下人的錢，也捐了個從九候選，至於堪輿之學❼，實在不懂。是日談次，倒與聘才合了式，便要與聘才換帖。聘才是樂得拉攏的，便十分應酬。只有那位老閻是勢利透頂的人，如何看得起聘才，聘才也深厭其人。五人歡敘了一回，各要散了，楊老八並約聘才另日再敘。

聘才便同到富三家裡來，又坐了一回，便把心事講起。富三爺道：「既然如此，何不就挪到舍下來，盤桓幾時。」重又說道：「我們舅太爺府中朋友最多。今日聽得老閻說，辭了兩位出去，如今正少人呢。」聘才道：「舅太爺是那一位？」富三道：「你不記得去年在城外，瞧見那十幾輛車，車內那個貂裘繡蟒的，叫做華公子就是。」聘才心中十分歡喜，想道：這華公子勢焰熏天，若得合了式，弄個小小的出身，也還容易。又遂問道：「他家去做朋友，不知要辦些什麼事？」富三道：「辦什麼呢？陪著喝酒，陪著

---

❻ 篾片：舊指豪門富家幫閒的清客。

❼ 堪輿之學：相地看風水的迷信活動。

看戲，閒空時寫兩封不要緊的書札；你還會彈唱，是更合他的心意了。這人本是個頂好的好人，只要盡拿高帽子孝敬他，他就喜歡，違拗他，他就冷了。我瞧你趨蹌很好，人也圓到，你肚子裡自然很通透的了。我們舅太爺筆底下也來的，去年老佛爺❽叫他和過詩，並說好，還賞了黃辮子荷包一對、四喜搬指❾兒一個呢。你要去，我明日就荐你，包管可成。」聘才聽得喜動顏色，忙作揖謝了。因又想著這個老闊有些礙眼。忽又想道：各人辦各人的事，不與他往來便了。再坐了一回，辭了富三回寓。

明日，富三就到華公府來，見了華公子，就荐聘才進府，幫辦雜務。華公子應了，說道：「我這裡倒不拘人多人少，只要人好，是你的好朋友，自然不用講了。就請你去講一聲，請他來就是了。」即吩咐林珊枝傳諭總辦，將魏師爺修金飲饌說定，富三連連答應幾個「是」。又進去見了華夫人，就辭了，一徑出城，通知了魏聘才，請其明日就去。

是日，聘才就與子玉說明，並謝數月叨擾。子玉吃驚道：「大哥何故要去？莫非嫌小弟有得罪之處麼？」聘才連連陪笑道：「愚兄自到貴府以來，承伯父母同棣臺❿如此恩待，豈尚有不足？無奈愚兄此番進京，家父諄諭再三，定要謀一前程出京。因此處稍可巴結，且富老三力為作合，且去看看光景。只隔一城，原可時常來的，棣臺若不忘懷，華府圓亭，聞說是極好逛的。伯母前請棣臺先為稟明，明日起身時，再進去叩謝。」李元茂在旁，聞得聘才要進華府，心中有些難過，道：「你去了只剩了我，且你也少了個伴兒。

❽ 老佛爺：清朝對皇帝的稱呼。
❾ 搬指：古時射箭，為拉開弓弦，於大姆指上戴上指環。多以骨、象牙、翠玉製成，後作為裝飾品。
❿ 棣臺：兄弟。

我聞得華公子脾氣不好，你倒不要去吃釘板⑪，還是在此罷，過年再說。」聘才道：「各人有各人的打算，我如今比不上你了。你是知縣少爺，享現成的福，我不但自己不能受用，還要顧家呢！」子玉聽到這句，便知不能強留，只得進去與顏夫人說了。顏夫人道：「既然如此，只好聽他自去罷。但老爺出門時，囑咐我好生看待，且說他倒能辦事。但此時也無甚多事，如果將來有事，再請他回來亦可。」是晚，即命子玉與聘才餞行，又送出四十兩銀子與聘才，聘才感激不盡。一夜與元茂談談講講，各有難分之意。

明早，富三爺即遣人帶了兩輛車來接聘才，聘才即拜別顏夫人並子玉，又辭了元茂，收拾停妥，帶了四兒一徑上車。先到富宅吃了早飯，富三親送到華府。到了門口，富三先著人回進去，並說魏師爺來了。聘才在車內一望這門面，就覺威嚴得了不得，就是南京總督衙門，也無此高大。門前一座大照牆⑫，用水磨磚砌成，上下鏤花，並有花檐滴水，上蓋琉璃瓦，約有三丈多高，七丈多寬。左右一對大石獅子，有八尺多高。望進頭門裡，約有一箭多遠，見圍牆內兩邊盡是參天大樹，襯著中間一條甬道，直望到二門，就模模糊糊，不甚清楚。覺有數十人在那門口坐著。回事人進去了有半個時辰，才見出來，說：「請！」富三同魏聘才便下了車，二人整整衣裳走進。將近二門，見那一班人慢慢的站起來，約有二三十個，都是一色衣服，有幾個見了富三上前請安，並問道：「這位就是請來的師爺嗎？」魏聘才亦各照應了。走進二門，又是甬道，足有一百多步，才到了大廳。回事的引著，轉過了大廳，四面回廊，闌杆曲折，中間見方，有一個院子，有花竹靈石，層層疊疊。又進了垂花門，便是穿堂。再進了穿堂，便覺身入畫圖，

⑪ 吃釘板：碰釘子。

⑫ 照牆：廳堂前與正門相對的短牆，多飾有圖案、文字，作為裝飾、遮蔽用。

長廊疊閣，畫棟雕梁，碧瓦琉璃，映天耀日。聘才是有生以來，沒有見過這等高大華麗、絢爛莊嚴，心上有些畏懼。富三是去熟的，引路的道：「請三爺到西花廳坐罷。」那人便曲曲折折走了好一會，方到了一個水磨磚擺的花月亮門站住了，就不進去了。咳嗽一聲，裡面走出四個年輕俊秀家僮來。那人交代了說：「請進西花廳去。」聘才隨富三進得門來，是一個花園，地下是太湖石堆的，玲瓏透剔，下面是池水，俯見石罅⑬中游出兩條金色鯉魚來。修竹礙人，狂花迎面。走了數十步，上了好幾層參差石磴，接著一座石板平橋。過了橋，是個亭子，下了亭子，又是假山擋住，絕似獅子林⑭光景，要從神仙洞內穿出，方見一所花廳。接著又有幾處亭榭，綠樹濃陰，鳥聲噪聒。庭前開滿了罌粟、虞美等花，映襯那池邊老柏樹上垂下來的藤花，又有些海棠、紫荊等類。

來到花廳，前面是一帶雕闌，兩邊五色玻璃窗，中間掛一個絳色夾紗盤銀線的帘子。書僮把紗帘吊起在一個點翠銀蝴蝶鬚子上。進得廳來，地下鋪著鴨綠絨毯，上頭是用香楠木板做成船室，刻滿了細巧花草。懸著一個匾額，是王鐸⑮寫的「苔花岑雨聯情之館」的墨跡。四圍珠纓靈蓋，燈彩無數。中間平門上刻著文徵明⑯的草書，一張大炕都是古錦斑斕的鋪墊。炕几上供一個寶鼎，濃香芬馥。兩邊牆上糊

⑬石罅：石縫。

⑭獅子林：園名。在江蘇蘇州。元至正間天如禪師講道之所。天如延倪瓚等共計，中多奇石，狀若大小獅子，取佛書獅子座為名。清乾隆間重修擴建。

⑮王鐸：清孟津人。字覺斯。明天啟進士，累擢禮部尚書。順治間降清，卒諡文安。工詩文，善畫山水蘭竹梅石，兼善書，諸體悉備。

⑯文徵明：明長洲人，初名璧，以字行，後更字徵仲，號衡山居士。任翰林院待詔。詩文書畫皆工，而畫尤為著名。

著白花綾，一邊是掛著王右丞⑰八幅青綠的山水，一邊是兩個博古廚，上頭盡放些楠木匣子，想是古書。所有桌凳杌椅，盡是紫檀雕花，五彩花錦鋪墊。正是個錦天繡地，令人目炫神亂。富三與聘才就坐在椅子上，等有兩盞茶時候，忽見一個書僮出來說：「公子今日不爽快，請三爺與師爺到東花園和各位師爺們見見，就請魏師爺在東花園與張師爺、顧師爺在一塊兒住罷。」富三又說：「替我請安。」聘才也站起身道：「替我亦說到。」小廝答應了「是」。窗外那個書僮就請富、魏二位到東花園去，仍由舊路出了月亮門。

那東花園卻在前面東首，聘才跟著富三，重新向外彎彎轉轉，盡走的回廊，處處多有人伺候。華府規矩：每一重門，有一個總管，有事出進都要登號簿的。聘才走了半天，心中也記不清過了多少庭院。及走到穿堂後身，東首有一條夾巷，覺有半里路長。又進了一重門，才見一個花園。這花園卻也不小，有亭有臺，有山有水，花木成林，又是一樣景致。這引路小廝交代了園中的人，就不進去了。那邊又有人來接引。進了斑竹花籬，是一所廳，兩進共有十間，還有些廂房。此中是張笑梅、顧月卿畫畫之處。顧、張二位出來相見，知道聘才是富三爺新荐來的，便陪著聚談。聘才見那張笑梅，倒也生得俊俏，是杭州人，年紀二十上下，是畫工筆人物的，就是吹竹彈絲也還來得。顧月卿是蘇州人，比笑梅略長兩歲，亦頗俊秀，是畫山水花草的。那邊還有個書啟先生叫王卿雲，是老公爺的舊友，有五十餘歲了。閻簡安是辦筆墨雜務，他二人又在一個院落，當下都請來見了。閻簡安道：「不料前日一見，今日就進我們府

⑰ 王右丞：王維，唐太原祁人。晚官至尚書右丞，世稱「王右丞」。以詩畫名盛開元、天寶間。山水畫以水墨渲染，蕭疏清淡，人稱其詩中有畫，畫中有詩。

中來，有這等奇事。」聘才道：「小弟多蒙華公子謬愛，招之門下。無奈鉛刀襪線⑱，一無所能，諸事全仗老先生們教訓。」閻、王二老便道：「好說，好說，東人慕名請來的，自然是個名下無虛的了，我們都要請教。」聘才連聲說：「不敢。」富三爺道：「這魏老大是我的把弟，且係南城外梅大人的世侄，極有本事，最夠朋友的。此刻新來府中，一切都不在行，先生們自然要攜帶攜帶，都是一家人，倒不要生分才好。我明日見了我們舅太爺，還要面托的。」又對聘才道：「咱們到裡頭屋子，瞧瞧住那一間？」又同聘才到了裡頭一進，也是五間，東邊兩間張笑梅做房，聘才就在西邊兩間下榻，中間空了一間為會客之地。富三即叫將行李搬進，叫小廝們鋪設好了。

正要走時，只見一人進來，說道：「公子送了一桌酒席，就請三爺和各位師爺陪著魏師爺喝鍾酒，公子說不要見怪，實在坐不下，不能來陪，又給三爺道乏。」富三爺站起來道了謝。又道：「時候也不早了，剛是吃飯時候了。」大家就在中間屋子裡圓桌上吃起來，無拘無束，甚為暢快。聘才見這席菜，只是上不完，大碗中碗、大碟小碟通計有四十多樣。眾人直飲到二更，富三方辭了眾人出去。他的家人提燈伺候，聘才送到園門，富三又嘮嘮叨叨囑咐一番。聘才尚要送出，富三道：「不要送了，回來你認不得進園子倒累贅，咱們歇天再見罷。」於是不顧而去。聘才進內又與張、顧二人談了好一回，又探問了好些府中光景，方歇。

次日張、顧二人，又引聘才去見了各項的朋友，連府中總管的爺們，以及帳房、司閽⑲、司廚、管

⑱ 鉛刀襪線：才力微薄，藝多而無一精者。

⑲ 司閽：守門人。

馬號、掌庫房，並各處門口掛號簿的人，凡有頭腦的，都一一見了。正是侯門如海[20]，聘才初進來是一樣摸不著的，反覺拘束得很，連話也不敢多說一句，惟有小心謹慎，恭維眾人而已。看官記明：從此魏聘才進了華公府了，慢慢的就生出多少事來。此是後話，且按下不題。

卻說子玉因聘才去了，心中也著實思念了幾天。此時是四月中旬，因有個閏五月，所以節氣較遲，尚見芍藥盛開，庭外又有丁香、海棠等，紅香粉膩，素面冰心，獨自玩賞了一回。鳥聲聒碎，花影横披，不覺有些疲倦，因憶古人「風暖鳥聲碎，日高花影重」二語體物之工。復想起陸素蘭那日待我的光景，又尋出素蘭寫的扇子，細細的看了一回，因又想道：我也要送他些東西才好。遂檢出古硯一方，好香墨兩匣，徐松陵[21]墨蘭冊頁十二方，團扇一柄；即將前日所作送春二律，用小楷寫好，始而欲遣人送去。繼因長晝悶人，遂起了訪友的興致，尋芳的念頭。

到上房稟過萱親，說訪劉、顏諸人，隨了小廝，登輿遍訪諸人，一無所遇，大為掃興。只得獨自來至素蘭寓所，恰值素蘭從戲園中回來，迎接進內，未免也有幾句寒溫。子玉即將所送之物，面贈素蘭，素蘭謝了，細玩一番；又見字畫端楷，重復謝了又謝。即同子玉到臥室外一間書室內，是素蘭書畫之所，頗為幽雅，因問子玉道：「今日為何獨自一人出來？可曾到過對門？見你心上人麼？」子玉笑道：「今日走了好幾處，沒有見著一個。我本為你而來，對門也未去，不知玉儂在家不在家？」素蘭嘆口氣不言

[20] 侯門如海：相傳唐崔郊的姑姑有侍婢與郊相戀，後被賣於連帥。一天，兩人路中相遇，郊作詩一首，有「侯門一入深如海，從此蕭郎是路人」之句。後比喻舊日的相識，因權勢地位的懸殊而疏遠隔絕。

[21] 徐松陵：清徐樹基，字松孫，浙江德清人，諸生。善山水及花卉，初學惲壽平、王翬，晚自成一家。疑「陵」誤。

語，子玉心疑，便問道：「香畹因何不快？」素蘭道：「我自己倒沒有什麼不快，我想起你心上人，你們背地裡這本糊塗帳，將來怎麼算得清楚，白教沒相干的眼淚淌了許多，到底亦不曉得為什麼。問他，他又不說，猜抹也猜抹不出來。其實你們又不天天見面，何以就害得人到這個模樣呢？連他的師傅也不懂的，說他近來有些痰氣，無緣無故就酸酸楚楚，待人更不瞅不睬。從前見人不過冷淡些，卻沒有心事。自從你們怡園同席之後，他就不大招呼人，對我們講話，總喜歡說梅花，就搭不上這句話，也硬搭上來。說喜得是怡園梅崦，又要蕭靜宜畫了四幅各色的梅花，這也罷了。忽又問起度香南邊定織來的綢緞，可有那折枝梅沒有，雜花的有沒有？難為度香竟找出幾匹來，如今現做了袍子、襖兒穿上了。你說這個心思奇不奇，不是為你是為誰？」子玉聽了便覺一陣心酸，止不住流下淚來，要說話，喉間若有物噎住說不出，只呆呆的看著素蘭。素蘭又道：「到底你們是怎樣的交情？我是你的功臣，為你也費了些神。因我有些像你，所以常來對我講些懵懂話兒。我說你這片心，不知人家知道不知道？又不知人家待你，也有這種情分沒有？他倒說得好，這是我自己的心腸，管人家知道不知道，又管人家待我怎麼樣，橫豎我自己一人明白就是了。庾香先生，你心裡到底怎樣，你不妨對我說說。你當面不好意思的對他講，我替你代說，自然你也有一番思念他的心腸，何妨說給我聽聽。」子玉只是不語，素蘭料著是不肯說的，「我們同到他家去瞧瞧罷？」子玉略一躊躇道：「去也使得。」

於是素蘭即同子玉走出門來，不多幾步，即到了秋水堂門口，見有五六輛車歇著。素蘭道：「這光景是裡頭有客，只怕不便進去，不如回去，先著人進去看看何如？」子玉心上略有一分不自在，不曉裡面所請是何客，玉儂陪與不陪；又想起他家裡請客，斷無不陪之禮。毫無主意，只聽憑素蘭進退。素蘭回到自己家門口，喚人往琴言處打聽，不多一刻，來說琴言臥病在床，請客是他師傅長慶請分子，是部裡幾位經承先生，還是吃的早飯，不多一回就散的。素蘭道：「再請到裡面坐著等罷。」子玉聽見，心中略定，只得重進裡面，無精打采的坐下。素蘭只管笑嘻嘻的問長問短，又問：「你到底待那玉儂何如？」子玉被問不過，只得說道：「玉儂之事，其說甚長。」就把魏聘才途中所見情景，至今年會館中見他一齣驚夢，真是絕世無雙，情文亙至，尚未悉其性情抱負。及到怡園為假琴官所戲，「我說出思慕琴言，原為其守身如玉，落落難合，不料其自棄如此。那時玉儂在屏後聽了嗚咽欲絕，及同席時又彼此都講不出什麼來，倒像是前生相契，今生重逢，兩人心事你知我見，無用口說的光景。彼亦不期然而然，我亦無所為而為。總覺心頭眼前，不能一刻棄置。你不說，我尚不知他背後如此牽掛。我為他，我是曉得他底蘊；他為我，難道他又曉得我什麼？且我有何感動他處，使他如此？倒不如不見面罷，省得見面時更多感觸。」子玉說到此處，更神色慘淡，似有悲泣之意。素蘭亦覺淒楚，便淌下淚來，半晌勸道：「你們兩人前生竟有些瓜葛，不然何至於此？以君才貌而論，是人人憐愛的。但似玉儂之冰雪心腸，獨為你纏綿宛轉。以度香之百般體貼，亦算溫柔鄉中一個知己。我看玉儂待他，不如待君十分之二，難得度香更加愛惜，說道：『人各有緣，此中係天定，非人情能強。且庾香屬意玉儂一人，毫不移動，此真是多情種子，非玉儂不足為庾香賞識，非庾香不足為玉儂眷戀。國風好色而不淫，其庾香、玉儂之謂乎！』」子玉聽了，感激度香萬分，且愛素蘭之聰慧，不枉曲臺花譜中定作探花郎㉒也。

因談了許多時候，素蘭又請子玉隨意用了些點心，著人再到琴言處探望。來人回來道：「起先之客

㉒ 探花郎：宋時進士探花使的別名。本非貴重之稱，南宋以後始稱殿試一甲第三名為探花。

倒散了，偏又來了一班人，說要叫琴言，長慶回他不在家，那些人不肯去，坐著等候。長慶因不認識他們，便不應酬，自到房裡吃煙去了。被他們闖進去，將長慶的煙槍搶了，要到兵馬司㉓衙門出首他。長慶無法，只得陪禮，又請了他間壁槽房李四、緞子王三兩人解勸，鬧人哄滿了一堂，正在那裡鬧不清楚呢。」子玉聽了，長嘆一聲道：「我與玉儂要見一面，都如此之難。今日天也不早了，我也要回去，你明日見他時代為致意，說不可如此，必要保重身體；度香處倒要常去走走，不要叫人見怪。我是不能常出門的，遲幾天再見。你若見了度香，也為我多多致謝。歇一天我們去逛他園子呢。」素蘭道：「你幾時出來，約定日子到我這裡來，我約玉儂過來，倒是我這裡清淨。他師傅有些脾氣，偏偏玉儂遭逢著他，也是玉儂運氣不好。」子玉道：「他師傅怎樣脾氣？」素蘭道：「愛錢多，怕勢大，厭人窮。玉儂因度香所愛，故尚待得好，從前待別人就沒有這樣。」子玉聽了，又添了一件心事，放心不下，總之無可奈何，躊躊躇躇。見天氣已晚，只得硬了心腸出來，上了車回顧了幾次，一徑出了胡同方才坐好。小廝跨上車沿，只見迎面兩馬一車，走的潑風似的，劈面衝來，偏偏是王通政，子玉躲避不及，只得要下來。王文輝連忙搖手止住，問了幾句話，也就點點頭開車走了。

今日子玉出門，只與素蘭談了半日，所訪不遇，倒遇見了丈人，好不納悶。意欲去望高品，又嫌路遠，且出門過久，又恐高堂見責，只得怏怏而回。正是不如意事常八九，且聽下回分解。

㉓ 兵馬司：官署名。古代主管京師治安的機構，始建於元。清末廢。

第十七回　祝芳年瓊筵集詞客　評花譜國色冠群香

話說子玉從素蘭處回來，見過高堂，即向書房中來。晚飯畢，一輪月上，輝映花間，和風微來，天雲四皎，遂把湘帘卷起，倚闌而望。忽見小廝進來稟道：「高、史、顏、王諸少爺同來。」子玉正在悵望，今見齊來，不勝之喜，遂請進同坐。子玉即把日間一一過訪不遇事說過。先是王恂開言道：「今日我們都在卓然齋中，並會田湘帆與媚香，又遇見竹君前來。那湘帆果是吾輩，與媚香相處的光景，真令人羨慕。」高品道：「湘帆此時是六根全淨❶，五蘊皆空❷，守定了約法三章❸，不許你胡行亂走，始信人間果然多是懼內的，怪不得庸庵、竹君輩牢守閨房，不奉將令不敢妄離一步。違了，晚間夾棍利害。湘帆還是對著個半雌半雄的人，已經如此，又何怪四畏堂中規矩乎！」說得眾人要笑，仲清道：「你也是門內出身，如今隔遠了，就謗口了。」南湘道：「我見卓然與他細君❹書，如屬員與上司稟帖一樣，

❶ 六根全淨：佛教認為六根與六塵相接，就會產生種種罪惡，因此主張眼、耳、鼻、舌、身、意六根要清淨潔白。是佛教禁欲主義的說法。

❷ 五蘊皆空：物質世界和精神世界都成虛空。佛教語。也稱「五陰」、「五眾」。即色（形相）、受（情欲）、想（意念）、行（行為）、識（心靈）。識為認識的主觀要素，色、受、想、行為認識的客觀要素。

❸ 約法三章：漢高祖入關中，與父老約法三章：殺人者死，傷人及盜抵罪。後泛指有約在先。

❹ 細君：古時諸侯的妻稱小君，亦稱細君。後為妻的通稱。

有『受恩深重，浹髓淪肌』等語。」眾人大笑，高品道：「豈有此理！你這個謊也撒得不像。」

眾人又說笑了一陣，高品道：「庾香，後日有一件極好的事，來與你商量。」子玉便問道：「何事？」高品道：「十五日是媚香生日。今日大家商議，並訂前舟與你合成一劑六君子湯，湊一公分，找個寬敞的地方，把那些知名寶貝都叫將來熱鬧一天，請湘帆與媚香做生日，你道好不好？」子玉道：「好極，好極！但不知在何處聚會？」王恂道：「我家亦可，但無花園子，不如前舟園裡好。我們主人六個，添上湘帆七個，媚香、瑤卿、香畹、佩仙、靜芳、蕊香、瘦香、小梅共是八個，要三席才可坐，醵分❺之說，不能預定多少，只好辦了再算。」眾人道：「極是。」子玉便呆呆的。仲清笑道：「庸庵你這差使辦得不周到，要討人怪的。」王恂尚未回答，南湘道：「何所見而言？」仲清道：「你不見庸庵點將，把一個極要緊的人遺漏了，豈不要招人怪麼？」南湘算了一算，笑道：「果然，果然。」王恂道：「你們可不是說徐度香麼？我非遺漏。我恐他的事情多，未必能來。」子玉道：「度香應酬雖多，然看其性情光景，我們請他，雖有事也必來的。就是蕭靜宜，也斷不可不請。」大家說：「很好，就添上這兩位是了。那是九個，合上那八個，是十七個，也就很熱鬧了。」南湘道：「沒有人了？」王恂道：「尚有何人呢？」南湘道：「你好記性，你既大會群花，倒忘了一個花王。既有庾香，沒有玉儂，獨使他一人向隅，是何道理？」王恂道：「是呀，我真該打，一時竟忘了琴言，是必要他來的。還有那個秦琪官號玉豔的也叫了他來，湊成十個。」眾人道：「如此更妙。」子玉道：「如今我們商議起來，怎樣邀客。」王恂道：「你作一小札與怡園徐、蕭二公，前舟以及餘人，我們明日自去知會。」於是大家直談至三更方散。

❺ 醵分：合錢飲酒。

子玉送了諸人，獨坐凝思了一回，想道：後日之會，足成千古，不曉琴言病體能否痊癒？那時瓊林十樹，自然要推杜若為先，不識大夫蕙比我玉儂何如？想起待田君光景，是個有才有智的人，必另有一種深情。人各有長，固不必彼此較量也。遂即輕研隃麋❻，徐揮湘管，寫道：

春光九十，去後難追；知己二三，來成不速。作琴樽之雅集，試花鳥之閒情。總然地乏名山，卻喜庭無凡卉。憐渠蕙質，墮彼梨園；會我竹林❼，數他花信❽。群芳論譜，偶同織錦之人；宿慧成心，羞作數錢之技。移溫柔於蕭寺，識風雅於泥塗。慶珠胎❾碧海之辰，賀玉出藍田❿之日。傾城名士，應共相憐；紅粉青衫，也堪同揆。點鴛鴦之卅六，紅豆⓫齊拋；備翡翠之千雙，紫雲任請。肅箋申啟，代面丁寧。早發高軒，同光下里⓬。梅子玉頓首。上度香先生、靜宜逸士閣下。

子玉寫完封好，用上圖章，即付小廝交與門房，明早著人送到怡園，後日請徐、蕭二位老爺，同到劉大少爺宅內飲酒，須要交代明白。小廝答應了，子玉亦即安寢，一夜無話。

❻ 隃麋：地名。漢置俞麋縣，屬右扶風，其地產墨，即今陝西千陽。因以隃麋、麋丸為墨之代。
❼ 竹林：三國魏末阮籍、嵇康、山濤、向秀、阮咸、王戎、劉伶相與友善，常宴集於竹林之下，時人號為竹林七賢。
❽ 花信：這裡指生日。
❾ 珠胎：指珠在蚌殼中。喻懷妊。
❿ 藍田：縣名。屬陝西省。周禮注曰：玉之美者曰球，次美者曰藍，以縣出美玉故名。
⓫ 紅豆：相思木所結的子。實成莢，子大如豌豆，色鮮紅或半紅半黑。古常以比喻愛情或相思。
⓬ 下里：鄉里。這裡指寒舍。

到了明日，王恂、史南湘等，就到劉文澤家來講了，文澤甚為高興，說明日就在倚劍眠琴之室布置，恰好蘭蕙芬芳，又有芍藥、海棠等花開滿；少停，即去知會群花，於明日辰刻畢集。因說道：「明日花林中，恐有幾個不能來。我知道秦琪官害眼，杜琴言亦患病未痊。昨晚我見素蘭，談及庾香在彼處坐了半日，去訪琴言，恰值他師傅請客沒有進去，琴言亦未知庾香去訪他。明日就使他們兩個不來，也有八人，很為熱鬧的了。度香、靜宜想一定來的。」南湘道：「席間行令，新鮮的甚少，太難了又恐座客一時不能，須得雅俗共賞、易知易能的，又要避熟。射覆[13]等令，亦覺無趣。」王恂道：「從前在此對詩的令倒可以。」文澤道：「再行此令，亦覺無味，且到明日見景生情罷。」是日王恂等就在文澤處吃飯，又談了一回方散。文澤又叫人各處訂了，說明日務必早集，盡一日之興，都係便服，不必冠帶。來人回言都說明了。

卻說田春航自與蕙芳訂交之後，足不出戶。蕙芳每日不論早晚，必來一次，或清談或小飲，並時進箴砭之語，所以春航已心滿意足，只有研磨經籍，揮洒詞翰。本來是三冬富足[14]，倚馬萬言，一時名動京師，當道者皆欲羅致門下。無奈春航磊落自負，以干謁為恥，未嘗懷刺一謁要津，寧居蕭寺，玉人作伴，名士同聲。蕙芳又替他結交了許多好友，如徐度香、蕭靜宜、劉文澤、史南湘、顏仲清、王恂等。仲清前與春航不睦，原是激勵春航之意；經高品將其中情節剖明，又說起仲清仍送五十金作澆裹之費[15]，

---

[13] 射覆：酒令的一種。用相連字句隱物為謎而使人猜度。

[14] 三冬富足：苦讀三年，滿腹經綸。

[15] 澆裹之費：指日常生活費用。澆謂飲食，裹謂衣著。

春航自然十分感激敬佩。仲清叫蕙芳為之轉彎，更覺比前相好。惟有子玉，尚未謀面。是日，知文澤等為蕙芳做生日，心上雖十分歡喜，又因他二人交好，竟人人共知，翻有些不好意思，意欲不去，又不好卻眾人情面，只好踐諾。

文澤於絕早即在倚劍眠琴室中鋪設起來，因為題目是做生日，略須點綴；中間掛了一幅群仙高會圖。一切古玩鋪設，俱極精致。長廊內，湘帘之外，擺列著十餘盆蕙花，趁著和風微漾，香氣襲人。文澤正在廊前獨立，見前面走進一人，遠遠望見，知是蕙芳華服而來，上了階沿，即恭恭敬敬的行起大禮來。文澤連忙扶起，道：「媚香何故如此，應讓我先與你祝壽才是。」蕙芳道：「賤齒之辰，上邀諸貴人眷顧，使蕙芳何以克當。昨日本要到各處辭謝，又恐怪我不受抬舉；且今日大羅天上，眾仙齊集，使芳輩雞犬偕升⑯，雖不得仙，亦可脫俗，故爾謹遵臺命，鞠跽前來。」文澤道：「此亦同人盛舉，瞻仰傾城，為借花獻佛⑰耳。」說話間，陸素蘭、李玉林、金漱芳同到，隨後高、史、顏、王四人偕來，蕙芳一一都謝了。

諸人正在敘談，只見傳帖人引著子玉進來，蕙芳雖不認識，心中卻已猜著，上前叩謝。子玉攙住道：「這可是媚香麼？我庾香聞名久慕，覿面無緣，今幸仰企下風，已覺清芬竟體。」蕙芳連稱「不敢」，看了子玉儀容，心中暗暗贊賞，真是天上日星，人間鸞鳳，有一段孚瑜和粹之情，皎皎乎有出群之致。怪不得杜玉儂傾倒如此，與我田郎可謂瑜亮⑱並生矣！

⑯ 雞犬偕升：漢王充論衡道虛：「淮南王學道……奇方異術莫不爭出。王遂得道，舉家升天，畜產皆仙，犬吠於天上，雞鳴於雲中。」後以喻一人得官，親友亦隨之得勢。

⑰ 借花獻佛：過去現在因果經：「今我女弱不能得前，請寄二花以獻於佛。」後比喻借他人之物以餉客。

子玉又與陸素蘭等相見，忽聽外面說：「徐老爺同蕭老爺來了。」眾人一齊出廳迎接，只見子雲同了次賢翩翩的，儼似太原公子裼裘而來[19]，後面隨著袁寶珠、王蘭保二人。再後還有八個清俊書童，拿著衣包、銅盆、漱盂等物。蕙芳搶上幾步行了禮，子雲、次賢兩邊扶起來，道：「媚香一向洒脫，今日忽然拘禮，不是倒累了你了。」遂進室內，與諸人相見，群旦亦都見畢，敘齒坐下。子雲道：「蒙庾香、前舟及諸兄折柬相招，今日之舉，可為極盛。昨已飽讀庾香珠玉，今日尚覺齒有餘芬。又復當此群花大會，使弟等附驥[20]餐芳，實為快事。」次賢道：「丹山彩鳳，深巷烏衣，裙屐風流無過於此。而寒皋野鶴亦可翱翔其間乎？」文澤、王恂等同說道：「度香、靜宜兩先生，名士班頭，騷壇牛耳[21]，弟等無刻不思雅範。今不鄙凡陋，惠然肯來，足以快此生平矣！」南湘道：「朋友之交，隨分投合，以我鄙見，竟不必純作寒喧。」仲清道：「竹君快人，開口立見，今日之集，皆係至好，正可暢敘幽情，不拘形跡為妙。」只見高品笑道：「今日王母[22]早來，只有南極仙翁[23]遲遲不到，難道半路上撞著了小行者的觔斗雲，碰傷了小壽星，因此行走不便麼？不然，或是又滑倒在車轍裡了。」說得眾人大笑道：「卓然妙語，待壽翁來罰其三大觴。」蕙芳似覺臉紅，寶珠道：「今日的客，尚短幾人？」文澤道：「就止壽翁一人。花部中未到的尚有四人：

[18] 瑜亮：三國時吳周瑜和蜀諸葛亮的並稱。
[19] 儼似太原公子裼裘而來：好像是李世民脫去外衣而來。裼裘，去外衣而露裼衣。見虬髯客傳。
[20] 附驥：謙詞。喻依他人以成名。
[21] 牛耳：古代諸侯會盟時，割牛耳取血，分嘗為誓，以資信守。後泛指以主持其事而居於領導地位的人。
[22] 王母：即西王母。
[23] 南極仙翁：即南極壽星、南極老人，舊俗以為司長壽之神，並把他畫成老人模樣，白鬚，持杖，頭部長而隆起。

琴言、琪官都有病，早來辭了，桂保、春喜是必來的。等湘帆一到，就可坐了。」

話言未完，春航已到，大家重新敘禮，群芳亦都見了，未免取笑的取笑，詼諧的詼諧。寶珠與素蘭拉過紅毯鋪地，擺了兩張交椅，要請春航、蕙芳並坐受拜。二人如何肯坐，急行收了。此時春航、蕙芳二人真覺口眾我寡，只好聽憑他們取笑，若回答兩句，又惹出許多話來。子玉頗敬春航儀容之洒落，與蕙芳正是冰壺秋月，相映生輝。又復品評諸花，各有佳妙，只不見琴言前來，殊覺怦怦欲動。

文澤即命家人擺起三桌席來，因問道：「今日之坐，還是敘齒？還是推壽翁壽母上坐？」春航、蕙芳同道：「這斷斷不敢，自然敘齒為妙。」眾人也說敘齒罷了。文澤送酒，先定中間一席。論齒是次賢為長，次賢自知不能推遜，只得依了，並坐者為高品，次是仲清。左首一席，子雲為首，次南湘，次子玉。右首一席，田春航為首，次王恂、文澤作陪。是每席三位。定完後，王桂保、林春喜來了，皆見過了。正席上令漱芳、玉林、春喜伺候；左席上令寶珠、蘭保、素蘭；右席上則蕙芳、桂保二人。分派已定，各人坐了，慢慢的淺斟緩酌起來，正是：

瀛洲㉔詞客，先聚龍門㉕；瑤島群仙，同朝金闕。錦心繡口，九天之珠玉紛紛；月貌花膚，四座之冠裳楚楚。不亞鳳羹麟脯，晉長生之酒，慧證三生；何須仙磐雲璈，歌難老之章，人思偕老。玉京子、餐霞子、御風子、驂鸞子，紅塵碧落，今世前生；畫眉人、浣紗人、踏歌人、採蓮人，

㉔ 瀛洲：傳說中仙人所居的地方。

㉕ 龍門：在河南洛陽南，即伊闕。漢書溝洫志賈讓奏：「昔大禹治水，山陵當路者毀之，故鑿龍門，闢伊闕。」

彩鳳文凰，幻形化相。抹煞山林高隱，托梅妻鶴子㉖，便算風流；任憑鐵石心腸，逢眼角眉梢，也成冰釋。猜枚行令，將君心來印儂心；玉液金波，試郎口再沾妾口。隨意詼諧游戲，顛倒雌黃；當筵短調長歌，窮工妃白。多是借名花以寄傲，無民社之攸關。借此行樂無邊，少年有待。正覺西園之雅集，僅有家姬；曲水之流觴㉗，尚無狎客也。

這一會觥籌交錯，履舄紛遺㉘，極盡少年雅集之樂，內中有幾個已是玉山半頹㉙、海棠欲睡的光景。席上人人心暢，個個情歡。只有子玉念著：琴言臥病在床，知是懨懨神思㉚，藥爐半燼，深閉綠窗，不知怎樣煩悶。又曉得我今日在此熱鬧之場，必思冷靜。此時怎能走到彼處，安慰他幾句，與他瀹茗㉛添香，助起他的精神來。他又不要疑我樂即忘憂，當此群花大會，便就忘了他，那時更覺悶上加悶。偏偏素蘭又在此，不然他還可以過去排解排解。咳！眼前雖則如雲，其奈匪我思存何。此時子玉神色慘淡，

㉖ 梅妻鶴子：宋林逋，杭州錢塘人。結廬西湖孤山，不趨榮利。逋不娶無子，所居多植梅畜鶴。客至則放鶴致之，人稱梅妻鶴子。

㉗ 曲水之流觴：古代風俗，每逢三月上旬的巳日（三國魏以後定為三月初三），於水濱結聚宴飲，以祓除不祥。後來仿行，於環曲的水渠旁宴集，在水上放置酒杯流行停其前，當即取飲。

㉘ 履舄紛遺：鞋子紛紛掉下。舄，音ㄒㄧˋ。

㉙ 玉山半頹：形容醉態。世說新語容止：「嵇叔夜（康）……其醉也，傀俄若玉山之將崩。」

㉚ 懨懨神思：精神不振貌。

㉛ 瀹茗：烹茶。

只推醉出席，去倚炕而臥，眾人也不理會。且酒肴已多，不勝其量，亦各離席散坐。

家人們撤去殘肴，備上香茗鮮果。春喜與桂保到太湖石畔，同坐在芍藥欄邊閒話。玉林、漱芳已醉臥在海棠花下。蘭保在池畔釣魚。寶珠與蕙芳對弈，素蘭觀局，南湘、高品在傍為寶珠指點。蕙芳道：「你們三人下我一個，就贏了也不算稀奇。」寶珠道：「我偏不用人教也贏得你。」文澤道：「今日我們亦算極樂了，可惜花部中少了兩人，那個還不要緊，第一是琴言不來，使庾香不能暢意。」子雲道：「可不是！琴言的病頗為古怪，精神疲軟，飲食不思，已經十餘天了，不見好。」次賢道：「我昨日診他的脈，似積勞，兼之感憤憂鬱，昨日痰中竟有血點，非靜養數月不能痊癒。」子玉在炕上聽得清楚，不免更覺煩悶。仲清道：「今日之事，不可無文辭翰墨。靜宜先生可繪一圖，並作一序，以記雅集，我輩藉可附驥。」次賢道：「作圖呢，弟當效勞。至於高文典冊，自有群公大手筆在。山人寒瘦之語，不稱金谷繁華，反使名花減色。」眾人道：「太謙了。」子雲道：「今日起意是因媚香，引得百花齊放，勝唐宮之剪彩。弟意欲仰觀諸兄珠玉，先作一聯句何如？」眾人道：「最好。」春航道：「古體呢，近體？」次賢道：「近體發揮難透，人多恐易平直，不如古體罷。」

於是以年齒為先後，仍係次賢為首，次子雲，次高品，次南湘，次文澤，次仲清，次春航，次王恂，次子玉，共是九人。王恂已將子玉叫醒，淨淨臉，素蘭取出一顆醒酒丸給子玉吃了。子玉不好意思，只得勉強扎掙。素蘭見子玉不語不言，似醉非醉，心上猜著是為琴言未來。一因人多不好解慰他，二因提起琴言反恐倒勾他的心事，非惟不能寬解，越增愁悶了，反倒走開，找別人說話。文澤命小廝於每位座前，列一小几，置放筆硯一副，花箋數張，研好了墨，大家就請次賢起句。次賢道：「把『壽』字撇開罷。」又說聲「僭了！」提起筆來寫了一句，便念道：「玉樹歌清曉鶯亂，」大家聽了，各寫出了，注了「靜」字。應是子雲，子雲道：「底下應該各人兩句才是。」略躊躇了一會，也即寫道：「日日春風吹不散。散花天女㉜好新奇，」眾人也寫了，注上「雲」字，齊說道：「接得很妙，第三句一開，使人便有生發了。」應到高品，也不思索，即寫道：「剪彩為花撒天半。花情花貌越精神，」眾人皆道：「好」，一一寫了。南湘道：「此句要轉韻了。這花到底與真花有別，若竟把他當做花，則西子、太真又是何等花呢？」遂寫道：「惟覺花心尚少真。蛺蝶有雄誰細辨，」眾人拍手道：「絕妙！著此句便分得清界限，不至籠統不分，竹君始終是個妙才。」南湘道：「不敢，不敢！認題還認得清楚。」輪到文澤了，文澤道：「此句對了才有關鍵，不然氣散了。這雄蛺蝶倒有些難對。」因細細的凝思，仲清道：「快交卷子，外邊吹打要開門了。」文澤道：「有了。鴛鴦雖小總相親。」次賢、子雲道：「這卻對得好，又工又切。」南湘道：「也虧他。」文澤就放下筆，仲清道：「怎麼一句就算了？」提醒了文澤，笑道：「你催得緊，我忘了。」又想一想，寫道：「化工細選無瑕琢，」眾人道：「此句亦出得好，又轉韻了。」仲清接著寫道：「一一雕鎸設眉目。費盡龍宮十斛珠，」輪到春航了，接道：「截來碧海雙枝玉。小玉生嗔碧玉愁，」眾人又贊道：「好！又提得清楚。」底下是王恂，略費思索，寫道：「玉人又恐占千秋。嬋娟疑竊嫦娥藥，」大家正要贊好，高品道：「這句忒罵得惡，難道個個都像月宮裡的兔子？」眾人大笑起來，王恂倒覺不安。眾旦便罵高品道：

㉜散花天女：佛教故事。維摩詰經觀眾生品：「時維摩詰室有一天女，見諸天人聞所說法，便現其身，即以天華散諸菩薩大弟子上；華至諸菩薩即皆墮落，至大弟子便著不墮。」華，同花。本以花著身不著身驗證諸菩薩向道之心，結習未盡，花即著身。

「惟有他，是生平不肯說好話的，將來罰他作個啞子。」高品道：「奇了，人家罵你們，我替你們不平，自然也有不像兔子的，你們倒罵我，真是好人難做。」以下要子玉了，子玉心上正想著琴言，覺得無情無緒，眾人亦都明白。子玉雖極意遮飾，終究思緒不佳，不得已，勉強寫道：「顧盼曾回玉女眸。鸞篦親掠雲鬟綠，」春航道：「此係上妝時了，底下倒要細細摹寫呢。」子玉此時想著琴言唱那驚夢的神情，所以有「曾回玉女眸」一句。眾人不解其故，不過見其興致不佳，故爾意不在詩，空衍了些。該又是次賢，接道：「鏡裡芙蓉睡新足。宛轉歌成白紵詞㉝，」又轉到子雲，接道：「嬌柔解唱紅綃曲。清矑偶觸便魂銷，」高品道：「魂消兮可奈何？」即寫道：「銅雀春深大小喬。花有連枝稱姊妹，」南湘道：「好便好，銅雀句有些打混。」即對道：「玉如合璧定瓊瑤。纖腰扭入靈和柳，」眾人皆贊道：「這姊妹花，瓊瑤玉實在對得好。局勢又振得整齊了。」文澤便接道：「傾國傾城世無偶。軟到人間鐵石腸，」眾人道：「妙，妙！這句要對得工力悉敵才好。」仲清想了一想，又笑了一笑，寫道：「春回世上支離叟㉞。」春航道：「這實在對得奇妙。」再看下句是：「嫣然一笑百媚生，」便接道：「纏頭爭擲黃金輕。鄭櫻桃㉟是真殊艷，」王恂對道：「馮子都㊱非浪得名。遲遲長晝當初夏，」文澤道：「馮子都如今有個馮子佩，倒像弟兄呢。」子雲道：「馮子佩原不錯，他有一種脾氣，他偏不肯在群花堆裡取樂。」王蘭保冷笑道：「他自然不肯在

㉝ 白紵詞：樂府名，吳之舞曲，其詞盛稱舞者姿態之美。現存歌詞以晉之白紵舞歌為最早。

㉞ 支離叟：莊子寓言中所說的形體不全的怪人。

㉟ 鄭櫻桃：東晉列國後趙石虎所寵愛的優僮。季龍惑之，先後為殺二妻。樂府有鄭櫻桃歌。

㊱ 馮子都：名殷。西漢大將軍霍光所寵愛的家奴。

我們堆裡，他見我們還要生氣呢。」子玉道：「何故？」桂保接口道：「他有他的心腸。」子玉接道：「綺席花筵日易夜。英華美可詠同車。」

二輪又到次賢，遂寫道：「元白㊲詩原結蓮社。紅氍毹上艷情多，」子雲接道：「慣唱丁娘十索歌㊳。葑菲採無遺下體㊴，」高品道：「妙，妙！這句待我對一句好的。」群旦聽了料定又要取笑他們，便都圍攏來看著高品寫的什麼。高品帶笑，慢慢的寫將出來，道：「雨雲行得到中阿。」眾人又笑起來，群旦將高品亂啐亂打的一陣。子雲笑道：「這是我不好，鬥出他這一句來。」南湘道：「雖然游戲，也不好過於刻薄，改一字就救轉來了，將『得』字改做『豈』字罷。」群旦方才依了。高品道：「罷了，眾怒難犯。」又寫道：「天生麗質當珍惜，」南湘道：「強盜看經，屠戶成佛，卓然竟生出好心來，曉得珍惜了，這也難得。」接道：「莫把花枝忽拋擲。願如王獻買桃根㊵，」文澤聯道：「可笑王戎鑽李核㊶。」仲清笑道：「又來煞了，你們心上畢竟有些不乾淨。」又看文澤寫道：「一旦天生好玉郎，」仲清聯道：「忍教天地錯陰陽。只聞雌霓成神女，」眾人道：「此是規諷之辭，倒不是刻薄，世間竟亦不能無此事，但不在我輩

㊲元白：唐元稹、白居易，同時能詩，當時稱為元白。

㊳丁娘十索歌：樂府詩集七九有隋妓丁六娘所作樂府詩，每首末句有「從郎索衣帶」、「從郎索花燭」等話，本十首，所以叫十索。今存四首。舊時狎邪文字中多用來指妓女的需索。

㊴葑菲採無遺下體：原意指採植者不應因其根莖不良而連莖也拋棄，後因用作有一德可取的謙詞。葑菲，蔓菁一類的菜。詩邶風谷風：「采葑采菲，無以下體！」下體，指根莖。

㊵願如王獻買桃根：晉王獻之買妾桃葉之妹桃根，作桃葉歌三首。

㊶可笑王戎鑽李核：王戎，晉人。惠帝時為賈后所用，官至司徒。性貪吝，家有好李，賣之，恐人得種，鑽其核。

中耳。」春航聯道：「莫變雄風當大王。畫堂終日開良宴，」眾人又復笑起來。高品道：「詩言志，解鈴便是繫鈴人㊷。若我做了，又不是了。」此下應是王恂，王恂道：「可以收了，輪到庾香作結罷。」寫道：「扇底窺郎留半面。拾得瑤光一片明，」眾人齊贊道：「好！應結句了，這一結倒不容易。要結得佳通篇才好。」子玉想了一想，寫道：「雪花飛上瓊枝艷。」大眾齊贊結得有力，能使通篇一氣。

次賢重寫了一篇，朗吟數過道：「竟是一氣呵成，不見聯綴痕跡，明日我就畫一幅群花鬥艷圖何如！」眾皆應道：「妙極！我們何不將人花比擬一回，總要從公，不可各存偏見。」於是大家評定：以寶珠為牡丹，蕙芳為芍藥，素蘭為蓮花，玉林為碧桃，漱芳為海棠，蘭保為玫瑰，桂保為芙蓉，春喜小而多才，人人鍾愛為蘭花。八人品題盡合，因又想到琴言、琪官為何花？子雲道：「琴言色藝過佳，而性情過冷，比為梅花最是相稱，且其酷愛梅，不屬庾香將誰屬耶？」眾人說道：「很是。」高品道：「只怕和靖先生不依，庾香割了他靴鞦子了。」子玉不覺臉紅。仲清道：「琪官呢？」子雲道：「琪官性情剛烈，相貌極好，似欠旖旋風流，比他為菊花罷。」高品道：「菊花種數不一，有白有黃，或紅或紫，白的還好，其餘似覺老氣橫秋。琪官性情雖烈，其溫柔處亦頗耐人憐愛，不如比為杏花。」眾人道：「好個杏花！極妥當。」文澤道：「說起菊花有黃有白，你們可曉得東園裡新來一個妓女，叫白菊花，可知其人麼？」眾人皆說：「不曉。」高品道：「天下事須瞞不過我。我知此人從廣西跟了一個千總㊸進京，如今千總棄了他出京去了，因此落在門戶中。倒也生得素淨，故有此雅號。但是兩廣人裹足者少，都係六寸膚圓

㊷ 解鈴便是繫鈴人：要解開繫在老虎頸上的金鈴，還得請教繫金鈴的人。比喻誰惹出來的問題還得由誰去解決。

㊸ 千總：官名。清武職中的下級，位次守備。

光致致，雙趺著地，行走如風，人倒極風騷的。」仲清道：「這就是你各處稽察新聞事務的頭銜了。」眾人又笑了。子雲道：「今日一敘之後，盛筵難再。十八日瑤卿移寓，諸同人可以移樽一敘否？」眾人皆道：「斷無不來之理，如有不到者罰他作一東，再敘一天。」寶珠道：「只怕我沒有這臉面，斷乎不能全來的。」春航道：「為什麼不來？況且你是個花王，這些群花是要來朝賀的。就是我們看花人，賞到國色天香沒有不踴躍從事。」南湘道：「你交給我，如有一人不到，罰我作東一天，兩人不到，罰我作東兩天。」寶珠道：「真麼？明日酒醒了，不要又想不起了。」獨子玉默然不語，大家說說笑笑，已至明月正中，紅燈欲燼，三更多了。次賢道：「夜已深了，我們可以散罷。」於是大家各起，寶珠又訂十八日之期，皆應允了，風雨不阻，遂各登輿四散。明日蕙芳踵門叩謝，惟有子玉病了，不曾進去。

到了十八日，果然諸名士並那些名旦都到寶珠新寓來，從午刻起直至子刻止。是日專以行令猜枚，清歌檀板，亦極歡而散。內中子玉因病不到，添了張仲雨，熱鬧場中最為趨奉的，花譜中添了琪官。惟琴言尚未痊癒，高品、文澤因南湘說過，一客不來罰我做東一日。子玉是日不到，罰了南湘一天，南湘甚為樂從。即在他家裡又敘了一日。惟有子玉、琴言皆未痊癒，正是：「數點梅花嬌欲墜，月輪又下竹橋西。」未知如何，且聽下回分解。

第十八回　狎客樓中教篾片　妖娼門口唱楊枝

話說琴言病體懨懨，閉門謝客，只有同班中幾個相好時來寬慰。寶珠、素蘭又說子玉前日的光景，又不能常來看你，托我們傳話，千萬保重等語，琴言更加傷感。自患病以來，各處不去，怡園亦屏跡已久。奈其師長慶靠他做個搖錢樹，因其久病，不能見客，便也少了好些興頭。

大凡做戲班師傅的，原是旦腳出身，三十年中便有四變。你說那四變？少年時丰姿美秀，人所鍾愛，鑿開混沌，兩陽相交，人說是兔。到二十歲後，人也長大了，相貌也蠢笨了，尚要搔頭弄姿，華冠麗服。遇唱戲時，不顧羞恥，極意騷浪，扭扭捏捏，尚欲勾人魂魄，攝人精髓，則名為狐。到三十後，嗓子啞了，胡鬚出了，便唱不成戲，無可奈何，自己反裝出那市井❶模樣來，買些孩子，教了一年半載，便叫他出去賺錢。生得好的，賺得錢多，就當他老子一般看待。若生得平常的，不會哄人，不會賺錢，就朝哼暮喚。一日不陪酒就罵，兩日不陪酒就打。及至出師時，開口要三千五千吊，錢到了手，打發出門，仍是一個光身，連舊衣裳都不給一件。若沒有老婆，晚間還要徒弟伴宿。此等凶惡棍徒，比猛虎還要勝幾分，則比為虎。到時運退了，只好在班子裡，打旗兒扮雜腳，那時只得比做狗了。此是做師傅的刻板面目。琴言自去年臘月到京，迄今四個月，徐子雲已去白金數千，不為不多，是以長慶待琴言分外好。

❶ 市井：此處指商賈。

若使琴言病了一年半載，只怕也要變了心，此是旁人疑議，且按下不題。

再說魏聘才進了華公府，滿擬錦上添花，立時可以發跡，那曉得進去了一月，賓主尚未見面。幾次請見，只以有事辭之，所往來交接者，皆不三不四的人。又有那一班豪奴，架子很大，見了居然長揖，公然上坐，所說的話，無非懵懵懂懂。少年的意氣揚揚，強作解事；老年的倚老賣老，一味藏奸。聘才極意要好，一概應酬，就華府內一隻犬，也不敢得罪，意思間要巴結些好處來，誰知賠累已多。府中那些朋友、門客及家人們算起來，就有幾百人，那一天沒有些事。應酬慣了，是不能揀佛燒香的，遇些喜慶事，就要派分子。間或三朋四友聚在一處，便生出事來，或是撇蘭❷吃飯，或是聚賭放頭。還有那些三小子們，以及車夫、馬夫、廚子等類，時常來打個抽豐❸，一不應酬，就有人說起閒話來。雖止一月之間，府裡這些閒雜人倒也混熟了，也有與聘才合式的，也有不對的。合式的是顧月卿、張笑梅諸人；不對的是閻簡安、王卿雲諸人。聘才也只好各人安分，合式的便往來密些，不對的便疏遠些。惟鬱鬱不樂者，尚未見過華公子一面。而且一無所事，不過天天與眾人廝混，正是兩餐老米飯，一枕黑甜鄉而已。

這一日出門閒走，出得城來，正覺得車如流水馬如龍❹，比城裡熱鬧了好些。順著路，走到鳴珂坊

---

❷ 撇蘭：眾人聚餐商定出錢的一種方式。先在紙上畫蘭，葉數與人數相符，每葉上注明錢數，多寡不等。然後用紙把根帖沒，各人擇一葉寫其名。寫完，揭開所帖之紙，即按所寫錢數出錢。其中有一根不寫數字，則不用出錢。

❸ 打個抽豐：指利用各種關係和藉口向人索取財物。

❹ 車如流水馬如龍：車輛像流水一樣絡繹不絕，馬匹像長龍一樣首尾相接。形容車馬成群結隊，十分繁華熱鬧。

梅宅來，進去見子玉，臥病未癒，精神懶散。子玉問起聘才光景，聘才只得說好，隨口撒了幾句謊。又去見了顏夫人，道了謝，即出來找李元茂，只見鎖了房門，遂復辭了子玉出門，冷冷清清，到何處去呢？信步走到伏虎橋邊，想起張仲雨住在吳宅，即向門房中一問，卻好在家，即請進去坐了。仲雨問了些寒溫，吃了一杯茶，略坐了一坐。仲雨道：「老弟如今進城，是難得出城的，何不找個地方坐坐，聽齣戲解個悶兒。」聘才道：「很好。這兩天實也勞乏了，要去就去。」於是二人同了出來，到了戲園，揀個地方坐下。看了兩三齣戲，也有些相公陪著說話。遠遠望見李元茂同著孫嗣徽，在對面樓下。聘才過去，講了幾句話，又過來。仲雨道：「這兩個郎舅至親，天生一對廢物，照應他做什麼？」

是日，這幾齣戲，覺得陳腐欠新，仲雨坐不住，說道：「去罷！」算給了坐兒錢，與聘才同上了酒樓，小酌敘談。仲雨見聘才似乎興致不佳，不像從前光景，因問道：「聽見老弟進了華公府，那裡局面寬大，且華公子是愛交接的，近來光景自然大有起色了。」聘才道：「仁兄不問，弟亦不便說起。始而富三爺講起華公子有孟嘗❺之名，門下食客數百人。弟進去了，門客卻不少，都是些勢利透頂人，不是擠那個，就是殺這個。弟進去一月有餘，華公子只是冷冷的，若長如此光景，弟倒錯了主意了。」仲雨道：「你見過華公子幾次？」聘才道：「見倒見過幾次，不過隨便寒暄幾句，就走開了。他的舊人本多，新進去的自然擠不上去。」

仲雨默然良久，嘆口氣道：「如今世界，自己要講骨氣，只好閉門家裡坐。你要富貴場中走動，重

❺ 孟嘗：戰國時齊貴族。姓田，名文。承繼其父田嬰的封爵，為薛公。以好客著稱，門下食客至數千人。為齊相。卒謚為孟嘗君。

新要操演言談手腳，亦是不容易的。上等人有兩個，我們是學不來，一個是前賢陳眉公❻，一個就是做那十種曲❼的李笠翁❽。這兩個人學問是數一數二的，命運不佳，不能做個顯宦與國家辦些大事，故做起高人隱士來，遂把平生之學問，奔走勢利之門。又靠著幾筆書畫、幾首詩文，哄得王侯動色，朝市奔趨，那些大老官還要奉承他。若得罪了，到處就可以殺他，自然有拿得穩的本領，你道可怕不可怕？這上等的如今是沒有了。且說第二等人，也就一時還不出來，有十樣要訣。」聘才道：「那十樣呢？」仲雨道：「一團和氣，二等才情，三斤酒量，四季衣服，五聲音律，六品官銜，七言詩句，八面張羅，九流通透，十分應酬。」聘才搖搖頭道：「要這許多？」仲雨道：「底下每句還要加個『不』字呢！一團和氣要不變，二等才情要不露，三斤酒量要不醉，四季衣服要不當，五聲音律要不錯，六品官銜要不做，七言詩句要不荒，八面張羅要不斷，九流通透要不短，十分應酬要不俗。」聘才道：「這等說，做人就難了。兄弟是一字都沒有的，如何學的全？」仲雨道：「那倒也不在乎此，只要有幾件也就可以應酬了。且各人有各人的時運，不過自己總要有點本事，才教人看得起。」聘才道：「還有那三等呢？」仲雨道：「那三等的也有七字訣：第一是童。」聘才道：「怎麼講？」仲雨笑道：「要考過童生❾的，自然就念

❻陳眉公：即明陳繼儒，華亭人，字仲醇，號眉公，又號麋公。絕意仕途，隱居山野，專心著述。工詩善文，短翰小詞，皆極有風致。又工書，間作山水梅竹。

❼十種曲：傳奇名。清李漁撰。全稱笠翁十種曲，也稱笠翁傳奇十種。

❽李笠翁：即李漁，清錢塘人，字笠翁。康熙時流寓金陵，著一家之言。能為唐人小說，尤精譜曲，時稱李十郎。

❾童生：明清科舉，凡中學以前，無論年齡老幼，皆稱童生，入學以後則稱生員。

過書，略會斯文些，比那市井的人就強多了。第二是半通，會足恭⑩、巴結內東，奴才拜弟兄，拉門面靠祖宗，鑽頭覓縫打抽豐。這就是三等人了。」聘才道：「不要小看這三等人，只怕如今都是些三等呢。」仲雨道：「可不是！依我看來，倒也不是印板的，就有全了十樣本領，也有弄不出好處來；連那七個字沒有的，也會尋出機會來。總之，各人的緣法。從來說時來風送滕王閣，運退雷轟荐福碑⑪。我知道這華公子是極好相與的，現有多少人從他府裡走動，弄出多少好處來。我教你個法兒，要他與你相好很不難。這人我也認得，從前他也托過我事情。我知道他府裡有個林珊枝，是他的親隨。」說到此，便豎起大拇指來道：「是個這一分兒的，言聽計從，寸步不離，你先要打通這個關節，這關通了就容易了。還有那個八齡班，也是不離左右的，小孩子們有甚識見，給點小便宜就得了。慢慢兒一言半語吹進他耳朵裡去，今日聽見說魏師爺好，明日又聽見說魏師爺好，就打動他的心了。這教做放線雀兒⑫，幾十丈線放了出去終究收得回來，只不要可惜小本錢。」聘才點點頭道：「承教，承教！」仲雨又道：「譬如你同華公子交接過了，你看他是什麼脾氣，喜的是什麼樣，惡的是什麼樣，自然是順他意見。順到九分，總要留一分在後，不好輕易拿出來。譬如馭那劣馬，若要駕馭他，違拗他的性子是斷斷不能的，你跟著

---

⑩ 足恭：過度謙恭。

⑪ 時來風送滕王閣運退雷轟荐福碑：時運好，風能送你上滕王閣；時運不好，連個碑文也拓不成。滕王閣，在江西南昌贛江邊。荐福碑，在江西鄱陽荐福寺內，有唐人歐陽詢寫的荐福寺碑，拓本甚貴，傳說宋范仲淹擬拓一千份給書生張鎬作路費，但碑卻被雷擊碎。

⑫ 放線雀兒：放長線。

他跑，跑得足了，他也乏起來，便一勒就轉。譬如一件事，他能想到九分，你要想到十分，這一分便是勒轉劣馬的本事，這就叫收劣馬。還有那種人各樣不好的，他也不與人往來，坐在房裡妻妾自奉，一人安享，也要打探他心上有一樣兩樣喜歡的，就把這樣去迎合他，獻點小忠小信，沒有一件事求他，他自然就放心了，說：『某人到有點真心，不是賺他。』他上了賺，就憑我怎麼樣了，這叫做『釣金蟬⑬』。至於為人雖要和氣，也不可一味的膿包，於那些沒相干，不中用的人如閻簡安、王卿雲等輩，倒不要去睬他，渾去應酬他也無用。大門子裡，有那一種在裡頭一句話都不能講的，他卻會懵人。你自己要看得清，可應酬則應酬，不必應酬就不應酬。你應酬那不中用的人，被那要緊人就看輕了。」聘才聽了，大笑道：「吾兄真是當今第一個大才，陳平⑭之智，諸葛⑮之謀，也不過如此，能把天下人的性情脾氣，如寫在手掌中，弟當以門生帖來拜老師，庶可傳授心法⑯。」仲雨笑道：「我都與你說了，還拜什麼老師？依著做去包管不錯，將來有了好處，不要忘了老師，就算你門生的良心了。」說罷彼此又笑，不覺就過了半天。仲雨算清了賬同了出來，說道：「老弟，你進城罷。我還有事，不得奉陪。」說罷，拱拱手去了。

---

⑬ 釣金蟬：這裡指釣大魚。

⑭ 陳平：漢陽武人。高祖時拜護軍中尉，屢出奇策，縱反間，以功封曲逆侯。惠帝、文帝時為宰相。

⑮ 諸葛：即諸葛亮，蜀漢陽都人，字孔明。多謀善斷，長於巧思，從先主立蜀國，策為丞相。輔後主，後以疾卒於軍中。

⑯ 心法：佛教稱佛經經典文字以外，以心相傳授的佛法為心法。這裡指方法。

其時天氣尚早，一路行來，遠遠望見嗣徽、元茂兩人在前轉彎去了。聘才想道：他們到何處去？便悄悄的跟了來。到一條小胡同，只見閒人塞滿，都在人家門口瞧著。聘才曾聽得人說，有個東園是婊子聚會之處，便也隨著眾人，站住望將進去。見那一家是茅茨土牆，裡頭有兩間草屋。又見嗣徽、元茂就在他前頭站立。望著兩個婦人，坐在長凳上，約有二十來歲年紀，都腦滿腸肥，油頭粉面，身上倒穿得華麗。只見一個婦人對著嗣徽道：「進來坐坐。」嘻嘻的笑，引得嗣徽、元茂心癢難搔，欲進不進的光景，呆呆的看著出神。又見一個四十多歲的尷尬男人，在地下蹲著，穿件小襖兒，拴繫了腰，掛一個大瓶抽子，足可裝得兩吊錢。又見帘子裡，一個婦人走出來，約二十餘歲年紀，卻生的好看，瓜子臉兒，帶著幾點俏麻點兒，梳個丁字頭，兩鬢惺忪，插了一枝花。身上穿得素淨，腳下拖了一雙尖頭四喜堆絨蝠的高底鞋，也到凳上坐下，與那兩個講話。聽他口音不像北邊，倒像南方人。一身兒堆著俊俏，覺得比眾不同。聽得那一個醜的唱起來，唱道：

俊郎君，天天門口眼睜睜，瞧得奴動情，盼得你眼昏。等一等，巫山雲雨霎時成，只要京錢二百文。

聘才聽了好笑，又想道：雖然淫詞浪語，倒也說得情真。又聽得這個醜的，直對著嗣徽、元茂唱將起來，聘才再聽道：

一個兒臉麻，一個兒眼花，瞎眼雞同著癩蝦蟆。你愛的是咱，咱愛的是他。莫奢遮，溫柔鄉裡，不像老行家。

眾人聽不出什麼來，聘才卻明白是罵他們二人的，幾乎放聲笑起來，只得忍住。再看那個生得好的，卻像是新出來的。原來京裡妓女，要進大局兒的，倒先要在東園、西廠落幾天，見見市面，自然就不知羞恥，老練起來。如行院中不好的打下來，又到此兩處。這個就是高品所說，從廣西新來的白菊花了。聘才看他舉止，尚有幾分羞澀。旁邊一個小兒捧上一面琵琶，那人接了，彈了一套昭君怨⑰，便惹得門口看的人益發多了。元茂係近視眼，索性擠進去門裡呆看。聘才見那婦人，一面彈，一面唱道：

楊柳枝、楊柳枝，昔年宮裡斗腰肢。如今棄向道旁種，翠結雙眉怨路歧。畫船何處繫，駿馬向風嘶。盼不到東君⑱二月陌頭來，只做了秋林憔悴西風裡。

又見他把弦緊了一緊，和了一和，便高了一調了，再唱道：

想當年是鴛與鴦，到今是參與商⑲，果然是露水夫妻⑳不久長。千山萬水來此鄉，離鸞別鳳空相望。嘆紅顏薄命少收場，便再抱琵琶也哭斷腸。

想情郎，昂昂七尺天神樣。千夫長㉑，百夫防㉒，洞庭南北多名望，恩爹愛娘，溫柔一晌漓江㉓

⑰ 昭君怨：琴曲名。傳為漢王嬙（昭君）嫁於匈奴後，怨恨漢元帝而作。出後人依托。

⑱ 東君：指東王公。古代神話中的仙人。也有稱春神為東君的。這裡指情人。

⑲ 參與商：二星名。參在西，商在東，此出彼沒，永不相見。商星即辰星。

⑳ 露水夫妻：指男女的苟合，本始於草野露天之會。

㉑ 千夫長：古武官名，統千人之帥。

上。到如今撇下奴瘦嬋娟伶仃孤苦，真做了一枝殘菊傲秋霜。石公壩，追得好心傷；畫眉塘，險把殘軀喪。全湘沅湘，三江九江，只指望趕得上桃根桃葉迎雙槳，誰知道楚尾吳頭天樣長，又過那金陵王氣未全降，瓜州㉔燈火揚州望，渡河黃，怕見那三閘河流日夜狂，淮、徐、濟、兗㉕無心賞。幸一路平安到帝邦。只不曉那薄倖兒郎在何處藏。我是那剪頭髮尋夫的趙五娘㉖，你休猜做北路邯鄲㉗大道娼。

一面彈，一面唱，其聲悽慘，唱得聘才流下淚來，想道：這人倒是個鍾情人，歷訴生平受盡難苦，不知那個負心人何處去了。

只聽得孫嗣徽道：「阿喲不好了，我身上的東西竟是空空如也，可惡！可惡！」蹬著腳，嘆一口氣道：「咳！君子無故，玉不去身，他竟卷而懷之。我以後便如喪不佩起來，看他便能奈我何！」元茂道：「京中這剪綹的㉘實在可恨。我去年拿了家父十兩銀子與魏老聘去看戲，到戲園子門口，絆了一跤，即

㉒ 百夫防：即百夫長。統率百人的卒長，也稱卒帥。

㉓ 漓江：水名。也稱漓水。桂江上游。出自廣西興安境苗兒山，西南流至陽朔，自以下稱桂江。

㉔ 瓜州：這裡指江蘇邗江南的瓜洲鎮，在運河入長江處。

㉕ 淮徐濟兗：即淮州（治所在今河南泌陽）、徐州（治所在今江蘇銅山）、濟州（即今山東濟寧）、兗州（治所在今山東兗州）。

㉖ 趙五娘：明高則誠撰琵琶記中蔡伯喈之妻。或謂實有他指。

㉗ 邯鄲：河北邯鄲。

有人攙我起來，還替我拍拍灰。我還當他是個好人，及到後來，銀子也沒有了。後來家君查出來，足足罵了一天。你看這些狗東西害人不害人？」那時聽者無不暗笑。孫嗣徽道：「彼美人兮，君子好逑，你何不疾趨而進之？」元茂笑道：「我不，十目所視的，怎樣進得去？」聘才聽了，失聲一笑。元茂聽得聲音很熟，便瞅著眼睛，四下張望，望見是聘才，便漲紅了臉，與嗣徽擠將出來，與聘才見了。嗣徽道：「魏大哥，我知道你如今是狡兔三窟，竟是鞠躬而入公門了，也不來顧盼顧盼舊日朋友，今日既一見之，我心則喜呢。」聘才道：「勞人草草，本要奉候的。因天晚了，要進城了。」元茂道：「你如今在那華府裡可好？今日還進城麼？」聘才道：「就進城了。」元茂道：「我們也要回去了，同走罷。」於是在路談談講講。聘才道：「你方才聽他們唱的，可聽得出來？」元茂道：「我一字不懂，我倒愛那胖婆娘，對著我盡笑盡勾，我又不敢進去坐坐。」嗣徽道：「美哉，美哉！價廉而工省。明日我與汝姑一試之，若遲遲吾行，恐為捷足先得，則雖悔莫追矣。只要其樂陶陶，又何論十目所視。」聘才聽他仍是咬文嚼字，滿口胡柴，忍住笑，只好由他罷了。到了路口，各人分路。聘才聽得後面車聲磷磷，直走過去，聘才連忙讓開，只見坐在車裡的就是方才彈唱的那個媳婦，車沿上坐著一個老婆子，跑得風快的過去了。且按下聘才那邊。

要說這白菊花，是廣西梧州府㉙人，生得十分俊俏，嫁了一個姓宋的，是個不長進的人。這菊花善與人交，相識了一個營員姓張的，是湖廣人。兩人在廣西十分相好，誓同偕老，已有數年。去年這個張

㉘ 剪綹的：謂竊取別人的錢物，即扒手。也作「剪柳」。

㉙ 梧州府：治所在今廣西蒼梧。

營員，奉差進京，這白菊花倒是個有情有義的人，於張營員走後，即帶了些盤費、一個小丫頭，趕將上來。不知怎樣錯了路，一直出了廣西省，到了湖南，尚趕不著，又不知相去多遠，且盤費已盡，舉目無親，進退維谷，在湖南住下。忽得了個謊信，說這張營員在京營作了千總，不得出京。他就賣了些衣裳作路費，搭了個便船進京。及到京時，那姓張的早已差竣回去，以致菊花流落在此，只得倚門賣笑。

今日來接他的是個開門戶的陶家。這陶媽媽家裡有三個姑娘，內中一個好的名叫玉天仙，是揚州人，生得風騷嬌俏。這兩天接著一個大嫖客，就是廣東那個奚十一。陶媽媽打聽他的家世，知他是海南大家，家有千萬之富，兄弟十人，都作道府大員。老太爺是現任提臺，家裡開著洋行。又訪他是個大冤桶，便想發他一票大財。無奈那幾個姑娘不大懂他的話，兼之奚十一是個鴉片大癮，一天要吃一二兩；這三個姑娘雖會吃幾口白土煙，吃了那黑土煙幾分就醉倒了；且彼此語言都不甚投機，因此奚十一不大喜歡。陶媽媽知道菊花是廣西人，又生得好看，必定勾得住他，所以把他接了過來，認為義女。登時換了嶄新的衣服，與諸姊妹相見，菊花與玉天仙尤為相愛。菊花受盡了狼狽，到此已如出了地獄，心裡還有甚不足，一心就候那奚十一來。

且說這奚十一自到京來，不上半年，銀子已花去數萬，盡填在糞窖裡。有人勸他何不娶個妾。他是游蕩慣的，見了那良家之女子，甚為厭惡，惟在娼妓隊裡物色，又沒有合意的。一日陶媽媽轉來請他，說他家新到了一個廣西人。奚十一聽見是廣西的便滿心歡喜，叫個小跟班帶了煙具，也不坐車，昂然的步行而去。到了陶家，陶媽媽先出來見了，便極意的脇肩諂笑了一回，然後說道：「你們快請四姑娘出來。」不多一刻，見白菊花裊裊婷婷的，一身香艷，滿面春情，上前見了，說了些話，彼此語音相對。

奚十一看他相貌，正是嬌如花，柔如水，甜如蜜，粘如餳，十分大喜，略問了幾句話，便同進了房。便叫小跟班擺好了煙具，開了燈，一面吹，一面談。這奚十一要吃大口煙的，菊花替他燒煙，先從半分一口起，加到三分一口，方才合意。菊花燒煙的本事甚好，燒得不生不熟，奚十一又喜吃面條煙，將這煙挑了一簽子，在火上四面的一燒，那條煙就掛得有五寸長，放在斗門口，奚十一吵吵吵的一口吸盡，還閉了嘴不放一點煙散出來，這是奚十一的生平絕技。菊花也吃了幾口，便睡到奚十一懷裡來，與他上煙。奚十一連吃了七八錢，也夠了，便勃然動起興來。兩人收過了燈，關了門，就作出一回秘戲，描不出蝶戀花、顛倒鴛鴦諸般妙處。一個猛於下山虎，一個熟似落蒂瓜，直鬧到兩個時辰，方各滿心足意，收拾乾淨了，重復開燈吃煙，便連著喝酒吃飯。

奚十一在那裡一連宿了七八天，每一天也花幾十吊錢，老鴇便欲砍起斧子來，本人身上作衣服，打首飾，制鋪墊，是不必說了；還有那些姑娘們，要這樣，要那樣，連老鴇婆、幫閒、撈毛的，沒有一個不打把式。好在奚十一爽快性成，從無吝嗇。菊花見奚十一這個雄糾糾的相貌，比從前的相好更勝一倍；又知道是個大老爺，在京候選的，便起了從良之念。奚十一本為物色小星㉚而來，見菊花這般美貌，又是個極在行的，便也要買他為妾。倒是那個老鴇不甚願意，菊花方來幾天，且並非他的人，又無身價可勒，只想留他在家多弄些錢，若從良去了，不是白幹了這件買賣麼？便從中調唆，在菊花面前說奚十一是個沒良心的人，他家裡有幾十房小星；聽他二爺們說，娶到了家就丟在腦後，又去貪戀別處，是個戀新棄舊的人。這樣人斷不可嫁他，你別錯了主意。在奚十一面前，只說這菊花有本夫在此，不肯賣他的；

㉚小星：妾的代稱。

又說菊花性子不好，吃慣了這碗飯，不能務正的，老爺要娶姨奶奶，我包管與你揀一個十全的人，不必要他。無奈他們兩人結得火熱的交情，雖有老鴇打破，彼此全然不信。菊花將他的始末根由細細告知奚十一，說這老鴇是接他過來，單為著應酬你的。我如今要從良，與他們毫不相干，只要賞他幾兩銀子就是了。奚十一定了主意，即叫了官媒婆㉛作媒，賞了陶老鴇五十金，將菊花領回，買了丫頭，雇了老媽子，菊花便嫁了奚十一，作了姨奶奶，從此倒入了正路。不知後事如何，且聽下回分解。

㉛ 官媒婆：此指專做媒為業的婦女。元曲選關漢卿玉鏡臺二：「自家是個官媒，溫學士著我去老夫人家說知，選吉日良辰，娶小姐過門。」

第十九回　述淫邪奸謀藏木桶　逞智慧妙語騙金箍

話說魏聘才自得仲雨傳授，依法行之，先於林珊枝面前獻盡殷勤，又於八齡班賠盡辛苦。珊枝本係聯錦部有名小旦，繼進登春班，華公子看中了他，遂以重價買進。後來之八齡班皆係珊枝所教。這林珊枝不消說是音律精通了。魏聘才本是個伶俐人，崑曲唱得絕好，就是吹彈也應酬的上來。更兼舊年一路同著班子來，船中又聽會了許多戲文，到京後又三天兩天的聽戲，自然又添了好些曲子。

一日，林珊枝教玉齡唱曲，適值聘才閒闖進來，珊枝就請他坐了，一面教著。剛剛這曲子是聘才最得意的，便在旁幫起腔來，五音不亂，唇齒分明，竟唱得出神入妙，把個林珊枝倒驚倒了。即由此相好，就在華公子面前，朝朝暮暮，稱贊聘才。華公子是最信珊枝的，他又不輕易贊人，他肯贊好，必是真好了，心上就有了這個人。那八齡班內的都是些蘇、揚人，脾氣自然相合。聘才會討好，今日送這個一把扇子，明日送那個一個荷囊，總是稱心稱意，小孩子喜歡的東西，覺得這位師爺實在知趣。至於管總的、辦事的，尤巴結得周到，不到一月，竟人人說起好來。閻、王二公是不必說，就張、顧兩位雖然也會拉攏，無如總不及聘才之和氣周匝、鞠躬盡瘁的光景。

一日，打聽華公子出門去了，聘才約了張笑梅出城。笑梅要找馮子佩，二人同車即到馮子佩家來。這子佩是與華公子最熟的，已與聘才見過，彼此合式。馮子佩也是個宦家子弟，只因早喪嚴親，又積些宦囊，其母鍾愛，任憑他游蕩歌場，結交豪貴，後來家業漸漸蕭條。又虧了幾個好友幫扶，所以覺得銀錢應手，服御鮮華，其一種嬌憨柔媚的情況，卻令人可憐可愛。

這天張、魏兩人出來，帶著一個小使，到了子佩門口，著小使進去問了。剛好在家，請了進去，到書房坐下。聘才是初次登堂，看那屋子是朝北兩間，鋪設倒也華麗，就覺得滿桌子東西，殘書、筆硯、玩器等物，顛顛倒倒，亂雜無章。壁間掛些簫管、琵琶，又有刀箭等物。聘才對笑梅說道：「小馮這麼一個樣兒，怎麼屋子裡東西，也不檢點檢點？」笑梅笑道：「他未必有檢點的工夫，世間人最沒有他忙的。」說著，子佩走將出來，此時四月盡天氣，一身羅綺，愈顯得裊娜多姿。未出屏門，先就是一個笑聲出來，嚷道：「你們來做什麼？可是來給二太爺請安的嗎？」聘才笑著要說話，張笑梅上前，便一把摟得緊緊的，子佩也就摟了笑梅，大家抱了一抱腰。笑梅笑嘻嘻的道：「正是來給二太爺請安的。」便把子佩臉上聞了一聞，又道：「好香！到不是二太爺，直是個小哥兒。」子佩道：「你又浪，鬧得二太爺心上受不得。」聘才在旁大笑。三人廝混一陣，然後坐了，卻大家講不出什麼話來。

聽得門口有人嚷道：「馮老二在家嗎？」子佩接著道：「沒有在家。」聘才聽得聲音很熟，只見一人直闖進來，道：「好阿！你在洞裡頭，還答應不在家。」眾人一看，原來是楊梅窗，皆是熟識的，更為熱鬧了，大家說些無非是游戲歡樂的話。四人商議道：「難道今日說些閒話，就算了事不成，可不辜負了韶光麼？」笑梅道：「我們是打算聽戲的。」馮子佩道：「呸！鄉裡人進城不認得明角燈，當是豬溺泡。今日是忌辰，還想聽戲呢。」楊梅窗道：「今日果然是忌辰，咱們做什麼，上館子去罷。」三人都也高興，子佩又進去換了衣裳，即同步行出門，到了一個酒樓。

走堂的見是四個少年，且認得楊、馮二人，便覺高興，知道今日熱鬧的。楊八爺道：「吃什麼？」馮子佩對著走堂的道：「你報上來。」走堂的一一報了數十樣，四人就點了五六樣，先吃起來再說。走堂的先燙上四壺黃酒，一桌果碟兒，遂一樣一樣擺上來。

四人飲了一回，又說些笑話。梅窗道：「咱們就這麼算了，叫走堂的也瞧不起，叫個人罷。」聘才是最高興的，便道：「很好，叫誰呢？」梅窗笑道：「我意中人卻多，又喜歡新鮮，不比人家天天總叫那個人。我前日見聯珠班內有個叫玉林，生得很好，一下臺就有人同了出去，想是很紅的。」聘才道：「料沒有琴官好。」梅窗道：「那個琴官？」聘才就把新年看戲的話，略述了些，又道：「這琴官除了梅庾香之外，其餘見了總是冰冷的，恐怕叫他不來。」梅窗道：「那裡有叫不動的相公，今日你就叫他。」聘才心內想道：如今我在華府，他們也應該知道了，自然看我不比從前，就去叫他，如若不來，再叫別個。梅窗又問笑梅道：「叫誰？」笑梅道：「我叫蓉官罷。」又問子佩，子佩道：「叫了三人，也就熱鬧。我不叫，我算吃鑲邊酒罷。」梅窗笑道：「你自己算了相公罷。」子佩聽了，含了一口酒，望著梅窗劈面噴來，梅窗一閃，身上卻洒了好些。梅窗道：「何必一句話如此著急，必定說著了你的真病。」大家一笑。就將衫子脫下要些燒酒噴了，放在檐下欄杆上晾了，便又笑道：「可惜這口酒糟蹋了，你何不吐在我口裡？」子佩又抓些瓜子殼撒過來，梅窗也就受之而不報了。

只見那走堂的進來道：「琴官、玉林都說病著不能來，蓉官就來。」聘才原料琴官不來的，只好罷了。倒是楊梅窗心上不快，說道：「怎麼叫三個人，倒有兩個不來？不知是真病呢，還是推托的？」笑梅道：「自然是真病，推托什麼。」聘才道：「還有個琪官也是很好的，我正月裡叫過他幾回，倒是全來的。」聘才又寫了條子去叫琪官，梅窗另叫了二喜。走堂的道：「琪官打發人去叫了。二喜在那邊陪客已經吃過飯，就散了。」

走堂的知會了二喜，不多一刻，二喜就過來，對各人請過安，就在梅窗肩下坐了。斟了一巡酒，送了一巡菜，便問道：「今日席間還叫誰？」梅窗道：「叫的都是有病的，不能來。」聘才見了二喜，便不大歡喜，因正月裡吃了他多少刻薄話。二喜倒不記在心，且那日開發，聘才明日即已送去，沒有漂他的，所以二喜還看得起，遂問聘才道：「從前那一位姓什麼？那個瞅瞅眼兒。叫小利偷了銀子的，如今總不見他。」聘才道：「我如今在城裡住了，這些朋友是不大往來的了。」二喜道：「你在城裡什麼地方？」聘才道：「華公府。」二喜道：「哎呀！華公府。」又問張笑梅住處，笑梅道：「我同他在一個宅子裡。」二喜道：「聽得華公府裡，天天唱戲，他府裡有班子。」聘才道：「有幾班呢。」二喜就到各人面前勸酒，猜拳吃皮杯的，無所不至。

鬧了一陣，只不見蓉官、琪官到來。笑梅道：「奇了，今日是忌辰，倒叫不出相公來。」二喜道：「還有那個？」笑梅道：「你們班裡的琪官，還有聯珠的蓉官。」二喜道：「蓉官，我出門時見他到三合樓去的，只怕還沒有散。」梅窗道：「那玉林是你們同班的，他真有病嗎？」二喜道：「玉林阿！不要說起，他同琪官前日都鬧了一件事，幾乎鬧出人命來。他們的師傅，此刻還不依，要去告那個人。琪官今日也不能來的。」於是大家問起什麼事，二喜道：「說來話長，且喝兩鍾再說。」眾人又乾了幾杯。

聘才聽說琪官鬧事，便又問二喜道：「你就說來，大家聽聽。」二喜道：「有一位廣東奚十一老爺，你們相好不相好？」三人說都不相識，馮子佩道：「我會過這人，卻不相好，你有話盡說。」二喜道：

「這奚老爺是在京候選的，聽說帶了幾萬銀子進來，要捐一個大官。誰知用動了，就湊不上了，只捐了一個知州。這個人真算個闊手，他一進京先認識登春班春蘭，就天天把春蘭放在屋裡，衣裳、金鐲子、熱車等類，就不用講了。春蘭的戲最多的，他於春蘭每一齣戲，做十幾副行頭，首飾都是金的，只怕就要值萬把銀子。春蘭的師傅故意把春蘭叫回，嘔他賺他，零零碎碎，又花得不少。後來替春蘭出師，又花了五千吊，春蘭就跟了他，天天一炕吹煙，一桌吃飯。譬如這一樣菜，春蘭嘗一嘗說鹹了，或是淡了，他就連碗砸了。幾百吊錢做件皮褂子，春蘭說：『鳳毛出得不好，我不要。』他瞧一瞧真不好，順手一撕，撕做幾塊，再做好的。這算自己的冤脾氣也罷了。既同春蘭這麼相好，就不該鬧別人了，他卻不管，只要他中意，不管人肯不肯，一味的硬來。」

眾人都靜悄悄的聽他講，聘才道：「問你玉林、琪官的事，你倒盡拿這冤桶講不完了。」二喜笑道：「一路講下來，橫豎比戲還好聽些。他哄人有多少法子呢！他是嘉應州❶人，所以有那西洋好法兒。他引誘人先是以銀錢買動人家的心，也有那不愛銀錢倒愛人品呢。這奚老爺相貌生得粗魯，又高又大，是個武官樣兒，說話也蠢。又吹煙，一天要一兩，臉上是青黑的。」梅窗道：「快說，什麼西洋好法兒？」二喜道：「他有個木桶，口小底大，洋漆描金的。裡頭叮叮噹噹的響，倒像鐘的聲音。上頭有個蓋子，中間一層板，板底下有個橫檔兒，外頭一個銅鎖門，瞧是瞧不見什麼。他看上了那人，要是不順手的，便哄他到內室去瞧桶兒。人家聽見裡頭響，自然爬在那桶邊上瞧了，奚十一就拿些東西，或是金銀錁子，或是翡翠頑意等類，都是貴重的東西，望桶裡一扔，說你能撿出來，就是你的。那人如何知道細底，便

❶ 嘉應州：治所在今廣東梅縣。

伸手下去。原來中間那層板子有兩個孔兒，一個只放得一隻手，摸不著，又伸下那隻手，他就拿鑰匙往鎖門裡一撥，這兩隻手再退不出來，桶又提不起來，鞠著身子。他就不問你願不願，就硬弄起來。要他興盡了才放你，你叫喊也不中用，已經如此了。即放開了，也無可如何。知機的就問他多要些東西；還有那不知機的與他鬧，他就翻了，倒說訛他，打了罵了，還要送到坊裡收拾你。坊官❷們大半是他們一路的，送了去拘禁起來，百般的挫辱，還要師傅拿錢去贖，極少也要百十吊。這是奚十一的行為。你說玉林與琪官怎樣鬧事呢？就是這奚十一，頭一次在玉林家吃酒。玉林是忠厚人，不會奉承的。他卻看上了玉林，就是一套衣裳、一對鐲子，又賞他師傅四十吊，因此動了火。第二回單請他，叫玉林陪他，並不多請人，他又賞一百吊。玉林是嫌他那個樣子，總和他生生兒的，他心上就惱了。第三回他師傅又請了許多相公，再請他，他便不來了。他師傅總想他是個大頭，逼著玉林去請安。他更壞，大約心裡就打定主意，留玉林吃飯，又灌了玉林幾杯酒，也騙他看那桶子。不曉得玉林在那裡風聞這個桶是哄人的，就不去看。他沒法了，只好強奸起來。仗著力氣大，就按住了玉林，玉林不依，大哭大喊的。他的跟班聽見了，要進來瞧。奚家的人又不准他進來，他就硬闖了進來。只見按住了玉林，已經扯脫褲子了，看見有人進來才放手，只得說與他頑笑，小孩子不知趣。玉林就一路整著衣裳，哭罵出來，跟班的又在門房嚷了幾句，他要打玉林，沒有趕得上，所以氣極送了坊了，這也可以算了。真真活該有事，這是早上。到將晚的時候，他又叫了琪官。這琪官的性子，你們也知道的，如何肯依呢？他就哄他去瞧桶兒，琪官不知，卻上了當了，兩隻手都放進去，縮不出來，他也要如法炮製，來扯琪官小衣裳。琪官明白了，就

❷ 坊官：管理街巷的小吏。也作坊正。

是一腿，剛剛踢著那話兒，便疼得要死，就蹲了下去。」

說到此，張、魏二人就大樂起來，說：「該！該！這樣東西必有天報。酒又換了，我們共賀一杯。」馮子佩也不言語，楊梅窗道：「你快說罷。」二喜也喝了酒，又說道：「這琪官也苦極了，手又縮不出來，便使起性子來，不顧疼痛，用力亂扭，把那機巧扭壞了，琪官這兩隻手卻刮得稀爛，血淋淋的，也就哭罵出來。他因小腦袋疼痛，也就躲了。琪官回去告訴了師傅，他與袁寶珠相好，又告訴了寶珠，寶珠氣極，便進怡園與徐老爺說了。徐老爺就大怒道：『天下有這種東西，就容他這麼樣，這還了得！』又曉得了玉林之事，即著人去向坊裡，連夜把玉林要了出來。一面打算告訴巡城都老爺❸，要搜他那個桶子，辦他。徐老爺是個正直人，說話是不知避人的，不知有人怎樣通了風。奚十一也怕鬧事，又因銀子用完了，西賬也不拉了，趕著在吏部花了錢，告了個資斧不繼，出京去了。聞說到天津去了，只怕躲幾天就要來的，所以玉林氣壞了，琪官也病了，手還沒有好，怎麼得出來？說完了，你們吃一大杯罷，我舌頭也乾了。」說得眾人個個大笑稱奇。

馮子佩道：「這個狗雞巴肏的，實在可恨！他不管什麼人，當著年輕貌美的，總可以頑得的，他也不瞧自己的樣兒。」梅窗笑道：「你這麼恨他，莫非看過他的寶貝桶子麼？」子佩把梅窗啐了兩口。梅窗道：「他這個桶子，咱們京裡不知會做不會做？」笑梅笑道：「你也要學樣子麼？」梅窗笑了一笑。聘才笑對二喜道：「你講得這麼清楚，這桶子你想必看過的了。」二喜臉上一紅，便斜睃了一眼，就要擰聘才的嘴。梅窗道：「他未必要用著桶子。」二喜又將梅窗擰了兩把，說道：「咱們作買賣的人，有

❸ 巡城都老爺：巡檢司官員。

錢就好，何必那樣拿身分呢。可惜他們不像你能會看風水，所以才吃了這場苦。」說罷自己也笑了。聘才心中暗忖道：「倒不料琴官、琪官，既唱了戲，還這麼傲性子，有骨氣，這也奇了。」即問二喜道：「這奚十一到底是什麼人？這樣橫行霸道，又這樣有錢？」二喜道：「我聽得春蘭講，說也是個少爺，他家祖太爺做過布政司，他父親現做提督呢。」聘才道：「如今春蘭呢？」二喜道：「同出去了。」於是大家又談談笑笑，又喝了一回酒。看看天氣將晚，笑梅、聘才皆要進城，只得算了賬。梅窗又與二喜說定，明日開發。梅窗讓聘才等一同進城，他卻住在城外，又到子佩處，兩個同吃了一回煙，拉了子佩，到胭脂巷玉天仙家去了。

再說潘其觀自從被蕙芳哄騙之後，心中著實懊惱，意欲收拾蕙芳，又怕他的交游闊大，幫他的人多；二者淫心未斷，尚欲再圖實在；又心疼這二百吊錢，倒有些疑心張仲雨與蕙芳串通作弄他，就對仲雨嘮嘮叨叨，說些影射❹的話。仲雨受了這冤枉，真是無處可伸，便恨起潘三來，「他既疑我，我索性坑他一坑」，打算要串通蕙芳來算計他。潘三又因保定府❺城有幾間布鋪，親去查點一番，耽擱了兩月回來。清閒無事，與老婆鬧了幾場，受了些悶氣，無人可解。又想要到蕙芳處作樂，也不同張仲雨，一人獨來。

是日已是傍晚，可可走到蕙芳門口，恰就遇著蕙芳從春航處回來。蕙芳一見是潘三，心上著實吃了一驚，只得跳下車來，讓潘三爺進內。潘三便攙著蕙芳的手，喘吁吁走進裡面，到客房坐下。蕙芳便問道：「潘三爺，這幾天總不見你，在那裡發財？你能總不肯賞駕。記得那一天是因華公子住在城外，傳

❹ 影射：借此說彼，暗指某人某事。
❺ 保定府：治所在今河北清苑。

了我去，實在短伺候，你不要怪，咱們相好的日子正長呢。」潘三見蕙芳殷勤委宛，便把從前的氣忿消了一半，便慢慢的說道：「我來做什麼，我也知道你嫌我，二百吊錢倒買張老二吐了我一臉酒。兔子藏在窟窿裡，叫野貓饞著嘴空想呢。」蕙芳聽了這話十分有氣，只得裝著笑道：「你能說話真有趣，今日做什麼，咱們找個地方坐坐罷。」潘三道：「還找什麼地方，你這裡很好。但是我發了誓，戒了酒了，我今是一口不喝了。」蕙芳聽了，更是著急，想道：今日真不好了，偏是一個人，酒也不喝，走是不肯走的。我托故要走，他未必肯依。左思右想，臉上漸覺紅暈起來，便自己怔了半天，發恨道：「索性留他，我若怕了他，我也不叫蘇蕙芳了。」便道：「三爺你不喝酒，飯是要吃的。」潘三便點點頭。蕙芳便親自到廚房去了一回，便攏出飯來了：三葷三素，一碗紹興湯，又一壺黃酒。蕙芳道：「雖然戒了酒，既到我這裡，也要應個景兒。」便滿臉帶笑，拿了一個大玉杯，斟得滿滿的，雙手送去。那潘三原未戒酒，不過怕酒誤事。今見蕙芳如此，便忍不住笑嘻嘻道：「可盡這一壺，不許再添了。」蕙芳也不理他，於是兩人對飲，又吃些扁食之類。潘三已有醉意，喝來喝去，又添了一壺，見蕙芳桃花兩頰，秋水雙波，顧盼生嬌，媚態百出，把個潘三的故態又引出來了，嘆口氣道：「你這個孩子真真害死我，二百吊錢算什麼，你不犯害人！兒子，你只要一點心到我身上，我是沒有不依的。」蕙芳強笑道：「三爺，我不懂得，什麼叫依不依？」潘三道：「只要你有心於我，你要什麼我總依的。」蕙芳笑道：「未必能依罷，我要，要是要一個銀號，這是你自己說過的。」潘三道：「銀號我有三個，我已經四十八歲了，還沒有兒子，給你一個銀號，也沒有什麼要緊。你給我什麼呢？」蕙芳只不言語。潘三道：「怎麼又不說？就是咱們爺兒倆，又沒有外人，有什麼說不得的話嗎？」蕙芳總是似笑非笑的不言語。潘三便坐近來，將蕙芳摟在懷裡，自己把那糖糟似的臉，想貼那粉香玉暖的臉。蕙芳將手隔住，輕輕的道：「你倒太胡纏了，你放了手，我才說。」潘三把臉在他手背上擦了又擦，喘吁吁的道：「好兒子，好乖乖，快講罷。」蕙芳故作怒容道：「三爺，你這般性急，我又不講了。」潘三只得鬆了手，蕙芳手上已流了些吐沫，便將手巾擦了，站起來，正色的說道：「潘三爺，我又不是糊塗蟲，你道我瞧不透你的心事？但我既唱了戲，也就講不得乾淨話兒。但是我今年才十八歲，又出了師，外面求你留我一點臉，當一個人，不要這麼歪纏我，我有心就是了，莫叫人瞧破。你別當我是剃頭篷子的徒弟。三爺，你心裡想我使了你二百吊錢，你捨不得，如果要，我也還得出來。」潘三道：「好兒子，那個要你還錢？你怪不得我，我整整兒想了半年了，你不叫我舒服一舒服？你若真有心就好了，你只怕還是賺我，你再要我上當，我就不依了。橫豎你的話我沒有不遵的。」蕙芳又笑道：「我方才說，三爺是逛慣剃頭篷子的，拿我這裡當作一樣。我聽張仲雨說，潘三爺是大方得很的，只要中意那人，不但三百五百，就是一千八百吊都肯。怎麼三爺又瞧得中我，你在我面上才花過二百吊錢，馬上就要撈本兒。要說二百吊錢，不但三爺看不上，就是我姓蘇的也不當事。難道三爺喝一杯酒，聽一個曲兒，還不賞個百十吊錢嗎？也像那些小本經紀人，叫一天相公給個四吊五吊京錢？告訴你，只要你能真有心，我準不負你。你可不要忘了我，當我是個下作人，遂了你的心，你倒拉倒了，又疼別人去了，那時可莫怪我。」

潘三被蕙芳一席話，說得無言可答。聽他句句應允，覺要錢多，二百吊尚少的意思。既而又想道：這等紅相公，自然是不輕容易到手的。便對蕙芳道：「你真不負我，我就放心了。但是口說無憑，後來恐又變了卦。」蕙芳冷笑道：「你千不放心，萬不放心，難道寫張契約與你嗎？」潘三此時色心艷艷，又要裝作大方，倒不能粗魯起來，想一想，只好再把銀錢巴結他，便道：「知你是個闊相公，手筆大，常要用錢，打今日起，如少錢，便即到我鋪子裡來取。」蕙芳道：「我怎麼好來？不要叫三奶奶曉得了，一頓臭罵，害得你還要受苦呢！」潘三笑道：「胡鬧，你實對我說，到底少錢不少錢？」蕙芳想一想，道：這東西被我刻薄了，他還不懂，還想拿錢來買我，索性賺這糊塗蟲，也好給田郎作膏火之費❻。便帶笑道：「錢是怎麼不要呢？我不好講，又恐三爺疑心我盡賺錢，一點好處沒有，錢倒花得多呢。」說罷便看著自己手上的翡翠鐲子，便取下來，給潘三瞧道：「你瞧瞧這翡翠好不好？」潘三一看，覺得璧清如水，而且係全綠的，便贊道：「好翠，城裡頭少，只怕是雲南來的。」蕙芳道：「是怡園徐老爺賞的，一樣四個給了四個人，我得了一個。聽說在廣東買來，一個是一千塊花邊錢。」潘三吐了吐舌，講道：「比金的還貴，十兩重的也不過二百銀。」蕙芳道：「好雖好，可惜沒個金的配他。」一頭瞧著潘三手腕上有個很重的金箍。潘三心上明白，意欲賞他，恰有十兩重，值二百銀，又覺心疼，若不賞他，又恐被他看不起，便不答應了。自己抬了膀子看了一回，對蕙芳道：「將這個配上就好了，你要就給你罷。」只管抬著膀子，卻不見取下來。蕙芳走近身邊，謝了一聲，將鐲子取下，剛剛帶上了手，卻被潘三攔腰抱住，口口「心肝、兒子」，臉上嗅個不住，便就摳摳摸摸起來。此番蕙芳真沒有法，再講什麼話，潘三是再不理的了。打定主意今日是不肯空回白轉的，況且又把個金鐲子出脫了，臉上已覺得十分光彩。蕙芳只得裝作笑容，見他衣襟上掛著個小牙梳子，便把他的鬍鬚梳了一回。

正在危急之際，只聽外面有人嚷道：「蕙芳在家麼？」又聽說：「老爺來了！」覺有許多腳步響，

❻ 膏火之費：指供給學習的津貼。

蕙芳連忙掙脫道：「不好了！坊官老爺來查夜了。」潘三是個財主，聽見坊官查夜，就著了忙，想要躲避。蕙芳道：「躲是沒有躲處的，就請走罷，省得遇著他們，查三問四起來，倒不好看。」潘三無奈，剛著手時，又沖散了，只得從黑暗處一溜煙跑出大門。不知來的果係何人，且聽下回分解。

第二十回　奪錦標龍舟競渡　悶酒令鴛侶傳觴

前回書中，講到潘三纏住蕙芳，到至急處忽有人嚷進來，蕙芳故作一驚，說：「了不得！是坊官老爺們查夜。」潘三是個有錢膽小的人，自然怕事，只得溜了。

原來蕙芳於下廚房時，即算定潘三今日必不甘休，即叫家裡人假裝坊官查夜，並請了兩個坊卒，到潘三歪纏不清的時候，便嚷將進來。知道潘三是色大膽小，果然中計而去，又哄過了一次。雖然得了他一個金鐲，蕙芳心中也著實躊躇，恐怕明日又來，只好到春航寓內躲避幾天，再看罷了。潘三一路喪氣而回，幸怕他的老婆，不敢公然在外胡鬧，不然只怕蕙芳雖然伶俐，也就難招架了。今天又空鬧了一場，只好慢慢兒再將銀錢巴結他，買轉他的心來。

這回書又要說幾個風雅人，做件風雅事情。如今這一班名士，漸漸的散了。子玉自從與琴言怡園一敘之後，總未能會面。琴言之病，時好時發，也不進園子唱戲，有時力疾到怡園一走。而子玉之病亦係憂悶而起，或到怡園時，偏值琴言不來；或到琴言寓裡，偏又逢著他們有事，不是他師傅請客，就是有人坐著。又不便再尋素蘭，子玉亦覺得無可奈何，只好悵恨緣慳而已。這邊琴言在家，並不知子玉來過幾次，又聽得子玉害病，心上更是悲酸，因為沒有到過梅宅，不便自去。正是一點憐才慕色之心，無可寬解，惟有短嘆長吁，形諸夢寐。看官，你道子玉去尋琴言，為什麼他的師傅總不拉攏呢？一來子玉是逢場作戲，不是常在外面的人，是以長慶不相認識，且不曉得子玉是何等地位，不過當他一個年輕讀書人，無甚相與處；二來子玉在琴言身上，也沒有花過一個錢。子玉與琴言是神交心契❶，自然想不到這些上來。那長慶則惟在錢多，卻不在人好。那下作相公們的脾氣，總是這樣，那長慶生性如此，是始終不變的。且說子玉是在家養病，不出大門；高品為河間❷胡太尊請去修志；劉文澤是他岳母惦記他，來接他並其室吳氏，同到直隸總督衙門去了。此中已少了三人，只有子雲、次賢、南湘、仲清、春航、王恂六人，不時往來。

一日，子雲、次賢招諸名士到園看龍舟，並賞榴花。此日是五月初一，正值王通政生日，雖不做壽，家中卻也有些至交好友、親戚同年來賀，內裡又有些太太姑娘們，如梅宅的顏夫人、孫宅的陸夫人之類，也覺得熱鬧。王恂與仲清這怡園之約，就不能去了。是日子雲、次賢知道了，也去拜拜壽，適遇南湘、春航皆在，就約了回來。仲清、王恂說：「如客散得早，也來赴約。但只不要候，遲早不定。」次賢等應了，才回怡園，同到了迎面峭壁之下。進了一個院落，子雲便請大家寬了公服。又道：「今日天氣甚熱，紅日照人，且龍舟在吟秋水榭，榴花在小赤城，離此頗遠，不如乘馬過去。」家人們已預先備馬伺候，即帶過來，四人都乘上了。從峭壁下左手轉彎，高高低低，曲曲折折，走上青石羊腸小徑，有些古藤礙首，香草鉤衣。走完了山徑，便順著圍牆而走，那邊是池水漣漪，依紅泛綠，堤上一帶短短紅闌，修竹垂楊，還有些雜花滿樹，流鶯亂飛，已令人塵襟盡浣。不到半里，又是一堆危石，疊成高山，有十

❶ 心契：指情志相投。
❷ 河間：河北河間。

丈多高，如羅浮一峰，俯瞰海曲，擋住去路。

子雲請客下了馬，從山腳走上石級，三十餘層，有一小亭，中具石臺石凳，署名曰「縹緲亭」。對面望去，有幾十株蒼松，黛色參天的遮斷眼界，樹杪處微露碧瓦數鱗，朱樓一角。此間頗覺清風蕩漾，水石清寒，飄飄乎有凌虛之想。春航道：「奇奧！文心一至於此，即匡廬之香爐峰❸，何以過之。」南湘道：「前似王麓臺❹，此似蕭尺木❺，幽邃處卻不險仄。」子雲道：「此皆靜宜手筆，布置時曾數易其稿。」次賢道：「也虧那幾株松樹，不然也就一望易盡。」春航道：「正不知靜宜先生胸中有多少丘壑，的是驅排河岳神手。倪雲林、徐青藤❻定當把臂入林。」次賢只得謙讓幾句。四人小憩了一回，走下石磴來，側面有五間樓閣，恰作參差高下兩層，似樓非樓，似閣非閣，畫棟飛雲，珠帘卷雨，又是一番氣象。窗前欄杆外，就是一個十畝方塘，內有層疊荷錢❼，一半成蓋。中間一座六曲紅橋，欹欹斜斜，接著對面十數間樓榭。右邊泊著幾隻小小的畫船，都是錦纜牙檣，蘭橈桂槳。次賢道：「那邊就是吟秋水

---

❸ 匡廬之香爐峰：匡廬，在江西星子、九江二縣之間。殷周時有匡俗兄弟七人結廬於此，故曰匡廬。即廬山。香爐峰在廬山之北，奇峰凸起，狀如香爐，故名。山下有瀑布，著稱於世。

❹ 王麓臺：即清王原祁。太倉人。字茂京，號麓臺。康熙進士。供奉內廷，晉戶部侍郎。工畫山水，淺絳尤稱獨絕。

❺ 蕭尺木：即清蕭雲從，原名龍。字尺木，號無悶道人、玉硯山人。蕪湖人，後遷居金陵。明崇禎副貢。以詩文自娛，兼工畫，得倪、黃毛法。

❻ 徐青藤：即徐渭。明山陰人。字文長，別號天池生，晚年號青藤道人。工詩文。中年學畫花卉，重寫意神似。亦善草書。萬曆間浪遊二京及諸邊塞以終。

❼ 層疊荷錢：層層疊起荷葉。荷錢，荷葉初長時，形小如錢，故稱。

榭了。」再望水榭，卻是三層，左手一帶是一色楊柳低拂水面，接著對岸修竹長林，竟似兩岸欲合。

當下子雲讓客且慢過橋，先進那閣裡來，恰是正正三間，細銅絲穿成的簾子，水磨楠木雕欄，閣中擺設，精致異常，說不盡寶鼎瑤琴，璇几玉案。闌邊放一個古銅壺，插著幾枝竹箭，中懸一額，曰：「停雲斂雨之齋」。旁有一聯，其句云：

拜石❽有時具袍笏。看雲無處不神仙。

署款為「華光宿」。南湘失驚道：「此華公子手筆，不料其詞翰如此。」子雲道：「華公子天分極高，不過工夫稍淺，亦其勢位所誤。若論書畫詩詞，倒與其境遇相反的。」春航道：「若僅聞於流俗之口，幾乎失是人矣。即此聯句，可見其胸次之雅；即此書法，可見其意氣之豪。」

說罷，遠遠望見水榭邊，蕩出兩個花艇來，白舫青帘，尚隔著紅橋綠柳，咿啞柔櫓之聲，宛轉採蓮之曲，正是水光如鏡，樓臺倒影，飛燕低掠，游魚仰吹，須臾之間已過紅橋，慢慢攏過來。只見王蘭保掖起羅衫，盤了辮髮，鬢邊倒插一枝榴花，手中拿一根小小的紫竹篙，一面撐，一面趕那些家鳧野鴨，倒驚得鴛鴦、鸂鶒❾亂飛起來。又有一個白鷺鷥，竟迎著欄杆翩然而來，到了檐前，把翅一側，已飛上山岩去了。次賢笑道：「所謂『打鴨驚鴛鴦❿』，今日見了。」

---

❽ 拜石：宋米芾擅畫，知無為軍。州治有立石頗奇，芾見之大喜，曰：「此足以當吾拜」，便具衣冠拜之，呼石為兄。世稱「米顛拜石」。

❾ 鸂鶒：水鳥名。形大於鴛鴦，而色多紫，水上偶遊，故又稱紫鴛鴦。音ㄑㄧ ㄔˋ。

大家正看得有趣，又見船中走出幾枝花來。一隻船內是寶珠、漱芳，一隻船內是蕙芳、素蘭，共是五個。舟人把舟泊近欄杆，南湘道：「芙蓉未開，水榭減色。有此眾芳一渡，庶不寂寞。湘娥洛神⑪，江湄游戲，我度香先生當以玉佩要之。」大家笑了一笑，群旦上來都見過了。次賢道：「你們看靜芳窄袖蹁躚的，越顯得風流跌宕。竹君之贊語『翩若驚鴻，婉若游龍』，真覺得摹擬入神。」南湘道：「靜芳之倜儻，媚香之靈慧，瑤卿之柔婉，瘦香之妍靜，香畹之丰韻，皆是天仙化人。若以其藝而觀，則趙飛燕之掌上舞⑫，張靜婉⑬之帳中歌，可以彷彿。」

子雲請客登舟，南湘等上得船來。看那船頭，是刻著兩個交頸鴛鴦，船身是棠梨木的，兩邊短短紅欄，內是玻璃長窗，篷蓋上罩著個綠泥洒花大卷篷，兩邊垂下白綾畫花走水。船裡是兩個艙，底下鋪了細白絨毯，靠後也是長窗，中間鋪設一炕，兩旁是兒子穿藤小椅，間著幾張茶几，中間一張圓桌，也可以坐得五六人。那一個船略小了些，是坐那侍從人的。此時王蘭保卻早換好了衣裳，斯斯文文的坐了。寶珠對南湘道：「你們早上到過王大人家沒有？」南湘尚未回言，子雲道：「我就在王宅邀來的。」於是眾人談談講講，一路看園中的景致，有幾處是飛閣凌雲，雕甍⑭瞰地；有幾處是危崖突兀，老樹槎枒。

---

⑩ 打鴨驚鴛鴦：歪打正著。

⑪ 洛神：洛水女神，即宓妃。傳說是伏羲女。

⑫ 趙飛燕之掌上舞：傳說漢元帝后趙飛燕能在手掌上舞蹈，極言其體態輕盈。

⑬ 張靜婉：南史羊侃傳：「舞人張淨（靜）婉腰圍一尺六寸，時人咸推能掌上舞。」

⑭ 甍：屋棟，也叫屋脊。音ㄇㄥˊ。

卻也望見西北上一帶長廊是桃塢，接著是杏村；正北上竹林中望去是梨院，後是牡丹香國；東北是一帶玲瓏巧山，下是綠陰千樹，金彈離離，結滿了梅子，青黃各半，把個梅嶺遮住，看不清楚。對岸樹石蒙茸⑮，卻不知還有多少亭院。春航問南湘道：「這園子裡共游過幾處了？」南湘道：「到卻到過許多回，逛卻沒有逛到。一喝酒就是一天，那裡能逛？約有七八處逛過。」寶珠道：「我同瘦香是逛完的了。」蕙芳道：「我就是桂嶺、菊畦、蘭徑沒有到過，其餘也都逛完。」素蘭道：「桂嶺在前山前，蘭徑、菊畦是在後山後，過澗去一片大空地，有一所莊院，便是菊畦。那蘭徑是山下，到半山，高高下下的長廊曲徑，最好頑的所在。菊畦過去還有個稻庄。有桔槔⑯戽水，像個村落，漁帘蟹簖⑰，各樣都有。還有兩個鶴欄鹿棚，也近在那裡。」

說罷船已行了半里多，已到轉彎處，池水卻也空闊。吟秋水榭造在水中，四面周圍有池水圍住，共是三層。只見第一層是十二間，作個六面樣式，面面開窗，純用玻璃鑲嵌的雕窗，隔作六處。一處之中又分陰陽明暗，仍是十二處，大小方圓扁側，又不一樣，各成形勢。內中的擺設，是說不盡的。在這間看那間，只隔一層玻璃，到過去時，卻要轉了好幾處，方能過去。當下諸人，就在這第一層逛了好一回時候。子雲道：「客也餓了，此刻將近午正，可以坐罷。」只見四個小童托上四個金漆盤來，放著幾碗杏酪，分送各人面前，各人吃了。春航道：「索性上那兩層再回來坐罷。」

⑮ 蒙茸：猶蓬鬆、亂貌。茸，各本均作「葺」，誤。
⑯ 桔槔：井上汲水的工具。
⑰ 蟹簖：插在水裡捉魚蟹的竹柵。簖，音ㄉㄨㄢˋ。

於是轉上樓梯，上了第二層，略小了些，是四面樣式，空出一轉回廊，有欄杆回攎，也有雕窗隔作八處，古玩器皿一樣的精雅。望見東北角上柳陰中，泊著龍舟，有三丈多高，舟身子是刻成彩畫一條青龍，中間卻是五六層架子裝起，純用五彩綢緞、綾錦、氈泥，製成傘蓋旗幡，繡的洒線平金打子各種花卉，還搭配些孔雀泥金傘、珍珠傘、銀針穿成的傘，中間又裝上些剪彩樓臺庭院，王宮梵宇，裝點古跡。內中人物都是走線行動，機巧異常，一層一層的裝湊起來，為錦為雲，如荼如火。頂上站著一個扎成的金毛孔雀，船內用石壓底，兩邊共有二十四人蕩槳。有個八音班，在內打動鑼鼓絲竹，粗細十番。此是次賢在江蘇看過，畫出圖樣，選匠造製。春航是從南邊來，也曾見過，即道：「實在製得華麗，就是常州府⑱的龍舟，是甲於一省的，也不過如此。」

大家又上了第三層，卻是三面式樣，外面也是三面回廊，中間隔作六處。此中窗櫺門戶，是一色香楠木，十分古拙，更為雅靜。地位既高，得氣愈爽，憑欄一望，怡園的全景已收得八九分，只有山陰處尚不能見。惟覺樓臺層疊，花木扶疏，芳草如碧毯平鋪，清泉如水銀直瀉，水如縈帶，山列主賓，多處不見其繁，少處不嫌其略。天然圖畫，輞川圖⑲不過如斯；人力經營，平泉莊⑳何足道也。眾人各自憑欄，遙望四處，只聽龍舟內簫鼓悠揚，清波蕩漾的划將出來。龍尾上掛著個鞦韆架子，兩個孩子一上一

⑱ 常州府：治所在今江蘇武進。

⑲ 輞川圖：唐王維晚年在藍田輞口得宋之問藍田別墅，精心改築，風景奇勝。嘗集其所作詩號輞川集，又自圖其山水，號輞川圖。

⑳ 平泉莊：唐李德裕別墅，在洛陽。吟詠雅趣，刻石記之。

下的打鞦韆。次賢道：「還請到底下去看罷，自上望下，不如自下望上好。」

眾人即下了雁齒扶梯，仍到第一層，已見正中廊前擺了一個圓桌。此會是賓主四人，名花五人。子雲便要穿衣，經史、田三位止住，只得就便服送了酒，依齒而坐。東首是南湘，子雲命蘭保坐在肩下；西首是春航，肩下是蕙芳；上面是次賢，肩下是漱芳；子雲坐了主位，左右為素蘭、寶珠二人。飲酒的話頭，無非是那幾套，且慢講他。

再看那龍舟已到閣前，盤盤旋旋，來來往往，蕩個不了。家人遠遠的放了五千一串的全紅百子，響得不住。大家正看得喝采，忽見欄杆外走上四個人，穿著綠油綢短衫，紅油綢褲，膪膊拴腰，紅巾扎額，赤了腳，穿著草鞋，腿上纏緊了藍布，站齊在欄杆前，對上叩了一個頭。南湘不解其故，待要問時，只聽龍舟一聲鼓響，那四個人齊齊的倒翻觔斗下水去了。子雲道：「這些蠢奴，他們也要顯些本領。」遂命家人去捉幾對鴨子來，又叫取幾個紅漆葫蘆拋下水去，眾人方曉得是奪標。家人答應，便將一個白鴨先拋下水去，那鴨子下了水，把頭一鑽也翻了一個觔斗，便伸著頭，拍著翅，「呷、呷、呷」的叫了幾聲。那邊一人便俯在水面，兩腳一蹬，似梭子的穿過來。那鴨子見人來拿他，便扇起雙翅，半沉半浮，走得風快。正走時，忽見水裡探出個頭來，一手把鴨子捉住。子雲道：「好！記著賞他。」又將三隻鴨子、兩個葫蘆同拋下去。這四個人各要討好，都竭盡其藝，或俛或仰，或沉或浮，或側半面，或蹺一腿，游來游去，頑個不了。也有拿著的，也有拿不著的，也有拿到了重新脫手的，也有拿到半路被人奪去的。引得席上個個歡笑，各人飲了好幾杯。那些相公們更覺高興，都出了席，靠著欄杆看玩藝。

子雲叫了進來，再斟了酒。次賢道：「我們今日就以此為令何如？」眾人問道：「怎樣做令？」次賢問那些家人道：「去年園中結那些大葫蘆，想來還有。」家人應道：「有十幾個漆的，其餘是沒有漆的。」次賢便叫把漆的拿來。不多一刻，家人就提了一大串來，解開繩子，放在一張空桌上。次賢又叫拿那副酒籌來。家人又送上一個象牙酒籌。次賢隨手抽出幾枝，便把沒有字的一面朝上，放在桌上，對眾人道：「各人隨手取一根，不准看那一面的字，各人注上各人的號。」大家就依了他。次賢便把葫蘆揭開蓋子，每一個放下一個酒籌，仍舊將蓋子旋緊，命家僮拋下水去。「看拿到那一個的，便是那一個喝酒，這是極公道的頑意兒。」眾人道：「極是，但不知籌上寫些什麼。」次賢道：「方才這副籌，是水滸傳上的人，各有飲酒的故事，我是隨手數的，不知是那幾個名字？」子雲笑道：「這籌倒也好，喝得爽快。就是內中有幾個大量的，抽著了卻是難為。」眾人道：「這也只好聽天由命了。」

只見水中搶了一個出來，家僮拿到席邊將手巾擦乾了，開了蓋子，倒出籌來，是蕭次賢的。大家看那一面時，刻著七個大字，下注兩行小字。大字是：「李逵大鬧潯陽江。」注是：「首二坐為宋江、戴宗，末坐為張順，李逵自飲一大杯，宋、戴陪飲一小杯，即與張順豁十拳。李逵贏拳，張順吃酒；張順贏拳，李逵喝開水。」眾人看了皆笑。次賢先飲了門面杯，南湘、春航陪了一杯。即與子雲猜拳，子雲飲了六杯酒，次賢飲了四杯茶。眾人道：「倒也有趣。」

又見拿了一個上來，看籌是南湘的。那面是：「武松醉奪快活林。」下注：「無三不過崗，先滿飲三杯。對面為蔣門神，要連勝三拳方過，再打通關一轉。」南湘道：「這一回太多了，三杯我就喝，這通關免了罷。」子雲道：「免是不能免的，況且你是個大量。」蘭保道：「打通關或用半杯，或一杯分作三消罷。」眾人亦皆依了。南湘吃了三杯，即與春航豁起拳來，倒也連勝了三拳，又打了一個通關，共吃了十二杯酒。

又見水中拿了兩個出來，第一個揭出來是徐子雲的。那面是：「宋江怒殺閻婆惜。」注：「飲兩杯，並坐者為閻婆惜，宋江先自飲一杯，將一杯勸閻婆惜，婆惜不飲，仍是宋江自飲。」子雲笑道：「座中誰是閻婆惜呢？」眾人笑了。次賢道：「不消說，是並肩坐的這兩個了，且仍是你自飲，用是用不著他們，但勸是要勸的。」子雲帶笑飲了一杯，又將一杯對素蘭道：「香畹你是個好人，你莫要學那閻婆惜，心上只記著張三郎，不瞅不睬的，你且飲這一杯罷。」引得眾人笑起來。素蘭本待要飲，因為眾人一笑，便臉上紅暈了一層，便把嘴向著寶珠一呶，說道：「閻婆惜在那邊，你叫他飲罷。」寶珠也「嗤」的一笑。子雲又拿一杯對著寶珠道：「如何，你飲不飲？」寶珠接了杯子，對著素蘭道：「你上了當了，你看籌上不飲的是閻婆惜，飲的就不是了。」即將酒飲盡。素蘭一想，倒被寶珠討了便宜。再拿那一根籌看時，是蕙芳的。再看那面，眾人就笑起來，只有田春航強住了笑，臉上卻有些紅。原來這一根籌偏偏是蕙芳，也是捉弄潘三的報應。上寫著：「潘金蓮雪天戲叔。」注：「三杯，並坐左邊的為武松，第一杯要露出了胸，一手搭在武松肩上，叫聲：『叔叔，你飲這一杯。』第二杯要自吃半杯，又道：『叔叔，你若有心就吃這半杯兒殘酒。』第三杯要站起來，裝作怒容自飲，合席陪飲三杯。」當下蕙芳就不肯，道：「我們豁了這三杯罷。」子雲道：「這是令上寫明白的，水裡撈出來的，豈可改得？」次賢道：「況且是你親手寫在籌上的，如今怎好翻悔？」南湘道：「你如要改令，方才我們又何必照樣呢？」蕙芳無奈，躊躇了半天，蘭保笑道：「報應之快，如今是真要上那姓潘的當了。」眾人不甚明白，只道是籌上的潘金蓮，卻不曉得蘭保是聽見潘三的事。春航心內明白，只低頭不語。蕙芳聽了，一發臉紅，也不理他，只得拿了一杯酒，站起來靠著寶珠，道：「叔叔，你吃這杯罷？」寶珠正在吃菜，不提防蕙芳叫他這一聲，便笑得噴了一桌，靠住了子雲，把手巾擦了嘴，還笑個不住。眾人哄然皆笑起來。蕙芳弄得沒法，放下杯子，自己也笑了。次賢道：「媚香，又錯了，你不看注指並坐左鄰為武松，不是右邊的人，怎麼把這杯酒敬起瑤卿來？」蕙芳道：「你到底要我敬那一個呢？他不是與我並坐的嗎？」寶珠道：「我恰好不算並坐。雖然是圓桌，我卻朝北，你是向東，我再料不到你叫我叔叔。」說罷又笑了，蕙芳終是不肯。子雲笑道：「媚香，你難道沒有敬過湘帆的酒麼？快些，快些！你看又撈起兩個來了。你若壞了令，後來怎樣？不過好歹這一次，又沒有三回兩回輪著你的。」次賢道：「快敬罷！」南湘道：「當年金蓮戲叔之時，是要做些媚態方像，不可老老實實的。」你一句，我一言，大家逼著，蕙芳真是無奈，不道尖利人也有吃虧時候。蕙芳只得略靠著春航，擎起了杯道：「叔叔，吃這一杯。」春航也是無奈，只得老著臉飲了。第二杯蕙芳也只得先飲了一口，送到春航口邊，春航不待叫，就飲了。眾人皆說：「這杯不算，重來，令上是要叫明才算的。」春航再三求情，只得算了。到了第三杯，卻甚容易。蕙芳自斟了一杯，立起身來。次賢道：「這杯要作怒容的。」素蘭道：「他心中本有氣。」蕙芳一笑，又忙將花容一整，做出怒態，便一口乾了。子雲看了這光景，心上十分贊賞，便自己飲了三杯，又勸合席也飲三杯。

於是再看籌時是蘭保的。那面是：「魯智深醉打山門。」注：「先飲一大杯，首二坐為金剛㉑，每人豁三拳。」蕙芳道：「他就這等便宜，我偏這麼囉唕。」蘭保照令行了，與南湘、春航各豁了三拳。再看籌是漱芳的，那面是：「金翠蓮酒樓賣唱。」要彈琵琶，敬魯達、李忠、史進各一杯。眾人道：

㉑ 金剛：梵語縛曰羅，一作跋折羅。佛教護法神名，以手執金剛杵以立名。

「這還可以，在不即不離之間。況且真是個姓金的，怎麼遇得這般湊巧？」漱芳只得彈起琵琶，敬了南湘、春航、次賢三人。

再看葫蘆內籌是田春航。春航急看那一面，想一想，又說聲：「不好！」眾人又復拍手大笑道：「今日就是媚香與湘帆牽纏不清。」蕙芳紅著臉道：「這是你們有心做成的，不然為什麼單是這兩根籌這麼樣呢？」次賢道：「冤枉冤哉！算我有心撿出的，難道你們又有心撿過去嗎？」原來籌上寫的是：「一丈青捉王矮虎。」注：「後成夫婦，與並坐的手牽紅巾，飲三個交杯㉒，合席共賀一杯。」春航欲要改令，怎禁得大家不依，只得拿塊帕子與蕙芳遮著，各飲了半杯，第三次惹得合席說了又笑，笑了又說，道：「這個合巹杯是難得見的，我們各浮一大白。」於是合席又賀了一杯，更把蕙芳臊得了不得，便道：「從此難星也過完了，等我可以取笑人了。」

看籌是寶珠的。那面是：「王婆樓上說風情。」看了注，蕙芳笑道：「今番卻有報應了，不料也有人做那好樣兒與人看了。」寶珠的臉已經紅暈了半邊。令是三杯酒：第一杯是敬右鄰為西門慶，也做挑帘的樣了，將扇子打西門慶一下，敬這一杯。第二杯要西門慶跪地，一手揑著金蓮的鞋尖，敬金蓮這一杯。第三杯，左鄰是王婆，金蓮福了一福，叫聲：「乾娘，飲這一杯。」子雲笑道：「可可如今輪到我了。」春航道：「香塵沾膝是件最美的事，況且蓮鉤在握，就飲十杯何妨？」南湘大笑道：「香塵沾膝還可以，只不要跪在爛泥裡，那時蓮鉤倒摸不著，摸著的是條驢腿。」說得眾人哄然狂笑起來，把個金漱芳笑得閃了腰，直跌到次賢懷裡。王蘭保、陸素蘭笑得走開了。寶珠道：「此又是報應，天理昭彰，

㉒ 交杯：舊時婚禮，新婚夫婦交換酒杯飲酒，叫交杯。又叫合巹、交巹。

一毫不爽的。」大家笑得春航十分難受，又不好認真，只得忍住道：「竹君刻薄，應該罰他一個惡令。」南湘笑道：「我是據實而言，何刻薄之有？」蕙芳道：「你也夠了，不要說嘴，曉得也有失風時候。」次賢笑道：「瑤卿，此令如何？看來是不能改的，只好委屈些罷。倒難為了度香這膝下黃金了。」眾人又復大笑。蕙芳即催寶珠快些敬酒，寶珠是個溫柔性氣的人，被眾人逼不過，只得老著臉，將扇子把子雲輕輕打了一下，敬過這杯酒。子雲笑而受之，眾人說聲：「好！我們也各飲一杯。」子雲道：「酒令嚴於軍令，沒奈何，諸公休笑矮人觀場。」只得斟了一杯酒，屈了一膝，來敬寶珠，寶珠連忙接過飲了。眾人又說聲：「好！」又各飲一杯。寶珠便將這第三杯酒對著蕙芳，福了一福道：「乾娘，請飲這杯。」蕙芳接來飲了，笑道：「好女兒，生受你。」眾人皆贊道：「好個乾娘、乾女兒！我們再賀一杯。」又各飲了。

便剩下一根籌，知是素蘭，取來看時是：「梁山泊群雄聚義。」合席各飲三杯。眾人道：「這卻收得有趣，今日這個酒令，真倒像做成的一般。」寶珠道：「只是太便宜了他，又便宜了靜芳，瘦香還彈了一彈琵琶。第一是我與媚香才算不來呢。」蕙芳道：「有人跪了你敬酒，還不好？還要怎樣？」寶珠道：「你要人跪你，方才何不代我行了這個令？」此一回酒已飲到紅日沉西，也就吃了飯。

盥漱畢，又飲了一回香茗，南湘道：「還有小赤城的榴花沒有賞鑒，何不就趁著晚霞掩映，看那榴火如焚不好嗎？」子雲即引眾復坐船回過紅橋，到西邊假山前上岸，從神仙洞走出，穿過了杏樓、桃塢兩處，便是小赤城。只見榴花回繞如城，約有一二百株，紅霞閃爍，流火欲燃，間有幾種黃白及瑪瑙等色，相間而開。正是天台山賦㉓上的「赤城霞㉔起而建標」，所以叫做小赤城。

天色已晚，南湘、春航要回，小使送上衣帽，各人穿戴，謝了主人並次賢，繞道出園。子雲道：「今日本有一事要煩兩兄。園中各處的對聯尚須添設幾副，今日倒被龍舟耽誤了，遲日再請一游，並約庾香、劍潭諸君何如？」史、田二人應了，遂上車而去。這邊相公五人，也各陸續散去。這回怡園二次宴客，可惜人少未齊，不曉下卷又敘何人，再俟細細想來。

㉓ 天台山賦：東晉孫綽作。天台山，在今浙江天台北。古神話有漢劉晨、阮肇入天台採藥故事，相傳即此山。

㉔ 赤城霞：赤城山在浙江天台縣北六里，登天台山必經此。土色皆赤，狀似雲霞。

第二十一回　造謠言徒遭冷眼　問衷曲暗泣同心

此回書又要講那魏聘才，在華府中住了一月有餘，上上下下皆用心周旋的十分很好，又因華公子待他有些顏面，銀錢又寬展起來，便有些小人得志，就不肯安分了。內有顧月卿、張笑梅，外有楊梅窗、馮子佩一班人朝歡暮樂，所見所聞，無非勢力鑽營等事，是以漸漸的心肥膽大。從前在梅宅有士燮學士在家，雖不來管教他，自然畏懼的。而且子玉所結交的，都是些公子名士，沒有那些游蕩之人。譬如馬困槽櫪❶之中，雖欲泛駕也就不能。此時是任憑所欲，無所忌憚。

一日因張、顧二人有事，遂獨自出城，雇了一輛十三太保玻璃熱車，把四兒也打扮了，意氣揚揚，特來看子玉之病。已到梅宅，進去見過顏夫人，即到子玉房中來。子玉已經病了月餘，雖非沉痾，然覺意懶神疲，飲食大減，情興索然。有時把些書本消遣，無奈精神一弱，百事不宜，獨自一人不言不語，有咄咄書空氣象。就是顏夫人，也猜不出兒子什麼病來，只道其讀書認真，心血有虧，便常把些參苓調理，無如藥不對病，不能見效。世人說得好，心病須將心藥醫。這是七情所感而起，叫這些草根樹皮如何解勸得來。只有子玉自己明白，除非是琴言親來，爽爽快快的談一晝夜，即可霍然。倒是聘才猜著了幾分，進來問了好些話。子玉因這幾日沒人來，便覺氣悶，聘才來了，也稍可排解。問那華公府內光景，

❶ 馬困槽櫪：好馬困在馬廄裡。比喻懷才不遇。

聘才即把華公子稱贊得上天下地選不出來，又誇其親隨林珊枝及八齡班怎樣的好，就說琴言也不能及他。

子玉聽到提起琴言，便又感動他的心事，即對聘才道：「琴言原是吾兄說起的，及我親見其人，果是絕世無雙，怎麼如今說有多少比他好的呢？」聘才道：「琴言相貌原生得好，但其性情過冷，譬如一枝花，顏色是好極了，偏在樹高頭，攀折不到，叫你不能親近他，人若愛花，自然愛那近在手邊的了；譬如冬天的月，清光皎皎，分外明亮，人仰看時，那一片寒光，冷到肌骨，比起那春三秋八月的月，又好看又不冷，自然就不如了。」子玉道：「這是粗淺的比方。花若沒有人折，花便自保其芳；月到沒有人看，月更獨形其皎。若說難折的花，固不親於人手，若遇珍禽翠羽，仙露清風，越顯花的好處，豈非難攀所致乎！若說寒天之月，固不宜於人賞，若遇寒梅白雪，清波彩雲，愈見月的清光，豈為寒冷所逼乎？大約琴言之生香活色，人所能知，而琴言之摯意深情，人罕能喻。第以尋常貌似之間取之，故有雅俗異途之趣。世有琴言遭逢若此，此天之所以成此人，不致桃李成蹊❷也。」

這一席話，子玉心內真是深知琴言，故有此辯，沒有留心竟把個魏聘才當作俗人異趣了。聘才心上有些不悅，只得勉強應道：「很是，很是。琴言的好處，我早說過，大抵世間人非閣下與我，就不能賞識到這分兒了，我也想去看看他，不曉得他到底是什麼病？」子玉道：「你今日去麼？」聘才道：「且看，我還有點事，如便道就去的。」子玉道：「你若見他，切莫說我有病；他若問你，你說不知道就是了。」聘才道：「我會說。你有什麼話告訴我，我替你說到。」子玉道：「我也沒有什麼話。」又停了

---

❷ 桃李成蹊：即「桃李不言，下自成蹊」。原指桃樹、李樹雖然不會向人打招呼，但以其飽滿的果實引人前來，樹下自然會被踏成一條路。比喻為人真摯、忠誠，自然會有強烈的感召力而深得人心。蹊，小路。

一回道：「就說我叫他不要病。」聘才笑道：「你怎麼就能叫他不要病？你能叫他不要病，他自然也能叫你不要病了。」子玉自知失言，也就笑了一笑，又忙忙的改口，說道：「已經病了，這也沒法，但是我勸他切莫要病上加病。他若曉得我病，你就不必瞞他，只說我的病不要緊，幾天就好的。你說香畹這人最好的，常可以找他去談談。只要鬱悶一開，自然好得快了。」這句話，聘才卻不甚懂，便也答應了。子玉又道：「我也不能去看他，他見香畹就是了。」子玉一面說，神色之間，便覺慘淡。聘才明白這病，為琴言而起，便又想道：庾香真是個無用之人，既然愛那琴言，何妨常常的叫他，彼此暢敘，自然就不生病了。何必又悶在心裡，又不是閨閣千金，不能看見的。

便辭了子玉，也不去找元茂，略到賬房、門房應酬應酬就出來，一直到櫻桃巷琴言寓裡來。恰好長慶出門去了，聘才便徑進琴言臥室。只見綠窗深閉，小院無人，庭前一棵梅樹，結滿了一樹黃梅，紅綻半邊，地下也落了幾個。忽聽得一聲：「客來了，莫要進來！」抬頭一看，檐下卻掛了一個白鸚鵡，見聘才便說起話來。對面廂房內走出一人，便來擋住道：「相公病著，不能見客，請老爺外面客房裡坐罷。」聘才道：「我非別人，我是和他最熟的。你進去，說我姓魏，是梅大人宅子裡來的，要看他的病，還有話說。」那人進去說了，只聽琴言在房裡咳嗽了兩聲，又聽得說：「既是梅大人宅裡來的，就請進來。」那人出來便笑嘻嘻的說：「相公請！」

聘才進了屋子，卻是三間，外面一間擺了一張桌子、幾張凳子。跟班的揭開了帘子，進得房來，就覺得一股幽香藥味，甚是醒脾。這一間尚是臥室之外，聘才先且坐下，看那一帶綠玻璃窗，映著地下的白絨毯子，也是綠隱隱的。上面是炕，中間掛一幅壽陽點額圖。旁有一聯是：「心抱冰壺秋月，人依紙帳梅花。」炕几上一個膽瓶，插了一枝梅花。一邊是蕭次賢畫的四幅紅梅，一邊是徐子雲寫的四幅篆字。窗前放著一張古磚香梨木的琴桌，上有一張梅花古段文的瑤琴。裡頭一間是臥房了，卻垂著個月色秋羅繡花軟帘，繡的是各色梅花。

聘才再欲進內，只見琴言掀著帘子出來。聘才舉目看時，見他穿一件湖色紡綢夾襖，藍紗薄綿半臂，卻比從前消瘦了幾分，正似雪裡梅花，偏甘冷淡，越覺得動人憐愛。即讓聘才在上邊坐了，自己卻遠遠的坐在靠窗琴桌邊一張梅花式樣凳上，叫人送了一碗茶，又有個小孩子拿了一枝白銅水煙袋，與聘才裝了幾袋煙。聘才便道：「我聽得你身子不快，特地出城看你，近來可好些麼？」琴言聽得「出城」二字，即思想了一回，怪道庾香久不出來，原來搬進內城去了，因問道：「庾香幾時搬進城的？住在那一城？離此多遠？」聘才知琴言聽錯了，便道：「庾香是沒有搬家，如今我在城裡住，不在庾香處了。」

琴言聽了，便不言語，似覺精神不振，就有些煩悶光景。聘才想道：他問庾香就高高興興的，對我就是這樣冰冷，實在可惡。橫豎他們不常見面，待我捏造些事哄他，且看他如何？問琴言道：「這月內見過庾香沒有？」琴言道：「還是新年在怡園一敘後，直到如今沒有會見。」聘才笑了一笑，又說道：「我曉得近來庾香是不記得你了。」琴言聽了這句，著實詫異，便怔了一回，問道：「你說什麼不記得了？」聘才故作沉吟道：「沒有說什麼，我說庾香近來有事，自然也就記不得你了。」琴言忙道：「他有什麼事呢？」聘才道：「他有什麼事，不過三朋四友，總在一塊兒聽戲吃酒的事，沒有別的事。」琴言想了一想，覺得這話有些蹊蹺，因又問道：「我聞庾香有病，又聽得他到過怡園幾次，我沒有遇著。」聘才故意冷笑一聲，不言語。琴言心上更動了疑，難道庾香近來真不記得我了，難道他與別人又相好麼？

因又想道：那日玉齡這麼引他，他卻如此發氣，斷無與別人相好之理。聘才的話支支吾吾，半吞半吐，似乎又有些隱情在內。他說進城住了，是已不在庾香處，怎麼又曉得庾香的事呢，若庾香竟沒一毫的事，他又何必來誑我呢？便怔怔的低了頭想，又想道：這聘才也不是什麼好人，他向來的話是信不得的。我看庾香就是無心於我，也斷不致在外胡鬧。心上雖如此想，卻又忍不住不問，問道：「我看庾香是個正人君子，不像愛鬧的人。」聘才想道：我若說他認得的人，他會訪問，便對出謊來；若說個與他不來往的人，就沒對證了。因慢慢的講道：「人的情欲是不定的。沒有引誘他的朋友，自然也想不起來；沒有嘗過這味兒，自然是不曉得。從來說近硃者赤，近墨者黑，有那一班混賬人，引他上這條路，又吃了些甜頭，自然也就往裡鑽了。」說到此，又嘆了一口氣，道：「我倒可惜庾香，起初倒是個正經人，講究些情致，不肯胡鬧的。始而我聽得人家講，我還不信。及至今日我去看他，我進去是向來不用通報的，一直到他書房外間，就聽見笑聲。他的雲兒就忙的了不得，高高的喊一聲：『有客來了！』及到我進去，庾香卻是臥在床上，臉上發紅，有些慌張的樣子。我看屋子裡又沒人，笑聲也不像他，也不理會了。與他講些話，他支支吾吾，所問都非所答。忽聽床帳後有些響動，似乎藏著個人似的，我又不好問他，如可以見得我，也不用躲了。我就在他床上坐了一坐，後面帳子又動了一動，偏偏我的扇子又落下地來，我就留心了。借著撿扇子，將他帳子揭開些兒，低頭一看，看見後面一雙靴子及衫子邊兒，是件白花縐綢的，我明白是個相公，倒猜著是你的。又想起你現病著，未必出來；又想道是你，決不躲的。再看庾香滿臉飛紅，裝起瞌睡來，我怕他不好意思，只好辭了出來。走到門房門口，見跟那聯珠班內蓉官的得子與那些三爺們講話，我知道是蓉官了。玉儂，你想蓉官這種東西，交他做什麼？就叫個相公，也不用瞞人。我真不懂我們這個兄弟的脾氣。我也知道你為了他，很有一番情。他起初卻很惦記你；又聽得人說，他找你幾回，你不見他，他所以心就冷了。你不問我，我不便說，你既問我，我就不忍瞞你。好頑相公，也是常事，我就恨他撇了你，倒愛這個蓉官，不但糟蹋了這片情，也玷污了自己的乾淨身子。」

琴言一面呆呆的聽，一面暗暗的想，心中雖是似信非信的，聽到此話不知不覺的一陣心酸，便淌了幾點眼淚下來。卻又極意忍住，把這話又想了一回，身子斜靠了琴臺，把一個指頭慢慢兒捺那琴上的金徽。因又問道：「你見庾香就是這麼樣，也沒有說些別的話？」聘才道：「我出房門時，他才說了一句，說：『你想必去聽戲，聽什麼班子？』我也沒有答應他，我就走了。」琴言道：「你這些話，都是真的？」聘才冷笑一聲，道：「我是說過謊的嗎？信不信由你。」琴言又道：「不是我不信，難道你坐了這半天，就這一句話嗎？」聘才道：「我本來沒有久坐，我又見他心上有事，也就不便多說。」琴言道：「庾香當真只說這一句話？」聘才道：「真沒有兩句，若有兩句來，我就賭咒。」

琴言心上覺得十分難過，又不便再問，只得忍住了。聘才道：「我聽你們在怡園見面，彼此很好，又見你送他一張琴，後來怎麼樣疏的？聽說這琴也轉送人了。」琴言聽了，更覺傷心，低了頭，一句話回答不出來。聘才又道：「或者因你常到怡園，他因此動了疑。你既與他相好，就不該常在度香處了，也要分個親疏出來，這也難怪他有點醋意。」琴言心上一團酸楚，正難發泄，聽到此便生了氣，似乎要哭出來，說道：「你講些什麼話？什麼叫相好，什麼叫醋意，我倒不曉得。」便借這氣又哭起來。聘才心中暗暗的喜歡，便陪著笑道：「我說錯了，我知你是講不得頑笑的，不要惱我，與你陪禮。」便走攏來，想要替他拭淚。琴言嬌嗔滿面，立起身便進內房去了。聘才覺得無趣，意欲跟進去，只聽琴言叫那小使進去，吩咐道：「你請魏少爺回府罷，我身子困乏，不能陪了。」說罷，已上床臥了。

這邊魏聘才聽了，心中大怒，意欲發作，忽又轉念道：他是庾香心上人，糟蹋了他，又怕庾香見怪，權且忍耐，慢慢的收拾他。屢次遭他白眼，竟把我看得一錢不值，實在可恨！我不能擺布他，也枉做了華公府的朋友了。只得忿忿而出，坐上了熱車，風馳電掣的去了。

再說琴言在床臥了，覺得陣陣心酸，淌了許多眼淚，左思右想，不能明白。忽想起素蘭那日之言，說同庾香前來，因為師傅請客，不得進內，說到此又被人打斷。這幾天又尋不著他，何不再尋他來一問，便知庾香的光景了。即著人去尋素蘭，素蘭回家即換了便服過來，這邊琴言接著，就在房裡坐下。素蘭道：「你尋我有什麼事？莫非又要我做庾香的替身麼？」琴言笑道：「我有一件好難明白的事，要問你。」素蘭道：「什麼難明白的事，你且說。」琴言道：「你方才說起庾香，你近來見他麼？」素蘭一笑，道：「果然，果然！你除卻庾香，是沒有事尋我的。我們前日在怡園看龍舟，度香請庾香，他因病了沒有來。度香說起他的病，有一個多月了，臉上清瘦了好些，十天前到過度香處。並有一個笑話，說來人家真好笑，只怕你又要哭壞了，我不說罷。」

琴言聽了，心上已覺回轉，便道：「什麼笑話？你快快說罷。」素蘭道：「媚香的生日，田湘帆做了一篇小序，大家說做得好，度香便抄了。那一天，庾香來，靜宜便將小序給庾香看，庾香也贊了幾聲。度香在旁說道：『湘帆好一個濃艷文心，愈艷愈好，愈濃愈好。』度香正贊湘帆的文章，庾香忽說道：『玉儂自然在玉艷之上，玉艷雖好，尚遜瑤卿、媚香一籌，而玉儂則玉樹瓊花，似非人間花譜中可以位置。』靜宜、度香初聽了不知他說些什麼，後來想了出來：他誤聽『愈濃、愈艷』，當是問你與琪官那個好？他就所以說出這兩句來，惹得靜宜、度香笑個不了。庾香也想出錯來，便著實不好意思，又支吾遮飾了幾句。這麼看起來，他是一刻不忘你的，將來就要入起魔來，這病倒有些難好呢，你聽了不要哭嗎？」

琴言聽到此，便再忍不住，不覺嗚咽起來，淚珠便是線穿的一樣，把一個藍紗半臂胸前，淹透了一大塊。素蘭安慰道：「哭什麼？你病還沒有好些，就這麼傷心，正是雪上加霜了，所以我不肯對你講，知道你要傷心的。」琴言忽又蹬足道：「這魏聘才真不是個東西，無緣無故的糟蹋人，玷污人，造言生事。」素蘭問道：「那個魏聘才？你因甚罵他？」琴言便將帕子掩了臉，索性哭個不止。素蘭只得再三解勸，勸得住了哭，把前日寶珠、蕙芳行的酒令說給琴言聽。說瑤卿還罷了，第一媚香尖利不肯吃虧的，偏偏吃了這悶虧；又聽得他為潘三纏不清楚，媚香卻不肯告訴人，人都傳說出來，說媚香也怕他，到湘帆處躲了好幾天，如今是交代下人，若是潘三來，總回不在家。又說他床後開了一個門，通得廚房，為避潘三之計。

琴言聽了這些話，略有笑容。素蘭便問魏聘才是何人，琴言略把去年搭船進京及住在梅宅的話說了幾句，即對素蘭道：「細聽起來，這魏聘才真是個小人，你問他怎的，不如不提他為妙。」素蘭道：「不為別的，我昨日在春陽樓吃飯，聽得說，掌櫃的鬧了一件事，得罪了華公府一個師爺，便送到兵馬司，打了二十個嘴巴，還出脫了幾十吊錢，又是兩桌酒席。聽得人說那個人也姓魏，叫什麼才，卻是華公府裡的。」琴言道：「我卻聽得他說，如今住在城裡，不在庾香處了，我也沒有問他在那裡。」素蘭道：「我聽走堂的說起來，卻說得原原委委。新年上，這姓魏的同了幾個人，帶著保珠、二喜，吃了五十幾吊錢，掌櫃的因不認識，寫賬的時候，想必說了什麼話。後來姓魏的還錢又零零碎碎的，此刻還沒有清楚。前日聽說同了兩個人，倒帶了五個相公，從巳初進館，到申正才散，算賬有七十餘吊。掌櫃的不曉得他是華公府出來的，便支支吾吾的不肯寫，又說前賬未清的話。那姓魏的酒也醉了，就把筆摔了，又把大硯臺一推，推下櫃去，可可裡頭放著一桌傢伙，砸得粉碎。掌櫃的不依，喧嚷起來，經眾人勸散了。只得仍就寫了票子，票子上寫的是華公府師老爺。掌櫃的就著了忙，一面招陪他出了門，只道沒有事了。誰曉得第二天一早，兵馬司就是一支火簽、一條鍊子，拿掌櫃的套了就走。還是求了張仲雨，花了幾十吊錢，去講了情，只打了二十，才放出來；又送了兩桌酒席與張二爺。他們說是魏什麼才，方才聽你罵他，想必就是這個魏聘才了。」琴言道：「管他是不是，橫豎叫魏聘才的總不是東西就是了。」因又問道：「那日你同庾香來，遇見我師傅請客。那一回的說話，還沒有說完，到底講什麼？」素蘭就把那一天子玉的光景細細述了一遍，又道：「我也為你說得口渴了，你茶都沒有一碗。」琴言笑道：「說話說得要緊，忘了吩咐，快沏茶來。」素蘭吃了兩口茶，便笑道：「庾香與你倒是一樣的心腸，竟是一副板印出來的。」琴言道：「怎麼一樣呢？」素蘭道：「我看你屋子裡及身上，處處都是梅花，是因他姓梅，所以借這梅花，是睹物懷人的意思。庾香近來這一身都是琴。」琴言笑道：「我不信，怪重的東西，況這麼長的怎樣帶在身上？你別哄我！」素蘭便大笑起來道：「呸！你這個傻子，難道你身上種著梅花嗎？」琴言也笑了。素蘭道：「我聽度香說，庾香身上荷包、扇絡等物，無一不是琴的樣式，連扇子上畫的也是兩張琴，一張是正的，一張是反的，你說這心腸不是與你一樣麼。」說得琴言又哭了，素蘭道：「你要哭，我以後再不說了。」琴言又只得忍住道：「你再說，我不哭就是了。」素蘭笑道：「我也沒得說了，你方才恨這魏聘才，到底是什麼緣故？」琴言就把聘才方才說子玉的話，一一細說了一遍。素蘭沉吟了一回，道：「據我看，庾香是斷無此事的，你斷不必信他。」琴言道：「我起初見他說的光景倒像真的一樣，倒有幾分疑心，今聽你講起庾香來，是斷斷沒有的事。只不曉得魏聘才這個雜種，定要造言生事，糟蹋庾香做什麼，真是人心都沒有了。」素蘭道：「想必是庾香得罪了他也未可知。或者他要離間你們，他也有什麼想頭也未可知。」琴言冷笑道：「他有想頭，難道他進了華公府，我就肯巴結他麼？」素蘭想一想，道：「我倒囑咐你，這東西既然進了華公府，自然便小人得志起來，要作些威福，我們也不可得罪他。從來說惡人有造禍之才，譬如防賊盜一樣，不可不留一點神。」琴言道：「我是不管，我是不理他，他能拿我怎樣？」

當下與素蘭說話，又問了些外間的事，直到二更之後，素蘭方自回去。臨走時又對琴言道：「歇幾天我想個法兒，請庾香來會會你。」說罷也自去了。不知魏聘才受了琴言這些冷淡，未必就此甘休，想要生出什麼事來，且聽下回分解。

第二十二回　遇災星素琴雙痛哭　逛運河梅杜再聯情

話說前回書中，陸素蘭應許了琴言約子玉出來相會，話便說了這一句，明日恰好是端午，是沒有工夫的。偏又接連唱了三天堂會戲，素蘭身子也乏了，又靜養幾天。這邊琴言是度日如年，天天使人來問他，把個素蘭弄得沒有主意。又因自己寓中來往人多，也不甚便。若借人地方，或是酒樓飯館，一發不好說話，又不便請陪客，使他們有懷難吐。想來想去，只得借逛運河為名，靜遊一天，倒也清靜。主意定了，便叫人到大東門外，雇了一個精致的船。又把自家的玩器陳設、筆硯花卉等物，搬些下船安置。便知會琴言明日早晨下船，盡一日之興，也不約別人。因想起子玉處怎樣去請呢，只好借度香名，遂將請他的緣故，細細寫明封了口，著人送了去；並吩咐對他門上只說怡園徐老爺請他逛運河便了。

送信人照著吩咐，一徑到梅宅來，投了書信。子玉正在悶悶不樂，將子雲所贈之瑤琴，翻著琴譜，撿那容易的在那裡學彈。忽又將琴翻轉，將那琴銘誦了幾遍。只覺綠陰滿院，長日如年，想不出什麼解悶的事來。正在情緒煩悶之時，忽見雲兒拿了一封信進來，放在桌上，說怡園徐老爺送來的，明日請逛運河，並要回信呢。子玉取過書來一看，覺得封面上字跡，寫著「梅少爺手啟」，端端正正，不像子雲、次賢筆跡，因想道：或是叫書僮寫的也未可知。即拆開一看，第一行是「陸素蘭謹啟，庾香公子吟壇」云云。心中倒覺跳了一跳，香畹何故作札來，莫非玉儂有什麼緣故麼？遂即一字字的細看，看完了又看，至兩三遍，臉上便自然發出笑來，便對雲兒道：「你去叫來人候一候，我即寫回信。」雲兒出去了，子玉又看了一遍，便覺心花大開，病已去了九分，遂即忙研墨伸紙。前半寫的是感激的話，後半寫的是必到的話，準於明日辰刻赴約。寫完了，又看了一回，也將信封了口，再寫簽，忽又想道：怎樣寫呢？略一躊躇，便悟道：自然也寫徐老爺了。寫完用上圖章，命雲兒交與來人，說明日必來。來人得了回信即回，呈與素蘭看了，見他寫得勤勤懇懇，感激不盡，便也喜歡，就拿了信，高高興興走到琴言處來。

才進二門，就聽得一片嚷鬧之聲。素蘭吃了一驚，便輕了腳步，走到東邊一間客房，從窗縫裡望去：只見有兩個人，一個坐著，一個站在中間捶臺拍桌子的罵人。素蘭看了，著實害怕。只見那坐著的穿一件青綢衫子，有三十來歲，黑油油一臉的橫肉，手裡拿著兩個鐵球，冷言冷語，半鬧半勸；那一個也有三十餘歲，生得短項挺胸，粗腰闊膀，頭上盤起一條大辮，身上穿著一件青綢短衫，腿上穿著青綢套褲，拖著青緞扣花的撒鞋，掄起了膀子，口中罵道：「什麼東西？小旦罷了，那一個不是你的老門！有錢便叫你，偏你這小雞巴肏的，裝妖作怪，裝病不見人。比你紅的相公，老爺們也常叫，好呢賞幾吊錢，不好滾你媽的蛋！小忘八蛋，你不滾出來，三太爺就毀你這小雜種的狗窩，還要肏你那老忘八蛋師傅呢。」那一個坐著的說道：「老三，且別生氣，你候著。我瞧他，今兒咱們來了，他不敢不出來。」琴言家裡的幾個人盡著招陪軟央，說道：「琴官實在有病，好不好都拿不定。這幾天如果好了，總叫他師傅領著到兩位太爺府上磕頭。今兒求你能高高手，實在他病勢沉得很，你就罵他，他也斷不能出來。他師傅又進城去了，總求你能施點恩。過了今天，明日再說，我們替你能陪個禮，消消氣罷。」便請了一安，拍著那人的背請他坐下。那人只是氣哄哄的不肯坐，那穿青衫的又說道：「老三，你聽這個說話不錯，咱們饒了他這一次，到明後日再來，如再不出來，咱們就拿鞭子抽他，他敢怎麼樣呢？」那琴官的人即向那穿青衫的道：「求你能勸勸這位爺，索性候他病好了再來，明日瞧著是不能好的，你能總得寬幾天限。明日先叫他師傅到府上陪罪，候琴官好了，再同過來說罷。」又作了一揖，又送上兩鍾茶，將他的水煙袋裝好了煙，送給他。那人也只好收篷，便道：「不是我性子不好，實在情理不堪，就是六十二斤半，我也見過，倒沒有見過這樣大相公。你們打聽打聽，春林、鳳林這麼紅的人，你三太爺點一點頭，馬上就跟了來，從沒有上門不見人，叫人擋住，又撒謊說病著呢。猴兒崽子，躲著作什麼，又不是少隻眼睛，短條腿兒，見不得人。」那青衣的站起來，說道：「老三算了，咱們也要吃飯去了。」那人道：「到那裡去吃飯？就叫他們預備飯，咱們吃了再說。」兩人仍又坐下了。琴言的人看這光景，似有訛詐之意，便想了一想，既碰著了瘟神，不燒紙是退不去的。只得進內問了琴言，提出兩吊錢來，陪著笑道：「本要留太爺們吃頓飯，今日廚子又不在家，恐作得不好，反輕慢了太爺們。琴官預備個小東，請你能各人上館去吃罷。」便雙手將錢送上來。那青衫子的倒要接了，那短衫子的一看，只有兩吊錢，便又罵道：「他媽的巴子，兩吊錢叫太爺們吃什麼？告訴你，太爺們是不上白肉館、扁食樓的，一頓飯那一回不花十吊八吊，就這兩吊錢？」說著凸出了眼珠看著。琴言的人，倒也心靈，便又陪笑道：「不要忙，這原是孝敬一位太爺的，還有兩吊，再送出來。」即轉身又拿出兩吊錢，作了一個揖，再三求他們收了。那短衫子的尚作出怒容，那穿青衫子的便提了錢，搭上肩頭，一手拉了那人出來。

素蘭正在窗縫裡偷瞧，已驚呆了，不提防他們出來，急走時，已被那短衫子的看見了，便道：「你這個小雜種，又是誰，往那裡跑？快過來，你爺爺正要找你呢。」素蘭急得沒有命的跑了出來，那人也趕出大門，幸虧素蘭跑的快已回去了。這條胡同卻是短的，兩家斜對門，都在胡同口邊。那個人當是跑出胡同，也不來追趕，便問琴言的人道：「方才這個小兔子，在那個班子裡，在什麼地方？他見三太爺就跑，三太爺偏要找他。」琴言的人道：「這是登春班的，名字我倒想不起來，他住得遠，在石頭胡同呢。」兩人還是胡言亂道，一路歪歪斜斜的去了。裡邊琴言聽得罵他，已經氣得發昏。你猜著這兩人是誰？無緣無故來鬧？原來一個是華府中的車夫，那個青衫子是跟官廚的三小子，魏聘才花了八吊錢買出來的。

這邊陸素蘭跑了回去，嚇得心頭亂跳，兩額飛紅，幾乎哭出來了。急到房中坐了，定了定神，好一回，心上又惦記著琴官，受了這一場辱罵，不知氣得怎麼樣了。欲要過去看他，恐又遇見那兩個，躊躇了半晌，到底放心不下，只得叫人先去看了，沒有人，方才三步兩步忙忙的過去。到琴言房裡，只見垂著藍紗帳，一片嗚咽之聲。素蘭挑起了帳子，一手拍著琴言道：「起來罷！好事來了，如今且不要氣，有一封信在這裡，給你看看。」琴言回轉身來，見了素蘭，更覺傷心，便嘆了一口氣，說道：「橫豎我也要死了，活著這麼受罪，不如死了倒乾淨。蘭哥你是我的大恩人，既和我相好一場，索性作個全始全終的人。我死了，求你轉求度香，把我這屍骨，葬在怡園梅嶺的梅樹下，我就作了鬼，也是快活的。再不然把我燒了灰，到那山高水深的地方，順風吹散了，省得留一個苦命的痕跡在世間，叫人家想著，恨的恨，疼的疼。蘭哥，蘭哥！你是疼我的，你倒任我死罷，不用勸我。橫豎我才十六歲，已經活得不耐煩了，自小兒生在苦人家，又作了唱戲的，受盡了羞辱。我正不知天要叫我怎樣，要我的命，就快一點兒，又何必這麼糟蹋人呢？」說罷，就大哭起來，說得素蘭也自哭了，意欲勸他，聽他這些話，方才又見了這兩個人，越想越替他難受，便也同哭個不住。

二人正正對哭了半個時辰。琴言見素蘭為他如此傷心，心中十分感激，便拉了素蘭的手，重新又哭，素蘭見琴言拉著他哭，知道是感激他的意思，便又想道：琴言如此才貌，偏有如此磨折，是天地竟妒這些有才貌的人了。我素蘭也是花中數一數二的，若天地也要妒忌起來，也把這些磨折來磨我，便與玉儂一樣，那時節恐怕還沒有個知心解勸的人呢？又想道：方才那兩個人趕罵出來，也是生平第一回，從此也惹些禍患出來也未可知。便也九轉回腸，索性對著琴言大哭，哭得家裡人人驚駭，都走進來站著，怔怔的，勸又不敢來勸，知道是為日間所鬧的事了。有兩個人只得進來解勸，勸得各人略住了，然後出去拿了兩盆臉水，泡了兩碗茶，各自退出。這邊兩人雖止了哭，卻講不出話來，仍是嗚嗚咽咽的，含著眼淚。又停了好一回，陸素蘭開口道：「日間的事，是我目睹的，我也替你傷心死了，那個人像是個土包，只不知怎樣鬧起來的？可曉得他是那裡人？」琴言停了一停，尚是帶著哭道：「這兩人也沒有認識他的，據他們講是極凶惡的樣子，不知是那裡來的？無緣無故的就鬧起來。這就是我苦命人，命中注定有這些凶神惡煞。」素蘭畢竟心靈，沉思了一回，道：「我看這兩人，像是大門子裡趕車的，或是三爺，不要就是那個姓魏的指使來的也未可知。」琴言道：「不知是不是。但則魏聘才何仇于我，要使人來吵呢？」既又一想，恍然大悟道：「不錯，不錯！定是魏聘才使來的。不然，斷無一進門來，無緣無故就罵的道理。但是這魏狗才，於我有何仇恨，定要糟蹋我，逼我死呢？」素蘭道：「前日我原對你講過，叫你留點神，不要得罪他，果然他已先下手了。」又說道：「究竟也是我們胡猜，也作不得準的。」琴言不語，呆呆的，又道：「橫豎我也就死了，再有事，我也不怕。」素蘭道：「你竟說傻話，死活是命中注定的，難道你自己去尋死不成？況且你當真死了，也連累了一個人，也要死了。」琴言道：「我是沒有父母，又沒兄弟姊妹，連累了什麼人？乾淨的就是我一個。」素蘭道：「別人也連累不著，疼你的雖多，也不至於為你死的。你怎麼今日就想不起庾香來，難道他不要為你死嗎？你且看看這是誰寫的？」便把子玉的回信遞與琴言。琴言當下接過信來一看，便即放下道：「這是人家與徐老爺的信，你給我看作什麼？」素蘭笑道：「你且不要性急，這是信面，你且看裡頭寫的是什麼？」琴言只得抽出信來，從頭至尾看了一遍，又從起頭再看，一句句的念了；又看一遍，即微微的笑道：「這不是庾香回你的信麼？明日去逛運河，看信上是必定出來的。」素蘭道：「你願意他來，還是不願意他來？」琴言又微笑，應道：「這是你去請他來，就不曉得明日天氣好不好。五月間晴雨不定，不要明日一早就下起雨來，就不能來了。」素蘭笑道：「天從人願，咱們今日出了這許多眼淚，也可當得一天雨，明日準是晴天。今夜你好好睡一宵，明日早些起來，到我那邊同走，你對師傅只說到怡園去就是了。你身子不好，天氣是陰晴不定的，衣服多帶兩件，恐怕船上的風大。」當下說說談談，他二人漸有喜色，素蘭就同琴言吃了晚飯，又說了一回，二更多天方才回去，琴言也就安歇了。

一夜病已退了八分，但添了一樣毛病，越要睡，越睡不著。聽著打了四更，忽呼呼起了幾陣大風，就是傾盆大雨，雷電交加，琴言坐起來，長嘆了幾聲。下過了一陣大雨，猶是蕭蕭索索的一陣細雨，雷聲轟轟，只是不住，直到天明時，才止住了。琴言也倦極了，伏枕而臥，倒又熟睡起來。夢見素蘭與子玉先在船中，自己剛剛要上船來，忽見岸上跑出兩人，一個穿青的，光著脊梁，盤著辮子，趕上來一把揪了過去，罵道：「你這小雜種，日間裝病不見人，怎麼如今又跑到這裡來了？」琴言哭喊救命，把身子用力一掙，卻自己仍在床上，驚得一身冷汗，已是紅日滿窗。

聽得窗外鸚鵡說起話來，道：「昨日的人又來了。」又把琴言唬了一大跳，只道又是他兩個人來找他。原來素蘭候了一回，不見琴言過來，只得著人來請，對他師傅說是同到怡園去的。長慶應允，就催琴言起來。淨了臉，吃了一碗冰燕❶，命跟班的撿出幾件衣裳包了，帶上車，辭了長慶，即到素蘭處來。見了素蘭，問道：「你昨日可約定庾香到這裡來沒有？」素蘭道：「我是約他一直上船的，我猶恐他找不著，又著人假充怡園的人領他去了，此時一定先在船裡。我要等他們將酒席什物等類齊備了，省得臨時短少，也就要去了。」看那素蘭為人，又精細，又聰明，差不多趕上蕙芳，不過尚少蕙芳賺潘三的辣手，較之他人，也就算足智多謀了。

卻說子玉從二更躺下，也就巴不到天明，聽了這一場雨，便短嘆長吁的怨命，唯恐明日早上也是這樣大雨，只怕萱堂就不叫他出門。起來開了窗子看天，恰又值南風大作，把雨直打進來。仰面看時，黑雲如墨，電光開處，閃爍金蛇。忽然一個霹靂，震得屋角都動，連忙閉上了窗，挑燈獨坐，幸到天明時就住了，尚有那斷斷續續的檐溜滴了好一回。此時已不及再睡，即叫醒了雲兒，天已大明，紅日將出。淨了臉，吃了茶，又用了些點心，走到上房，顏夫人尚未起來。子玉在外間叫丫鬟梳了髮，又復出來，各處尚是靜悄悄的。再到書房來，心上想道：素蘭如此多情，況已屢次擾他，他雖然不在這上頭講究，我卻過意不去。若給他銀錢又恐被他著惱，當是輕看了他，只好送他些個東西罷。便即開了箱子，把向來親戚朋友們送他的零碎東西，撿了幾樣出來，又撿了兩匹江綢，兩匹湖綢，帶了十幾兩碎銀子。自己

❶ 冰燕：冰鎮的燕窩。

收拾好了，再欲到上房告稟，只見李元茂披著件短衫，赤了腳，慌慌張張進來道：「我今日特意早起，想不到你已經早起來了。」子玉道：「我今日出門有事，所以略早了些。」元茂道：「我有句話商量。」子玉正要問時，只見雲兒進來道：「徐老爺打發人來請，說客業已到齊了，就請少爺過去。」子玉也不及再問元茂，連忙便進上房，見顏夫人尚在梳頭，子玉把出門的事告稟了。顏夫人道：「你這幾日身子好些，出去散散也好，只要早些回來，不要貪涼，坐在風口裡。多叫幾個人跟去，衣服也多包兩件。」子玉稟道：「衣服包好了，也用不著多人，雲兒一個就夠了。」顏夫人道：「隨你罷，須要早早回來，飲食也要小心。」子玉答應了「是」，出來穿了衣服，把所帶的東西衣包等件，先放上車。

正要出來，李元茂忽又前來擋住，道：「你且慢走，我有一件要緊的事，必要商量。」子玉著急道：「有什麼事，快說罷！」元茂擦擦眼睛，打了一個呵欠，吞吞吐吐的說不出來。子玉道：「怎樣？有話剪絕快說。有人在門口候我，你快說罷！」元茂道：「誰候著你？這麼忙？今日還早得很呢。你聽那個賣甜漿粥的還沒有喊過來，你就如此著忙，作什麼！」子玉心上真有些厭煩，便道：「你說有話商量，問你你又不說，倒把些閑話講個不斷，到底有什麼話呢？」元茂道：「我這幾日真窮極了，問你借幾吊錢用用，就是這句話。」子玉道：「這件事也值得這麼要緊，你對賬房去說罷，總是一樣的。」說著就走，元茂一把拉住道：「好人，好人，你著雲兒去講一聲才好。我已向帳房借過，不好意思再去說，恐怕碰釘子。」子玉沒奈何，又叫雲兒進來，到帳房去說了。那邊答應了，元茂才放子玉出來。

這一纏繞，看表上已到巳初一刻，子玉即忙上車，往大東門來。路又遠，出得城時，已是午初，素蘭早已先到了，一面又叫人在路口探望。少頃，望見子玉乘車而來，下了車，素蘭衣冠楚楚的迎上岸來，請安問好。同上了船，便與子玉除了冠，脫了外面的衣服，素蘭也換了便服。子玉謝道：「多感雅意，十分周匝，使我負薪頓釋❷，得暢衿懷。領受盛情，何以圖報？」素蘭笑道：「效力不周，偏偏玉儂今日病勢加重，不能出來；又因昨日有兩個無賴，把玉儂痛罵一頓，因此氣壞了。我昨日既約你出來，今日又不好來辭，只好我們二人權坐一坐，再散罷。我因玉儂病重，也覺心緒不佳。總之好事多磨，是一點不錯的。」

幾句話說得子玉如冰水淋身，默然無語，怔怔的看著素蘭好一回，嘆了一口氣，道：「不料今日之事果然如此，不出我之所料。香畹，只可惜你白費了一番心，叫我無福之人不能消受。不曉我昨夜因這一場雨，就是千愁萬慮的，原知道今日是斷不能會著玉儂的。今日之勉強而來者，一來為你這番美情，不可辜負；二來或者天竟有不測的風雲，竟叫人想不到也未可知。那知人間得意的事，是萬萬想不到；而失意的事，是一想就著的。玉儂之不能來，我早已想到，特不知玉儂此刻，還是猜我出來的，還是猜我不出來的？若猜我不出來的，倒也罷了；若猜我是出來的，只怕他此刻的愁悶，還要比我勝幾分呢。」說著便已紅了眼睛，搖著頭道：「這也奇了，這也實在奇了。」

素蘭見了，忍不住要笑出來，便對子玉道：「我們如今同去找玉儂罷，去看看他的病何如？」子玉想了一想，道：「也可不必了，既然此地還見不著，就到那裡必要生出別故來，也是見不著的。」素蘭說：「他現病在床，怎麼會見不著呢？」子玉道：「前日你我同去那一回，玉儂不病在床嗎？後來我又去過兩次，皆沒有見著。今日再去，也是斷斷見不著的。」說至此，不覺淚下，又道：「玉儂！玉儂！

❷ 負薪頓釋：疾病立刻好轉。負薪，此處指古時士自稱疾病的謙詞。

我與你大約就是那一面之緣了。」又向素蘭道：「我本看得破，想得透，你只要勸他也看破，也想透才好，省卻了許多愁慮。」素蘭笑道：「你如今是悟透了，倘是玉儂為你今日竟自帶病出來見你，你還是看得破、看不破呢？若真是看破了，自然與他講明，以後兩下裡不用牽掛的了。若看不破，自然彼此仍舊要想念。你此刻是沒有見面，便想得明白，只怕見面，又想不明白了。」子玉竟默默無言可答。素蘭又笑道：「玉儂因不能來到，找了一個替身來會會你，不知你與他會不會？」子玉道：「是何等樣人，認得我麼？」素蘭道：「也是我們同班的，相貌與玉儂彷彿。玉儂之意不過是叫你望梅止渴的意思，不知你意下如何，可要他出來？」子玉沉思了一回，道：「如不像玉儂，倒可以會會；如像玉儂，則當日怡園已經唐突過了，何必再叫婢學夫人呢！不但不願見那人，而且于玉儂實有所不忍。香畹，你是個明白人，想能見到，非我故作矯情。」素蘭道：「你的話也是，你是不肯見他，我偏叫他出來。」

子玉尚要攔阻，已見素蘭從後艙喚出一個如花似玉的人來。子玉乍見倒有些模糊，一來於琴言只敘過一次，二來這幾月琴言容貌又消瘦了好些。從前是國色天香，清腴華艷，如今卻像落花無言，人淡如菊了。及到看得明白時，那琴言已是掩面嬌啼，冰綃淹漬，側身坐了，只是哭泣。子玉道：「奇了，這不就是玉儂，香畹何故造這些話來哄我？」素蘭道：「不要認錯了，到底是不是？」子玉道：「怎麼不是？就只清減了些。這藐姑仙子❸，豈常人學得來的？」便道：「玉儂，你可以不必傷心了，你的心我都知道的。」話未說完，便見琴言止了哭，說道：「你的病好了麼？我知道你來過幾次，但我是沒有看過你，所以不好來。我昨日看了你與香畹的信，才徹底明白，倒是我害了你了。」說罷，又哭起來了。

❸ 藐姑仙子：傳說中的女神。後人因以稱美女為藐姑仙子。

子玉道：「我是沒有什麼大病，不過身上稍有不快。況且我自知保養，只要你也看破些兒，也就容易好了。」便也淌下淚來。琴言道：「若非香畹昨日過來，我也死了，你今日也見不著我了。」便又哭了。子玉不解所云，見琴言如梨花帶雨，嬌柔欲墜的樣兒；又見他說一句，哭一聲，不覺一股心酸直透出來，也就忍不住哭了。到鬧得素蘭沒有主意，見兩人淒淒楚楚，倒像死別生離的光景，不知不覺也哭起來。

三人哭作一團，到底還是素蘭先住，便勸道：「今日請你們來，原為樂一天，何必哭哭啼啼。且已經半天過了，不到晚就要趕城，能有幾個時辰歡樂，不如大家笑笑罷。」子玉勉強答應道：「香畹之言極是，玉儂也不必傷心了。」琴言道：「有什麼歡笑呢？我們在怡園一敘，直到如今，是五個月。再候第二次歡敘，只怕也要一年了。這一年內，知道我能候得到候不到呢。大約這一場也就完結了。」說罷又哭。子玉勸道：「不妨，只要你身子好了，天天可以見得的，何必要一年呢。」琴言又哭道：「我就要好，只怕這魏聘才也不容我好，他是要我死了才甘心的。」子玉聽了，吃驚道：「你倒不要錯怪這魏聘才，他背地裡到極口說你好的。」琴言頓足道：「你還不知道呢，他若說我好，也不造你的謠言了，也不叫人鬧上門了。」子玉不知緣故，便又問道：「這些話我全不懂得，聘才怎樣造謠言？又怎樣來鬧呢？」琴言道：「你問他就知道了。」

於是素蘭就把聘才那日所講的話細細述了一遍，驚得子玉神色慘淡，氣得說不出話來。停了一回，道：「奇了！奇了！他在我家住了半年，我並沒得罪他，他何必要糟蹋我到如此光景呢？何以進了華公府就變壞了，正是夢想不到，以後我就斷絕他便了。但使人來鬧，又是怎樣呢？」素蘭、琴言聽得聘才進了華公府，才曉得鬧春陽館的就是他，則昨日的事，亦不必疑心了。素蘭又把昨日那兩人罵話，並趕他的光景，也述了一遍。子玉聽了，又罵又恨，忍不住又哭了。

此時船已開行，素蘭的家人把酒肴都擺上來，素蘭一面敬酒，一面勸，子玉、琴言只得坐了，悲從中來，無言相對，尚復何心飲酒。經素蘭苦勸，只得勉強飲了幾杯，終究是強為歡笑，亦不知何所為而然。在琴言心上，終覺得生離死別，只此一面，以後像不能見面的光景。子玉也覺得像是無緣，料定是不能常見的。此是大家心上想到極盡頭處，自然生出憂慮來，這是人心個個相同，不過用情有至有不至耳。

當下船已走了三四里，三人靜悄悄的清飲了一回。子玉一面把著酒，一面看那琴言，如薔薇濯露，芍藥籠煙，真是王子喬❹、石公子❺一派人物，就與他同坐一坐，也覺大有仙緣，不同庸福。又看素蘭，另有一種丰神可愛，芳姿綽約，舉止雅馴，也就稱得上珠聯璧合。今日這一會，倒覺是絕世難逢的，便就歡樂頓出，憂愁漸解。琴言看子玉是瑤柯琪樹，秋月冰壺，其一段柔情密意，沒有一樣與人同處。正是傅粉何郎，熏香荀令❻，休說那王、謝風流，一班烏衣子弟也未必趕得上他。若能與他結個香火因緣❼，花月知己，只怕也幾生修不到的。雖只有這一面兩面的交情，也可稱心足意了。漸漸的雙波流盼，暖到冰心。這素蘭看他二人相對忘言，情周意匝，眉無言而欲語，眼乍合而又離，正是一雙佳偶，綰就同心❽，

❹ 王子喬：傳說古仙人。文選古詩十九首注：「列仙傳曰：『王子喬者，太子晉也，道人浮丘公接以上嵩高山。』」

❺ 石公子：仙女名。見漢武帝內傳。

❻ 熏香荀令：東漢荀彧為尚書令，相傳他的衣帶有香氣，所到之處，香氣經日不散，人稱為令君香。

❼ 香火因緣：古人盟誓多設香火告神。佛家因稱彼此契合為香火因緣，言似前生已結盟好，故在今生中得以逾分相愛。

❽ 綰就同心：結成用錦帶製成的菱形連環回文結，表示恩愛。

倒像把普天下的才子佳人都壓將下來。難怪這邊是暮想朝思，那邊是忘餐廢寢。既然大家都生得如此，自然天要妒忌的，只有離多會少了。若使他們天天常在一處，也不顯得天所珍惜、秘而不露的意了。心上十分羨慕，即走過來，坐在子玉肩下，溫溫存存，婉婉轉轉的敬了三杯，又讓了琴言一杯。此時三人的恩情美滿，卻作了極樂國無量天尊❾，只求那魯陽公揮戈酣戰❿，把那一輪紅日倒退下去，不許過來。

正在暢滿之時，忽見前面一隻船來，遠遠的聽得絲竹之聲；再聽時，是急管繁弦，淫哇艷曲。不一時搖將過來，子玉從船艙帘子裡一望，見有三個人在船中，大吹大擂的，都是袒裼露身，有一個懷中抱著小旦，在那裡一人一口的喝酒，又有兩個小旦坐在旁邊，一彈一唱。止覺得歡聲如迅雷出地，狂笑似奔流下灘，驚得琴言欲躲進後艙，子玉便把船窗下了，卻不曉得是什麼人。素蘭從窗縫裡看時，對琴言道：「過來瞧。」琴言過來，也從窗縫裡瞧了一瞧，便道：「這些蠢人，看他作什麼？」素蘭指著那下手坐的那一個道：「這就是與媚香纏擾的潘三。」琴言道：「哎喲！這個樣子，虧媚香認識他，倒又怎麼能哄得他？」素蘭道：「你沒有見，昨日那兩個，比他還要凶惡十倍呢！」琴言嘆了一口氣，走轉來坐了。子玉道：「潘三是何等樣人？」素蘭也把他們的事，說了一遍，子玉連聲道：「可惡！可惡！這潘三竟敢如此妄想。幸虧是蘇媚香，若是別人，只怕也被他糟蹋了。」又問琴言道：「你可認得那些相公麼？」琴言道：「我竟一個都不相識，不知是那一班的？」素蘭道：「我都認識。坐在懷裡的，是登春班的玉美，那彈弦子的叫春林，唱的是叫鳳林，皆是鳳臺班的。」子玉道：「看他們如此作樂，其實

❾ 極樂國無量天尊：極樂國，佛教指阿彌陀佛所居的地方。天尊，佛教對佛的稱謂。

❿ 魯陽公揮戈酣戰：魯陽公與韓構難，激戰，見天已晚，援戈而揮之，日為之倒退九十里。後用作人力勝天之喻。

有何樂處？他若見了我們這番光景，自然倒說寂寥無味了。」素蘭笑道：「各人有各人的樂處，他們不如此就不算樂。」

看看紅日將近沉西，子玉此時心中甚是快樂，竟有樂而忘返之意。琴言心上雖知天色已晚，卻也不忍催迫。素蘭恐晚了，不能進城，便叫船家快些搖罷，天不早了，於是一面即收拾起來。子玉便將帶來之物分送二人，二人不好推辭，只得收了。子玉又將那包裡散碎銀，分賞了素蘭、琴言的人，又說辛苦了你們，眾人叩頭謝賞。

船到大東門，又各自上車。子玉拉著琴言的手，道：「我們遲日再敘罷，諸事須要自解才好。」又流下淚來，琴言也哽咽道：「你放心去罷，將要關城了，咱們見面不在香畹處，就在怡園兩處。」子玉點了點頭，只得硬了心腸，各自上車。車夫怕晚了，加上一鞭，急急的跑了。

子玉回來，已點了燈，顏夫人問起來，只得隨口支吾了幾句。不知後事如何，且聽下回分解。

第二十三回　裹草帘阿呆遭毒手　坐糞車劣幕述淫心

話說子玉逛運河這一天，李元茂向子玉借錢。少頃，賬房送出八吊大錢，李元茂到手，心花盡開。又想道：這些錢身上難帶，不如票子便當。便叫跟他小使王保，拿了五吊大錢放在胡同口煙錢鋪內換了十張票子，元茂一張張的點清了裝在檳榔口袋裡，掛在衫子衿上。候不到吃飯，即帶了王保出門，去找他阿舅孫嗣徽。恰值嗣徽不在家，嗣元請進，談了一回，留他吃了便飯。元茂與嗣元是不大講得來的，又因嗣元常要駁他的說話，所以就坐了不長久，辭了嗣元，信步行去，心裡忘不了前次那個彈琵琶的婦人。

行到了東園，只見家家門口，仍立滿了好些人。隨意看了兩三處，也有坐著兩三人的，也有三五人的，村村俏俏，作張作致，看了又看，只不見從前那個彈琵琶的。元茂的眼力本不濟事，也分不出好歹來，卻想到裡頭看看；又因人多，且是第一次，心中也不得主意，不敢進去。再望到一個門口，卻只有兩人，走到門邊，見有一個漢子從屋子裡低下頭出來，一直出門去了。元茂心卻癢癢的，只管把身子挨近了門，一隻腳踏在門檻上，望著一個三十來歲的婦人。那婦人生得肥肥的，烏雲似的一堆黑髮，臉皮雖粗，兩腮卻是紅拂拂的。生得一雙好眼睛，水汪汪的睃來睃去。把個李元茂提得一身火起。只得彎著腰，曲著膀子，撐在膝上，支起頤兒❶，戴上眼鏡，細細的瞧那婦人。那婦人一面笑，一面看那李元茂，

❶ 頤兒：下巴。

覺得比那些人體面乾淨了好些：剃得光光的頭，頂平額滿，好像一個紫油鉢盂兒，身材不高不矮，腰圓背厚，穿一件新白紡綢衫子，腳下是一雙新緞靴，衣衿上露了半個檳榔口袋，便對著點點頭道：「你能請裡面來坐，喝鍾茶兒。」

元茂心中亂跳，卻想要進去，又不敢答應。那婦人又笑道：「不要害臊。你瞧出出進進，一天有多少人，你只管進來罷！」元茂臉上已經脹得通紅，那婦人又笑道：「想是那小腦袋，準沒有進過紅門開葷，還是吃素的。」門外那兩個人都笑了，有一個扯扯元茂的衣襟。元茂回轉頭來，見那人有三十多歲年紀，身穿一件白布短衫，頭上挽了一個長勝揪兒❷，手裡把著小廝鷹兒，笑嘻嘻的道：「媳婦兒請你進去，你就進去，怕什麼？我替你揜上門，就沒有人瞧見了。」李元茂咕嚕了一句，那人聽不清楚，又道：「你若愛進去，你只管大大方方的進去，咱們都是朋友，我替你守著門，包管沒有人來。你出來請我喝四兩，吃碗爛肉麵，就是你的交情。沒有也不要緊，頑笑罷了，算什麼事。」說著，哈哈大笑起來。那一個穿著一件藍布衫子也道：「面皮太嫩，怕什麼，要頑就頑，花個三四百錢就夠了，那裡還有便宜過這件事嗎？」

李元茂被那兩人你一言，我一語，說得心癢難熬，又說替他守門，更放心了，便問道：「真好進去麼？我不會撒謊，實在是頭一回，怪不好意思的。」那拿鷹的一笑道：「有什麼進去不得？」就把元茂一推，推進了門，順手把門帶上，反扣住了，說：「你不要慌，有我們在這裡，你只管放心樂罷。」元茂眯奚了眼，尚是不敢近前。那婦人站起道：「乖兒子，不要裝模作樣的。羊肉沒有吃，倒惹得老娘一

❷ 長勝揪兒：婦女的一種髮型。

身羶了。」說完，已經掀著草帘，先進房子去了。只見屋子後頭又走出一個四十多歲，搶起一頭短髮，光著脊梁，肩上搭一塊棋子布手巾，骯骯髒髒的，對著元茂伸手道：「數錢罷！」元茂怔了一怔，既到此，又縮不出去，脹紅了臉道：「我沒有帶錢。」那人道：「你既沒有帶錢，怎就跑到這裡來？想白頑是不能的。」元茂道：「我只有票子。」那人道：「票子也是一樣，使票子就是了。」元茂沒法，只得從衫子衿上口袋內，摸出一張票子，是一吊的，心裡想道：方才那人說只要三四百錢，我這一吊的票子，不便宜了他？因對那人道：「票子上是一吊錢，你應找還我多少，你找來就是了。」那人一笑，把票子看了一看，即塞在一個大皮瓶抽內，仍往後頭去了。

這李元茂即放大了膽，掀起帘子進內，覺得有些氣味熏人。見那婦人坐在炕上，一條席子，一個紅枕頭，旁邊一張長凳。元茂就心裡迷迷糊糊的，在凳上坐了。那婦人從炕爐上一個砂壺內，倒了一鍾半溫的茶，給元茂吃了，嘻嘻笑著。即拿出一個木盆子，放在炕後牆洞內。那邊有人接了，盛了半盆水，仍舊放在洞裡。那婦人取下盆子來，蹲下身子，退下後面小衣，一手往下撈了兩撈。元茂聽得啌浪啌浪的水響，見他又拿塊乾布擦了，掇過盆子，便上炕仰面躺下，伸一伸腿，笑對元茂道：「快來罷！」元茂見了，欲心如火，先把衫子脫了，扔在凳子上，歪轉身子，爬上炕來。那婦人卻不脫衣，只退下一邊褲腿。那元茂喘吁吁的跪在炕上，就把那婦人那條腿抬了起來，擱在肩上，便把臉來對準那話兒看了又看，恰像個鬍子喫了奶茶，沒有擦淨嘴的，把手摸了一摸。那婦人見他如此模樣，便「啐」了一口道：「獃子，要頑就頑，瞅什麼，就是你的老婆也是有這眼的。瞅上老娘氣來了！」元茂將要上去，只聽外面一聲響，像是街門開了，院子裡一片吵嚷之聲，直打到帘子邊來。那婦人連忙推過了元茂，坐了起來，套上那邊褲腿，下了炕，出帘子去了。

這邊李元茂，唬得魂飛魄散，忙把褲子掖好，將要穿衣，帘子外打得落花流水，便有些人擁進來看，一擠把帘子已掉下地了。元茂此時急得無處躲避，炕底下是躲不進的，牆洞裡是鑽不過去的，急得上天無路，入地無門。越嚷越近，仔細一看，就是先前那兩個：見那穿藍布衫的像是打輸了，逃進屋子來，元茂一發慌了。那個拿鷹的即隨後趕來，兩人又混扭了一陣，外面又走進兩個人來解勸，不分皂白，把元茂一把按倒，壓在地下，元茂動也難動。只見那四個人八隻手，把他渾身剝一個乾乾淨淨，一哄的散了。元茂脫個精光，幸而尚未挨打，始而想陽臺行雨，此刻是做了溫泉出浴了。慢慢的從地下爬起來，一絲不掛，兩淚交流，又不能出去。那媳婦兒與那要錢漢子，也沒有影兒，引得外面的人一起一起的看，說的說，笑的笑，有的道：「上了套兒了。」有的道：「這是好嫖的報應。」

元茂無可奈何，只得將草帘子裹著下身，蹲在屋子裡，高聲喊那王保。原來王保只得十三四歲，見元茂進去，明白是那件事，便跑開頑耍去了。及到望得那兩人打進來，知道不好，卻不敢上前，便唬得躲在一棵樹後啼哭。此時見人散了，又聽得主人叫喊，即忙走進，見了元茂光景，便又呆了，說道：「少爺怎樣回去呢？」元茂道：「你快些回去，拿了我的衣衫鞋襪及褲子來，切莫對人講起。就有人問你，也不要答應他，快些，快些！我回去賞你二十個錢買餑餑吃，須要飛的一樣快去。」王保飛跑的去了，不多一回，拿了一包袱衣裳來。元茂解下草帘，先把褲子穿了，一樣一樣的穿好，倒仍是一身光光鮮鮮的走了出來。那些閒人便多指著笑話。元茂倒假裝體面，慢慢的走著，又回頭說道：「好大膽奴才，此時躲了，少頃，我叫人來拿你，送到兵馬司去，只怕加倍還我。」可憐李元茂錢票衣衫也值個二三十吊錢，還不要緊，出了這一場大醜，受了這些驚嚇，正在欲心如火的時候，只怕內裡就要生出毛病來，也算極倒運的人了。

原來這兩人與那媳婦本是一路的，那些地方向來沒有好人來往，所來者皆係趕車的、挑煤的等類。今見李元茂呆頭呆腦，是個外行，又見他一身新鮮衣服，猜他身邊有些銀兩、錢票等物，果然叫他們看中了，得了些彩頭。元茂受了這場荼毒，卻又告訴不得人，無處伸冤。那時出出進進看的人，竟有認得元茂的在內，知係住在梅宅，又係孫部郎未過門的女婿，慢慢的傳說開來。過後元茂因王保失手打破了茶碗，打了他兩個嘴巴，王保不平，便將那日的事告訴眾人，從此又復傳揚開去，連孫亮功也略略知道了，自然過門之後，要教訓女婿起來。此是後話不提。

且說孫嗣徽今日出門是找他一個親戚，係姑表妻舅，姓姬，叫作亮軒，江蘇常州府金匱縣❸人，向辦刑錢❹，屢食重聘，因其品行不端，以致聞風畏惕；且學問平常，專靠巴結，因聲名傳開了，近省地方竟弄不出個館地來。只得帶了些銀錢貨物進京，希圖結交顯宦，弄個大館出來。於孫亮功誼有葭莩，遂送了一分厚禮，托其吹噓汲引。已經來了兩月，到也認得數人，正是十分諂笑，一味謙恭。

若說作幕的，原有些名士在內，不能一概抹倒。有那一宗讀書出身，學問素優，科名無分，不能中會，因年紀大了，只得改學幕道。這樣人便是慈祥濟世，道義交人，出心出力的辦事，內顧東家的聲名，外防百姓的物議，正大光明，無一毫苟且。到發財之後，捐了官作起來，也是個好官，倒能夠辦兩件好

❸ 金匱縣：江蘇無錫。

❹ 刑錢：清代官署中主辦錢糧、稅收、會計的錢穀師爺。

事情，使百姓受些實惠。本來精明，不至受人欺蔽。這宗上幕，十分內止有兩分。至於那種劣幕，無論大席小席，都是一樣下作，脅肩諂笑，鑽刺營求。東家稱老伯，門上拜弟兄。得館時便狐朋狗友樹起黨來，親戚為一黨，世誼為一黨，同鄉為一黨，擠他不相好的，荐他相好的。荐得一兩個出去，他便坐地分贓，是要陋規的。不論人地相宜，不講主賓合式，惟講束修之多寡，但開口一千八百，少便不就，也不想自己能辦不能辦。到館之後，只有將成案奉為圭臬❺，書辦❻當作觀摩，再拉兩個閑住窮朋友進來，抄抄寫寫，自己便安富尊榮，毫不費心。穿起幾件新衣服，大轎煌煌，方靴禿禿，居然也像個正經朋友。及到失館的時節，就草雞毛了。還有一種最無用的人，自己糊不上口來，四書讀過一半，史鑑❼只知本朝，窮到不堪時候，便想出一條生路來：拜老師學幕，花了一席酒，便吃的用的都是老師的。自己尚要不安本分，吃喝嫖賭、撞騙招搖，一進衙門也就冠帶坐起轎來。聞說他的泰山，就在縣裡管廚呢。這姬先生大約就是這等人了。

這日，孫嗣徽請他吃飯聽戲，先聽了鳳臺班的戲，帶了鳳林，揀了個館子，進雅座坐了。這姬先生倒有一個俊俏的跟班，年紀約十五六歲，是徽州❽人，在剃頭鋪裡學徒弟的，叫作巴老英。亮軒見其眉目清俊，以青蚨❾十千買得，改名英官，打扮起來也還好看。日間是主僕稱呼，晚間為妻妾侍奉。當下嗣徽見

❺ 圭臬：圭即土圭，測日影的儀器。臬即表臬，測廣狹的儀器。又以比喻準則、典範。

❻ 書辦：管辦文書的屬吏。明以後，遂專屬於大小部曹及地方衙署的掌案胥吏。

❼ 史鑑：史實典故。

❽ 徽州：安徽歙縣。

了也覺垂涎。二人點了菜，鳳林敬了幾杯酒，那巴英官似氣忿忿的站在後面。鳳林最伶透，便知他是個卯君，忙招呼了他，問了姓，叫了幾聲「巴二爺」，方才踱了出去，姬亮軒才放了心。如今見了京中小旦，覺比外省的好了幾倍，第一是款式好，第二是衣服好，第三是應酬好、說話好，因對嗣徽道：「外省小旦相貌卻有很好的，但是穿衣打扮有些土氣，靴子是難得穿的。譬如此刻夏天，便是一件衫子，戴上涼帽，進到衙門來，一群的三四個，最不肯一人獨來。開發隨便，一兩二兩皆可。」嗣徽道：「這麼便宜！若是一個進來，我便踰東家牆而摟之可乎？」亮軒笑道：「妹丈取笑了，東家的牆豈可逾得？就太晚了，二更三更，宅門也還叫得開的。」嗣徽道：「三更叫門，大驚小怪的，到底有些不便。你何不開個後門倒便當些，人不能測度的。」亮軒即正正經經的講道：「妹丈真真是個趣人，取笑得豈有此理。我們作朋友的，第一講究是品行，這後門要堵得緊緊的，一個屁都放不出來了，才使東家放心呢。」嗣徽尚是不懂，連問何故。一個是信口胡柴⑩，一個是胸無墨水，弄得彼此所問非所答，直鬧得一團糟了。

亮軒便不與他說，因問鳳林道：「你們作相公，一年算起來可弄得多少錢？」鳳林道：「錢多錢少是師傅的，我們盡靠老爺們賞幾件衣裳穿著，及到出了師，方算自己的。」亮軒道：「此時一年給師傅掙得錢多少呢？」鳳林道：「也拿不定，一年牽算起來，三四千吊錢是長有的。」亮軒吐出舌頭，道：「有這許多？比我們作刑錢的東修還多呢！我如今倒也懊悔，從前也應該學戲，倒比學幕還快活些。我們收徒弟是賠錢貼飯，學不成的，十年八年推不出去；即有荐出去的，或到半年三月又回來了。到得徒

⑨ 青蚨：昆蟲名。後稱錢曰青蚨。

⑩ 信口胡柴：不問事實，隨口亂說。

弟孝敬老師，一世能碰見幾個？真不如你們作相公的好了。」說著，自己也就大笑。

嗣徽看這鳳林道：「鳳凰于飛，於彼中林，亦既見止，我心則喜焉。」鳳林笑道：「你又通文了，我們班子裡倒也用得著你。那個撂著鼻子禿、禿、禿……狗才、狗才的，倒絕像是你，何必這麼滿口『之乎者也』，知道你念過書就是了。」亮軒笑道：「此是孫少爺的書香本色。若是我們作師爺的，二位三位會著了，就講起案情來，都是三句不脫本行的，就是你們唱小旦戲的，為什麼走路又要扭扭捏捏呢？」又問嗣徽道：「太親臺今年可以出京否？」嗣徽道：「家父是已截取⑪矣，尚未得過京察⑫。今茲未能，以待來年，任重而道遠，未可知也。」亮軒道：「是道、府兼放的？」嗣徽道：「府、道吾未之前聞，老人家是專任知府的。」亮軒道：「知府好似道臺，而且好缺多。太親臺明年榮任，小弟是一定要求栽培的。」嗣徽道：「自然，自然。這一席大哥是居之不疑，安如磐石的了。」

兩人說說笑笑，喝了幾杯酒。嗣徽道：「今見大哥有一個五尺之童，美目盼兮⑬。倘遇暮夜無人，子亦動心否乎？」這一句說到亮軒心上來，便笑道：「這小童倒也虧他，驢子、小妾兩樣，他都作全了。」嗣徽道：「奇哉！什麼叫作驢子、小妾？吾願聞其詳。」亮軒道：「我今只用他一個跟班，譬如你住西城，我住南城，若有話商量，我必要從城根下騎了驢子過來。有了他，便寫一信，叫他送來了，便代了步，不算驢子麼？我們作客的人，日裡各處散散，也挨過去了。晚間一人獨宿，實在冷落得很。有了他，

⑪ 截取：清制，根據官員食俸年限及科分名次，按其截止日期，由吏部核定選用，稱截取。

⑫ 京察：清代吏部設考功清吏司，對文武官員三年考績一次，在京的稱京察。

⑬ 美目盼兮：形容女子眼波流轉。盼，眼睛黑白分明的樣子。

也可談談講講，作了伴兒；到急的時候，還可以救救急，不可以算得小妾麼？一月八百錢工食，買幾件舊衣服與他，一年花不到二十千。若比起你們叫相公，只抵得兩三回，這不是極便宜的算盤麼？」嗣徽道：「這件事，願學焉。綏之斯來，盎于背，將入門，則茅塞之矣，如之何則可？而國人皆曰：若大路然。吾斯之未能信，明以教我，請嘗試之。」

鳳林不曉得他說些什麼，便送了一杯酒，又暗數他臉上的疙瘩及鼻子上的紅糟點兒，共有三十餘處，問道：「你到底說話叫人明白才好。我實在不懂得你這臉上會好不會好。我有個方子給你：用香糟十斤、豬油三斤、羊胰一斤、皂莢⑭四兩、銀硝四兩，鋪在蒸籠內，蒸得熟了。你把臉貼在上面，候他那糟氣鑽進你的面皮裡來，把你那個糟氣就拔盡了。」嗣徽道：「放你的屁中之屁，你想必糟過來的，我倒要聞聞你的臉上有糟香乎無糟香也。」便把臉貼了鳳林的臉，索性擦了兩擦。鳳林心裡頗覺肉麻，臉上便癢起來，把手指抓了一回，便道：「好，把你那紅癬過了人。」腮邊真抓出一個小塊來，把嗣徽臉上掐了一下。嗣徽笑道：「你說我過了你癬，為什麼從前不過，今日就過呢？未之過也，何傷也。」又把鳳林抱在膝上，道：「有兔爰爰，實獲我心⑮。」鳳林把嗣徽臉上輕輕的打了一掌，兩個眼瞪瞪兒的說道：「人家嫌你這紅鼻子，我倒愛他。」索性把嗣徽的臉捧了亂擦，跳下來笑道：「也算打了個手銃罷。」嗣徽趕過來，要擰他的嘴，鳳林跑出屋子，嗣徽趕出去，鳳林又進來了，嗣徽便狠起那斑斑駁駁的面皮道：「你若到我手，我決不放你起來。」亮軒替他討了情，敬了一杯酒，夾了兩箸菜，嗣徽方才饒了鳳林。

---

⑭ 皂莢：皂莢樹的果實，可去污垢。在南齊已通行。

⑮ 有兔爰爰二句：狡兔自由又自在，樣樣都合我心意。出詩王風兔爰。這裡指孫嗣徽看上了優伶。

鳳林又敬了亮軒幾杯，那個巴英官紅著臉，在廊下走來走去。姬亮軒叫他來裝煙，他也不理，又去了。嗣徽見了，說道：「大哥，方才小弟要請教你的話，我只知泌水洋洋，可以樂飢。至於蒸豚⑯之味，未曾嘗過，不識其中之妙，到底有甚好處，與妻子好合如何？」亮軒笑道：「據我想來，原是各有好處，但人人常說男便於女。」嗣徽道：「你且把其中之妙談談，使我也豁然貫通。」亮軒笑道：「這件事只可意會，難以言傳，且說來太覺粗俗難聽。我把個坐船坐車比方起來，似乎是車子輕便了。況我們作客的，又不能到處帶著家眷，有了他還好似家眷。至於其中的滋味，卻又人各一樣，難以盡述。有一幅對子說：『瘦寬肥緊麻多糞，白濕黃乾黑有油。』最妙的是油，其次為水，至於內裡收拾，放開呼吸之間，使人骨節酥麻、魂迷魄蕩。船之妙處，全在篩、簸兩樣，不會篩、簸的，與攣椽無異。若車一軒一蹬，則又好於船之一篩一簸，其妙處在緊湊服貼。」尚未說完，鳳林便紅臉道：「你這個趕車的實在講得透徹，你那輛車是什麼車？像是輛河南篷子車。罰你三杯酒，不准說了，說得人這麼寒嚵。」嗣徽道：「快哉，快哉！竟是聞所未聞。小弟船到天天坐的，車卻總坐不進，到了門口，竟非人力可通；又恐坐著了糞車，則人皆掩鼻而過矣。」亮軒笑道：「也有個法子，就是糞車也可坐得的：大木耳一個，水泡軟了，拿來作你的帽子，又作車裡的墊子。那管糞車，也就坐得了。」嗣徽大樂，道：「領教領教。」對著鳳林道：「我明日坐一回罷。」鳳林「啐」了一口，道：「不要胡講了。天已晚了，我還有兩處地方要去呢，吃飯罷。不然，我就先走了。」姬亮軒因同著相公吃酒，知道他的巴英官要吃醋，不敢盡歡，也就催飯，吃了要散，嗣徽只得吃飯。大家吃畢，嗣徽拿出兩張票子共是五吊錢，開發了鳳林，合著點子牌

⑯ 蒸豚：小豬。這裡指男妓。

一張的么四⑰。又算了飯帳，各自回去。

此回書何以純敘些淫褻之事，豈非浪費筆墨麼？蓋世間實有此等人，會作此等事。又為此書，都說些美人、名士好色不淫。豈知邪正兩途，並行不悖。單說那不淫的，不說幾個極淫的，就非五色成文、八音合律了。故不得已以鑿空之想，度混沌之心，大概如斯，想當然耳，閱者幸勿疑焉。要知孰正孰邪，且聽下回分解。

⑰么四：一四。么，也作幺，骰子謂一為幺。

第二十四回　說新聞傳來新戲　定情品跳出情關

這回書要講顏仲清、王恂二人。這一日在家，仲清對王恂道：「你可知道，這幾日內出了許多新聞，你聽見沒有？」王恂道：「那兩天因你弟妹身上不好，我天天候醫生，有些照料，沒有出門。」仲清道：「我昨日聽得張仲雨講的，有個開銀號的潘三，從三月間想買蘇蕙芳作乾兒子。頭一回是拉著張老二同去纏擾媚香，沒有法兒，媚香故意殷殷勤勤。待那潘三借了他二百吊錢，聽得說要敬他皮杯時，假裝魚骨鯁了喉。後來把他們灌得爛醉，竟到不省人事，卻叫他們在客房內同睡。那姓潘的便滾了下來，在自己鞋裡撒了一泡溺，後來醒了。查起來，他家說被華公子叫了去，姓潘的吵了一夜，沒有法兒也只得回去。到四月裡又去鬧他，偏偏碰著假查夜的來，唬得潘三跑了，倒丟了一個金鐲。」王恂笑道：「媚香原是個頂尖利的人，就是湘帆能服他。這潘銀匠自然要上當的。」

仲清道：「還聽得那個李元茂，在東園鬧了一個大笑話。」王恂道：「怎麼樣？」仲清道：「有人看見李元茂在土窰子，一個人去嫖，被些土棍打進去，將他剝個乾淨。李元茂圍了草帘子，不能出來，惹得看的人把那土窰子都擠倒了。後來不知怎樣回去的。」王恂道：「有這等事？或是人家糟蹋他也未可知。」仲清道：「張老二的蔡升目睹，也是仲雨講的。」王恂道：「李元茂外面頗似老實，何至於此？」仲清笑道：「老實人專會作這些事，不老實的倒不肯作的，近日被你那個蟲蛀舅爺領壞了。」王恂笑道：

「都是你的好作成，若論女貌郎才倒是一對。只我那泰山、泰水❶聽見了，是要氣壞的。」

仲清道：「我還聽得說，那魏聘才進了華公府，就變了相，在外邊很不安分，鬧了春陽館，送了掌櫃的打了二十還不要緊。又聽得陸素蘭對人說，魏聘才買出華公府一個車夫、一個三小子，去糟蹋琴言，直罵了半天。琴言的人磕頭請安，陪了不是，又送了他幾吊錢才走。」王恂道：「奇了，這幾天就有這許多事。我們從前看了這兩個人都是斯斯文文的，再不料如今作出這些事來，真是知人知面不知心了。」

仲清道：「我又聽得一件快活事，庾香與琴言、素蘭倒游了一天運河。近日他們二人病都好了。」王恂笑道：「庾香竟公然獨樂起來，也不來約我們一聲。」仲清道：「是素蘭請他與琴言相會，各訴相思，外人是不可與聞。」王恂道：「我真不知庾香、琴言之情，是何處生的？世同好色鍾情，原是我輩。但情之所出，實非容易，豈一面之間，就能彼此傾倒？想起正月初六那一天，庾香只見琴言一齣驚夢，猶是不識姓名，未通款曲。及怡園賞燈之夕，就有瑤琴燈謎為庾香打著，因此度香就請庾香與琴言相會。聞寶珠講，那一天先將個假琴言勾搭庾香，庾香生氣欲走，而真琴言始出，已是兩淚交流，此心全許。以後偏是會少離多，因之成病，人皆猜是相思。即媚香生日這一日，琴言因病不來，庾香便覺著心神不定，後來生起病來。據我看來，庾香即是一個鍾情人，也想不出這情苗從何處發出？似乎總有個情根。若是在琴言則更為稀奇，放大千人海中，驀然一盼之下，即纏綿委曲，一至於此，令我想不出緣故來。若是朝夕相見熟識性情脾氣，又當怎樣呢？他們兩個人真是個萍水相逢，倒成了形影附合，這難道就是佛家因果❷之說乎？」仲清道：「他們兩人的情，據我看來，倒是情中極正的，情根也有呢。我說給你聽，

---

❶ 泰水：舊稱妻母為泰水。

這至正的情根，倒是因個不正的人種出。我問過庾香之傾倒琴言，在琴言未進京之前，那魏聘才是搭他們的船進京的，細細講那琴言的好處，庾香聽熟了，心上就天天思想，這就是種下這情根了。後來看見琴言之戲，果然是色藝冠群，又聞其人品高傲，性情冷淡，愛中就生出敬來，敬中愈生出愛來。若從那日一筆勾消，永不見面，就作了彩雲各散了。偏有天作之合❸，又出了一個度香，從中作氤氳使❹，將假試真，探微燭隱，遂把個庾香的肺腑，攝入琴言心裡。設那日庾香為假琴言所誤，則琴言也就淡了。你想一想，一個人才見一面，就能從他的相貌想出他的身分來，說我愛你者，為你有這容貌，又有這身分；若徒有容貌而無身分，也就不稀奇了。這兩句在他人聽了，也還不甚感激，而琴言之孤高自賞，唯恐稍有不謹，致起戲侮之漸。不料偶一見面，如電光過影之梅公子，即能窺見我的肺腑。又想人之所愛唯在容貌而已，而愛我容貌之心，究竟是什麼心，雖未出之於口，未必不藏之於心。就算也沒有這片心，但世間既愛此人，斷無愛其拒絕，反不愛其逢迎之理。所以庾香一怒，而琴言之感愈深；琴言一哭，而庾香之愛彌甚。雖然只得一面，他們心上倒像是三生前定，隔世重逢，是呼吸相通的了。此即是庾香、琴言之情根，似已支支節節，布得滿地，你尚說沒有麼？但又聞寶珠講，琴言留意庾香，已在怡園未會之前，就是初六那一天望見庾香之後，便恍恍惚惚，思及夢寐，這卻猜不透，因果之說容或有之。」

王恂道：「吾兄之論，如楞嚴❺說法，絕無翳障，以此觀庾香、琴言之情，正是極深極正，就在人

---

❷ 因果：根據佛教輪迴的說法，善得善果，惡應得惡果。

❸ 天作之合：原來是說文王娶太姒是天所配合的。後泛用以祝頌婚姻美滿。這裡指巧合。

❹ 氤氳使：傳說中的媒妁之神。

人之上了。若湘帆、媚香之情，較之庾香、琴言，又將何如呢？」仲清笑道：「那又是一種。我看湘帆之愛媚香，起初卻是為色起見。已花了無數冤錢，一旦遇見這樣絕色，故辱之而不怒，笑之而不恥，猶之下界凡人，望見了天仙，自然要想刻刻去瞻仰的。及到媚香憐其難訴之隱情，感其不怨之勞苦，似欲稍加顏色，令其自明；及親見湘帆吐屬之雅，容貌之秀，而且低首下心，竭力盡命，又不涉邪念，一味真誠，故即被他感動。到感動之後，自然就相好；既已相好，則如漆投膠，日固一日的了。溯其見面之初，湘帆則未必計及媚香之身分，但見其容貌如花，自然是柔情似水。及看出媚香凜乎難犯，而且資助他、勸導他，則轉愛為敬，轉敬為愛，幾如良友之箴規，他山之攻錯❻，其中不正而自正，亦可謂勇於改過。以湘帆比起庾香來，正如子雲❼、相如❽，同工異曲。世唯好色不淫之人始有真情，若一涉淫褻，情就是淫褻上生的，不是性分中出來的。譬如方才說的潘三，心上也是想著媚香，難道說他也是鍾情的不成？」王恂道：「也要算情，若說不是情，他也不想了。」仲清笑道：「潘三若有情，倒絕不想媚香，其想媚香正是其無情處。」王恂笑道：「此語有些矯強了！不過情有邪正，潘三之情，是邪情、淫情，非湘帆可比。若定說他於媚香毫沒有情，又何至三回五次，這麼瞎巴結呢？」仲清笑道：「這最容易解說的。潘三若於媚香真有情，又何必定要他作乾兒子，不過與其來往來往，作個忘年小友，不涉邪念。

❺ 楞嚴：佛經名。經中闡述心性本體，屬大乘秘密部。這裡借指菩薩。

❻ 他山之攻錯：借助別的山上的石頭來打磨玉器。後轉比喻借助外力（一般多指朋友）來改正自己的缺點、錯誤。

❼ 子雲：即揚雄。西漢蜀郡成都人。字子雲，少好學，長於辭賦。

❽ 相如：即司馬相如。漢成都人。字長卿。武帝時，因獻賦被任命為郎。其賦成為漢魏以後文人模仿的對象。

如今假使媚香得其銀號而不遂其歡心，吾恐潘三必仇恨媚香，深入骨髓，豈有鍾情之人於所愛之中，又加得上些所惡麼？就有些拂意之處，本是我去拂他，並非他來拂我，以此人本不好如此事，所以拂起我的意思，於人乎何尤，於愛乎何損？這才是個有情人。若『情』字走到守錢虜心上來，則天上的情關也要去舊更新，另請情仙執掌了。」說得王恂心思洞開，不禁撫掌大笑道：「吾兄說出如此奧妙，令我豁然開朗，真可謂情中之仙，又加人一等矣！」

王恂又問：「度香之情，為何等情？」仲清道：「度香雖是個大紈袴，然其為人雍容大雅，度量過人，愛博而不泛，氣盛而不驕，且無我無人，涵蓋一切，是情中之主人。」因又道：「蕭次賢如野鶴閒雲，尚有名士結習，但其純靜處，人不能及，終日相對，娓娓無倦容，其情可見在此。竹君恃才傲物，卓犖不群，唯用情處為甚懇摯，雖其狂態難掩，而究少克伐之心❾。卓然如雲行水流，隨處遇合，竟無成心，凡事出以天趣。且辭鋒尖利，而獨於所好者，便不忍加一刻薄語，亦其情有專用處。前舟與閣下，大致相似，和平渾厚，藹然可親，所謂『寧人負我，毋我負人』者也。至於我亦非忘情，但不能輕易用情。用時容易，到完結處便艱難。若使孟浪用之，而無歸束，則情太泛鶩❿，反為所累。莫若將自己的情暫借與人，看人之用情處，如有欠缺不到，或險阻不通，有難挽回難收拾處，我便助他幾分，以成彼之情，究以成我之情。總之『情』字，是天下大同之物，可以公之於人，不必獨專於我也。」

王恂道：「此等學問是極精極大的了，是能以天下之情為一情，其間因物付物，使其各得其正。推

---

❾ 克伐之心：好勝自矜之心。

❿ 泛鶩：浮淺；尋常。鶩，鴨。

而言之，殺身成仁，捨生取義，也是這個念頭。若觀粗淺處，則朱家⑪、郭解⑫一輩，是以自己之情，借與人用，吾兄又是個情中之俠了。」仲清道：「何敢當此謬贊。但人性各有所近，不能強使附合。即我在度香處，聞得那個華公子的舉動，雖未與之謀面，但其豪爽是常聽見的。我知其用情闊大，與度香同源異流，所以度香常贊他，也很佩服他。至若魏聘才、馮子佩、潘三等，真可謂情中之蠹⑬，近其人則蠹身，順其情則蠹心。天生這班人，在正人堆裡作祟。還聽得有個奚十一，專愛糟蹋相公，有一個木桶哄人，不到手不歇，受其荼毒者不少。前日琪官竟為所騙，幸其性烈，毀其木桶而出，雙手竟刮得稀爛，至今尚未全好，此是情中的盜賊。若你那位蟲蛀的舅爺與你那位貴連襟，則道地是個糊塗蟲，不知情為何物，正是悲愉哀樂悉與人異者也。」王恂笑道：「這幾個廢物，心孔裡不知生些什麼東西在內，世間的醜態叫他們作盡。孫老大又來了一個妻舅，前日來拜過的，也似聘才一輩人，然尚沒有聘才伶俐，將來一定要鬧笑話的。」仲清道：「『蟲蛀的千字文』要給他吃碗墨水，才好免得隨口胡言。」王恂道：「李元茂吃什麼呢？」仲清笑道：「李元茂顢顢頇頇⑭，七竅閉塞，要吃大黃⑮、芒硝⑯，方才打得通他這些濁污。」王恂又問仲雨，仲清答道：「在可善可惡之間，尚識好人，天良未昧。」

⑪ 朱家：秦末漢初魯人。好結交豪士，藏匿亡命，以任俠聞名。後以朱家為俠士的通稱。

⑫ 郭解：漢河內軹人。漢之遊俠，自魯朱家以後，首推郭解。

⑬ 蠹：蛀蟲。

⑭ 顢顢頇頇：大面貌。見廣韻。後指糊塗不明事理的樣子。

⑮ 大黃：草藥名。根莖入藥，其性能攻積導滯，瀉火解毒，故別有「將軍」之稱。

⑯ 芒硝：礦物名。入中藥，性寒、味鹹苦辛，功能瀉下、滌熱、潤燥、軟堅。

二人剛說得有趣，忽見李玉林同著桂保來，見過了，遂即坐下，因問道：「這兩日不見你們出來，在家作些什麼？」王恂道：「也常出去的，我倒總不見你們。」桂保道：「我們近日在怡園演習新戲。」仲清道：「什麼新戲呢？」玉林道：「聞得六月初六日荷花生日⑰，華公子要來逛園。度香為他是愛聽戲的，即與靜宜商量。靜宜說：『華公子是愛新鮮熱鬧的，若說尋常的戲，他都已聽過，而且這幾個班子也未必能賽過他的八齡班。我想不若把各班中挑出幾個來，集個大成班，我再譜出些新戲來，便不與外間的相同，也就耳目一新了。』」仲清道：「這倒很好。但不知戲文何如，是些什麼戲呢？」玉林道：「我聽見從前有個才子，叫作毛聲山⑱，撰出了幾個戲目，卻沒有作成曲，名叫作補天石。」仲清笑道：「噁，此是毛聲山哄人的，止於批琵琶記⑲內題出這幾個戲名是：李陵返漢、燕丹滅秦、諸葛延年、明妃歸漢等事，共有八九種。」玉林道：「如今靜宜又添了四種是：金谷園綠珠投樓、馬嵬驛楊妃隨駕、李謫仙夜郎奉詔、杜拾遺金殿承恩，這四本戲更覺熱鬧，差不多要全部出場。」仲清道：「這四種更妙，為普天下才子佳人吐氣。馬嵬賜繯之事，千古傷心。且羯胡之叛，禍在國忠⑳，於玉妃何罪？那些叢書稗史盡係道聽途說，遂玷污宮闈。即洗兒㉑一事，新、舊唐書㉒皆所不載，就見元微之㉓輕薄之詞有『金雞帳下洗兒時』一句，後人遂以為確據，甚屬可恨。且奸相伏誅，六軍可發，是件順情合理之事。這陳

⑰ 六月初六日荷花生日：吳俗以農曆六月二十四日為觀蓮節，亦名荷花生日。這裡作六月初六，疑誤。

⑱ 毛聲山：清初小說戲曲評點家，名綸，字德音，雙目失明後乃號聲山，長洲人。

⑲ 琵琶記：明高則誠撰。四十二齣。據民間流傳南戲趙貞女改編。或謂實有所指。

⑳ 國忠：即楊國忠，唐蒲州永樂人。原名釗，後賜名國忠。因從妹楊貴妃得寵，為唐玄宗所信任，為右相。安史之亂中，隨玄宗出逃，在馬嵬坡被士兵所殺。

玄禮㉔上無憂國之心，下無東師之律，罪應摒棄。若要將這些事翻轉來，此外尚多呢。」王恂道：「在怡園演習的共有幾人？」桂保道：「旦腳十個，此外生、淨、老、丑有二十餘個，是五六班湊成的。」仲清道：「旦腳十個是誰？」桂保道：「我們兩個之外，尚有瑤卿、媚香、香畹、靜芳、瘦香、小梅，後來又添了玉儂、玉艷，共是十個。」王恂道：「這就是十美班了。」桂保道：「陪客尚未定，你們是一定在數的。聽得度香已寫書子到保定府去，請前舟回來商議，只怕就是這件事。」王恂道：「也近了，今日已是二十六日了，還有十天，就演得全這些新戲嗎？」玉林笑道：「你好記性！還有個閏五月，難道一月多還演不出來？」王恂笑道：「我真糊塗，靜坐了幾天，真是山中忘甲子㉕了。」仲清道：「聽說琴言患病未好，如今能去演習嗎？」玉林道：「你還不知玉儂那日在運河遊了一天，忽然的病就好了。」王恂道：「此是人逢喜氣精神爽了。」仲清道：「那琪官不是壞了手，如今想也好了。」

玉林聽得仲清說起此事，便低了首，春山半蹙，遠黛含顰㉖，又有些怒態。王恂、仲清等不解其意，

㉑洗兒：安祿山生日，楊貴妃以錦繡為大襁褓，裹祿山，使宮人以彩車舁之。玄宗聞後宮歡笑，問其故，左右以貴妃三日洗祿兒對。上喜，賜貴妃洗兒金銀錢。

㉒新舊唐書：新唐書，宋歐陽修、宋祁等撰。舊唐書，五代後晉劉昫等撰。原名唐書。因與宋歐陽修等撰新唐書相區別，通稱為舊唐書。

㉓元微之：即元稹，唐河南人。字微之。長慶中，拜同中書門下事。與白居易共同提倡新樂府，世稱元白；詩稱元和體。所作傳奇會真記，記張生與崔鶯鶯事，為後來西廂記所本。

㉔陳玄禮：唐玄宗時宿衛宮禁。安史之亂，至馬嵬，斬楊國忠，並請賜楊貴妃死。從入蜀還，封蔡國公，卒。

㉕山中忘甲子：忘記時光。出「山中不敏數甲子，一葉落知天下秋」。

因問道：「佩仙緣何發惱起來？」桂保見問，對仲清道：「都是你問起琪官，觸起他的傷心事來。」仲清忙問何事，玉林不語，桂保就把奚十一送坊之事述了一遍，聽得仲清、王恂大怒起來，同說道：「天下竟有這等人，叫他們怎樣過得日子？」桂保道：「如今躲在天津未回呢，只怕終久還要回來的。」仲清道：「這奚十一到底是怎樣人？」桂保道：「奚十一的出身倒不小呢，聽得說他祖上是洋商，他祖老太爺作到布政司，得了軍功。他父親蔭襲雲騎尉㉗，由守備㉘起來，在軍營出力，今作了提臺。度香說與他有世誼，因鄙其為人，是以不與往來。從前華公爺作大經略㉙，平倭寇㉚，徐中堂是副經略，同在軍營。那時老奚才作四川游擊㉛，是華公爺、徐中堂保舉起來，即得了副將㉜，旋升總兵，前年又升了江南提督㉝。籍係廣東嘉應州，家道甚豐，足有正千萬的事業，又在省城當了個洋行總商。他共有兄弟十二人，有作官的，有當商的。他本要捐個道臺，因花動了銀子，湊不上來，只捐了個知州，差不多也要到班了。」王恂道：「是了！是了！我們老人家也認識，又叫作奚老土，因他帶些鴉片煙土來，賣了

㉖ 春山半蹙二句：皆為形容女子含怒時眉毛皺起的形態。

㉗ 雲騎尉：勛官名。清為世職之末級。

㉘ 守備：清代統兵官，位在都司之下，為五品武官。

㉙ 大經略：官名。權任極重，在總督之上，清初亦曾置此職。

㉚ 倭寇：元末明朝在我國和朝鮮沿海地區侵擾搶掠的日本海盜。

㉛ 游擊：官名。清代綠營兵設游擊，職位次於參將。

㉜ 副將：清代從二品武官，隸屬於總兵。

㉝ 江南提督：官名。職掌江南軍政，統轄諸鎮，為地方最高長官。

一萬多銀子。」玉林、桂保坐了一回要去，王恂道：「忙什麼，吃了飯去罷。天也不早了。」就命書僮到廚房吩咐去了。

少頃，夕陽西下，仲清叫人卷起帘子，就把桌子挪到廊前，擺了四個座兒。王恂道：「便飯，沒有為你們添菜，我這裡卻比不得度香。」桂保道：「好說，你的便飯我也吃得記不清了，東成居也作不出來。度香處也過於糜費，其實如何吃得這麼許多。」說完，就同坐了。廚房內聞得有相公，便多備了八個碟子，添了四樣菜。先把黃酒、小吃送上來。玉林、桂保各敬了酒，便談談講講，淺斟低酌了一回。仲清、王恂又問了些近日的事，見玉林不肯喝酒，因問道：「你的酒量很好，為什麼今日不喝？」玉林道：「這兩天嗓子啞了，受了熱，所以不敢喝酒。」仲清又叫拿些水果出來。仲清道：「喝酒不行令，是斷不能爽快的。人少又行不得什麼令。」桂保道：「我們行那個貼翠令罷。」王恂道：「也好。」就叫拿出骰子來。行了一回，各人卻也吃了許多。

方才王恂日間聽了仲清品評各人的情境，因想起花譜中諸旦都也講究情分的，因問玉林、桂保道：「你們此刻在怡園演習那十個人，你可曉得他們有幾種情性脾氣，是那個最好相與，可講得來麼？」桂保道：「這十個卻也好幾樣，內中就是玉儂脾氣冷些，其餘沒有什麼脾氣。」玉林道：「講情性風雅，心地聰敏，不慕勢利，意氣自豪，是瑤卿。一塵不染，靈慧空明，胸有別才，心懷好勝，是媚香。溫文俊雅，出言有章，和而不流，婉而有致，要算香畹。言語爽直，風度高超，雅俗咸宜，毫無拘束，是靜芳。恬靜安詳，言語妥帖，是瘦香。心靈口敏，儀秀態妍，是小梅。泛應有餘，風流自賞。」把嘴向著桂保道：「這是他。別有會心，人難索解，海枯石爛，節操不移，這是玉儂。把潔守貞，不計利害，是玉艷。至於我則無長可取，碌碌庸人，使人嫌棄的，就是我了。」桂保道：「這是你自己不好下贊語，這考語待我出罷：芳潔自守，風雅宜人，不亢不卑，無好無惡，這些是佩仙。」仲清、王恂同道：「這考語出得很切，足見蕊香近日識見又長了好些。」玉林道：「我卻當不起這考語。」王恂道：「還有幾個人索性請你批評，批評。」桂保問道：「是誰？」王恂道：「蓉官、二喜、玉美、春林、鳳林，這些人又是怎樣？」桂保笑道：「這又是一路，不與我們往來的。我們是玉虛㉞門下弟子，是興周伐紂的，他們是通天教主㉟門人，是助紂為虐的。這些人是龜靈聖母、申公豹㊱等類，卻也有些旁門左道的神通，倒也利害。我們那一日運氣不好，與他們同席，便小小心心的待他，斷不敢取笑他一句。即如佩仙的事，不是蓉官攻出來的？琪官的苦，不是二喜作成他的？還有我們這個杜玉儂，我倒替他擔心。他見一個便得罪一個，他的寃家竟不少了；他的記性又平常，尋常會過的，歇幾天見面就想不起來。人人恨他的架子大，臉面冷，不會應酬，就是對著度香，也是冷冷的。唯聽得心上只有一個梅公子，是生平第一知己，竟會眠思夢想得害起病來。這梅公子是誰呢？」仲清道：「難道你還沒有見過這人，怎麼想不起來？」王恂道：「媚香生日，那一位頂年輕，生得頂好的，就是梅公子，號庾香。」桂保想了一想，道：「是了，是了，果然不錯。論容貌與玉儂一對，但他倒合得來玉儂這脾氣嗎？」玉林道：「那一天玉儂沒有來，怪不得那位梅公子是無精打彩的，話也不說，酒也不喝，略喝了幾杯，就出席躺著去了。後約定到

㉞ 玉虛：封神演義中人物。

㉟ 通天教主：封神演義中人物。

㊱ 龜靈聖母申公豹：均為封神演義中人物。申公豹，有「歪頭申公豹」之稱。

瑤卿家裡去，他答應了，也沒有來。」王恂道：「聽得前日他倒與素蘭、琴言逛了一天運河呢。」桂保點點頭道：「噁！怪不得玉儂回來病就好了。」

當下四人說說笑笑，已過了二更，桂保、玉林也要回去，就告辭了，各自上車而回。仲清、王恂又談了一回，各自回房不提。下回是怡園請客，演出新戲，不知華公子看了如何，且聽下回分解。

第二十五回　水榭風廊花能解語　清歌妙舞玉自生香

話說前回書中，玉林、桂保在王恂處，講起怡園演習新戲，預備華公子逛園。流光荏苒，倏忽一月，劉文澤已回。書中所講這班名士，華公子向來往來者就是劉文澤一人，其餘多未謀面。此時文澤之父劉守正已升了禮部❶尚書，是以文澤偕其妻星夜趕回，未免有些慶賀之事。又適子雲寫書前往，文澤回京已有半月，諸事已畢。

到了初六那日，乘著早涼，辰刻就到怡園來，一車兩馬，服御鮮華，進了園門，即有人通報去了。文澤一面觀望園中景致，一面慢慢的走，這怡園逛的人雖多，記得清路徑的竟少。周圍大約有三四里。園中的小山是用太湖石堆成，其一帶大山是土做腳子，上面堆起崇山峻嶺，護以花木，襯以亭臺，儼然真的一樣。其山洞中，係暗用桔槔戽水倒噴上來，就成了飛瀑。池水一帶，源通外河，回環旋繞，寬窄隨勢。其地內另有射圃、球場、漁庄、稻舍、酒肆、茶寮等處，皆係園丁開設，一樣的精潔，為園中有執事人消遣，亦可免其出外曠業，此係度香的作用。園中正經庭院通共有二十四處，有連有斷，不犯不重，若認真要遊，盡他一天，不過遊得三四處，總要八九日方盡。就是園主人，一時只怕也記不清楚。

❶ 禮部：官署名，為六部之一，掌禮樂、祭祀、封建、宴樂及學校貢舉的政令。清末改為典禮院。以尚書為最高長官。

中間一所大樓曰「含萬樓」，取含萬物而化光之意，是園中主樓，四面開窗，氣宇宏敞。庭外一個石面平臺，三面石欄，中間是七重階級。前面是一帶梧桐樹，遮列如屏；再前又是重樓疊閣。東邊這一帶垂楊外，就是池水，連著那吟秋水榭。此時開滿了無數荷花，白白紅紅，翠幛羽葆，微風略吹，即香滿庭院。

當時子雲接進文澤，到含萬樓下坐定，子雲即問了些保定光景。文澤講了一遍，便問子雲道：「今日除華公子之外，有何佳客？」子雲道：「幾個年老紗帽頭，同華公子是說不來的。平時來往那些人，係有生有熟。席間若有一個道學先生，就使通席不快，所以止請了我們常敘的幾位，除高卓然沒有回來，此外是史、顏、田、王、梅，分作三席。那曉昨日一齊辭了，可可的這麼湊巧，竟一個都不能來。」文澤便問何故，子雲道：「庾香舊病又發了；史竹君昨日醉壞了，竟至嘔血不能出房；湘帆說是沒有會過華公子，不肯來；庸庵為是這兩天，他夫人要弄璋❷了，一步不離伺候；劍潭見諸人不來，也就辭了。昨日只得邀了張仲雨，倒是同華公子相識的。餘外就是靜宜，共有五人，只有兩席。他們沒有會過華公子，不曉得是怎麼一個富貴驕奢的氣概，所以不肯來。你也長見的，其實也不見怎樣，不過氣勢自高，侍從華美而已。」文澤便問次賢在何處，子雲道：「靜宜因今日新戲出場，內中有些關節並聲律尚有些不諧處，親自在那裡一一指點，少停就來的。」

正說之間，張仲雨到了，子雲迎接進來，文澤起身相見。見仲雨的服飾，今日與平日不同，往常仲雨是個從九品銜，今日冠服忽然是個六品，與他一樣，想必又加捐了。因問仲雨道：「恭喜！恭喜！幾時捐升的？連我都不給一個信，恐怕要吃你的喜酒麼！」仲雨笑道：「好，你遠遠的躲著，恐怕問你借

❷弄璋：璋謂圭璋，寶玉；祝男孩子成長後為王侯執圭璋。後稱生男曰弄璋。

錢。我這個算什麼，不害羞，還要告訴人呢。不過花幾兩銀子，少覺得好看一點兒，省得人家笑我是個磕頭蟲。」原來子雲是知道的，前日還幫過他一千兩銀子，便對仲雨道：「好麻利，就成功了。你說是捐同知的。」仲雨道：「幸虧你二太爺，不然幾乎辦不成。原要想捐個同知，除了你二太爺之外，湊不上兩竿。偏偏劉老大又在保定，不然是五百兩，我斷不能饒過他的。如今這個正指揮❸，一總也花到四千頭，還是起盛的潘老三替我墊了五百兩才成的。」文澤對子雲道：「張老二實在算一把好手，各樣精明。出去不消說是個能員，將來必定名利雙收的。」子雲笑道：「名利是一定雙收，上司一定歡喜，就是百姓吃苦些。」文澤大笑。仲雨也笑道：「這倒被你猜著，若說將來不要錢，就是我自己也不肯作此欺人之語。況且我這個官，原是花了本錢來的，比不得你們這些有福之人，一出書房就得了官。我將來不過看什麼錢可要不可要就是了。」說得眾人皆笑。

次賢即從屏後出來，大家見了，諸名旦也都隨著出來見過。大家又坐談了一會，只見家人上前稟道：「華公子快到門了。」子雲吩咐速備椅轎，在園門伺候，即請次賢陪著文澤等，自己忙整理衣冠，迎出含萬樓來。

停了一回，聽得許多腳步聲音，只見一個六品服飾的人過假山來；又見四個也是冠帶的，扶著椅轎，中間坐著那彩雲皓月、玉裹金裝的一位華公子，後頭一群人，大大小小，約有二十餘個跟著。將近階前，子雲降階而迎。華公子一見子雲，即忙下轎，恭身上前，與子雲相見，問了好，即攜著手同上了階，進了含萬樓，重新見禮。

❸ 正指揮：官名。清惟京城禁衛軍有此官職，屬兵馬司。

原來華公爺與徐相國，已是二十年至好，又同在軍營兩年，有苔岑之誼❹，金石之交❺。徐子雲與華公子，他們又訂金蘭❻，重修世好。子雲比華公子長了五歲，華公子以長兄相待，甚是恭敬。當時子雲即讓華公子坐了，家人獻過了茶，華公子道：「早幾日就要過來請安，因連日有隨駕差使；而且天氣又熱，恐妨起居。今天稍為涼快，正可與吾兄快談半日。只可惜一城之隔，不能秉燭夜遊❼，尚難盡興。」子雲道：「屢蒙移玉❽，榮及林泉。鄙人是蕭閑無事，疏懶成癖，常欲邀請仁弟一談，但恐從政少暇，不便相擾；且一城之阻，頗難暢意。今日欲屈大駕作一通宵之敘，不知可肯暫留草堂一宿否？」華公子笑道：「名園佳卉，思及夢寐，總希盡興一游。遲日再擾尊齋，非特一宿，還要與仁兄作平原十日之歡❾，方消鄙吝。今日必須回去，且恐明日有欽派差使，實因塵俗有阻清興；且天方盛暑，明月未盈，俟中秋前後，與兄作一通宵良會何如？」子雲笑道：「尊論極是，晚間無月，夜飲覺得無趣。亦不必中秋，七月即可以，下月十五為期罷？」華公子道：「也好，天稍秋涼，就覺得人心爽快。無奈敝園限於基地，不及尊園之半；且從前造屋時，也非名手布置，似覺無甚丘壑。夏日欠爽，惟秋冬尚可小憩。吾兄如不

❹ 苔岑之誼：意氣相投的摯友之間的友誼。
❺ 金石之交：言交情堅如金石。
❻ 金蘭：言交友相投合。
❼ 秉燭夜遊：拿著蠟燭夜遊。言及時行樂。
❽ 屢蒙移玉：多次承蒙別人前來的敬辭。
❾ 平原十日之歡：即十日飲。史記范雎蔡澤列傳載秦昭王與平原君書：「寡人願與君為十日之飲。」後用以指朋友暫住歡聚。

嫌簡慢，弟當奉迓高軒。」子雲道：「甚好！甚好！如遇不得出城之日，必來相擾。府上西園布置極佳，若能通到東園，則更妙矣。」華公子道：「隔著中間多少正房，是通不來的；且東園為賓客聚居，雜人甚多，無從點綴。」

正說之間，只聽後面鼓樂之聲。子雲即讓華公子進內，過了穿堂，走到承蔭堂階前，堂上三人都到廊下款接，公子一一見了，皆係交好。又對次賢作了一揖，道：「靜宜先生費心了，排出這些戲，叫我們看戲的何以為報呢？今日大家只有多敬幾杯酒酬勞的了。」次賢哈哈大笑道：「恐下里之音，不當清聽。如蒙頷賞，鄙人願代諸君浮一大白。」大家笑說：「很好。」

酒筵已齊，家人即捧酒來，子雲送酒安席；東邊是華公子首座，仲雨作陪；西邊文澤上座，次賢作陪。子雲在華公子席上作主人。華公子道：「沒有客了，就是五人，何妨併作一席，窵遠⑩了不好說話；再一開戲，講話更聽不見了。」文澤道：「既如此，併作一桌罷。」子雲道：「也好，但是擠了，換個圓桌罷，只是不恭些。」華公子道：「好說，兄弟亦算不得客，二哥這麼拘禮，以後就不敢奉擾了。」子雲連聲答應，家人們即在中間擺了一張圓桌，重將杯盤擺好，撤了兩邊。

戲臺上已打動鑼鼓，只見戲房內婷婷裊裊走出十枝花來，蓮步略移，香風已到，捧著牙笏，走到席前邊朝上叩了一個頭，站起來。先是寶珠、蕙芳、素蘭三人上來，又對華公子請了一安，將牙笏呈上。華公子知道這一班小旦都是子雲得意人，袁寶珠更是寵愛，天天在園裡的，也就世故起來，便攙住寶珠手，道：「你們這本戲共演了幾天了？」寶珠道：「一個多月了，是各人分開演的，一個人不過三五齣

⑩ 窵遠：距離較遠。窵，音ㄉㄧㄠˋ。

戲。」華公子就隨意把各人的都點了一齣，其餘那七個都上來了請點。華公子且不點戲，先將諸旦打量一回，卻不認識，因問了姓名別號。七個之中，又獨賞識琴言，便問子雲道：「這個像是新來的。」子雲笑問道：「何以知之？」華公子道：「我見他舉止似乎沒熟練，然而秀外慧中，覺有出塵之致。」就點了一齣，又將各人的戲也都點了。送到文澤面前，文澤、仲雨、次賢，大家公商點了幾齣。開了場，加官出來⑪，獻上「世受國恩」，那林珊枝就走上來，拿出一個賞封望臺上一拋，文澤等亦各賞了。

沖場戲是李陵返漢、明妃入關。兩齣後即是夜郎奉詔，是正生⑫戲，賜以御酒金花，一路送迎祖餞，昂藏慷慨，跌宕多姿，把個李謫仙魂魄都做出來。及到唱完，已有一個時辰。華公子贊了幾聲，吩咐了一句話，珊枝出去了一回，就有十六個人，抬上八張桌子，賞了八十吊錢。主人照樣發賞，文澤也賞了八桌，仲雨、次賢各賞了四桌。

第二本是楊妃入蜀。先是國忠伏誅，陳玄禮喻以君臣之義，六軍踴躍。明皇⑬幸峨嵋山與妃登樓，自吹玉笛，妃子歌清平之章；命宮人紅桃作回風之舞，供奉李龜年彈八琅之璈⑭。縹緲雲端中，飛下些彩鸞丹鳳，只見董雙成⑮、段安香、許飛瓊、吳彩鸞、范成君⑯、霍小玉、石公子、阮凌華等八位女仙，

⑪ 加官出來：穿上戲裝出來。

⑫ 正生：傳統戲曲腳色名。在劇中扮演青年男主角的「生」為正生。

⑬ 明皇：即唐玄宗。

⑭ 供奉李龜年彈八琅之璈：供奉，官名。在皇帝左右供職的人。李龜年，唐代樂師。通音律，能自撰曲，善歌唱。開元中與弟彭年、鶴年在梨園中供職。安史亂後，流落江南，不知所終。八琅之璈，見漢武帝內傳。

⑮ 董雙成：傳說中西王母之侍女。煉丹宅中，丹成得道，自吹玉笙，駕鶴升仙。

霞裳雲珮，金縷綃衣，御風而來；又有無數彩雲旋繞，扮些金童玉女，歌舞起來。峨嵋山是用架子扎成，那八位女仙一併站在山頂，底下雲彩盤旋，天花燦爛，又焚些百和、龍涎，香煙繚繞，人氣氤氳，把一座戲臺直放在彩雲端裡。華公子喝采不住，大家亦齊聲相和，便暢飲了好幾杯。再看臺上共是十個，正是人間天上，色界香城。這個是國色天姿，那個是風鬟雲鬢。這個是靈蛇盤髻⑰，那個是墮馬新妝⑱。這個是捧心效鄰女之顰，那個是秀色忘君王之餐。這個是金粱卻月，嬋娟百寶之釵，那個是翠羽瑤璫，天女六銖之佩。嚴世蕃⑲之美人雙陸，未必盡佳；楊國忠之姬妾屏風，恐非全美。當下把華公子竟看得眉飛色舞，豪興頓生，便要了大杯，先敬了次賢一杯。次賢自覺得逸興遄飛，十分得意，即連飲了三大觴。華公子亦陪了三杯。又命家人把酒送到臺上，命寶珠、素蘭、琴言、蕙芳，各飲三杯，並將席間果品賞了四碟，四旦遙遙叩謝；又勸合席各飲了三大杯。

這兩本戲卻做了多時，子雲見華公子興致甚高，便命止了戲，叫上那十個仙女帶妝上前，一人各敬一大杯。華公子毫不推辭，笑而受之；也要眾人照樣，大家酒量皆不能及，只得換了小杯，也各飲了十杯。華公子又把群旦叫到面前看了一回，向子雲道：「小弟去年托張老二選了八個，合成一班，如今看

⑯ 段安香許飛瓊吳彩鸞范成君：皆為仙女名。見漢武帝內傳。

⑰ 靈蛇盤髻：漢末，甄后既入魏宮，宮庭有一綠蛇，口中恆有赤珠若梧子，不傷人。后每梳妝，蛇則盤結為髻形於前。后因效而為髻，號為靈蛇髻。見佚名採蘭雜識。

⑱ 墮馬新妝：髮髻側在一邊。一說髮髻鬆垂，像要墜落的樣子。

⑲ 嚴世蕃：明末權臣嚴嵩子，號東樓。累官工部右侍郎。招權納賄，貪利無厭，被御史林潤發其罪，斬於市。

起來，不如他們遠甚。弟以後再當另買青娥，別營金屋。只恐生才有限，已為度香兄占盡風流香福，所遺皆剩粉零脂，不敢再向石家金谷來誇異寶也。」子雲笑道：「太謙了！尊府錦天繡地，羅列傾城。我是借他人之酒杯，澆自己之塊壘，況一狐一腋補綴而成。豈如府上之紅粉出自家姬，金釵藏於兩壁，恐一尺之縑，難比七襄⑳之錦。」華公子道：「豈敢！豈敢！仁兄謙的太過，理應罰酒。」即敬了子雲一杯。華公子就叫珊枝，命八齡班上來。這八齡班，是每逢赴席總跟出來的，並帶了自己行頭。珊枝帶上來，對子雲叩頭。子雲忙命家僮攙起，連聲讚「好」，旁人也隨聲附和。華公子道：「仙娥之外，原有魔女，如不厭醜陋，也叫他們唱一齣，以博一笑何如？」大家說道：「甚好，若得如此，真是珠聯璧合了。」八齡班得了示，即進戲房，打扮起來，做了一齣群仙高會。也是風光旖旎，態度生妍，大家喝采不盡。子雲向跟班的說了幾句，少頃兩人捧上兩個盤子上來，席前放下，卻是五十兩的元寶，一盤四個，兩盤共是八個。徐府家人對著珊枝道：「一分是三位客賞的，一分是我們老爺賞的。」八齡當臺叩謝了賞。華公子也起身道了謝，說：「這等惡劣的東西，還配賞呢，倒破費了。」子雲連說：「慚愧！」眾人請華公子坐了。華公子目視珊枝，低低說一句，珊枝即走了出去。約有一盞茶時候，雙手捧上一個朱紅漆盤，蓋了一塊紅緞壓金的袱子；揭起袱子，獻在公子面前。眾人看是輝煌閃爍的一盤金錁子，有方勝的，有如意的，有梅花的，有菱角的，一兩多重一個，約有百十個，分賞十旦。珊枝分畢，十旦叩謝了，子雲亦忙道了謝。

⑳ 七襄：自卯至酉為晝，共七辰，每辰更移一次，因稱七襄。詩小雅大東：「跂彼織女，終日七襄。」襄，指移動。

鐘上時已未末，撤了席，華公子起身道：「本為逛園而來，今日又來不及了，但是荷花是要看的。」子雲命將席挪到吟秋水榭，一面預備採蓮船，就命十旦扮作採蓮女子，下池蕩槳；一面讓客到水榭來。華公子等進了水榭，一望盡是荷花，紅香芬馥，翠蓋繽紛，好個色天香界，遂又入席坐定。只見四五個小舟蕩入池心，坐著一班名旦，扎扮得長裙短袖，稱著蓮臉桃腮，穿入花中，一個個嬌面花容，模糊難辨。那邊靠岸，泊著一舟，錦帆絲纜，中間一班人在內打起絲竹十番。這些採蓮人，便唱起採蓮歌，嬌聲婉轉，聽之如子夜清歌，望之如湘君㉑遊戲，好似張麗華裝成仙子，朱貴兒㉒扮作嫦娥，大家各極歡喜，人人將至玉山頹倒。只有華公子豪興愈加，便對子雲道：「方才的戲都沒唱完，那齣戲就去了半日。何不重歌金縷，再舞霓裳，把各人的才藝略見一斑，始不負仁兄選色別聲之意，彼諸伶亦可各盡其所長，也不至當場埋沒，不知可否？」子雲笑道：「正合鄙意。」就將群旦叫上來。

群花聽了，即蕩動蘭槳，往水榭邊來，上了岸，在闌外雁排侍立。華公子便指名叫了四個進來：蕙芳、琴言、寶珠、素蘭。華公子對著四旦說道：「方才峨嵋山群仙一齣，雖全部出場，未盡態度。你們可將各人得意之戲說一齣來。」四旦聽了，想了一想，各說了一齣。子雲道：「此尚非極得意的，只有媚香與香畹的獨占，瑤卿與玉儂的驚夢、尋夢，都是絕妙無雙，人家唱不來的，可惜偏又雷同。」文澤道：「何不叫他們兩人同唱，各盡其妙，做個珠聯璧合，豈不更好嗎？」次賢、仲雨皆說：「極妙。雖然是工力悉敵，究竟亦有些異同處，亦可借此細細品題。」華公子大笑道：「這到新鮮有趣，從未有兩

㉑ 湘君：湘水之神。
㉒ 朱貴兒：隋煬帝之寵妃。

人同唱的，就是尋夢這一齣，可以同唱。」

子雲即傳與戲班，在兩廂伺候，又命把桌子往上挪了。寶珠、琴言出去上妝。不多一回，聽得豪竹哀絲，錚鏦嘹亮。華公子看時，只見琴言從東邊走出來，好似華月初升，好風送起，這幾步就像春雲冉冉，直到離恨天邊；又見寶珠從西邊走出來，好像嬌花欲放，曉露猶含，那幾步路就像垂柳纖纖，漾到軟紅深處。再聽兩人唱起來，卻同是嬌柔宛轉，溜脆清圓，碧樹翠竹之中，么鳳、雛凰相和，一字字香濃玉暖，一聲聲魂蕩腸回。一個是秋波慵轉，粉頸頻低；一個是遠黛含顰，春星乍合。看得合席的人，神迷目蕩，意滿志移。子雲只顧點頭微笑，華公子拍案叫絕，道：「快哉！快哉！我今日始信人間真有絕色，深悔從前將些嫫姆㉓、無鹽，也置之繡幃金屋。」又高聲說道：「唯怪我度香仁兄秘藏佳麗，獨享眼福，不肯早以示人，直到饜足之後，才招客共賞，分明使人飫其餘味。今日沒有別的，我先罰你十巨觴再說。」便叫林珊枝取他自己之大玉斗來。珊枝看天色不早，知道公子的脾氣，鬧開了就不論晝夜的，口雖只管答應，呆呆的不動，目視子雲。子雲會意，也自知酒量不敵，便說道：「實在賤量不能多飲，願將門杯以當大斗罷。」華公子猶不肯依，經次賢、文澤、仲雨都來解勸，說：「非特度香不能，就是我們都也陪不來的，以小杯罰他三杯罷。」華公子也知子雲酒量平常，只得依了眾人，請子雲連飲了三杯；自己卻用大杯，一杯一杯的不用人讓，一連飲了十幾杯，尚覺喝采不住；又逼住了文澤飲了三杯，次賢、仲雨飲了五六杯。華公子忽又對著寶珠、琴言說道：「你們盡管唱，唱完了不妨再唱。」又復細細看了一回，對眾人道：「此兩人各有妙處，正如五雀六燕㉔，輕重適均；趙后楊妃，瘦肥自合。

㉓ 嫫姆：古人傳說中的醜女。

天喝個通宵罷了。

寶珠則柔情脈脈，我見猶憐；琴言則秀骨珊珊，誰堪遣此。離之則獨絕，合之則兩全。度香仁兄，今日真怡我情矣！」子雲見華公子似有醉意，又知道他的脾氣，高了興是了不得的，然又不好阻他，打算今天喝個通宵罷了。

且說戲臺上那兩個唱完了，不准下來，還要再唱。寶珠見華公子如此賞識，自然十分高興；又見他看了一遍，還要再看，心上便越要加些精神，做些態度出來，一來要起公子愛慕之心，二來也與度香臉上增些體面，比起先一齣，更唱得出色。這琴言心上卻是不願，只因聽華公子是得罪不得的，只得受些委屈；又想起十人中單叫他們兩人，就恨還有一個袁寶珠與他作敵手，心上總想壓他下來，故也加了工夫，更覺一往情深，如水斯注。又見華公子面貌也有些相像庾香處，又想起那一天是唱驚夢遇見了庾香，就彼此兩心相印，只可惜庾香今日沒有在坐，若是他在坐，我便不枉唱這兩回了。我且今日試把華公子權當庾香在那邊樓上，照著那一天的情景做來，或者心動神知，庾香在夢中竟看見也未可知；就算他看不見我，我卻倒像見了他。便也盡態極妍的，重唱起來。

此時人人暢快，只有那林珊枝，見公子如此眷戀，心上不免動氣，臉上卻不敢露出。又看天色不早，表上將近酉正，若再鬧下去便進不得城的，但又不敢上前催他，只得出去，先叫人去留了城門，重走上來，站在公子背後。只管看著子雲，眾人亦皆明白，皆因不好催促。適值華公子出外小解，珊枝便對子雲請了一安，低低的講道：「求二老爺勸我們爺少喝些酒，早些回去，要關城了。若不能進城，御前差使無有定準的，恐有遲誤，不是頑的。」子雲點了點頭，道：「你說的很是，也是時候了。」華公子進

㉔五雀六燕：出九章算術方程。後來借喻兩者輕重相差無幾。

來見珊枝與子雲說話，便問珊枝道：「天氣還早呢？」珊枝道：「表上已酉正了。」華公子道：「這表走快了。」子雲道：「難得仁弟今日高興，我早上說的要盡興，總要至三更四更，今日不要進城了，在此屈一宵罷。況前舟與仲雨皆是城外人，他們是不怕關城的。」

華公子見子雲留他夜飲，心中甚是樂從，又看這吟秋水榭實在精致，就住一夜亦不妨；忽又聽見「城外不怕關城」之語，心上又有些躊躇躇躇的。看看天色已是將上燈時候，覺得去留兩難，又見他跟來的人，都整整齊齊站在階下，心上要走不走的；又看寶珠、琴言將要唱完，便對子雲道：「我還進城罷。」珊枝聽了，接口道：「將要關城了，公子既要進城，就要快些趕呢。」華公子聽了沒奈何，只得起身穿戴衣冠，謝了子雲，又辭了眾人。

此時寶珠、琴言已卸裝下來送客，華公子執著琴言的手，道：「你這戲實在唱得好，可誇京城獨步。歇一天你進府來，我還要細細請教。」說著，便將身上一塊漢玉雙龍佩，扣著一個荷包扯下來，給了琴言，琴言請安謝了。華公子已走了兩步，忽又回轉來對著寶珠道：「你們兩個真是棋逢敵手，難分高下。你是我度香兄心愛的，所以不肯到我府中來。」又問子雲道：「三哥，我可以給他東西麼？」子雲笑道：「任憑尊意，何必問我？」華公子又從身上解下一塊玉佩來，賞了寶珠，寶珠亦謝了。

此時十旦都送出來，華公子踉踉蹌蹌，猶幾番回顧，對著琴言、寶珠，以及蕙芳、素蘭等八人說：「你們沒有事可常來走走。」說著話，已到了含萬樓，復又一揖，辭了子雲及眾人，上了椅轎，林珊枝、八齡之外，尚有十六個親隨、五個有職人員，扶了轎杆，軟步如飛，過嶺穿林而去。這十旦直送出園門，又請安送了。華公子下了轎，仍坐上綠圍車，尚對那些名旦點頭囑咐。侍從人都上了馬，車夫恐怕關城，加上一鞭，那車便似飛的一樣去了，幸珊枝早留了城，不然竟趕不上了。華公子進城不提。

這邊十旦進來，子雲命他們換了便衣，重換了一個大圓桌面，把殘肴收去，另換幾樣來。文澤道：「今日星北可謂盡興，我見他從沒這樣留戀的。」子雲道：「他心上猶以為未足，我若認真留他，他就不去了。他那個林珊枝急得什麼似的，盡對我做眼色，只怕還有些醋意。」仲雨道：「何消說得。林珊枝不是登春班出身嗎？進去了不到三年，如今華公子的事，可以作得一半主呢。」子雲命家人取些醒酒丸來，用開水化了，分給眾人，吃畢散步一回，酒已消盡。子雲命將桌子擺在廊前，上面只點四盞素玻璃燈，兩旁兩枝地照，重新入席，就猜拳行令起來。

今日這十旦，若論頭一個得意的，自然是琴言，其次要算寶珠了。寶珠此時卻頗歡喜，惟有琴言終是冷冷的。子雲便問琴言道：「你今日又得了一個知己。華公子是難得贊人的，你一上來他就留心你，以後又獨要你與瑤卿唱戲，他這眼力卻也不低，一面之間，就賞識如此，你可感激他麼？」琴言把子雲看了一看，低著頭不言語。文澤道：「玉儂今日亦不可無知己之感，星北之傾倒，亦不下庾香，你明日倒去見見他為是。」次賢道：「我看華公子倒是個憐香惜玉的人，外面傳聞之言是不可信，今日這一天終是溫溫和和，並沒有什麼公子脾氣。玉儂見人也不可一味太冷淡了。」琴言被眾人講得，似乎要他去親近華公子的意思，便氣忿忿的無處發泄，因想道：別人說我也罷，就是度香不該。他既知我與庾香相好，今日又講這些話來，拿我當什麼人看待？越想越氣，便淌下淚來。

仲雨已經醉了，見了琴言如此光景，便冷笑一聲，說道：「你這個相公真有些古怪，難道倒贊壞了？人家用盡心費盡力，還巴結不到這一贊呢。」琴言本已有氣，正愁沒有處發作，聽到此便忍不住，說道：

「我也不要人贊，我也不會巴結人。他就勢利大，也是大他的。我不比那會巴結的人，自己巴結了，還要教人巴結，這又何苦呢？」說罷，不知不覺的哭了，仲雨聽了，又羞又怒，臉上就變起色來，欲要認真發作，又畏子雲諸人，暫時忍了。子雲知琴言說話生硬，得罪了仲雨，便解釋道：「玉儂今日又吃醉了，瑤卿你同他到那邊頑頑，等他醒醒酒再來。」寶珠即拉了琴言到裡邊去了，勸他道：「你說話太直了，那位張二爺也不是好說話的人。」琴言尚是嗚咽。寶珠把華公子所賞之物拿出來與他比了，卻小一些兒。那邊文澤是絕早過來，已坐了一日，酒已過量，也要回去歇息。這十旦伺候了一天，又唱了戲，也都困乏，走的亦都要先走。子雲因天氣尚熱，自己也覺困倦，就撤了席，又吃了西瓜、蓮藕，送了客出園，諸旦也各自回去。琴言這一句話，便生出無數苦況來，雖徐子雲也難蔭庇，何況子玉。不知鬧些什麼事出來，且聽下回分解。

第二十六回　進讒言聘才酬宿怨　重國色華府購名花

話說華公子進城到得府時，已上燈好一會。到上房坐了一坐，華夫人問了些怡園光景，華公子略說了些，便叫兩個小丫鬟提了燈籠，走到星欃臥室來。只見燈光之下，照見那十婢，都著一色的白羅大綢衫子，頭上挽了麻姑❶髻兒，後頭仍拖著大辮子，當頭插一球素馨花，下截是青羅鑲花邊褲，微露紅蓮三寸。見了公子進來，都是笑盈盈的兩邊站立。華公子打量了一回，問道：「今日為何都改了裝？」內中有一個稟道：「今日奶奶到家廟觀音閣進香，叫奴才們改了裝，都跟出去的。」公子進來坐下，那十珠都是十五六歲，倒也生得大致相仿，都不差上下。明珠先送上一盞冰梅湯，掌珠拿了鵝毛扇，輕輕的打著；珍珠便上前與公子脫了靴，換上盤珠登雲履；荷珠與公子換了件輕紗衫子，都在兩旁站著。寶珠便道：「爺可曾用飯？可要吩咐內廚房預備什麼？」華公子道：「今日酒多了，覺得口渴。到定更後，你照著我前日開那防風粥的單子，配著那幾樣花露果粉，用文武火熬，一時二刻不可見著銅器，還是你親手做去，不要經那老婆子的手，齷齷齪齪的。此刻盛暑的天氣，本來是發散時候，防風露、薄荷露少用些，玫瑰露、香稻露、荷花露、桂花露多加些，茯苓粉、蓮子粉、瓊糜粉、蒸窩粉都照單子上分兩。」寶珠答應了，便拉了畫珠同去，先將那些東西配定了，又取了一碗香稻米，拎了一瓶雪水出來，也不到

❶ 麻姑：古代神話中的女仙。

廚房，就在公子臥房前，一個八角琉璃亭的廊檐下，生了一個銅爐的火，用個銀吊子❷，慢慢的熬起來。花珠亦在旁蹲著，拖下一條大紅絲子，一半在地，就道：「爺今日像醉了，只管打量我們，一個人無緣無故笑起來。」寶珠道：「我昨日聽得奶奶講，到秋天就要收你了。」花珠「啐」了一口道：「要收還先收你，你是個腦兒賽，又會巴結差使，只怕還等不到秋天呢！」寶珠用手一推，把花珠跌了一跤，兩腳一叉，踢著了吊子，幾乎打翻，爬起來，按住了寶珠的肩頭，要想搬倒他，兩人笑做一團。

又見愛珠提了一盞絳紗燈走出來，道：「差不多要定更了，此刻還要傳林珊枝進來呢！」寶珠問道：「叫林珊枝做什麼？」愛珠道：「我知道什麼事？自然是有要緊事了。」愛珠穿了木底小弓鞋，走快了，覺得咭咭咯咯的響。走到角門口，找著了管事的老婆子說了。老婆子又找了內管門，才到外間跟班房來，找著了林珊枝，便說：「爺叫你呢。」

林珊枝正在院子乘涼，旁邊也站著兩個小么兒，裝煙打扇。珊枝只得穿上了長衫，拴了帶子，找個小明角燈點上，即隨了內管門的進來，直走到八角琉璃亭邊站住，見了愛珠等招呼了，問：「爺有什麼事？」愛珠把絳紗燈提起，在珊枝臉上一照，笑了一笑，道：「你把臉喝得紅紅兒的，上去準要碰釘子。」珊枝笑道：「我幾時喝酒？你那燈籠是紅的，映到人家臉上來，倒說我醉了。」愛珠也笑了一笑，就領了珊枝慢慢而行，進了內室，聽得公子正在與那些丫鬟說笑。愛珠先進去說：「珊枝來了！」

公子即傳上來，珊枝在窗前站著，見公子盤腿坐在醉翁床上，旁邊站著四珠。華公子見了珊枝，便道：「你去請魏師爺到留青精舍裡來，我從這邊過去有話說。」珊枝回道：「已定過更了，東園門早上

❷ 銀吊子：煎熬飲料用的器皿。

了鎖，就是三堂的總門也鎖了，沒有什麼要緊話，請爺明早講罷。況要開兩三重門，從東園去請來，差不多就二更了，只怕師爺們也要安歇了。」林珊枝知道找魏聘才定是件不要緊事，不過講今天看戲的話，便阻擋起來。華公子想了一想，果然沒有什麼要緊，也只得依了，便道：「既鎖了門，到明日也還不遲。」停了一停，又對珊枝道：「那個寶珠的戲，我倒是初見，倒不料他如此之妙，怎麼他們總不進府來？」珊枝道：「每逢朔望❸，他們總清早來的，門上只道爺沒有起身，便擋住不叫進來。班子裡的人來請安，號簿上是不掛的。就是那個琴言，從前他師傅也領他來過，不過沒有進來。」華公子道：「那琴言是誰的徒弟？」珊枝道：「是長慶的徒弟。」公子道：「長慶，你的師傅也不是叫長慶嗎？」珊枝答應：「是。奴才本在聯錦班，後進登春的。」公子道：「為什麼要進登春呢？」珊枝道：「那長慶的脾氣不好，奴才傷觸了他，他因把奴才挑換了登春的繡芳。繡芳出了師，才買這琴言，不過半年多呢。」公子道：「你瞧這琴言怎樣？」珊枝不言語。華公子又問了一遍，珊枝說道：「好是好的，也是徐二老爺鍾愛的，聽說外邊不肯應酬。」華公子道：「徐二老爺鍾愛的是袁寶珠，不愛他。」珊枝道：「聽見徐二老爺愛他與袁寶珠差不多；又聽得說，徐二老爺在他身上已花過好幾千銀子了。」華公子不語，少頃又說道：「前日我聽得魏師爺說起那琴言好得很，我卻今日才見。有個什麼梅少爺和他最好，徐二爺倒是假的。」珊枝道：「其中的細底，奴才也不知道，就是琴言也是今日才見的。」華公子又道：「你也是門內出身，你瞧今日合唱這一齣尋夢，到底是那個好？」珊枝想了一想，回道：「據奴才論戲，是要講神情做態。這兩個人相貌卻差不多，若論戲還是寶珠的唱得熟。琴言第一回尚有些夾生，第二回略好一點。」華公

❸ 朔望：農曆每月的初一和十五日。

子點點頭，道：「那是他初學，寶珠是唱過兩三年，自然是熟極的了。據我看來，相貌還算琴言，身上像有仙骨，似乎與人不同。」珊枝低了頭不言語。

掌珠一面打扇，一面看著公子與珊枝講話，便心不在扇，一扇子搧脫了手，掉下地來，明珠「嗤」的一笑，掌珠紅了臉，慌忙撿起。華公子倒笑了，道：「你們難道沒有聽過戲，聽說到戲連心都沒有了。歇天我就叫那一班人進來唱一天，請奶奶聽，你們大家都托托福。」愛珠多嘴，說道：「什麼好班子？難道比咱們府裡的還好嗎？」華公子笑道：「你們也是十個，叫你們扮生，他們扮旦，合串一齣，就知道人家的好處了。」愛珠等聽了紅了臉，低了頭說道：「我們是不會串的，要串戲有八齡班。」華公子笑道：「學就會了，女戲子也是常有的。」珊枝也笑了一笑，又站了一會，見公子沒有話說，也就出去，見那三四個尚自圍在爐邊。珊枝又說了幾句話，出去了。這邊把那香粥熬好，又送上幾樣自制點心給公子吃了。乘了一回涼，華公子安寢，十珠各自回房。

到了明早，華公子到底尚為酒困，身子有些疲軟，早上就起得遲了。直到巳正方才起身，淨了臉，丫鬟替他梳了髮，穿好了衣裳。華夫人恐他酒後傷身，便叫小丫鬟送出一盞參湯，公子吃了。只見寶珠進來回道：「珊枝在外面請示爺，昨晚叫他去請魏師爺，今早要請不要請？」華公子略一躊躇，道：「叫他去請魏師爺，到留青精舍吃早飯。」寶珠答應去了。

華公子到上房，華夫人曉妝已完，丫鬟侍立兩旁。公子見夫人淡掃蛾眉，薄施脂粉，雙鬟膩綠，高髻盤雲，很有些像那蘇蕙芳的相貌，便坐下了，講了些閒話，說在夫人房裡吃飯，把昨日看的戲一一講了，說八齡班萬不及一；又說夫人的相貌，像那個蕙芳。華夫人聽了，心中卻有些不悅，也不言語。他們夫妻本來琴瑟相和，極恩愛的。就是華公子心愛奢華，卻不淫蕩。華夫人幾次說要把花珠、寶珠收了，公子只是不要，說：「一做了妾，倒無趣了。不如等他們伺候幾年，選幾個青年美貌的配他，是件極有功德的事。還有一句話，若是夫人生得平常，自然就要到姬妾身上來。如今夫人是這麼樣的好，姬妾們雖好，也是比不上的。譬如草木雜花，未嘗不嬌艷無比，單看時覺得很好，及種到牡丹臺上，不是效顰鄰女，就是婢學夫人，愈增羞澀之態。」華夫人聽了甚是喜歡，所以任憑華公子怎樣繁華奢侈，到絕不疑心有別樣事來。即如十珠群婢，天天鬧在一堆，也絕無妒忌。再如林珊枝、馮子佩等也不過形跡可疑，其實並無干涉，此也是各人情性，不比那奚十一等專講究這些事情，不在色之好歹。

且說華公子在夫人房內吃過飯，談談笑笑已過了午正，卻忘了魏聘才在留青精舍等他。卻說林珊枝去請魏聘才，聘才已起身多時，將要吃飯，忽聽得華公子請吃早飯，叫他到留青精舍去。聘才這一喜，倒像金殿傳臚❹一樣，疾忙穿了靴，換了一件新衣，拿把團扇，搖搖擺擺，也不及與張、顧二位說知，就同了珊枝出園，猶一路恭惟，或叫老珊，或稱老弟，挨肩擦背，好一回才到了留青精舍。因為奉命不遑、父召無諾的光景，所以也不看園中的景致，一徑進了留青精舍。見有四個小跟班在廊檐下坐著，見了聘才站起來，珊枝問道：「可聽得爺就出來麼？」那些小跟班道：「沒有動靜，不知爺出來不出來。」珊枝道：「魏師爺且請坐一坐，我去打聽。」說罷去了。

聘才遂細細的看那室中鋪設，正是華美無雙，一言難盡，比那西花廳更覺精致。室中的窗子、欄杆、屏門等類，皆是工細鏤空山水，其人物用那些珍寶細細雕成嵌上，幾做了瑤楹玉棟。此係聘才第一回開

❹傳臚：科舉時，殿試後宣讀皇帝詔命宣唱名次叫傳臚。

眼。足足等了一個時辰，尚不見公子出來，跟班的送了幾回茶，把個聘才的腸子洗得精空，覺得響聲咕嚕如餓鴟的叫起來，無奈只得坐下老等。

這邊林珊枝在洗紅軒外邊等候，與那些十珠婢閒談，又不能上去請他。贈珠道：「我先到上房聽得說，爺與奶奶吃飯，兩人講得熱鬧，只怕不出來了。」珊枝道：「這怎麼好呢？一早把個魏師爺請在留青精舍裡，等到此刻，一個多時辰，我也覺得餓了。你們吃過早飯麼？」明珠道：「我們是早吃過了，吃剩的東西倒有，你不嫌髒，就吃了飯去，要等他出來不曉什麼時候呢！」珊枝說道：「好說，姐姐吃剩的菜，只怕我還沒有這福分呢。肯賞我，還敢嫌髒麼？」愛珠道：「會說話，我瞧你眼也餓花了。」就同珊枝到一間屋子來。夏天是不用熱的，葷葷素素菜都有，珊枝吃了，擦擦手，仍坐下與那些丫鬟頑笑，只不見華公子出來。看看已到未正，珊枝道：「這怎麼好，到底出來不出來？叫人家等著。愛姐姐請你去說一聲，說魏師爺還在留青舍等著呢。」愛珠道：「我不會回，要回你自去回。」珊枝道：「好姐姐，我若進得去還求你？」又遲延了一回，愛珠故意刁難，倒是荷珠做好人進去了。半個時辰，始聽腳步響，是公子出來。

原來華公子與華夫人說得高興，忽然疲倦，就在他夫人床上躺了一回，卻誰敢去驚動他，直到醒時已是未末。適見荷珠來問，華公子想起早上之約，已經遲了，只好吃晚飯的了，便就從側邊一個角門走出去，卻只與留青舍隔一個院子。

珊枝疾忙先去照應了，聘才連忙走出到窗前，華公子已到，聘才便請了一個安。華公子一手拉住，說道：「本約足下早上過來談談，不料我昨日多吃了酒，今日起來又睡著了，倒叫你久待，可曾用過早飯麼？」聘才只得說吃過了。倒是珊枝見聘才餓了半日，心中不忍，說道：「師爺從巳初進來到此刻，只怕還沒有吃早飯呢！」華公子便說珊枝，道：「你們所管何事，連飯都不會招呼的？」珊枝道：「奴才也是巳初進來，在裡頭等的。」華公子便吩咐快備點心來，珊枝飛跑去了。不一回，就是八樣精致點心，擺了一炕桌。華公子就讓聘才吃了，即把昨日十旦出場，又將琴、寶合唱尋夢，與聘才說了。又道：「我倒費了多少心，買得八個，湊成一班，只想可以壓倒外邊，誰曉得倒被外邊壓倒了。你可曾見過他們的戲麼？」聘才聽此口風，便迎合上來，說道：「見過的。公子若要壓倒外邊，這也不難，好花不在多，就揀頂好的買幾個進來，就可以了。」心上又想道：他倒中意琴言這東西，殊不知他心上只想著梅庾香，未必想到你。又想道：這琴言或者倒是勢利的心腸，所以看不起我。若到這府裡，自然會改變的；無論其改變不改變，既進了府，此生就不要想見庾香的面了。再又想道：琴言這等古怪脾氣，此刻華公子是不知道，若長久了，是必定厭惡的。讓我弄他進來，叫他受兩年苦，方可以出我之氣。主意定了，便又說道：「公子何不就將寶珠、琴言買了進來？配上府裡這八個，也成十個了，不是就比外邊的班子好麼？」華公子道：「我聞得這兩個都是度香所愛，不好去奪他。」聘才道：「度香所愛的是寶珠，琴言不是真喜歡的。公子若當真喜歡他，晚生倒認識，而且常照顧他。他的師傅叫長慶，最愛的是錢，聽得公子要，必十分巴結，送上門來的。」華公子倒躊躇不定，心上總礙著徐子雲，又因琴言進來也只得九人，寶珠是斷乎不能買的，因此猶豫。聘才再三解說，竭力慫恿，才把華公子說動了，便道：「你明日且先去看看，可行則行，如他們不願，也就罷了。就買進來，也是落人之後，已輸度香一著了。」這是華公子的好勝脾氣，似乎怕人說他剿襲度香之意。於是即與聘才同吃了晚飯，席間聘才又把琴言情性才藝，講得個錦上添花，又將琪官也保舉了一番，直到定更後才散。

明日早飯後，聘才帶了四兒，坐了大鞍車，即出城找著了葉茂林，茂林就搭了聘才的車到長慶處來。劈面遇見了張仲雨，兩邊停了車，茂林讓過一邊，等聘才出來說話。仲雨問起聘才，聘才把華公子托他之事說了。仲雨道：「怪不得他前天如此高興，總賞了二百多金子，又將自己的玉佩給了琴言、寶珠。」說到此，便湊著聘才耳邊說了好些，葉茂林聽不清楚，只見聘才點頭說道：「我自有道理，進來了還由得他？」又說了幾句別的事，各人分道走了。

到了琴言門口，葉茂林先下來，同了聘才進內。恰好長慶在家，請進坐了。長慶打量了聘才一回，又因是葉茂林同來，便當是不要緊人，淡淡招呼了幾句。茂林道：「這位魏師老爺，是華公府的師老爺，與公子是最相好的，聞你的大名，特來相訪。還有一句話要商量。」長慶聽了，登時滿面添花的趨奉起來，師老爺長，師老爺短，看聘才是個聰明伶俐人，便極意應酬，說道：「華公子待我最有恩的，況且我有兩個徒弟在府裡，公子的恩典真是天高地厚，說不盡的。」吃了杯茶，又說些話，長慶便把煙燈開了出來，請聘才、茂林躺躺。茂林道：「我是不吃的，倒是你陪著魏師老爺躺躺罷，而且說話便當。」聘才道：「我也是初學，不會燒。」長慶便燒了一口上好了，送與聘才，聘才吃了，仍把煙槍遞過來，說道：「我是外行，不回敬了。」聘才便問起琴言近日光景，長慶道：「這孩子卻好，人也聰明。前日在徐二老爺園裡唱戲，就是貴東公子賞了十個金錁子，重十四兩有餘，算起來值七百來吊錢。徐老爺又自己賞了好些東西。公子還把自己的荷包別子也賞了他，這塊玉的顏色是黃而帶紅，我不懂得，請教德古齋的沙回子，他說也值二百吊。你能瞧瞧，不是孩子會巴結，討喜歡，怎得人這麼疼他？」說罷又送了一口來，聘才接了，又道：「今日我就為這件事和你商量。昨日我們東家見了他那齣尋夢，愛得了不得，回去贊了一天。意欲要他進府裡去，不曉得你捨得捨不得？」長慶聽了，想了一想道：「師老爺，不是我不受抬舉，實在孩子怪可憐的。是去年十月才到京，我買了他，一教就會，模樣兒也好，差不多最有名的蕙芳、寶珠，也趕不上他。你能猜：從去年十二月初一日上臺，到如今才七個月，別處不用說，單是徐二老爺就花得不少。」說道此，便伸著手道：「有這許多了。就是我的空子大，隨到隨消。你瞧我一家子大大小小二十餘口，如今就靠著他。不瞞師老爺說，若叫他進府裡去，他是好了，我就苦了。況且才十五歲，到出師還有五年，怕不替我掙個幾萬銀子，你想叫我如何捨得？他不比那個林珊枝，從前他性氣又不好，油餅也吃多了，到常要慪我，我所以把他換了登春班的繡芳。繡芳出師，就得了八千吊，人人知道的。如今這琴言比繡芳又強了幾倍。師老爺，求你對公子說，長慶如今就剩這一個好徒弟，要靠他一輩子過活。其餘幾個小孩子都是不中用的，倒陪錢做衣服。一月內陪了三五天酒，還要生出事來。」

聘才正要回言，葉茂林笑迷迷，拈著鬍子講道：「老慶，事情是好商量的。華公子行事，難道你不知道？人家要巴結進去也難，他來找你，就是你的造化，如中了意，不要說你一輩子，就兩輩子也不難。將來你也可進府，巴結個執事，賞個十幾品的官銜，好不體面，不強如吃這戲飯麼？」聘才道：「喳！葉先生的話講得痛快。你想，見一面就賞這許多金子，若認真要他進去，難道倒苦你不成？總叫你夠過一輩子就是了。橫豎將來總要出師的，早出師自然就多些，遲出師也就少了。況十四五歲的孩子，也拿不穩不變，一二年發身的時候，要變壞也就變了，又將如何呢？你不是白丟了幾千銀子了。我勸你細細想一想，你有什麼話總好商量，斷不叫你受委屈就是了。」

長慶一面聽，一面吃了十幾口煙，坐起來道：「話也說得是，再商量罷。我也要問問他願不願。」聘才笑道：「老慶，明人不講暗話。你那琴言的脾氣我全知道，除了徐老爺，還有那個人喜歡他？他又肯應酬那一個？若再把徐老爺得罪了……」說到此冷笑一聲，又道：「那時你還想靠他一輩子？他只好靠你一輩子了。難道你在家裡，倒不曉得他從前為什麼病？他就為著梅少爺，大家講得來。陪酒時有梅少爺就喜歡，沒有梅少爺就煩惱，一說就哭，人人厭他，你真不知道？不過你不肯講，自然顧著自己徒弟的體面，講出來也不好聽。他若要靠梅少爺發跡，那就要公雞生蛋了。你細細想想，我這話還是好話，還是不好話？」

長慶原嫌琴言性情不好，不過要增身價。如今被聘才說著了真病，也不能辯，便道：「這孩子的性子呢，卻也倔強，你能既知道，你就是盞玻璃燈了。但是一句話，無論他怎樣，我總靠著他。若叫我算不來，事情是不幹的。」葉茂林道：「你盡管放心，這位師老爺，最體量人，辦事最周到的。」便扯了長慶到窗前，低低的說道：「你開個價兒，好等魏師爺回去說。」長慶一想華公子是個出名的冤大頭，要多少就是多少，總然講不出口要一萬銀子，但是五六千總可以要得出來的，便對葉茂林道：「你知道他半年的工夫，就掙了一萬多，你算起五年的賬，叫我也難講，橫豎請華公子斟酌就是了。」葉茂林即說與聘才，聘才搖搖頭道：「這話難講，一個男孩子，要賣上萬銀子，又不是出奇寶貝，據我看來，四五千是可以的。」茂林道：「也就是個數兒，別的相公出師，至多也不過三四千吊錢，核起來已兩倍有餘了。」長慶只是搖頭，半晌說道：「若如此講，這是斷不能遵命的。況且他進來才半年，無論錢多錢少，我心上實在捨不得他，我本是不願叫他出去的。」說著，把手擦起眼睛，裝做哭了。

聘才暗想道：這東西狡猾已極，怎麼開出這個大身價來，叫我怎樣對華公子講。他雖不疑心，旁人必疑我從中作弊了。這個混賬東西，不拿大話壓他，必是講不成的。便裝起怒容，站了起來道：「很好，很好！等你去發大財罷，我倒有心照應你，你倒不懂好歹。不要歇幾天，你自己送上門來，那就一錢不值了。」說罷，即氣忿忿的走出去。

葉茂林目視長慶，長慶見他生氣，便陪著笑道：「師老爺不要動氣，請坐，再商量。」聘才道：「商量什麼？我也沒有這麼大工夫講這些空頭話。葉先生，你坐坐罷，我要走了。」說罷，一徑出來，葉茂林跟在後頭，拉住了聘才，聘才低低的說道：「我在六合館等你。」故意洒脫手，頭也不回，上車去了。

長慶要送也來不及，只得邀了茂林，再進屋子。茂林道：「他一怒去了，你有話可以對我直講。這華公子是得罪不得的，魏師爺進府，一路混說，必要鬧出事來，那時怎麼好呢？」長慶道：「並不是我不知進退，實在我這棵搖錢樹，捨不得他，我也要問問他願不願，歇兩天再給你信。求你先替我說兩句好話，回復他，成不成再說罷。」葉茂林聽得口風不甚鬆動，也只好上車去了。辭了出來，找到了聘才，將長慶的話一字不隱全說了。聘才無可奈何，只得回去叫林珊枝回了，說沒有找著長慶，遲日再去。不知琴言禍福如何，再聽下回分解。

第二十七回　奚正紳大鬧秋水堂　杜琴言避禍華公府

話說聘才從長慶處回來，聽其口風狡猾，似要萬金身價。欲想個法子收拾他，叫他總不安神，自然就進府來。聘才沒有別法，找了張仲雨一次，也沒有見著。打算仍叫趕車的及三小等去鬧，但要耽擱幾天才好，不然恐被他們看出來。華公子是一時高興，況且他的聲色，享用不盡，自然也不專於一人身上。

這回書卻要另敘一人。前回書中是耳聞其事，今日必須親見其人。你道是誰？就是那奚十一。在長蘆鹽務❶裡躲了一月，恰值來了一幫洋船，他家是個洋商，又舊有首尾，便匯了兩萬銀子，又搭湊了五千銀子的洋貨，就重新闊起來。況木桶已壞，事情也就冷了。即便回京，仍舊一味的混鬧。

這奚十一既是個大家子弟，難道就沒有個名氏？他的官名叫做奚正紳，那些人將十一叫慣了。嶺南人的口頭話，「十一」兩字是個「土」字，因又叫他奚老土。此人初進京來，尚有一口廣東話，不甚清楚，此刻漸漸說起官話來了。他卻與兩個人往來，且係相好，一個是張仲雨，一個是潘其觀。張仲雨是慣向熱鬧場中走動，帳局子裡逢迎，看見奚十一這樣浪花浪費，打聽得他家的底子，便已結交得很熟。及奚十一銀子用完，要拉賬的時節，仲雨即向潘三銀號內，替他借了一萬，本是九扣，仲雨又扣了一千上腰❷，

❶ 長蘆鹽務：長蘆在今河北滄縣。清置長蘆鹽運使，其後移駐天津，而仍長蘆之名。

❷ 上腰：中介費。

奚十一實得八千，但要用時，只得依了。如今有了銀子，就先還了這票借項，到京來一無所事，只與仲雨、潘三天天吃酒看戲。這三個人本是一流的，所以愈交愈密。況潘三也是愛坐車的，講到早道上滋味，奚十一便當他是個知心朋友。試將奚、潘二人比較起來，還是潘三好些，雖然生得可厭，但其賦性疲軟，一來膽小，二來老婆利害，三來是個財主，防人訛他，所以心雖極淫，膽卻極小，凡事不敢任性，此還算他的好處。若那奚十一，仗著有財有勢，竟是無法無天，人家起他個混名，叫做「煙熏太歲」，又有許多幫閒助惡的人，自然無所忌憚。且心上存著一個主意：在京耽擱不過一年半載，選到了，就要出京，不鬧個淋漓盡致，也叫人看不起，不像個公子官兒。近來因等選，到先請了一個刑錢朋友，是王通政荐的，每年修金一千二百兩，已請到寓裡同住，且先做起篋片來。你道此人是誰？就是那位坐糞車的姬先生，見奚十一到班不遠，且是個直隸州❸，若得個美缺，一二年就可發財；又知他是個大手筆，不過糊塗公子，官將來怕不是替我做的，便去求孫亮功轉托王文輝，竟是一說就妥。真是物以類聚，又是個愛淘毛廁的，臭味相投。進門住了幾天，看出東家脾氣，便要巴結，已將巴英官送他用了幾回，奚十一心上極為暢快。那巴英官伺候過大老爺，在師爺面前，越發驕縱起來。況又得了幾件新衣，裱糊好了，覺得更加光彩。姬亮軒每到情急求他，竟是勉強應酬，不是那從前服貼光景。閒話休煩。

一日，張仲雨在奚十一寓所吃早飯，賓主三人叫了兩個相公。仲雨是個貪財不貪色的，這些相公面上都是假應酬，不在裡頭講究，而奚、姬兩位，則捨此別無所好，奚十一更是下作，一飯之間也要進去兩次。從前還只一個，如今又添了巴英官，更比春蘭巴結的好。巴英官肌膚雖黑，卻光亮滑澤，得個「油」字訣，

❸ 直隸州：明清行政區域的名稱。省之下有府、州，州又有散州、直隸州之別。散州屬於府，直隸州直屬於布政司。

所以愛的人最多，姬亮軒醉後也曾對人講過。是日飲酒之間，奚十一叫春蘭進去了一回，出來坐了一坐，又叫巴英官進去了。仲雨不知其故，只道有事，便與亮軒講些閒話。這兩個相公，一個是蓉官，一個是春林，皆是奚十一常叫的。蓉官對著春林做眼色，春林笑了一笑。亮軒也做眉做眼的，仲雨偶然看見，卻不曉得什麼，也不便問。蓉官忽問仲雨道：「你能有個相好姓魏的，他初到京時，我就認識他，卻不見得怎樣。前日我在富三爺家見他，體面得了不得，大鞍子熱車，跟班亦騎上馬。他如今做了什麼官了？」仲雨道：「尚未得官，在華公府裡當師爺，發了財，自然就闊了。」亮軒道：「我聽得人說，華公府富貴無比，除了皇帝就算他家，是真的麼？」仲雨笑道：「這也是外頭的議論。若說華府裡，田地甚多，我聽得有四十幾個庄頭，一年論租，就抵得一府分的錢漕，自然也算個極豪富的人家了。」亮軒點點頭：「我們東家也常提起，說華公子是他的世叔，華公爺是我老東家提臺老大人的老師。有這麼一個好世交，我們東家竟不拉攏。小弟是常勸他去走走。東家說，這是從前在軍營保舉的老師，那時華公子還小，說起來也未必知道，所以不肯去。就是現在那位徐中堂，做兩廣總督的，也是老師在軍營同拜的，如今只有二少爺在京裡。我前日在街上看見他，坐著輛飛沿後擋車，有七八匹馬跟著，相貌很體面，我看他將來也要做督撫的。我們東家也是不肯去，不知道什麼脾氣。」仲雨笑道：「徐二爺原是個頂闊的闊人，他與華公子真是一對。前日我為你東家，在他面前求了多少情，出了多少力，他還不曉得，我也沒告訴他。論理，你東家應該重重謝我呢。」亮軒忙問何事，仲雨笑道：「久後便知，此事也不必說了。」

只見奚十一出來，趿著雙細草網涼鞋，穿條三缸青香雲紗褲，披著件野雞葛汗衫，背後巴英官拿著柄黑漆描金兔子扇，笑嘻嘻一輕一重的亂撲出來。亮軒出席相迎，仲雨也照應了。奚十一坐下，仲雨道：

「你今日有什麼事這麼忙?」奚十一笑了笑，方說道：「有點小事都清理了。」便道：「我方才失陪你們，乾幾杯罷。」仲雨道：「喝得多了。」奚十一道：「好話，快再乾兩杯，我們豁幾拳罷。」仲雨道：「也好。」奚十一就與仲雨、亮軒、蓉官、春林豁了十拳，起初還叫得清，後來便叫出怪聲。廣東人豁拳是最難聽的，像叫些殺狗殺鴨的字音。

豁完了拳，講些閒話，仲雨忽然問奚十一道：「如今有個頂好的相公叫琴言，在秋水堂住，他的師傅叫長慶，你曾見過嗎?」奚十一道：「沒曾見，聽是聽得說過，是好的。」仲雨正要話時，蓉官道：「好什麼?只得兩三齣戲。你叫他陪酒，終席不說話；要他斟鍾酒，是沒有的事。」春林道：「好沉架子，到他家去看他，倒是從不會客的。就是從前的王吉慶、李春芳，如今紅字號的袁寶珠、蘇蕙芳，也沒有這麼大架子。要他中意的，才陪著坐一坐；不中意的，簡直的不理，賞他東西謝也不謝一聲，也沒有見他給人請安。」奚十一道：「這麼樣的相公，沒有遇見我；若遇見我時，他要這樣起來，我就罵這婊子養的，他能咬掉我的卵子?」仲雨冷笑道：「別說你這奚老土，就是你那兩位老世叔，是有名的大公子，尚且不能難為他，倒常受他的氣；若教你去，準還不能進他的屋，休要想見他。」亮軒道：「那裡有這話?我不信。豈有東家這樣闊人，還不來巴結，難道他不喜歡銀錢的?」仲雨道：「別人，你拿錢可以熏他；這小東西，錢倒熏不動的。」奚十一道：「豈有此理，你不要盡講海話❹。你看我去，包管他必出來，還待得我好。」蓉官道：「未必。或者出來見一見，就算高情了。要待你好斷不能！我見他待人沒有好過，就是見那幾位大人們，也是冷冷的。倒是他兩個師弟天福、天壽會應酬，相貌又不好，人也不喜歡他。他師傅曹長慶，

❹海話：大話。

也是個古怪脾氣，就是一門只愛錢，錢到了手，又不睬人了。」奚十一聽了這些話，心上著實不信，對仲雨道：「你停一停，同我去看看，到底怎樣？」仲雨道：「別處都去，他那裡我不去，況前日我還罵了他。」眾人吃了飯，又坐了一回，仲雨告辭去了。兩個相公又鬧了好一回方去。

奚十一過了夜，明日早飯後，想起仲雨所說的琴言這麼利害，到底不信，必要去試試。過癮之後，同了姬亮軒，帶了春蘭、巴英官，自己換了件新紗衫子，坐了車，叫春蘭、巴英官同跨了車沿，亮軒另雇一個車，到秋水堂來。

這邊琴言正在悲悲楚楚的時候，前日長慶見聘才生氣走了，雖托葉茂林為他婉言，總不見茂林回信，心上有些狐疑；又想起五月間，有兩個人鬧來，送了四吊錢，陪了多少禮方去，聽得傳說是華公府的車夫；昨日聽得聘才口風利害，似乎必要來的，便十分擔著擔子，進來與琴言商量。琴言自那日從怡園回後，直到今日總是啼哭，自己也不曉得為著什麼，一味的悲苦，倒像有什麼大事的，心中七上八下：一來為華公子賞識了他，將來必叫他進府唱戲，那時府裡多少人，怎生應酬得來；二來每逢熱鬧之場獨獨不見庾香，故此越想越覺傷心，倒不料得聘才即來，說要買他。

長慶進來，見了琴言啼哭，不知為著何事，便安慰他兩句，就說起聘才來說的話、去的光景，要尋事生端，叫你唱不成戲的意思，我不知你心內如何。若進去了，快活倒是快活的，不過是一世奴才，永作華府家人了。琴言聽了，不由得放聲大哭起來。長慶沒了主意，又安慰他。琴言帶哭說道：「師傅，多承你能收了我做徒弟，教養了半年，我心上自然感恩，所以忍耐，又活了兩個月。如今師傅既不要我，我也不到別處去，省得師傅為難。總之我沒有了，師傅也就安穩了。」說了又哭，長慶也連連的嘆氣道：

「不是這麼講，我原捨不得你去，不過與你商量，恐怕逆了他們的意，鬧些是非出來，大家受苦。他如今又不是白要你進去，他許下我幾千銀子。我是算不來的，覺得這個買賣有些折本，所以主意不定。若是進去，在你倒是極好的日子，只是苦了我了。」琴言道：「師傅要銀子也還容易，我在這裡一年，也替師傅掙了好些錢。設使我進去了，也就歇了，難道還能弄些錢出來？就是師傅少錢，也不必生這個念頭，還是不賣我的好，還能夠養得師傅三年兩載。」長慶道：「我主意原和你一樣，就是其中有好些難處。你如今倒別顧我，只要你自己想，自己定了主意才好，也不必哭了。我是有事要出門，偏偏天福、天壽又進戲園去了。你若氣悶，不如去請素蘭來與你頑頑，他今日不下園子，你們是講得來的。」一面說，就走出來了，叫人去請素蘭即便過來。

剛走到裡面，這邊奚十一已到門，春蘭、英官下來，進去問了，回說不在家。奚十一聽了，先有一分怒氣，自己也就下來，剛剛走進了門，姬亮軒尚在門外，只見一人笑嘻嘻的上前說道：「老爺是找那一個的？若是找相公們的，沒有一個在屋裡。」說罷，便迎面站住，也不說個「請」字。奚十一見了就有了三分氣。正要開口，倒是春蘭先說道：「呀！這是奚大老爺，無論相公在家不在家，總請大老爺進去，怎麼門口就擋住了？」那人才退了兩步，說：「請大老爺進屋子裡喝茶。」即開了二門，奚十一同亮軒進內，走過了庭心，上了客廳，卻是三間：東邊隔去了一間，算客房；對面兩間，一邊是門房，一邊空著。

當下兩人就進去房內坐了。英官、春蘭即在外間坐下。那人送了兩鍾茶上來，有些認得春蘭，問了來歷，進去告知長慶。長慶道：「已經回說不在家，也就不必應酬他了。」又想道：這姓奚的，雖聽得他是個冤大頭，但是個沒味的人，多少相公上了他的當，沒處伸冤，琴言是斷乎講不來的。不然叫天福、天壽回來，或者有些甜頭也未可知。一面即打發人到戲園去叫，一面自己穿了衣裳、鞋襪出來，款待奚十一。

且說陸素蘭來，見了琴言，問道：「何事？」只見琴言又是嬌啼滿面，歪倒在炕上。素蘭安慰道：「你又怎麼，你師傅請我來有何話說？」琴言道：「我今番真要死了，不比從前還可挨得下去。」素蘭忙問何事，琴言就把長慶的話述了一遍。素蘭也覺吃驚，發怔了半天，方問道：「你師傅的意思怎樣？」琴言道：「師傅也沒有主意，似乎兩難，只有我死了，便了結了。」素蘭道：「你開口就說死，事情須細細的商量。況現在並沒有鬧事，又沒人逼你，且緩緩的想個法兒。」琴言道：「有什麼法想？你忘了他們有個魏聘才，肯赦我這條命麼？只有一句，倒是瑤卿害了我了。」素蘭道：「怎麼說是瑤卿害你？」琴言又淌了些淚，不言語。素蘭疑心，連聲的問，琴言嘆了口氣，道：「若使大年初六那一天，瑤卿去唱了那齣驚夢，我便不上臺，也就乾乾淨淨，直到如今沒什麼去不開的事。偏要我去當災替死，害得人半年以來，心上沒有一刻快樂。前日招此非災枉禍出來，仍係那齣尋夢斷送了我，偏與瑤卿合唱。他若寫意些❺，我也不經意了。若叫他當場壓下我來，又叫我沒臉，所以我不得不用心，偏又惹出這件事來。豈不是始終是瑤卿害的？」素蘭道：「我看華公子這個人，倒也沒有什麼不好，我也沒有見他糟蹋過人。你若心上沒有牽掛的事，倒可以去混幾年，或者倒有些好處也不可知。就是不能會見庾香的苦了。」琴言道：「就算華公子是個好人，難道魏聘才就不教壞他麼？」素蘭道：「你們若合了式，魏聘才那種東西，非特不能欺你，且要巴結你呢！但我有一句話，你倒不要怪我。譬如我們這班人與人相好，原是要論心的，但也不好太過。譬如度香、庾香兩人，待你的情分是一樣的。不過，庾香專在你身上，不肯移

❺ 寫意些：謙讓些。

情於人，所以你就為這上頭，也就專為他，不肯移動一步，是講究專致的工夫了。但是庚香比不得別人，他年紀小，沒有慣常出來，一切都不甚便當。假使他們太太曉得了，還要教訓他，不准他出來；若訪出你們相好，還要歸怨於你，這是一層。你心上只管有庚香，臉上不要教人看破了，人就要怪你，說人是一樣的待他，他是兩樣的待人，他到底與庚香是那一種交情呢，這是兩層。此刻不怪你者，就是度香照常相待。你常常沖撞他，久而久之，要心冷的。你少了度香，也固然於你無損，你的師傅就不好了。此刻有度香供給他，他自然不叫你再找人。如果度香淡泊起來，他必要在你身上找還他那些錢。你想天下人，還有如度香這麼樣待人麼？那時你受盡了氣苦，只怕比進了華公府還苦呢，這是三層。到那個時候，庚香能救你還好，若依舊束手無策，不過將些眼淚給你，將些疾病報你，你兩人仍是隔開，依然空想。叫你一身在外，如驢兒推磨❻，一心在內，如道士煉丹，你受得受不得？那時只怕真要死了，這是四層。你若進去了，或者仍可出來，也不定的。我聽得華公子最喜成人之美。若打聽你們兩人，有這樣至死不變的交情，倒因此成全作合起來也不可知。即或不然，你歇幾天，也可告個假出來，到我這裡，去請庚香來會一會，倒可無拘束。你心上若當他與奚十一、潘三一流人，我可以替他出結❼：斷不至此！依我這麼想，是進去的為妙。」

這一席話，說得徹底澄清，一絲不障，就是個極糊塗的人，也能明白，豈有夙慧如琴言，尚不能領悟？便也點點頭道：「我並不是料不著這些事，我為著情在此時，事尚在日後，故重情而略事，行吾心

❻ 叫你一身在外二句：比喻不願做的事情還非做不可。

❼ 出結：擔保。

之所安，以待苦樂之自來。如到極處，則捐生以報，成我之情，一無顧忌。」素蘭道：「殺身圖報，難道我輩做不出來？但也要看什麼事。你為庾香捐軀，是為什麼？問你，你自己也就說不出。你死了也不算什麼忠臣烈士、節婦義夫。明白人還說你可憐，是一個情痴，糊塗人便說你是個呆子，甚至於胡猜到另有他故。且庾香到你死後，他不能不看破了。他上有父母，要報答的；自己有功名，要奮勵的；且未娶妻生子，後嗣是要接續的，如何肯能為你捐軀？那時他倒想開了，一痛之後，反倒哈哈一笑，說：『罷了！罷了！鏡花水月，到眼皆空。』只是可惜了你，到陰司，仍是孤孤悽悽，盼不到他，一樣的悲苦，無人可訴，你還能唱陽告❽嗎？再要死時，就難再活了。」說到此處，自己笑起來，琴言也就笑了，叫道：「蘭哥，蘭哥！我真佩服你，你這些見解從何處得來？」

素蘭忽要走動，問道：「後面那小院子，可解手麼？」琴言道：「有毛廁，倒還乾淨。」素蘭就開了房後一扇小門，上了毛房。只聽得叩門之聲，見院子內東基角上有一小後門，叩得亂響，即問道：「是那個？」外面應道：「我是對門王蘭保叫我送西瓜來與琴言的。」琴言聽了，叫人開了門。那人挑著四個西瓜進來，說道：「蘭保說，這瓜好，送給你的。我從著後門進來，省了半里路。」琴言叫人封了二百錢給他，回去道謝，又問蘭保在家，那人道在家，仍往後門去了。素蘭解手畢，琴言即開了一個瓜，兩人吃時，甚是甜美。

正吃得好，忽聽得外面喧嚷之聲，急叫人出去看時，那人去了一回，慌慌張張跑進來，說：「了不得了！那姓奚的鬧得潑反盈天，你師傅被他打倒了。」尚未說完，唬得琴言、素蘭魂不在身。素蘭道：

❽ 陽告：焚香記中一折。

「快關了房門，叫外面拿鎖鎖了。」兩人開了後門，走到王蘭保家去了。

且說長慶出來見了奚十一，請了個安，舉眼看他，相貌魁梧，身材高大，滿臉的煙氣，似有怒容。那一個是個獐頭鼠目，短小身材。又見兩個俊俏跟班：一個認得是春蘭，就請客房坐下。奚十一道：「我姓奚，想來你也知道，不用我說。我聽得你這裡有個琴言，特來會會他，快些叫他出來。」長慶陪笑道：「琴言偏偏不在家，進城去了。」奚十一聽了，皺皺眉說道：「天天不進城，偏今日進城。沒有的話，快叫出來，為什麼要躲著不見人？躲別人也罷了，難道你不打聽打聽，我是躲得過的麼？你不要發昏。」長慶看勢頭不好，像是有意來的，便一面陪笑支吾，一面打算個搪塞他的法子，只得把大帽子且壓他一壓，且看怎樣。便滿面堆著笑道：「不瞞大老爺說，我們班裡近日串了幾齣新戲，前在怡園演了一個月，才上臺。前日華公子即在徐老爺處見了，就把他們叫了進府，唱了兩天了，還要三天才得唱完。琴言的戲又多，華公子又喜歡他。若是別處，就可以叫回來，惟有這個府裡，小的們是不敢去的。大老爺或與公子有交情，倒可以打發管家拿個帖子，去要了出來。如果合老爺的意，就將他留著使喚都使得。小的久聞大老爺的威名，幾次想請駕過來頑頑，恐怕貴人不踏賤地，又因沒有伺候過，所以不敢冒昧。大老爺倒不要疑心，若要躲著不見人，這又圖什麼呢？不要說大老爺，就是中等人，也沒有不出來的。」說到此，便近奚十一身邊，將扇子搧著，又笑嘻嘻的道：「請寬寬衫子，如要炕上躺躺，小的倒有老泥煙。」

奚十一見他如此小心，氣也消了，發作不出來；且聞留他吃煙，正投其所好，便道：「既然真不在家，也就罷了。不是我自己誇口，大概通京城相公，也沒有一個不曉得我的。你若懂竅，過兩天領他來見見我。就是華公子，我們也是世交，你對他說，是我叫他，他也不好意思不放回的。」說罷，便解開了兩個扣子。長慶替他脫了衫子，折好了，交與春蘭，即請他到吃煙去處，亮軒也隨了進去。

奚十一的法寶是隨身帶的，春蘭便從一個口袋中，一樣一樣的拿出來，擺在炕上。長慶陪了，給他燒了幾口，心上又起了壞主意，陪著笑道：「小的還有兩個徒弟：一個叫天福，一個叫天壽，今日先叫他們伺候，遲日再叫琴言到府上來，不知大老爺可肯賞臉？」奚十一既吹動了煙，即懶得起來；又想他如此殷勤，便也點點頭，說：「叫來看看。」長慶著人叫了天福、天壽回來，走進炕邊。奚十一舉目看時：一個是圓臉，一個是尖臉，眉目也還清秀潔白；一樣的湖色羅衫，粉底小靴。請過了安，又見亮軒。長慶叫他們來陪著燒煙，自己抽空走了。天福就在奚十一對面躺下，天壽坐在炕沿上。亮軒拖張凳小子近著炕邊，看他們吃煙，春蘭、巴英官在房門口帘子邊望著。只見天壽爬在奚十一身上，看他手上的翡翠鐲子，天福也斜著身子，隔著燈盤拉了奚十一的手，兩人同看。亮軒也來炕上躺了，兩個相公就在炕沿輪流燒煙。天福挨了奚十一，天壽靠了姬亮軒，兩邊唧唧噥噥的講話。亮軒不顧天熱，就把天壽摟在懷裡，門口巴英官見了咳嗽一聲，「托」的一口痰，吐進房內。亮軒見了，拿扇子搧了兩搧，說道：「好熱。」奚十一把一條腿壓在天福身上，一口煙，一人半口的吹。

春蘭、巴英官看不入眼，便走出去，各處閒逛。走到裡面，看見些堂客們，知係長慶的家眷。又見東邊一個小門半掩著，二人便推開進去，見靜悄悄的，有株大梅樹。上面三間屋子，東邊的窗心糊的綠紗，裡面下了卷帘。二人一步步的走到窗前，從窗縫裡張時，見床上坐著兩個絕色的相公：一個坐著不言語，一個低低說話，春蘭卻都認得。只見素蘭忽然回頭，看見窗縫裡有個影子，便問：「是誰？」那兩人「噗哧」的一笑，跑了出來。素蘭要出來看時，琴言道：「看他做什麼，自然是福、壽這兩個頑皮了。」素蘭終不放心，也因前日嚇怕了，叫人關上門，別叫人進來。春蘭對巴英官道：「他們說琴官不在家，在床上坐的不是嗎？」巴英官道：「那個呢？」春蘭道：「是素蘭。待我們與老爺說了，好不依他。」

於是二人又到房門口，見他們還擠在一處，聽得奚十一道：「琴言到底幾時回來？」天福正要回言，春蘭即說道：「他們哄老爺的，琴言現在裡頭，同著素蘭坐在床上說話，還說在城裡唱戲呢？」奚十一聽了，心如火發，便跳起身就走出來，天福、天壽兩邊拉住，奚十一摔手，兩個都跌倒了，問春蘭道：「你見琴言在那裡？」春蘭道：「在後面，有個小門進去。」奚十一十分大怒，不管好歹，直闖進去。長慶業已聽見，忙忙的從內迎將出來，劈面撞著，即陪笑問道：「大老爺要往那去？裡面都是內眷住的。」奚十一嚷道：「我不看你的婆娘。」說了又要走，長慶已知漏了風，琴言守門的人已經看見，便進內報信去了。這邊長慶如何擋得住？被奚十一一扠，踉踉蹌蹌跌倒了。

奚十一走進院子，只見下了窗子，就戳破窗心，望了一望，不見其人，便轉到中間，見房門鎖著，便要鑰匙開門。長慶趕來說道：「這是我的親戚姓伍的住的，鑰匙他帶出去了，房裡也沒有什麼看頭。」奚十一欲要打進去，又似躊躇，春蘭道：「小的親眼看見，還有英官同見的，如今必躲在床底下了。」長慶道：「青天白日，你見了鬼了。」春蘭道：「我倒沒有見鬼，你盡說鬼話。」奚十一怒氣沖天，忍耐不住，兩三腳踢開了門進去，團團一看，春蘭把帳子揭起，床下也看了，只不見人。奚十一見房後有重小門開著，走去一望，院子裡有個後門虛掩著，就知從這門出去了，便氣得不可開交，先把琴言床帳扯下，順手將桌子一翻，零星物件，打得滿地。長慶見了，心中甚怒，又不敢發作，想要分辯兩句，不防奚十一一把揪住，連刷了五個嘴巴。長慶氣極，欲要動手，自己力不能敵，紅著半邊臉，高聲說道：「我的祖太爺，你放手咱們外面講。你受了誰的賺，憑空來吵鬧？我雖吃了戲飯，也沒有見無緣無故的打上門來，我們到街上去講理。」奚十一也不答話，抓住了長慶，走到外面，把他又摔了一跤。姬亮軒忙上前，作好作歹，連忙勸開，長慶家裡人也來勸住。奚十一坐了，長慶爬起來，氣得目瞪口呆，只是發喘。亮軒見此光景，忙把衫子與奚十一穿上，死命勸了出去。奚十一一面走，一面罵道：「今日被你們躲過了，明日再來搜你這龜窩，叫我搜著了，就打爛你這娘賣屄的。你就拿他藏在你婆娘海裡，我也會掏出來。」亮軒竭力的勸，方把奚十一拉出了門，上了車，還罵了幾聲，亮軒也上了車隨去，那天福、天壽不知躲到那裡去了。

長慶受了這一場打罵，不敢哼一聲，關上門，即叫人到蘭保處找回琴言，素蘭連蘭保也送了過來。大家說起這奚十一一味凶蠻，真是可怕，只怕其中又有人調唆出來，日後還不肯干休。一個魏聘才寃仇未解，又添出個奚十一來，如何是好？說得長慶更無主意，越發害怕，琴言只是哭泣。蘭保道：「我有一個好主意，只勸得玉儂依了，倒是妥當的。你們明天就送他到華公府，他府裡要賞你身價，你萬不可要，只說恐孩子不懂規矩，有伺候不到之處，叫他權且進來，伺候兩月看看，好不好再說。譬如有事，你原可以去請個假，叫他出來幾天。華公子見他不能出來唱戲，自然必有賞賜，那時你就有財有勢，閒人也不敢上門了。進去後，即或不合使喚，仍舊打發出來，可不原是一樣？你若先要身價，且爭多嫌少惱了他，也是不好的；進去了，死死活活都是他府裡的人了。」

話未說完，素蘭先就拍手叫妙，又道：「好主意，曹老板你聽不聽？」蘭保這一席話，說得個個豁然開朗，就是琴言見了今日的光景，也無可奈何，只得依了。長慶心服口服，自不必說，是晚即移到素蘭家裡。明日奚十一果然又來，各處搜尋不見，猶惡狠狠的而去。未知後事如何，且聽下回分解。

第二十八回　生離別隱語寄牽牛　昧天良貪心學扁馬

話說長慶被打之後甚是著急，只得仍去央求葉茂林，同到華公府聘才書房負荊請罪，情願先送進來，分文不要。聘才見他小心陪禮，且說一錢不要，便甚得意，只道他一怒之後，使他愧悔送上門來，應了前日所說的話，便找了珊枝，請公子出來說了。華公子道：「為何不要身價呢？」聘才說：「他的意思恐怕孩子不懂規矩，二來如有錯處，公子厭了，他仍可以領了出去，所以他不敢領價。」公子點了點頭，道：「這也使得，明日進來就是了。但既進了我的府，無論領價不領價，外面是不准陪酒唱戲的。」聘才道：「這個自然，長慶能有幾個腦袋，敢作這種事？」華公子又吩咐珊枝：「你對帳房說：每月給長慶二百銀子，叫他按月到府支領。」珊枝答應了，即同聘才出來，見了長慶，一一說明，聘才又作了許多情。長慶喜出望外，叩謝聘才而去，回來與琴言講了。琴言到此光景，自知不能不避。但今日之禍起蕭牆❶，子玉全然不知，明日進了華府，未卜何日相見，意欲就去別他一別，猶恐見面彼此傷心，耳目又多，諸多未便；欲寫信與他，方寸已亂，萬語千言，無從下筆，只好諄托素蘭轉致。便又想了一會，即將自己常常拭淚的那方羅帕，揀了四味藥另包了，將帕子包好，外面再將紙封了，交與素蘭，托他見了子玉面交。

❶ 禍起蕭牆：喻內部潛在的禍害。

至明日，長慶即把琴言送到華府，公子又細細的打量了一回，心中甚喜，即撥在留青舍伺候。又領他到華夫人處叩見，華夫人見他弱質婷婷，毫無優伶習氣，也說了個「好」字，華公子是更不必說。琴言心上總是惦記子玉，也只好暗中洒淚，背地長吁。過了幾天，見華公子脾氣是正正經經的，沒有什麼歪纏之處，便也略覺放心。惟見了魏聘才，只是息夫人不言的光景，聘才也無可奈何，就要用計收拾他，此時也斷乎不能。且說琴言臨行之際，所留之物托素蘭面交子玉。素蘭打算過幾日，請子玉過來，與他面談衷曲。

卻說子玉自五月內與琴言一敘之後，直至今日，並非沒有訪過琴言，但其中有多少錯誤。這一日天氣涼爽，早飯後到素蘭處，先叫雲兒問了在家，素蘭聞知甚喜，忙出迎進。只見房內走出兩人來，子玉看時，認得一個是王蘭保，一個是琪官，因多時不見他，即看了他一看。見他杏臉搓酥，柳眉聳翠，光彩奕奕，裊娜婷婷，年紀與素蘭彷彿，身量略小些，上前見了。子玉道：「今日實不料香畹處尚有佳客。」蘭保道：「這就是你的小姨子，你們會過親沒有？」子玉道：「這是什麼話？那裡有這個稱呼？」素蘭道：「這個稱呼倒也通。」琪官也不好意思，便道：「靜芳不要取笑。」蘭保道：「這倒也不算取笑，你是玉儂的師弟，可不是他的小姨嗎？」子玉笑道：「豈有此理。」說著，遂各坐下。見桌上杯盤狼籍，似吃飯的光景，素蘭叫人收拾了，便親送一碗茶來，問道：「你今日之來甚奇，想必已經知道了。」子玉聽了，又是不解，問道：「什麼事已經知道？我卻實在是不知道。」蘭保看著子玉道：「你倒不曉得？已隔了五六天了，就算你不出來，難道也沒有人對你去說的麼？」子玉更覺納悶，卻思不到琴言身上來，說道：「我實在不曉得你們說的是什麼，我是不出大門的，這兩天又沒人到我那裡，如何曉得外面的事？」

琪官笑了一笑。素蘭道：「你真不知道，我只得告訴你，你且坐穩了。靜芳、玉艷，你兩個扶住了他，待我再說。」子玉道：「香畹一向直爽，今日何故作這些態度？想來也沒有什麼奇事，故作驚人之語耳。」素蘭又把子玉看了又看，惹得蘭保、琪官皆笑。子玉看他們光景，著實心疑，便道：「香畹，你且說來。」素蘭又怔了一怔，道：「說倒有些難說，有件東西給你一看就知道了。」

子玉此時直不知什麼事情，只見素蘭從小拜匣內拿出一個紙包來，像封信是的，簽子上頭又沒有字，包又是方的，接到手內輕飄飄，拿手捏捏，覺鬆鬆的似乎有物。便即撕去封皮，見是一塊白羅，像是帕子，心上益發疑心，即一抖，掉出四個小紙包來。蘭保等亦都走過來看。子玉拆開紙包，攤放桌上，卻是四味藥，又不認得。素蘭便問道：「這是什麼藥？」子玉道：「我不認得。我且問你：給我看是什麼意思？怎麼你又不知道呢？」

此時那三人都不言語，只管瞧著那幾包藥，子玉看他們也似不明不白的，心上便越發狐疑，便問素蘭道：「這包東西到底是誰的？你們講得這樣稀奇。」素蘭道：「不是我與你要這包東西，是你眠思夢想的那個人，臨別時留下，囑付我寄與你的，我當是有什麼要緊的東西，不曉得他就將天天所吃的藥包了些。這帕子他想你必認得，叫你睹物懷人的意思。」子玉一聽，心中老大一跳，一面看了看這羅帕，一面想道：聽他如此說來，難道玉儂有什麼緣故，像是不吉的話。如此一想，更覺一股悲酸從心裡走到泥丸宮❷，復轉將下來，竟透出眼鼻之間，已是涕泗汍瀾，忍耐不住，便索索落落的流下淚來。三人看了，也一齊嘆息。子玉見此光景，更不敢再問，倒像已經明白一樣，就把帕子拭了一拭，想道：這藥想

❷ 泥丸宮：人頭。

必臨終的時候吃的了，故寄與我看。便覺萬箭攢心，手足無措，只得站起來到外間坐下，想要大哭幾聲，但在素蘭這裡究竟不便，只掩泣發怔。素蘭見此光景，倒悔自己孟浪，又想方才的話說得竟像玉儂死了，所以觸起他傷心，即忙出來，對子玉講道：「你且不必著急，還等我說，玉儂沒有怎樣，請進屋內坐下，候我細說。」子玉聽了，便著急道：「香畹，你有話就直說，別這麼半吞半吐的唬人，到底玉儂怎樣？」便又走到裡間來，蘭保、琪官看著他，也有些淒楚。素蘭道：「你細聽著這五月內的事情。」便一五一十的將魏聘才怎樣的來說，奚十一怎樣來鬧，他與蘭保怎樣的勸，怎樣的出主意，又怎樣的躲避奚十一，又怎樣的送進華府，臨行時怎樣哭泣囑付，又將不受身價並可告假出來的話，細細的述了一遍，又安慰了幾句。

子玉聽了，知琴言尚在人間，心便放了一分，停了一停，道：「玉儂此去，也就如出塵離世的一樣。」便又滾下淚來，出了一回神，重把那幾味藥看了又看，只認得一樣是芍藥，其餘皆不認識，因對素蘭道：「玉儂寄這幾味藥，必有深意，但不知是什麼藥，你可叫人拿到藥鋪問明，叫他就寫在包上。」素蘭道：「說的是。」就要叫人。琪官道：「不用，跟我的人就認得，他在藥鋪裡當過伙計。」琪官即叫那人進來，把這四味藥給他認，那人看了，便說道：「這味是牽牛，這是獨活，這是芍藥，這是防己。」琪官拿起筆來寫了，卻想不出意思。素蘭道：「他離開了你，便是獨活了，我懂得這一味。」蘭保道：「防己是防自己的身子，好叫你放心。那兩樣實在想不出來。」子玉含著眼淚道：「玉儂的心事全見於此：這芍藥一名將離，言進了華府是已經離的了；既離了，自然是獨活了；獨活在華府中，難道浮沉俯仰與眾人一樣？自然自己必定小心謹慎，刻刻預防，守身如玉。這牽牛沒有別的解法，必定是七月七日回來，約我來一見，是織女牽牛相見之期了。」素蘭道：「是極，妙極，你猜的一點不錯，正是這個意思。玉儂的心思，與人不同，他若寫封信與你，猶恐被人看見；且萬古千愁，也難下筆，倒不如這個意思好。若到七夕，你是必到我這裡來歇一天。我們進去，還要把你今日的情形，講給他聽，也不枉了你這一片苦心。」說說講講，三人殷殷勤勤的安慰，子玉也只好忍耐住了。琪官是與子玉初次盤桓，因見子玉的丰標，十分羨仰，怪不得玉儂心上只有他一人；又看他如此情重，正如新婦須配參軍，只可惜緣分淺薄，會少離多，始信蒼天之磨折人也。又對子玉，把從前魏聘才同船，一路在舟中下作的模樣講了好些。忽又想起奚十一來，復咬牙切齒的罵幾句。素蘭讓子玉吃飯，子玉心緒不佳，便要早回，辭了一徑回去，車上便覺四肢不舒起來。

到了家中，見過顏夫人，便到書房躺下，自言自語，忽嘆忽泣，如中酒一般。次日即大病起來，心神顛倒，語言無次，一日之內，哭泣數次。初時見有人尚能忍住，後來漸漸的忍不住。見了他萱堂，也自兩淚交流，神昏色沮的模樣。顏夫人當他著了邪病，延醫調治，甚至求簽問卜，許願祈神，一連十日，不見一毫效驗。一日之內有時昏憒，有時清楚，昏憒時糊糊塗塗，不聞不見的光景；清楚時與好人一樣。睡夢中囈語喃喃，有時叫玉儂，有時喚香畹，有時大罵奚十一、魏聘才諸人。

顏夫人十分著急，顏仲清、王恂三天兩日常來看視，心中雖是明白，卻也無法可治。二人商量，又不好對顏夫人講，只好婉言解慰而已。顏夫人每聽子玉睡夢之中，必呼「玉儂」二字，心上便疑心子玉在外有什麼勾當，便當玉儂是個女人，心有說不出的隱情。因又想子玉不常出門，出門必有雲兒隨去，一日，便喚雲兒來細細追問，說：「你跟少爺出去，到底在些什麼地方？那玉儂是誰？還是娼妓呢，還是什麼樣的人？」雲兒起初不招，只說：「少爺出門，無非是怡園，及王少爺、史少爺幾處，並沒有見個女人。小的如撒了謊，今天就活不過。」顏夫人想道：好好問他，他必不肯認。遂命家人拿了板子，吩咐著實與我打著問他。雲兒見要打，只得跪下磕頭，說：「實在是有個小旦，名字叫作琴言，少爺常去找他，見了面，兩人也是哭的時候多，笑的時候少。就是五月裡，有一天說是到怡園徐老爺處，也是假的，就同了那個小旦，還有一個也是小旦，在東門外運河裡游了半天，也是哭了半天。小的在船頭上，別樣話是聽不見的。前日少爺到了那個小旦家裡，那個小旦說起琴言進了什麼華公府裡去了，又把那個小旦給少爺留了一個紙包，小的卻不知道是什麼東西，少爺就在那裡哭起來。他們勸住了，回來就是這個樣子。小的沒有一句謊話。至於別樣的事，少爺是一點沒有的。」

顏夫人聽了，十分有氣，便罵雲兒道：「你就該結結實實的打，為什麼不早告訴我，直到要打才講？若不看你還說實話，今日就活活打死。」喝退雲兒，心中便恨起這個兒子來，年紀輕輕的，就如此荒唐。若說為了一個小旦，何至於就害如此大病。越想越氣，欲要教訓他一番，又看他病到如此，且自己也四十歲之外的人，止此一子，今病到如此，即教訓也是無益。萬一因這一番教訓，再添了病，更難治了，莫若待他好了再說。左思右想，便請進李元茂來，問其底細。李元茂道：「小門生沒同出去過，琴言不琴言，我也不得而知。我去年聽見魏老聘常常贊那琴言，世叔就有些留心。到今年正月初六會館團拜那一天，世叔看了琴言的戲回來，又聽得他們說好，以後的事，小門生實是沒有見聞，要問魏老聘才曉得他們的細底。」

顏夫人便叫門上許順，到華府請魏少爺過來有事相商。聘才卻不曉得是這件事，近來與子玉頗覺疏遠，竟有一個多月不來。今聞顏夫人相請，道是有些好事與他商量。隔了一日，便服御輝煌的出城，到了梅宅，見過了顏夫人。見顏夫人臉上似有憂悶的光景，聘才先問了江西的近況，可有家信回來，又問起子玉，並說場期將近，今年一定高中的這些套話。講了一回，顏夫人道：「子玉得了一個異樣的病症。」便把病的光景說與聘才聽，又將雲兒、元茂的話也說了，便說：「小兒與這琴言到底有什麼緣故？」聘才聽了，便覺得有些踧踖不安，良心發動，臉上露出愧色。停了一會，說道：「去年小侄進京，是搭了一班戲子的船，內中有個小旦叫琴言。今年團拜這一天，卻好見著他的戲。後來世兄不知怎樣認識的，聽說在怡園打燈謎時認識的，又贈了一張琴。小侄是個粗人，搭不上這一般的文人。其中怎樣熟識，怎樣交情，小侄卻不曉得。世兄常往來的那一班公子，伯母也都知道，其中的深情，他們必知，伯母何不問問他們。」顏夫人道：「此時那個琴言呢？」聘才道：「琴言前在怡園學了什麼新戲，為華公子賞識了。」說到此處，又半站起來說：「小侄受老伯與老伯母的厚恩，實在感激不盡，知道世兄是為這個小旦害成了這一場大病，荒廢詩書，糟蹋身子，所以倒設法慫恿華公子買他。不料事有湊巧，有個姓奚的，為琴言在那裡鬧起來，要收拾他們。琴言的師傅害怕，不得主意，小侄因又勸他，於前幾日已把琴言送進華公府了。琴言既進了華府，一時是不能出來的。小侄心中倒覺喜歡，從此世兄倒可以杜絕了這片心，可以作些正經事，不然也為這個小旦所累了。」

顏夫人聽了，便怒上心來，頗恨子玉不成人，弄這些笑話出來，心上反感激聘才，先與聘才道了謝。又說道：「你兄弟如今病到這樣，看來必是為這個小旦。睡夢中胡言亂語，忽哭忽笑，口口聲聲只叫玉儂，自然是為那個小旦進了華府的原故。你兄弟雖沒出息，但我跟前就是他一個，設或有些長短，他父親回來，叫我何顏相對？世兄，你是明白能辦事，怎麼想個方法將他醫好才好。」聘才搖搖頭道：「此事甚難，從來說心病還須心藥醫。小侄是知道府上規矩的，難道伯父大人肯許他出去閙嗎？」顏夫人道：「不是這麼說，我豈肯縱容他出去閙小旦，就算我溺愛，也斷不至此。我聽雲兒說他與小旦見面也只是哭，小孩子不知什麼意思，諒來沒有別的緣故，或是他們有些緣分也未可知。我想如今他眠思夢想的，總為著那個小旦。你既在華府裡，你可想個法子，叫那小旦出來安慰安慰他，或者就好的快了。」顏夫人說到此，便已滴下淚來。聘才皺著眉，也嘆了一口氣道：「偏偏遇著這個人又是不順人情的，況是二百銀子一個月的工食，如何能叫的出來？」顏夫人問道：「怎麼就要二百銀子一個月？這個人想來是個活寶了。既然這麼要錢，你兄弟是沒有錢的，怎麼又認識他呢？」聘才道：「琴言原不要錢，他師傅是非錢不行。小侄方才細想了，斷無法子弄他來，必要和他師傅商量了，事方可行。他師傅又不肯講白話的。」顏夫人道：「他師傅是怎樣的？」聘才道：「難說話的很。在錢眼裡過日子，要和他商量，除非多許他錢，尚不知他肯不肯。他怕得罪了那邊，一年得不了這兩千四百頭就難了。我看這個東西要和他講白話，是斷斷不能的。」

顏夫人聽了這話，似乎要花些錢，便道：「只要把他叫得來，就給他錢也不要緊，但不知要用多少？」聘才道：「小侄再去見他講講看，總之小侄再沒有不盡心的，先請伯母大人寬心。」說著，起身告辭。顏夫人又含淚道：「多費世兄的心，此刻我也不說什麼了。既然如此，請你今日就去，如來得及，今日就賜一回信更好。」聘才答應了，即便告辭出來，看了看子玉。子玉見了聘才，雖在病中，卻未忘前事，便合眼裝睡，沒有理他。

聘才與元茂略談幾句，即便出來，一徑回華府，到自己房中坐下，細細的想了一回，沒有主意。即來找珊枝，把方才顏夫人托他話，都說與珊枝，又加上些話。又說：「我與這個兄弟是三代世交，且我這梅老伯母止他一子，人極聰明，相貌生得也極齊整，你只當行好事，怎麼成全成全他。倘能醫好了這個病，我也感激你不盡。」珊枝道：「我有什麼法子？只好稟明了公子，說你說的，叫他去看一看就是了。」聘才連忙搖手，道：「使不得，公子的脾氣，咱們還不知道？如此說非但不肯，大家也不好看，須得另想個法子。」珊枝道：「你有法子你就行，我是不管這些事的。」聘才聽了此話，便深深的一揖，道：「好老三，好兄弟，你若成全了這件事，我叫我那兄弟送你兩匹新花樣的好庫紗❸。」珊枝被聘才再三求不過，躊躇了好一會，又觸起自己的心事來，便說道：「明日叫他去就是了。若問起來，我自有話說，不說你就是了。」

聘才聽罷，笑逐顏開，深深的一揖，道了謝。因看天色尚早，即坐車出來，見了顏夫人，故作許多為難的光景，說：「他師傅依是依了，但是要給他二百銀子，他才肯去叫他出來；他又說怕一叫出來，那府裡不要了也未可知。若不能進府時，那就不好說話。只怕他就要照樣要起二千四百銀來。據小侄看來，此人實在刁滑可惡。把他痛痛說了一頓，他才有些害怕，說：『後來進去不進去，不關事，但此刻之二百兩是不能少的。不然，我擔了這個不是，一個錢不到手，又何苦作這險事。』」顏夫人聽了，心痛兒子，只得依他，便道：「明日就叫他來，就依他給他二百兩銀子就是了，以後的事情只好再說。」聘才見入其算中，甚為歡喜。告辭出來，到了綢緞鋪，拿了兩匹好紗，次日送與珊枝。

❸ 庫紗：舊時最優良的絹，為清代貢品。因入戶部庫藏，故名。

你道珊枝是什麼意思，敢作主意叫他出來？原來琴言剛進來半月光景，連華夫人都疼他，時常賞他東西。又常說：「這孩子老實，不像個唱戲的。」因此珊枝便動了酸意。想道：我進來了三年多，也算第一分的人，他才進來幾天，就這麼樣；腦袋又好，將來不要把我壓下去。如此一想，便要設法擠他。今聽聘才的一番話，正好立主意，因此就應許他，便到了留青舍與琴言說知。琴言一聽就是眼淚汪汪的，說道：「怎麼庾香就病到如此？林哥，你真能叫我出去，他家果真要我去看他嗎？」珊枝道：「我無緣無故的哄你作什麼？你只管放心，半天之內公子也不下來。即使叫你，我與你說，告假回去看師傅的病去就來的。公子若不說什麼，很好；要是說什麼，我自會答應。可有一層，你去只管去，可要早些回來。再者，你今既去，千萬把他的病治好了，再去第二回，可就難了。」琴言紅了臉不言語，心中卻也甚感激珊枝：我進來了倒全仗他照應，且能叫我去看庾香，以後倒不要忘了此人。珊枝走後，琴言想來想去，就把聘才的仇恨也就淡了，說這件事也虧他。

是日無話，好容易盼到天明，恰好又天從人願，華公子身子不爽快，在夫人房裡不出來。琴言便更放了心，忙忙的吃了飯，來找珊枝，說：「怎樣出去？我是不認得路徑。」珊枝道：「你同魏師爺出去，他們就不好問什麼；就使他們有話，也傳不到裡頭去。」琴言只得折口氣來找聘才，聘才見了心中甚喜，臉上卻裝了冷冷的，說：「你去只管去，要謹慎些；將來鬧穿了，可別說我同你去的。」琴言答應了，即同聘才一重一重的出去，把門的有認得的，也有不認得的，見了聘才同著，卻不敢問。

出了大門，即叫琴言坐在車裡，放下車帘，自己跨沿，四兒坐在車尾，不多一刻，即到了梅宅。聘才也不候通報，同了琴言一直到了書房。許順見了甚為詫異，卻又不好攔阻，也跟了進來。顏夫人正在盼望，見許順進來，似欲回什麼話似的。顏夫人問：「有什麼事？」許順說：「魏大爺同了一個人，到像個唱戲的似的，小的不敢不回。」顏夫人道：「我知道，快請進來。」許順去請，只見聘才同著一個十五六歲的孩子進來，不看也不覺得，細細一看，把顏夫人吃了一驚，倒像是那裡見過似的，忽然想起很像他未過門的媳婦瓊姑模樣。心中暗暗稱奇，說：「我常時聽戲，見過無數的小旦，不過上了裝像女人模樣，下臺時卻沒有細看過。今見這琴言玉骨冰肌，華光麗質，其尊貴的氣象，若梳了頭便是個千金小姐的身分。就是這本來面目，也像個宦家子弟，俊雅書生，恰與自己兒子生得大同小異。」本來原有怒氣，想說他幾句，及至如今見了，不覺生出笑容來。

琴言一進門時，原為子玉病重，出於情所難忍，故不顧吉凶禍福，也拚著顏夫人罵了幾句；而且聘才在車上，一路上說了些利害話，心虛膽怯，只得戰戰兢兢上前，見夫人磕了一個頭起來，低頭傍立。顏夫人叫近前來，又打量了一回，即請聘才坐下。顏夫人道：「你是那裡人？去年幾時到京？怎麼認識我們少爺？又怎麼樣相好？你實對我說，我不難為你。」琴言見夫人顏色和霽，便略略放心，眼含雙淚，講了兩句，卻含含糊糊。夫人知他害怕，便安慰他道：「你不用害怕。這是我兒子不好，他來找你，不是你找他的。你只管放心，我決不難為你，你卻不可支吾，快些直說。」琴言停一停，只得說道：「小的是蘇州人，去年冬天到京，在聯錦班。因為父母雙亡，族中的叔母將我賣出來的。今年正月初六日，小的到怡在姑蘇會館唱戲，是頭一回見少爺。不知是怎麼緣故，倒像從前認識的一樣。到元宵那一日，小的到怡園徐老爺家看燈，看他們制些燈謎，內中小的最愛那『落花人獨立，微雨燕雙飛』那個燈謎，徐二老爺就把一張瑤琴作了這個燈謎的彩頭，說有人猜著了，我就請他來與你相見。這日剛剛是少爺猜著。過了兩天就請了少爺來喝酒，叫小的來伺候。自從那一天才認識。第二次是素蘭邀游運河，陪了半天。就這兩回，這是句句實話。夫人不信，只管問魏師爺；且少爺出門，夫人是曉得的。」話未說完，便止不住流下淚來。聘才道：「這都是實話，真真沒有見過三面。」顏夫人聽了，心中不解，所以又看琴言神氣，實在可憐，心中想道：怎麼半年光景，就見過兩面？便問道：「你的話自然句句是真的，但是少爺現在，心心念念就是惦記你，你自己想必明白。」琴言道：「夫人這樣恩典，小的敢不實說？實在也奇，非特我像從前見過少爺；就是少爺見了我，也說是好像從前認識的，就覺見面時，也是一家人似的，彼此也說不出緣故來。」顏夫人笑道：「聽你這一番話，卻真也奇，我實在想不出來。但如今少爺因為你進了華府病到這個樣兒，我所以叫你來，你怎麼寬慰寬慰他，能夠叫他好了，我不但不怪你，還要賞你呢。」琴言聽了更覺酸楚，只不敢哭，惟嗚嗚咽咽的說了一句，卻不分明。顏夫人見此光景，倒反可憐，就請聘才同琴言到子玉房中來，自己與聘才在外間坐著，看他們所說何話，怎樣情景。那許順也直站到此刻，方才聽明少爺的病源，也跟到臥房中細聽。不知琴言怎樣醫好子玉之病，且聽下回分解。

第二十九回　缺月重圓真情獨笑　群珠緊守離恨誰憐

卻說琴言到梅宅之時，心中十分害怕，滿擬此番必有一場淩辱。及至見過顏夫人之後，不但不加呵叱，倒有憐恤之意，又命他去安慰子玉，卻也意想不到。心中一喜一悲，但不知子玉是怎樣光景，將何以慰之，只得遵了顏夫人的命，老著臉，走到子玉臥房來。見帘幃不卷，几案生塵，藥鼎煙濃，香爐灰燼，一張小小的楠木床，垂下白輕綃帳。雲兒先把帳子掀開，叫聲：「少爺！琴言來看你了。」子玉正在半睡，叫了兩聲，似應似不應的。琴言便走近床邊，就坐在床沿之上，舉目細細看時，只見子玉面色黃瘦，憔悴了許多。琴言湊近枕邊，低低的叫了一聲，不覺淚如泉湧，滴了子玉一臉。只見子玉忽然的呵呵一笑，道：「『七月七日長生殿，夜半無人私語時❶』，正是此刻時候。」便又接連笑了兩聲。琴言知他是囈語，心中十分難受，在他身上拍了兩下，因想顏夫人在外，不好叫他庾香，只得改口叫了聲：「少爺！」此時子玉猶在夢中，道是到了七夕，已在素蘭處會見琴言，三人就在庭心中，擺列花果，煮茗談心，故念出那兩句長恨歌來。魂夢既酣，一時難醒。琴言又見他笑起來，又說道：「我當是『黃泉碧落兩難尋❷』呢。」說到此將手一拍，轉身又向裡睡著。琴言此時眼淚越多了，只好怔怔

❶ 七月七日長生殿二句：出白居易長恨歌。

❷ 黃泉碧落兩難尋：地下與天空難相尋。出長恨歌。

的望著，不好再叫。見子玉把頭搖了一搖，道：「偏這般大雨，若明日早上也是這樣，可怎麼好？船又隔得這麼遠。」停了一停，說道：「獨活、防己之下，應須添一味當歸。」

外面顏夫人聽了，知是囈語，雖不能十分明白，也是一陣傷心，兩淚交流，只管怔怔的瞅著聘才。聘才心上也覺淒楚，便說道：「玉儂，你只管叫醒他。」琴言便叫了兩聲「少爺！」子玉「嗤」的一聲笑道：「你好痴也！」又道：「雲兒，你只管叫我作什麼？這麼近的路怕什麼？你還當是大東門外麼？」琴言要高聲叫，又哽咽了喉嚨，叫不出來，只把手拍他。那子玉忽然睜開眼來，對著琴言道：「香畹，這回又虧了你，費了如此的心，我以後便放了心了。」琴言又往前湊了一湊，拍著肩道：「少爺！琴言在這裡看你，你病可好些麼？」子玉心上模模糊糊，眼前花花綠綠，看不分明，便冷笑了一聲。琴言又說了一遍，子玉便哈哈大笑起來，道：「你已試過了我一回，難道我還認不得你？」

當下顏夫人在隔壁，聽了肝腸欲斷，忍不住到房門口來看，見琴言坐在床上，拉了子玉的手，只是哭，子玉只管笑。顏夫人道：「他認不得人，這怎麼好呢？」聘才也只得走到床前，叫了幾聲：「世兄，你心上的琴言特來看你，我扶起你來坐坐，你們說說話就好了。」聘才叫雲兒擰塊熱手巾來，替他淨了臉，擦了擦眼睛，扶他坐起，把床錦被疊了，在背後靠著。顏夫人倒不肯進來，恐怕兒子心上愧懼，魏聘才也離得遠遠的。子玉坐起後，精神稍覺清爽，猛然眼中一清，見琴言坐在旁邊，便問道：「你是誰？坐在這裡？」琴言帶著哭道：「怎麼連我也不認得了？」琴言見窗戶未開，且係背光而坐，自然看不明白，便挪轉身子向外坐了，側了一半臉，望著子玉道：「我是玉儂，太太特叫我來看你的，不料十數天就病到這樣。」說著，又嗚咽起來。子玉聽得分明，心中一跳，便把身子掙了一掙，坐直了，看了一回，道：「你是玉儂？我不信，你怎麼能來？莫非是夢中麼？」琴言忍住哭，道：「我是琴言，是太太叫我來的，你為何病到如此？」子玉便冷笑了一聲，道：「真有些像玉儂。」顏夫人聽了，對著聘才道：「此話說的奇怪。」又聽琴言道：「我是為著你的病來的。」子玉笑道：「你真是玉儂，如何得來？就算你願意來，人家如何肯放你來？」琴言道：「我真是玉儂，我已來了多時，是奉太太之命，叫我來看你；又虧魏師爺帶我上來。我勸你自己寬心，不必憂鬱，身子要緊。快養好了病，我既來動了，就可以常來的。」說著又滴下淚來。

顏夫人見子玉清爽些，便有些歡喜，叫丫鬟移張椅子在帘子外坐了，聘才就站在顏夫人背後。子玉此時又清爽了幾分，便湊近琴言，細細一看，笑道：「玉儂，你當真來了，不是假的？」琴言回轉頭來，對著子玉，要回答時又咽住了，只是哭。聘才在外低低說：「玉儂扎掙些，倒不要引起他的哭來。」琴言只得把帕子掩了臉，用力迸出一句話來道：「是真的。」子玉道：「果然是真的？」琴言道：「真真是真的。」子玉便狂笑一聲，往前一撞，卻好撲在琴言肩上，猶是「咯咯」的笑個不住。聘才見了，忍不住的笑，那些丫鬟僕婦也無人不笑。顏夫人點頭嘆息，見子玉兩手扶著琴言的肩，要坐起來，先笑了一回。琴言道：「你到是什麼病？我勸你不要病了，從今日就好了罷，省得多少人為你苦，更招太太心裡不安。」說著，遂又滴了些淚。子玉笑道：「我有什麼病？我這個病要他來就來，要他去就去，原不要緊的。」琴言道：「休說不要緊，你這病不比從前，也添了滿面的病容，千萬句併作一句：放寬了心。你從前說自己會寬解，看得破，怎麼今日又不會寬解，看不破了呢？」子玉笑道：「我又何嘗不會寬解，又何嘗看不破呢？若看不破時，就是獨活的反面了，幸而看的破，尚有今日。」說著又哈哈的笑起來。

琴言道：「我在華府很好，華公子那人也是極正經的，且府中上上下下都待我極好，你很不必惦念。」子玉笑道：「你真好麼？」琴言道：「真好，你不信問魏師爺。」子玉道：「真好就好了，問他作什麼？」便又笑了。琴言道：「只要你的病好得快，我便更好；你若好得慢，我也就不甚好了；你若一分病沒有，我便似成了仙這麼快樂。」說畢，勉強一笑，這子玉便大樂起來，手舞足蹈的光景。琴言道：「他那裡原准我告假出來，倒不比在師傅處拘束我。從前沒有來過，今已來了，我就常常的出來看你。你若沒有病，我也可以多坐會，多說兩句；你若有病，我又怕你勞神，且我見了更悶。」子玉笑道：「你真能告假出來麼？」琴言道：「今日不是告假出來的麼？」子玉道：「這也奇極了，我只當你進去了，我們此生休想見面。再想不到你竟能出來，且又竟能到我這裡來，真也實在奇怪，卻也實在妙極，天乎！天乎！」說著，又撫掌大笑。琴言見了，倒疑他這笑也是病，心上倒又傷心起來，只得忍住。

此時顏夫人見子玉只是歡笑不已，也便解去了多少愁悶。想既能如此歡笑，心中自已開豁，其病就可好了。又見琴言總是淒淒楚楚，真想不出這個道理來。子玉便又笑道：「你進去了，作些什麼事來？」琴言道：「一件事都沒有，叫我在留青舍伺候。府裡的房屋排場，比怡園又是一樣光景，錯不得規矩。卻用不著唱戲，也不作什麼，不過作一個伺候書房的書僮就是了。」子玉道：「你出來，他們知道不知道？」琴言道：「他在上屋時候多。他還有好幾處書房，歇了幾天，才到一處，也不過略坐一坐就走了。這屋子裡的人不奉呼喚是不進那屋子裡去的。」琴言向來總說實話的，今日要治子玉的病，就有幾句謊話在裡頭。說得在華府裡這等快活，將來還可以時常出來，不過極力要寬子玉的心病。子玉聽了這一片話，心內已覺四平八穩的搖也搖不動了，便真快活，笑了一回。琴言又道：「從前在師傅處出門怕費力；且沒有來過，也不敢進來。今日我進來時即見過太太，太太很疼我，命我常來看你。今既奉了命，還怕誰敢說什麼不成？出入可以自由了。」子玉聽到此間，倒把眉頭皺了一皺，有些慌張的意思，低低的問道：「你已見過太太了？太太沒有說你什麼？誰帶你上去的？准你進來嗎？」琴言道：「是魏師爺帶我上去的。我曾對太太說：『我能治你的病。』太太就很喜歡，吩咐我說：『你若能治好你少爺的病，我不但准你進來，還准你常常的來呢；候老爺回來，還要商量買你進來服侍少爺呢。』倒問我願意不願意。我說：『我有什麼不願意，只求太太的恩典就是了。』」子玉道：「你向來是不說謊的，今日這些話不要是些謊話來哄我麼？」琴言道：「你不信，我請太太進來，當面講，你聽聽是真是假。」說罷，就要走出來，子玉連忙搖手道：「使不得，使不得。」又道：「你這些話，句句是真的？」琴言道：「你見我幾時撒謊來？」子玉點點頭道：「真沒有說過假話。」便自己定了定神，越想越樂，不禁大笑，歡聲盈耳，外邊的顏夫人也喜歡的笑起來，聘才更覺洋洋得意，低低的說道：「小侄看世兄今日竟會痊癒的了，這功勞全虧了琴言的師傅，雖然受了他那些刁難，倒還值得。」這邊子玉已樂不可言，那裡留神到外間？況且外間人又是私竊他的，病人精神有限，故而聽不出來。子玉竟慢慢的跨下床來，琴言扶著走了兩步，覺得腳軟神虛，便又笑道：「我已好了，我原沒有什麼病，不過受了些暑氣，有些頭悶神昏。他們便當我是大病，把些藥來我吃，愈吃愈悶，悶也悶極了。」便叫雲兒道：「我覺餓了，有什麼吃的，快拿些來。」

顏夫人聽了，即輕輕的走出，聘才等亦都跟了出來。顏夫人道：「怪事！怪事！直看不出他們什麼意思來，這一對小人兒，卻真也奇怪。今日實實虧了琴言，我倒要重重的賞他。」聘才嬉嬉笑道：「這也實在稀奇。伯母請看：世兄與琴言都是正大光明，一無苟且的。今日真虧了他，若不然，就是那葉天士❸重生，也不能治的這麼快。」顏夫人道：「這也總是世兄的大力，才能叫得出來，這功勞總是世兄的，我母子感激不盡。」聘才連道：「不敢，況小侄受伯母府上的栽培，理應效勞，不要說費這點心，就叫小侄赴湯蹈火，也不敢不盡力。」說完，露出滿面得意。顏夫人又謝了幾聲，即命雲兒將那蓮子粉熬成了小米粥，盛了兩碗，命琴言陪著子玉吃了。

子玉見了琴言，心中一喜；又聽了他這番言語，鬱抑全舒；又喝了一碗粥，便覺得神清氣爽，即對琴言道：「我的病已好了，你全可放心。你今日出來，倒要早些回去，不要叫人說出話來，以後倒難告假了。你的話我句句記著，句句依著你。你自己也要留神，諸事隨和些，圖個上進，比唱戲到底好多了。我前日只道與你永無見面之期，不料今日如此快敘，我心中此刻百憂盡去，毫無不足。只惜我沒會見過這華公子，不然，我也可以來會會你，既是魏師爺同你出來——」說到此，便問琴言道：「聘才同你到什麼地方？」琴言道：「先前他也進來，叫了你好幾聲，扶你起來坐的，你沒有留心。此時想在上房同太太說話。」子玉即低低的說道：「從前的嫌隙，也不必記他了，以後倒和好些為是。今日也算虧他出力。」琴言點點頭，大有難分之意。子玉倒連連催他，直到琴言告別之時，子玉方洒了幾點淚。琴言又懇懇切切的囑咐了一番，子玉滿口答應，送到房門口。琴言道：「你才好，不要出來，我還要到上房見太太。」子玉又有些惶恐之意，便叮囑道：「你見太太時，說話也須留意，不可據實。」

琴言答應，走了出來，即重到上房中堂內。顏夫人見了便笑吟吟的道：「今日真虧了你治好了少爺

❸ 葉天士：清吳縣人。名桂，號香嵒。自小繼承父學，長於診療奇經病、脾胃病、及兒科病。有臨證指南，為門人所輯。

的病，但不教他再病才好。」琴言臉上一紅，停了一停道：「少爺心地光明，沒有看不透的事情，以後可保沒有病了。」顏夫人又把琴言打量了一回，便道：「你今日去了，幾時再來呢？」琴言道：「可以告假就來，請太太寬心。」顏夫人嘆了一口氣，對聘才道：「他們兩個小人兒的事情，真是猜不透。今日看他一個哭，一個笑，也沒有講什麼，若不是親眼看見，便任是什麼人也要胡猜亂講，還要說我溺愛不明，為兒子作這些事。世兄你想，你親眼看見這光景，好笑不好笑？教我如何能認真，由他病去不成？」聘才正要說話，顏夫人又對琴言道：「此中的情節，只有你心上明白，倒還要仗著你伺候他大好了再說。」琴言低低答應，心中也想道：不料這位太太這樣慈悲，若是別人，只怕未必能這樣，就算疼他的兒子，也疼不到我身上來，便著實感激。

聘才見時候過久，便要同琴言回去，琴言也心內懸著，便叩辭顏夫人要去。顏夫人道：「你且略候一候，我還有話。」便自己進房，先著人叫了許順進來，叫他秤了二百銀子來，顏夫人道：「你交與魏少爺收了。」聘才叫交四兒拿了。又見一個僕婦拿著一包東西出來，付與琴言道：「這是太太賞你的，你收了再去謝賞。」聘才見是銀鑲小刀一把，大荷包一對，小荷包一對，帕子一方，洋表一個，梅花小錠十個，牙骨真金面扇子一把，琴言收了，與聘才進去謝了賞；聘才也含含糊糊的跟著謝了一聲，即同出來。顏夫人送至中堂廊下，又叮囑了幾句。琴言與聘才出來，走到門房門口，只見許順笑嘻嘻的出來，見了聘才問道：「今日的事，到底是個什麼緣故？真叫我們想不出來。」又問琴言道：「你是那個班子裡的？」聘才代答道：「他從前在聯錦班，此刻不唱戲了，在華公府裡當差。至於❹其中緣故，此刻不

❹於：據後刻本補。

必告訴你，你後來自會知道。」許順不好再問，即送了出來。

兩人上了車，路上閒談，琴言便感謝不盡，聘才也謙了幾句，卻十分高興。進城已是申初時分了。到門口下來，一徑跟著聘才進去，只見總門口有人拿了大簿子記上一筆，琴言知道是上號簿。聘才先叫四兒將銀包拿進房去，放在錢櫃內鎖好。一同進來找著林珊枝，珊枝見琴言回來，即笑道：「怎麼去了許多時？想必醫的病好了。」琴言面有慚色，便問道：「公子可曾傳我？」珊枝道：「怎麼沒傳？傳了兩三回，不見你回來，公子大發氣，已著人叫你師傅去了。」琴言聽了，吃這一驚不小，滿面通紅，說不出話來。聘才道：「他是不禁恐唬的，你不要唬壞了他。」珊枝正容道：「我唬他作什麼？未正二刻，公子出來不見他，問我，我說：『是他師傅的生日，琴言他回去拜壽。本要等公子下來告假，今早聽得公子不下來，他又候不及，托我回的。』公子一聽就有氣，說：『若真是他師傅的生日還罷了，要是說謊為別的事出去，我是不依他的。』立刻叫人到你師傅那裡打聽去了。那人回來說了，只怕連我也要挨罵，你是不用說了。再者是，門簿上記明出進，都是魏師爺同的，只怕連魏師爺也要難討公道。」琴言聽了，心中七上八下的亂跳，急得眼睛都紅了。若被他訪出真情，且慢說挨罵，就是羞也羞死人。聘才聽了，似信不信的道：「老三，你不要唬人，我是不關事的，是你擔了擔子叫他出去的，自然先要問你。」珊枝冷笑道：「問我，我就直說，知道你們作些什麼事？」琴言嚇的眼淚都出來了，只得軟求珊枝替他周旋。聘才見此情景像真，亦連連陪笑，把扇子搧了他幾扇，又作了一個揖，叫聲：「好兄弟！你替我遮蓋些，就是哥哥臉上也不好意思，始終還是仗著你的大力呢。」

珊枝見他們真著了忙，便「嗤」的一笑，道：「不要慌，事情是真的，不是我撒謊。早替你們張羅好了：我已告訴朱貴不用去打聽，在城外逛一逛回來，說真是他師傅的生日，停一回就回來的。你們如得了彩頭，也分些來謝他。」琴言道：「我送他幾兩銀子就是了。」珊枝又對聘才道：「這號簿上也去了才好，不然將來終要看見的。」聘才道：「索性亦求你三太爺施點法力，我是不好去說。」珊枝道：「只是太便宜了你。昨日那兩匹好紗，我不希罕，還拿去罷，花樣顏色全不好，我不要。」聘才道：「紗是頂好的，若要再換好的也沒有，要換花樣倒可以。」珊枝道：「紗衣我也夠穿，現存著十幾套，沒有裁的也用不著。我還打算送人，不過十幾兩的人情罷了。我告訴你：我新近見了兩樣東西，我很愛他，自己不能出去買。」話未說完，聘才就連忙問道：「你看見什麼，只管說來我聽，或者我可以就給你辦來。」珊枝道：「不是別的。我見沙回子家裡有一個金絲擰成的一個花籃，不過二兩重，手工倒貴。我又見他自己泡茶的一把時大彬❺的宜興茶壺，蓋子上嵌著一塊翡翠，是沒有比他再好的了，我這個搬指都比不上。那金花籃我還了他四十兩，他也肯了，那茶壺我還了他二十四兩，他還不肯。明日請你替我把這兩樣拿來。沙回子講，這把茶壺竟是個寶貝，時大彬到此刻有一百多年了，這壺嘴倒完茶是一點不滴的。泡茶時放茶葉也好，不放茶葉也好，沖一壺開水下去，就是絕好的茶，顏色也是淡綠的。我因不信，把他的茶葉倒了，另放開水下去，果然一點不錯，是絕好的好茶，你說奇不奇？」聘才道：「茶壺用久了，所以才能夠這樣好。你既愛這兩樣，我就買來奉送。那紗也不必退，還留著送人罷。」珊枝笑道：「怎好這樣。我若一定不要，倒顯得不好，只得生受了。」說了一回，就回房去了。

到了留青舍，珊枝問起琴言之事，琴言只得大略說了一說。珊枝不信，心中有些動疑，說：「怎麼

❺ 時大彬：明末宜興製作陶壺的名家。

無緣無故的會害起病來？見你戲的也不止他一個，難道人人見了你，就都為你害病嗎？我倒不曉得，你們有這些情分，還是另有緣故呢？」一片話，說的琴言臊的了不得，又不敢駁回他，吊桶落在他井裡❻，只好忍住這氣罷了。

卻說子玉這一場大病，琴言這一出華府，魏聘才自為得意，又以為奇，在城外各處傳揚。人家聽了，竟當了一件新聞。有那些各班裡相公，有嫌琴言的，有愛造言生事的，七張八嘴，改頭換面，添起枝葉，把個子玉、琴言說得無所不至。不料王通政在人家席上遇著蓉官、二喜等類，就把子玉、琴言的事說得活龍活現。文輝本看過子玉之病，也覺得病的有些古怪，只不曉得是相思病。今聽了這些話，心上著實不爽快，因想道：少年人這些事原也禁不住的，也只好逢場作戲；況且子玉才十八歲，正是好花含蕊的時候，怎麼就作起這些事來？偏偏去年又將個愛女許了他。人生起頭第一件，就是這不愛聽的事，有了外遇，將來琴瑟之間就不能專好的了。回家就叫他兒子王恂問了一回，王恂只好含含糊糊的說了幾句，又與子玉剖辨，說斷不至此，文輝終有些疑心。陸夫人聽見了，雖未過門，倒先替女兒吃起醋來了，便向文輝說道：「若論玉哥兒，相貌是極好的，所以去年孫親家母作媒，我就應許了。如今你自然不管，這怎麼好？親尚未成，倒先弄些笑話出來，將來若是一味的混鬧，叫瓊姑過去，如何過得日子？親翁在家還能拘管，親母是一味的溺愛，順著他性兒，日後多半是個不成器的。這等小小年紀，就這樣無廉無恥的愛起小旦來，真了不得了。更有那些老不正經的，也要常在外邊作樂，更怪不得年輕的人了。到底這些小旦有什麼好處，羞也不羞！」陸夫人氣頭上，倒連王文輝也教訓了一頓。文輝只是陪笑，不敢作

❻ 吊桶落在他井裡：把柄落在他人手裡。

聲，說：「事情呢，實在稀奇，我暗中竊訪，連恂兒都知道他們才見過兩三面。就是彼此思念，其實沒有別的事。況且這麼小的孩子，那裡明白到這些事。你放心，我自去囑咐表妹，以後管得嚴些，不准他出門，也就沒事了。到今冬也好完娶，這件事瓊姑過去了，或可拘住他。」陸夫人冷笑了一聲道：「這些下作脾氣是出於本心，我見多了，拘管得那一個住？從來說賊不改性，管住身管不住心的。」文輝聽這些話，明明的逼到自己身上來，只得呵呵一笑，踱了出來，往書房裡去了。

陸夫人氣極了，又在他女兒瓊姑面前，把子玉講了又講。瓊姑低頭不語，心中也有些不耐煩。本知道是個風流夫婿，卻不道是這樣輕薄，應著一句常說的話：才人行短了❼。便又想起哥哥、姊夫，常說子玉的好處，說人是極正經的，又極有情的。或者他愛的這人，是單為其色，沒有別的事也未可知。便覺紅暈桃腮，手拈衣帶，呆呆的靜想。陸夫人又心疼他，多說了恐他煩惱，便坐了一坐也自去了。

再說子玉自從琴言來看之後，便已放心，又曉得他母親不責備，而且反托聘才帶琴言來，心中十分快意，自然更好得快了，不到十日便已精神復舊，惟見了母親總有些惶恐不安的光景。顏夫人愛子之心十分體貼，又知兒子並無苟且之行，絕不提起琴言的事。那王文輝親自來過幾次，陸夫人也來過。一日在顏夫人面前，也不好說得，但有些話裡譏諷，暗藏褒貶，似乎叫親家以後留點神，不要放縱他的意思。又見子玉病已痊癒，看其相貌翩翩，實是佳婿，又像個真誠謹厚的人，就把疑心消去一半。

過了幾日，子玉究竟放心不下，便回了母親，借看聘才為名，去看琴言，恰好見著聘才。聘才又求珊枝，把琴言叫出來，說了有一個多時辰的話，子玉方才放心而去。華府中人多嘴雜，且各存一心，過

❼ 才人行短了：有才華的文人多有行為不規處。

了幾日，就有人將此事傳到華公子耳中。華公子聽了，著實有氣，便叫珊枝上來問了一遍，珊枝替辯了幾句，華公子也說了他幾句，以後不准琴言出門，將他派往洗紅軒，交與十珠婢看管，不與外人通問，便與拘禁牢籠一般。幸虧十珠婢都是多情愛好的，倒著實照應他。若是別人在此，也是求之不得的。這琴言一來年紀小，二來是個異樣性格的人，到是守身如玉，防起十珠婢來。所以華公子看得出他老誠，放心放在婢女堆中，也當他是個丫鬟看待他，只不許與外人交接。到了此間，是斷乎走不出來，就是林珊枝不奉呼喚也不能到的，何況他人？琴言只好坐守長門❽，日間有十珠婢與他講講說說，也不敢多話；晚間獨守孤燈，怨恨秋風秋雨而已。未知後事如何，且聽下回分解。

❽長門：漢宮名。武帝更名長門宮。時陳皇后失寵於武帝，別在長門宮，使人奉金百斤，令司馬相如為長門賦，以悟主上，陳皇后復得親幸。

第三十回　賞燈月開宴品群花　試容裝上臺呈艷曲

話說琴言從子玉處回來，華公子雖未知其細底，但責其私行出府，殊屬不知規矩，姑念初犯，權且免責，把他撥在內室，這是裡外不通的所在。一日，獨坐在水晶山畔，對著幾叢鳳仙花垂淚，心中想到人生在世，不能立身揚名，作些事業，僅與那些皮相平人混在一堆，光陰易過，則與草木同朽。即如草木開了花，人人看得可愛，便折了下來，或插在瓶中，或簪於鬢上，一日半日間，便已枯萎，雖說是愛花，其實是害花了。譬如這一叢鳳仙種在此處，你偎我倚，如同胞手足一樣，有個自然的機趣，即有風吹雨打之時，不過一時磨折，究無損於根本。若將他移動了根本，就養在金盆玉盎中，總失其本性。還有那些造作的，剪枝摘葉，繩拴線縛，拔草剗苔，合了人的眼睛，減卻花的顏色，何異將人拘禁束縛，叫他笑不敢笑，哭不敢哭。再仔細思量，人還有不如花處，今年開過了明年還開，若人則一年不似一年。即如我之落在風塵，憑人作踐，受盡了矯揉造作，嘗盡了辛苦酸甜，到將來被人厭惡的時候，就如花之落溷飄茵❶，沾泥帶水，無所歸結，想至此豈不痛殺人，恨殺人？一面想，一面滴下淚來。再想到庾香雖然病好，但我從前說了些謊話，若知我近日的光景，他不能來，我不能去，只怕舊病又要發了，那時再來叫我，恐怕也不能再去。思前想後，終日淒淒楚楚的。

一日一日的挨去，光陰最快，轉眼已一月有餘，只見丹桂芬芳，香盈庭院。此日是八月十二，華公

❶ 落溷飄茵：即飄茵落溷。喻窮達出於偶然，並非命中注定。這裡指前途莫測。溷，音ㄏㄨㄣˋ。

子想起六月二十一日在怡園觀劇，說秋涼了請度香過來。因想十五日是家宴之辰，不便請客，即定於十四日，請子雲、次賢、文澤等，在西園中鋪設了幾處，並有燈戲。為他們是城外人，日間斷不能盡興，於下帖時說明了夜宴。此日正是秋試❷二場，劉文澤為什麼不應舉呢？這一科大主考即係文澤之父大宗伯❸劉守正；副主考係王文輝，已升了閣學❹；陸宗沅、楊芳猷、周錫爵、孫亮功一班，可可的一齊分房❺，將那一班知名之士回避了一大半。內中除徐子雲、史南湘是前科舉人，蕭次賢是高尚自居，無心問世，只有田春航、高品入場。如子玉、王恂、文澤、仲清等皆遵例迴避❻。子玉在家悶悶不樂，又因琴言杳無音信，內外隔絕，又不能傳遞消息，幾次要去訪問聘才，又因華府威嚴，豪奴氣焰。故而子玉不肯前去，只得靜坐書齋，悶坐而已。

且說十四日早，子雲與次賢商議道：「今日華公子請我作通宵之飲，且聞賞燈，他今日必有一番熱鬧局面；並聞五大名班合唱。」即傳家人分派跟班，檢點衣服什物，零星珍寶賞需等類。總管預備好了，交與家人點過，免得臨時短少。說著已到未初，當下二人早吃了早飯，穿了衣裳，上車一徑往華府來。

且說華公子親自往各處點綴了一番。這西園景致奇妙，雖不及怡園，然而精工華麗，卻亦相埒。不過地址窄小，只得怡園三分之一。園中有十二樓，從前聘才所到之西花廳，尚是進園第一處。從前華公

---

❷秋試：明清科舉時，鄉試在仲秋，故亦稱秋試。

❸大宗伯：官名。古代六卿之一。所掌即後來禮部之職，故也稱禮部尚書為大宗伯。

❹閣學：舊稱內閣學士為閣學，起於宋時。

❺分房：分別擔任各房考官。

❻迴避：清科舉考試為避免主考官營私舞弊的一種制度。凡主考官之親屬不得入試。

爺一個好友叫作謝笠山，是個畫畫好手，與他布置了十二年，卻是濃淡相宜，疏密得體。到華公子長成，心愛繁華，又把笠山手筆改了許多。如今是一味雕琢絢爛，竟不留一點樸素處。

是日，張仲雨一早進來，先在聘才處吃了早飯，與張、顧諸人談笑了半天。到得午正時候，拉了聘才、林珊枝來逛西園。仲雨從前也不過到過一兩處，聘才雖經游過兩回，也未全到。此園有一妙處，曲折層疊，貫通園中。地基見方二十畝，築開一池，名玉帶河，彎彎曲曲，共有六折，每折建一橋，共有六橋。池邊有長廊曲樹，回護其間，前後照顧，側媚傍妍。也有小艇三五個在岸泊著。池邊一帶名為小蘇堤❼。園中有好些大樹、虬松、修竹。假山有兩種：一種小者用太湖石堆砌出來，嵌空玲瓏；一種高大的用黃石疊成，高至數丈，蒼藤綠苔，斑駁纏護❽，亭榭依之，花木襯之。撮要提綱，則水邊有山，山下即水，空隙處是屋，聯絡處是樹。有抬頭不見天處，有俯首不見地處。

當下仲雨、聘才二人，跟著珊枝，順著山路徑高低斜曲，穿入一個神仙洞內。從左邊上去，幾樹丹桂，不到十餘步，至一帶曲廊，作凹字形，罘罳❾輕幕，帘櫳半遮。珊枝引入看時，共是七間，兩楹如翼外張，中間平廈三間，後面玻璃大窗，逼近池畔。室中陳設華美，署名歸鴻小渚。下有小跋數行，是華公自敘親筆。二人賞鑒了一回，從右邊長廊西首小門走去，是一個小小院子，有幾堆靈石，幾棵芭蕉，見一個小座落，是一個楠木冰梅八角月亮門，進內橫接著雁齒扶梯。上得樓來，卻是四面雕窗，樓中擺

❼ 蘇堤：宋元祐時，蘇軾知杭州，築堤於西湖，用以開湖蓄水。

❽ 斑駁纏護：色彩相雜貌。

❾ 罘罳：交疏透孔的窗戶。

著數十個書架，橫鋪疊架，擺得有門有戶，縹緗⑩萬卷，藝香襲人。此樓有兩所，作丁字形，一所三層，一所兩層，俱是明窗面面，中間鎖著四個大櫥。下擺一長桌，寶鼎噴香，瓶花如笑。

當下三人略坐一坐，便從屏門後扶梯下來。接著一帶紅欄，欄下種著一排垂柳，前面幾樹梧桐。進得樓來卻甚精雅，壁上掛著數張瑤琴，古錦斑斕，五色絢彩；几案上擺些古銅彝鼎，卻無一點時俗氣。賞玩了一回，又走下來，四面俱敞，傍水臨池，室中不染一塵，几案桌椅盡用湘竹湊成，退光漆面。左右兩行修竹，幾處秋聲動人。欄前擺著一張棋桌，放著兩個洋漆棋盒，仲雨道：「此間頗為幽靜，卻洗盡繁華氣象。」珊枝道：「公子雖愛熱鬧，其實也喜清靜。」仲雨走下階來，沿池而行，渡過紅橋，對面一個白石平臺，雕欄如玉；上面三間平榭，垂了湘簾。進去一看，覺得一片晶光射目，寒侵肌膚，為夏間避暑之地。一切桌凳几案，盡是玻璃面子。兩旁兩架雲母屏風，中間一口大缸，一缸清水，養些大金魚在內，中放一座四尺多高一塊水晶山。此刻秋涼時候，已覺陰森逼人。走了出來，只聽的遠遠敲梆之聲。珊枝道：「此是傳人伺候，公子將出來，客將到了，恐怕有事，我先出去。」說罷，便走了。仲雨也同了聘才出來，仍到東園，穿好了衣裳等候。

卻說華公子宴客，今日共有三處：日間在恩慶堂設宴觀戲，酉戌二時在西園小平山觀雜技，夜間在留青精舍演燈戲。華公子已冠帶出來，先在恩慶堂前候客。卻好蕭、徐、劉三客約會了同來，進了大門，下了車，裡頭另換肩輿抬進，直進了垂花門，到大廳下轎。華公子出迎敘禮。即開了中門，賓主四人，慢慢的走進來，又走了兩進，才是恩慶堂。蕭次賢是初次登堂，便留心觀望。這恩慶堂極為壯麗，崇輪

⑩縹緗：縹，淡青色。緗，淡黃色。古時書衣或書囊常用淡青、淺黃色的絲帛，後因以代書卷。

巍奐⑪，峻宇雕牆，鋪設得華美莊嚴，五色成彩。堂基深敞，中間靠外是三面欄杆，上掛彩幔，下鋪絨毯，便是戲臺，兩邊退室通著戲房。賓主重新敘禮，將要坐時，魏聘才同著張仲雨出來，一一相見了禮，遂即敘齒坐下，講了些寒溫。獻過了三道茶，只見兩個六品服飾的，領著四個人上來，鋪設桌面，擺了兩席。戲房便作起樂來，隨後銀盤金碗，玉液瓊漿獻上來。華公子起身安席，子雲、文澤等推讓，欲要併作一席，也換個圓桌。華公子執定不肯，遂讓次賢首坐，文澤次之；那一桌子雲首坐，仲雨次之，聘才與自己作陪。

今日是五大名班合演，拿牙笏的上來叩頭請點戲，各人點了一齣，就依次而唱。沖場的無非是那幾齣，看官也都知道，只得略了。主人讓酒，四客飲了幾杯，上過了幾樣肴饌，正是羅列著海錯山珍，說不盡腥濃肥脆。清談妙語，佐以詼諧。那邊席上，聘才問次賢怡園的光景，次賢略述了幾處。隨後即見寶珠、蕙芳、素蘭、漱芳、玉林、蘭保、桂保、春喜、琪官等九個，又湊上一個，作了一齣秦淮河看花大會，有幽閒的，有妖冶的，有靜婉的，有風流的，極盡靡艷之致，眾人盡皆喝彩。子雲、次賢等就於此齣中間放了賞。華公子對著笑道：「此係抄襲吾兄舊文，殊覺數見不鮮。」子雲道：「唱的甚好，貞靜的卻極貞靜，放浪的卻極放浪，沒有一人雷同。」文澤道：「這齣戲我倒沒有見他們唱過。」次賢道：「如今秦淮河也冷落了。就是從前馬湘蘭⑫的相貌，也只中等，並有金蓮不稱⑬之說。」子雲道：「湘

---

⑪ 崇輪巍奐：高大華美，高大眾多。

⑫ 馬湘蘭：明金陵妓。名守貞，字玄兒，小字月嬌。工詩，善畫蘭。萬曆中，名士王穉登年七十，湘蘭往置酒為壽，燕飲累月。死年五十一。有詩二卷。

蘭小像我卻見過，文彩丰韻卻是有的。」聘才、仲雨也隨聲附和，講了一陣。華公子酒興便發起來，便勸諸人暢飲了幾杯。子雲留心今日不見琴言，便問道：「我聞得琴言近在尊府，今日何以不見？」華公子道：「這孩子脾氣雖有些古怪，卻還老實，如今派在內書房，少刻就出來的。」子雲又留心看去，卻又不見林珊枝與那八齡班，心內思想：今日如此盛舉，為何又不見這些人？難道都在戲房裡扮戲麼？這齣戲唱完了，華公子就傳十旦上來敬酒。眾人一齊上來，肥瘦纖濃，各極其妙。子雲看九人之外添了一個全福班的全貴，也很嬌嬈艷麗，風致動人。都請過了安，齊齊的手捧金杯，分頭敬酒。

蕙芳敬到子雲面前，子雲問起春航場中文字得意麼，蕙芳道：「前日史竹君說他的很好，是必中的。」文澤在那席聽了，笑道：「我聽得你在家，天天的焚香禱告，湘帆就文章不佳，也是必要中的。」蕙芳笑道：「誰說的？中舉可以禱告得來，我倒願替眾人禱告了。」華公子問道：「你們說的什麼？」子雲正要回言，蕙芳忙斟了一杯酒來勸子雲，子雲被他纏住，卻不能說。華公子呆呆的看著蕙芳，等著子雲說來。文澤見了，便道：「待我說罷。」蕙芳對著文澤丟了個眼色，這邊張仲雨笑道：「媚香，今日人多嘴雜，你就要掩人的口，也掩不住這許多。」蕙芳道：「要掩人口作什麼？我也沒有怕說的，你們愛說就說罷。」笑著走到那邊來敬文澤。那邊寶珠，華公子賞了一杯酒，他吃過謝了。華公子道：「今日這齣戲也唱得好，淡裝濃抹，各有所宜。」寶珠微笑不言。

華公子即問蕙芳之事，寶珠笑道：「我不曉得。」華公子笑道：「你們自相衛護，這般可惡，將來總問得出來。」便又叫過蕙芳來，蕙芳只得過來，華公子道：「我是性急，又聽不得糊塗事。你有什麼

⑬ 金蓮不稱：大腳。

隱情，定要瞞著我作什麼？」蕙芳低下頭，說道：「公子別聽他們的話，他們是取笑我的。」子雲笑道：「媚香，你們的事，城外是全知道的。就是城裡，只怕也有人知道。何不說與公子聽聽呢？」蕙芳道：「我有什麼說的？」仲雨忽然笑道：「你事急，就借著人作護身符，如今你又忘恩負義了。」說得眾人不解，蕙芳怔了一怔，臉上不覺紅起來。華公子看了，想起前日的話，動了些憐念，料有些隱情不好講，慢慢的問度香罷了，便倒把別的話支開。當下談笑間，飲了許多酒，戲唱過了好幾齣，吃過了兩道點心。華公子起身道：「請到園中散散罷。」次賢、子雲道：「甚好，本來酒已多了。」諸客一同起身，就有四五個家人，急忙從廊下近路抄入，通知園門伺候。

卻說東西兩園，在正廳兩旁，處處有門戶通入。當下華公子引著眾人，即從游廊內繞過了幾處庭院，又到一個回廊，見壁間嵌著一塊祝枝山⑭草書木刻，約有六尺多高。眾人正待看時，只見一個跟班的走來一推，卻是一扇門作成的，當面便是綠陰滿目，水聲潺潺。大家推讓進園，走過紅橋，是一個青石臺，三面也有白石短闌，支了一個小綠綢幔子。左邊是山石，土坡上有叢桂數十株；右邊是曲水灣環，沿邊竹樹蒙茸，隔斷眼界。上面是三間小榭，內書「潭水房山」四字，卻極幽雅。

子雲等欲要坐下，華公子讓到裡面去，從屏後走進，便見一個所在，裡窄外寬，三面如扇面。綺窗雕槅，中間用烏木、象牙、紫檀、黃楊作成極細的花樣。此中隔作五六處，前面不用帘子，是一帶碧紗櫥。眾人到閣前看時，底下是一道清溪，有兩個小畫舫泊著。對面也是水閣，卻通垂了湘帘。華公子就

⑭祝枝山：即祝允明。明長洲人。字希哲，號枝山，又號枝指生。博學善文，工書，其狂草一縱橫，於似無規則中見功力。

命在碧紗櫥前擺了一個長桌，室中焚了幾爐好香，獻上香茗。眾人坐了，正覺秋光如畫，清洗心脾。子雲偶回頭時，又只見珊枝同著琴言上來，對著子雲等請了安。子雲等忙招呼了。子雲見了琴言，此時低眉垂首，不像從前高傲神氣；且隔了兩月，從前是朝親夕見的，如今倒像是相逢陌路，對面無言，未免有些感慨。即叫他走近，問了些話，要問起子玉來，卻又縮住。次賢、文澤也問了幾句。

當下眾人清談了好一回。已是申正時候，華公子便命擺了幾個果碟、幾樣小吃，小酌起來，又叫了群旦進來伺候。對面水閣上卻安放了一班十錦雜耍，便上起場來，說了好些笑話，作了一回像聲，又說了一回龍圖公案⑮。次賢等不甚喜聽，便與群旦猜枚行令，彼此傳觴。華公子又叫了一檔變戲法兒的，耍了一回。堪堪月色將上，又撤了席，在園中散步了一回。便有十數對的紅燈籠前來引道，華公子與諸客都更了衣，隨著紅燈籠步出了園，仍從恩慶堂來，卻見明燈燦爛，霞彩雲蒸的一般。從屏後迤東而行，處處笙歌盈耳，燈彩如虹。進了一個月亮門，門前扎起一個五彩綢綾的大牌坊，掛著幾百盞玻璃畫花的燈，中間玻璃鑲成一匾，兩旁一副長聯。進了牌坊，月光之下，見庭心內八枝錫地照，打成各種花卉，花心裡都點著燈，射出火來，真覺火樹銀花一樣。前面又是一個燈棚，才到了戲臺，更為朗耀，兩廂清歌妙曲，蘭麝氤氳。對面就是留青精舍。於是讓眾客進去，入了坐，主人定了席，重新開了戲，這番暢飲歡呼難以描寫。飲到二更，主客皆有醉意，便停了菜，換上果品，散坐一回。

忽見伺候的上來說：「門上回話，說馮少爺來了，要進來。」華公子怔了一怔，道：「好，就請進來，卻無生客在此。」聘才道：「緣何三更半夜的才來？」華公子道：「想必關在城裡，無歇處了。」

⑮ 龍圖公案：長篇小說。

候了好一回，才聽得腳步聲，兩盞小明角燈引路，馮子佩搶步上前，與華公子見了禮，又與眾人相見了，卻也都為熟識。華公子即令其坐在聘才之上。將要問話，子佩便笑道：「好！如此熱鬧請客，卻不來叫我一聲，要我闖上門來。」劉文澤道：「恐怕你應酬忙，知道空閒，我早上就帶了你來了。」說得眾人笑了。子佩也不理會，便把那些個相公看了一看，即讓合席飲了兩杯酒，才又自己吃了幾箸菜。華公子見他光景餓了，便問道：「你今日在何處？怎麼這時候才來？」子佩搖搖頭，道：「不要說起。」才又吃了一塊蘋果，接著說道：「絕好一局，弄得不歡而散。」說到此，卻又懶說下去。華公子道：「為何不歡而散？你且說來。」子佩道：「今日和我妻舅歸自榮，同到他的妻舅烏大傻家替他嬸娘祝壽。」仲雨聽了要笑，子雲道：「有了烏大傻，自然就不妥了。」文澤點點頭道：「這套話倒必定可聽，快說罷。」子佩道：「歸自榮並約了他小丈人，帶了那四個檔子。大傻也請了兩桌客，並些南邊朋友。有幾個會串戲的在內，大家公議，每人湊錢十吊，共得九十吊，遂叫了全福班演戲。歸自榮高興，與一個姓呂的串了一齣獨占。」文澤道：「歸自榮本生得好，就是不該同小老婆另住在城外。聽說仍舊窘迫得很。」子佩丟個眼色，文澤不說了，蕭次賢冷笑一聲，聘才像要說話又不說。子佩道：「他們愛串戲罷了，偏又拉上我。」華公子道：「不錯，你的戲是唱得最好的，我看比他們還強些。今日串的是什麼呢？」子佩道：「和別人串也好，偏偏大傻子死纏住了，要與他唱活捉⑯。本來戲名就不吉利，大傻生得又呆又笨，種種不在行，難以盡述，看的人也不住的笑。正到進場的時候，我將帕子套住了他，忽然走進了一群人來，不論皂白，拿出刑部一張票子，給眾人瞧了瞧，就一條鏈子，把大傻子拉了出去。

⑯ 活捉：水滸記中一折。

裡頭奶奶們急得哭號起來。眾人不曉得是什麼緣故，欲待出去勸解，他們已經飛跑去了，沒頭沒腦的叫人怎樣，只得一哄而散。自榮是不能走的，還有大傻兒個至交在那裡，我便一直到這裡來。」

眾人聽了，也都稱奇。仲雨道：「我也猜著八分了。這事還是為著歸自榮起的，烏大傻不過聽了襯戲，吃了鑲邊酒，便替歸自榮擔了個苦海的干係。」馮子佩道：「我倒不知，你知是為著什麼？」仲雨道：「我也是猜測。我聽得人說，烏大傻子造了張假房契，替歸自榮借了六百吊錢，聽得借主知道了，要告他。我想一定是此事了。」馮子佩道：「有點像，錢是歸自榮與大傻兩個分用的，如今倒是烏大傻一人倒運了。」劉文澤道：「這個烏大傻子也生得特奇，又呆又傻，倒是個戲癖。城外十個戲園，他每天必處處走到，一個園子裡至少也走個四五回。歪著肩膀，最可厭的是穿雙破皂靴，混混沌沌的走去走來。略有一面之交就斜著身子站住了，人又不留他，沒奈何又走過去。我不看戲便罷，若看戲必遇他的。」次賢笑道：「他也是我們浙江人，我看他書倒像念過的。」張仲雨道：「也不見得，我雖不懂文理，我見他那字就不成個樣子。」

華公子道：「別講這些人，管他傻不傻。子佩你會唱戲，你何不上臺唱一齣，顯顯本領？況且多少賞鑒家都在此，或者巴結的上，於你有點好處。」子佩「啐」了一口，道：「我又不是相公，要巴結誰？」徐子雲道：「誰又當你是相公？就是顧曲⑰登場，也是風流自賞的事。況你具此美貌，不教人贊聲，豈不也冤枉煞了。」你一句，我一句，說得馮子佩有些活動，便道：「今日沒有伙計，唱不成的。」華公

⑰顧曲：三國志吳書周瑜傳：「瑜少精意於音樂，雖三爵之後，其有闕誤，瑜必知之，知之必顧。故時人謠曰：『曲有誤，周郎顧。』」後稱欣賞音樂、戲曲為「顧曲」，本此。這裡指戲曲老手。

子道：「怎麼沒有？你就不和班裡人唱——」啾嘴道：「張老二、魏老大就很在行的。」仲雨搖頭道：「我不能，況且我只會幾套老生曲子，也配不上他。魏老大可以，不但小生，連二花面⑱、三花面⑲全能。」魏聘才只顧笑，也不招攬，也不推辭。徐子雲道：「這不用說了，就請魏兄與子佩一試，也是工力悉敵的。」聘才道：「只怕不對路，況且沒有請教過子佩怎麼樣。」華公子道：「這也不妨。關目腔調有不合處，預先對一對就是了。況且我這裡教曲的蘇州人也有好幾個，叫他們伺候場面就是了。」聘才道：「既如此，必須周三的笛子，秦九的鼓板方妙。」

華公子便叫人傳了上來。在臺上伺候。聘才便自述所唱折柳、獨占、賞荷、小宴、琴挑、偷詩等戲。子佩連連搖頭，原來卻有不會的，也有會而不熟的，便笑道：「我都不會，看來唱不成。」聘才問道：「你會的是什麼？」子佩道：「我會的是前誘、後誘、反誑、挑帘、裁衣⑳等戲。」聘才笑道：「也不對，竟唱不來。」華公子身子後邊站著幾個八齡班內的，有一個對林珊枝低低說道：「魏師爺何不唱活捉，前日不是見他唱過的？」華公子早已聽見，便向聘才道：「你何不同他唱活捉呢？」聘才尚要支吾，經不得眾人齊聲參贊，聘才只得依了。子佩笑道：「唱便唱，不要又鬧出刑部的案來，將魏老大鎖了去。」眾人都笑了。子佩頗覺欣然，便又故意遷延，經眾人催逼了一回，然後與聘才到後臺裝扮。聘才是精於此事，毫不怯場，不知馮子佩怎樣，先在後臺操演了關目，馮子佩倒也對路。但聽得手鑼響了幾下，馮

---

⑱ 二花面：也叫「架子花臉」。傳統戲曲腳色行當。在京劇等劇種中，是副淨的俗稱，在崑劇中，是「付」的俗稱。

⑲ 三花面：戲劇中丑角。俗稱三花臉，也稱三面。其扮相常在鼻間繪粉色，故又有白鼻頭之稱。

⑳ 前誘後誘反誑挑帘裁衣：前誘、後誘，水滸記中二折。反誑，翠屏山中一折。挑帘、裁衣，義俠記中二折。

子佩出來，幽怨可憐，暗嗚如泣，頗有輕雲隨足、淡煙抹袖之致。纖音搖曳，燈火為之不明。眾人甚覺駭異，如不認識一般。華公子已離席，走到臺前，眾客亦皆站起靜看。華公子道：「奇怪！居然像個好婦人，今日倒要壓倒群英了。」子佩聽得眾人贊他，略有一分羞澀；又見徐子雲身旁站著蕙芳、寶珠，見蕙芳看看他，便湊著子雲講些話，又湊著寶珠講些話；又見寶珠微笑；又見劉文澤與蕭次賢站著，在一處彼此俯耳低言，大約是品評他的意思。原來文澤與蕙芳倒不是講馮子佩，倒講的是歸自榮。

這歸自榮原籍江西，寄籍直隸，也進了一名秀才。少年卻很生得標致，今已二十七八歲了。生平暗昧之事甚多。家本豪富，其父曾為大商，幼年夤緣得中舉人，加捐了中書，現在本籍安享。自榮在京八年未歸，糟蹋了多少錢財。家中現有妻室，謊言斷弦，娶了烏大傻之妹。又不甚合意，又娶了葉茂林之女為副室，另居城南。葉女在家時，即不安本分，喜交游，而自榮寵嬖特甚。奩資頗厚，被自榮亂為花費，不到兩年化為烏有。夫妻兩個都是不耐貧苦的，未免交謫誚謗。葉女又喜搔頭弄姿，倚門賣俏，那些舊交漸漸走動起來。自榮始雖氣忿，後圖銀錢趁手，便已安之，竟彰明昭著，當起忘八來，並雇了一個伙計在家。士林久已不齒，而自榮猶常常的口稱某給事為業師，某孝廉㉑為課友，而一班無恥好色者，亦欲相為征逐。歸自榮與葉女住宅，就與蕙芳相近，故蕙芳知之甚詳。劉文澤也去吃過酒的。但去吃酒的，自榮必要作主人相陪，故此有些人不願去。張仲雨是更相熟的，就是聘才尚未知道。

華公子是不喜與聞這些事情，故不理會，只顧看子佩出神，忽叫斟大杯酒來。家人捧上一個大玉杯，華公子叫送到子雲面前。未知子雲飲與不飲，且聽下回分解。

㉑ 孝廉：這裡指舉人。

第三十一回　解餘酲群花留夜月　縈舊感名士唱秋墳

話說華公子看到得意處，把酒來敬子雲諸人，合席只得滿飲了一杯，共贊聘才、子佩作得出神入妙，非尋常戲腳所能。少頃，二人下臺，子佩便指著文澤罵道：「你是不懂好歹的，我在臺上費力，你倒在那裡說長道短的批評我。」文澤極口叫冤道：「我何常批評你，你這般瞎挑眼？我與靜宜先生說閒話。」次賢道：「真是講閒話。況且你唱得如此絕妙，贊不住口，尚何評論之有？」華公子笑道：「我聽得他們說，你倒真像個閻婆惜。你若化了女身，也是個不安本分的。」子佩道：「好嗎！你們逼我上臺，又要取笑我。」徐子雲問聘才道：「魏兄這音律實在精妙，將來尚要請教，如閒時可到敝園走走。」聘才連連答應，道：「晚生是無師傳授，都是聽會的；就是上臺也是頭一回。莫要見笑。」於是大家猜拳行令，鬧了一會，鐘上已到子正時候了。子雲道：「才到秋分，不應如此夜短。」次賢道：「亦覺久了，你試一人靜坐到此刻，頗不耐煩。」子雲道：「已交十五日的子時，到天明已快，請撤了席，止了戲，大家談談，天明我們也要散了。」張仲雨道：「此刻早已開城了，要走也可以走。」華公子道：「忙什麼，到辰刻散不遲。」即吩咐撤席止戲，家人整頓茶具，泡好了香茗送來。子雲留心不見琴言，但見珊枝靠著屏風有些倦態。華公子查起琴言來，珊枝回道：「他身子不快，睡了。」原來琴言每逢熱鬧中便觸起他心事，就要傷心。又見馮子佩與聘才串戲，眼中頗瞧他們不起，轉托珊枝托病而去。

華公子又叫諸旦上來，不用衣帽，俱穿隨身便服，都令序齒坐在一邊，便道：「我知你們於戲曲之外，各有一長，或是詩詞，或是書畫，或是絲竹等技。今日與前次俱以戲酒耽擱，不能使你們一試所長。此刻尚早，會詩的，不妨吟幾句；會畫的，不妨畫幾筆，不必謙讓。」諸旦默默無言，子雲與文澤站起來道：「妙，妙！待我來分派。」即對著蕙芳道：「媚香是長於詩的，瑤卿是長於丹青的，靜芳是長於舞劍的，香畹是長於書法的，佩仙是長於填詞的，蕊香是長於猜謎詼諧的，瘦香是長於品簫的，小梅是長於吹笙的。可惜玉儂又病了，他倒會一套平沙落雁。」華公子便命叫他起來，又吩咐珊枝拿了琵琶來。家人把些筆硯樂器都搬了出來，分擺在各處。次賢道：「我來點將：先點玉儂與瘦香把琴簫和起來；再點瑤卿畫一幅，媚香、香畹、佩仙對景吟詩，題在上面；再點珊枝與小梅，笙、琵琶競奏；再點蕊香猜幾個燈謎，說個笑話；末點靜芳舞劍，瀏亮風生，亦可如漁陽參撾矣。諸公以為何如？」眾皆稱好，諸旦依次而行。

琴言不得已，雙鎖蛾眉，把弦和起來。這邊漱芳依譜吹簫。琴言一來心神不佳，而且手生，生生澀澀的彈了一套平沙。洞簫倒吹得和平。華公子搖搖頭道：「琴聲不佳，簫聲倒好。」子雲道：「琴本難學，也還虧他。」次賢道：「想你不長彈，生疏了。」琴言道：「有半年不學了，方才第四段第三句幾乎想不出來。瘦香的簫，比從前更好了。」漱芳道：「我是向老師課學。靜宜先生隔三日必教我一吹，所以不生。」琴言默然，撫今追昔，頗覺感慨，幾乎落下淚來，只得退後站了。次賢、子雲亦頗惻然憐念。

這邊袁寶珠攤了一幅絹在畫案上，左右凝思，畫些什麼呢？想了好一回，不得主意。蕙芳、素蘭立在面前，低低的問道：「你畫什麼？我們好先定主意，打起腹稿來。」寶珠正想不出頭路，便扯著他們走到欄前，商量畫些什麼才好，限時刻的，又不能用工筆。若寫幾筆蘭竹也不合景。蕙芳道：「我想了一個題目在這裡，但不知合你的意否？依我只須畫一個小手卷，用墨筆寫三兩處樓臺，加些叢林修竹。遠近布置，上面畫一個月，用花青❶水烘他幾片彩雲煙霧，便是今日的光景，題為『良宵風月圖』何如？」寶珠聽了，心中大喜，背著人作了一個揖，便入座，放大了膽，三分工，七分寫，用王麓臺法，揮洒起來。次賢與諸人不便來看，又恐怕他畫壞了；次賢遠遠留心，覺得下筆甚快，毫無拘束，已覺面有喜色。

那邊蕙芳等三人擠在一處。只見李玉林俯首凝思，素蘭把串香珠數個不了，蕙芳只管看著寶珠落筆，尚暗暗的指點他。不到半個時辰，已經畫成了二尺餘長一個小橫幅。華公子與子雲等走近來贊不絕口。華公子看了甚是歡喜，大贊道：「卻實在虧他，怎麼能夠如此。無怪乎近來個個說他們的才貌，正是羞死從前那一班愛錢的相公了。」次賢又替他略略的潤色了幾處，竟成一幅好畫。華公子即問蕙芳道：「你們題的想是有了？」蕙芳道：「有是有了，只是不好。」便站在桌邊，找了一張箋紙，寫了一首七絕。華公子念道：

良宵燈月賞秋光，絲竹紛紛鬥兩廂。我道嫦娥畏岑寂，遣風吹送上華堂。

華公子念罷，拍案叫絕，次賢、文澤、子雲俱絕口稱妙，說道：「你們鬧了一天，被他只用二十八個字，非特說盡，而且有餘，我輩反不能如此。」華公子又念了兩遍，只是贊嘆。文澤道：「好是極好了，第三句還要斟酌幾個字。」蕙芳道：「就請一改。」文澤道：「可改作『想是嫦娥怕孤寂』，詩意較

❶ 花青：中國顏料的一種。以天然靛藍作原料造成。

淡遠些。」大家都說改的極好。仲雨、聘才暗暗吃驚，不料他們個個如此，向來疑他們有代筆，今日面試，是的確無疑了。惟馮子佩也不來看，桌子上放有一大盤桂花，他便撮了一把，問書僮討了一條紅線，自己捏著這一頭，叫書僮捏著那一頭，一朵一朵的堆在線上，頃刻結成了一個大花毬。手中輕輕的抛了幾抛，走過來掛在華公子衣襟上。華公子取下聞了一聞，笑道：「你辛辛苦苦的結成，你自己受用罷。」子佩接了，又到那邊弄琵琶去了。

素蘭、玉林也都寫出來。先看素蘭的是：

滿泛金樽玉液濃，秋光和靄似春容。嫦娥宮殿層層啟，照澈珠帘十二重。

華公子一樣贊好，道：「工力悉敵，竟是元、白同時了。」子雲道：「也要改兩字。第三句『嫦娥』二字，與前首相同，不若改作『廣寒宮殿層層啟』，不好麼？」素蘭道：「果然改得好。」始而子雲恐素蘭不及蕙芳，及到此刻才放了心。再看玉林的填詞，填的一痕沙小令，看詞是：

嬌舞酣歌深院，繡幙錦屏香軟。珠履客三千，集群賢。月若有情留住，人若有情休去。莫聽曉雞鳴，亂啼聲。

看者都是滿面笑容，越發說好，道：「真是柔情香口，紙上如生，能不令人愛煞也。」華公子道：「實在極好，但我要換幾字：『集群賢』換作『會群仙』，『亂啼聲』換作『只三更』，可好麼？」眾人一齊道：「好。」次賢叫他們快些寫上，蕙芳、玉林都要素蘭代寫，華公子不依，只得各自寫了。大家又賞嘆一回，於是靜坐，聽珊枝的琵琶與春喜的笙。珊枝斜坐著撥動檀槽，只見指法如雨洒芭蕉，聲韻如灘頭流水，滿懷春色，繞亂一堂；加之笙韻高低，聲聲應和。聽得人人色舞眉飛，四肢愉快。彈了月兒高一套，大家也贊了一回。

吹彈過了，要桂保的詩謎來了，桂保道：「是人給我猜，還是我給人猜呢？」華公子道：「我給你猜。」隨口念道：「碧紋淺縠起參差，今歲春來已較遲。我道灞橋詩思少，不如赤壁夜游時。」桂保想了一想，笑道：「公子說的，是風、花、雪、月四樣，真作得好。」華公子道：「真心靈，一猜就著。」馮子佩道：「我說一個你猜：未用時千包萬裹，到用時粉身碎骨。誰知一肚黑心肝，也能攛上雲霄裡。」桂保笑道：「這是爆竹。」華公子道：「這樣不通謎子也要人猜。」子佩道：「何以見得不通？」華公子笑道：「爆竹自然要他響，你這放不響的爆竹要他何用？」眾人笑了。聘才道：「我也說個不通謎子請教，你猜猜。」念道：「驚天動地怒如雷，一去誰知不復來。比似疆場發浩嘆，古人征戰幾時回？」桂保笑道：「也是爆竹。」張仲雨道：「方才嫌子佩的不響，所以他第一句就從『響』字作出來。」

此時曉風飄飄，晨鐘已鳴，東方發白，華公子即催蘭保舞劍。蘭保扎起雙袖，掣出青鋒，先展個門戶，卻也抑揚頓挫，滿眼生光，到後來竟是一道寒光，連人也看不見了。大家痛贊了一陣。蘭保舞完，已是紅霞滿天，朝曦欲上。今日是中秋，各人未免俱各有事，都告辭起身。華公子不便再留，整衣送客。子雲等又將零星玩物，分賞眾旦畢，各人同散，華公子直送出穿堂方回。惟馮子佩困乏已甚，已在留青精舍榻上睡了，聘才也自歸房，華公子吩咐書僮好好伺候馮子佩，一面也進內室，諸旦約齊出城，且按下不題。

十五日一日過了。到了十六日，王恂、顏仲清約了史南湘來望子玉。子玉自七月中病好，調養了二十餘日，已經強健。知琴言身落華府，不可復出，大有看破紅塵之念，歌場舞席，絕不與聞，惟獨坐一室，茗碗香爐，周旋其間。名為看破，其實情懷未斷，猶時一念及，涕淚潸潸，不能自解。十五日到王文輝家一走，王恂、仲清約定明日午刻去望田春航、高品。子玉已吃過了早飯，在書房等候。不多一會，史、顏諸人已到，南湘坐了，與子玉敘談。仲清、王恂先進內室，見了顏夫人，略坐一坐即出來。喝了一杯茶，即催子玉同走。

外間已套上車，子玉也不換衣服，雲兒恐怕寒冷，包上了幾件棉衣。上了車，來到春航、高品寓處一問，都已回寓，遂同下車進門，一直走到裡面。只聽高品一片笑聲，夾著些燕語鶯聲在內。到春航齋中，見蘇蕙芳、李玉林在內。高品、春航見了四人進來，不勝歡喜，讓坐了，蘇、李二相公也都見了。略談了幾句，仲清便問闈中的事。春航、高品多屬得意。仲清道：「湘帆的文章請教過了，是一定得意的。卓然的文章，快拿出來觀看，想來定有出人頭地的好處。」高品道：「不好，不好，不必看他。」王恂道：「什麼話！就不好也要看看。」南湘道：「這三道題，卓然一定見長，就不看也不妨。」子玉道：「到底看看怎樣。據我愚見卻有幾樣作法，注疏❷上有可依，有不可依的。」高品道：「我那日忽然神思昏昏，不成一字，到晚隨手亂寫，完了卷就算賬。首藝❸雖有草稿，也不知團在什麼地方去了。」

❷ 注疏：自漢以來，釋經之書，有傳、箋、解、學等名目，今通謂之注。唐太宗詔孔穎達與諸儒，撰定五經義疏，謂之正義，今通謂之疏。至南宋紹熙間始有合刻本，合稱注疏。

❸ 首藝：第一場考試。

即到自己房裡尋了出來。眾人看了一遍，連詩稿也在上面。南湘看了一半，即不看了。王恂道：「作卻作得超妙，太短些，看來不過四百餘字。」子玉道：「筆老格高，此等文場中是少有的。」高品對子玉點點頭，道：「庾香還有點眼力。」仲清道：「卓然，據你論，這篇文字怎樣？你說句良心話。」高品道：「說好也使得，說不好也使得。橫豎場中不論文，中也不算僥幸，不中也不算抱屈。」仲清又問南湘道：「你看湘帆何如？」南湘道：「我看湘帆必定中魁，卓然的或遇見那荒疏的房考，或者倒中元也論不得的。」仲清搖頭不語，高品取過文稿，扯碎了道：「得失自有一定，不必論他，談談別樣罷，大約我總中一個給你看。」諸人遂各無言，當是高品氣忿了，各說閒話。

蕙芳說起前日在華府中，怎樣題詩畫畫等事，細述了一遍，聽得眾人歡喜。又叫他們念出來，各人贊了一回，尤贊玉林的詞更為工妙。高品道：「強將之下自無弱兵。你們看佩仙這首詞，外邊那些頭巾紗帽作得出來麼？」子玉道：「果然。就是華公子這幾個字也改得好。」又問了琴言幾句，玉林、蕙芳也細細說了，子玉又發起怔來。忽然高品的小使進來請他，說有客要會。高品即忙出去，有好一刻工夫尚不進來。南湘道：「什麼人這麼長談？」春航道：「近來卓然有些古怪，找他的不一而足，卻非尋常往來，都是俗陋不堪的人。前日我的小使見他的管家，拿了好幾封銀包進來，問他，他說不知誰的。」仲清道：「是了，卓然也窮極了，自然要作這個買賣。況且這篇文字是信手寫的，不然何至忙到如此。」南湘道：「不錯，你聽他說，總中一個給你們看，這話就明白了。」高品送了客去進來，大家住口。

蕙芳道：「難得你們諸公可巧全都在這裡，今日我作個東道，請你們何如？」王恂道：「甚好。」高品道：「相公不是要請分子？」蕙芳笑道：「被你猜著了，我真要請分子。」眾人當是頑話，都應允了。蕙芳命人到飯庄子上備了一桌菜來，眾家人相幫擺好，蕙芳即恭恭敬敬的安了席。眾人詫異道：「媚香今日忽莊嚴如此，想來真要請分子麼？」蕙芳應道：「我早說過：幾時見相公的酒可是白喝的嗎？」大家一笑坐下。高品道：「可惜少了一客。」蕙芳問是少誰，高品道：「今日倒不可少潘三。」蕙芳「啐」了一聲，一連敬了幾杯酒，玉林也幫著敬酒，吃了幾樣菜。

蕙芳便在靴掖裡拿出幾頁紙來，像是寫的一篇文字，遞與首坐史南湘道：「竹君先生，我今日請分子就是為此。你看了，待我再說。」眾人不解，都湊近來看時，題目寫的是香雪先生傳。蕙芳又叫跟班的拿進一個小包，解開一併送上。諸人看是香雪遺稿，共兩本，詩文並列。南湘一句一句的念出，念完才曉得即是蕙芳教書教戲的業師，竟是個名士出身，因不第焚棄筆硯，入班教曲，生平著作甚富。蕙芳進京相投，親如骨肉，所有才技，皆師所傳。已於某年月日病故，旅櫬無歸，暫寄停城南壽佛寺。今其寡妻弱子，訪尋而來，一路狼狽不堪，到京始知香雪已故多年。蕙芳知道了，即傾囊相助，得二百金，除盤費外，尚夠經理其家，並求蕭次賢畫像徵詩。其子元佐，年十三歲，貧不能入塾讀書，而天姿穎悟，過耳不忘。每到人家書塾聽書，默志在心，五經已熟一半。蕙芳的意思，欲浼諸名士或作詩，或作墓志，或作傳，以表揚潛德，闡發幽光，且以蓋其前愆，裕其後裔。諸人一面看，蕙芳一面講，講到傷心處，便嗚咽起來。眾人為之動容，一齊站起道：「此等高義，今人所難。我等自當盥沐敬書，表其萬一。且香雪有如此高弟令子，即落魄而死，亦無遺恨。」春航與子玉更覺贊嘆不置。南湘道：「這篇傳你自己作的麼？」蕙芳道：「都是實話，就是少些文氣。」仲清道：「也好，請湘帆潤色潤色就好了。」即說道：「我與他作篇誄。」王恂道：「我作幾首挽詩罷。」南湘道：「我作墓志。」春航道：「把他的作了略節，我另作一篇傳如何？」蕙芳道：「更好，這原算略節，用不得的。」子玉道：「大文章你們都作了，我們作什麼呢？我只好作篇贊罷。」高品道：「贊也很好，我作篇祭文倒沉痛些。」仲清道：「我們何不約齊了他們幾個弟子，到黃昏人靜後去祭他一祭，並多湊些盤費給他何如？」春航等都說這更好了，蕙芳即叩頭謝了，慌得眾人齊來扶起。從此人人皆視蕙芳如畏友，連頑笑都不肯了。南湘道：「他定於何日起靈？」蕙芳道：「三十日子時，二十九日三更光景。」南湘道：「我們這些文章倒要早早的作起來，刻成一集，刷印幾十本，交他帶回。其分金，各人量力而行。或者如度香、靜宜、前舟，也可叫他們出一分。我們約齊了，到二十九日夜二更，到彼一祭就結了。他們那些徒弟，媚香自去張羅罷。」眾人說道：「很好。」蕙芳道：「祭也可以不必，也不敢當；況廟宇窄小，也無容身之地，賜些筆墨已榮耀極了，何敢當再祭奠；且外面俗眼甚多，反為諸公添些物議。」南湘道：「這倒不妨，他也是士林中人，人也知道，且到那幾日再議。我看湘帆，似不能少此一舉，我輩附尾，亦無不可。」今日有蕙芳這一請，諸人動了惻隱之念，不能盡歡，到了初更，各自散了。

明日南湘、仲清即致札與子雲、前舟諸人，數日後都送了些分金，並有幾首歌行。南湘、仲清看了，點過分金是：子雲二十四，文澤十六，次賢十二，共五十二兩。仲清道：「我們共有六分，每人八兩，共湊成一百兩也就夠了。」南湘道：「很夠了。」於是又致札眾人，兩三日間都要湊足。詩文共遺集，俱已發刻停妥，印刷一百部，用銀六十兩，蕙芳一人出了。花部中曾受業於香雪者，現有四人：袁寶珠、王桂保、金漱芳、陸素蘭，或學畫，或學詩，皆為高弟，此四人也共湊百金，連蕙芳的共有四百金。母子二人並一老僕三人，雇舟由運河而回，也就極寬裕了。

到了二十八日，仲清又到南湘處商議明日之事，並說：「大約有幾個不願去的：庸庵畏首畏尾，防他嚴親知道；庾香更不消說了，那古廟裡三更半夜的，也不好叫他去。」南湘道：「我倒想著個主意：既是此舉，也不專為祭他，我們借此可以散步野游，不如日間攜樽而往，一獻之後，即到錦秋墩、浩然亭上，與那些相公一敘，不很好嗎。」仲清道：「果然好，我未想到。如庸庵、庾香不來，我們四人罷了。」於是又同到春航處約定，即叫春航備了酒肴，於午刻在那裡等候。

南湘到了明日，即約仲清騎馬出城。到了壽佛寺門口下了馬，馬夫拴在一邊，已見五六輛車歇在那裡。進得門來，古剎荒涼，草深一尺，見馬騾在那裡吃草。頹垣敗井，佛像傾欹。進了彌陀殿，尚不見一人。只見大雄寶殿，西邊坍了一角，風搖樹動，落葉成堆，淒涼已極。才見一人從殿後走出來。仲清認的是蕙芳的人，見了垂手站住。仲清問道：「他們在那裡？」那人道：「尚在後面，待小的引道。」走到殿後，西邊一個門內是一帶危樓，門窗全無。走過了才是三間小屋，堆滿靈柩，約有二三十具。見一柩前，有一小桌，點著香蠟，想就是了。天井內東邊，又有一重小門，進了門有三四間小屋。春航、高品與蕙芳等都在其內，有一個老僧陪著。春航、蕙芳迎將出來。南湘道：「這麼個所在，陰慘怕人，怪不得有人不肯來。」蕙芳忙拖過條板凳放在上面，請他們坐了。仲清道：「人已齊了，就奠一奠，我們往錦秋墩去逛罷。」蕙芳即將祭筵，就叫在那屋裡擺起來。蕙芳上香，素蘭奠酒，漱芳執壺，寶珠上菜，桂保焚紙，春航、南湘、高品同行了一個禮，五旦連連叩頭代謝。大家也都坐不住了，急忙的叫人收拾，給了和尚一吊錢，一齊走出廟來。南湘、仲清仍舊騎馬，餘人上車，從人挑著擔子，一徑往錦秋墩來。疏林黃葉，滿目蕭條。

約行一里有餘，已到了墩前。此墩巍然若山，上有梵宇，頂上建一大亭，名浩然亭，四圍遠眺，數十里城池村落盡在目前，倒也有趣。春航道：「今日目擊荒涼，心殊難受。及到此處，覺得眼界一空。」高品道：「這個錦秋墩，我竟沒有到過，竹君想來是游過的了。」南湘道：「我是第一次。我因前日偶見前人有題錦秋墩詩，所以知道。大遠的路，誰到此間來？」仲清道：「其實也好。天天在熱鬧地方，也應冷落一回。」南湘道：「這個壽佛寺就冷落夠了。劍潭你說，惟清心者能叩寂，志淡者能探幽。那個廟裡，你敢住幾天麼？」仲清笑道：「若到此地位，也不得不住。晚間月明風靜，或者有些鬼狐來盤桓盤桓，也未嘗不佳。」高品道：「劍潭總喜作違心之論。」素蘭道：「我若是一個人，就是日裡也不敢進去。」桂保道：「那些棺材破爛的甚多，我看晚間只怕有鬼。」漱芳道：「虧那和尚只有一個徒弟、一個香火，竟不怕。若果真有鬼，和尚怎麼好好兒的呢？」蕙芳道：「你幾時見鬼吃過人？我前日聽那和尚說，每到陰風暗雨的時候，或是夜深，叫的叫，哭的哭，是常有的。」寶珠道：「你們聽見怡園鬧鬼沒有？」蕙芳道：「沒有。」素蘭問道：「怎麼鬧鬼？」寶珠道：「看桂花廳一個小使叫春兒，愛吃果子，每逢賞花請客的果子，他撿了藏在一個罈子裡。那天晚間，有個大馬猴知道了，便來偷吃。春兒睡了，聽得滿地抛果子響，問又不答；拿燈出來，又照不見什麼；睡了又響，重又出來。那曉猴兒躲在一個熏籠裡。春兒拿了把刀，無心走到熏籠邊，那猴兒忙了站起來，頂著熏籠連擄帶跑出去了。春兒火也滅了，刀也掉了，神號鬼哭喊起鬼來。對門的青兒，跑出來剛撞著猴兒，毛絨絨的，一撲就栽倒了。鬧得多少人起來，只見地下一個大熏籠，都想不出什麼緣故。春兒說五尺多高一頭黃髮的鬼；青兒又說是青面獠牙的鬼，還伸開五指打他個嘴巴。倒議論了兩天。到第三天將晚的時候，看得那猴兒進來，又想偷果子吃，才明白了。不然，差不多鬧到上頭都知道了。」大家都笑起來。

蕙芳預備了兩桌蔬菜、四樣點心，就借廟中廚房作起來，九人於地下鋪上墊子，席地圍坐。春航與蕙芳相交了半年，久成道義之交，今復見其仗義疏財，深情感舊，愈加敬畏。再想起自己去年及春間的光景，竟至潦倒窮途，勢將溝壑，若非蕙芳成就，雖滿腹珠璣，也不能到今日。對西風之衰颯，愴秋景之蕭條，煙霏霏而欲雨，雲黯黯而常陰，不覺悲從中來，淚落不已。眾人不解其故，獨蕙芳略知其故，亦已淚滿秋波，再經寶珠等一問，愈忍不住。念起從前落難光景，若非香雪提攜，早已十死八九了，到此不覺的放聲一哭，哭得眾人個個悲酸。南湘心中發惡，便痛喝了一大碗酒，對著一帶遠山舒嘯起來，清風四起，林木為搖。高品道：「看你們哭的哭，笑的笑，胸中都有如此塊壘，獨我高卓然胸中空空洞洞，如無陽國民一般。孫登❹之嘯，不過形狂；阮籍❺之悲，亦云氣餒。古人登高作賦，感慨繫焉。我們今日聊且一吟何如？」南湘道：「好，你先起句。」高品道：「悲壯淋漓，莫如填首賀新涼，我得了起句在此。」即念道：

世事君知否？古今來桑田滄海，不堪回首。高。只有詞人清興好，日日狂歌對酒。史。正秋在斷雲殘柳。試馬郊原閒眺望，顏。問金臺可要麒麟走？魂已去，更誰守？田。天涯我已飄零久。共

---

❹ 孫登：三國魏人。隱居汲郡山中，好讀易，彈一弦琴，善嘯。

❺ 阮籍：三國魏尉氏人，字嗣宗。曾為步兵校尉，世稱阮步兵。能長嘯，善彈琴。不滿現實，因此縱酒談玄，以求自全。每至窮途，輒慟哭。